Christine Vogeley

Die Liebe zu so ziemlich allem

Roman

KNAUR

Besuchen Sie uns im Internet:
www.knaur.de

FSC
www.fsc.org
MIX
Papier aus verantwortungsvollen Quellen
FSC® C083411

Ein Unternehmen der Droemerschen Verlagsanstalt
Th. Knaur Nachf. GmbH & Co. KG, München.

Redaktion: Regine Weisbrod
Umschlaggestaltung: ZERO Werbeagentur, München
Umschlagabbildungen: FinePic®, München;
Gettyimages / Giuliaformica, Flickr
Satz: Adobe InDesign im Verlag
Druck und Bindung: CPI books GmbH, Leck
ISBN 978-3-426-65347-0

2 4 5 3 1

Für Georg

The best reward comes from the things done seriously

(Was du mit Ernsthaftigkeit machst,
bringt die größte Belohnung)

Spruch aus einem chinesischen Glückskeks

Nein, es stimmt nicht, dass die junge Frau, die der Maler da in dieser einen Minute mit seinem Blick eingefangen hat, für alle Zeiten auf dem Gemälde sitzen bleiben wird.

Das Bild, Öl auf Leinwand, ist ziemlich groß, so etwa eins fünfzig mal ein Meter, es zeigt uns einen Garten im sommerlichen Schweden, wir schreiben das Jahr 1894. Die junge Frau heißt Lovisa Johansson, wie wir auf dem kleinen Schild am goldenen Rahmen lesen können.

Durch die Blätter der Birke fällt Sonnenlicht, es flirrt in Lovisas braunem Haar. Sie trägt ein weißes Kleid, die Schatten in der Tiefe seiner Falten sind fast blau. Sie hält ein Buch in der Hand, sie blickt uns nicht an, liest konzentriert, scheint in die Geschichte versunken.

Aber nur noch für ein paar Sekunden.

Auf einmal hört man Birkenblätter rauschen, Gelächter dringt aus einem offen stehenden Küchenfenster, und irgendwo zerschellt Porzellan. Es riecht plötzlich nach Kaffee.

Unter unseren Füßen ist kein Museumsfußboden mehr, sondern eine Wiese. Und wir sehen, wie Lovisa sich aufrichtet, ihre Lektüre zusammenklappt und noch ein paar Sekunden lang versonnen ihr Buch betrachtet. Die Buchstaben, die auf dem dunkelroten Leder in Goldprägung leuchten, können wir nicht entziffern. Ein Sonnenstrahl fällt auf ihre schmalen Hände, Lovisa sieht sich um, steht auf und geht langsam zu dem Sommerhaus, das halb versteckt hinter den Birken liegt.

* * *

Rote Welle. Na wunderbar.
Carlotta trommelte mit den Fingern auf das Lenkrad. Es war klar, sie würde zu spät kommen. Es war nicht klar, ob der Stockholmer Gast ihr das übelnehmen würde.
Der Schwede an sich ist ein höflicher Mensch, und *dieser* Schwede war auch noch die ganze Nacht durchgefahren, mit einem wertvollen Gemälde im Kofferraum, um es ihr heute als Leihgabe zu überreichen.
Und dann kam Vizemuseumschefin Carlotta Goldkorn zu spät. Nicht gut. Ziemlich unhöflich.
Vor ihr hatte sich einen längere Schlange gebildet, ein Getränkelastwagen blockierte die rechte Spur. Immerhin konnte man von hier aus schon das Museum sehen. In zwei Kilometern Entfernung, oben auf dem Fichtelberg, thronten die kleine Ritterburg und der später angebaute Glaspalast.
Oh nein. Da vorne blinkte ein gelbes Warnlicht der Fichtelbacher Straßenverkehrswacht.
Carlottas Blick fiel auf einen kleinen, rothaarigen Jungen, der auf dem Bürgersteig mit hängendem Kopf bergauf trottete und dabei sein Fahrrad schob. Beide Reifen waren platt. »Retet die Waale« stand auf seinem Schulranzen, mit blauem Filzschreiber, die schwere Tasche zog seine Schultern herunter.
Ungeachtet der wütenden Huperei lenkte Carlotta ihr Auto an den Straßenrand, blieb stehen und öffnete das Fenster der Beifahrerseite.
»Ja, Leo, was ist denn passiert?«
Leo blickte auf, sein Gesicht erhellte sich bei Carlottas Anblick. Er zog die Nase hoch. »In der Schule haben sie das gemacht. Maximilian und seine Freunde, glaub ich. Ich hab's aber nicht gesehen. Ich will ins Museum zu Mama, ich kann heute im Café essen.«
»Komm, mach dein Rad da vor der Apotheke fest und steig ein.

Die Mama kann das doch heute Abend mit dem Lieferwagen mitnehmen.«
Leo nickte, lächelte zaghaft, schloss sein Rad ab, zog erleichtert den schweren Ranzen vom Rücken und krabbelte auf den Rücksitz. Carlotta fädelte sich wieder in den Verkehr ein, warf einen schnellen Blick auf die Uhr. Jetzt war sie zehn Minuten über die Zeit.
»Onkel Henri fragt mich öfter, wann du wieder in sein Atelier zum Schnitzen kommst, Leo!«
Sie suchte seine Augen im Rückspiegel. Sein sonst so offenes Kindergesicht war seit einigen Monaten dunkel und bedrückt.
Er sagte nichts, aber Carlotta kannte die Antwort. Leos Mutter Emily, die mit großem Erfolg das Museumscafé führte, hatte seit ein paar Monaten wieder einen festen Freund. Und dieser Friedrich wusste, was für Leo richtig und wichtig war.
Nämlich Fußballtraining.
Fußball in all den Sekunden, Minuten und Stunden, die Leo vorher mit Staunen, Holzschnitzen, Käfersammeln und Wolkenzählen verbracht hatte. Leo war ein ungewöhnliches Kind, ein leiser, intensiver Beobachter, kein Torwart oder Stürmer.
Carlotta seufzte. Sie musste mit Emily reden. Emily war ein kluger Mensch, aber sie hörte zu sehr auf Friedrich, diesen Zwangsbeglücker, der immer wusste, was für andere gut war.
Beim Blick auf die Uhr zuckte sie zusammen.
»Oh Gott, Leo, gib mir mal bitte mein Handy aus der Tasche! Ja? Sebastian? Sei so gut, koch dem Schweden einen Kaffee und sag der Chefin, dass ich in drei Minuten da bin. Halleluja. Nein, alles okay, ich schaff's nur einfach nicht pünktlich. Bis gleich.«

* * *

»Frau Goldkorn, Professor Johansson wartet auf Sie! Sie sollten um halb elf hier sein und nicht um elf! Also so geht das nicht!« Die laute Stimme durchbrach die museale Stille wie klirrendes Porzellan. »Frau Goldkorn! Eine halbe Stunde! Das hier verlangt doch von jedem vollen Einsatz!« Es hallte weit durch den hohen Raum. Einige japanische Besucher blickten mit offenem Mund nach oben. Ein paar deutsche Besucher sahen unwillkürlich auf ihre Armbanduhren und stellten unabhängig voneinander fest, dass es erst Viertel vor elf war.

Museumsdirektorin Jelena Gundrich stand ganz oben im überdachten Lichthof ihrer Wirkungsstätte, am Geländer des dritten Stockwerks, und breitete die Arme aus.

Ein idealer Klangraum. Hätte Jelena Gundrich von dort oben eine Arie gesungen, wäre das einigermaßen passend gewesen. Jedenfalls passend zu ihrem Gewand aus krokodilfarbener Seide, dem gigantischen Türkisschmuck und den aufgerissenen Augen. Und passend zu der hohen Glaskuppel, die auf schmiedeeisernen Säulen ruhte.

Wie in einem altehrwürdigen Pariser Kaufhaus umlief ornamentales Geländer auf jeder Etage die Emporen des großen Lichthofs. Die Blicke der Besucher wanderten hin und her zwischen der dramatischen Erscheinung in der oberen Etage und der dunkelhaarigen Frau, die auf Turnschuhen die Treppen hinaufhastete, immer zwei Stufen auf einmal nehmend.

Bitte nicht schon wieder ein öffentlicher Auftritt. Hast du eben »voller Einsatz« gesagt, Gundrich? Voller Einsatz! Ausgerechnet!

»Ich habe vorhin … angerufen und Bescheid gesagt. Ich stand … im Stau!« Carlotta keuchte, war jetzt bereits in der zweiten Etage. Sie bemühte sich, einerseits verstanden zu werden, andererseits die museale Stille nicht allzu sehr zu durchsägen. Vergeblich. Alle japanischen Augen ruhten auf Carlotta.

»Dann müssen Sie eben früher losfahren! Die Arbeit türmt sich

bis zur Decke!«, schrie die Chefin. Die Japaner sahen wieder nach oben. »Ich kann mich doch nicht um alles kümmern!«
Jetzt blickten die Japaner gespannt auf Carlotta. War das am Ende ein Animationsprogramm des Museums? Ein Kunstprojekt? Würde sich die Frau mit den Turnschuhen gleich das Hemd aufreißen und gequält sopranieren? Begleitet von einem Mandolinenvirtuosen, der vielleicht schon hinter der Faustkeilvitrine lauerte? Zu diesem großartigen Bühnenraum des neunzehnten Jahrhunderts hätte es gepasst.
»Um … alles kümmern? Wie … bitte? Wer sitzt denn abends … noch so lange hier … wie ich?« Carlotta atmete jetzt noch heftiger. Eine Treppe hinaufrennen und von unten nach oben gedämpft schreien zu müssen, ist eine schlechte Ausgangsposition für einen Streit.
Es hallte im weiten Lichthof. »Wenn Sie für Ihr Pensum so lange brauchen!« Gundrichs Krokodilseide flatterte, als sie mit den Armen ruderte.
Eine Rentnergruppe aus Cuxhaven verfolgte den Dialog interessiert vom zweiten Stock aus.
»Pensum?« Carlotta keuchte jetzt vor Zorn und Anstrengung, während sie versuchsweise drei Stufen auf einmal nahm und sich dabei am Geländer klimmzugartig nach oben katapultierte. »Haben Sie wirklich … Pensum gesagt? Sie wissen doch selbst ganz genau, dass es hier …«, sie schnappte nach Luft, »dass es hier kein festes Pensum gibt, sondern dass schlichtweg alles, ALLES! …«, fauchte sie, »… auf meinen Schreibtisch gekübelt wird, ich … ich *träume* von einem festen Pensum!«
Jetzt blickten sämtliche Museumsbesucher nach oben. Sie wollten das Finale dieses Auftritts nun auch noch sehen.
Carlotta war oben angelangt, rannte noch knapp zehn Meter und baute sich vor ihrer Chefin auf. Sie war einen Kopf größer als Frau Gundrich. »Her damit, mit dem festen Pensum!«

»Muss das hier in aller Öffentlichkeit stattfinden?« Frau Gundrich starrte Carlotta wütend an.

Das war so absurd, dass Carlotta lachte. »Soweit ich mich erinnern kann, haben Sie damit angefangen!«

»Das stimmt!«, pflichtete eine ältere Dame bei und nahm mit strengem Gesichtsausdruck ihre Lesebrille herunter. Sie hatte den Streit aus geringer Distanz zu Direktorin Gundrich verfolgt, nachdem sie vergeblich versucht hatte, sich auf eine Vitrine mit flämischer Klöppelspitze zu konzentrieren.

»Na, was soll ich denn machen, wenn der Aufzug kaputt ist und Sie die Treppe nehmen mussten?« Frau Gundrich hob beide Arme zum Himmel. »Bitte, erklären Sie mir die Logik dieses Arguments, Frau Gundrich!«

»Ich bin immer pünktlich und muss hier gar nichts erklären!«

Die fremde Dame mit der Lesebrille schenkte Carlotta einen Blick tiefster Anteilnahme.

»Hören Sie, Frau Gundrich.« Carlotta atmete immer noch heftig, sprach aber nun in leisem Ton. »Ich kann nichts dafür, wenn auf dem Fichtelbacher Ring ständig Stau ist. Ich musste meinen Onkel zum Arzt fahren.«

»Das konnte er nicht alleine?«

»Es war ein Notfall. Und mein Onkel braucht mich mehr als früher. Das wissen Sie doch. Vor allem, seitdem meine Tante gestorben ist. Ich kann einen traurigen, älteren Menschen nicht abfertigen wie eine Schalterbeamtin.«

»Ich bin auch traurig, wenn ein wichtiger Gast lange warten muss! Ihretwegen! Und ich verstehe Sie nicht, Frau Goldkorn: Ich habe diese hochattraktive Stockholm-Sache doch bewusst Ihnen überlassen, weil ich dachte, das wäre etwas für Sie!«

Halt den Mund, halt bitte sofort den Mund, sonst schmeiß ich dich über die Brüstung. Was weißt du denn schon von Onkel Henris Trauer, Gundrich? Und was für ein Blödsinn: Du hättest mir diese wunderbare Sache bewusst überlassen! Die fällt erstens überhaupt nicht in deine Zuständigkeit, und zweitens könntest du das alles doch gar nicht, Gundrich, diesen ganzen aufwendigen Papierkrieg. Ich könnte die ganze Unterhaltung heute auch auf Englisch, Französisch oder Schwedisch führen, falls es denn notwendig sein sollte, und du nicht. Ich kann zehnmal besser mit Menschen umgehen. Das weißt du. Und ich weiß es auch. Nur aussprechen darf ich das nie, sonst vergifte ich das Klima. Und ich liebe das Museum.

Laut fragte Carlotta: »In welchem Büro wartet Herr Johansson?«

»Na, in Ihrem! Ich habe versucht, ihm die Wartezeit zu verkürzen, aber er schien nicht in der Stimmung, darauf einzugehen. Vielleicht ist er schon auf eigene Faust im Museum …«

Carlotta drehte sich auf dem Absatz herum und lief zu dem Büro, auf dessen Tür ihr Name stand. Jelena Gundrich starrte hinter Carlotta her. So absurd und selbstgerecht sie auch sein konnte, sie ahnte dennoch, dass sie von Carlotta zwar viel, aber nicht alles verlangen konnte.

Die Sammlung des Museums war riesig. Der exzentrische Gründer des Museums, August Gayette, hatte vor über hundert Jahren so ziemlich alles gesammelt, was er geliebt hatte.

Und das war eine ganze Menge. Von Alphorn bis Zylinder.

Carlotta war Vizechefin. Und offiziell zuständig für alles, was mit Kunst zu tun hatte. Aber Carlotta erledigte nicht nur den größten Teil der Verwaltungsarbeit, sie wusste auch zuverlässig, wer grüne Froschkostüme für das Kinderfest im Museum lieferte, wie man bei Sponsoren für gute Stimmung sorgte, in welchem Depotregal die vor hundert Jahren falsch etikettierten brasilianischen Käfer schliefen und wo sich die letzte Tüte Kaffeebohnen versteckt hatte.

Vor allen Dingen aber war Carlotta die Anlaufadresse für sämt-

liche Mitarbeiter des Museums. Der Steuermann, der das Museum im Blick hatte, das war Carlotta.
Das Schiff bekäme sofort Schlagseite, wenn Dr. Carlotta Goldkorn einen neuen Posten fände. Das wusste Frau Gundrich.
Deshalb galt es einerseits, Carlotta bei kleinen Verfehlungen zu beschimpfen, um immer mal wieder die eigene Position zu markieren, andererseits, ab und zu überraschend großzügig zu sein, um Carlotta zu halten.
Bislang funktionierte dieser Rhythmus, aber er war anstrengend. Für Carlotta, natürlich.

Carlotta blieb vor ihrer Bürotür stehen. Sie schloss die Augen und konzentrierte sich versuchsweise auf ihren Atem. Wie oft hatte sie sich schon vorgenommen, nicht auf Jelena Gundrichs Attacken einzugehen?
Diese Ausfälle kamen regelmäßig, sie gehörten zu Gundrich wie Auspuffgase zu einem laufenden Motor, und sie waren durch nichts zu umgehen, außer, man blieb zu Hause.
Volontär Sebastian trat aus der kleinen Küche, die zu den Verwaltungsräumen gehörte. »Sie ist weg, Carlotta! Du kannst die Augen wieder aufmachen!« Er drückte ihr eine Thermoskanne in die Hand. »Nachschub. Ich hab deinem Gast schon mal Kaffee gekocht, er ist ganz umgänglich und frisst gerade deine Haferkekse.«
Allein Sebastians Anblick erheiterte Carlotta binnen Zehntelsekunden. Heute hatte er die langen, dunklen Haare mit einer nicht sehr diskreten Geschenkschleife zum Pferdeschwanz zusammengebunden, trug einen schwarzen Anzug, Hemd und eine Krawatte, auf der kleine angebissene Äpfel leuchteten, dazu Turnschuhe in hellem Pink.
Carlotta holte tief Luft. »Oh, du bist ein Schatz, Sebastian. Es kann so einfach sein, das Richtige zu tun. Hör mal, ich hab

noch ein Problem. Ich muss gleich wieder weg, Onkel Henri vom Augenarzt abholen. Ich komme dann möglichst schnell wieder, aber ich werde wohl eine knappe Stunde unterwegs sein. Und du musst so lange den Babysitter für unseren schwedischen Besuch machen.«

»Kein Problem, ich hol mit ihm seine Leihgabe aus dem Auto oder zeige ihm das Depot und fülle ihn weiter mit Kaffee ab. Zur Not singe ich ihm auch was vor, bis du zurück bist.«

»Ach, Sebastian, warum bist du nicht Museumschefin?«

»Da bin ich noch zu klein.«

Carlotta zwinkerte ihm dankbar zu, dann klinkte sie die Tür zu ihrem Büro mit dem Ellbogen auf.

Gösta Johansson saß am Besuchertisch, vor sich Haferkekse und Kaffee, und las in einem Taschenbuch. Als sie eintrat, blickte er auf und erhob sich.

Einen Moment lang musterten sie einander, kurz genug, um nicht aufdringlich zu wirken, lange genug, um ein erstes Bild vom Gegenüber zu bekommen. Carlotta blickte in sehr wache Augen.

Gösta Johansson, Professor für Literaturwissenschaft an der Universität von Stockholm, war zehn Jahre älter als sie. Er gehörte zu den Menschen, in deren Gegenwart man die eigene Anspannung sofort vergisst. Warum das so war, hätte Carlotta nicht sagen können, vielleicht waren es seine ruhigen Bewegungen, sein Begrüßungslächeln, sein verwaschener Baumwollpullover, der signalisierte, dass sein Träger nicht übermäßig förmlich sein konnte.

Gösta Johansson hatte eine schmale, aber kraftvoll wirkende Frau von vielleicht vierzig Jahren vor sich, blickte in dunkle Augen, in ein Gesicht, das gleichzeitig aufmerksam und müde war. Und ihr Gesichtsausdruck – Ärger, überlagert von höflicher Zuwendung – verriet, dass sie etwas zu tun gehabt hatte

mit den lauten Stimmen, die vorhin zu ihm durch die Tür gedrungen waren.
Sie setzte die Thermoskanne ab, hielt ihm die Hand hin und sah verlegen aus. *»Hej, ursäkta att jag kommer så sent …«*
Er nahm ihre Hand. »Auch wenn wir bisher in Schwedisch gemailt haben, Sie können ruhig deutsch mit mir reden. Damit ich es nicht verlerne. Meine Mutter war Deutsche!«
Carlotta lächelte überrascht. »Und meine war Schwedin! Es tut mir so leid … Ach, ich hatte vorhin Ärger mit Frau Gundrich, weil ich zu spät komme. Es ist mir sehr unangenehm, dass ich Sie habe warten lassen, aber …«
»Das kann doch mal passieren«, meinte Gösta Johansson. »Hauptsache, ich muss nicht noch eine Viertelstunde lang mit Frau Gundrich reden. Sie wollte mich unbedingt unterhalten. Dabei wollte ich das gar nicht. Ich langweile mich nie alleine.«
Carlotta bat ihn mit einer Geste, wieder Platz zu nehmen, goss ihm einen Kaffee ein und setzte sich in den Sessel gegenüber.
Gösta Johansson war froh, dass die Vizechefin des Museums keinerlei Ähnlichkeiten mit Frau Professor Gundrich hatte. Jelena Gundrich gehörte zu den Frauen, die ihm Angst einjagten. Als sie ihn vor zwanzig Minuten begrüßt hatte, fasste er in derselben Sekunde den Entschluss, diesen Museumsbesuch sehr kurz zu gestalten. Er war irritiert gewesen, weil er gedacht hatte, Dr. Carlotta Goldkorn vor sich zu haben.
Irritiert war er, weil aus Carlottas Mails ein humorvoller und warmherziger Grundakkord geklungen hatte. Und, um bei musikalischen Begriffen zu bleiben, für Jelena Gundrich waren Stakkato und Kakophonie passender. Jetzt, bei Carlottas Anblick, war seine Erleichterung groß.
Und da war noch etwas, das wie ein Komet vorüberzog, ein halb gefühlter, halb geahnter Gedanke, der so unglaublich war wie, ja, vielleicht wie der Augenblick, in dem man zum ersten

Mal in seinem Leben das Nordlicht am Himmel erblickt. Diese Ahnung erschien Gösta Johansson jedoch so unfassbar, dass er sie vorüberziehen ließ, ohne sie zu formulieren.

Aber das Licht hinterließ eine Spur.

Es dauerte ein paar Sekunden, bis er den Konversationston wiederfand.

Er wies auf einige Sägespäne an Carlottas Hemdärmel. »Haben Sie mit Holz gearbeitet?«

Anscheinend war Dr. Goldkorn auch in äußeren Dingen wenig förmlich. Sie trug blaue Cordhosen, einen blauen Baumwollpullover, der in Nabelhöhe eine breite Sägemehlspur aufwies, darüber ein offen stehendes, altes Herrenhemd. Mit Flecken.

Carlotta blickte an sich herunter und erschrak. In der Eile hatte sie vergessen, das Putzhemd gegen eine ordentliche Jacke zu tauschen. So trat man nicht vor einen Menschen, der dem Museum etwas Wertvolles für die neue Ausstellung leihen wollte. Wahrscheinlich hatte sich Jelena Gundrich auch darüber aufgeregt – und sie hatte recht. Carlotta klopfte eilig das Sägemehl vom Pullover und zupfte die Späne vom Ärmel. »Nein, äh … mein Onkel ist Holzbildhauer, und wo er ist, sind auch Sägespäne.«

Professor Johansson schien ihre Verlegenheit überbrücken zu wollen. Er wies auf Fotos, die gerahmt auf Carlottas Schreibtisch standen. Jule mit Schultüte, Jule, kopfüber am Klettergerüst hängend, Jule, die Zunge herausstreckend, Onkel Henri und Tante Antonia, beide feingemacht, zwischen ihnen eine junge Carlotta, stolz ein Dokument in die Kamera haltend.

»Ihre Tochter und Ihre Eltern?«

»Sozusagen. Mein Onkel und meine Tante. Ich bin bei ihnen aufgewachsen. Hier, auf diesem Foto halte ich gerade meinen taufrischen Kunsthistoriker in der Hand, ich habe in Freiburg und Berlin studiert. Knapp zwei Jahre später habe ich hier im

Museum angefangen. Natürlich noch nicht in diesem Büro! Und das kleine Monster am Klettergerüst, ja, das ist meine Tochter. Allerdings vor neun oder zehn Jahren. Jetzt ist sie vierzehn. Haben Sie auch Kinder?«

»Ja. Einen Sohn, der gerade in Neuseeland ist und von dem ich immer mal eine Nachricht per Handy bekomme. Bis Ende des Sommers darf er das noch, dann wartet in Stockholm wieder die Schule auf ihn.«

»Immerhin Stockholm«, meinte Carlotta. »Eine der schönsten Städte, die ich kenne, wirklich. Nein, ich glaube sogar, *die* schönste Stadt. Ich liebe es sehr.«

Es schien ihn zu freuen. Carlotta, erleichtert und froh über einen so zugänglichen Gast, wurde wieder von ihrem Schuldgefühl übermannt. »Ich habe immer noch das Bedürfnis, Ihnen zu sagen, dass meine Verspätung einen triftigen Grund hatte!«

Er beugte sich etwas vor. »Und ich wette, dass Sie mir den Grund am liebsten sofort und ausführlich erzählen würden!«

Carlotta lachte. »Sie kennen sich gut aus mit Menschen, was? Ich habe einen geradezu pathologischen Drang, mich für meine Verfehlungen zu rechtfertigen, und zwar so lange, bis mein Opfer in Tränen schwimmt. Vor Mitleid mit mir, natürlich. Aber ich mache Ihnen einen Vorschlag: Sie kommen heute Abend zu uns zum Essen, dann brauche ich nicht so viel zu erklären. Sie werden den Grund meiner Verspätung dann kennenlernen. Persönlich.«

»Danke. Das nehme ich gerne an. Aber was anderes: Wissen Sie, es ist merkwürdig, wenn man ins Ausland fährt und dort auf ein Stück eigene Familiengeschichte trifft.« Er wies auf ein querformatiges Bild, das in breitem Goldrahmen hinter Carlottas Schreibtisch hing. »Das ist Lovisa, die erste Frau meines Urgroßvaters. Ich habe dieses Gemälde noch nie im Original gesehen. Wir hatten zu Hause nur ein Foto davon.«

Sie betrachteten die junge Frau, die in einem hölzernen Gartenstuhl lag, die Knie leicht angezogen, so dass der lange, weiße Rock in anmutigen Falten ihre Füße fast verdeckte. Sie schien gänzlich vertieft in ihre Lektüre, ein in dunkelrotes Leder gebundenes Buch.

»Das Bild ist schon seit weit über hundert Jahren hier im Museum. Ich liebe es!« Carlotta wies auf ein paar helle Lichtreflexe im Gras. »Ich kann mich nicht sattsehen an diesem Licht, es ist so virtuos gemalt. Typisch Jasper Johansson eben. Sagen Sie, hat jemand in Ihrer Familie die Begabung Ihres Urgroßvaters Jasper geerbt?«

Gösta Johansson schüttelte lächelnd den Kopf. »Mein Sohn ist ein guter Pianist, aber mit der Malerei hat es niemand in der Familie.«

»Wissen Sie etwas mehr über Lovisa? Wer war sie?«

Gösta Johansson hob bedauernd die Hände. »Es fanden sich im Nachlass seltsamerweise keine Dokumente, keine Hinweise, die mit ihr zu tun hatten. Lovisa stammte aus Dalarna, vom Siljansee, mein Urgroßvater und Lovisa waren nur etwa fünf Jahre lang verheiratet. Sie ist sehr früh gestorben, das ist alles, was wir wissen.«

»Schade, ich war so neugierig!« Carlotta sah enttäuscht aus.

»Sehen Sie, und ich dachte, ich könnte im Gegenteil von Ihnen etwas über Lovisa erfahren, weil sie ja vor über hundert Jahren mal hier in Fichtelbach war, um mit Jasper ihren reichen Gönner August Gayette zu besuchen. Also hat sie hier auch keine Spuren hinterlassen, wenn Sie nichts über Lovisa wissen?«

Carlotta schüttelte den Kopf. »Nein, leider nicht.«

»Sagen Sie, bevor wir weiter über die geheimnisvolle Lovisa spekulieren – schenken Sie mir eine Privatführung? Ich kenne Ihr Museum ja nur aus dem Reiseführer. Es ist eine etwas ungewöhnliche Sammlung, oder?«

»Oh ja. Als ich zum ersten Mal hier war, wusste ich nur: Hier will ich mal arbeiten! Da war ich, glaube ich, fünf Jahre alt. Übrigens ...«, Carlotta stand auf, zog ein bunt kartoniertes Buch aus dem Regal, »... wir sind hier seit letztem Jahr auf Seite achtundsiebzig. Zwischen diesen Pappdeckeln landet nur ganz Besonderes.« Sie reichte es ihrem Gast.

Gösta Johansson las den Titel *Culture & Curiosities in Europe,* wendete es hin und her, identifizierte einen New Yorker Verlag und grinste. »Ganz Europa in *einem* Reiseführer, das schaffen wirklich nur die Amerikaner!«

Er schlug das Buch auf, eine bebilderte Seite zeigte die ungewöhnliche Architektur des Museums von Fichtelbach.

Auf einem Hügel stand die kleine Ritterburg aus dem vierzehnten Jahrhundert Arm in Arm mit ihrem Anbau aus Schmiedeeisen und Glas, einer Konstruktion, die um 1895 einmal tollkühn und hochmodern gewesen sein musste.

»*The most outstanding August-Gayette-Museum of Fichtelbach, quite a curious mixture of art, fossiles and historic costumes,* eine kuriose Mischung aus Kunst, Fossilien und historischen Kostümen«, las er laut.

»*Outstanding* in jeder Hinsicht! Und im Moment noch mehr als sonst. Überall Chaos!« Carlotta wies auf einen großen Arbeitstisch, auf dem sich Bücher, Manuskripte und Folianten türmten. Ein Plakatentwurf verdeckte das umfangreiche Zettelchaos direkt vor ihrem Bürosessel. Auf dem Plakat stand in großen Lettern: AUGUST GAYETTE – EIN LEBEN.

Gösta Johansson hatte sich erhoben und betrachtete den Entwurf. Das blasse, stark gerasterte Porträtfoto eines schnurrbärtigen Herrn des neunzehnten Jahrhunderts bildete den Hintergrund des Plakats. »Das ist der Entwurf der Grafikerin«, erklärte Carlotta. »Für die Ausstellung, in der Ihre Leihgabe hängen wird.«

»August Gayette – war es ein gutes Leben?«, fragte Gösta Johansson.

»Ich glaube schon!« Carlotta sah ihren Gast nachdenklich an. »Der Schwerpunkt ist diesmal das Porträt seiner exzentrischen Persönlichkeit. Aber mir fehlt für die Ausstellung noch etwas ganz Besonderes. Sagen wir, das, was ein belegtes Brötchen zum Canapé macht.«

Carlotta zog das fleckige Hemd aus, zupfte den letzten Sägespan vom Pullover und begutachtete sich kurz in einem kleinen Spiegel, der am Bücherregal hing.

»Dass Sie so eitel sind, hätte ich jetzt nicht gedacht!«, meinte er.

Sie lächelte. »Hier im Raum sind sogar Kamm und Bürste, ich weiß bloß nicht, wo! Aber ich habe noch ein Problem, Professor Johansson: Ich bin nicht nur zu spät gekommen, ich muss noch mal los, meinen Onkel vom Augenarzt abholen. Ich bin in einer knappen Stunde wieder zurück. Und dann bekommen Sie Ihre Privatführung. Unser Volontär Sebastian wird Ihnen während dieser Stunde das Depot zeigen und …«

»Oh nein, danke, wenn ich mich so lange an Ihren Computer setzen darf, bin ich vollkommen zufrieden. Ich muss dringend ein paar Mails beantworten.«

Carlotta wies erleichtert auf ihren Bürosessel. »Bitte! Es tut mir so leid, aber manchmal kommt eben alles zusammen. Onkel Henri hatte heute früh eine Sehstörung, und dieser Schreck sitzt mir noch in den Knochen.«

»Ganz ruhig, ist alles kein Problem!« Er hatte bereits an ihrem Schreibtisch Platz genommen und sah zu ihr hoch. »Das finde ich sogar außerordentlich nett, wenn in einer Stunde die Tür aufgeht und Sie dann noch einmal hereinkommen. Es gibt Wiederholungen, die ich sehr mag.«

* * *

»Onkel Henri, du arbeitest auf gar keinen Fall mit irgendeiner Kettensäge, solange deine Pupillen noch geweitet sind, klar?«
»Okay, Chefin. Denn rauch ich erst mal eine.«
Er setzte sich in seinen Korbsessel auf die Terrasse und fingerte nach den Zigaretten in seiner Brusttasche. »Wusste ich doch, dass meine Augen vollkommen fit sind. War wohl irgendein Kreislaufscheiß.«
Carlotta wuchtete einen Wäschekorb auf einen Hocker und klappte den windschiefen Wäscheständer auseinander. »Na, Gott sei Dank. So, fünf Minuten hab ich noch. Ich häng nur schnell die Wäsche auf, dann muss ich sofort wieder los, Onkel Henri, ich hab den schwedischen Professor im Büro sitzen.«
»Ist er nett?«
»Ja, doch. Ziemlich sogar. Du wirst ihn heute Abend kennenlernen. Er kommt zum Essen.«
»Hör mal, Kleene, mir ist da heute Nacht was durch den Kopf gegangen«, sagte Onkel Henri nach einer Schweigepause und drückte die Zigarette an der Sohle seines Arbeitsstiefels aus. »Also für den Fall, dass ich mal nicht mehr da bin, musst du mir was versprechen, Carlotta.«
Carlotta setzte sich ihrem Onkel gegenüber und nahm seine Hand. »Also, was soll ich dir versprechen?«
»Dass du dieses Haus später mal nicht so blödsinnig modernisierst mit Fensterrahmen aus Kunststoff und Granitböden und Schwebeklo und solchem Zeugs. Es hat so viel Charakter und Geschichte. Die Wände haben schon so viel Leben geatmet. Wie 'ne alte Schachtel eben.«
Carlotta nickte. »Geht in Ordnung, Onkel Henri. Mach ich nicht. Ist versprochen.«
»In zehn Jahren bist du selber 'ne alte Schachtel.«
Onkel Henri war nicht das, was man einen charmanten Men-

schen nennt. Er war Berliner. Daran hatten auch Jahrzehnte des Exils in der Mittelgebirgsprovinz nichts geändert.
Carlotta lachte. »Na, sagen wir in zwanzig. Und dann bin ich froh, wenn man an *mir* nicht herumoperiert.«
»Siehste«, sagte er zufrieden und trank einen Schluck Kaffee.
Sie stand wieder auf und hängte mit eiligen Bewegungen nasse Handtücher über die Metallstreben. »Altes, dummes Onkel, du kennst mich doch nun lange genug. Ich mag unser Haus so, wie es ist. Und so soll es auch bleiben.«
»Ich würde es dir ja gerne vererben, dann könnte ich die Sache mit den verbotenen Plastikfenstern zur Bedingung machen, aber es *ist* ja leider schon dein Haus. Immerhin – wenn ich dir die Liebe zu alten Türklinken vererbt habe, ist das ja auch schon was.«
Carlotta, ein rotes Unterhemd in der rechten Hand, hielt einen Moment inne. »Und die Liebe zu gutem Essen, bizarr geformtem Schwemmholz, schönen Wolken, Bildhauerei, bunten Holzmännlein und zu allem, was krabbelt und fliegt. Ja, und das, was ich über Kunst weiß, weiß ich von dir.«
Er grinste zufrieden. »Also, du willst sagen, es war nicht alles Müll, was du von mir gelernt hast?«
Carlotta warf mit dem nassen Unterhemd nach ihm. Es landete auf seinem Kopf. Er ließ es dort liegen und beobachtete den hellen Frühsommerhimmel, die Wolken, die von Westen kamen, es eilig hatten und sich zu immer neuen Wandergebirgen auftürmten.
»Weißt du, Kind, das Wesentliche in der Kunst kann man nicht lernen. Und eigentlich ist es auch unsagbar.« Onkel Henri nahm das nasse Unterhemd vom Kopf und warf es zurück. »Aber all das hohle Gequatsche über Kunst, das ich in meinem Leben schon gehört habe!«
»Deine alte Galeristin, wie hieß die noch?« Carlotta zog ein

verknittertes T-Shirt in Form. »Diese Reden zu deinen Vernissagen, so ein Gelaber. Heiße Luft und viele schöne Vokabeln.«
Onkel Henri breitete die Arme aus und zitierte: »Leidvoll, aber dennoch eine gewisse Hybris im Blick, in ihrer Grundform embryonal, so recken sich diese drei Gestalten wie in Erwartung der Apokalypse gen Himmel …«
Er brach ab und hieb mit der flachen Hand auf den Tisch. »Drei Ypsilon in einem Satz! Ha! Und dabei waren meine Modelle für diese Skulpturen drei Obstpflückerinnen, die ich mal in Frankreich auf einer Apfelplantage geknipst habe. Weil ihre Körper so hübsche Kurven hatten.«
Carlotta konnte sich noch gut an diese Vernissage erinnern. »Bitte schreiben Sie von den französischen Apfelmädchen und nicht diesen blödsinnigen Scheiß von der Apokalypsenerwartung!«, hatte Onkel Henri damals dem Pressevertreter zugemurmelt. Leider etwas zu laut, denn die Galeristin hörte es auch, warf ihr Sektglas an die Wand und kündigte die Geschäftsverbindung. Was beiden gut bekommen war.
Onkel Henri schnaubte verächtlich. »Das Ewiggültige von Essen, Erde, Drecksarbeit, genau das wollte ich in meine Holzfiguren packen. Ja, und die dabei zufällig entstandene Schönheit. Die Wahrheit ist oft ganz einfach.«
Carlotta beobachtete ihren Onkel. Wie wach und jung er aussehen konnte, wenn es um seine Arbeit ging. Seine dunklen Augen, in den letzten zwei Jahren oft so trübe und müde, waren auf einmal klar und lebhaft, hatten die alte Blickschärfe, trotz der heute ungewohnt großen Pupillen. Seine immer noch dichten, grauen Haare waren kurz geschnitten und standen senkrecht in die Höhe wie bei einem Terrier. Die kantigen Gesichtszüge, die tiefen Falten, erzählten von einem eigenwilligen Naturell. Seinem Gesicht war das wechselvolle Leben abzulesen, aber keine Bitterkeit.

Carlotta blickte auf ihre Armbanduhr und zuckte zusammen. »Oh Gott, ich muss in einer Minute los!« Sie bückte sich, griff drei Wäschestücke auf einmal.
Er beobachtete sie. »Nur keine Hektik, ich kann das doch später machen!«
»Lass mal, Onkel Henri. Ich bin ja schon fast fertig. Aber wenn du heute Nachmittag eine Viertelstunde Zeit hättest, könntest du das Rosenspalier reparieren. Aber erst, wenn deine Pupillen wieder in Normalstellung sind, hörst du?«
Plötzlich hielt sie inne. Sein Gesichtsausdruck hatte innerhalb von Sekunden gewechselt. Das kam sehr oft vor. Seit zwei Jahren. Sie setzte sich wieder auf den wackeligen Gartenstuhl, nahm sein Gesicht in beide Hände und hielt ihre Stirn gegen seine. Sie war kalt. Heute war ein ungewöhnlich kühler Tag für Anfang Juni.
Onkel Henri hatte Tränen in den Augen.
Das Rosenspalier. Die Glory of Dawn, die jetzt im Rausch ihrer kleinen rosa Blüten stand, hatte Tante Antonia vor drei Jahren an das Spalier gepflanzt. Der Garten war ihr täglich erlebbares Erbe.
»Ach, Carlotta. Ohne Antonia bin ich nur die Hälfte.«
Sie streichelte seine Terrierhaare. »Du bist nicht bloß die Hälfte. Es fühlt sich so an für dich, aber du bist es nicht.«
»Im Frühling«, Onkel Henri putzte sich geräuschvoll die Nase, »im Frühling hat Antonia immer so Grünzeug in Joghurtbechern keimen lassen, Unkraut, Gräser, Getreidehalme, was weiß ich. Da leuchteten ihre Augen so wie die von ’nem kleinen Dackel vor der Bratwurst.«
Auch Onkel Henris Poesie war in Berlin zu Hause. »Und denn, im Sommer …«
»… war der Garten ein einziger Dschungel«, ergänzte Carlotta.
Er blickte auf, versuchte ein halbes Lächeln, aber es gelang nicht. »Ich erzähl immer dasselbe, was?«

»Nee, machst du nicht. Nur wenn's um Antonia geht. Und dann antworte ich immer dasselbe.«
»Und – wird's dir langweilig?«
»Nee, wird's mir nicht.«
»Und warum nicht?«
»Weil ich es gerne höre, wenn du von Antonia sprichst. Und weil ich dich seit ein paar Jahrzehnten ziemlich lieb habe.«
Jetzt lächelte er.
Mehr wollte Carlotta für den Moment nicht.
Sie umarmte ihn. »So, jetzt muss ich endgültig los. Sonst mache ich mir Feinde, du kennst doch Großfürstin Gundrich.«
»Die Idiotin da soll froh sein, dass sie dich hat! Schließlich kannst du *alles!* Bloß Kinder erziehen kannst du nicht.«
»Und alte renitente Onkels in Schach halten schaff ich auch nicht. Man kann eben nicht alles können. Ach, übrigens, ich hab vorhin Leo getroffen, der Kleine sieht gar nicht gut aus.«
»Friedrich und Fußball, was?«
»Genau.«
»Ich sag dir was, Carlotta. Wenn das so weitergeht, dann kaufe ich mir Friedrich. Ich kenn ihn zwar nur flüchtig, aber er wäre nicht der erste Blödmann, bei dem ich mal ein paar Synapsen ganz neu verknotet hätte.«
Das stimmte. Onkel Henri besaß ein sehr unkonventionelles pädagogisches Talent.
»Und wenn du Leo siehst, dann grüß den Kleinen von mir und sag ihm, dass seine Werkzeuge hier immer auf ihn warten. Die laufen ihm nicht weg. Ich auch nicht.«
Carlotta goss ihm noch einen Kaffee ein. Diese Dialoge, die der eigentlichen Verabschiedung folgten wie der Abspann einem Film, konnten sich hinziehen. Jeden Tag aufs Neue. Und eigentlich fehlte es beiden, wenn dieser Abspann aus Zeitgründen mal ausfallen musste. Seit Antonias Tod hatten sich zwischen ihnen

Rituale eingespielt, die wärmten. Aber heute war der Druck einfach zu groß. Onkel hin, Trösten her, nun ging nichts mehr. Carlotta nahm ihre Tasche, wandte sich an der Tür noch einmal um. »Jule wird heute bei dir klingeln, dass du Bescheid weißt, Onkel Henri. Sie hat den Schlüssel verloren.«

»Nein! Nicht schon wieder! Der wievielte ist das seit letztem Jahr?«

Carlotta zuckte mit den Achseln.

»Deine Tochter ist eine Schlampe.«

»Ich weiß. Kann sie nur von dir haben, Onkel Henri. Und bitte, schick sie gleich nach oben, sonst macht sie schon wieder keine Hausaufgaben. Und sie soll ein Käsebrot essen. Heute Abend koche ich dann richtig. Ich ruf dich noch an, damit du vielleicht schon ein paar Kleinigkeiten vorbereitest.«

»Aye, aye, Sir!« Onkel Henri legte die Hand zum kurzen Gruß an die Schläfe.

Carlotta zog die Tür hinter sich zu und rannte zu ihrem Auto. Onkel Henri stand auf, zog seine blaue Arbeitsjacke über, steckte die Zigaretten in die Brusttasche, nahm den Kaffeebecher und stieg die fünf Stufen, die von der Terrasse zum Garten führten, hinunter. Er dachte an seine Arbeit, an die noch unfertige Holzfigur, die auf ihn wartete, und auf den schmerzenden Schatten Antonias fiel ein tröstendes Licht.

The most curious August-Gayette-Museum

Gösta Johansson blickte erstaunt auf, als Carlotta wieder in der Tür stand. »Schon zurück? Ich lese gerade Interessantes über Sie auf Ihrer Museumsseite. Sie sind mit August Gayette verwandt?«

Carlotta nickte. »Er war mein Urgroßonkel.«

»Ich glaube, das Wort ›ungewöhnlich‹ werde ich heute noch ein paarmal gebrauchen«, meinte Gösta Johansson und musterte Carlotta. »Ungewöhnlich finde ich zum Beispiel, dass meine Mutter Deutsche war und Ihre Schwedin. Mein Urgroßvater Jasper war also der Maler, der von Ihrem Urgroßonkel August lukrative Aufträge bekam. Sind Sie eigentlich mit dem Namen Gayette geboren?«

Carlotta nickte. »Bin ich. Aber hier im Museum ist eigentlich alles ungewöhnlich. Kommen Sie, jetzt ist Ihre Privatführung dran.«

Vor der Bürotür wies sie mit ausladender Armbewegung auf Glaskuppel und Lichthof. »Im Grunde genommen ist dieses Museum für Fichtelbach ein, zwei Nummern zu groß. Aber im Jahr 1893 wurde Fichtelbach tausend Jahre alt. Und August Gayette hat seiner Heimatstadt dieses Museum zum Geburtstag geschenkt. So wie andere Leute ihrer Tante einen Kuchen.«

Gösta bewunderte das rankenartige Geländer, die Metallsäulen, an deren oberen Ende fliederfarbene Glasornamente in die Kuppel wuchsen. Von hier oben hatte man nicht nur einen

guten Blick in die Kuppel, sondern auch auf die anderen Etagen, auf die beleuchteten Vitrinen, auf Bilder und Skulpturen.
»Ein bisschen Pariser Jugendstil mitten in Deutschland, und dann auch noch dieses nette Tierchen, also irgendwie …« Gösta wies auf die Mitte des Lichthofs, auf das rekonstruierte, große Skelett eines Allosaurus maximus. Es reichte vom Erdgeschoss bis über den ersten Stock. Dort grinste der Saurier das Publikum an, mit einem beeindruckenden Gebiss.
»Unfreiwillig komisch, meinen Sie?« Carlotta lachte, diese Wirkung hatte das Museum häufig auf Besucher aus europäischen Großstädten. »Das stimmt.«
»Aber es hat Charme.« Gösta Johansson beobachtete einen Moment lang die Besucher, die sich in den unteren Etagen wie bunte Fische um die Objekte scharten, dann wandte er sich zu Carlotta, lehnte sich mit dem Rücken an das Geländer und verschränkte die Arme. »Wer war dieser August Gayette? Dass er ein Nachkomme fleißiger Hugenotten war, kann ich mir bei diesem Namen denken, aber das ist auch schon fast alles, was ich weiß.«
»August Gayette war reich. Oder besser: stinkreich. Sie kennen doch die italienische Hutmarke Borsalino, oder?«
»Na klar. Ein Klassiker.«
»In Deutschland dagegen, aber auch in Frankreich und vor allem in den USA trug man damals seinen ›Gayette‹. Diese Hüte waren einfach unverwüstlich. Seine Filzhutfabrik hat August damals so viel Geld gebracht, dass er seine Sammelleidenschaft ungehindert ausleben konnte. Das ist er übrigens!« Carlotta wies auf ein Ölgemälde, das fast direkt vor ihnen an der Wand hing.
August Gayette, in bürgerlicher Aufmachung mit Stehkragen und Uhrkette, saß entspannt in einem Korbsessel. Er schien wohlgenährt, der Ausdruck seiner dunklen Augen war nach-

denklich und freundlich. In der rechten Hand hielt er ein Glas Rotwein, die linke war erhoben, als wolle er eben an der Zigarre ziehen, die zwischen Daumen und Zeigefinger steckte. Blauer Rauch kringelte sich über seinem Kopf. Das Ganze wirkte wie eine atmosphärische Momentaufnahme. Die Andeutung des Umfelds sah, wie der Korbsessel, nicht sonderlich luxuriös aus.

»Wie heißt noch mal dieses schöne deutsche Wort?«, fragte Gösta. »Ein Lieblingswort meiner Mutter. Ich glaube ›leutselig‹. Genau. Leutselig sieht er aus.«

Carlotta nickte. »Das trifft es, ganz sicher. Normalerweise posierten die Herren aus dem Geldadel oder der Industrie zu dieser Zeit anders. Sie konnten vor lauter Wichtigkeit kaum noch atmen. August dagegen war ein entspannter Mensch. Der Maler hat versucht, das zu zeigen, deshalb hat er Augusts Körpersprache festgehalten.«

Gösta beugte sich vor, um die Signatur zu entziffern, zog aber die Stirn kraus. Er blickte wieder auf und sah Carlotta fragend an. »Wie, man weiß nicht, wer das gemalt hat?«

»So ist es. Von diesem Bild kennen wir nur das Entstehungsjahr, 1896. Die Signatur ›A.F.‹ konnten wir bis heute keinem Maler zuordnen. Ich fahnde schon seit Jahren nach ihm. Aber es gibt nicht eine einzige Spur!«

»Seltsam!«

Carlotta nickte. »Es gibt nur ein paar stilistische Ähnlichkeiten mit Anders Zorn*, den kennen Sie ja sicher. Wir haben im Depot immerhin noch dreizehn Gemälde von unserem Phantom A.F., ein paar hübsche Landschaften, ein paar anonyme Porträts. Aber wo sie entstanden sind und wer der Maler war …« Carlotta zuckte mit den Schultern.

* Anders Zorn, berühmter schwedischer Maler, 1860–1920. Er ist in Schweden immer noch sehr populär, war es zu seinen Lebzeiten auch in Deutschland, er war unter anderem ein Freund von Max Liebermann.

»Sagen Sie, ich habe eben in Ihrem Museumskatalog gelesen, dass August Gayette sämtliche Expeditionen, bei denen man all diese Fossilien für das Museum fand, finanziert hat. Aber er sei nie mitgefahren. Warum eigentlich nicht?« Gösta betrachtete den Genussmenschen August mit wachsender Sympathie.

»Angeblich war es ihm zu unkomfortabel«, erklärte Carlotta. »Zu diesem Thema gibt es einen Brief an einen Freund, in dem August plastisch beschreibt, wie er abends mit seinem Bordeaux und einer Havanna am Kaminfeuer sitzt und die Reiseberichte seiner Wissenschaftler liest. Er liebte Abenteuer über alles. Hauptsache, er brauchte nicht selbst dabei zu sein. Expeditionszelte hätten kein fließendes Wasser und kein nettes Stubenmädchen, das würde ihn von den Reisen abhalten. Das steht jedenfalls in diesem Brief. Ich vermute allerdings, er hatte Angst.«

Gösta lehnte sich zurück. »Ist mir sehr sympathisch. Ich fürchte, ich gehöre auch zu dieser Sorte Mensch.« Er hob entschuldigend beide Hände. »Ich lese mit Leidenschaft Berichte über Bergbesteigungen in Tibet oder Nepal. Und während der mutige Bergsteiger bei fünfzig Grad minus am Seil über dem Abgrund wackelt, sitze ich vor meinem roten Holzhaus und trinke ein Bier. Das ist übrigens die sicherste Methode, wie man solche Abenteuer überlebt.«

»Sie wohnen in einem roten Holzhaus?«

»Nur im Sommer. Auf einer Schäre. Das Haus gehört schon lange der Familie, Ihr Urgroßonkel August hat es kennengelernt, als er meinen Urgroßvater im Jahr 1895 in Schweden besuchte.«

Carlotta seufzte sehnsüchtig. »Die Schären im Frühling und ein rotes Sommerhaus – ich geb's zu, ich bin neidisch.«

»Kennen Sie die Stockholmer Schären?«

»Oh ja, ich bin als Kind sehr oft da gewesen. Die schwedische Hälfte meiner Seele hat immer wieder Heimweh danach. Das

Thema darf ich jetzt aber nicht vertiefen, wir haben noch viel vor uns. Wo war ich, Professor? Ach ja. Also: August Gayette hat jede Menge Kunst gesammelt, das wissen Sie ja«, fuhr sie fort, »unter anderem holländische Stillleben aus dem siebzehnten Jahrhundert, hinreißend schöne Stücke. Dazu noch Hüte, Schmuck, historische Kostüme, barocke Zahnstocher, alte Fischbeinkorsetts, Musikinstrumente aus Bayern, Afrika und dem Rest der Welt und …« Carlotta musste überlegen.

»Und die weltberühmte Sammlung von Versteinerungen aus dem Fichtelbacher Steinbruch und aus Südamerika!«, half Gösta Johansson.

Carlotta lachte. »Sehen Sie, daran hätte ich nicht mehr gedacht. Aber ich bin keine Paläontologin, das ist der Grund dafür, dass ich mal eben das halbe Museum vergesse. Also, August war ein kreativer Exzentriker. Er wollte, dass die Menschen durch Neugierde lernen, durch Kontraste, durch extreme Kombinationen. Seine Idee von einem guten Museum war für das neunzehnte Jahrhundert höchst ungewöhnlich. Doch das zeige ich Ihnen lieber, als darüber zu reden. Am besten fangen wir im zweiten Stockwerk an, das ist nämlich vor einem Jahr neu gestaltet worden, streng nach August Gayette.«

Im zweiten Stockwerk angekommen, bog Carlotta in einen Gang ab und blieb vor der ersten Vitrine stehen, neben einer Besucherin, die sich vorgebeugt hatte und durch das Glas starrte.

Gösta sah diese Besucherin eine Zehntelsekunde zu spät. Er rempelte sie unsanft an, erschrak, trat einen Schritt zurück. »Oh, entschuldigen Sie, ich habe Sie nicht …«

In der nächsten Sekunde erschrak er gleich noch einmal. Der Aufprall war hart gewesen, die Dame hatte sich nicht einen Millimeter bewegt. Gösta trat einen Schritt zurück. »Aber – die ist ja gar nicht echt!«

Er betrachtete die Blondine. Tatsächlich. Eine große Puppe. Sie hatte ein stupsnasiges Kindfrauenprofil, ihre hochgesteckten Haare wirkten echt. Der Mund war geöffnet, ihre Miene verriet Erstaunen und Konzentration. Etwas unheimlich waren sie schon, die starr aufmerksamen Glasaugen, die durch jeden hindurchblickten, die langen Wimpern, die fast echt wirkende Haut aus Kunstharz, der kleine Leberfleck auf der rechten Wange. Jetzt erst bemerkte Gösta Johansson, dass die aufprallresistente Besucherin ein völlig unzeitgemäßes Kleid trug: lang, eng tailliert, fliederfarben und resedagrün gestreift, mit kokettem Polster über dem Hinterteil, einer Tournüre. Seitlich auf dem Kopf saß ein kleiner Hut mit Federn, Schleier und einem grünen Vogel.

»Das ist Clothilde«, erklärte Carlotta. »Und ihr Kleid stammt bis ins Detail aus einem Wiener Modekatalog von 1870. Weil die Besucher gerade hier, wenn sie um die Ecke biegen, auch schon mal gerne in sie hineinrennen, wollten wir sie eigentlich versetzen. Aber die Fichtelbacher Dauerbesucher haben protestiert.« Sie wies auf eine Sitzbank, die etwa drei Meter entfernt stand. »Die Stammgäste lieben es, die Anzahl der Kollisionen zu zählen. Und einer unserer Stadtschreiber hat Clothilde sogar schon in einer Kurzgeschichte verewigt. Aber Sie sollten einen kurzen Blick in die Vitrine werfen.«

Gösta Johansson interessierte sich nicht besonders für Schmuck. Aber Clothilde hatte in ihm eine ungewohnte Neugierde geweckt, er betrachtete aufmerksam Colliers und Ohrringe. Plötzlich stutzte er. »Moment mal, dieses geflochtene Armband mit der Medaillonschließe – was für ein seltsames Material ist das denn?«

»Biedermeier, Deutschland 1830, und das Flechtwerk ist – ja, gehen Sie ruhig etwas näher an die Vitrine – es ist aus echten Haaren.«

»Leicht gruselig. Aber sagenhaft, wie filigran das ist!« Gösta Johansson betrachtete das unglaublich präzise, fein und kompliziert geflochtene breite Armband und sah dann unwillkürlich auf seine Finger. »So etwas konnten wahrscheinlich nur Frauen herstellen, deren Hauptberuf sich ›Ich sitze am Fenster und warte‹ nannte, oder?«

»Nicht nur. Es gab auch Profis, die diese Stücke herstellten. Zum Beispiel Friseure. Schmuck aus Haaren liebte man damals, im Biedermeier fand man das romantisch. Uhrketten für den Verlobten oder Halsschmuck für die beste Freundin zur Hochzeit, als Zeichen von Liebe, Treue und Verbundenheit.«

Carlotta zeigte in die Vitrine. »Und hier, direkt daneben, dieses Armband aus ziselierten Goldperlen, das trug eine kleine Etruskerin.«

»Direkt neben diesem Goldschmuck – ist das etwa ein Kinderarmband aus einem Automaten? Das ist ja eine wilde Mischung!«

Carlotta nickte. »Da haben Sie einen ersten Vorgeschmack von August Gayettes Idee. Er hasste monotone Vitrinen und wollte immer die Unterschiede, aber auch die Verwandtschaften zwischen den Epochen aufzeigen, egal, wie weit sie auseinanderliegen.«

»Stimmt. Das Bonbonkettchen wirkt plötzlich ganz anders, wenn die Klassiker daneben liegen. Nämlich ebenfalls klassisch. Erstaunlich.«

»Und das ist es ja auch. Schmuck aus wertlosem oder besser aus vergänglichem Material gab es zu allen Zeiten. Das kleine Etruskermädchen hat ihr Armband ja nicht so geliebt, weil es aus Gold war, sondern weil es ihr die Lieblingstante geschenkt hatte – vielleicht mit dem Satz: Du bist das beste Kind auf der Welt!« Carlotta stockte. Der Schmerz war wieder einmal unbemerkt gekommen, herangeflutet mit ihren eigenen Worten, die Tante Antonias Worte gewesen waren, ungezählte Male.

Sie konnte einen Moment lang nicht weitersprechen, wandte den Kopf ab.

Gösta Johansson blickte auf. Carlottas Gesicht gehörte zu den lesbaren. Er betrachtete ruhig die Vitrine und wartete.

Nach einer Weile sprach Carlotta weiter. »Und sehen Sie, so ein blau-rosa Bonbonarmband hat sich schon manches kleine Mädchen von der Seele gerissen, um seine Freundin zu trösten – was für ein Wert! Wert ist ja etwas Subjektives. Es ist meist nicht so wichtig, ob etwas aus Gold oder Dosenblech gemacht ist, wenn man Zuneigung verschenken will. Und genau das wollte August eben *auch* zeigen.«

Gösta nickte zustimmend. Dann musterte er Clothilde noch einmal. »Es gefällt mir, dass Ihre Figuren individuelle Gesichter haben. Und die Gestik wirkt echt. Nichts ist schlimmer als historische Gewänder an modernen Schaufensterpuppen in albernen Posen.«

»Die Puppen wurden extra für das Museum hergestellt, das war eine Idee von Frau Gundrich.« Carlotta senkte die Stimme. »Es ist nicht immer einfach mit ihr, aber *wenn* sie eine Idee hat, dann ist sie fast immer gut. Sie hat das Konzept von August Gayette nicht nur verinnerlicht, sie denkt es weiter. Madame ist anstrengend, aber andererseits könnten wir hier einen trockenen Bürokraten auch gar nicht brauchen. Übrigens, nicht, dass Sie denken, hier stünden immer dieselben Puppen herum, nein! Über Nacht verschwinden sie und werden einfach durch andere ersetzt. Hippies, Germanenfürsten oder ältere Herren in schottischer Nationaltracht mit Dudelsack.«

Carlotta fasste Gösta Johansson am Ärmel und zeigte auf ein junges Mädchen, das barfuß am Ende einer langen Vitrine mit barocken Kostümen stand. Sie trug einen kurzen Rock aus groben, gedrehten Wollschnüren, ein ebenso grobes Hemd, einen Gürtel mit großer, runder Schließe und hielt in der erhobenen

Hand ein Handy. »Das ist Gunilla. Sie steht erst seit ein paar Tagen dort.«
Das Mädchen erinnerte an eine Gymnasiastin der ökologischen Fraktion, die an Sommertagen den Fichtelbacher Hedwigsbrunnen auf dem Marktplatz umlagerte. Carlotta war mit zwei Schritten bei ihr. So mochte sie ausgesehen haben, um 1360 vor Christus, in Dänemark, denn dort hatte man in einem Grab das Original dieses bronzezeitlichen Teenagergewands gefunden.
»Geht das nicht ein bisschen weit mit diesem Ding in der Hand? Ich find's etwas übertrieben.« Gösta machte ein skeptisches Gesicht.
Carlotta lachte. »Doch, absolut, und das hatte unsere Gunilla gestern auch noch nicht! Das war irgendein Witzbold, der sein ausrangiertes Handy originell entsorgt hat.«
»Interaktives Museum auf Fichtelbacher Art?«, fragte Gösta.
»Genau! Ich glaube, August wäre damit einverstanden gewesen.« Carlotta wollte dem Bronzezeitkind das Mobiltelefon aus der Hand nehmen. Aber sie hielt inne. »Nein, das lasse ich erst mal so. Wer weiß, vielleicht ist Frau Gundrich sogar entzückt darüber. Das weiß man nie.«
Gösta betrachtete das junge Bronzezeitmädchen, das mit dem stillen Gesicht, den ländlich roten Wangen und den glatten, dunkelblonden Haaren vollkommen zeitlos wirkte. »Also, die Idee mit den Figuren gefällt mir. Aber wird denn hier nicht viel kaputt gemacht?«
»Erstaunlicherweise hält sich das in Grenzen. Unsere stummen Besucher bekommen schon mal einen Kaugummi ins Gesicht geklebt, Clothilde hat mal ein Ohrring gefehlt. Aber umgerechnet auf die Zeitspanne ist das ein ziemlich geringer Schaden. Wissen Sie, wenn Sie den Menschen etwas zutrauen, im positiven Sinne, ist das oft viel wirkungsvoller, als etwas zu verbieten.«
Sie bogen um eine Ecke, passierten einen gewölbten Durch-

gang und fanden sich in einem Raum mit meterdicken Mauern und kleinen Fenstern wieder. Hier regierte keine leichtfüßige Eleganz mehr, denn man war im ehemaligen Wappensaal der Ritterburg von Fichtelbach, erbaut im Jahre des Herrn 1335.

»Raffiniert«, meinte Gösta. »Man merkt gar nicht, wie geschickt hier neunzehntes und vierzehntes Jahrhundert zusammengenäht wurden.«

»Die Burg war eine halbe Ruine. Normalerweise hätte man so etwas im neunzehnten Jahrhundert nicht gemacht. Man hätte eher die Burg abgerissen oder sie pseudomittelalterlich wieder aufgebaut. Aber August war ein visionärer Dickschädel, er wollte das Alte erhalten und mit dem Neuen verbinden. Was heute normal ist, war damals ungewöhnlich.«

Grimmige Ritter der Fichtelbacher Sippe, ausgestorben im achtzehnten Jahrhundert, äugten von den Wänden. Gösta betrachtete die Ahnengalerie. »Hubertus der Halslose«, las er. »Der Porträtist war ja sehr unbarmherzig! Und wer ist das daneben?«

»Johann der Dicke!«

»War er mit dem Bild einverstanden?«

»Das weiß ich leider nicht. Die Porträts sind alle später entstanden, nach Beschreibungen von Zeitgenossen. Der Maler hat die Texte im Stadtarchiv gefunden und dann seine Phantasie walten lassen.«

»Johann sieht aus wie ein Kuchen mit zu viel Backpulver!«, meinte Gösta und besah sich die nächsten Herren. Konrad der Kahle konnte sich tatsächlich mit keinem einzigen Haar trösten. Er hatte noch nicht einmal Augenbrauen und wirkte wie ein erstauntes Schwein. Und Guntram der Starke weckte den dringenden Wunsch, ihm nie auf freier Wildbahn zu begegnen.

»Kommen Sie, Herr Johansson, wir gehen mal zu …« In diesem Moment kam eine Besuchergruppe hereinmarschiert, ihnen voran Herr Heimchen.

Franz Rudolf Heimchen, ein sanfter, älterer Herr, sah aus, als sei er eines Tages einfach aus einem Spitzweggemälde ins Museum gehüpft. Er war Historiker und Instrumentenspezialist, aber, ähnlich wie Carlotta, Heinzelmännchen für alles. Er blieb vor drei Ritterrüstungen stehen, die Besucher gruppierten sich erwartungsvoll im Halbkreis um ihn.

»Ein bisschen habe ich Ihnen ja schon über August erzählt«, begann er den Vortrag mit seiner hohen, etwas brüchigen Stimme, nickte Carlotta grüßend zu und musterte den Mann an ihrer Seite flüchtig, »und über das nicht ganz kleine Geschenk, das er seiner Stadt zum tausendsten Geburtstag machte, nämlich das alles hier.«

»Wir bleiben noch eine Minute«, flüsterte Carlotta, und Gösta nickte.

»August Gayette, meine Damen und Herren, hatte im Mai 1893 eine gigantische Einweihungsfeier für das Museum organisiert, es war viel Prominenz anwesend, darunter eine Prinzessin zu Schaumburg-Lippe. Ein schlauer Professor mit Orden auf der Brust hielt eine Rede über die Kunst, danach kam der Bürgermeister dran und lobte eine halbe Stunde lang den hochgeschätzten Gönner der Stadt. Dann übergab er das Wort an August Gayette, der dankte nur kurz und sagte: ›Bevor wir jetzt alle viel Champagner trinken, verehrte Gäste, sag ich Ihnen nur einen Satz, nämlich: Geschichte muss lebendig erzählt werden, sonst lernen wir nichts aus ihr!‹ Und bei diesem Stichwort klappte er diesem Herrn hier«, Herr Heimchen wies mit dem Daumen auf die Ritterrüstung hinter ihm, »das Visier nach oben, und die Rüstung brüllte: ›Jawoll, Herr Gayette‹, und hob ihre furchtbar knirschende, blecherne Hand zum Gruß. Woraufhin die dicke, alte Prinzessin Schaumburg kreischend zu Boden sank.«

Das Publikum murmelte und kicherte verhalten.

»August Gayette war zwar ein angesehener Bürger«, fuhr Herr Heimchen fort, »aber auch ein Enfant terrible. Dazu kann ich Ihnen noch eine Geschichte erzählen. Einmal war das ganze Museum in heller Aufregung, weil sämtlicher Schmuck über Nacht verschwunden war, dafür fand man Ketten und Armbänder aus Eicheln und Kastanien in den Vitrinen. Und auf den kostbaren alten Fayencen aus Portugal lagen Kuchenstücke und Trauben. Dabei konnte es August nicht gewesen sein, denn seine Diener und die Köchin schworen Eide darauf, dass er am Vorabend seine Villa nicht verlassen habe. Einen Tag lang stand Fichtelbach kopf, August war die Ruhe selbst und befahl seinen Museumskräften, den Kuchen aufzuessen und die Dinge abzuwarten. Und tatsächlich, am nächsten Tag war der Schmuck wieder da, und auf den portugiesischen Tellern, auf denen tags zuvor der Kuchen geduftet hatte, lagen die Eicheln und Kastanien. Jedenfalls«, Herr Heimchen zeigte auf ein paar gerahmte Kopien vergilbter Zeitungsblätter, »der *Fichtelbacher Tagesanzeiger* hatte damals immer was zu schreiben. Ab und zu gab's auch geheimnisvolle Fackeln, die nachts ganz oben auf den Burgzinnen plötzlich brannten, oder irgendwelche hüpfenden Irrlichter. Halb Fichtelbach rätselte herum, und ein ängstliches Damenkränzchen ließ extra Messen lesen. Irgendjemandem fiel dann auf, dass man das Geflacker niemals beobachten konnte, wenn August auf Reisen war. Und nach seinem Tod hörte es ganz auf. Ach, und noch so ein Histörchen, aber kommen Sie, das erzähle ich Ihnen im Nachbarsaal!«

Die Gruppe trappelte brav hinter Herrn Heimchen her.

»Und man weiß wirklich nicht, was dahintersteckte?«, fragte Gösta.

Carlotta schüttelte den Kopf. »Der Nachtwächter hatte immer Zeugen dafür, dass wirklich niemand im Museum gewesen sein konnte. Diese Rätsel wurden nie gelöst, bis heute nicht.«

Es wurde wieder ruhig. Carlotta lotste ihren Gast ein paar Schritte weiter. Hinter einem Rundbogen öffnete sich ein weiter Raum. Wie eine sanfte Herde standen Harfen aller Größen in der Mitte des Saales zusammen. Die vielen Hölzer und Ornamente aus verschiedenen Ländern und Jahrhunderten, Perlmutt, Goldbeschläge und Intarsien schimmerten im Nachmittagslicht, das durch die Fenster dieses Rittersaals fiel.

Vor einer großen Konzertharfe aus Ahorn fiel Gösta eine sitzende, lebensgroße Puppe auf, sie trug einen hellen, langen Rock, ihr Oberkörper war vorgebeugt. Den Kopf hatte sie gesenkt, ihre Haare fielen so, dass das Gesicht kaum zu erkennen war, ihre schmalen Finger lagen auf den Saiten. In ihrer konzentrierten Pose glich sie einem andächtigen Engel, der seit Jahrhunderten unbewegt auf den Jüngsten Tag wartet, um endlich ein erlösendes Halleluja anstimmen zu können.

Nichts hätte einen größeren Gegensatz zu den klobigen Rittern bilden können als diese lyrischen Instrumente, die engelsgleiche Harfenistin und ihre stumme Musik, die durch den Raum schwebte.

Gösta legte den Kopf schief. »Ganz ehrlich – das Puppenmädchen finde ich ein bisschen kitschig!«, raunte er. Carlotta wollte etwas sagen, ihre Mundwinkel zuckten, aber sie blieb stumm.

In dieser Sekunde griff der Puppenengel in die Saiten und spielte einen langen Satz perlender Töne, verspielte sich, setzte ab und begann von neuem. Gösta zuckte zusammen, Carlotta berührte beruhigend seinen Oberarm.

»Madonna, das ist ein Tag der Schrecken!« Er nahm ihre Hand und legte sie sich auf die Brust. »Spüren Sie das?«, flüsterte er. »Dreifacher Puls!«

»Tut mir leid«, flüsterte sie zurück. »Die Puppe lebt! Ich hätte Sie warnen sollen. Aber Sie sind einem typischen Gayette-Effekt aufgesessen, und das gehört eben auch zum Museum. Hier findet heute Abend ein Konzert statt, und deshalb probt die Harfenistin aus unserem Fichtelbacher Musikkolleg.« Sie wies auf den Flügel, der auf einem Podest an der Stirnseite des Saales stand. Sie blieben noch ein, zwei Minuten stehen, lauschten dem Mädchen. Fast schien es, als lauschten auch die anderen Harfen ihrer Kollegin.

Die Musik verstummte, das Mädchen beugte sich noch weiter vor, hob raschelnd einige Papiere vom Boden, blickte auf und grüßte Carlotta mit einer kleinen Geste.

»Ihr Puls ist wieder normal!« Carlotta zog vorsichtig ihre Hand unter der seinen hervor.

Im nächsten Raum blieb Gösta Johansson plötzlich wie elektrisiert stehen. *Nautiluspokal mit Silberfassung* stand unter einem Bild, das Frans Calvers 1658 gemalt hatte. Es war eines der Lieblingsgemälde August Gayettes gewesen.

Der Becherteil des fein ziselierten Silberpokals bestand aus dem schimmernden Perlmutt einer Nautilusschnecke. Daneben leuchteten hellrote Kirschen auf glänzendem Damast, der so echt wirkte, dass man das Tuch am liebsten zwischen die Finger genommen hätte. Schmetterlinge gaukelten auf Früchten, die in einer chinesischen Porzellanschale lagen – alles lebensecht von Meisterhand gemalt: ein holländisches Zeugnis aus einem Jahrhundert, als die Kapitäne längst auf großen Seglern die Meere durchpflügten und die nördlichen Länder mit dem Luxus exotischer Importe wie Pfeffer, Porzellan und Seidenstoffe erfreuten.

Gösta Johansson wandte sich zu Carlotta. »Sie halten mich jetzt wahrscheinlich für verrückt, aber genau dieses Bild hängt in Stockholm in meinem Wohnzimmer, exakt das gleiche! Es ist nicht signiert und ganz klar eine Kopie dieses Calvers hier. Auf der Rückseite steht: ›Mit Compliment – August Gayette‹.«

»Das ist ja ein Ding!« Carlotta war sichtlich erstaunt. »Also ein Geschenk von August an Jasper. Wissen Sie, wann es in Ihren Familienbesitz gelangt ist?«
»Nein, leider nicht!« Erst jetzt bemerkte Gösta ein kleines Bild, das links neben dem Calvers hing. Ein buntes Bild in einem billigen, roten Holzrahmen, gleichwertig neben dem holländischen Meisterwerk im vergoldeten Barockrahmen.
Mit krakeligen Filzstiftbuchstaben hatte jemand den Titel unter sein Werk gemalt: »Mein Lieblingsbecher lebt« – und das war nicht übertrieben. Der gepunktete Kakaobecher hatte haarige Ohren, eine grüne Knollennase und grinste aus einem Bett von Kirschen, Bananen und Erdbeeren, gemalt von Kinderhand. Genauer gesagt von »Katrin, sieben Jahre«, wie ganz unten am Bildrand zu lesen war.
Carlotta sah Göstas fragendes Lächeln.
»Kinderhand neben Meisterhand, auch das ist eine August-Idee, jedenfalls so ähnlich. Das hier«, sie zeigte auf das bunte Deckfarbenbild, »stammt aus einem Malwettbewerb. Aber jetzt zeige ich Ihnen etwas ganz Poetisches. Lyrik aus Kalkstein.« Sie ging voraus. »Dazu brauche ich gar nichts zu sagen, dieses Objekt erzählt selbst genug.«
Carlotta hielt Gösta auf der Türschwelle kurz zurück. »Diesen Raum liebe ich. Ich bin jetzt seit zehn Jahren hier, und ich habe mich immer noch nicht sattgesehen.« Sie zeigte auf die linke Wand. »Das ist der sogenannte Elfenstein. Wir haben Paläontologen und Fossilsammler aus Madrid und Tokio, die extra nur wegen dieser Kalksteinplatte zu uns kommen.«
Tatsächlich hingen in diesem Raum nur zwei Objekte einander gegenüber, mehr gab es nicht zu sehen. Gösta trat näher und war vom ersten Augenblick an fasziniert.
Eine sehr große Steinplatte unter Glas hing an der linken Wand: drei fossile, fast unversehrte Libellen schienen nebeneinander zu

schweben. Jede hatte eine Flügelspanne von fast zwanzig Zentimetern. Eisenhaltiges Wasser war vor Urzeiten zwischen die Steinplattenschichten gesickert, die rotbraunen Ablagerungen gaben nun die feine Äderung der Flügel und die Formen der Körper nahezu vollkommen wieder. Die großen Libellen sahen aus, als wären sie von der Erdgeschichte vor einhundertfünfzig Millionen Jahren Reigen tanzend überrascht worden.

Die tanzenden Großlibellen schauten auf die gegenüberliegende Wand, auf ein Stillleben von Willem van den Molen, *Libellen auf Pfirsichen,* Delft 1678. In einer Porzellanschale lagen die Früchte, auf ihrer samtigen Haut schimmerten täuschend echt gemalte Wassertropfen. Zwei Libellen gaukelten mit bläulich irisierenden Flügeln auf den Pfirsichen.

»Über diesen Pfirsich will man mit dem Finger streichen und die Wassertropfen fühlen! Und wie die Flügel der Libellen flirren! Ich kann es nie glauben, dass man einen hauchfeinen Libellenflügel mit so etwas Irdischem wie Ölfarbe malen kann, als wäre er echt!« Carlottas Begeisterung spiegelte sich in ihrem Gesicht. »Sehen Sie, Willems gemalte Libellen wirken echter als die auf dem Elfenstein, dafür haben die auf dem Elfenstein tatsächlich mal gelebt!«

Gösta bewunderte die langen, schimmernden Körper, vibrierend, jederzeit zum Abheben bereit, dann drehte er sich um die eigene Achse und staunte wieder über die Größe der echten Libellen und das über Jahrmillionen erhaltene Filigranwerk ihrer Flügel.

Er ließ seinen Blick über die ausgetretenen Steinplatten des Bodens wandern. Auch hier Zeitspuren, ungezählte Menschen waren singend, weinend oder nachdenklich durch diesen Raum gelaufen und hatten eine Bodenfurche von einer Tür zur anderen hinterlassen. Die hellen, buckligen Steinplatten glänzten im Nachmittagslicht wie geduldige Rücken stiller Riesenfische.

Nach einer Weile zeigte Gösta auf die holländischen Libellen. »Hinter meinem Sommerhaus sind auch immer welche, viel kleiner als diese, aber auch sehr schön. Ich beobachte sie gerne, wenn sie sich auf die hellen Birkenstämme setzen. Ich glaube, sie müssen sich im Sonnenlicht aufwärmen.«

Carlotta wies auf den Elfenstein. »Diese Libellen, ist das nicht unglaublich? Welches Tier sieht nach hundertfünfzig Millionen Jahren immer noch so aus wie beim ersten Entwurf? Ach was, Libellen gibt es ja schon viel, viel länger. Ich glaube, seit dreihundertfünfzig Millionen Jahren.«

Gösta nickte. »Es muss ein bewährtes Konstruktionsmodell der Evolution sein.«

»Ob man das vom Menschen auch mal sagen kann?«

»Gute Frage. Wir können noch nicht mal rückwärts fliegen, geschweige denn in der Sonne an kleinen Birkenstämmen kleben«, entgegnete Gösta. »Immerhin können wir denken. Aber damit das so bleibt, bräuchte ich jetzt …«

»Einen Kaffee, ich weiß.«

»Wieso wissen Sie das? Sie können bestimmt denken *und* fliegen!«

»Natürlich«, sagte Carlotta ernsthaft. »Das hat mir Tante Antonia beigebracht. Und von ihr hab ich noch etwas Wichtiges gelernt: Kein echter Schwede kann ernsthaft zwei Stunden am Stück ohne Kaffee leben.«

* * *

Das Museumscafé konnte mit zwei Sensationen trumpfen.

Da war zum einen die Lage: Durch verglaste Bögen hatte man einen weiten Blick über die Fachwerkhäuser und Kirchtürme von Fichtelbach und über die heitere Landschaft, ein Bilderbuchpanorama.

Heute war nicht besonders viel Betrieb. Carlotta setzte sich an einen Tisch am Fenster. »Wenn ich im Sommer auf der Terrasse Mittagspause mache, beneide ich mich manchmal selber um meinen Arbeitsplatz.«
Gösta Johanssons Blick hing noch an den riesigen, naturalistischen Gemüseporträts über der Kuchentheke. Gigantenmöhren, Riesenkohlköpfe, Monumentalsalate, die nicht nur ihrer Größe wegen so eigenartig wirkten, sondern auch wegen der wissenschaftlichen Kühle, die sie ausstrahlten.
Dann erst sah er, welchen Ausblick dieses Museumscafé hatte. Er blieb mitten im Gang stehen. »Großartig!«
Er wandte seinen Blick nicht von der Aussicht, als er sich zu Carlotta an den Tisch setzte, stützte das Kinn auf beide Hände und bewunderte stumm die schöne Altstadt, die weite Landschaft dahinter, in der sich der Fluss in glänzenden Schleifen zwischen bewaldeten Hügeln verlor. Dunstig blau schob sich ein Berg vor den anderen, dazwischen sah man einzelne Kirchtürme, die Anhöhen hochkletternde Dörfer und weite Wiesen.
»Ach, ich beneide Sie auch, Carlotta.«
»Warten Sie, bis Sie Emilys Marmorkuchen probiert haben. Dann wird das noch schlimmer.«
»Und wenn ich heute Abend Ihre Tochter kennenlerne, sprengt der Neid wahrscheinlich alle Grenzen. Zumindest, wenn sie Ihnen auch nur ein bisschen ähnlich ist. Ich wollte nämlich immer eine Tochter haben, mit der ich angeben kann.«
»Danke für das Kompliment! Vielleicht werde ich gleich rot, deshalb hole ich mal den Kaffee!« Carlotta lachte, erhob sich und ging zum Selbstbedienungstresen, hinter dem sich die zweite Sensation des Museumscafés befand, nämlich Emily, Leos Mutter.

Carlotta erinnerte sich noch genau an den Tag, an dem sie den Namen der neuen Caféchefin zum ersten Mal gelesen hatte: Emilie Grobkümmel, Köchin und Gastronomiefachfrau.
Bei einem Namen wie »Emilie Grobkümmel« stiegen damals nicht nur in Carlotta wie von selbst Bilder auf: geblümter Kittel, massige Oberarme, krause Haare, von einigen Klammern kunstlos zurückgehalten. Alt, dick, gemütlich und energisch. Nomen est omen, natürlich.
Hinter dem Tresen hing ein gerahmtes, liniertes Blatt. Es war aus einem Schulheft herausgerissen, von Kinderhand beschrieben und verziert, von Lehrerhand mit roter Tinte vielfach korrigiert. Überschrift: »Ich sol was beschreiben.« Darunter: »Meine Mama!« Noch weiter unten: »Meine Mama mahlt sich die Augen schwaz sie kann toll kochen und hat tolle Hare und ist imer lustich von Leopold Grobkümmel.«
Das war ein treffendes Porträt von Emilie Grobkümmel, die sich, weil es in ihren Ohren eleganter und irgendwie verwegen klang, Emily nannte. Das Lob des Sohnes, seine Mama könne toll kochen, war unbedingt richtig. Vor vier Jahren hatte die Wirtin Marianne vom Hotel *Goldener Schwan* das Museumscafé gepachtet und ihre Spitzenkraft Emily als Geschäftsführerin inthronisiert.
Emily kochte so gut, dass seitdem Feiern und große Geschäftsessen im Museumscafé keine Seltenheit waren. Fichtelbachs bestes Hotel machte sich sozusagen selbst Konkurrenz. Das Café war nicht als Museumskantine zu verstehen, dennoch verbrachten fast alle Museumsangestellten ihre Pausen mit Blick auf Fichtelbach und Emily.
Emily, Mitte dreißig, verwandte auf ihr Äußeres mindestens so viel Aufmerksamkeit wie auf ihre professionell montierten Saucen. Ihr rotblondes Haar war gekonnt nachlässig hochgesteckt, sie hatte eine üppige Figur und trug gerne lange Dirndl, die an

ihr alles andere als bürgerlich-folkloristisch aussahen. Vor allem, wenn sie in ihren kurzen Rauchpausen auf der Terrasse, die Zigarette im Mundwinkel, hier einen Tisch und dort einen Stuhl gerade rückte, Stammgäste und Museumsangestellte auf den Hinterkopf klapste und sie aufforderte, gefälligst ihren Teller leer zu essen. Dann wirkte sie eher wie ein Tigerweibchen, das aus Gründen der Terrainabsicherung alles kontrolliert.

»Imer lustich« war Emily allerdings nur in der Wahrnehmung ihres kleinen Sohnes. Und darauf verwandte sie einige Energie. Emilys Geschichte war alles andere als ›lustich‹ gewesen. Von ›imer‹ ganz zu schweigen. Carlotta mochte Emily, weil sie klug, offen und hilfsbereit war, sie waren Freundinnen geworden.

»Frau Doktor, ich muss dir unbedingt was erzählen! Weißt du, was Leo gestern in der Schule gebracht hat?« Sie wartete Carlottas Antwort nicht ab, sondern erzählte laut und lebhaft, wie Sohn Leopold das Klassenzimmer mit Krabbeltieren geflutet hatte, versehentlich natürlich, während sie zwei gewaltige Brocken Marmorkuchen auf zwei Teller plazierte. Sie dekorierte sie mit je einer Physalis, überstäubte den Kuchen noch einmal mit Puderzucker und vollführte dabei über jedem Kuchenstück einen exakt identischen Schlenker aus dem Handgelenk. Sie füllte Teeblätter in eine Kanne mit Siebeinsatz, übergoss sie mit kochendem Wasser, stellte einen Teewecker auf genau dreieinhalb Minuten, ließ die Kaffeemaschine fauchen und brummen, füllte Espresso und Milchschaum in eine dickwandige Bistrotasse, überpuderte den Milchschaum mit Kakao aus einer überdimensionierten Streudose, wobei kein Kakaokrümel daneben geriet, stellte alles – inklusive Teewecker – auf ein Tablett, schob es zu Carlotta hinüber und tippte mit hoher Geschwindigkeit die einzelnen Posten in die Kasse. Und sprach dabei ununterbrochen weiter. Der Teewecker lief noch. Sie hatte für ihre ganze Aktion keine zwei Minuten gebraucht.

Carlotta liebte es, Emily bei der Arbeit zuzusehen.
Emily vermittelte den Eindruck, niemals einen falschen Griff zu tun, niemals eine überflüssige Geste. Ihre Hände arbeiteten mit der Sicherheit, mit der ein geschmeidiges Tier über eine Wiese läuft, ohne sich seiner selbst bewusst zu sein. Im Gegensatz zu Emily konnte Carlotta ihre Aufmerksamkeit nicht gleichmäßig auf beliebig viele Aktionen verteilen. Deshalb hatte Carlotta wieder einmal fasziniert auf Emilys Fingerballett geachtet und nicht zugehört bei Leopolds Schulgeschichten.
»Na, was meinst du?« Emily legte Carlotta den Kassenbon auf das Tablett.
Carlotta blickte ertappt auf. »Was meine ich wozu?«
»Na, ob ich recht habe.«
»Unbedingt hast du recht.«
Emily beugte sich vor. »Du hast gar nicht zugehört, gib's doch zu!«
»Ja. Nein. Entschuldige, Emily. Wenn ich dir bei der Arbeit zusehe, ist das für mich wie spannendes Kino. Es lenkt mich total vom Zuhören ab. Ich kenne einfach keinen, der so einen genialen Tresenzirkus abzieht wie du. Sei mir bitte nicht böse, morgen erzählst du mir das noch mal, und dann höre ich zu. Okay?« Carlotta legte den Rechnungsbetrag auf den Kassenteller.
Emily blickte aus pädagogischen Gründen leicht verärgert, war aber schon wieder versöhnt, weil sie wusste, was sie ihrem Freund heute Abend sagen würde, nämlich: »Ich ziehe Tag für Tag einen anstrengenden, genialen Tresenzirkus ab, und was machst du?« Friedrich war Sachbearbeiter beim Finanzamt Fichtelbach und dünkte sich Emily gegenüber aus grundsätzlichen Erwägungen heraus überlegen. Und von Carlotta kam regelmäßig rhetorische Munition.

Als Carlotta mit dem Tablett zum Fenstertisch ging, wusste sie, dass Gösta sie die ganze Zeit beobachtet hatte. Sie und Emily.

»Bitte, Carlotta, klären Sie mich auf: Wer ist das? Die Dame sieht aus, als würde sie in einer Daily Soap mitspielen.«

»Sie *spielt* in einer Daily Soap mit, in ›Unser kleines Fichtelbach‹, und sie war schon öfter im *Fichtelbacher Tagesanzeiger* als Frau Jelena Gundrich. Aber probieren Sie erst einmal diesen Kuchen, dann werden Sie Emily für immer lieben!«

»Mit meiner allgemeinen Zuneigung bin ich ziemlich großzügig, mit meiner Liebe nicht ganz so«, meinte Gösta Johansson amüsiert, biss in den Kuchen, holte sich einen pudrigen Fleck auf die Nase, kaute und seufzte.

»Butter, brauner Rohrzucker, Bioeier, Bourbonvanille, bester Kakao und eine Prise Salz.« Carlotta sprach mit vollem Mund.

»Und ein Schuss Rum und geriebene Orangenschalen im dunklen Teig«, ergänzte Gösta, auch mit vollem Mund.

»Können Sie etwa backen?«

»Natürlich. Und ich esse gerne. In meinem nächsten Leben werde ich Winzer und Testgourmet und lerne Saxophon spielen.«

»Wieso Saxophon?«

»Kontrabass kann ich schon.«

»Tatsächlich? Jetzt habe *ich* mal einen Grund, Sie zu beneiden.«

»Und was machen Sie in Ihrem nächsten Leben, Carlotta?«

»Ich«, Carlotta legte das letzte Drittel des Kuchenstücks auf dem Teller ab, »ich werde wieder Mädchen für alles im August-Gayette-Museum und lasse die Reinkarnation von Emily kochen. Wie bisher. Nur dass ich noch Kontrabassspielen lernen möchte, das ist ein alter Traum von mir.«

»Dann sind Sie also restlos glücklich hier?«

»Oh nein. Aber restlos richtig. Am richtigen Platz zu sein ist wichtiger. Vielleicht ist das ja Glück.«

»Tja … ich habe eine Zeitlang geglaubt, ich sei am richtigen Platz. Aber jetzt würde ich lieber meinen Sohn begreifen, als in irgendwelchen Gremien zur Förderung schwedischer Dialekte zu sitzen.«

Gösta schwieg, sah zum Fenster hinaus, beobachtete die Wolken. Die Heiterkeit war aus seinem Blick gewichen. Mit der Erwähnung seines Sohnes hatte er sich selbst aus der gelösten Stimmung herauskatapultiert. »Nils spricht nicht … nicht wirklich mit mir.«

»Was ist Ihrem Sohn wichtig, was glauben Sie?«

Gösta brauchte ein paar Sekunden, um eine Antwort auf ihre unerwartete Frage zu finden. »Abstrakt kann ich das nicht beantworten. Konkret schon eher. Die Musik bedeutet ihm viel, und er rief mich letzte Woche von der neuseeländischen Südinsel an und war vollkommen hingerissen, weil er mit Naturschützern in einen Fjord mitfahren durfte, um dort Pelzrobben zu zählen. Und vor vierzehn Tagen hat er mir episch breit den Wolkenhimmel über dem Milford Sound beschrieben. Und hielt ziemlich lange das Handy in die Luft, damit ich die Möwenschreie hören konnte.«

Carlotta lächelte. »Das gefällt mir.«

Er seufzte. »Aber wenn ich ihn frage, wie es ihm geht, kommt immer eine Antwort, die sich anhört wie aus der Antwortfabrik.«

Er sah plötzlich hilflos aus.

»Wie alt ist er?«

»Siebzehn.«

»Und war das immer schon so, mit der Distanz?«

»Nein. Wir hatten eine problematische Zeit im letzten Jahr, aus verschiedenen Gründen. Meine Frau und ich, wir haben uns getrennt, und Nils ist bei mir geblieben. Ich mache mir verdammte Sorgen um ihn. Obwohl wir uns normalerweise jeden

Tag sehen, habe ich ihn irgendwann aus den Augen verloren. Aber wann genau? Und warum? Vielleicht habe ich nie gelernt, ihm die richtigen Fragen zu stellen, ich weiß es nicht.«
Sie sah ihn eindringlich an. »Ein Vater, dem man minutenlang neuseeländische Möwenschreie per Handy schickt, kann nicht alles falsch gemacht haben.«
Es war so etwas wie Dank in seinem Blick. Dann betrachtete er seine Hände, holte tief Luft. »Was Sie eben gesagt haben, Carlotta, das mit dem richtigen Platz: Haben Sie das immer schon so gesehen? Ich meine, waren Sie schon immer am richtigen Platz?«
»Nein.« Carlotta schnupperte an ihrem Tee. Sie blickte ihn an, durch den kleinen Nebel, der sich über der Tasse kräuselte. »Ich meine, vielleicht war ich das. Aber ich habe es nicht so gesehen. Ich war oft und lange unzufrieden, manchmal auch sehr unglücklich. Zum Beispiel mit Herrn Goldkorn, dem Vater meiner Tochter. Ich hab mir ständig eine andere Zukunft ausgemalt. Oder mich mit der Vergangenheit herumgestritten. Und dabei habe ich die Gegenwart verpasst. Ich bin dabei, das zu ändern.«
»Leben Sie eigentlich mit Ihrer Tochter allein, Carlotta?«
Carlotta lehnte sich zurück. »Nein«, entgegnete sie.
Er blickte unbewegt auf seinen Teller und tupfte mit dem Zeigefinger einige Puderzuckerreste auf. »Sie haben also gelernt, mit Herrn Goldkorn zu reden?«
»Nein.«
Er tupfte weiter mit dem Finger auf dem Zucker herum und wartete so spürbar, dass sie weitersprach.
»Ich habe rechtzeitig begriffen, dass ich das gar nicht wollte. Ich lebe in einem Haus zusammen mit meiner Tochter und meinem alten Onkel Henri.«
Er sah erfreut auf. »Ach, der Holzbildhauer? Natürlich, die Sägespäne, wie konnte ich das vergessen. Doch ich wollte Sie

schon die ganze Zeit etwas anderes fragen. Sie sagten, Ihre Mutter stammt aus Schweden. Aber Sie sind doch eine direkte Nachfahrin der Gayette-Familie, oder habe ich das falsch verstanden?«

»Nein, das haben Sie nicht falsch verstanden. Also …« Carlotta trank noch einen Schluck Tee. Diese Geschichte hatte sie schon oft erzählen müssen. Immer dann, wenn jemand in ihren Papieren las: Carlotta Goldkorn geborene Gayette.

»Mein Urgroßvater«, begann Carlotta, »hieß Robert Gayette und war der Bruder von unserem Museums-August. Robert Gayette wanderte 1908 nach Amerika aus, heiratete eine Bauerntochter aus Wisconsin und bekam einen Sohn, meinen Großvater John. John Gayette wiederum bekam zwei Söhne, nämlich meinen Vater Wilbur und meinen Onkel Brian.« Sie machte eine kurze Pause, trank einen Schluck Tee. »Ist das nicht zu langweilig für Sie?«

Gösta stützte sein Kinn auf die rechte Hand und sah sie an. »Ich glaube, Sie könnten mir jetzt eine zehnseitige Bauanleitung für einen Rasenkantenschneider vorlesen, und ich würde mich nicht langweilen. Vielleicht wissen Sie es nicht, aber wenn Sie erzählen, erzählt nicht nur Ihr Mund, sondern die ganze Carlotta Goldkorn, und das ist ein sehr lebendiger Anblick!«

Sie geriet für eine Sekunde aus dem Konzept, war plötzlich verlegen, ein ungewohntes, fast vergessenes Gefühl. »Also … Ja, mein Vater Wilbur ging als Kunststudent nach Paris. In Paris, an der Kunstakademie, studierten damals zwei ziemlich hübsche Schwedinnen aus Umeå, Svea Söderby und ihre Zwillingsschwester Antonia. Und dort lernten die Schwestern zwei chaotische Bildhauer kennen.«

Gösta schob seine Tasse beiseite. »Paris, Kunstakademie und zwei schöne Schwedinnen – das hört sich an wie ein Drehbuch von Chabrol!«

»Was jetzt kommt, klingt noch mehr nach Drehbuch, ist aber wahr. Die beiden Bildhauer hießen Henri Konnopke und Wilbur Gayette. Sie teilten sich ein hundehüttengroßes Zimmer im dritten Arrondissement. Svea und Wilbur, Henri und Antonia lernten sich an ein und demselben Tag kennen und verliebten sich sofort und heftig. Ineinander und in der genannten Reihenfolge.«

»Das gehört sich eigentlich so für Zwillingsschwestern!«, meinte Gösta.

»Nach ein paar weiteren wilden Jahren heiratete Svea den Amerikaner Wilbur. Das waren meine Eltern. Und Antonia heiratete Henri Konnopke, den Berliner. Das waren Tante und Onkel. Antonia ging später mit Henri nach Deutschland, meine Mutter und mein Vater blieben in Frankreich. Ich bin in Paris geboren.«

Carlotta machte eine kurze Pause, hob ihre Tasse zum Mund, trank aber nicht. Sie hielt einen Moment inne, setzte die Tasse wieder ab und sah an Gösta vorbei auf die grünen Hügel hinter Fichtelbach, legte die Hände zusammen, mit dem Blick eines Menschen, der sich sammeln muss, und sah ihn wieder an.

»Als ich drei Jahre alt war, sind meine Eltern bei einem Flugzeugabsturz ums Leben gekommen. Onkel Henri und Tante Antonia haben mich zu sich genommen.«

Gösta wollte etwas sagen, aber er schloss wieder den Mund. Es war immer schwierig, das Richtige zu sagen, überhaupt etwas zu sagen, wenn jemand von einer Tragödie sprach, auch, wenn das Geschehene schon lange zurücklag. Ihre Stimme war sachlich, fast kühl, als wollte sie das Erzählte immer noch auf Distanz halten.

Sie schwiegen. Die Nachmittagssonne schien durch die hohen Fenster. Er betrachtete Carlotta. Seit ihrer ersten Begegnung vor drei Stunden hatte er sie oft beobachtet, manchmal verstohlen, manchmal ganz offen. Ihr Gesicht zog ihn an, weil es eine seltene Klarheit hatte. Keine ihrer Gesten oder Mienen war auf Wirkung angelegt. Er war mittlerweile erfahren genug, um das bei Frauen sofort zu erkennen, auch, wenn sie sich noch so gekonnt inszenierten.

Es war seltsam, aber es schien ihm vollkommen selbstverständlich, dass sie nur wenige Stunden nachdem sie sich kennengelernt hatten, bereits über Dinge sprachen, die man einem freundschaftlich Bekannten vielleicht nach einem halben Jahr erzählt hätte.

Carlotta sah an ihm vorbei auf die heitere Landschaft, mit einem Gesichtsausdruck, der schwer zu deuten war. Nicht leer oder verloren, nicht schmerzlich, sondern eher wie jemand, der etwas völlig Rätselhaftes erblickt und es zum hundertsten Mal nicht einordnen kann. Schließlich sah sie ihn wieder an. »Wahrscheinlich war ich zu klein, um meine Eltern mit dem Schmerz zu vermissen, den ich als älteres Kind empfunden hätte. Und ich hatte bei Tante Antonia und Onkel Henri eine so glückliche Kindheit, dass ich nie auf den Gedanken kam, ich hätte es irgendwo anders besser haben können. Leider ist Tante Antonia vor zwei Jahren gestorben. Onkel Henri trauert sehr.«

»Ein Glück, dass er Sie hat. Ich bin gespannt auf Ihren Onkel.«

»Er ist ein besonderer Mensch. Nicht, weil er Künstler ist, sondern weil er immer noch so neugierig ist. Und manchmal fast kindlich. Es gibt übrigens noch eine Gayette an diesem Museum«, fuhr Carlotta fort. »Meine Cousine Susan. Sie ist die Tochter von meinem Onkel Brian Gayette aus Chicago. Susan ist auch schon seit zehn Jahren hier.«

»Zweimal Gayette-Nachfahren im Gayette-Museum, das finde ich ungewöhnlich!« Gösta blickte fragend.

»Susan ist Malerin und Restauratorin.« Carlotta lächelte. »Aber wenn im Museum ein Klo verstopft ist oder auf dem Gelände ein Baum umstürzt, dann sieht man Susan mit Gummistopfer oder Kettensäge herumhantieren, und der Fall ist gelöst. Sie ist ein amerikanischer Allrounder, wie ein alter Pionier. Und dabei hat sie hauptberuflich mit feinsten Marderhaarpinseln zu tun. Wir werden sie gleich treffen. Sie hat übrigens diese Gemüsegalerie gemalt!« Carlotta zeigte auf die Riesengemälde über Emilys Tresen.

Gösta Johansson betrachtete die Großgemüse noch einmal. »Sie sind eigenartig kühl und dekorativ, diese Bilder!«

»Bitte gebrauchen Sie diese zwei Wörter nicht in dieser Kombination, falls Sie Susan auf ihre Bilder ansprechen sollten. Sie leidet darunter, glaube ich.«

Carlotta schob ihren Stuhl zurück, stand auf und wandte sich zum Gehen. »Wir müssen los, Professor Johansson. Wir haben heute noch einiges vor uns.«

Sie gelangten über den Haupteingang zum Saal eins im Parterre. Er barg eine der Hauptattraktionen des Museums Gayette, nämlich die berühmte Sammlung paläontologischer Funde und die Gemälde Jasper Johanssons.

Gösta begann, sich hier wohlzufühlen. Lag es an den Dingen, die so viel Ruhe atmeten? An diesem ungewöhnlichen Filzhutfabrikanten, dessen Persönlichkeit nach so langer Zeit immer noch in jeder Ecke präsent war? Lag es an Carlotta?

Gösta blieb vor Überraschung mitten im Durchgang zum großen Fossiliensaal stehen. Er blickte einem Mann in die Augen, den er sehr gut kannte.

Urgroßvater Jasper Johansson.

Das Gemälde war groß, Jasper Johansson stand etwas abseits, trug einen hellen Anzug und einen Tropenhelm, hielt einen Skizzenblock in der Hand, hatte den prüfenden Blick zum Betrachter erhoben.

Wie schaffte es dieser Maler, sich selbst an den rechten Bildrand

zu setzen, aber eine persönliche Ausstrahlung zu haben, als throne er in der Mitte der Sechsquadratmeterleinwand?
Gösta trat eine Schritt näher, entzifferte die Inschrift auf der Tafel unter dem Bild: *Brasilianische Expedition.*
Die Buchstaben begannen zu flimmern.
Gösta sah seinem Urgroßvater noch einmal in die Augen und merkte auf einmal, wie müde er war. Zu viel. Es war zu viel für heute. Jetzt kam die Erschöpfung nach der langen Autofahrt. Morgen war auch noch ein Tag. Ein weiterer Blick in diesen Saal verriet ihm, dass ihn jetzt schon ein einziges dieser komplexen Gemälde überfordern würde, geschweige denn die langen Vitrinen voller erstarrtem Urweltgekrabbel.
Carlottas Handy brummte diskret. Sie wandte sich ab, sprach leise, aber energisch. »Oh nein, Jule, du gehst jetzt bitte sofort los und kaufst ein, und alles andere wie besprochen. Nein, darüber reden wir morgen. Jetzt habe ich keine Zeit mehr. Tschüs.«
Sie steckte das Handy in ihre Hosentasche, schüttelte unwillig den Kopf und sah auf die Uhr. »Wir sollten uns etwas beeilen, wenn wir Susan noch sehen wollen. Danach werden wir einen Blick auf Ihre Leihgabe werfen, ich muss ein paar Anrufe erledigen, und Onkel Henri bekommt noch ein paar Instruktionen fürs Abendessen.«
Gösta legte ihr die Hand auf den Arm. »Sollen wir nicht alle in ein Restaurant gehen? Ich lade Sie ein. Ich habe ein schlechtes Gewissen, wenn Sie nach Ihrem Arbeitstag auch noch für so viele Leute kochen.«
»Das ist gar kein Problem. Ich habe da so meine Geheimnisse!«
»Wie wäre es, wenn ich mich jetzt verabschiede und ins Hotel gehe? Wir können Susan Gayette morgen treffen und uns dann sämtliche Bilder ansehen. Ich würde mich vor dem Essen bei Ihnen ganz gerne noch eine Stunde aufs Ohr legen, denn ich

bin ziemlich viel Auto gefahren in den letzten vierundzwanzig Stunden. Ich habe gerade eine Müdigkeitsattacke.«
»Ich dachte, Sie müssten morgen wieder zurück?«
»Ja, wollte ich auch. Aber eigentlich habe ich eine ganze Woche Urlaub, von der ich etwa zwei Tage für Fichtelbach reserviert hatte und danach Freund Sture in meinem Ferienhaus auf Björkholm helfen wollte. Muss er halt noch eine Weile allein arbeiten. Es gibt so viel zu sehen hier, wär ja dumm, wenn ich zu früh zurückführe.«
»Ja, das wäre wirklich ganz furchtbar dumm!« Carlotta bemühte sich, nicht allzu sehr zu strahlen. »Dann lassen Sie sich im Hotel einen Stadtplan geben. Unser Haus ist leicht zu finden, gleich am Anfang der Ahornallee. Vom Hotel aus sind es zehn Minuten zu Fuß. Um halb acht?«
Er nickte, sie lief durch die große Halle, er sah ihr nach. Ihre Turnschuhe wippten auf jeder Stufe der Lichthoftreppe. Auf halber Höhe hielt sie kurz inne, blickte suchend hinunter. Sie winkte ihm zu. Er hob die Hand und wandte sich erst zum Ausgang, als sie ganz oben angekommen war.

Zu Hause angekommen

Ich habe da so meine Geheimnisse«, hatte Carlotta zu Gösta gesagt, und in diesem Fall hatte Carlotta ihr Gastronomieproblem noch im Museum gelöst. »Bœuf Bourgignon à la Emily« hatte auf den beiden weißgefrosteten Behältern gestanden, denn Carlotta kaufte, wenn es schnell gehen musste, bei Emily im Kühlraum ein. Rosmarin wuchs in Carlottas Kräutergarten, und wenn er sich anstrengte, konnte Onkel Henri durchaus kleine Kartoffeln schrubben und Salat putzen. Jetzt roch es gut burgundisch in Carlottas Küche.

Jule leckte hungrig am Kochlöffel. Eben betrat Carlotta den Raum, und Onkel Henri riss bei ihrem Anblick die Augen auf. »Muss ich mir Sorgen machen?«, fragte er. »In hellem Gewand und die Haare gekämmt? Du siehst so schön aus wie Schneewittchen. Muss ich schwedisch reden?«

»Nein, brauchst du nicht. Er spricht besser Deutsch als ein Berliner.«

»Madame sind leicht giftig.« Onkel Henri klang befriedigt. »Das ist also kein normaler Besuch.«

Jule kaute an einem Stück Baguette, musterte ihre Mutter, richtete dann aber ihr Wort an Onkel Henri, als sei sie mit ihm allein. »Wahrscheinlich hat sie sich in ihn verknallt und kann es nicht zugeben«, erklärte sie, trocken wie ein Gerichtsgutachter.

»Fahr zur Hölle, blödes Kind!«, entgegnete Carlotta liebevoll und strich Jule über die Haare. »Du hast es nötig. Wie heißt dein Stern der Woche denn diesmal? Pascal? Gregor?«

Jule verdrehte die Augen. »Mann, bist du peinlich, Mama.«

»Wieso? Das wechselt doch täglich, da kannst du von mir nicht verlangen, dass ich alle behalte.«

»Da hat sie leider recht, Jule.« Onkel Henri fischte sich ein Stück Radieschen von der Salatplatte.

»Mann, ihr seid ja beide so was von peinlich, also …«

»Jedenfalls«, unterbrach Carlotta ihre Tochter, »jedenfalls könnt ihr euch schon mal merken: Wenn ihr euch danebenbenehmt, dann rede ich eine Woche lang nicht mehr mit euch. Gösta Johansson leiht uns ein wichtiges Bild und ist außerdem der Urenkel von unserem berühmten Jasper Johansson. Ihr wisst beide sehr gut, wie wichtig mir diese Ausstellung ist. Ich organisiere sie nämlich. Also reißt euch zusammen! So, und jetzt raus, ihr stört.«

Carlotta blieb allein in ihrer Küche, prüfte die Temperatur der Pfannen und Töpfe auf dem Herd, trank einen Schluck Rotwein und blickte auf die stille Straße, in den hellen Sommerabend. Es war noch niemand in Sicht. Der Gesang der Amseln war allgegenwärtig, sie schienen sich verabredet zu haben, das alte Haus in den Mittelpunkt ihres Abendkonzerts zu stellen. Sie hörte den Onkel die Treppe zu seiner Wohnung hinunterpoltern, warf noch einen zweiten Blick auf die Ahornallee. Niemand.

Durch die halb geöffnete Tür des Wohnzimmers waren die funkelnden Gläser zu sehen, das reflektierende Porzellan, der frühsommerliche Garten durch das große Fenster. Alles war still und gleichzeitig gespannt.

Carlotta nahm ihr Glas und wanderte ins Wohnzimmer. Sie rückte den Brotkorb gerade, ging unschlüssig zum Fenster, öffnete es, lauschte, schloss das Fenster wieder, ging zurück zum Tisch, sah auf ihre Armbanduhr, polierte eine Gabel nach, verschob eine Serviette um drei Millimeter.

Jule hatte sich mittlerweile im großen Lesesessel zusammenge-

rollt und las in einem Taschenbuch. Zwischendurch verfolgte sie ihre Mutter unauffällig mit Blicken, unter halb geschlossenen Lidern. Schließlich gähnte sie, klappte das Buch zusammen, schlug es rhythmisch auf ihre Knie und richtete sich auf.
»Mama, ich frag jetzt nicht noch mal. Aber so zappelig bist du sonst nie.«
»Ach, beste Julette. Deine alte Mutter kann doch mal nervös werden, wenn ein wichtiger Gast kommt, oder?«
Jule musterte ihre Mutter sehr genau. Da war etwas Ungewohntes an ihr, etwas Neues. Etwas, das sich noch nicht mitteilen wollte. Aber eines spürte Jule: Es war keine Mitteilung an sie. Und plötzlich war da ein Schmerz, der noch keinen Namen hatte.
Es klingelte. Carlotta wollte die Treppe hinunterlaufen, hörte, wie Onkel Henri die Tür öffnete, und blieb oben auf dem Absatz stehen.
»Herzlich willkommen, Professor Johansson – ich bin der alte Drache, der die zwei Prinzessinnen bewacht, kommen Sie doch herein. Ja, danke, das ist nett!« Flaschen klirrten.
Dann Göstas Stimme. »Sie sind also Henri Konnopke, der Bildhauer. Egal, wie kurz oder lang dieser Abend wird, ich möchte unbedingt ein paar von Ihren Arbeiten sehen!«
Oh, Gösta. Das war das Beste, was du sagen konntest. Dafür mögen dich die Götter segnen.
Was Onkel Henri antwortete, konnte Carlotta nicht mehr verstehen, denn sie war schon wieder in der Küche und drehte sämtliche Herdplatten auf null.
Das konnte jetzt dauern.
Onkel Henri war meist erstaunlich einfühlsam und rücksichtsvoll, aber wenn es um seine Kunst ging, dachte er nicht daran, dass in der Küche etwas anbrennen, abkühlen oder verkochen konnte. Wenn es um die Bildhauerei ging, vergaß er alles, Rück-

sichten, Bescheidenheit und den Rest der Welt, manchmal sogar die tiefe Trauer um Antonia – und das war auf seine Art ja auch gut so. Jedenfalls wusste Carlotta, dass ein interessierter Atelierbesucher für Onkel Henri im Moment das beste aller denkbaren Antidepressiva war.

Im Wohnzimmer lag Jule jetzt wieder eingerollt im großen Sessel und las. Carlotta setzte sich an ihren Schreibtisch in die hintere Ecke des Wohnzimmers und versuchte, die schlecht leserlichen Zeilen zu entziffern, die sie heute früh um vier auf den Entwurf des Vorworts zum neuen Ausstellungskatalog gekritzelt hatte. Todmüde und überdreht war sie durch die Wohnung gewankt. Eben dieses Vorwort hatte sie wieder einmal nicht schlafen lassen.

»Im Kern seiner Seele *(ist das zu schwülstig? Besser im Kern seines Wesens??)* war August Gayette ein Bewahrer. Er lehnte sich auf gegen Vergänglichkeit und Auflösung.«

Auf der nächsten Seite: »August liebte die Dinge mehr als die Menschen.« *(War er schwul? All die Männerfreundschaften … Immer nur mit Männern oder mit der alten Gräfin von Willstorff korrespondiert. Vielleicht weiß Urenkel Johansson ja was, muss heute fragen. Geh endlich schlafen, Carlotta!)*

So weit ihre eigenen Notizen.

Darunter stand in Jules Handschrift: *»Sehr verehrte Frau Dr. Goldkorn! Ich war nicht schwul, aber ich hab immer gerne Damenunterwäsche getragen! Hochachtungsvoll, Ihr August Gayette.«*

Carlotta lachte und drehte sich zu ihrer Tochter herum: »Jule, ich schnüffel demnächst auch mal in deinen Hausaufgaben und schreib dir blöde Kommenta…«

Sie verstummte. Jule schlief. Das Taschenbuch war zu Boden gefallen, Jule hatte sich zusammengerollt wie ein kleines Tier. Carlotta stand auf und legte sich aufs Sofa. Sie betrachtete ihr

Kind. Einmal so schnell und entspannt einschlafen wie Jule! Sie gähnte.
Jule, in sackartige Pullover und Hosen gewandet, sah in ihrer überdimensionierten Kleidung zart und zerbrechlich aus. Ihr energisches Kinn erzählte allerdings die Geschichte eines jetzt schon starken Charakters. Jule hatte die weißblonden Haare ihrer Großmutter Svea geerbt und die schmale Figur ihres Vaters. Wie groß sie war. Und wie klein sie gerade wirkte. Wie verletzlich. Ihr Gesicht, sanft und friedlich, gab jetzt den anderen Teil ihrer kämpferischen Persönlichkeit preis.
Jule war ein stabiler junger Mensch, aber momentan durchgeschüttelt von all den Dingen, die sie noch nicht verstehen konnte oder wollte. Das schwankende Selbstbild sorgte manchmal für Großwetterlagen, die schwer zu ertragen waren. Für alle.
Jule konnte neben Carlotta auf einer Bank am Hedwigsbrunnen sitzen, ein Eis essen, und auf einmal liefen ihr die Tränen hinunter. »Mama, der Mann dahinten, der da Akkordeon spielt, der sieht so alleine aus, der ist schon seit einer Woche hier, der spielt sehr gut. Wie ein Profi aus einem Orchester oder so. Das ist ein Russe. Meinst du, der hat hier niemanden, der hat keine Freunde?« Sie reichte Carlotta das Eis und konnte nicht mehr weiteressen.
»Geh hin und unterhalte dich ein bisschen mit ihm, dann ist er für diese paar Minuten nicht alleine«, entgegnete Carlotta. »Ich warte so lange. Einfach nur Mitleid – davon hat er nichts. Und du auch nicht.«
Aber das wollte Jule dann doch wieder nicht. Erneuter Grund, sich schlecht zu fühlen. »Ich wollte hier eigentlich nur mein Eis essen und keine Schuldgefühle von dir eingeflößt kriegen, Mama.« Wenn sie dann eine Viertelstunde schweigend und muffig neben Carlotta hergetrabt war, verlor sich diese Verwicklung wieder.

In der Schule fand sie seit einiger Zeit starke Worte für ihre Gegner. Sehr starke Worte, ganz gleich, ob bei Lehrern oder Mitschülern, so dass Carlotta die Anrufe der Stufenleiterin in seufzender Regelmäßigkeit entgegennahm. Dazu kam, dass sie sich fast jede Woche neu verliebte. Da war Neugierde, Sehnsucht, der Wunsch, erfahren zu wollen, wie sich Liebe anfühlte, wenn sie sich nicht auf Onkel Henri und Mama bezog.
Aber die attraktiven oder einfach nur netten Jungen aus der Oberstufe registrierten Jule noch nicht. Und die Jungen ihrer Altersklasse interessierten Jule nicht.
Es gelang Carlotta meistens, mit Jule zu reden. Nicht immer und nicht über alles, aber es gab immer eine Brücke zueinander. Das Wunderbare an dieser Tochter war, neben allem anderen, dass sie zusammen lachen konnten. Jules Witz und Verstand waren für ihr Alter messerscharf, und Carlotta legte ihr nicht selten Texte vor, die für die Presse oder das Museum gedacht waren. Jules Blitzeingebungen waren schon ein paarmal mit verarbeitet worden, und Carlotta hatte es in diesen Fällen nie versäumt, auch gegen Jelena Gundrichs Widerstand, den Artikel mit »Carlotta und Julia Goldkorn« zu unterzeichnen.

Im Flur war alles still. Das hieß, dass Gösta ernsthaft an Onkel Henris Skulpturen interessiert war. Sehr gut. Carlotta lauschte, dann blinzelte sie noch einmal durch ihre halb geschlossenen Lider. Wie es hier wohl in zehn Jahren aussehen würde? Jule wäre fort, ganz sicher. Studium. Weltreise. Und Onkel Henri – nein, nichts weiß man im Leben. Nichts steht fest. Das ist das Einzige, das feststeht.
Wie sicher war sie einmal gewesen, dass Jules Vater der wichtigste Mensch in ihrem Leben bleiben würde. Wie sicher war sie heute, dass sie jetzt zu einem Menschen wie Alexander sofort auf Distanz gehen würde.

Sie hatten alle zusammen hier in diesem Haus gewohnt, Carlotta und ihre kleine Familie in der oberen Etage, Onkel Henri und Tante Antonia unten. Alexander war Redakteur beim *Fichtelbacher Tagesanzeiger* gewesen, unterhaltsam, unzuverlässig.
Bilder zogen vorbei.
Lange Abende im Garten unter den Kirschbäumen, mit der Familie, mit Freunden, Kinderhorden auf der Wiese. Lange Nachmittage am Schreibtisch, mit Blick auf den Schnee, Onkel Henri und Alexander, wie sie für Jule ein Iglu bauen.
Alexander, der das Iglu plötzlich zusammentrampelt, weil es Streit mit Henri gibt. Tante Antonia, die Hände an der Schürze abstreifend, gestikulierend mit Alexander am anderen Ende des Gartens.
»Alexander ist ein Mensch, der noch nicht erwachsen ist, und wahrscheinlich wird er es nie. Pass auf dich auf, Carlotta«, hatte Tante Antonia später zu ihr gesagt. Wie wütend sie auf Antonia gewesen war und wie recht Antonia gehabt hatte!
Als Jule sechs Jahre alt wurde, zog er schließlich aus. So lange hatte es gedauert, bis Carlotta endgültig begriff, dass Alexander sich nur für sich selbst interessierte. Dass Jule diesen Vater nicht sehr vermisste, lag daran, dass er zu oft zu viel versprochen und wenig oder nichts gehalten hatte. Kein Vater, auf den man sich verlassen konnte.
Und schließlich gab es Onkel Henri.
Immer noch, wenn auch nur sporadisch, beklagte sich Alexander über die mangelnde Zuneigung seiner Tochter und verhinderte damit genau das, was er einforderte. Wenn er allerdings gerade wieder eine Freundin hatte, hörten Carlotta und Jule auch schon mal ein ganzes Jahr lang keinen Ton von ihm.
Carlotta seufzte tief, ließ die Bilder von Alexander mit Erleichterung davonschweben und spürte die Wärme des Kissens unter ihrem Kopf.

Wie ruhig es war. Sie schloss die Augen und lauschte. Wie schön die Amseln … jemand spielt Kontrabass … und an der Harfe sitzt eine große Libelle …

* * *

Gösta hatte in Onkel Henris Atelier das Gefühl, eine staubige Bühne zu betreten, auf der man die Schauspieler plötzlich verzaubert hatte, mitten in der Bewegung. Einige Skulpturen waren bunt bemalt, andere gar nicht oder nur teilweise. Es waren starke Wesen, die Onkel Henri da schuf.

Gösta wanderte stumm umher, dann blieb er vor einer fast lebensgroßen Frau stehen, die ihn unter halb geschlossenen, blau bemalten Lidern skeptisch musterte. Ihre Hüfte war nach rechts verschoben, ein Bein gerade, das andere leicht angewinkelt. Dieser unmerkliche Knick in der Achse machte die Haltung der Frau kokett.

Ihr Gesicht glich einer unruhigen Landschaft. Sie trug einen schwarzen Pagenkopf, stilisiert wie Kleopatra, ihre Beine waren kräftig durchgeformte, stramme Holzsäulen unter dem kurzen Rock. Die Hängebrüste waren auffällig groß unter dem weißen Hemd, ihre Füße steckten in dicken schwarzen Pumps. Die Oberfläche der Figur war grob, man sah die Werkzeugspuren, die unter der Farbe wie die Pinselstriche eines Expressionisten wirkten.

»Vor Ihnen steht das ehemalige Fichtelbacher Nachtleben!« Onkel Henri klapste der Skulptur liebevoll auf den Kopf. »Sie hieß Marlene. Ab und zu hat sie bei uns einen Kaffee getrunken. Antonia war die einzige Frau in Fichtelbach, die mit Marlene geredet hat wie mit jeder anderen. Die anderen Damen in dem Kaff hier haben Marlene übersehen. Dafür wurde sie dann von den Herren öfter besucht.«

»In diesem braven Fichtelbach eine echte Prostituierte?«, fragte Gösta.
»So könnte man sie nennen. Sie war aber viel mehr als das. Sie war …«
»Lassen Sie mich raten«, unterbrach ihn Gösta und trat einen Schritt zurück. Er betrachtete Marlene. »Sie hat etwas Kindliches, auch wenn ihr Gesicht alt und kantig ist. Und auch etwas Sanftes. Ich vermute mal, sie hat ein schwieriges Leben gehabt, bevor es dann noch schwieriger wurde. Sie war bestimmt furchtbar ordinär und gleichzeitig ganz weichherzig.«
»Wenn Sie das sehen, dann ist sie mir gelungen. Danke, Professor Johansson.«

Gösta erinnerte sich daran, weshalb er hier war, und bekam einen kleinen Schrecken. »Müssen wir nicht rübergehen? Ich möchte nicht unhöflich sein und so viel später …«
Onkel Henri bugsierte seinen Gast aus dem Atelier, wies ihm den Weg und meinte: »Ich wasch mir bloß mal das Sägemehl von den Händen, Sie können ruhig schon nach oben gehen! Die große Flügeltür geradeaus!«
Gösta ging eilig ins Haus zurück, nahm den Blumenstrauß von der Fensterbank im Flur und stieg die Treppe hoch. Er klopfte leise an die halb geöffnete Tür, wartete keine Antwort ab und trat in das stille Wohnzimmer.
Carlotta lag auf dem Sofa wie ein stummes Fragezeichen und schlief. In dem großen Sessel daneben lag zusammengerollt ein junges Mädchen mit streichholzkurzem, weißblondem Haar und schlief ebenfalls. Gösta setzte sich gegenüber in den zweiten Sessel, sein Blick wanderte von einer Schläferin zur anderen.
Carlottas weites Leinenkleid wurde durch die Drehung ihres Körpers in stabile Querfalten gepresst, ihr rechter Arm hing herunter, ihr Kopf lag auf der Seite, die dunklen Haare fielen

über das halbe Gesicht und den Mund, der leicht geöffnet war. ›Das muss ich ihr sagen‹, dachte er, ›dass sie es schafft, mit geöffnetem Mund zu schlafen und nicht auszusehen wie eine Vollidiotin.‹

Er neigte den Kopf zur Seite, um ihr Gesicht besser sehen zu können. Das Auffälligste daran waren für ihn ihre dunklen, wachen Augen gewesen. Wie ihr Ausdruck ständig wechselte: aufmerksam, gespannt, ernst, heiter, zugewandt, fragend, sogar heller oder dunkler schienen sie zu werden. Und auch jetzt, mit geschlossenen Augen, war immer noch Bewegung in ihren Zügen.

Ihre Mundwinkel zuckten manchmal kaum merklich, wie im Gespräch. Eigenartig, dass erwachsene Menschen oft um so vieles jünger aussehen, wenn sie schlafen. Göstas Blick wanderte zu dem jungen Mädchen, dann wieder zurück zu Carlotta. War sie schön? Was war Schönheit, wenn nicht die einem Gesicht ablesbare Zuneigung zum Leben?

Ihr Gesicht verriet das Kind, das sie einmal gewesen war.

Sicherlich ein Mädchen, das viel gelacht und neugierig gestaunt hatte. Dessen Schrecken und Entsetzen nicht zu dunklen Flecken auf der Seele geführt hatten, weil ihm Einsamkeit und Kälte erspart geblieben waren. Trotzdem.

Auch wenn Carlotta ihm heute im Museumscafé erzählt hatte, sie sei damals zu klein gewesen, um den immensen Verlust zu begreifen – er hatte stattgefunden. Und die Trauer um sie herum hatte mit Sicherheit auch die Seele eines dreijährigen Kindes erreicht. In welcher Form auch immer.

Konnte man im Schlaf verletzlich und mutig zugleich aussehen? Aber es war so.

Sein Blick wanderte wieder zu Carlottas Tochter.

Das Mädchen ließ ihn an einen jungen Hund denken, den er einmal als Kind besessen hatte, an die Art, wie sich das junge Tier zusammenrollen und vom Rest der Welt abgrenzen konnte. Er studierte Jules Gesicht, suchte nach Ähnlichkeiten mit Carlotta und fand sie in den hohen Wangenknochen, in der Augenpartie, im Schwung ihrer Oberlippe. Tatsächlich, Mutter und Tochter waren sich ziemlich ähnlich. Aber Jule trug Kampf in ihren Zügen, Carlotta Ausgleich.

Nils sah ihm nicht ähnlich. Es gab Gemeinsamkeiten in Bewegungen, in der Kopfhaltung. Aber noch nie hatte jemand gesagt: »Das sieht man, dass du sein Vater bist.« Wieder schmerzte der Gedanke an Nils.

Wie es wohl war, eine Tochter zu haben? Plötzlich wäre er am liebsten aufgestanden, hätte Jules struppige Haare gestreichelt, Carlottas herunterhängenden Arm vorsichtig hochgelegt, ihrem ruhigen Atem von nahem gelauscht, ihr Haar aus dem Gesicht gestrichen, um sie besser sehen zu können.

Onkel Henri kam die Treppe hinauf und klirrte mit Bier- und Weinflaschen. Carlotta blinzelte, wurde wach, richtete sich halb auf, erblickte Gösta, brauchte einen Moment, um zu begreifen, wer da saß, und war von einer Sekunde auf die andere sehr verlegen.

Onkel Henri stellte die Flaschen auf den Tisch und blickte von Carlotta zu Gösta, von Gösta zu Jule, die immer noch schlief. »Na, das ist ja eine spannende Unterhaltung!«, sagte er.

»Tja, was soll ich sagen?« Gösta zuckte mit den Schultern. »Kaum hab ich den Mund aufgemacht, fielen beide um und fingen an zu schnarchen.«

»Ist das die schwedische Art, Frauen flachzulegen?«, fragte Onkel Henri und zog geräuschvoll den Korken einer Rotweinflasche.

Carlotta lachte, strich sich die Haare aus dem Gesicht und war jetzt vollkommen wach. »Nur weil ihr beiden eine halbe Stunde Kultur hinter euch habt, braucht ihr das Konversationsniveau jetzt nicht extra niedrig zu halten. Hier sind Kinder im Raum.«

»Wo?«, fragte Jule, eben aufgewacht. Sie rieb sich die Augen und starrte Gösta mit unverhohlener Neugier an.
Gösta zog ein Päckchen aus der Jacketttasche und warf es Jule zu, die es geschickt auffing und sofort auswickelte. Es war ein transparenter Kunststoffwürfel mit einer besonderen Gummiunterseite. Jule untersuchte das Geschenk. Als sie begriff, was es war, blickte sie auf und war sichtlich erfreut. »Danke! Kuck mal, Mama, ein Bücherstempel mit einem J und richtig schönen Ornamenten drum herum! Den haben Sie aus der Buchhandlung am Markt, stimmt's? Ich hab die da gesehen und ich wollte auch so einen, aber mein Taschengeld ist schon alle. Super. Danke!«
Carlotta erhob sich, blickte bekümmert auf die großen Falten, die sie gerade produziert hatte, und versuchte vergeblich, das helle Leinenkleid glatt zu streichen. »Ach wie gut, dass ich das vorhin extra gebügelt habe!« Sie seufzte.
»Aus dir wird nie 'ne Dame, Carlotta, vergiss es.« Onkel Henri prüfte die Farbe seines Burgunders gegen das Licht.
»Wie denn auch, bei so einem Onkel? Aber du kümmerst dich weiter um unseren Gast, ja? Ich muss in die Küche. Ach ja, Herr Johansson«, sie zeigte mit dem Finger auf den Pullover, den Gösta unter dem Jackett trug, »da sind Sägespäne!«
Sie verschwand in der Küche.
»Bier oder Wein?«, fragte Onkel Henri.
»Am liebsten … ach, die Blumen! Entschuldigen Sie mich einen Moment!« Gösta sprang auf, nahm den noch eingewickelten Strauß vom Couchtisch und eilte Carlotta in die Küche hinterher.
Sie stand am Herd, rührte in einem großen schwarzen Topf, aus dem es intensiv duftete, und blickte auf, als er hereinkam. »Ich hoffe, Sie mögen Bœuf Bourgignon.«
»Sehr sogar.« Er wickelte die Blumen aus dem Papier.

Carlotta betrachtete erfreut die orangefarbenen Calla, die mit Gräsern und Aralienblättern gebunden waren, stellte den Strauß in ein altes, hohes Einmachglas und flutete die Pflanzenstiele. »Danke! Wie schön! Ach, nicht, dass Sie denken, ich hätte kein richtiges Porzellan für Ihre Blumen. Aber das hier ist meine Lieblingsvase.«

»Das sieht Ihnen ähnlich.«

Es entstand eine kleine Pause. Da war er, der Spannungsbogen, der sich immer wieder zwischen ihnen aufbaute und für Carlotta jetzt noch spürbarer war als heute Nachmittag, denn nebenan saß Publikum. Und Gösta hatte die Tür hinter sich geschlossen.

»Carlotta …« Er zögerte, hob die rechte Hand, ließ sie wieder sinken, wollte weitersprechen und schwieg dennoch. Er malte mit dem Finger zwischen den Wassertropfen auf dem Einmachglas herum, schließlich blickte er auf und lächelte sie an. »Herrgott, ich benehme mich wie ein Fünfzehnjähriger!«

Carlotta lächelte zurück. »Und soll ich jetzt vierzig bleiben oder lieber auch wieder fünfzehn werden?«

»Nein. Bitte unbedingt so bleiben, wie Sie sind.« Er blickte sie wieder an. »Ich möchte Ihnen etwas sagen, was mir schon heute Nachmittag im Museumscafé aufgefallen ist. Es wäre natürlich viel sinnvoller, ich würde mir dafür einen anderen Zeitpunkt aussuchen, aber dazu ist es zu dringend. Oder sagen wir so: Ich halte es nicht mehr aus.«

»Sagen Sie's.« Sie blickte an ihm vorbei, zur geschlossenen Küchentür, ganz so, wie man gefasst eine kritische Diagnose entgegennimmt.

Plötzlich wusste er nicht mehr, was er sagen wollte. Sie wartete. Er räusperte sich. Dann wusste er es wieder. Er holte Luft. »Ich hab mich seit bestimmt zwanzig Jahren in der Gegenwart eines anderen Menschen nicht mehr so gut gefühlt wie jetzt. Genau-

er gesagt: seit heute Vormittag ab Viertel vor elf. Und ›gut‹ ist ein viel zu kleines Wort für das, was …« Er verstummte.
Sie sah ihn immer noch an. Zu lange, um ihren Blick folgenlos einfach wieder abwenden zu können. Eine ganze Weile verging.
»Geht mir genauso«, entgegnete sie leise.
Er nahm ihr Gesicht zwischen beide Hände. »Sie sehen übrigens sehr rührend aus, wenn Sie schlafen.«
Sie lächelte. »Das hat mir noch nie jemand gesagt, der mich gesiezt hat.«
»Also duzen wir uns doch einfach.«
Und dann konzentrierte er sich vollkommen auf Carlottas Mund, dessen bloße Existenz ihm überwältigend erschien. So überwältigend wie die Empfindung, endlich angekommen zu sein. Da, wo man immer hingewollt hatte.
Allerdings brennen Rosmarinkartoffeln auch bei mittlerer Hitze irgendwann einmal an. Wenn man nicht darauf aufpasst.

Eine Viertelstunde später öffnete Gösta die Küchentür mit dem Ellenbogen und trug in beiden Händen den gusseisernen Topf. Carlotta folgte ihm mit einer Keramikschüssel, darin viel zu dunkel gebratene Rosmarinkartoffeln. Jule und Onkel Henri saßen unnatürlich brav und geduldig am Tisch.
»Rotwein oder Bier?«, fragte Onkel Henri und hielt beide Flaschen hoch. Göstas Augen leuchteten. Carlottas Wangen waren gerötet.
»Gerne«, entgegnete sie.
»Mama, jetzt hast *du* Sägespäne am Kleid!« Jule hielt ihre Serviette vor das Gesicht und kicherte hinein. Carlotta lud Onkel Henri den Teller so voll, dass er protestierte.
»Sag mal, heißt du eigentlich offiziell Jule oder ist dein richtiger Name Julia?«, fragte Gösta, der im Gegensatz zu Carlotta absolut entspannt wirkte.

»Romeo«, entgegnete Jule und produzierte neue Geräusche in die Serviette.

»Großartig«, entgegnete Gösta ungerührt. »In deinem Alter schon Shakespeare? Das muss ich meinem Sohn erzählen. Der ist siebzehn und hält Shakespeare wahrscheinlich für eine irische Rockband.«

Carlotta verwünschte ihre Tochter, sie befand sich in einem Zustand, der sich jeglicher Definition entzog. Onkel Henri sah es und rettete sie. Er wies mit dem Daumen auf Jule und grinste Gösta an. »Wollen Sie sie mitnehmen? Wir könnten Ihnen preislich entgegenkommen.«

Gösta kaute auf einem Stück Baguette herum und betrachtete Jule nachdenklich. »Wie viel isst sie denn so?«, fragte er Carlotta.

Ohne es zu wissen, hatte Gösta die Familie Goldkorn/Konnopke jetzt in ihrer Bestdisziplin herausgefordert. Das Absurde-Dialoge-Spiel gehörte seit einiger Zeit zu den Tischrunden wie Messer und Gabel. Und besonders, wenn Besuch anwesend war, der diese Sorte Spiel noch nicht kannte, konnte Jule zu Hochform auflaufen.

Jule war die Urheberin dieser Sprachgefechte. Bei einem Abendessen vor gut einem Jahr hatte Carlotta einen älteren, sehr formellen Kunsthistoriker eingeladen, um ihm einen einsamen Abend im Hotel zu ersparen. Als der Abend trotz aller Bemühungen in höfliche Langeweile abzusacken drohte, weil der Gast vor jeder seiner sehr kurzen Antworten sehr lange nachdachte, hatte Jule, nachdenklich auf ihrem Brötchen kauend, in einer der lähmenden Gesprächspausen gefragt: »Sag mal, Onkel Henri, hast du eigentlich noch Kontakt zu diesem Pinguinzüchter, mit dem du mal durch Australien getrampt bist?«

Und als der Gast irritiert aufblickte, hatte Onkel Henri schon die Spielregeln begriffen, die Jule noch nicht einmal formuliert hatte. »Na klar doch«, hatte er geantwortet. »William züchtet aber keine Pinguine mehr. Die letzte Pinguinfarm ist ihm unter dem Hintern weggeschmolzen. Ich sage nur: Klimawandel.«
»Ach! Der nette William, der dir immer kandierte Tigermücken geschickt hat? Und was macht William jetzt?« Carlotta blickte ihren Onkel besorgt an.
Beim anschließenden Gesprächspingpong hatte sich der Gast aus lauter Verwirrung versehentlich einen mittleren Rausch angetrunken und war, genau wie die Pinguinfarm, dann doch noch aufgetaut.

Jetzt, den schwedischen Gast fixierend, hatte Jule schon Messer und Gabel aufgepflanzt und schien voll Spannung auf den ersten Ball zu warten.
Carlotta blickte in die Tischrunde, wobei ihr Blick an Gösta hängenblieb, atmete noch einmal tief durch, kam wieder an und spielte den Ball weiter. »Das ist nicht wirklich unser Problem, Gösta. Sag du es ihm, Onkel Henri!«
Onkel Henri machte ein bedeutungsschweres Gesicht. »Wir haben Jule nur am Wochenende hier, Herr Johansson. Oder bei besonderen Gelegenheiten, so wie heute.«
»Sie ist nämlich normalerweise in einer Besserungsanstalt, weißt du«, ergänzte Carlotta.
Onkel Henri schaute bei dem »du« kurz von Carlotta zu Gösta, von Gösta zu Carlotta, beugte sich über seinen Teller, schien sich zu freuen und blickte dann schnell wieder auf. »Und egal, wie fest ich sie auch am Treppengeländer anbinde, sie haut immer wieder ab«, spann Onkel Henri weiter.
Jule kickte den Ball locker zurück. »Früher, im Knast, da haben sie Onkel Henri nur das Holzschnitzen beigebracht. Knoten

kann er bis heute nicht!« Und sie schaufelte sich gleichmütig angebrannte Kartoffeln auf den Teller.
Carlotta zog die Schüssel mit den schwärzlichen Kartoffeln zu sich herüber. »Sorry, aber Jule ist unverkäuflich. Weiß der Kuckuck, warum, aber ich möchte sie unbedingt behalten.«
»Ach so.« Gösta nickte und brach noch ein Stück Baguette ab. »Ihr seid nur im Zweierpack erhältlich.«
»So ist es.« Carlotta nickte ebenfalls.
»Na ja, wenn Jule erst mal volljährig ist, kann man schon noch über den einen oder anderen Preisnachlass für Carlotta reden!« Onkel Henri prostete Gösta zu.
»Das reicht jetzt, Onkel Henri!«
»Wieso denn, Mama? Wo er recht hat, hat er recht.« Jule wandte sich an Gösta. »Also, wir geben Carlotta im Moment nur zum vollen Preis ab. Und sie ist vom Umtausch ausgeschlossen.«
»Moment mal, eben ging es noch darum, dich zu verkaufen, liebe Tochter.«
»Ach, Mama, nun mal realistisch. Der Mann ist mir zu alt. Außerdem interessiert er sich für dich und nicht für mich.«
»So, und ab hier wird das Thema gewechselt. Gösta, du musst die Kruste von den verbrannten Kartoffeln abschneiden, das sieht unmöglich aus. Und es ist ungesund.«
Gösta hatte den Wortwechsel belustigt verfolgt. »Ich fühle mich verantwortlich für die Kartoffeln und entschuldige mich in aller Form dafür, und was den Rest anbelangt, so gebe ich dir in den meisten Punkten recht, Jule. Nur in einem nicht. Es ist durchaus nicht so, dass ich mich nicht für dich interessiere, du könntest vielleicht einen guten Einfluss auf meinen Sohn ausüben.«
»Ich hab schon einen Ersatzbruder, danke.« Jule sprach mit vollem Mund. »Und auf den habe ich einen verdammt schlechten Einfluss.«

»Das stimmt.« Carlotta wies mit der Gabel auf ihre Tochter. »Sie hat den Sohn von Emily adoptiert, Leopold.«
Gösta runzelte kurz die Stirn und wusste nicht auf Anhieb, wer gemeint war.
Jule half ihm. »Emily. Die Köchin vom Museumscafé.«
»Ach ja. Der Soapstar.« Gösta nickte.
»Leo hat ein paar Probleme in der Schule. Also ziemlich viele Probleme«, ergänzte Carlotta.
»Und du hilfst ihm?« Gösta nickte beifällig. »Das ist aber edel.«
»Na ja, sie hilft ihm dabei, dass er seine Probleme ignoriert«, korrigierte Onkel Henri.
»Wieso das denn?«, protestierte Jule. »Ich hab ihm letzte Woche einen kleinen Aufsatz geschrieben, für den er die Bestnote gekriegt hätte, wenn ich nicht extra seine Rechtschreibfehler reinmontiert hätte. Und ein, zwei kindliche Gedanken.«
Gösta konnte ein Lächeln nicht unterdrücken.
»Das musste ich ja«, fuhr Jule fort und ignorierte seine Reaktion, »sonst wär das zu auffällig gewesen. Aber so war das immerhin die erste gute Note in diesem Schuljahr.«
»Nett von dir, das mit Leo«, meinte Gösta. »Allerdings lernt er auf diese Weise das Aufsatzschreiben natürlich nicht.«
»Das braucht er auch nicht, Leo will Bildhauer werden oder Koleopterologe.«
»Bitte, was?«, fragte Gösta.
»Käferforscher, Herr Professor«, erklärte Jule und beobachtete ihn genau. Das Wort hatte sie letzte Woche mit Leo nachgeschlagen und eingeübt, damit Emilys Freund Friedrich endlich für wenigstens eine Minute den Mund hielt.
»Dazu muss man auch ergänzen …«, Onkel Henri spießte die vorletzte Kartoffel auf seine Gabel und zeigte damit auf seine Großnichte, »dazu muss man ergänzen, dass dieses unschuldige weißblonde Wesen ihren kleinen Ersatzbruder vor zwei Wo-

chen dazu angestiftet hat, mit ihr zusammen die Autofenster von Emilys wenig beliebtem Freund einzuschmieren. Mit ranziger Butter aus dem Cafémülleimer. Flächendeckend.«

»›Für mehr Durchblick‹ haben wir aufs Heckfenster geschrieben«, ergänzte Jule zufrieden. »Mit dem Finger.«

Gösta lehnte sich zurück und lachte. »Find ich origineller, als Scheiben einzuschmeißen oder Reifen zu zerstechen oder was man in diesem Alter mit seinen Feinden so macht! Aber sag mal – wieso mögt ihr Emilys Freund nicht?«

Carlotta hob den Kopf. Der violette Zauber der Küchenminuten schwirrte in ihrem Kopf, im Körper; war überall und schärfte eine bestimmte selektive Wahrnehmung, so wie er gleichzeitig ihr Zeitgefühl und ihren Realitätssinn vernebelte.

War das jetzt eine unschuldige Frage, Gösta? Ist das die Sondierung des Terrains? Wie darf ein zusätzlicher Mann in deinem Leben sein, Jule, damit du ihn nicht ablehnst, so wie Leopold seinen Ersatzvater ablehnt? Carlotta und Jule sind nur im Zweierpack zu bekommen, oder? Was macht Emilys Freund, was Gösta auf keinen Fall machen sollte? Stimmt das, Gösta, was ich da jetzt denke?

Carlotta, würdest du bitte aufhören, in diesem Zukunftszirkus herumzuturnen? In diesem Gedankenzirkus, der Geburtsstätte so vieler unnötiger Probleme? Aber diese zehn Minuten in der Küche, diese zehn Minuten in deinen Armen, mit Blick auf angebrannte Rosmarinkartoffeln und auf einen neuen Kontinent, die lassen diese Fragen einfach normal erscheinen. Normal und ganz und gar unglaublich.

Jule hob ihre Gabel und hielt sie unter ihr Kinn. »Er ist einen halben Kopf kleiner als Emily.«

»Ist das denn so wichtig?«, erkundigte sich Gösta.

»Nur, wenn man deshalb Komplexe hat. Und sie an kleinen Jungs auslässt.«

»Was macht er denn so mit Leopold?«

»Terror. Stubenarrest. Lässt ihn idiotische Strafarbeiten machen. Hundertmal in Schönschrift: ›Ich muss meinen Ranzen immer aufräumen!‹ Oder er nimmt ihm das Handy weg. Oder seinen Schlafbären.« Jule zuckte zusammen. »Scheiße, jetzt hab ich was gesagt, was keiner wissen darf. Ach, Mist. Bitte, Mama, Onkel Henri, ihr wisst nichts! Ist mir so rausgerutscht. Niemand soll wissen, dass Leo noch einen Schlafbären hat. Er schämt sich sonst, er schämt sich ja sowieso dauernd. Aber ohne den Bär kann er echt nicht einschlafen, das ist so was wie 'n Schutzengel für Leo. Und das hat dieser Affenarsch irgendwie rausgekriegt, nämlich als er mal auf Leo aufgepasst hat – weißt du doch noch, Mama, als Emily für zwei Tage in der Klinik war –, und hat ihm den Bären weggenommen.«

»Oh ja.« Onkel Henri machte ein bekümmertes Gesicht. »Ja, das war schlimm. Da wollte Friedrich aus dem Kleinen in achtundvierzig Stunden einen echten Kerl machen, das weiß ich noch. Leo war danach völlig verstört.«

»Merkwürdig.« Gösta prostete Onkel Henri zu, trank einen Schluck, stellte das Glas wieder ab und zog die Stirn kraus. »Eure Emily kenn ich zwar nicht. Aber das, was ich von ihr gesehen habe, das wirkte ziemlich energiegeladen. Und so ein Kraftbündel lässt zu, dass man ihren Sohn terrorisiert?«

»Das ist das Seltsame, Gösta, sie lässt sich von ihm fast alles sagen. Er spielt nämlich auf der Klaviatur: ›Ich bin was Besseres und ich weiß, was für dich gut ist.‹ Und davon lässt sie sich hypnotisieren«, sagte Carlotta. »Der Vorgänger von Friedrich war genauso ein Modell.«

»Friedrich hat Abitur. Und Emily nicht. Das hört sie jeden Tag. Ich war sogar mal dabei. Dabei ist sie dreimal so helle wie der.« Jule verzog verächtlich das Gesicht.

In dieser Sekunde piepste Göstas Handy. Er durchsuchte seine

Jackentaschen, warf einen kurzen Blick auf das Display, hob entschuldigend die Hand. »Verzeihung, ich weiß, das ist unmöglich von mir, aber mein Sohn wollte mir eine wichtige Nachricht schicken, ich darf bitte mal eben …«

Carlotta beobachtete sein Gesicht, das plötzlich höchste Anspannung verriet. Nachdem er die Nachricht gelesen hatte, wechselte sein Gesichtsausdruck, entspannte sich. Er entschuldigte sich noch einmal, schaltete das Handy aus und versuchte sichtlich, sich daran zu erinnern, wo man stehengeblieben war.

»Das sollte ich mal machen!« Jule klang entrüstet. »Beim Abendessen mit dem Handy rumspielen! Carlotta würde mich auffressen!«

»Und sie hat recht, Jule. Bei Tisch mit dem Handy herumzuspielen ist ganz miese Erziehung.« Gösta prostete Jule zu. »Aber ab und zu benehme ich mich leider schlecht.«

»Och, super! Ab und zu benehme ich mich leider schlecht, Mama! Das merke ich mir.«

»Alles okay mit deinem Sohn?«, fragte Carlotta.

Gösta nickte. »Nils ist gerade in Auckland.«

»Wo ist Auckland?«, fragte Jule.

»Es reicht doch, dass du in Mathe schlecht bist!« Onkel Henri drohte ihr mit der Gabel. Jule streckte ihm die Zunge heraus.

»Neuseeland, Nordinsel«, sagte Gösta.

»Wie sieht er aus?«, bohrte Jule.

Gösta legte das Stück Baguette, das er sich gerade genommen hatte, auf den Teller. Er wirkte plötzlich, als habe man ihn ertappt. Aber wobei?

»Gute Frage, Jule. Gute Frage.«

Carlotta beobachtete ihn. Das Thema »Sohn« schien ihn immer wieder aus der Bahn zu werfen. Dabei hatte er es von allein angeschnitten. So, als müsste er sich ständig damit auseinandersetzen, wollte es aber eigentlich nicht.

Gösta nahm das Stück Baguette wieder, zerbröselte es in ziemlich viele Kleinteile und konzentrierte sich auf die Beantwortung der letzten Frage. »Tja … er sieht mir nicht ähnlich. Nicht so wie du deiner Mutter.«
»Ihhhh! Ich sehe doch nicht aus wie Carlotta!« Das kam ehrlich entsetzt.
Carlotta und Onkel Henri legten den Kopf in den Nacken und lachten so laut, dass Jule und Gösta unwillkürlich mitlachen mussten.
»Gösta, du hast offensichtlich keine Ahnung. Das ist ungefähr das Schlimmste, was du einem Mädchen in diesem Alter sagen kannst.« Carlotta wischte sich eine Lachträne aus dem Augenwinkel. »Sieh sie dir an! Sie ist wirklich entsetzt!«
Gösta sah für einen Moment hilflos aus, und Carlotta verspürte fast schmerzhafte Zärtlichkeit für ihn. »Hast du ein Foto von ihm?«
»Nicht dabei, nein. Aber es gibt welche von ihm im Internet. Er spielt schon mal bei einem unserer Konzerte mit.«
»Was für Konzerte?«, erkundigte sich Onkel Henri interessiert.
»Jazz. Ich spiele Kontrabass. Und Nils ist Pianist. Allerdings mehr so Richtung Chanson, und er spielt auch gerne verjazzte Klassik. Mit reinem Jazz hat er nur aushilfsweise zu tun. Es gibt eine Stockholmer Website mit aktuellen Veranstaltungstipps, da kann man ihn ab und zu bewundern.«
»Können wir uns nach dem Essen den Jungen mal im Internet ansehen?«, fragte Jule. »Wenn er vielleicht doch so aussieht wie Sie – ich meine die faltenfreie Variante ohne graue Haare –, dann würde ich mir das glatt mal ankucken.«
»War das jetzt ein Kompliment oder das Gegenteil?«, erkundigte sich Gösta.
»Neugier. Ich wüsste einfach gerne, wie Sie vor fünfzig oder sechzig Jahren ausgesehen haben.«

»So viel zum Kompliment, Professor Johansson.« Onkel Henri lehnte sich zurück und lachte.
Es wurde ein langer, lustiger Abend, und Jule kam spät ins Bett. Onkel Henri auch. Carlotta ebenfalls.
Nur nicht unter demselben Dach.

⋆ ⋆ ⋆

Um genau neun Uhr trat Carlotta am nächsten Morgen in ihr Büro, starrte auf den papierüberladenen Schreibtisch und konnte keinen Gedanken fassen. Sie hatte dunkle Ringe unter den Augen, hatte nicht geschlafen in der vergangenen Nacht. Keine Minute geschlafen.
Es klopfte. Sie fuhr herum. Gösta trat ein, ohne ein Wort von ihr abgewartet zu haben.

Stumm standen sie sich gegenüber. Sie blickten sich an. Suchend.
Verlegenheit, die gestern keinen Augenblick lang Raum gewinnen konnte, machte sich auf einmal breit wie ein nebliger Teppich.
Wie begrüßt man einen Menschen, mit dem man im wahrsten Wortsinn und in genau der Reihenfolge Tisch und Bett geteilt hat und der einem genauso fremd wie vertraut ist?
Erst jetzt schien beiden bewusst zu werden, dass sie gestern auf zwei Papierschiffchen, jeder für sich, losgesegelt waren, um sich in der Mitte des Ozeans auf der Insel zu treffen, auf der sie gestern Nacht gelandet waren.
Gestern Abend schien alles so klar, unter dem warmen Licht der Lampe über dem Esstisch, unter dem Schein des zunehmenden Mondes, nachts, auf dem Weg zum Hotel.
Die Wanduhr tickte.

Gösta blickte Carlotta an, versuchte ein zaghaftes Lächeln und bekam ein zaghaftes Lächeln zurück. Aber sie sagte nichts.
Die Stille wurde laut.

Guten Morgen, Professor Johansson, das war wohl alles ein bisschen schnell gestern, nicht dass Sie denken … Guten Morgen, Gösta.

Guten Morgen, Carlotta, mein Schöne. Das Gefühl deiner Haut ist noch auf meiner. Deine warme Haut, die ich so gerne berühre. Sie riecht nach Sonne und irgendwie nach grünen Gräsern. Nicht, dass Sie denken, das ginge bei mir immer so schnell, Frau Doktor Goldkorn, ich bin eigentlich ein ziemlich bedächtiger Mensch, der sich vorwiegend gut benimmt. Aber wer hätte das gedacht? Ich gebe in Deutschland ein verdammtes Bild ab und finde Carlotta. Carlotta, von der ich nie geglaubt hätte, dass es dich gibt.

Und jetzt liegen wir hier in diesem Hotelbett, am Abend desselben Tages, an dem wir uns kennengelernt haben, Gösta. Schneller Anfang, schnelles Ende?

Das hier ist sehr viel mehr als eine Affäre, Carlotta, und das weißt du ganz genau, auch wenn wir nicht darüber reden. Es ist nicht nötig, darüber zu reden, denn wir wissen es beide.
Wie schmal ihre Schultern sind. In diesem Licht ist die Haut schneeweiß, fast leuchtend.

Sein Profil, ganz im Kissen vergraben, wie ein Maulwurf, der abtauchen will. Seine dunklen Haare, die Falten im Nacken, sein Oberarm mit der langen Narbe, von der ich nicht weiß, wie sie entstanden ist. Werde ich das je erfahren? Sein nacktes Bein auf der zu warmen Steppdecke, Kleidung, überall auf dem Boden. Wir sind übereinander hergefallen. Wolfsfütterung, wundervoll.

Den ganzen Abend lang haben wir beide den Bogen gespannt, zusammen haben wir ihn in den Händen gehalten, zusammen haben wir immer weiter gezogen, immer weiter, bis nichts mehr ging. Bis alles ging.
Das war ein seltsamer Spaziergang mit dir gestern Nacht, Carlotta. »Ich bringe Gösta zum Hotel, Onkel Henri«, hast du gesagt, und ich weiß noch, welchen Überschlag mein Herz bei diesen Worten machte.

Die anmutigsten Ahornbäume der Welt stehen am Rand der Allee, die zum Hotel führen, das weiß ich jetzt, Gösta. Unter den dunklen Augen der Häuser sind wir die lange Allee entlanggegangen, es war spät geworden, sehr spät. Die alten Fenster haben uns mit ihrem sanften Blick begleitet.

Und dann kam diese Frage von dir, Carlotta. Wenn jetzt eine Fee käme und du dir etwas wünschen dürftest, was wäre das, Gösta?

Und dann kam diese Antwort von dir, Gösta.

Eigentlich nichts mehr, Fee, weißt du, ich habe heute Mittag Carlotta kennengelernt, und damit hat sich das Wünschen erledigt. Bisschen kurz, die Geschichte, Carlotta, aber so ist es.

Als du das gesagt hast, Gösta, war mir so, als … nein, tut mir leid, dafür fällt mir kein Bild ein. Kein Wort.
Danach haben wir nicht mehr gesprochen, aber das, was ohne Sprache zwischen uns hin- und herflog, war viel mehr als alle Worte. Und wir haben uns tatsächlich nicht viel Zeit gelassen, wir wollten nur noch auf die uralte Art eins werden, die uns Menschen zur Verfügung steht, und wir sind in wortlosem Einverständnis übereinander hergefallen.
Und es war so, dass ich keine Worte dafür finden kann.
Dann das frühe Morgenlicht durch das Fenster des Hotelzimmers,

blassblau. Es ist die Nachtigall und nicht die Lerche. Es ist leider doch die Lerche. Es ist sogar schon die Amsel, und Jule muss geweckt werden. Ich muss gehen.
Er schläft.
Herrgott, wie kann man denn schlafen nach so einer Nacht? Hoffentlich ist noch niemand im Hotelfoyer, die kennen mich doch alle hier. Na, und wenn schon.
Ob Onkel Henri mich hört, wenn ich nach Hause komme?
Na, und wenn schon.
Bitte, wie kann ich das Kettenkarussell im Kopf anhalten? Und immer wieder fliegen dieselben Worte vorbei.
Ich will mein Leben mit dir teilen.
Oh mein Gott.
Bitte, WAS hast du da gerade gedacht? Was für ein Schwachsinn, Carlotta, du kennst den Mann seit weniger als vierundzwanzig Stunden.

Heute früh, als ich aufwachte und du warst nicht mehr da, Carlotta, diese seltsame Angst, obwohl ich doch wusste, dass du zu deiner Familie musst, auf dem Kopfkissen ein Haar von dir. Diese Augen, auch wenn sie gerade so müde aussehen. Nein, traurig. Warum traurig, Carlotta? Heute Morgen sind sie schwarz. Gestern im Museumscafé, im Sonnenlicht, haben sie ausgesehen wie … ach, wie deine Augen eben. Wie Tannenhonigbernstein.
Carlotta, warum sagst du nichts? Was kann ich denn tun, um uns aus dieser Starre herauszuholen? Wir können uns doch nicht so unglaublich geirrt haben. Nein.
Unmöglich.

»Magst du einen Kaffee?«
Er nickte stumm. Sie goss ihm eine Tasse ein, stellte sie auf den Tisch, der vor den Sesseln stand, den Sesseln, auf denen sie sich gestern zum ersten Mal gegenübergesessen hatten.

Ihre Distanziertheit verwirrte ihn. Er nahm die Tasse, rührte ein wenig darin herum, stellte sie ab und sah sie an, wie sie da im Morgenlicht stand und hinausstarrte. Auf einmal war sie viel kleiner als gestern, sah verloren aus.

»Carlotta!«

Sie wandte sich ihm zu. Diese Augen. Jetzt spiegelten sie Angst, das war ganz deutlich zu sehen. Wovor?

Er glaubte es zu wissen. Weil er selbst Angst hatte. Dieses Gefühl des Irrealen. Dieses unglaublich große Glück, das zu Beginn immer am Rand der Angst taumelt. Weil man einfach noch nicht weiß, ob man ihm glauben kann. Er räusperte sich. Dann fasste er sie an beide Schultern, ließ die Armeslänge zwischen ihnen, blickte ihr geradewegs ins Gesicht, wobei sein Gesichtsausdruck keinerlei Interpretation zuließ. Er schien noch zu suchen, was er sagen wollte.

So, gleich kommt das mit dem »Wir sollten jetzt vernünftig sein, Carlotta«.

Ihr wurde kalt.

»Carlotta, weißt du, was ich gedacht habe, als ich dich zum ersten Mal sah? Gestern Vormittag um Viertel vor elf?«

Sie bewegte sich nicht, sah ihn nur stumm an und wartete. Er neigte den Kopf ein wenig zur Seite, lächelte, betrachtete sie wie ein Bild.

»Es war ein Gedanke wie ein Komet, der vorbeisaust. Ich konnte ihn nicht richtig erkennen. Das heißt, ich konnte ihn erkennen, aber ich habe einfach nicht geglaubt, was ich da gesehen habe. Was ich hundertstelsekundenschnell gedacht haben muss. Und heute Nacht ist der Kometengedanke noch einmal erschienen. Aber so langsam, dass ich ihn lesen konnte. Also, als ich dich zum ersten Mal sah, dachte ich ganz einfach: Da ist sie ja!«

Sie sah ihn unbewegt an, aber das Licht in ihren Augen veränderte sich. Dann atmete sie tief aus, umfasste ihn mit beiden Armen und verbarg ihr Gesicht an seinem Hals.

Lange blieben sie so stehen.

Er spürte ihren Atem, merkte, dass seine Haut nass wurde.

»Warum weinst du, Carlotta?«

»Weil ich so erleichtert bin. Genau das war es auch bei mir. *Da bist du ja!* Ist das schön.«

Gummifliegen

Die August-Gayette-Gesamtschule, blau-gelbe Würfel, verbunden durch verglaste Übergänge, aufgelockert durch Dachbegrünung und terrassierte Pausenhöfe, lag an einem Hang und wirkte aus der Vogelperspektive wie Bauklötzchen, die ein Riesenkind versehentlich liegen gelassen hat.
Es klingelte zur ersten Pause. In einer bunt krabbelnden Flut ergoss sich die Belegschaft der Schule in die verschiedenen Ecken und Nischen, um Kakao zu trinken, zu essen, dringende Gespräche zu führen oder heimlich zu rauchen.
Auf der niedrigen Mauer neben dem Geräteschuppen des Hausmeisters, halb verborgen von den überhängenden Zweigen eines Fliederbusches, saß ein schmächtiger, rothaariger Junge. Er hatte die Knie angezogen und die Arme um die Beine geschlungen, als wollte er seine Angriffsfläche so weit wie möglich verkleinern. Den Kopf hielt er gesenkt, eben nur so viel, dass er seine Umgebung noch im Blick behalten konnte. Er beobachtete ein paar Klassenkameraden, die sich um einen blonden Jungen geschart hatten. Sie begutachteten irgendein piepsendes Unterhaltungsgerät. Der Blonde war der Klassenstar, hieß Maximilian, war hübsch, gut angezogen und quälte gern die Schwächeren.
Erst als sich zwei ältere Mädchen näherten, entspannte sich der kleine Körper des Jungen. Jule und Lieselotte. Oder Juckel und Lolli.
Jule und Lieselotte waren wie Pech und Schwefel, und das konnte man fast wörtlich nehmen, denn Lieselotte hatte raben-

schwarzes Haar und Jule weißblondes. Lieselotte hatte das selbstbewusste Auftreten einer zum Regieren geborenen Persönlichkeit. Lieselotte war in fast allen Punkten das genaue Gegenteil von Jule. Sie war klein, eher rundlich, hatte lange, dunkle Haare und war ein Mathematikgenie. Sie wusste, sie würde später »entweder zur Kriminalpolizei gehen, vielleicht studiere ich aber auch Atomphysik. Oder ich mache das große Kapitänspatent«. Und irgendetwas an ihr ließ einen über diese Pläne nicht lachen.

Leo setzte sich gerade, winkte Jule und Lieselotte freudig zu und nahm seine Frühstücksbox auf die Knie. Jetzt erst konnte man sehen, wie schmal seine Schultern, wie dünn Arme und Gelenke waren. Das blaue Polohemd war ihm zu weit. Dennoch, durch den Anblick seiner Freundinnen schien er im Bruchteil einer Sekunde größer geworden zu sein. Lieselotte setzte sich links, Jule rechts von ihm auf die niedrige Mauer. Statt einer Begrüßung sagte Jule nur: »Scheiße.«

Leo blickte Lieselotte verwundert an. Lieselotte zuckte mit den Schultern und hob die Hände. »So ist sie eben manchmal«, hieß das, und Leo schwieg.

Jule atmete die Luft aus, als müsse sie in eine Trompete blasen. »Ich glaube, Mama hat einen neuen Freund.«

Lieselotte verdrehte die Augen. Das hatte Jule ihr heute schon mindestens dreißig Mal erzählt. Von ihrer Cousine, die im *Goldenen Schwan* ihre Ausbildung zur Hotelkauffrau absolvierte, wusste sie, dass der Schwede sympathisch aussah, freundlich war und dass er »irgendwie toll zu Carlotta passte«, das war Cousinenoriginalton gewesen. Also, wo war das Problem?

Aber Leo verstand Jule.

»Scheiße.« Mamafreunde waren für Leo immer nur das eine: Störenfriede.

Jule blickte ihn unwillig an. »Nee, nich so ’n Blödmann wie

Friedrich. Der von Mama ist sogar ganz in Ordnung. Irgendwie. Aber es passt mir gerade nicht. Irgendwie passt es mir nicht.«
»Was für ein Auto hat er denn?«, fragte Leo mit echter Neugierde, denn das war das Einzige, was einen männlichen Eindringling im Glücksfall aufwerten konnte. Leo interessierte sich nicht wirklich für Autos, aber irgendwie gefielen ihm weiche, dicke Polster, leise schnurrende, starke Motoren und glänzender Lack. Ein einziges Mal hatte ihn Lieselottes Mutter in ihrem Mercedes nach Hause gefahren, und das war ein gänzlich anderes Gefühl gewesen, als in Mamas oder Carlottas klapprigem alten Auto zu sitzen. Man fühlte sich irgendwie so sicher, so vor der Welt geschützt in so einem schweren Auto.
»Was ist denn das für 'ne Scheißfrage? Weiß ich nicht. Was hat denn das Auto damit zu tun?«
Leo ließ den Kopf sinken. So unfreundlich war Jule noch nie zu ihm gewesen. »Ich mein ja nur so«, murmelte er.
Lieselotte blickte Jule unwillig an. Warum war sie so eklig zu dem Kleinen? Sie teilten sich ihre Große-Schwester-Instinkte, und für Lieselotte war Leo ein netter, kleiner Gegenbruder, denn ihr eigener Bruder war eine ausgesprochen aggressive kleine Bürste und nicht halb so freundlich wie Leo.
Er legte sein Brot in die blaue Box zurück, schlang die Arme um die Knie und versenkte seinen Kopf wieder zwischen die Beine. Sofort hatte Jule ein schlechtes Gewissen, und Lieselotte sah sie böse an. Sie wusste doch, verdammt, wie schwer er es im Moment zu Hause hatte.
»War nicht so gemeint, Leo.«
Er schwieg. Nach ein paar Sekunden hustete er. So heftig, dass er zwischendurch keuchend nach Luft rang. Jule beobachtete ihn besorgt und legte ihm die Hand auf den Rücken. Langsam beruhigte er sich. Dann zog er die Frühstücksbox wieder heran, nahm sein Brot und begann, vorsichtig zu kauen. Vorsichtig,

weil Jule nur ja nicht ihre Hand da wegnehmen sollte. Aber genau das tat sie.
Diesmal versenkte Jule das Gesicht zwischen den Knien. »Bin mal gespannt, was das gibt mit Mama«, murmelte sie in die Tiefe. »Heute früh ist sie erst um sechs nach Hause gekommen.«
»Wo war sie denn?«, fragte Leo.
»Im *Goldenen Schwan*«, antwortete Lieselotte an Jules Stelle. »Da wohnt der Neue. Der Schwede.«
»Ich hab so getan, als hätte ich noch geschlafen. Sie denkt bestimmt, ich weiß von nichts.« Das galt eher Lieselotte als diesem Kind hier.
Leo schwieg und wusste nicht so recht, was er fragen sollte. Er wollte Jule auf keinen Fall noch einmal verärgern. »Wie heißt der denn?«, fragte er Lieselotte.
»Gösta. Das ist ein schwedischer Name.«
Er hielt Jule und Lieselotte stumm seine Plastikbox hin. Jule nahm ein Radieschen, zerknackte es zwischen den Vorderzähnen und schwieg. Leo hatte das unbedingte Gefühl, etwas sagen zu müssen, aber er wusste nicht, was.
»In Schweden gibt es einen König.« Er wusste, das war nicht das Richtige, aber irgendetwas musste man doch sagen.
Jule schwieg.
»Und Elche und Knäckebrot«, ergänzte Lieselotte. »Und am Mittsommerfest im Juni saufen sich alle Schweden voll und singen und tanzen und dann werfen sie sich von der Landungsbrücke in die Ostsee!«
Jule lachte.
»Woher weißt du das?«, fragte Leo.
»Kannst du bei Astrid Lindgren nachlesen«, erklärte Lieselotte.
Leo überlegte, wie Lieselotte das machte. Lieselotte erzählte immer so, dass man lachen musste. Seine Kehle krampfte sich zusammen. Ihm fiel nichts, gar nichts ein, was man sagen konnte,

damit die Mädchen nicht aufstanden und weggingen, weil sie sich langweilten mit ihm. Er legte seine Hände auf den Bauch, denn er tat weh.

Heute Morgen gab es einfach keine Brücke zwischen Jule und ihm, das kam vor. Aber es war nicht immer so schwierig.

Wenn sie bei Jule zu Hause waren, gab es immer etwas, das er in die Hand nehmen und stumm betrachten konnte. Zum Beispiel dieses Auto, das jemand aus einer Blechdose gebastelt hatte, wo vorher Insektengift drin gewesen war. Richtig mit Kotflügeln und Lenkrad und silberner Stoßstange, so ein ganz altmodisches Auto, ein Zitrowenn, hatte Onkel Henri gesagt, bestimmt ein fünfzig Jahre altes Modell.

Und wenn er merkte, dass jetzt Mädchensachen an der Reihe waren, konnte er zu Onkel Henri ins Atelier gehen, und wenn er dann nach Stunden wieder auftauchte, alberten Lieselotte und Jule mit ihm am Abendbrottisch herum wie mit ihrem Lieblingsbruder. Und Carlotta hatte einen ganzen Topf mit heißen Würstchen in der Küche, von denen man andauernd nachholen konnte, ohne dass ein Friedrich irgendetwas über Disziplin beim Essen erzählte. Und wenn dann Mama mit dem Auto kam, um ihn abzuholen, hätte er am liebsten gefragt, ob er nicht auch über Nacht bleiben konnte. Er hätte auch gern einfach auf dem Teppich geschlafen, aber das zu fragen, das hatte er sich noch nie getraut. Solch wunderbare Tage gab es bei Jule in der Ahornallee.

Jule schwieg immer noch. Sie hob den Kopf, sah durch alles hindurch, als hätte jemand ihren Kopf leergepustet. Bevor sie sagen konnte: »Na, dann geh ich mal wieder«, hatte Leo seine rechte Hand in die Hosentasche gesteckt und das Gummitier herausgezogen, das er heute früh im Schreibwarenladen gestohlen hatte. Eine Fliege, dreimal so groß wie eine echte, mit roten Augen, durchsichtigen Flügeln und zitternden Gummibeinchen.

»Da! Für dich!« Und er reichte Jule seine Beute. Erst dann fiel ihm auf, dass er nichts für Lieselotte hatte. »Äh – die nächste Fliege, die ist dann für dich, Lolli.«
Lieselotte winkte beruhigend ab. Gummifliegen fühlte sie sich entwachsen. Jule sah die Fliege und lächelte. »Toll sieht die aus. Richtig schön eklig echt. Wo hast du die her?«
»Öh … gefunden.«
Sie nahm das Insekt, setzte es sich auf die Nase und hob den Kopf so hoch, dass die Fliege nicht herunterfallen konnte. Dann fingerte sie ihr Handy aus der Hosentasche, drückte es Lieselotte in die Hand. Lieselotte machte sofort ein Foto, noch eines und noch eines.
»Lass mal sehen, lass mal sehen!«
Sie beugten sich zu dritt über das Handy. Die Fliege wirkte tatsächlich echt. »Komm mal ganz dicht an meinen Kopf, Leo. Mach mal so, wie ich. Und jetzt beweg dich nicht …«
Leopold war glücklich. Er streifte Maximilian und seine anderen Mitschüler mit einem schnellen Blick, ob sie auch sehen konnten, wie dicht er an Jule heranrückte.
Sie legten beide die Köpfe in den Nacken, Jule wandte ein wenig das Gesicht zur Seite, öffnete den Mund, streckte die Zunge heraus, setzte die Gummifliege auf die Zungenspitze, berührte damit leicht Leopolds linke Wange, so dass es aussah, als krabbele das dicke Viech aus ihrem geöffneten Mund auf sein Gesicht. Dann hob sie die Hand und Lieselotte drückte wieder auf den Auslöser.
Beim Anblick des Fotos kreischten sie: »Spitze!«, und Leopold nickte begeistert. Jules nasse Zunge hatte er ein bisschen eklig gefunden, er wischte sich seine Wange verstohlen mit dem Handrücken. Aber er war immer noch so froh, dass Jule wieder bessere Laune hatte. Und dass er dafür gesorgt hatte.
Das Foto war wirklich toll. Leo blickte Jule bewundernd an.

Auf solche Ideen kam nur sie. »Machst du mir einen Ausdruck davon?«, fragte er.
Sie nickte.
Aus der Gruppe der Klassenkameraden löste sich Maximilian, er hatte die Szene beobachtet. »Jetzt lecken sie sich schon ab!«, grölte er. Jule setzte sich senkrecht und musterte den Blonden kalt. Lieselotte wandte sich unwillig um. »Halt die Fresse!«
»Du hast ja keine Ahnung. Leo und ich haben schon letzten Monat hundert Euro für das ›best friend‹-Foto gewonnen«, sagte Jule von oben herab. »Bei ›mypalweekly‹ kassieren wir regelmäßig ab. Das geht aber nur, wenn man nicht so langweilig aussieht wie du.« Sie stand auf. »Wir müssen zu Sport, Leo. Wenn der Arsch hier«, sie wies mit dem Kinn zu Maximilian, »wenn er dich irgendwie nervt, sag Bescheid.« Lieselotte nickte bekräftigend und warf Maximilian einen Blick zu, unter dem sich selbst größere Mitschüler sofort eine Frostbeule zugezogen hätten.
Vor Jule und Lieselotte hatte Maximilian Respekt. Auch vor Hassan und Pascal, zwei Klassenkameraden der Freundinnen, die in der Nachbarschaft wohnten. Sie hatten Hassan und Pascal auf Leos Schutz eingeschworen, und meist reichte deren bloße Erwähnung.
»Was für 'n Foto?«, fragte Maximilian. Aggressiv, aber auch interessiert.
»Geht dich einen Scheiß an.« Lieselotte streifte Leos Schulter zum Abschied. »Außerdem muss man dazu einen Text in Englisch schreiben, und dazu bist du eh zu blöd«, ergänzte Jule. Sie zwinkerte Leo zu, dann drehten sie sich um und liefen zur Turnhalle.
Bevor Maximilian ihn weiter ausquetschen oder sich für Jules oder Lieselottes unfeines Vokabular an ihm rächen konnte, war Leo in Richtung Hauptgebäude verschwunden, wo er vor dem

Eingang das Ende der Pause abwarten konnte, um dann im Schlepptau der Lehrerin seinen Klassenraum betreten zu können. Im Gehen versuchte er das mit dem Fotopreis zu verarbeiten. Gab es das am Ende sogar wirklich?

Aber er war gewöhnt daran, dass Jule die unglaublichsten Blitzideen von sich geben konnte, in Sekunden, so glaubhaft, dass niemand merkte, dass sie ganz einfach log. Oder phantasierte, um es netter auszudrücken. Keuchend blieb Leopold vor dem Haupteingang stehen.

Wie sie das gemacht hatte. Was sie alles sagen konnte, so schnell und so schlau. Oder so lustig wie Lolli. So etwas würde er nie können. Er fühlte sich so klein wie eine Gummifliege. Und die hatte er auch noch geklaut. Aber gut, dass er das getan hatte. Das hatte Jules Laune gebessert. Klauen war eigentlich nicht gut. Aber es war ja nur eine Fliege gewesen.

Er bekam erneut einen Magenkrampf und musste sich an einer Schulhoflaterne festhalten.

Gab es überhaupt irgendwas auf der Welt, was er konnte, außer weglaufen und Bauchweh kriegen? Das Holzgeschnitze, das er bei Onkel Henri machen durfte, war ja wohl Mist, wie Friedrich gesagt hatte. Dabei kannte er mittlerweile die Namen sämtlicher Werkzeuge, die Onkel Henri besaß, er wusste, wie sie aussahen und wann man sie benutzte. Und das, was er gerade für Mama schnitzte, fand er richtig gut. Aber klar, für Friedrich zählten andere Sachen.

Dabei fiel ihm siedend heiß ein, dass er Jule und Lieselotte das Wichtigste noch gar nicht erzählt hatte. Das Wichtigste und Schlimmste: Gestern Abend waren Mama und Friedrich noch in sein Zimmer gekommen, um ihm etwas zu sagen, was ihn richtig schwindlig gemacht hatte vor Schreck. Mama trug ihr neues Dirndl und zeigte Leo einen Ring, den sie an einer Hand trug. Etwas glitzerte darauf. Sie beugte sich über ihn und gab ihm einen Kuss. Und dann sah sie ihn lange und liebevoll an. Es war aber so ein Mamablick, der ihm etwas unheimlich war, es war der Wichtige-Sachen-Blick. Und dann kamen nicht immer gute Sachen.

Und dann, ganz ohne Einleitung, hatte Mama gesagt: »Friedrich und ich, wir wollen heiraten, Schätzchen.«

Es hatte ihn getroffen wie ein Schlag mit einem nassen Sack. Was danach kam, war noch schlimmer.

»Und dann ziehen wir zusammen in eine größere Wohnung, und dann hast du einen richtigen Vater!«

Er wollte keinen richtigen Vater. Jedenfalls nicht den da. Er hatte Mama, Jule und Onkel Henri und Carlotta als Ersatztante, und das reichte ihm als Familie.

Und dann hatte Mama ihn mit diesem »Jetzt freu dich doch«-Blick angesehen.

Wie hatte er bloß vergessen können, Jule von dieser schlimmen Sache zu erzählen?

»Dann habe ich zwei Männer im Haus, das finde ich sehr hübsch«, hatte Mama gesagt, dabei gelacht und die Finger durch ihre Haare gezogen. Friedrich hatte neben ihr gestanden, mit diesem Gesicht, das so streng sein konnte, aber auch manchmal so komisch freundlich, irgendwie nicht echt, weil seine Augen immer genervt blieben. Er hatte Leo zugenickt und mit dröhnender Stimme gesagt: »Und dann mach ich einen Superstar aus dir, wirst schon sehen!«

Leo hasste Fußball. Fußball war zu schnell für Leo. Zu heftig. Man musste schnell und stark sein und richtig hinfallen können und blitzschnell tricksen und die Augen überall haben und die Spielzüge mitdenken. Und die anderen taten einem weh und beschimpften einen, wenn man nicht gut genug war.

Und man war nie gut genug.

Leo stand gerne neben Onkel Henri und beobachtete, wie

Onkel Henri mit Hammer und Stechbeitel die Späne fliegen ließ. »Gib mir doch mal den mittleren Kerbschnitzbeitel!«, sagte Onkel Henri. Und Leo wusste genau, wie ein mittlerer Kerbschnitzbeitel aussah, und reichte ihn Onkel Henri.

Er roch gern das Holz, suchte in den hintersten Ecken, wenn Onkel Henri den kleinen Hammer nicht finden konnte, und liebte es zu beobachten, wie Onkel Henri auf den Stechbeitel schlug, wie der Holzspan langsam wuchs, wie der schräg geführte Beitel den Span schließlich vom Holzstück trennte, wie sich Stück für Stück aus dem groben Quader eine Tierpfote herausformte.

»Langweiliger Holzkram«, sagte Friedrich und zeigte Leo sein neues Handy, mit dem man einfach alles machen konnte, wirklich alles. Es war bunt und hatte Millionen Funktionen, aber wie so vieles war auch das zu schnell für Leo. »Du gehörst echt in ein anderes Jahrhundert«, sagte Friedrich, und es klang nicht wie ein Lob.

Leo hatte zwar auch ein Handy und freute sich, wenn er heimlich mitten in der Religionsstunde bei Onkel Henri per SMS anfragen konnte: »Kann ich gleich auf eine Runde schnizen vorbeikomm?«, aber was sein Handy sonst noch alles konnte, interessierte ihn einfach nicht.

Das war ganz anders, wenn er zum Beispiel einen Marienkäfer am Fensterrahmen entdeckte. Dann versuchte er, das kleine Punktetier mit Geduld und Vorsicht auf seine Hand zu lenken. Er spürte dem Trippelgefühl der sechs schwarzen Beinchen auf der Haut nach, beobachtete, wie der Käfer über den Handrücken krabbelte, dann den ganzen Daumen hochkletterte, auf der Kuppe des nach oben gestreckten Daumens innehielt, zuerst die roten Deckflügel aufklappte, um dann die feinen, durchsichtigen Unterflügel auseinanderzufalten und plötzlich – flirrr – davonzuschweben.

Friedrich schlug Käfer tot.
Auf Mamas Balkon kamen ab und zu Fliegetiere, die Leo gerne beobachtete. Egal, was es war, wenn Friedrich da war, sprühte er sie an, so dass sie torkelnd über die Brüstung flogen und dann abstürzten oder mit gekrümmten Beinchen sofort auf dem Balkonboden liegen blieben: »Sonst habt ihr hier nächste Woche nur noch Blattgerippe!«
Es klingelte zur nächsten Stunde. Jemand ging an ihm vorbei, knallte laut einen Fußball auf den Boden, ließ ihn hochspringen, fing ihn auf, knallte ihn wieder auf den Asphalt. Es hörte sich an wie harte Schläge. Wie Schläge auf den Kopf.
Leo wollte es auf gar keinen Fall, aber plötzlich verzog er das Gesicht und begann laut zu weinen.
Das Hauptgebäude und die große Eingangstür zogen sich wellenförmig in die Länge und gerieten oben ins Wanken, wie Bäume im Wind. Leo versuchte, sich an einem Papierkorb festzuhalten, musste sich plötzlich übergeben, schwankte, riss den Mülleimer herunter, fiel hin und lag zwischen Butterbrottüten, Apfelsinenschalen und Erbrochenem auf dem Boden.
Ein paar Mädchen kreischten laut, und jemand rief aufgeregt um Hilfe. Der neue Physikreferendar beugte sich über ihn und sprach ihn an. Aber Leo hörte es nicht.

Statische Probleme

Am großen Tisch, den ein Messingschildchen als »Personaltisch« auswies, saßen Tante Betty, Sekretärin und älteste Museumskraft, der neue Hausmeister Florian Euler, genannt Eule, und Herr Heimchen, der Betreuer der historischen Instrumente und all der Bestände, die hausintern unter dem Namen »Abteilung A.M.« liefen, nämlich »Alles Mögliche«. Oder »Alter Mist«, wie Herr Heimchen seinen Schatz gerne nannte. Hätte man ihn allerdings vor die Wahl gestellt, wahlweise ihn selbst oder die Tiroler Hakenharfe von 1690 auf Nimmerwiedersehen im Bodensee zu versenken, hätte Herr Heimchen keine Sekunde nachdenken müssen.

Auch das war eine Besonderheit des August-Gayette-Museums: Hier hatte niemand einen Job, hier lebte jeder seine Arbeit, war mit ihr auf besondere Weise verbunden.

Herr Heimchen schob mit spitzer Gabel die Speckwürfel von den grünen Bohnen, denn er war Vegetarier. Dennoch hatte er Tante Bettys Pausenbeschäftigung aus den Augenwinkeln beobachtet.

»Führst du etwa noch so etwas wie ein Haushaltsbuch, Tante Betty?«

Tante Betty sortierte nämlich ein paar Zettel, murmelte vor sich hin und übertrug Zahlen in ein kleines Buch. »Moment, ich muss eben … acht, sechs, eins, Ro-se-ma-rie. So. Nein, Herr Heimchen.« Sie hob den Kopf und sah den älteren Herrn mit dem schütteren Haarwuchs freundlich an. »Ich übertrage gerade Adressen und Telefonnummern in mein neues Büchlein.«

»Mein Gott!« Susan sprach mit vollem Mund. »Das sieht aber mühsam aus. Alles mit der Hand!« Susan hatte die Ellbogen aufgestützt, ihr Sandwich in beide Hände genommen und biss kräftig zu. »So ein Adressbuch ist eh überflüssig. Du hast sie doch sicher alle eingespeichert in deinem Handy!«
Tante Betty blickte auf. »Jaja, ich hab ein Handy. Aber das könnte ich ja mal verlieren. Außerdem ist das irgendwie so nett, mit dem Füller zu schreiben, so ordentlich, mit richtiger Tinte, in so ein hübsches Buch. Und wenn ich dann den Namen eintrage, sehe ich Buchstabe für Buchstabe auf einmal das Gesicht vor mir.«
»Tja.« Florian Euler kratzte sich am Kopf. »Muss ich mal ausprobieren. Aber so viel Geduld hab ich nicht, fürchte ich.«
»Ich bin froh, wenn ich die meisten Gesichter aus meiner Telefonliste vergessen kann«, brummte Herr Heimchen und rührte in seinem Früchtetee.
»Nur weil Emily versäumt hat, dir eine Portion Bohnen ohne Speck zuzubereiten, brauchst du hier nicht so 'ne schlechte Laune zu verbreiten, Herr Heimchen«, sagte Tante Betty. »Man sollte froh sein über jeden netten Menschen, den man kennt.«
Aber Herr Heimchen hatte heute einfach keinen guten Tag, was daran lag, dass er von Frau Gundrich heute Morgen auch noch mit der Oberaufsicht über die historischen Kostüme beauftragt worden war. Vertretungshalber natürlich nur, aber trotzdem. Frau Yldiz, die Spezialistin für historische Kostüme, war beurlaubt, weil sie ihr zweites Kind bekam, also musste sich Herr Heimchen auch noch darum kümmern, was ihn natürlich begeisterte.
Tante Betty wechselte das Thema. »Was macht eigentlich deine Baustelle?«, fragte sie Susan.
Susan zuckt mit den Schultern. »Wenn ich eine Ecke renoviert habe, fällt drei Meter weiter der Stuck von der Decke, oder ich

stehe unter einem Stützbalken und der Holzbock macht Geräusche über mir. Das Haus ist einfach zu groß. Aber, Tante Betty, *I love it.*«

Riesig, verwinkelt, verwohnt, stand Susans Villa Gayette auf einem Grundstück etwas unterhalb des Museums, keine hundert Meter entfernt. Wobei die Villa Gayette in der Tat den Namen »Villa« verdiente, denn sie war einmal das Wohnhaus August Gayettes gewesen und ursprünglich ein repräsentatives, wenn auch nicht unbedingt schönes Haus.

Als Susan vor zehn Jahren dem dort seit langem hausenden ominösen »Verband zur Erhaltung von Jagdtrophäen des 19. Jahrhunderts« gekündigt hatte, glich das Haus einem stinkenden Asyl für Ratten und Mäuse. Wandtäfelungen waren herausgerissen worden, an manchen Stellen fehlte das Treppengeländer, der Fußboden war marode, und auf dem Dachboden standen, strategisch verteilt, alte Zinkwannen und fingen das Getröpfel auf.

Die vor vierzig Jahren eingebaute Zentralheizung tat ihren Dienst nur noch widerwillig, und die zwei Bäder lockten mit dem braungrünen Schlierenkachelcharme der Siebziger.

Susan hatte die Ärmel hochgekrempelt, das Haus gesäubert und nur das unbedingt Notwendige renoviert. Immer Stück für Stück, wie sie gerade konnte.

»Aber dein Park, Susan, da hast du was Tolles gemacht, du.« Hausmeister Eule nickte anerkennend, denn der Gayette-Park, mittlerweile wieder öffentlich zugänglich, war eine Attraktion.

»Ohne Tante Antonia wär das nichts geworden«, gab Susan ehrlich zu. »Ich hatte damals noch keine Ahnung vom Gärtnern. Sie hat die ganzen schönen Terrassen angelegt, ich hab bloß diesen Brunnen wieder ans Laufen gebracht. Die Jagdtrophäen-Deppen hatten ihn fast ganz demontiert und sich die nackten Keramikweiblein in ihre blöde Bierbar gestellt, im Keller.«

August Gayette hatte den Brunnen ursprünglich einmal geplant, mit künstlichem Wasserfall, Grotten und einem kleinen griechischen Tempel. Susan rekonstruierte die zerstörte Anlage. Durch ein ausgeklügeltes hydraulisches System wurden kurz vor jeder vollen Stunde drei nackte, rundliche Keramikweiblein von drei Wasser speienden Faunen verfolgt, ohne dass sie je gefangen wurden. Schlug es dann zur Stunde, spuckten sich alle Weiblein und Faune mit einem Wasserstrahl an. Nur eine Figur – und man wusste nie, welche – drehte sich um und sprühte ihren Segen auf die Zuschauer.

Es gab schlichtweg keinen einzigen japanischen Touristen, der sich nicht zwischen den prallbrüstigen Weiblein zufrieden grinsend hätte ablichten lassen, manchmal eben auch mit nassen Haaren und verregneter Brille.

»Den griechischen Tempel, den muss ich noch aufbauen.« Susan nickte vor sich hin. »Bloß das Geld … na ja.«

»Ich bin gelernter Tischler!« Eule hob die großen, schwieligen Hände. »Hier, diese Fingerchen können aber auch Zimmermannsarbeit, nicht nur Küchenhocker. Ich kann dir helfen, Susan, wenn du willst!«

Er sah so stolz aus, dass sie ihm verschwieg, dass sie selbst eine Schreinerlehre absolviert hatte.

»Warum verkaufst du den Kasten eigentlich nicht? Und suchst dir was hübsches Kleines? Oder baust dir mit dem Geld ein Atelierwohnhaus am Stadtrand? Ich versteh dich nicht, Susan.« Tante Betty blickte sich suchend um, nahm ihren Anorak von der Stuhllehne und legte ihn sich fröstelnd um die Schultern.

»Oh nein, das geht nicht.« Susan sprach mit vollem Mund und blickte durch die Glasscheiben der Cafeteria über die Turmspitzen von Fichtelbach. Dann beugte sie sich vor. »Ich liebe die hässliche Villa, Tante Betty. Ich liebe sie mehr, als ich jemals einen Mann lieben könnte. Sie hat so viel Charakter.«

»Ach, hässliche Männer mit Charakter gibt es doch auch!«
»An denen kann ich aber nicht herumbasteln.«
»Also, wenn du mal Hilfe brauchst, sag Bescheid«, meinte Eule noch einmal.
»Danke, Eule.« Susan lächelte eines ihrer seltenen Lächeln. Eule war ein netter Kerl, keine Frage. Er war noch nicht lange hier im Museum, erst seit ein paar Monaten. Manchmal wirkte er mit seinem Große-Jungen-Gesicht immer noch erstaunt, dass er jetzt tatsächlich der richtige Hausmeister in diesem Museum war, dass er ein Gehalt bezog für Dinge, die ihm Spaß machten. Eule mochte Susan, er mochte, dass sie so ernst war, so unglamourös mit ihren stets farbbekleckten Händen und ihren abgetragenen Jeans. Die Susans dieser Welt ängstigten ihn weitaus weniger als die Emilys.
Herr Purrmann, der zweitälteste Museumsangestellte, näherte sich, einen doppelten Espresso und eine Schwarzwälder Torte auf seinem Tablett. »Stör ich?«
Tante Betty rückte ein Stück beiseite und beäugte das Tablett ihres Kollegen. »Nicht mehr als sonst auch. Diät abgebrochen?«
»Nö, wieso?«, fragte Herr Purrmann und gabelte in die Sahneschichten.
»Na, wenn du so weitermachst …« Susan stockte, weil sie Carlotta entdeckt hatte. Carlotta, die an der Kasse stand, einen Mann an ihrer Seite, dem sie gerade etwas ins Ohr flüsterte, woraufhin beide lachten und sich ansahen. Und zwar so ansahen, dass sich Susans Gesichtsausdruck änderte.
Susan hatte diesen Mann noch nie gesehen. Und diese Carlotta war ihr auch neu.
Tante Betty und Herr Purrmann drehten sich fast automatisch in Susans Blickrichtung.
»Holla!« Tante Betty nahm Carlotta ins Visier. »Was strahlt denn da?« Dann musterte sie den Mann neben ihr. »Ist das nicht der

Professor aus Schweden mit unserem Goldkorn? Ein netter Mensch. Er war jedenfalls gestern sehr höflich zu mir. Gut aussehen tut er auch noch.«

»Na, unser Goldkorn ist ja auch nicht grade unflott.« Herr Purrmann sah fasziniert hin und tauchte aus Versehen seine Kuchengabel in den Espresso.

»Nicht mein Fall, der Mann«, erklärte Susan. »Zu wenig Muskeln.«

»Er ist ja auch Professor und kein Boxer«, verteidigte ihn Tante Betty.

»Professor für was?«, fragte Herr Heimchen, musterte Gösta noch einmal verstohlen und gab sich selbst die Antwort. »Sieht irgendwie aus wie ein Literaturmensch.«

»Oder was Musikalisches«, ergänzte Eule, stützte die Ellbogen so auf dem Tisch ab, dass seine Oberarmmuskeln besser zu sehen waren, und musterte Gösta.

Dann wanderte sein Blick zum Tresen, hinter dem Emily einem Gast ein Bier zapfte. Gerade lachte sie, warf den Kopf in den Nacken, sah zufällig zu ihm herüber, und Eule wandte schnell das Gesicht ab.

»Er hat etwas mit Jasper Johansson zu tun, oder?«, fragte Tante Betty.

»Sein Urenkel. Er leiht uns ein Bild für die nächste Ausstellung.« Herr Purrmann wandte sich wieder seiner Torte zu.

Carlotta hatte die vielen neugierigen Augen registriert. Halblaut sagte sie: »Wir müssen unbedingt darüber sprechen, wie wir uns hier im Museum verhalten sollen. Ich weiß nicht …«

»Was meinst du? Dass ich keine Fossilien klauen soll, schöner Liebling?«

Sie steuerten einen Zweiertisch am Fenster an. Gösta stellte das Tablett ab.

»Doch, das darfst du. Ich meine etwas anderes.« Jetzt flüsterte sie. »Ich meine diese Bettgeschichte, die da zwischen einem Leihgeber und einer Museumsangestellten läuft.«

»Wieso? Ist das etwa nicht der normale Service an deutschen Museen?«

Sie schlug mit der Kuchengabel nach ihm.

»Nein, im Ernst, Carlotta. Soll das niemand wissen?«

»Doch, natürlich … Ich weiß nicht. Ich weiß nicht, ob alle das jetzt schon wissen sollten, dass zwischen uns … Tut mir leid, Gösta, ich kann im Moment keinen vollständigen Satz formulieren.«

Er beugte sich vor. »Na, dann werde ich mal einen vollständigen Satz formulieren.« Er blickte sich um, sah sich unbeobachtet, beugte sich noch weiter vor und flüsterte: »Ich will mit dir schlafen. Wenn's geht, in zwei Minuten.«

Sie beugte sich ebenfalls weit vor, atmete tief und stützte das Kinn auf beide Fäuste. »Ich auch«, flüsterte sie zurück. »Wie soll ich das nur aushalten? Ich möchte am liebsten sofort mit dir abhauen und erst einmal für eine Woche von hier verschwinden. Abtauchen. Irgendwohin, wo keine Leute sind, aber viel freie Luft.«

Er ließ seinen Kaffeelöffel sinken. »Weißt du was? Das machen wir einfach.«

Carlotta starrte ihn an, perplex.

»Es ist nämlich etwas ziemlich Rätselhaftes passiert. Oder sagen wir besser, aufgetaucht.«

Er zog sein Handy aus der Tasche, tippte darauf herum und zeigte Carlotta ein leicht verwischtes, grünes Bild. »Dieses Foto hat mir mein treuer Hausgeist Sture Engström heute früh geschickt. Ich saß gerade beim Hotelfrühstück.«

Carlotta nahm das Handy entgegen und sah ein verwackeltes Foto grüner Schlingpflanzen, an denen ein kleines Tier herumturnte. »Bisschen unscharf. Ich gebe zu, ich versteh nicht ganz, was du mir damit sagen willst.«

»Also … ich möchte mein rotes Schärenhaus renovieren, das weißt du ja, und mein Allroundhandwerker Sture hilft mir dabei. Gestern wollte er die Täfelung vom Wintergarten ausbessern. Dabei hat er ein paar Bretter entfernt. Er rief mich heute Morgen ganz aufgeregt an und meinte, unter der Täfelung sei ein sehr großes Wandbild. Die Täfelung – und damit das Bild – ist nur etwa einen Meter sechzig hoch, aber acht Meter breit. So breit wie das Haus eben. So, und jetzt hör zu: Sture ist kein Kunstkenner, aber er kennt die Bildmotive von Jasper und meinte, es sei eine Wandmalerei von ihm.«

»Das ist ja …«, Carlotta verschluckte sich vor Aufregung und hustete, »das ist eine Sensation! Aber wieso wusstest du denn nichts von diesem Wandbild, du warst doch als Kind sicher oft in dem Ferienhaus?«

»Ich kenne den Wintergarten eben nur *mit* Täfelung. Und oberhalb davon ist weiße Farbe. Von einem Wandbild hat man mir nie etwas erzählt. Vielleicht hat mein Urgroßvater das Bild nur als eine Art dekorative Tapete betrachtet, und meiner Urgroßmutter gefiel es nach ein paar Jahren nicht mehr – wer weiß. Das wird nicht mehr zu klären sein.«

»Und jetzt?«

»Na, ich werde wohl einen Experten befragen müssen, so etwas kann ich ja nicht einfach wieder zunageln lassen.« Er grinste.

Unglaublich. Carlotta konnte es kaum fassen. Was für ein verrückter Zufall, was für ein Fund!

»Und dieser Experte sitzt gerade vor dir, meinst du?«

Gösta nickte. Carlotta schnappte nach Luft und ließ ihren Kaffeelöffel sinken. »Ich muss mir das Wandbild natürlich genau ansehen, nur … Es sind hunderttausend Dinge zu regeln, übermorgen ist Elternsprechtag, der Katalog brennt an, ein Kollege

aus Hamburg kommt am Freitag, Gundrich wird durchdrehen. Aber du hast recht. Wie wichtig oder wie unwichtig das Wandbild ist, kann ich nur vor Ort entscheiden.«
Gösta legte seine Hände auf ihre. »Morgen früh fahren wir nach Björkholm. Und später, viel später, fliegst du von Stockholm zurück. Ganz einfach.«
Das war ganz und gar unmöglich. Und ganz und gar wundervoll.
Aber es geht nicht. Warum denn nicht? Kann man das Vorwort zum Ausstellungskatalog nicht auf einer Schäre weiterschreiben? Ist Jule etwa ein Säugling? Muss man zu jedem Elternsprechtag? Den Kollegen aus Hamburg kann Jelena Gundrich auch mal allein verarzten. Tante Betty regelt die wichtigsten Verwaltungssachen. Onkel Henris Tiefkühler ist randvoll mit fertigem Essen.
Ist dieses Wandgemälde etwa keine Sensation? Doch, natürlich. Selbst wenn es nur das banale Dekorationsbild einer Frühstücksterrasse ist, kann man es doch zur Entdeckung des Jahres umwerten. Immerhin ein original Jasper Johansson. Und ein Bezug zu August Gayette lässt sich finden.
Oder erfinden.
Und in ein paar Monaten, zur Ausstellungseröffnung, wieder etwas herunterspielen. Wenn es denn nötig sein sollte.
Björkholm. Gösta. Von morgens bis abends. Tag und Nacht. Ein paar Tage und Nächte. Es ist ein unmöglicher Zeitpunkt, aber mach es, Carlotta, mach es. Das ist mein Leben, jetzt, hier, und dieser Mann ist mir so unendlich wichtig. Ich werde es mir nie verzeihen, wenn ich mir diese Zeit nicht nehme. Egal, wie das hier ausgeht.
Sie war so aufgeregt, dass sie sich verschluckte, als sie Gösta fragte: »Geht auch übermorgen früh?«, und einen Hustenanfall bekam.

Er nickte. Und strahlte.
In diesem Augenblick kam ungewohnt Hektisches und Lautstarkes von der Kasse. Emily schrie: »Du musst die Küche allein machen, Fatma, für die Kasse schick ich dir jemanden.« Sie lief zum Personaltisch, redete auf Tante Betty ein, Tante Betty erhob sich sofort. Die alte Museumsdame nahm Platz auf dem Hocker an der Cafékasse, Emily rannte zum Ausgang, band unterwegs ihre Kochschürze los, ließ sie einfach auf den Boden fallen und verschwand in Richtung Parkplatz.
Carlotta erhob sich und eilte zur Kasse. Gösta folgte ihr. »Was ist denn passiert?«, fragte sie Tante Betty.
»Leo ist in der Schule zusammengeklappt!«
Carlotta erschrak. »Und was hat er?«
Aber Tante Betty wusste auch nicht mehr. »Ach, Kinder kippen doch schon mal um in dem Alter«, meinte sie abwiegelnd und musterte jetzt den schwedischen Professor, der das Goldkorn so zum Leuchten brachte.
Waren Schweden nicht vorwiegend weißblond, wie Jule? Der hier hatte mal schwarze Haare gehabt, bevor sich das viele Weiß hineingemischt hatte.
Doch, ihr erster Eindruck bestätigte sich nach einem Blickaustausch mit ihm. Der hier hatte Erzählaugen. Der hier war keine Schweigemauer wie die meisten Männer, die in Tante Bettys Leben eine Rolle gespielt hatten. Sie hatte mittlerweile gelernt, das zu sehen. Etwas spät, aber immerhin.
Sie nickte Gösta zu, als wollte sie ihn loben. Wofür, blieb ihr Geheimnis.

* * *

Das Gemälde im großen Fossiliensaal war fast drei Meter lang und zwei Meter hoch. Gösta sah wieder in diese taxierenden Augen seines Urgroßvaters, der seit dem ersten Treffen gestern Nachmittag nur auf ihn zu warten schien. Das Bild war voller überwältigender Details. Gösta wusste nicht, wohin er zuerst blicken sollte.

»Weißt du was? Ich lass dich einfach mal allein mit ihm, Gösta! Bis gleich!«

Carlotta strich ihm mit der Hand schnell über die Wange, aber er hielt ihre Hand blitzschnell fest. »Wohin gehst du?«

»Nur in den Museumsshop. Ich bin in ein paar Minuten zurück.«

Sie verschwand.

»God dag, farfar!«, sagte Gösta leise. »Guten Tag, Urgroßvater!«

Er betrachtete den jungen Maler im hellen Tropenanzug, der einen zweiten jungen Mann zu skizzieren schien, gleichzeitig aber auch den Betrachter ansah.

Der Mann, den Jasper skizzierte, wischte sich gerade den Schweiß von der Stirn und beugte sich, auf seinen Spaten gestützt, über den aufgewühlten Boden, in dem sich etwas Interessantes zu befinden schien. Ein paar kleine Papageien kamen herangeflogen, schrillten gellend und keckernd und ließen sich neugierig in den Blättern eines Kapokbaums nieder, unter dem der junge Forscher seinen Fund sichtete. Ein neugieriger Kapuzineraffe hangelte sich an einer Liane herab, stets bereit, blitzartig zu verschwinden, sollte jemand nach ihm greifen wollen. Aber niemand interessierte sich für ihn.

Ohnehin schien das, was sich im aufgewühlten Erdreich befand, von größerer Anziehungskraft, denn auch zwei Xucuru-Indianer, geschmückt mit Federn und mit Ketten aus polierten Kernen, hockten am Boden und blickten mit großen Augen in das Erdloch.

Noch nie hatte Gösta eines der berühmten Monumentalgemälde seines Vorfahren in natura gesehen.
Ach was, Gemälde! Ein viel zu karges Wort. Das war Augenreise, Farbrausch, Drama, Licht.
Neben Jaspers fest geschnürtem Leinenstiefel entdeckte Gösta einen großen Käfer, der aussah wie eine Smaragdbrosche in aufwendig ziselierter Silberfassung. Fotografisch genau waren die metallischen Beinchen, die schimmernden Kopfzangen abgebildet, genauso wie die feine Zeichnung der Ornamente auf dem grünen Rücken. Ein kleines Stück weiter lugte eine Eidechse wie ein geschrumpfter Drache zwischen zwei Blüten hervor.
Die Reptilienaugen, die das Tropenlicht reflektierten, waren so lebendig und frisch gemalt, blickten so intensiv in diese Welt, als gäbe es auf diesem sechs Quadratmeter großen Bild nichts Wichtigeres als ebendiese winzigen Augen.
Was für unglaubliche Details!
Verließ man ein Gemälde, ohne es genau betrachtet zu haben, stellte sich ein eigenartig unbefriedigtes Gefühl ein, ähnlich dem, wenn man ein Gartenstück noch nicht ausreichend intensiv nach versteckten Ostereiern abgesucht hat.
Man musste einfach genau hinsehen, weil man wusste, dass man ansonsten etwas Einmaliges versäumte. Jede Einzelheit faszinierte, ließ die Augen spazieren, ruhen, wandern, springen, aber nicht müde werden, machte Lust auf mehr.
Das Erstaunlichste war, dass sich Präzision und Flüchtigkeit ergänzten, so wie eine scharfe Linse aus einer unscharfen Umgebung ein genau konturiertes Detail herausholt.
Man ahnte nur, dass die dicht fallenden Ranken rechts zu einer Vanillepflanze gehörten, die lanzettförmigen Blätter, die hellen Trompetenblüten waren in ihren Konturen nur flirrend angedeutet. Aber der blau schimmernde Morphofalter, der vor

dieser Vanilleblüte herumflatterte, war so exakt gemalt, dass er in jedem Bestimmungsbuch als wissenschaftliche Illustration hätte dienen können.

Es gab einfach keinen anderen Maler, der einen Schmetterling mit dem Blick und der Technik eines Hyperrealisten einfangen konnte und der es dann schaffte, die Vanilleblüte, auf der der Falter gaukelte, mit dem genial flüchtigen Strich eines Impressionisten zu malen. Ohne dass ein Stilbruch entstanden wäre, mit technisch raffinierten Übergangszonen, an denen sich ungezählte Kopisten die Zähne ausgebissen hatten, vergeblich. Für diesen Wechsel von wissenschaftlich genauer und stimmungsvoll ungenauer Darstellung war Jasper Johansson weltberühmt geworden.

Urgroßvater Jasper. Gösta studierte noch einmal sein Gesicht. Es war kühl, distanziert. Er hatte sich eine Spur männlicher und attraktiver dargestellt, als er auf den Fotos aussah, die Gösta kannte. Auch die Pose des forschenden Malers oder malenden Forschers war weniger die eines Entdeckers als vielmehr die eines Eroberers.

Kein Zweifel, die koloniale Arroganz seiner Generation hatte auch in Jasper Johansson gewohnt. Nicht zufällig hockten die beiden Indianer zu seinen Füßen, waren fast nackt, animalisch dargestellt, vor allem aber hatten sie völlig identische Gesichtszüge. So als habe Jasper eine Spezies Kreatur, aber keine zwei verschiedenen Menschen darstellen wollen. Und wahrnehmen können.

Gösta rieb sich nachdenklich das Kinn. Das war kein Großvater, zu dem man mit aufgeschlagenem Knie gelaufen wäre, um sich trösten zu lassen.

Das war ein Mensch mit Herrschaftsanspruch, mit großem Ego.

Gösta schaute sich in dem Saal um. Hier hingen noch weitere Riesenmotive aus Südamerika, aber auch aus Europa.

Wegen dieser Bilder kamen – neben den vielen Touristen –

Kunsthistoriker aus allen Teilen der Welt. Das Stockholmer Nationalmuseum hatte versucht, den Fichtelbachern wenigstens eines der Johanssonschen Expeditionsbilder abzukaufen, vergeblich. Eifersüchtig, aber auch weitsichtig hatte August Gayette im Schenkungsvertrag verfügt, diese Sammlung sei niemals, unter keinen Umständen, auseinanderzureißen.
Gösta war mit Uropa Jaspers Anblick aufgewachsen. Im Stockholmer Wohnzimmer seiner Eltern hatte Jasper eine ganze Wand eingenommen. Aquarelle, die er auf seinen vielen Reisen angefertigt hatte, Zeichnungen, kleinere Ölgemälde, Selbstporträts. Und ebenjenes Bild, das mit ihm, Gösta, zusammen im Auto als Leihgabe für das Gayette-Museum von Stockholm nach Fichtelbach gereist war.
Für einen Moment sah sich Gösta im tanzenden Staub eines Lichtstrahls am Klavier des elterlichen Wohnzimmers. Dieser Lichtstrahl, der im Sommer immer zur Klavierstunde auf die Nase von Uropa Jasper an der Wand gegenüber fiel. Fräulein Sundgren klopfte ihm auf die Finger oder holte ihn mit schrillend wütendem Stakkato-Fis aus seinen Träumereien.
Oft hatte er sich auf das blaue Segelschiff gewünscht, das rechts neben Uropa Jasper hing. *Boot in arabischen Gewässern* hieß es. Manchmal, wenn er minutenlang ewig gleiche Übungen wiederholen musste, floh er auf den blauen Segler, machte die Leinen los, segelte Richtung Marokko und drehte Fräulein Sundgren eine Nase.

Er zuckte zusammen, als ihn jemand sacht am Arm berührte. Er hatte sie nicht kommen hören.
»Jetzt habe ich dich erschreckt! Entschuldige.«
»Ich war gerade im Wohnzimmer in der Baldersgatan«, sagte er leise. »Es gibt dort ein sehr energisches Selbstporträt von Jasper, auf das ich bei meinen Klavierstunden immer gestarrt habe.«

Carlotta suchte nach Ähnlichkeiten zwischen Gösta und Jasper, schaute zwischen ihnen hin und her.
Gösta bemerkte es. »Ich sehe ihm überhaupt nicht ähnlich. Schwedischer als Jasper kann man gar nicht aussehen und unschwedischer als ich auch nicht. Ich komme ganz und gar auf meine Mutter. Sie war Münchnerin und hatte früher lange, dunkle Haare. Erst viel später hatte sie eine schneeweiße Kurzhaarfrisur und man glaubte ihr endlich die Schwedin. Aber nur, wenn sie den Mund hielt. Sie hatte den ulkigsten Akzent, den du dir vorstellen kannst.«
»Das kann nicht sein«, widersprach Carlotta. »Den hatte nämlich meine Tante Antonia. Weißt du, wie sich das anhört, wenn eine Schwedin berlinert?«
»Hat sie in Berlin gelebt? Ich dachte, du bist hier aufgewachsen?«
»Sie hat in Berlin Deutsch gelernt und ein paar Jahre lang mit Onkel Henri dort gelebt. Und ich anfangs auch noch, für kurze Zeit. Aber dann habe ich nach dem Tod meiner Eltern das alte Haus hier in Fichtelbach geerbt.«
»Und deshalb ist dein Onkel Henri von Berlin hierher in die tiefe Provinz gezogen? War das nicht ein harter Bruch für ihn?«
»Ach, ich glaube, er hat es gerne gemacht. Als mein Vormund hätte er das Haus ja auch weitervermieten können. Aber hier hatte er endlich viel Platz für seine Arbeiten. Und Tante Antonia war begeistert, weil sie einen Garten bekam. Lass dir das von Henri erzählen, Gösta. Er hat sich bei seinen frühen Skulpturen von den Fossilfunden rund um Fichtelbach inspirieren lassen.«
Gösta beugte sich über Carlottas erklärenden Text neben dem Gemälde.
»Die Riesenbilder hier sollen also die Fundstellen der ganzen Fossilien hier illustrieren, richtig?«
»Jein«, Carlotta zeigte auf eine große, cremefarbene Blüte, »du

findest keine Saurierknochen unter Vanilleblüten. Du kannst mal davon ausgehen, dass die Fundstätte von unserem Quastenflosser hier ganz anders ausgesehen hat. Viel kahler und karger. Fossilien findet man eher in Steinbrüchen, Wüsten, Gebirgen, an Stränden mit Felsabbrüchen. Brasilien hat natürlich auch karge Ebenen und Berge, aber der Urwald mit dieser unglaublichen Flora und Fauna ist einfach interessanter zu malen. Und Jasper hat auch diese Seite Brasiliens kennengelernt. Seine Gemälde sind also so etwas wie brasilianische Eindruckscollagen. Das war übrigens auch im Sinne von Augusts Auftrag. Also – die Riesenbilder zeigen nichts Unrealistisches an sich, nur die Kombinationen der Gegenstände stimmen nicht immer.«
»Das heißt, du triffst auf dem Urwaldbild hier Schlangen oder Käfer, die zwar in Brasilien, aber nicht im Urwald leben?«
»Genau. All diese Pflanzen und Tiere existieren in Brasilien, aber nicht unbedingt da, wo man den Axelrodychtis gefunden hat.«
»Axel… who?«
Carlotta drehte sich um. »Diesen charmanten Quastenflosser in der Vitrine hier. Jedenfalls sind alle Bilder aus Südamerika solche Eindruckscollagen. Sie erheben keinen Anspruch auf topographische Genauigkeit.«
Sie zeigte auf die acht Riesengemälde, die Jasper Johansson für August Gayette gemalt hatte, in Chile, Ecuador, Brasilien und auch in Europa.
Carlotta wanderte an einigen Fossilvitrinen vorbei zu einem großen Gemälde im hinteren Teil des Raumes. »Sieh dir das mal an, Gösta. Die europäischen Motive dagegen sind bis ins Detail identisch mit den Fundplätzen der Fossilien. Und hier auf diesem Bild gibt es einiges, was du schon kennen müsstest.«
Ein blauer Sommerhimmel mit weißen Wolken wölbte sich über einem hellen Steinbruch mit dramatischen Abbrüchen. Arbeiter mit Strohhüten beugten sich über Stapel von Kalk-

steinplatten, die sie offensichtlich zusammenschichteten. Ein Mann in dunklem Anzug saß auf einem Hocker in der Mitte des Bildes und schien einen Stein mit einem kleinen Hammer zu bearbeiten. Rechts von ihm stand ein großer, kräftiger Herr mit Gehrock und Zylinder, der sich galant zu einer zarten, kleinen dunkelhaarigen Dame beugte und ihr einen weißen Sommerschirm über den Kopf hielt. Der Herr war ohne Zweifel August Gayette. Ganz eindeutig stand hier nicht die Exotik des Fundorts im Zentrum, sondern die Personengruppe. Am rechten Bildrand erkannte man eine kleine Stadt mit Kirchtürmen und eine Ritterburg auf einem Hügel.

»Fichtelbach?«, fragte Gösta.

Carlotta nickte. »Das ist unser berühmter Fichtelbacher Steinbruch.«

Gösta ging näher an das Bild, kniff die Augen zusammen und musterte das Gesicht der kleinen Dame. »Sag mal, Carlotta, diese Frau …?«

»Das ist deine Urgroßmutter, Lovisa Johansson.«

»Ach! Ja, natürlich. Auf dem Gemälde, das ich für deine Ausstellung mitgebracht habe, ist sie wesentlich deutlicher zu erkennen. Aber Lovisa ist nicht meine Urgroßmutter, Carlotta.«

»Ach ja, stimmt. Ich vergesse das immer.«

»Jasper hat ja später ein zweites Mal geheiratet. Meine Urgroßmutter hieß Eva Matilda, war groß und blond. Ein ganz anderer Typ als diese kleine, sanfte Lovisa hier.«

Er betrachtete das dunkelrote Buch, das Lovisa in der Hand hielt. Sie hatte es aufgeschlagen, hielt es aber so, dass Jasper Johanssons minutiös genauer Malstil den Titel des Buches verraten konnte: »Carpe diem!«

Gösta versenkte das Gesicht in Carlottas Haare und sog tief die Luft ein. »Carpe diem. Wieso riechst du nach grüner Wiese und nicht nach einem französischen Damendunst?«

»Weil ich eigentlich eine verzauberte Grille bin«, sagte Carlotta.
»Ach?«
Sie nickte ernsthaft.
»Egal. Solange du nicht von mir weghüpfst.«
»Warum sollte ich?«
Carpe diem. Sie hielt die Augen geschlossen, spürte seine Wärme. Es gab keine Worte für diesen Moment. Es war die völlige Gegenwärtigkeit, an keinen Gedanken gebunden, nur an das Unglaubliche, das sie beide vor ein paar Stunden gefunden hatten.

Eine Touristengruppe enterte den Saal, vielstimmiges Raunen erfüllte die Luft, das Carpe diem faltete seine Flügel zusammen. Carlotta öffnete wieder die Augen. Gösta zeigte auf das Gemälde und fragte: »Wenn das der Fichtelbacher Steinbruch ist, wo ist dann der dazu passende fossile Fund?« Er wandte sich um und wies auf den Leerraum vor dem Gemälde. »Ich sehe keine Vitrine mit Schnurrbartschnecken oder einem versteinerten Grinsemolch.«
»Du kennst den Fund schon. Wir waren gestern dort. Es ist der Elfenstein mit den Libellen. Gefunden hat ihn damals ein Berliner Paläontologe. Der ernste Herr hier auf dem Hocker, neben August und Lovisa.«
»Ach … gibt es ein Plakat von diesen Libellen? Sie sind wirklich außergewöhnlich schön.«
Carlotta hielt eine Plastiktüte hoch, aus der ein zusammengerolltes Plakat hervorsah.
»Deshalb war ich eben im Museumsshop. Für dich.«

⋆ ⋆ ⋆

Susan Gayette stand vor dem weit geöffneten Fenster ihres Arbeitsraums im ersten Stock des Museums und rauchte noch eine Zigarette, bevor Carlotta und dieser Professor aus Schweden hier sein würden.
Das war ja vorhin eine ziemlich eindeutige Performance gewesen, im Museumscafé.
Susan seufzte und zündete sich die nächste Zigarette an.
Affären störten, grundsätzlich. Auch die Liebesaffären anderer Menschen. Die Leute waren einfach nicht mehr dieselben. Sie wurden fahrig, hyperaktiv oder nachlässig.
In jedem Fall verhaltensgestört.
Affären durchbrachen dieses wunderbar beruhigende Einerlei der immer gleich oder ähnlich verlaufenden Tage. Liebesgeschichten wühlten auf, ließen Kontinentalplatten auseinanderdriften, Ozeane und Flutwellen entstehen, sorgten für Klimaverschiebungen in Seele und Körper und waren das Gegenteil von Ruhe. Von der Ruhe, die Susan so liebte. Die sie so brauchte.
Was hatte sie selbst in ihren wenigen Liebesgeschichten erfahren? Dass sie nicht schön war. Dass sie nur geliebt wurde, wenn sie ganz viel gab und sich mit wenig begnügte. Falls man da überhaupt von ›geliebt werden‹ reden konnte. Geliebt wurde sie von ihren Pflanzen und von ihrem Hund. Dort erfuhr sie täglich, wie richtig sie war.
Susan nahm es als persönliches Kompliment, wenn die schwierige Clematis tangutica, die der Gärtner ihr nachdrücklich hatte ausreden wollen, sie im Frühsommer mit einem rauschhaften Gebirge an hellen Blüten über der Veranda erfreute. Susan fühlte sich geliebt, wenn ihr Hund sie mit seinem langen Jaulton begrüßte, glücklich herumhüpfte, an ihr hochsprang und mit dem Schwanz wedelte. Ihr Hund Gershwin, dessen Begrüßungsgeheule sie ganz zu Anfang an die Auftakt-Klarinette von Gershwins *Rhapsody in Blue* erinnert hatte, damals, als sie ihn

aus dem Tierheim erlöste, diese originelle Mischung aus Husky, Border Collie und Waldeule. Gershwin, das war pure Zuneigung.
Nein, die Liebe zu suchen hatte sie aufgegeben, die Sehnsucht danach verbrannt und so tief vergraben, dass sie die Stelle, wo diese Asche ruhte, wahrscheinlich nie mehr finden würde. Und auch nicht finden wollte.
Die Liebe war kein Schmerz mehr, denn sie wuchs mittlerweile woanders. Schmerz war, dass sie mit ihrer eigenen Malerei nicht weiterkam. Sie war eine exzellente Restauratorin, das wusste sie. Und sie konnte ungewöhnlich gut malen. Das wusste sie auch. Aber sie blieb Technikerin. Ihre eigenen Bilder – die Riesengemüse im Museumscafé, ihre eigenwilligen, kalten amerikanischen Landschaften oder die überdimensionierten Porträts von Tauben und Hühnern –, diese Bilder zeugten von technischer Meisterschaft, waren ultrarealistisch kühl gemalte Abbildungen einer Welt, die wie gefroren aussah.
Aber ihnen fehlte etwas. Nicht etwa Wärme oder Leben, nein. Darum ging es nicht. Auch die Darstellung kühler Statik kann Kunst sein. Das bewies die Welt des angehaltenen Atems, die ein Edward Hopper malen konnte. Nein, es war etwas anderes, das den Bildern fehlte.
Etwas, das im kleinsten, vielleicht sogar nachlässig gemalten Bildzipfel von Manet, von Vuillard oder manch unbekanntem Hungerkünstler im New Yorker Hinterhausatelier sichtbar war.
Susan blies den Rauch über die Kulisse von Fichtelbach.
Was war es, das Etwas, das ein Bild zu einem eigenen Mikrokosmos werden ließ?
Das letztlich Unsagbare. Der Schritt von der Technik zur Kunst. Von außen nach innen. Der aber den Unterschied von einem gut gemalten Motiv zu einem Stück Kunst ausmacht.
Die rauhen, spröden Holzskulpturen von Onkel Henri hatten

es. Genau wie Carlotta sah Susan es sofort, wenn es da war. Sah es immer bei anderen.

Nur in ihren eigenen Bildern sah sie es nie.

Sie blickte kurz auf die Uhr. Sie hatte noch eine Minute und zündete sich die nächste Zigarette an. Sich nicht als Restauratorin, sondern als Künstlerin zu fühlen, das war das Große, das sie noch nie im Leben wirklich geschmeckt, gespürt, in den Adern gehabt hatte. Aber musste man das überhaupt?

Nein, sicher nicht.

Man konnte nicht alles bekommen.

Ach, alles. *Bullshit.*

Wer redete denn davon. Aber das … DAS. Den Titel »Künstlerin« hatte sie schon längst verliehen bekommen, von anderen. Dazu war ihre Technik zu vollkommen. Aber sie selbst hatte sich diesen Titel noch nicht verliehen.

Die Zigarette im Mundwinkel, packte sie einen alten Porzellanteller, auf dem sie heute Morgen die Farbe für ein lädiertes Landschaftsbild angemischt hatte, ins Waschbecken, wischte eine fast freie Arbeitsfläche ab, damit für die Papiere von Professor Johansson wenigstens etwas Platz geschaffen wurde.

Seine Leihgabe stand bereits ausgepackt auf einer Staffelei. Ein unbekanntes, neues Bild von Jasper Johansson aus Privatbesitz.

Susan hatte Jasper Johansson erst in Europa kennengelernt. Sie beneidete ihn um seine malerische Leichtigkeit genauso, wie sie ihn für seine Könnerschaft zutiefst verehrte. Noch immer konnte sie sich an seinen Bildern festsaugen, sich in ihnen verlieren, die Zeit komplett vergessen. Wie er malen konnte! Das war einfach nicht zu fassen. Immer noch nicht, aber Johansson war die beste Schule, die Susan je genossen hatte.

Und sie hatte von ihm gelernt, oh ja.

Es klopfte. Susan drückte ihre Zigarette auf der Fensterbank aus und rief: *»Come in!«*

Sie beäugte Gösta über den Rand ihrer Arbeitsbrille und wischte sich in einer Verlegenheitsgeste die Hände an ihrem Kittel ab. Gösta hatte Susan vorhin im Museumscafé nur flüchtig wahrgenommen, als ihm Carlotta kurz erklärt hatte, wer da am Personaltisch saß.

Die Cousinen waren sich nicht ähnlich. Susan war blond, klein und rundlich, ihr Blick und ihre Gestik waren vorsorglich abweisend. Gösta lächelte freundlich und reichte ihr die Hand. *»Nice to meet you!«*

Carlotta klapste ihrer Cousine auf die Schulter. »Oh, du kannst deutsch mit ihr reden. Sie spricht es perfekt!«

Susan registrierte das »Du«, fühlte sich bestätigt in ihrer Café-Beobachtung und korrigierte Carlotta. »Bis auf meinen Akzent. Den werde ich nie verlieren.« Sie war keine Meisterin der verbindlichen Floskel und kam sofort zur Sache. »Okay. Also, ich habe hier Ihr Zustandsprotokoll aus Schweden, wir können das zusammen mal abchecken.«

Gösta wollte abwinken, er kannte das Protokoll, das ein schwedischer Kollege von Susan angefertigt hatte, und er kannte die Schäden an seinem Gemälde, aber Susan hatte sich dem Bild schon zugewandt.

»Professor Johansson, sehen Sie hier diese beiden Stellen? Das geht bis auf die Leinwand, hier ist sogar ein richtiger Riss. Wollen Sie das so lassen?«

»Das war mein Sohn. Er hat vor ein paar Jahren eine Stehlampe gegen das Bild geworfen.«

Susan Gayette sah streng und ernst aus, wie sie da in ihrem schmutzigen Kittel vor der Staffelei stand. »Und hier! Oberhalb von diesem Strohhut, das sind Farbabriebe. So etwas entsteht zum Beispiel durch zu starke Reinigung.« Sie rückte ihre Brille näher an die Augen. »Haben Sie das Bild mal reinigen lassen?«

Gösta zuckte die Achseln. »Meine Mutter hatte eine Putzfrau,

die mit ihrem Scheuersand auch nicht vor einem Rembrandt zurückgeschreckt wäre.«
Susan wiederholte ihre Frage. »Wollen Sie das so lassen?«
Gösta wandte sich an Carlotta. »Was meinst du? Eigentlich mag ich alte Dinge mit Zeitspuren. Lassen wir es so, oder restauriert Susan das Bild, Carlotta?«

Er hatte »wir« gesagt. Und dabei ging es um sein Bild. Es war das erste »Wie – entscheiden – wir«.
Glückswelle.
»Ja, also ... lass mich mal sehen.« Carlotta versuchte, sich auf das Bild zu konzentrieren, sie hatte es vorher noch nie gesehen.
Jasper Johansson und August Gayette saßen auf weißen Korbstühlen unter Birken in der Sonne, später Nachmittag im Garten des Schären-Sommerhauses, das Gösta heute noch gehörte. Jaspers erste Frau Lovisa in einem hellblauen Kleid, klein, freundlich und unauffällig, hatte eine Hand auf die Schulter ihres erfolgreichen Gatten gelegt, stand hinter ihm und schien auch dort ihren Platz zu sehen.
Vor den beiden Männern schimmerten zwei Gläser mit Rotwein, ein weiterer kleiner Hinweis darauf, dass Lovisa die Gläser dahin gestellt haben mochte, nicht aber Teil der Runde war.
»Auf dieser Schwedenreise hat August Gayette deinen Urgroßvater mit dem Großprojekt Südamerika beauftragt, Gösta!« Carlotta zeigte auf den Rotwein. »Vielleicht feiern sie das gerade. Wir werden dieses Bild in der Ausstellung ganz besonders inszenieren.«
»Da hast du ja das Private, auf das du so scharf bist, Carlotta!« Susan wandte sich an Gösta und erklärte: »Carlo sucht schon seit einem Jahr händeringend nach persönlicheren Dokumenten, um unserer August-Ausstellung mehr Farbe und Profil zu geben. Aber ganz was anderes, Professor: Ihr Urgroßvater war

ein sehr guter Maler, aber – sorry, ich muss das sagen – er hat ziemlich oft geschlampt. Ich habe in den letzten Jahren seine Bilder restauriert, sie haben unglaublich viele Frühschwundrisse. Manche millimeterbreit.«

Weil Gösta fragend aufsah, erklärte Susan: »Es gibt mehrere Gründe für diese Sorte Risse. Manchmal liegt es am Material, und die Farbe haftet nicht richtig am Untergrund. Wir wissen allerdings von Jasper, dass er extrem viele Aufträge hatte, und damit haben wir die Antwort.«

Gösta nickte. »Das stimmt. Die halbe Stockholmer Gesellschaft hat sich von ihm porträtieren lassen, man stand regelrecht Schlange.«

»Das ist die Erklärung!« Susan wies mit einem Pinselstiel auf eine Bildpartie, die voller netzartiger Risse war. »Das finden wir häufig bei Vielmalern. Jedenfalls hat Jasper seine Untermalungen oft nicht richtig trocknen lassen, also die nächste Farbschicht auf einen noch nicht ganz getrockneten Untergrund gemalt. Dann passiert so was.«

Susan ging zur Kaffeemaschine, holte drei angestoßene Becher aus einem Regal, fragte: »Kaffee?«, und als Gösta mit »Immer!« antwortete, goss sie die drei Becher voll, öffnete das Fenster und zündete sich ihre nächste Zigarette an. Sie lehnte sich gegen die Fensterbank, mit dem Rücken zum zartblauen Frühsommerhimmel, und zeigte an Gösta vorbei auf das Gemälde. »In ein paar Jahren werden sich Folgeschäden zeigen, die dann viel schwerer zu beheben sind. Zum Beispiel der Riss da oben rechts. Da wird sich die Farbe lockern. Wenn Sie wollen, mache ich das.«

Gösta sah Carlotta fragend an.

»Unbedingt, Gösta. Susan hat Meisterhände.«

»Danke für die Lorbeeren, Carlo.« Es war das erste Mal, dass Gösta die strenge Restauratorin lächeln sah.

»Okay.« Gösta stellte seinen Kaffeebecher auf dem Tisch ab. »Warum nicht. Der alte Jasper kann auch mal zur Kur.«
Carlotta nickte. »Findest du nicht auch, dass er hier ziemlich eingebildet aussieht, Susan?«, fragte sie und wies auf ihren gemeinsamen Urgroßonkel August.
Die Nuance in Augusts Gesichtsausdruck war hauchfein. Susan rückte ihre Brille noch weiter zur Nasenspitze und beugte sich vor. Sie nickte. »Du hast recht, Carlo. Gut gemacht von Jasper. Interessanterweise liefert unser A.F. ein anderes Bild von August.«
»Stimmt, Susan«, erwiderte Carlotta erstaunt. »Weißt du«, sie wandte sich an Gösta, »das Porträt, das du gestern gleich zu Anfang gesehen hat, August mit Zigarre im Korbsessel. Oben, unter der Lichtkuppel im dritten Stock.«
»Der Maler A.F., der große Unbekannte!« Gösta betrachtete August noch einmal sehr genau. »Ja, es stimmt. A.F. hat ihn mit viel größerer Sympathie gemalt als Jasper. Oder unkritischer, wie man will.«
Susan betrachtete die drei Gesichter, dann wies sie auf Lovisa. »Und diese graue Maus – ist schon erstaunlich, wie er sie darstellt. Eigentlich blickt sie von oben nach unten, aber der Gesichtsausdruck sagt das Gegenteil. Und ihre Farben sind so blass. Eine ganze Skala blasser als die der Männer. Zufall? Glaube ich nicht.«
Die Frau des Malers hatte ihre sanften Augen auf das Haupt ihres Gatten gesenkt, stand hinter ihm wie in Bereitschaft für kommende Botengänge. Nach einer kurzen Pause fügte Susan hinzu: »Aber in einer Beziehung kann es ja bekanntlich nur einen Star geben.«
Sie standen jetzt alle drei nebeneinander vor der Staffelei, und ohne dass Susan es registrieren sollte, strich Gösta Carlotta mit dem Zeigefinger das Rückgrat entlang. »Ach, ich weiß nicht«, meinte er. »Kann man nicht zusammen leuchten?«

Carlotta schloss kurz die Augen. Das ist nicht zum Aushalten, Gösta, wir müssen arbeiten. Wie soll ich das denn durchhalten bis heute Abend? Hör sofort damit auf. Nein, bitte mach weiter. Sie räusperte sich, sammelte die einzelnen Seiten des Stockholmer Gutachtens auf und hielt plötzlich inne. »Übrigens, Susan, es gibt eine echte Sensation in dem alten Sommerhaus von Jasper Johansson.«
»Es ist genau das Sommerhaus, in dessen Garten Sie hier blicken!«, ergänzte Gösta. »Es steht auf einer Schäre vor Stockholm. Und dort ist vorgestern unter einer Holzvertäfelung ein großes Wandbild entdeckt worden; es scheint einen Bezug zu Expeditionsthemen zu haben.«
Carlotta nickte. »Ich werde übermorgen nach Schweden fahren und mir das Ganze ansehen.«
»Jesus! Das ist ja ein Ding! Und es ist ganz sicher von Johansson?« Susan schien sehr interessiert.
Gösta antwortete an Carlottas Stelle: »Mein Urgroßvater hat das Haus bauen lassen. Es kann eigentlich nur von ihm sein!«
»Und was sagt Gundrich dazu?«
»Sie weiß es noch nicht«, entgegnete Carlotta. »Ich stelle meinen Reiseantrag erst, wenn bessere Fotos da sind. Und du darfst auch nichts darüber erzählen, Susan. Ich möchte nämlich vor den Journalisten von Dagens Nyheter auf Björkholm sein. Sonst könnte es sein, dass dein anmutiges Holzhaus nächste Woche von der Stockholmer Tagespresse und der internationalen Kunstpresse umlagert wird, Gösta.«
»Oh, verdammt. Daran habe ich überhaupt nicht gedacht. Ich muss sofort Sture anrufen, damit er es nicht herumposaunt.«
Gösta wirkte beunruhigt. Susan beobachtete ihn und zog ihre eigenen Schlüsse. »Jetzt übertreibe mal nicht so, Carlo.« Sie grinste und öffnete eine neue Zigarettenpackung. Dann nahm sie Gösta ins Visier. »Sie werden bestimmt genügend Zeit haben,

Ihre kontemplative Stille auf der Schäre für …«, sie machte eine kleine Sprechpause, zog an ihrer Zigarette, »… Kunstbetrachtungen zu nutzen. Bleiben wir mal auf dem Boden der Realitäten. Ich glaube nicht, dass Sie beim Frühstück im Sommerhaus von Kunstpaparazzi belästigt werden. Der Maler ist zwar nicht unbekannt, aber er heißt Jasper Johansson und nicht Leonardo da Vinci.«

* * *

Die Blasen stiegen in ruhespendender Eintönigkeit hoch. Emily betrachtete das Metallgestänge des Tropfes, die Plastikschläuche, die weiß verklebte Kanüle, die im Handrücken steckte, schließlich das Gesicht ihres Sohnes, der winzig wirkte, winzig und schneeweiß.

Sie atmete immer noch heftig, unterdrückte aber die Lautstärke. Sie war zum Auto gerannt, zur Klinik gerast, hatte unterwegs rote Ampeln und langsame Autos angeschrien, hatte ihren Wagen irgendwo auf dem Klinikparkplatz gelassen, wo er auf keinen Fall stehen durfte, hatte an der Information mit Mühe eine verständliche Frage gestellt und war schließlich wie ein sirrender Pfeil in der Kinderstation gelandet, hier auf diesem Stuhl, und wusste nur, dass sie nie wieder aufstehen würde, es sei denn, man würde ihr das Kind in die Arme legen, und sie dürften zusammen nach Hause gehen.

Leo öffnete die Augen, schloss sie aber sofort wieder.

Mama war da.

Emily hielt Leos Hand. Was genau passiert war, wusste sie immer noch nicht. Wieso fiel ein Kind einfach so in Ohnmacht? Wieso hatte er sich übergeben, obwohl er ziemlich sicher nichts Schlechtes gegessen hatte? Die nette Stationsärztin war vor einer Minute im Zimmer gewesen und hatte versucht, Emily zu

beruhigen. Die Laborwerte standen noch aus, aber die Ärztin hatte Leo gründlich untersucht und nichts gefunden.
»Bis morgen würde ich ihn gerne noch hierbehalten«, hatte sie gemeint. »Nur zur Beobachtung.« Der ruhige Tonfall ihrer Stimme hatte Emily nicht erreicht.
»Mama?« Leo drehte den Kopf ein wenig zur Seite. Seine Stimme war auch winzig. »Mama, hast du Joni dabei?«
Joni Schlafbär.
Leopolds Frage holte Emily aus der Angst in die Gegenwart, in die Alltagsorganisation, und schließlich erreichte sie nun doch der Satz der Stationsärztin: »Machen Sie sich keine Sorgen. Es scheint nichts Ernsthaftes zu sein. So was kommt schon mal vor.«
Sie machte einen ersten ruhigeren Atemzug. »Nein, mein Schatz, Joni hab ich nicht dabei, ich bin ja direkt vom Museum hierhergefahren, aber ich bringe ihn dir später, damit er heute Nacht bei dir sein kann, okay?«
Leo nickte. Er drehte den Kopf so zurück, dass er wieder gerade auf dem Kissen lag, hielt die Augen immer noch geschlossen und schwieg.
»War dir schon heute früh schlecht, mein Schatz?«
Leo schüttelte den Kopf.
»Tut dir was weh?«
Leo verneinte wieder stumm.
Sie streichelte seine Wangen. »Hast du Kummer, Leo?«
Leo schwieg und rührte sich nicht. Er hielt die Augen geschlossen.
Also doch.
»Willst du mir das nicht erzählen?«
Leo schwieg. Die Mundwinkel zuckten.
Emily schloss die Augen, öffnete sie wieder, betrachtete ihr Kind, sah die schmale, feuchte Spur, die plötzlich vom Augen-

winkel über die Schläfe führte. Sie war vor drei Sekunden noch nicht da gewesen.
Sie war müde. Erschöpft von dem Spagat zwischen Kind und Freund. Sie hatte Leo gestern Abend mitnehmen wollen auf diese Welle der Freude, als Friedrich ihr unerwartet formvollendet den Heiratsantrag gemacht hatte. So, wie sie es sich immer schon gewünscht hatte. Dass es mal einen Mann geben würde, der, ohne dabei dumme Witzchen zu reißen, ganz und gar altmodisch um ihre Hand anhalten würde. Mit so guten Manieren. Und mit so viel Bereitschaft, Verantwortung zu übernehmen.
Es hatte wenig gute Manieren in ihrem Leben gegeben. Von Verantwortung ganz zu schweigen. Der Vater im verschlissenen Unterhemd in seinem Sessel, aus dem er sich in seinen letzten Jahren fast gar nicht mehr fortbewegt hatte. Der Bruder, dessen Ausweg aus der Hilflosigkeit die Brutalität war. Die Mutter, die sich immer schon wahlweise mit dem Vater, dem Bruder oder ihr, Emily, verbündet hatte, um dann, in einer Kehrtwendung, den größten Verrat zu begehen, den ein Kind erleben kann. Dinge, die Emily ihr in kindlichem Urvertrauen erzählt hatte, wurden plötzlich vor der ganzen Familie gegen sie verwendet. Bis Emily ihrer Mutter nichts mehr erzählte und das Lügen lernte.
Der Wunsch, aus diesem schmutzigen Nest davonzufliegen, weit weg und hoch hinauf, wuchs in Emily zu einer Größe heran, die ihr eines Tages tatsächlich die Flucht ermöglicht hatte.
Emily hatte ihre Idole immer außerhalb der Familie gesucht und zum Glück auch die richtigen gefunden. Sie wechselten. Mal war es eine gute Lehrerin, mal die freundliche Mutter einer Schulkameradin, mal irgendein ferner, glitzernder Popstar. Und dann, als Emily mit vierzehn bei einem Stadtfest im *Goldenen Schwan* kellnern half, wurde sie von der energischen Wirtin

Marianne entdeckt. Entdeckt, als Ersatzkind betrachtet und nach dem Hauptschulabschluss ausgebildet. Ohne Marianne wäre Emilys Leben ganz anders verlaufen.

Was hatte Carlotta vor ein paar Wochen gesagt? »Was Marianne für dich war, Emily, das ist Onkel Henri für Leo.«

Emily protestierte vehement. »Ich hatte niemanden, dem ich vertrauen konnte. Außer dann Marianne. Ich hatte ein beschissenes Zuhause. Das hat Leo nicht.«

Carlotta beruhigte sie. »Natürlich nicht. Du hast recht. So meine ich das auch nicht, entschuldige. Aber, Emily, obwohl du eine richtig tolle Mutter bist: Es gibt im Leben eines Kindes fast immer andere, sehr wichtige Erwachsene. Leuchttürme, die meist nicht die Eltern sind. Tanten, gute Lehrer, ein alter Nachbar, was weiß ich. Sie vermitteln etwas, was es im Elternhaus so nicht gibt. Das macht eifersüchtig, aber sie leuchten für die Kinder, und man sollte sie nicht von ihnen wegzerren. Vorausgesetzt, es sind echte Leuchttürme und keine falsche Gurus.«

»Warum kann Friedrich da nicht ein bisschen mitleuchten?«, hatte sie gefragt.

»Dein Sohn ist ein ungewöhnliches Kind.«

»Ja, ich weiß. Ein Träumer.« Emily seufzte.

»Aber ein kreativer! Und ein unheimlich guter Beobachter. Und hochsensibel. Friedrich bräuchte einen Stiefsohn mit quadratischer Psyche und Spaß am Fußball. Er müsste Leo etwas mehr in Ruhe lassen. Dann finden die beiden später zueinander«, sagte Carlotta.

Oder nie.

Aber das sprach sie nicht aus.

»Du musst Leo etwas mehr in Ruhe lassen«, hatte Emily tags darauf wiederholt.

»Ach ja? Seit wann erzieht man Kinder zu anständigen Menschen, indem man sie in Ruhe lässt? Kinder sind keine Pilze, die irgendwann mal einfach groß sind. Damit sie dann in Ruhe Gartenlauben knacken, Joints rauchen oder alte Leute überfallen, was? Beim Fußball kommt ein Junge nicht auf dumme Gedanken. Aber wenn ich euch in Ruhe lassen soll, musst du das nur sagen, Emily!«

Und Friedrich hatte beleidigt geschwiegen, so wie Leo fast immer verängstigt schwieg.

Emily war kein gutes Argument mehr eingefallen, denn sie gab Friedrich grundsätzlich recht. Was andere Jungen anbelangte. Aber das Problem war: Leo kam ja gar nicht auf dumme Gedanken wie andere Jungen, er kam auf seine eigenen, wuselig-kreativen Leopold-Gedanken. Was für Friedrich früher gut gewesen war, war für Leo eben nicht so gut. Nur, das begriff Friedrich nicht.

Emily ertrug das Schweigen nicht mehr. Das Wichtigste in ihrem Leben war Leo. Alles, was möglich war, und noch einiges mehr hatte sie für ihn getan und würde es weiterhin für ihn tun. Er war ihr Ein und Alles, aber trotzdem – er musste doch, verdammt noch mal, mit der Tatsache fertig werden, dass eine fünfunddreißigjährige Mama ziemlich gerne wieder mit einem Mann zusammenleben wollte. Friedrich war anständig, meinte es ernst und war außerdem fest dazu entschlossen, sich um Leo zu kümmern. Er tat es ja schon seit geraumer Zeit.

Friedrich nahm Leo mit zum Fußball. Hatte ihm gute Sportklamotten geschenkt. Nahm ihn mit ins Kino. Erklärte Leo das neue Handy, das gebraucht gekaufte Notebook, Rechtschreibung, Rechnen, Erdkunde. Er tat es selbstsicher, laut und ungeduldig, aber er tat es.

Leo hockte dann wie ein wackeliges Insekt auf seinem roten Schreibtischstuhl, Friedrich saß daneben und dozierte. Wenn er eine Viertelstunde lang erzählt hatte, fragte er Leo ab, und das

endete meist damit, dass Leo schwieg, ein paar leise Wörter herausquetschte, natürlich nur ungenaue oder ganz falsche Antworten gab, schließlich heulte und Friedrich erst ungeduldig, dann noch lauter wurde.
»Was verstehst du denn schon wieder nicht, Leo? Du musst dich besser konzentrieren, verdammt noch mal. Willst du Hilfsarbeiter werden?«
Sicher, über Friedrichs Methoden konnte man diskutieren, aber ein Zehnjähriger brauchte schließlich auch Grenzen, Vorbilder, eine feste Hand und eine männliche Orientierung. Sagte Friedrich.
»Ein Kind braucht Liebe, und dann erst alles andere!«, hatte sie ihm daraufhin stets geantwortet.
Emily ließ sich nicht beherrschen. Aber manchmal schnell beeindrucken. Friedrich wusste einfach mehr als sie. Hatte eine bessere Schulbildung. Konnte sich besser ausdrücken. Vor allem, wenn es um schwierige Dinge ging.
Und Friedrich war nicht nur autoritär. Letzte Woche, beim Abendessen, hatte er Leo gelobt. »Stell dir vor, Emily, dein Sohn hat heute eine astreine Flanke geschossen!« Leo hielt den Kopf über sein Käsebrot gesenkt und blickte auch nicht auf, als Mama Details hören wollte und ihn schließlich mit dem Fuß unter dem Tisch anstieß. Was Mama nicht wusste, war, dass Friedrich ihm wegen des Trainings verboten hatte, zu Onkel Henri zu gehen, und dass die Superflanke nur aus Versehen zustande gekommen war.
Nämlich als Leo sich vorgestellt hatte, er würde Friedrich ins Gesicht treten.

Leo schlug die Augen auf, wandte den Kopf zu Emily. »Kommt Onkel Henri?«, fragte er.
»Weiß ich nicht«, entgegnete Emily und kämpfte gegen die

Eifersucht, die immer dann zuschnappte, wenn ihr Kind von Onkel Henri oder Jule redete. Jule hier, Onkel Henri da. Andererseits spürte Emily, dass Onkel Henri in Leo etwas ansprach, das dort schon immer gewesen war und das sie nicht so verstand wie Onkel Henri. Er war eben ein Leuchtturm.

Onkel Henri machte genau das, was Friedrich nicht konnte. Das war zu sehen, wenn Leo ihr vom Atelier erzählte, natürlich nur, wenn Friedrich nicht dabei war. »Weißt du, was das ist, ein kurzes Knüppeleisen, Mama? Also, der Griff ist …« Und dann erklärte er das Bildhauerwerkzeug mit so vielen Worten, wie er sie nicht an einem ganzen Nachmittag sprach, wenn sie mit Friedrich und Leo einen Ausflug machte.

Und Jule? Emily war sich nicht sicher, ob sie diese ungewöhnliche Kinderfreundschaft uneingeschränkt gut finden sollte. Im Gegensatz zu ihrer Mutter konnte Jule durchaus arrogante Züge an den Tag legen und heckte ziemlich viel Blödsinn mit ihm aus. Sicher, sie half ihm auch bei den Hausaufgaben. Seine Noten hatten sich gebessert, und das war ganz eindeutig Jules Werk.

Aber Leo bewunderte Jule nach Emilys Gefühl etwas zu sehr, er eiferte ihr nach, zitierte sie, sog ihr Lob auf wie ein Schwamm und zog niemals etwas in Zweifel, was Jule oder auch Lieselotte ihm erzählten.

Wenn Leo von der Ahornallee nach Hause kam, glänzten seine Augen. Wenn er vom Fußballtraining kam, war sein Blick weit weg.

»Vielleicht wissen sie ja noch gar nicht, dass du hier bist, mein Schatz.« Emily sah sich suchend um. »Wo ist denn deine Schultasche?«

»Weiß ich nicht. In der Klasse noch, glaub ich. Das war ja in der Pause, wo ich umgekippt bin. Und dann weiß ich nix mehr.« Er

sah seine Mutter ängstlich an, aber auch mit einer kleinen, lauernden Forderung. »Sagst du Jule, dass ich hier bin?«
»Du kommst doch morgen früh schon wieder raus.«
»Und Friedrich braucht nicht kommen, Mama. Ist nicht nötig.«
Emily nickte. Da war sie wieder, die Klammer.
Musste ihr Kleiner jetzt schon ins Krankenhaus ausweichen, um dem zukünftigen Stiefvater nicht zu begegnen? Das hier war nach all den anderen Schwierigkeiten der vorläufige Höhepunkt. Sie musste mit Carlotta reden. Sie war der einzige Mensch, der richtig zuhörte und der einen nicht ständig mit vorproduzierten Ratschlägen überhäufte, wie ihre Freundinnenrunde aus der ehemaligen Berufsschulklasse.
Trenn dich von Friedrich, ein Kind bleibt doch immer das Wichtigste!
Gib Leopold in ein Internat, dann regelt sich das von allein!
Greif ordentlich durch und zeig beiden, wo der Hammer hängt!
Der simpelste Trost war von Susan Gayette gekommen. Susan meinte es gut, war aber kein Mensch der differenzierten Worte: »Kopf hoch, wird schon, Emily.«
Im Museumscafé türmte sich die Arbeit, morgen war eine Geburtstagsgesellschaft angesagt, zu Hause meckerte Friedrich über ihre Erziehungsmethoden, und vor ihr lag ein blasses Würmchen, das möglicherweise hier gelandet war, weil es nicht mehr gern nach Hause kam.
Hatte ihre Mutter doch recht? »Egal, was du anpackst, du kriegst ja doch nichts richtig hin. Kommst halt nach deinem Vater, echt Grobkümmel. Bild dir nicht ein, du wärst was Besseres, mit deiner Marianne vom *Goldenen Schwan* da.«
Für Mutter waren Emilys Erfolge immer unsichtbar gewesen, ihre Probleme oder Misserfolge dagegen die natürlichen Beweise ihrer Minderwertigkeit. Mutter sah nicht, dass man das halbleere Glas auch als halbvoll bezeichnen konnte, Mutter sah

das halbleere Glas sofort in Scherben auf dem Boden liegen und den Teppich unrettbar verloren durch ätzenden Rotwein, der sogar Löcher in Holzbalken brennen konnte.
Und Emily war schuld.
Und was fiel ihr selbst dazu ein? Merkwürdigerweise dasselbe wie Susan.
Kopf hoch, Emily, wird schon. Noch mal: Wird schon! Wird schon, Mutter, bevor du mich jetzt wieder von rechts überholst und mir zuflüstern kannst: »Du kriegst ja doch nichts richtig hin.« Doch, Mutter, ich krieg was hin, ich hab jetzt schon etwas, was du nie hattest: *Mein* Kind liebt mich.

Björkholm

Carlotta schlug die Augen auf und wusste nicht, wo sie war. Fast zwei Tage Autofahrt, Gefühle der Unwirklichkeit, Weltenwechsel.

Still war es hier, hell, luftig, das Fenster stand offen. Das Zimmer war weiß gestrichen, Spinnweben hingen in den Ecken. Eine blassblaue Blumenranke umlief die Wände oberhalb der ebenfalls weiß gestrichenen Holztäfelung. Die Möbel waren alt, einzig der kleine Fernseher auf einer Konsole gegenüber dem Bett verriet, dass die Technik auch dieses Haus erreicht hatte.

Draußen sang eine Amsel. Auf Schwedisch. Es roch nach Kaffee. Sie richtete sich auf, sah durch das Fenster über hohe Weißdornbüsche hinweg das Funkeln der Sonnenstrahlen auf der Ostsee. Bett mit Meerblick.

Wie lange war das her?

Da war es wieder, das Schweden-Gefühl. Gestern, als sie über den Öresund fuhren, über das Meer, über die gigantische Brücke, deren Pfeiler sich mit ihren gespannten Stahlseilen wie die Segel eines metallenen Riesenschiffs in den Himmel reckten, als sich die Silhouette von Malmö im Nachmittagslicht abzeichnete, hatte sie es nach Jahren wieder gespürt: das Zuhausegefühl in der eigentlichen Fremde, ein Zugehörigkeitsgefühl, das sich seit der Kindheit nie verloren hatte.

»Gösta, ich bin so aufgeregt, als käme ich nach hundert Jahren wieder nach Hause. Es ist so unwirklich und so vertraut. Kannst du das verstehen?«

Sie hatte mitten im Satz ins Schwedische gewechselt, Gösta begriff, warum, und blieb dabei. »Ich versuche es, ich bin ja auch mit zwei Ländern in der Seele groß geworden. Aber ich war als Kind nicht so oft in Deutschland wie du in Schweden. Wenn man im Sommer auf die Schären fahren kann, reist man einfach nicht in den Schwarzwald. Und meine Mutter war von der ersten Minute an leidenschaftliche Schwedin. Ich war, glaube ich, dreimal in München. Also ich kenne das nur durch die Sprache, das mit der zweiten Heimat. Meine Mutter hat ausschließlich Deutsch mit mir geredet.«
»Lebt deine Mutter bei dir?«
»Nein. Sie ist vor drei Jahren gestorben. Meine Eltern hatten sich eine Wohnung in Södermalm gemietet, bevor es zum In-Viertel wurde. Sie hatten Liza – das ist meine Ex-Frau – also sie hatten Liza und mir das große Haus überlassen, als Nils geboren wurde. Dann ist mein Vater gestorben, aber Mutter wollte unbedingt in Söder wohnen bleiben. Sie hatte da ihre Freunde, ihren Chor, die Bridgegruppe, alles, was für sie wichtig war.«
Carlotta blickte auf das dunstig blaue Meer, fühlte auf einmal, dass die inselartige Zweisamkeit durchbrochen war.
Während der ganzen langen Fahrt hatten sie nicht über ihre jeweilige Geschichte gesprochen. Jetzt fragte sich Carlotta zum ersten Mal, was für ein Mensch seine Mutter gewesen sein mochte. Warum Liza einen Mann wie Gösta verlassen hatte. Warum lebte Nils bei Gösta, und warum hatten sie sich so wenig zu sagen?
»Weißt du eigentlich, dass wir beide fast nichts voneinander wissen?«, fragte sie ihn.
Er schwieg.
»Ich weiß nichts über Liza, und du weißt nichts über Alexander.«
Gösta nahm die rechte Hand vom Lenkrad und strich ihr, ohne

sie anzusehen, über die Wange. »Wir haben Zeit, Carlotta. Alle Zeit der Welt.«

Es stimmte. Es gab keinen Stundenplan, auf dem stand: »Vergangenheit, Gösta. Teil I.« »Carlottas gescheiterte Ehe, wichtigste Stationen.« Carlotta ließ das Autofenster ein Stück herunter, atmete tief ein, las auf einem Straßenschild, wie weit es noch nach Malmö, Jönköping und Stockholm war, und lehnte sich mit geschlossenen Augen zurück.

Es roch nach Kindheit. Nach Meer, Zimtbrötchen, Tang und Teer. Zu Hause in Schweden.

Es kam von den Straßenschildern, die in denselben Lauten zu ihr sprachen wie die, die sie in ihrem Leben zuallererst gehört hatte, es kam aus dem vertrauten Anblick von Granitfelsen und Wasser, es lag in der Luft.

»Wir waren fast jeden Sommer hier. Mal in Umeå, im Elternhaus von Tante Antonia und meiner Mutter, mal in Småland, mal auf den Schären. Und weißt du, ich war so stolz, dass ich beim Kaufmann immer für Onkel Henri übersetzen musste, und ich wartete jedes Mal auf die Frage, wieso ein schwedisches Kind denn so gut Deutsch kann. Und dann konnte ich damit angeben, dass ich aber in Paris geboren bin, und mein Papa in Chicago, und mein Onkel in Berlin, und meine Mama und meine Tante in Umeå.«

Carlotta lächelte bei der Erinnerung an die kindliche Eitelkeit, die auch manchmal jetzt noch wach wurde, wenn sie mühelos die Sprachen wechselte und Komplimente kassierte. Sie wandte den Kopf, sah Göstas Profil vor einem hellen skandinavischen Himmel. Zu Hause in Schweden hatte ein neues Gesicht bekommen.

* * *

Unten klirrte es, dann waren Schritte zu hören, Schritte und knarrende Treppenstufen. Carlotta schloss wieder die Augen und stellte sich schlafend. Sie hörte, wie jemand draußen das Tablett vor der Tür abstellte, wie er leise die Tür des Schlafzimmers öffnete, das Tablett aufhob, es wieder vorsichtig vor ihrem Bett auf dem Boden abstellte und dabei ein Ächzen unterdrückte, wie jemand, der Rückenschmerzen hat. Ein Gewicht setzte sich auf die Bettkante. Carlotta wartete auf den Weckkuss. Nichts geschah. Er saß also da und betrachtete sie. Carlotta gab sich alle Mühe, die Augen geschlossen zu lassen. Lange Sekunden vergingen.
»Ich weiß, dass du wach bist, Carlotta!«
»Nein. Ich schlafe fest.« Sie hielt die Augen immer noch geschlossen.
»Ich weiß doch, wie du aussiehst, wenn du schläfst.« Er lachte.
»Mist, das hab ich vergessen!« Sie schlug die Augen auf. »Wie sehe ich denn aus, wenn ich schlafe?«
»Wie fünf und sehr lieb.«
»Ich bin aber schon achtzehn und total verdorben.«
»Soll der Kaffee kalt werden oder sollen wir ein andermal testen, ob das stimmt?«
Carlotta streckte den Arm nach einem Henkelbecher aus. »Ein andermal. Heute Nachmittag ist auch noch ein Tag«, erklärte sie. »Ich will jetzt unbedingt in den Wintergarten und das Wandbild im Tageslicht sehen. Damit ich meiner Tochter Fotos und ein Gutachten zeigen kann, sonst denkt sie, ich sei nur zum Orgienfeiern hierhergekommen.«
Er beugte sich über sie, strich ihr eine Haarsträhne aus der Stirn. »Wir kannten uns gerade drei Minuten, da hast du mir erzählt, du hättest einen fast pathologischen Drang, dich zu rechtfertigen.«
Carlotta nippte an ihrem Kaffee. »Und du möchtest mir jetzt sagen, dass ich mich bei meiner Tochter nicht zu rechtfertigen

brauche. Stimmt, Gösta. Das brauche ich nicht. Das Problem ist nur, dass ich dann immer noch ein Problem habe. Sie hat das Gefühl, ich nehme ihr etwas weg. Und ich habe leider dasselbe Gefühl. Und ich weiß nicht, wie ich sie erreichen kann. Sie sitzt in ihrem Schneckenhaus, und das Einzige, was man momentan von ihr sehen kann, sind ein paar Stacheln.« Sie starrte zum Fenster hinaus, auf das glitzernde Wasser. »Wir haben uns selten so angefaucht«, sagte sie leise. »Es sitzt mir immer noch in den Knochen. Auf einmal war da ein Ton, eine Gehässigkeit, die neu war.« Sie nahm seine Hand und legte sie an ihre Wange. »Ich schwimme eigentlich gerade im Glück. Und wegen der Ursache meines Glücks ist meine Tochter traurig.«

»Sie hat Angst. Sie ist eifersüchtig. Denk mal an die Geschwindigkeit, die wir an den Tag gelegt haben. Wir begreifen es ja selbst kaum. Wie soll sie es begreifen?«

»Eigentlich wollte ich erst einmal allein mit dem Jule-Problem zurechtkommen, deshalb habe ich dir nichts erzählt.«

»Zwecklos. Ich sehe alles!«

»Das heißt, ich werde dich niemals belügen können?«

Er nickte. »So ist es. Allerdings trifft es sich ganz gut, dass du sowieso keine begabte Lügnerin bist.«

»Woher weißt du das, Gösta?«

»Ich kenne dich schon viel länger, als ich dich kenne.«

* * *

»So, du fährst morgen nach Schweden? Ist das nicht 'n bisschen früh für Flitterwochen?«

»Du weißt, warum ich nach Schweden fahre, Jule.«

Sie saßen in der Küche, die Morgensonne schien auf den Frühstückstisch, die Schule begann heute erst um Viertel nach neun, und Carlotta war dankbar, Zeit zu haben, um ihrer Tochter zu

erklären, warum sie mit Onkel Henri diese Woche allein sein würde. Von Jule kamen heute früh Energien und Signale, die ungewohnt waren.
Jule beobachtete ihre Mutter in den wenigen Sekunden, in denen Carlotta nach der Marmelade griff, Krümel aufpickte, Milchkaffee trank und dabei ihre Tochter nicht ansah.
Etwas an Mama war nicht mehr vertraut. Etwas kam von ihr, etwas Fernes, Neues, das nicht zu ihrem normalen Leben gehörte. Normalerweise wurden Männer in Mamas Leben als mehr oder weniger interessante Satelliten betrachtet, die aber im Großen und Ganzen stets auf ihrer Umlaufbahn blieben. Das hier, das sah nach kosmischer Kollision aus. Als ob ein neuer Stern entstanden sei.
Einer, auf dem die Einwohnerzahl auf zwei begrenzt ist.
Jule blickte nicht hoch, während sie ein Mohnbrötchen aufsäbelte. »Ich meine, es ist nett, wenn du mir morgens frische Brötchen mitbringst aus der Stadt. Auch nett, dass du hier mit mir frühstückst und nicht mit Gösta im Hotel. Ihr müsst ja mächtig lang über die Ausstellung diskutiert haben.«
»Haben wir, ja«, entgegnete Carlotta, trank einen Schluck Milchkaffee und beobachtete ihre Tochter über den Rand der Kaffeeschale.
»Zum Elternsprechtag kommst du dann wohl auch nicht, oder?«
»Das geht schlecht, wenn wir morgen früh losfahren.«
Über Nacht hatte das alte »Wir« eine Neubesetzung erfahren. Ein »Wir« kann in die Seele schneiden, wenn man weiß, man selbst ist nicht mehr gemeint.
Zwei Nächte im Hotel. Gestern Abend hatte Jule noch spät mit Lieselotte telefoniert, und dabei hatte Lieselotte brühwarm und sozusagen live von ihrer Cousine, die im Hotel *Goldener Schwan* arbeitete, erfahren, was sich gerade im Hotel abspielte. »Sie haben noch fast drei Stunden im Kaminzimmer gesessen, Wein

getrunken und in alten Briefen von August Gayette oder so gelesen. Und eben sind sie plötzlich verschwunden. Wohin, kann man sich ja denken«, erzählte sie. Und Jule hatte mitgekichert, aber das Herz geriet langsam in einen Schraubstock. Warum, das wusste Jule nicht so genau, und auch mit der gescheiten Lieselotte konnte sie nicht darüber reden, dass auf einmal gar nichts mehr lustig war.

»Wann kommst du zurück?«
»In etwa fünf Tagen, Jule. Allein die Hinfahrt mit dem Auto dauert fast zwei Tage, und ich brauche einige Zeit, um zu überprüfen, ob das Wandbild wirklich von Jasper Johansson ist. Und ich muss dazu eine Art Gutachten schreiben. Zurück fliege ich dann von Stockholm.«
Jule beobachtete ihre Mutter. Sie blieben eine Weile stumm, dann kam eine Frage von Jule, Jule schleuderte sie heraus wie ein Geschoss.
»Liebst du Gösta?«
Carlotta setzte ihre Kaffeeschale ab. Sie sah die schmal gewordenen Augen ihrer Tochter, das spitz gewordene Gesicht.
Jule hob das Kinn. »Na?«
»Warum bist du so aggressiv, Jule?«
»Ich stelle eine Frage. Wieso ist das aggressiv?«
»Nicht die Frage, aber das Wie. Dein Ton. Kannst du mir mal bitte sagen, warum du sauer auf mich bist?«
»Du kommst also nicht zum Elternsprechtag.«
»Nein. Das hatten wir aber gerade schon.«
»Bei Lieselotte sind immer beide Eltern dabei. Und wenn die Mutter mal nicht kann, sitzt eben nur ihr Vater da.«
»Das geht bei einem Zweierteam auch einfacher. Ich werde die Problemlehrer übernächste Woche anrufen oder in der Schule vorbeifahren, wenn's schwierig sein sollte.«

»Es geht nicht um Problemlehrer, es geht um eine Problemschülerin. Um Julia Goldkorn.«
Carlotta beugte sich vor. »Nun dramatisier doch nicht so, Jule. Du hast schlechte Noten in Mathe, das weiß ich. Du hast dich letzte Woche mit der Sportlehrerin angelegt, das weiß ich auch. Oder ist was passiert, von dem du mir noch nichts erzählt hast?«
Jule schwieg und kaute auf ihrem Brötchen herum.
»Jule? Was ist los? Bist du böse, dass ich nach Schweden fahre? Ich wäre schlichtweg schwachsinnig, wenn ich mir das entgehen ließe, das mit der Wandmalerei.«
Seit der ersten Nacht, die Carlotta nicht zu Hause verbracht hatte, war so etwas wie ein dunkler Krater in Jule entstanden. Dieser Krater hatte begonnen, alle Freude zu schlucken, die sonst in Jule wohnte. Die Mitte dieses Kraters war auf einmal nicht mehr schwarz, sondern es glühte. Und die Glut schoss plötzlich hoch.
Jule ließ die angekaute Brötchenhälfte auf den Teller fallen. »Wenn du dir entgehen ließest, eine Woche lang mit Gösta im Ferienhaus rumzumachen, gib das doch einfach zu. Wandmalerei! Mama will vögeln, so ist das. Warum bist du nicht ehrlich?«
Carlotta stellte ihre Tasse ab, es war ein lautes Geräusch. Fast so, als würde die Tasse kaputtgehen. »Ich kann es nicht ausstehen, wenn du so ordinär bist.«
Sie funkelten einander wütend an. Ruhig, Carlotta. Ruhig, verdammt. Natürlich hatte Jule recht. Und auch wieder nicht. Die aggressive, verletzende Reduktion machte den Unterschied aus. Jule war blass geworden. Ihre grauen Augen waren heute früh fast schwarz. Mit ihren weißblonden Haaren, die so igelig abstanden wie eine Bürste, war dieser Hell-Dunkel-Kontrast gerade besonders dramatisch. Jule hatte sich an ihrem Küchenstuhl festgekrallt, als drohe sie aus der Kurve zu fliegen. Es brodelte im Krater.

»Ich fühl mich von dir verarscht. Warum erzählst du mir so einen Schwachsinn von Kunstgutachten, wenn es dir darum geht, mit diesem Superman im Bett herumzuturnen?«
Carlotta schob abrupt den Teller fort und starrte ihre Tochter an. »Lass das, Jule, verdammt noch mal. Es ist nichts Exotisches dabei, wenn zwei Menschen, die sich verliebt haben, Lust haben, miteinander zu schlafen. Das ist etwas, was du auch noch kennenlernen wirst. Und dass das mit dem Kunstgutachten kein Schwachsinn ist, das weißt du ganz genau. Ich habe allerdings keine Ahnung, warum du so aggressiv bist. Du bist und bleibst meine liebste Jule!« Carlotta setzte sich gerade. »Aber ich lasse mich von dir nicht so behandeln.« Ihre Stimme war scharf geworden, das Lächeln, sonst auch in Carlottas ernstem Gesicht immer erkennbar, war verschwunden.
Jule begriff, dass ihre Mutter wirklich verletzt war. Normalerweise war das der Punkt, an dem sie einlenkte, an dem sie den halben Weg Richtung Mama ging, stehen blieb, um zu sehen, ob Mama kam.
Jetzt ist aber nicht ›normalerweise‹, Mama. Es ist viel schlimmer. Und ich kann nicht mir dir darüber reden. Niemals.
Du bist dabei, meine Feindin zu werden.
Der Krater verschluckt gerade etwas, das schwarz und rot verglimmt wie ein Streichholz.
Die Brücke ist weg.

* * *

Carlotta trat aus der Tür des Sommerhauses, machte ein paar Schritte und war geblendet. Das Haus stand leicht erhöht vor einer Gruppe Birken, mitten auf einer Wiese. Zwischen großen Granitblöcken wuchsen unzählige, im Wind schwankende Weidenröschen, die noch nicht aufgeblüht waren, Weißdornbüsche standen am Fußweg zum Strand. Das Wasser glitzerte um kleine Granitbuckel und größere Inseln, die weiter hinten im Dunst der Morgensonne blau verblassten, dahinter schimmerte das offene Meer. Björkholm lag weit draußen.

Sie blieb lange dort stehen, stumm, die Arme um den Oberkörper geschlungen, es war kühl. Hell und klar war der Tag. Es roch nach Sommer, nach den längsten Tagen ihres Lebens, nach einer Freude, die sie nie mehr in dieser Absolutheit und Intensität erlebt hatte, die aber immer noch in ihr wohnte, seit Kindheitstagen.

Die hellen Nächte, die sie auf Bootsstegen verbracht hatte. Die flechtenbewachsenen Klippen, die Füße im Wasser baumelnd. Der im Wasser versinkende Blick, der sie in eine andere Welt trug. Und wenn sie aufsah, kam sie gerne und sofort in die Welt zurück, die sie tatsächlich umfing. Damals wie jetzt.

Sie wandte sich um, zu dem roten Haus, hörte die Geräusche klappernden Geschirrs aus dem geöffneten Küchenfenster und erlebte einen Augenblick des vollkommenen Friedens.

»Frukost!«, rief Göstas Stimme aus der Küche, sein Kopf erschien Sekunden später im Fenster, um nach ihr auszuspähen. Carlotta breitete unwillkürlich die Arme aus, ließ sie wieder sinken, wandte sich um, betrachtete das Meer noch einmal, als wolle sie es mitnehmen, und ging ins Haus.

Gestern Abend hatten sie, todmüde von der langen Fahrt, nur einen flüchtigen Blick auf die Wandmalerei geworfen. Die schwache Beleuchtung des Wintergartens hatte auf den ersten Blick keine Sensationen verraten, aber immerhin: Es waren Jaspers Exotenmotive.

Jetzt schien die Morgensonne durch die staubigen alten Glasscheiben.

Jasper hatte vor über hundertzwanzig Jahren den hohen Wintergarten an eine Giebelseite des Hauses anbauen lassen, danach war der Anbau vielfach repariert und Teile waren erneuert worden. Durch die alten Glasscheiben blickte man auf die Wiese, das Wasser und auf ein blaues Holzboot, das am Ufer in Ruhe zerfallen durfte. Rechts konnte man über windgeduckte Heckenrosen hinweg das Dach eines Nachbarhauses entdecken und die schwedische Flagge, die darüber wehte. Kein Zweifel, ein schöner Ort, um wind- und wettergeschützt seine Mahlzeiten einzunehmen.

Universalhandwerker Sture hatte die Wintergartenmöbel mit Plastikplanen abgedeckt. Die herausgerissenen Holzplanken waren säuberlich aufeinandergestapelt, Sture hatte die Wandmalerei bereits vollständig freigelegt.

»Weißt du eigentlich, wie seltsam das ist, an einem so vertrauten Ort zu stehen und auf einmal etwas Unbekanntes zu sehen, das immer schon da gewesen ist, ohne dass man es wusste?«

Gösta hatte einen Arm um Carlotta gelegt, sie standen vor dem Wandbild und bewunderten die gut erhaltenen Farben, die in der Morgensonne leuchteten.

Nur der untere Teil des Bildes war sichtbar, breit wie die gesamte Wand und immerhin noch fast mannshoch, wie die Täfelung, die bis vor zwei Tagen noch alles verdeckt hatte. Der obere Teil des monumentalen Bildes war vor langer Zeit mit weißer Farbe übermalt worden. Und zwar so gründlich und dick, dass man auf diesem Giebelfeld niemals die Spur einer Malerei vermutet hätte.

Die Morgensonne beleuchtete Palmen, Schlingpflanzen, Riesenfarne. Bizarre Insekten krabbelten zwischen vielfältigen Blattformen, Kolibris nippten an pinkfarbenen Malvenblüten, und Papageien schwangen sich durch die Luft.

In der Mitte der Wand befand sich eine moderne Glastür zur Wohnküche, die Gösta vor ein paar Jahren hatte einbauen las-

sen. Jasper hatte die ursprüngliche Küchentür damals vermutlich auch bemalt, denn ein halber Panther duckte sich links vom Türausschnitt. Rechts vom Türausschnitt stand unter einem Riesenfarnwedel ein Paar in europäischer Kleidung, die der Mode des ausgehenden neunzehnten Jahrhunderts entsprach.
Die Frau war eindeutig als Lovisa zu erkennen, sie sah dem Betrachter direkt in die Augen und lächelte. Der Mann jedoch hatte die Augen geschlossen. Seine linke Hand hielt die Hand seiner Frau. Sein Gesicht war nicht zu erkennen, denn er hatte es in ein Bukett weißer Lilien gesenkt. Er schien ganz verträumt an den Blüten zu schnuppern.
Sie standen beide so bürgerlich und friedlich in diesem seltsamen Urwald wie in einem schwedischen Bauerngärtchen.
Gösta trat ein paar Schritte zurück, verschränkte die Arme und betrachtete das Ganze noch einmal aus der Entfernung. »Weißt du, was ich nicht verstehe, Carlotta? Diesen riesigen Aufwand! Wegen dieses Bildes musste zunächst die gesamte ursprüngliche Hauswand neu getäfelt werden. Mit glatten Holzpaneelen, denn auf den typischen Rillen der üblichen Holzverkleidung kann man nicht gut malen. Und dann pinselt Jasper dieses Riesenbild darauf, um später den oberen Teil zu überstreichen und den unteren wieder mit Nut- und Federholz zu verkleiden. Also – das verstehe ich einfach nicht. Diese Malerei taucht auf keiner der alten Fotografien auf, die ich von Björkholm kenne. Auch nicht auf Skizzen oder Aquarellen, die Jasper hier angefertigt hatte, als er ab 1895 mit Lovisa öfter hier war. Und auf sämtlichen späteren Fotos von Björkholm gibt es auch kein Wandbild. Es kann also nur für kurze Zeit unverkleidet existiert haben.«
»Das ist in der Tat ziemlich seltsam, Gösta.« Carlotta ging nahe an das Bild heran, betrachtete es dann wieder aus ein paar Metern Distanz und schüttelte schließlich den Kopf. »Ich verstehe noch etwas nicht, Gösta. Da sind zwar Pflanzentypen, die er

auch in den Fichtelbacher Bildern verwendet, da sind Lianen, Orchideen, palmenartige Farne, aber trotzdem ist alles anders.«

»Wieso?«

»Das sind Formen, die aussehen wie aus einem Märchenbuch. Solche Papageien gibt's nicht. Solche Palmen auch nicht. Jasper hat aber eigentlich immer streng dokumentarisch gemalt.«

»Na ja, hier handelt es sich um eine Dekoration, oder?«

Carlotta nickte zögernd. »Ja, schon … aber, sieh mal! Hier sind auch ganz viele heimische Pflanzen, und die kann man botanisch einwandfrei identifizieren: Malven, Lilien, Efeu, Margeriten, und hier unten, an der Palme, da wächst ein Rosenstrauch.«

Gösta betrachtete die Pflanzen näher. »Vielleicht hat sich Lovisa die heimischen Blümchen gewünscht?«

»Vielleicht, ja. Aber müsste ich spontan eine Antwort auf die Frage geben: Hat Jasper Johansson dieses Wandbild gemalt? Dann würde ich sagen: Nein. Denn ich sehe noch etwas Wesentlicheres, Gösta. Der Pinselstrich ist ein anderer. Das Jasper-typische findet sich hier nicht. Das hier, das ist etwas anderes. Es erinnert mich eher an … vielleicht an den frühen Anders Zorn, um hier im Norden zu bleiben.«

»Das ist aber hoch gegriffen, findest du nicht?«

»Nein, durchaus nicht. Es ist großartig gemalt. Von der Technik her. Über das Motiv müsste man sich noch mal unterhalten, es ist etwas süßlich. Na ja, vielleicht war es einfach ein Experiment. Aber sieh mal hier!«

Carlotta wies auf die untere rechte Ecke des Wandbilds. Hier hatte das Bild eine Kollision mit einem harten Gegenstand hinter sich. Die Farbe war fast vollständig weggekratzt, aus dem Holz staken Splitter, fragmentarische Buchstaben waren noch zu sehen, den Rest hatte man mit groben Schlägen ausgelöscht.

»Merkwürdig«, murmelte Carlotta, und Gösta schüttelte ratlos den Kopf.

In diesem Moment klopfte es an ein Fenster des Wintergartens, und Carlotta zuckte zusammen. Draußen stand ein bärtiger Mann in einem dunkelblauen Pullover und winkte. Er mochte etwa so alt sein wie Gösta.

»Komm rein, Sture!« Gösta öffnete die verglaste Tür, die von der Strandseite in den Wintergarten führte.

»Tag, Sture. Ich bin Carlotta. Da hast du ja eine phantastische Entdeckung gemacht!« Sie gab ihm die Hand.

Sture betrachtete sie respektvoll. »Du bist also die Kunstfachfrau!«

Dann wandte er sich an Gösta. »Hej, Gösta, alter Junge, ich dachte wirklich, ich spinne, als ich die Farben unter der Verkleidung entdeckt hab. Und dann«, fuhr er fort, wobei er Carlotta anschaute, »und dann habe ich noch etwas gefunden. Hinter dem Holz.«

Sture legte eine Plastiktüte auf den Wintergartentisch und nahm vorsichtig drei Bücher heraus. Alle waren in dunkelrotes Leder eingebunden, alle trugen, in Goldbuchstaben geprägt, den Titel *Carpe diem*. Zu guter Letzt folgten eine größere Zeichenmappe aus schwarzem Karton und ein flaches Bündel, in vergilbtes Leintuch gewickelt.

Es verschlug ihnen die Sprache.

»Weißt du, Gösta, ich hab die Sachen hier gefunden, nachdem ich dir das Foto und die SMS geschickt hatte. Und dann dachte ich, ich überrasch dich einfach damit.«

»Ist dir gelungen, Sture.« Tief ausatmend nahm Gösta eines der Bücher in die Hand.

Sture hockte sich vor die linke untere Ecke des Wandbilds und wies auf eine durchgehende Bodenleiste. »Auf diese Leiste hier hatten sie die Vertäfelung genagelt. Und weil die Leiste so dick ist, war zwischen Wandbild und Vertäfelung ein Hohlraum. Und hier …«, er wies auf die Ecke, »hier standen diese roten Bücher auf der Fußbodenleiste. Alle nebeneinander. Und die alte Zeichenmappe. Und auch noch das Paket mit dem Stoff. Da sind Briefe drin, Gösta.«

Er erhob sich wieder. »Es kann sogar sein, dass einer von uns Engströms das Bild damals vernagelt hat. Ist möglich.«

Gösta wendete das Buch hin und her und begutachtete es von allen Seiten, bevor er es öffnete. »Carpe diem. Das steht doch auch auf dem Buch vom Fichtelbacher Steinbruchgemälde, Carlotta, oder? Dort, wo Lovisa direkt neben August Gayette steht und es in der Hand hält.«

Carlotta nickte stumm.

»Ich wusste nicht, ob es wertvoll ist«, erklärte Sture, »deshalb habe ich gestern lieber alles mit nach Hause genommen. In letzter Zeit scheint es ein paar Leute auf Björkholm zu geben, die sich Sachen nehmen, die ihnen nicht gehören. Wir schließen neuerdings sogar die Türen ab, wenn wir in die Stadt fahren, so geht das hier zu.«

»Das war richtig, Sture, danke dir.« Gösta atmete tief durch. »Carlotta, sieh dir das an!« Er blätterte und überflog ein, zwei Seiten. »Das ist kein erbauliches Lyrikbändchen, das sind Lovisas Tagebücher!«

Carlotta nahm ein Buch in die Hand, öffnete es mit angehaltenem Atem, als würde sie gleich keine Schrift, sondern ein Gesicht erblicken.

Und eigentlich war es auch so.

»Stockholm, den 4. April 1895«. Darunter in gleichmäßiger, sauberer Handschrift der Satz: *Ich bin froh, dass der Winter seinen Hut genommen hat. Im Garten beginnen sie jetzt aufzuwachen, die kleinen grünen Leute.*

Daneben die Skizze eines Birkenzweigs mit Knospen. Carlotta wandte die Seiten vorsichtig um, Blatt für Blatt, als könne sie jemanden verletzen oder erschrecken, wenn sie jetzt eilig blätterte. Sture und Gösta schauten ihr über die Schulter, ebenso unerklärlich zurückhaltend.

Alle paar Seiten wurden die handschriftlichen Einträge unterbrochen von Skizzen, Porträts, Landschaften. Eine Hand, die eine abgepflückte Kornblume hält. Eine tote Feldmaus, auf der Seite liegend, Gräser, die Studie einer Augenpartie. Der Zeichenstrich war professionell, verriet Könnerschaft, Leichtigkeit, Genauigkeit. Mehrfache Selbstporträts. Ein sanftes Gesicht, umschattete Augen. Immer ernst. Fragender Blick.

Gösta öffnete vorsichtig die Zeichenmappe. Naturmotive, aber häufig auch eine kräftige Dienstmagd mit Schürze, mal kehrend, mal einen Eimer leerend, Holzscheite tragend, am Herd stehend. Eine alte Frau mit groben Schuhen, die sich über ein Beet bückt, dann wieder die Dienstmagd, schlafend auf einem Stuhl zusammengesunken.

Carlotta verglich die größeren Zeichnungen mit den kleinen Tagebuchillustrationen. »Lovisa konnte zeichnen, Gösta. Und wie!«

Gösta wies auf das Tuchpäckchen. »Sture, das ist ein unglaublicher Fund. Und was ist das?«

Carlotta faltete das gelbliche Leinentuch mit der roten Kreuzstichstickerei auseinander und hielt ein Bündel Briefe in der Hand. Vorsichtig nahm sie ein vergilbtes Blatt. *»Mon cher, mon très cher Auguste«,* begann dieser Brief vom 19. September 1896. *Mein teurer, mein sehr lieber August* … Was für eine Ouvertüre war das? Der Brief war auf Französisch geschrieben, Lovisa hatte sicherlich nicht Deutsch gekonnt und August nicht Schwedisch. Aber Französisch konnte man in bürgerlichen Kreisen.

Carlotta ließ den Briefbogen sinken. »Nicht zu fassen. Briefe an August. Warum sind die hier und nicht in Fichtelbach?«

Gösta las die Anrede auf dem Brief, blickte wieder auf und

meinte: »Das weiß ich auch nicht. Das kann doch nicht wahr sein. Jetzt brauche ich erst mal …«
»Kaffee, ich weiß. Ich werde uns eine Kanne aufsetzen.«
Sture nickte beifällig. Gösta las bereits.

Sture folgte ihr über die Schwelle des Wintergartens. »So wie du redest, kommst du aus dem Norden, Carlotta. Stimmt das?«
»Nein, aus Deutschland, Sture.«
»Wieso sprichst du so gut Schwedisch, wenn du aus Deutschland kommst?«
»Meine Mutter ist in Umeå geboren. Deshalb.«
»Ah!« Er hob zufrieden den Kopf. »Doch der Norden!«
Er nahm Platz am Frühstückstresen, der den Wohnbereich von der kleinen Küche trennte, beobachtete Carlotta schweigend, wie sie Wasser in die Kaffeemaschine füllte, gemahlenen Kaffee in die Filtertasse löffelte, auf der Suche nach Geschirr die Schränke öffnete, und sagte plötzlich: »Göstas letzte Freundin war auch ganz hübsch, das war sie. Aber du gefällst mir besser. Ja, wirklich.«
Sie wandte sich um, überrascht, etwas verlegen. In seinem Gesicht war nicht die Spur einer Anmache, er hatte es so gesagt, wie man sagt: »Zur Tankstelle rechts abbiegen!«
»Danke, Sture. Das ist … das ist ein sehr nettes Kompliment.«
»Du bist doch seine neue Freundin, oder?«
»Ich denke«, entgegnete Carlotta.
»Das denke ich auch.« Sture tippte auf seinem Mobiltelefon herum, dann hielt er ihr das Handy hin. »Lies das! Das hat mir Gösta vor zwei Tagen geschrieben.«
Carlotta las: »Bitte nichts über Bild herumerzählen! Will keine Presse. Bitte K. sagen, für Mittwoch Kaffee, Brot, Betten. Ich bring Carlotta mit. Stint. Gruß, Gösta.«
Sie blickte fragend auf. »Wer ist K. und was heißt ›Stint‹?«

»K. ist meine Schwester Kerstin. Sie betreibt hier auf Björkholm den Kaufmannsladen und kümmert sich auch um die Sommerhäuser. Wenn die Leute sie anrufen und sagen, Kerstin, am Sonntag kommen wir mit einer Geburtstagsgesellschaft, dann bezieht sie die Betten und backt Kuchen. Das macht sie aber nur im Frühjahr und im Herbst, im Sommer hat sie zu viel zu tun mit dem Laden, wenn all die Leute hier sind.«

»Wie viele Menschen wohnen eigentlich immer auf Björkholm?«

»Sechsundzwanzig.«

»Und im Sommer?«

Sture kratzte sich den Kopf. »Also das weiß ich nicht genau. Manchmal glaube ich, es sind drei Millionen.« Er lachte. »Es fühlt sich jedenfalls so an. Frag Kerstin. Die weiß alles.«

Der Kaffee war durchgelaufen. Carlotta packte das Tablett voll, wollte es gerade aufnehmen, als Sture hinter den Tresen trat und auf einen Hängeschrank wies. »Da oben rechts legt Kerstin immer die guten Kekse hin. Nimm sie mal raus.« Und er hob das Tablett mit beiden Händen.

»Meinst du die, Sture?« Carlotta hielt eine Rolle mit gefüllten Keksen hoch. Sture nickte, blickte eher zufällig in das jetzt leere Schrankfach und stutzte. »Hat Gösta schon zwei Rollen davon aufgegessen?«, fragte er verwundert.

»Nein, nicht dass ich wüsste. Wieso?«

»Ich weiß genau, dass Kerstin vorgestern drei Packungen da oben hingelegt hat. Ich war dabei. Seltsam.«

Carlotta zuckte mit den Schultern, dann folgte sie Sture Richtung Wintergarten. »Halt, Sture! Du musst mir noch was erklären. Was heißt denn nun ›Stint‹, das Wort aus der SMS?«

Das vollbepackte Tablett in beiden Händen, wandte er sich vorsichtig um. »Das haben Gösta und ich früher beim Angeln gesagt, wenn wir einen besonders großen Fisch gefangen hatten.

Als wir noch klein waren. Ich weiß nicht mehr, warum wir dieses Wort erfunden haben. Jedenfalls heißt es: größter Fang meines Lebens.«

Es gibt im Leben besondere Momente. Momente, von denen man im Augenblick des Geschehens denkt, dass man den Klang oder die Farbe, den Geschmack oder das Gefühl für immer festhalten möchte.

Aber man vergisst sie trotzdem.

Manche Momente allerdings sorgen von selbst dafür, dass sie nicht verblassen, auch wenn das Bühnenbild gar nicht aufwendig ist. Warum? Weil sich in ihnen vielleicht in aller Einfachheit und nur für einen kurzen Moment die ganze Weite des Lebens zeigt.

Und manchmal auch das größtmögliche Glück.

Carlotta wusste, dass sie diese Sekunde, eine Keksrolle in der Hand, hinter einem bärtigen Handwerker herlaufend, auf dem Weg in einen verstaubten Wintergarten, nie vergessen würde.

Schildkrötenpädagogik

Onkel Henri, wie sieht es aus bei euch?«

»Alles in Ordnung.«

»Wirklich?«

»Wirklich, Carlotta.«

»Esst ihr auch ordentlich?«

»Ja, Mutter. Wir bestellen uns jeden Tag Pizza, damit du's nur weißt. Und essen überhaupt kein Obst und Gemüse und leben ganz ungesund, und ich hab angefangen zu rauchen.«

»Alter Ärgeronkel!«

»Alte Sorgenoma!«

»Ist Jule noch so stachelig?«

»Na ja, sie ist eher durcheinander, Carlotta. Sie ist vierzehn, du weißt doch, wie das ist. Diese Lebensphasen sind ja nicht dazu da, um sie zu verstehen, sondern um sie durchzustehen. Wie sieht's bei dir aus?«

»Wir haben hier eine kleine Sensation entdeckt. Nämlich Tagebücher von Lovisa Johansson. Und gewisse Briefe. Aber bitte erzähl das noch niemandem vom Museum, falls dir jemand über den Weg läuft.«

»Und was steht drin?«

»Das wissen wir noch nicht. Wir werden gleich anfangen, alles gründlich zu lesen. Das erzähl ich dir ausführlich, wenn ich wieder zurück bin. Ist Jule da?«

»Moment, ich muss mal sehen, wo sie steckt. Kann auch sein, dass sie unterwegs ist. Jule!«

Onkel Henri wanderte mit dem Telefonhörer auf seine Terrasse,

auf der Jule saß, eine Cola schlürfte und die Beine auf den Tisch gelegt hatte.
Als Onkel Henri mit dem Telefonhörer in der Tür erschien, hielt sie die Zeigefinger über Kreuz und schüttelte heftig den Kopf. Er zuckte mit den Schultern, hob die freie Hand, signalisierte damit: »Du musst es ja wissen«, und sagte in den Hörer: »Sie scheint wieder unterwegs zu sein, wahrscheinlich mit Lieselotte.«
»Sie soll verdammt noch mal an ihr Handy gehen, wenn ich sie anrufe. Na gut, ich versuche es später noch mal. Passt gut auf euch auf, Onkel Henri!«
»Mach ich. Grüße Gösta von mir!«
»Ach ja, ich soll dich auch ganz herzlich von ihm grüßen. Bis bald!«
»Bis bald, Carlotta.«
Er legte den Telefonhörer auf den Terrassentisch, schob Jules Beine einfach herunter, setzte sich in seinen alten Korbsessel und blinzelte in die Nachmittagssonne.
»Wie lange willst du das eigentlich noch durchhalten? Du schickst ihr jetzt eine kurze Nachricht, basta. Sie macht sich sonst Sorgen oder Vorwürfe oder was Mütter sonst noch so treiben.«
Widerwillig zog Jule ihr Handy aus der hinteren Jeanstasche, tippte mit zusammengekniffenen Augen ein »alles ok. Ju« und steckte das Gerät wieder weg.
»Was hält dich eigentlich davon ab, sie anzurufen?«
»Ich hab eben keine Lust.«
»Aha. Keine Lust. Es gibt im Leben einen Haufen Sachen, die man gegen seine Lust machen sollte. Und muss.«
Jule schwieg.
»Was stinkt dir denn so, Jule?«
»Alles.«

»Na, das ist ziemlich viel. Überleg mal, ob dir Einzelheiten einfallen.«
Er erhob sich und klopfte sich auf der Suche nach seinem Schlüssel auf die Hosentaschen. »Ich geh so lange eine Runde Milch einkaufen.«
Jule grinste. »Du hast keine Zigaretten mehr! Soll ich dir welche holen?«
»Sieh da, das alte Julekind lebt ja noch unter der schwarzen Kruste! Nee, lass mal, ich will ja gesund leben und muss mich bewegen. Soll ich dir was mitbringen?«
»Schokoriegel. Die mit der roten Schrift. Und ich fahr jetzt wirklich zu Lieselotte. Kann spät werden.«
»Zehn«, sagte Onkel Henri.
»Weiß ich noch nicht!«
»Ich aber! Zehn oder eine Tracht Prügel.«
Jule erhob sich. »Du hast noch nie jemanden verprügelt, gib's zu, Onkel Henri.«
»Doch. Aber keine Frauen, das stimmt.«
»Und was ist, wenn ich später komme?«
»Pass mal auf, Jule, wenn Lieselotte Geburtstag feiert, dann darfst du länger wegbleiben. Aber nicht an einem normalen Schultag. Solange Carlotta unterwegs ist, bin ich der Chef hier. Ganz einfach.«
Jule blickte in seine tiefliegenden, grauen Augen. Sie waren von unausweichlichem Ernst. Jule wusste genau, dass jedes Zerren an Onkel Henris Grenzmarkierungen sinnlos war.

Etwas ratlos stand er später vor den Obstkisten des Supermarkts. Unschlüssig nahm er einen makellos glänzenden Apfel aus einem Karton und drehte ihn in der Hand.
»Leg den mal schnell wieder hin!«
Er sah auf und erblickte Emily und Tante Betty.

»Äpfel nur von hier, Onkel Henri«, meinte Emily. »Sonst lass es lieber. Jetzt ist eh noch keine Apfelzeit. Der ganze Überseemüll schmeckt nach nix.«

»Okay, Chefin. Tag, Emily!« Er umarmte sie freundschaftlich, hielt Tante Betty höflich die Hand hin und sagte: »Sie müssen entschuldigen, ich kenne Sie von Antonias Zeichenkursen und vom Sekretariat ausschließlich als Tante Betty, deshalb habe ich Ihren Nachnamen nicht präsent!«

Tante Betty schüttelte seine Hand. »Ich habe auch keinen. Bleiben Sie bei Tante Betty!«

»Geht ihr immer zusammen einkaufen?«, wunderte sich Onkel Henri.

Emily wollte etwas sagen, aber Tante Betty kam ihr zuvor. Sie klopfte Emily sanft auf den Oberarm. »Diese vielbeschäftigte Caféchefin nimmt mich zweimal im Monat mit zum Einkaufen und fährt mich anschließend nach Hause, weil ich nicht viel tragen kann. Ein Goldstück!«

»Hast du was von Carlotta gehört, Onkel Henri?«, fragte Emily.

»Na ja, es gibt wohl unerwartete Entdeckungen, aber ich darf noch nichts erzählen.«

»So wie sich der Funkenflug zwischen dem Schweden und Carlotta beobachten ließ, sind wir über die wichtigsten Entdeckungen schon im Bilde. Schien schnell und heftig zu sein!«

Tante Betty griemelte und zitierte:

»Es wird nach einem Happy End
im Film jewöhnlich abjeblendt …«

Onkel Henri sah sie überrascht an, dann rezitierte er weiter:

»Man sieht bloß noch in ihre Lippen
den Helden seinen Schnurrbart stippen …«

Tante Betty war nun ihrerseits überrascht, hob aber schnell einen Porree wie ein Zepter in die Höhe und deklamierte weiter:

»… da hat se nun den Schentelmen
Na, un denn?«

Emily blickte mit offenem Mund von einem zum andern. »Was ist das denn?«

»Ein unterhaltsames, aber eigentlich nicht lustiges Gedicht«, erklärte Tante Betty.

»Und worum geht es da?«, fragte Emily weiter.

»Um die Erklärung, warum im Film nach einem Happy End immer abgeblendet wird, damit man nämlich nicht sieht, dass es dann erst richtig losgeht mit den Problemen«, erläuterte Onkel Henri.

»Und das fällt euch bei Carlotta und ihrem Schweden ein? Na, ihr seid mir ja zwei Optimisten. Und von wem ist das Kunstwerk?«

»Von Kurt Tucholsky, Berliner, wie icke!« Onkel Henri fixierte jetzt Tante Betty. »Aber dass Sie den auswendig können?«

»Gedichte sind meine Leidenschaft. Vor allem Tucholskys Kurt seine!« Tante Betty lächelte. Dann kam sie wieder zum Thema und erkundigte sich interessiert: »Das mit dem Wandgemälde, das ist ja schon ein Ding. Was weiß Carlotta denn jetzt darüber?«

»Sie hat mir noch keine Einzelheiten erzählt, da muss ich Sie leider vertrösten. Aber sag mal, Emily, wo steckt Leo und wie geht es ihm?«, fragte Onkel Henri. »Er war schon ungewöhnlich lange nicht mehr in der Werkstatt.«

»Er ist jetzt öfter beim Fußballtraining mit Friedrich«, entgegnete Emily. Ihr Tonfall war plötzlich forsch geworden, fast aggressiv, so als müsse sie schon jetzt einen erwarteten Angriff parieren. Der kam aber nicht, stattdessen fragte Onkel Henri aus einem plötzlichen Impuls heraus: »Wie wär's, wenn ihr nach dem Einkauf auf einen Kaffee bei mir vorbeikommt? Wir könnten auf der Terrasse sitzen. Ich bin gleich fertig mit meiner Runde.«

Emily schaute Tante Betty fragend an.

Tante Betty nickte erfreut, verspürte aber einen melancholischen Impuls. Sie kannte den schönen Garten und die Terrasse in der Ahornallee von früheren Besuchen. Antonia und sie hatten in lockerem, freundschaftlichem Kontakt gestanden, ohne Henri jemals mit einzubeziehen, wie das oft bei Frauen ist. »Die Ahornallee liegt doch sowieso auf dem Rückweg, Emily.«

»Aber nur für ein Viertelstündchen. Bis dann, Onkel Henri!«

Sie mussten jede Minute vor der Tür sein.

Onkel Henri stellte einen Stapel nicht passende, aber immerhin sauber gespülte Tassen und Teller auf dem Terrassentisch ab.

Normalerweise mochte er diese nachmittäglichen Unterbrechungen nicht, wenn eine Skulptur auf ihn wartete. Diesmal allerdings ging es um Leo. Fußballtraining! Und der Kleine war vor vier Tagen im Krankenhaus gelandet.

Das gefiel ihm überhaupt nicht.

Sonst kam Leo mindestens dreimal in der Woche vorbei, jetzt hatte er sich schon seit zwei Wochen nicht mehr im Atelier blicken lassen, und Jule war auch nicht im Bilde über das, was im Hause Grobkümmel geschah. Mit ihr war im Moment kaum zu reden, und um Leo kümmerte sie sich momentan auch nicht. Phasenweise Egozentrik ist das Recht der Jugend.

Er seufzte. Da hat Leo was gefunden, was er liebt, was er formen kann und was ihn formt.

Und ihr seht es nicht!

Onkel Henri suchte nach Keksen, fand keine und knallte die Tür des Küchenschranks heftiger zu als sonst. Und Leo ist so neugierig. Das ist doch das Wertvollste, was ein kleiner Mensch haben kann, Neugierde! Du hättest ihn sehen müssen, Emily, als er vor ein paar Wochen zum ersten Mal in seinem Leben hier im Garten einen Maikäfer entdeckt hat. Er stand da, als hätte es gedonnert. Mit offenem Mund und völlig begeistert. Und dann sagte er: »Findest du nicht, die fliegen wie kleine, dicke Männer, die in der Luft eigentlich nix zu suchen haben, Onkel Henri?«

Such dir mal ein Kind, das solche Bilder im Kopf hat! Ach, Emily.

Onkel Henri füllte Wasser in die Kaffeemaschine, knallte die Zuckerdose auf das Tablett und stieg auf der Suche nach Keksen die Treppe zu Carlottas Wohnung hoch.

Wo siehst du denn noch Kinder, die staunend einen Schildkrötenpanzer betrachten oder Käferflügel? Anstatt sich von irgendeinem brutalen oder rosa gefärbten Cyberscheißdreck oder stundenlangen banalen Dialogen in eine Internetwelt ziehen zu lassen und …

In Carlottas Vorratsschrank fand er eine Tüte Vanillekipferl.

Aber Computer oder die ganzen anderen Piepsdinger waren ja gar nicht das Problem, fiel ihm ein. Es war Friedrich und sein Fußball. Sicher war Fußball besser als das Computergeglotze. Aber warum, verdammt noch mal, konnte der Kleine nicht bei den Dingen bleiben, die er liebte? An denen sein Herz hing?

Verdammte Scheiße noch mal. Die Kekstüte in der Hand, trampelte Onkel Henri die Treppe zu seiner Wohnung hinunter. Friedrichs Argumente kannte er schon.

Fußball ist das einzig Richtige für Jungs, sagt Friedrich. Friedrich denkt an Zeiten, wenn Leo fünfzehn, sechzehn wird und vielleicht auf dumme Gedanken kommt, sagt Emily. Wenn er dann in einer Mannschaft ist und Teamgeist entwickelt hat und Gewinnerinstinkte, und körperliche Anstrengung ist doch sowieso gut für junge Menschen …

Ist ja alles richtig. Ich hab gar nichts gegen Fußball, ich hab als Kind im kaputten Berlin Fußball gespielt, und wir haben darüber einfach alles vergessen. Aber er darf Leo diese wertvolle Anlage zum Beobachten, zum Gestalten und zur Stille doch nicht zuschütten, er darf das Kind nicht verbiegen.
Von wegen Friedrich meint es ja nur gut: Hör mir mal zu, Emily. Das Gegenteil von gut ist gut gemeint. Ich würde ihn am liebsten verprügeln, so ist das.
Antonia hätte gewusst, wie mit Friedrich umzugehen war.
Er blieb auf der vorletzten Treppenstufe stehen. Hätte in seinen Händen fast die Kekstüte zerdrückt. Die Tränen stiegen hoch.
Als er die letzte Stufe herunterging, klingelte es.

* * *

»Könnt ihr noch den Rest von dem Happy-End-Gedicht?«, fragte Emily.
Sie hatten auf Onkel Henris Terrasse einen sehr guten Kaffee getrunken, die Tüte Kekse geleert, über dies und das und jenes geredet, und Tante Betty hatte den Garten ihrer Freundin Antonia bewundert, der immer noch so wild und doch so gestaltet aussah, wie sie ihn in Erinnerung hatte, denn Carlotta und Henri setzten Antonias Werk fort.
Onkel Henri steckte sich eine Zigarette an, blies den Rauch in die Luft, sah in den Himmel und überlegte. »Mh …

vajessen Kuss und Schnurrbartzeit …
Ach Menschenskind, wie liecht det weit!
Die Ehe war zum jrößten Teile …
vabrühte Milch un Langeweile …«
»… Und darum wird beim Happy End …«

»... *im Film jewöhnlich abjeblendt«,* vervollständigte Tante Betty. »Obwohl, Sie haben vier Strophen geschlabbert und das Ende verkürzt! Aber wie kamen wir überhaupt darauf?«
»Carlotta und ihr Schwede!«, rief Emily in Erinnerung. »Weißt du da was, Onkel Henri?«
»Du alte Neugiersnase!«, tadelte Tante Betty.
»Nur so viel«, sagte Onkel Henri, »von *vabrühter Milch un Langeweile* kann nicht die Rede sein.«
»Den Eindruck hatte ich allerdings auch schon.« Tante Betty nickte zustimmend. »Aber die Schwierigkeiten kommen tatsächlich immer erst danach. Heute Morgen hab ich Jule an einer Ampel gesehen. Mein Gott! Übermorgen ist Weltuntergang.«
Onkel Henri schien es nicht so tragisch zu nehmen. »Ich glaube, es gibt da so eine Bauernregel für Patchworkfamilien: Ist Mamis neue Liebe munter, hängt dem Kind die Lippe runter.«
»Genau das wollte ich damit sagen!« Tante Betty lachte.
Emily knisterte mit der Kekstüte herum, fand aber kein Kipferl mehr. »Da müssen sie durch, die Kinder. Ich lass mich jedenfalls nicht erpressen, nur weil ich noch mal einen Mann haben will, verdammt.«
Jetzt schwieg Onkel Henri.
Emily sah auf ihre Uhr. »Wir müssen gleich los, Tante Betty!«
»Ach, noch fünf Minuten, bitte, Emily.« Tante Betty räusperte sich und schien sich einen Ruck zu geben. Dann fragte sie geradeheraus: »Herr Konnopke, ich würde so gern mal einen Blick in Ihr Atelier werfen. Darf ich das?«
Statt seiner antwortete Emily. »Aber wirklich nur fünf Minuten! Ich muss los!«
Onkel Henri mochte keinen Ateliertourismus. Es sei denn, es waren so verständige Gäste wie Gösta. Aber in diesem Fall hatte ihm Tante Betty einen großen Gefallen getan. Er hatte schon die ganze Zeit nach einer Gelegenheit gesucht, Emily in seine

Werkstatt zu schleppen, um ihr etwas sehr Wichtiges zu zeigen. Etwas, das mit ihr von Leo reden konnte. Besser als er selbst.
»Na, aber gerne doch, die Damen«, sagte er galant und stand sofort auf.

Onkel Henri hielt den beiden Frauen die Tür zum Atelier auf. Emily ging zögernd hinein, Tante Betty blieb an der Tür stehen, hob die Nase, schloss die Augen und sog den Geruch der vielen Hölzer mit Genuss ein. Eine ihrer intensivsten Kindheitserinnerungen war die an einen alten Schreiner in Fichtelbach, bei dem sie ganze Nachmittage verbracht hatte. Und Tante Betty tauchte ein in all die kleinen Erlebnisse, Farben und Düfte, die ihr als Kind das Leben schöner gemacht hatten.
Sie wanderte herum, bewunderte die Sammlung bizarrer Wurzelstrünke, strich mit dem Finger vorsichtig über staubige Werkzeuge und Raspeln voller Holzspäne, betrachtete einige unfertige Skulpturen, ließ Sägemehl durch ihre Finger rinnen, blieb schließlich vor der jetzt fast fertigen Marlene stehen.
Onkel Henri beobachtete die beiden Frauen. Er sah den stummen Dialog zwischen der alten Museumssekretärin und der Skulptur der Gestrandeten, die in ihrer anrührenden Schäbigkeit immer nur darauf zu warten schien, von jemandem gesehen zu werden. Und jetzt gerade gesehen wurde.
Emily dagegen fand es schmutzig hier, unordentlich, überall lag Werkzeug herum, standen massige Holzklötze im Weg, der Boden war bedeckt mit Sägemehl, Holzspänen, Staub. Auch Emily erblickte Marlene, aber anders als Tante Betty fand Emily diese Sorte Kunst nicht gut.
So hatte Kunst einfach nicht auszusehen, so roh. So unübersichtlich. Susans ordentlich gemaltes Großgemüse, das über ihrem Cafétresen hing, das war in Ordnung. So sollte es sein. Erkennbar, klar. Und irgendwie sauber.

Es war schon ganz gut, dass Friedrich einen anderen Plan mit Leo hatte.

»Emily? Kommst du mal?«, fragte Onkel Henri und winkte Emily in eine hintere Raumecke. Emily folgte seiner Aufforderung. Tante Betty war immer noch in Marlenes Anblick vertieft. Leise fragte Onkel Henri: »Emily, wieso darf Leo nicht mehr herkommen?«

Auf Emilys Wangen erschienen rote Flecken. »Er macht in letzter Zeit seine Schulaufgaben schlecht oder gar nicht, sein Zimmer ist immer unordentlich, er hat absolut keinen Sinn für Ordnung. Ich kann ihm zehnmal sagen, er soll den Mülleimer runterbringen, und nichts geschieht, und er spricht nur das Nötigste. Soll ich ihn dafür auch noch belohnen?«

»Und was macht der Fußball?«

Die roten Flecken wurden stärker. »Friedrich bringt ihn zweimal in der Woche zum Training und achtet darauf, dass er das auch durchzieht. Und zwar anständig.«

Onkel Henri schwieg.

»Weißt du, Emily …«, begann Onkel Henri und beobachtete, wie Emilys Augen schmal wurden, wie sich ihre Mundwinkel ganz leicht, fast unmerklich nach unten zogen, »… ich zeig dir mal was.«

Rechts, an der roten, unverputzten Backsteinwand des Ateliers, standen Regale und zwei kleine, alte Schränke. Onkel Henri öffnete einen von ihnen.

Emily blickte auf Werkzeuge. Alte, gebrauchte Werkzeuge mit vielen Arbeitsspuren. Sie waren penibel nach Größen geordnet, gesäubert. Sie, die so vielen Skulpturen ins Leben geholfen hatten, sahen teilweise selbst aus wie fleißige, dunkle Männlein, die sich nun von ihrer harten Arbeit ausruhen durften. Sie waren abgegriffen, vernarbt, beschädigt, aber noch einsatzfähig.

Onkel Henri zog aus einer Schublade unter der Werkzeugwand

ein Holzobjekt hervor. »Streck mal die Hand aus!«, forderte er Emily auf. Sie gehorchte. Er legte das Holzstück auf ihren flachen Handteller.
Es war warm und fast so groß wie ihre ganze Hand. Eine Schildkröte hob ihren rundlichen Kopf und grinste sie ein bisschen schief mit asymmetrischem Mund an.
Ihre Beinchen waren feingliedrig, an jedem Fuß konnte man vier Zehen unterscheiden. Die runden Segmente des Schildkrötenpanzers waren an zwei Stellen probeweise schon poliert, glänzten wie dunkler Bernstein und gaben eine bewegte, immer wieder überraschende Maserung frei. Emily drehte das Holztier auf den Rücken. Auch die Bauchplatte des Schildkrötenpanzers war sorgfältig ornamentiert.
Emily hob das Tier dichter ans Gesicht. Sogar die halb geschlossene Lidhaut über den Augen war gut erkennbar, leicht und fein. Leicht und fein und doch aus Holz. Und tatsächlich, dieses Holztier hatte einen echten Blick. Es sah sie an.
Emily wusste plötzlich, wer dieses Tier geschnitzt hatte.
Sie sah Leo, wie er mit krummem Rücken im Treppenhaus auf den Stufen saß, wie er versuchte, die Schnürsenkel seiner Fußballschuhe richtig festzuziehen, sah sein blasses Gesicht über dem dunkelblauen Trikot, seine leeren Augen, wenn er den Kopf wieder aufrichtete, wie er nach der Sporttasche griff, wie er Stunden später hinter einem geräuschvollen Friedrich wieder auftauchte, durch sie hindurchsah, durch alles hindurchsah, wie ein altes Kind ohne Hoffnung.
Leo musste auf dem Fußballfeld hin- und herlaufen, schreien, jagen, hetzen, ausweichen, treten, stoßen, alles nach außen werfen, sich selbst werfen. Auf den Boden, auf den Ball, auf die anderen.
Und da war das Schildkrötenauge, das sie anblinzelte, das klein und leise in die Welt blickte, aber so viel von sich in sich selbst

behielt. So fein geschnitzt, Haut aus Holz, erkennbar an dem zarten runden Lidrand über dem halb geschlossenen Auge. Schmale Finger, erprobte Werkzeuge, ein gesammelter Blick. Stille und höchste Konzentration hatten das geschnitzt. Kein Fußballer.
Plötzlich bekam sie Magenschmerzen. Etwas krampfte sich zusammen. Etwas formulierte sich, ohne dass es wirklich Zugang zu ihrer Sprache fand. Sie begriff etwas, ohne dass sie hätte sagen können, was es war. Nur dass aus Leo kein Trotz sprach, sondern Verzweiflung, das wusste sie plötzlich.
Wie lange sie mit dem Holztier in der Hand so gestanden hatte, hätte sie nicht zu sagen vermocht. Sie blickte auf, sah erst jetzt wieder, wo sie war.
Onkel Henri nahm ihr die Schildkröte aus der Hand und verstaute sie sorgsam in der Schublade. Er drückte die Lade langsam zu, wandte sich genauso langsam zu Emily und blickte ihr in die Augen. Sie wich seinem Blick nicht aus.
»Den Schrank hier hat Leo schon vor drei Monaten aufgeräumt. Es ist sein Schrank. Das alte Werkzeug gehört jetzt ihm, er hat es geputzt, sortiert und all die Aufhängungen selbst konstruiert. So viel zu seinem Sinn für Ordnung.«
Er machte eine kleine Pause. »Und die Schildkröte, die ist für dich. Sie ist noch nicht ganz fertig. Du darfst ihm auf keinen Fall sagen, dass ich sie dir gezeigt habe. Das hier ist …«, er klopfte mit der Hand gegen die Tür des alten Schranks, »… das hier war unser Geheimnis. Und ich habe Leo gegenüber gerade mein Wort gebrochen. Aber ich hoffe, du begreifst, warum ich das getan habe. Die Schildkröte wird natürlich nur fertig, wenn Friedrich ihn wieder an seinen Schrank lässt. Und jetzt fahr mal nach Hause, Emily.«

Lovisa

Das rote Leder fühlte sich warm an. Die kleinen, quadratischen Bücher mussten einmal einen Goldschnitt besessen haben, denn an einigen Stellen war er noch nicht verblasst. Carlotta nahm das Tagebuch, auf dessen erster Seite eine große, römische »Eins« stand, rührend pompös von einem bleistiftgezeichneten Medaillon umrahmt. Sie schlug die zweite Seite auf und las laut vor.

1. Oktober 1892, Strandvägen, Stockholm

»Lovisa Anna Frederiksen, willkommen in unserem Hause!« Das waren die ersten Worte von Frau Igmarsson, das war so feierlich. Da stand ich mit meinem alten, braunen Koffer heute Mittag vor diesem großen Haus, schön wie ein Palast und größer als die Kirche von Tällberg.

Mir war zumute, als müsse ich weinen und schnell in die Küche zu Mutter laufen, aber die Küche und Mutter sind in Dalarna zurückgeblieben, und nun hat mich dieses große Stockholm und die vielen Lichter darin. Jetzt, am Abend, in meinem Zimmer, ersticke ich fast vor Einsamkeit. Ich denke an zu Hause und an die Küche, in der ich mit Lena und Katarina beim Kartoffelschälen immer gesungen habe, an die gefleckte Ziege, die jetzt ohne mich groß wird, an den Blick auf meinen Siljansee, über dem die Sonne so untergeht wie nirgendwo auf der Welt.

In Stockholm Gouvernante bei der Familie Igmarsson! Was das heißt, begreife ich nur langsam. Ich habe Heimweh. Und doch glaube ich, ich habe Glück gehabt.

Selma und Bengt sind verwöhnte Kinder, aber nicht bösartig. Wie viel Spielzeug sie haben! Bengt sagte mir gleich, ich käme vom Land und müsse dumm sein. Bei etwas Nachfragen kam ich dahinter, dass ihm die französische Hauslehrerin Mademoiselle Lelois solche Vermutungen erzählt hatte, was ich außerordentlich respektlos von ihr finde. Ich wies ihn an, für dreißig Sekunden mit seinem Holzschwert in der erhobenen Hand ruhig zu stehen. Ich skizzierte ihn in diesen dreißig Sekunden. Selma stand dabei mit offenem Mund hinter mir, Bengt wollte kaum stillstehen, er war zu neugierig. Als er dann die Zeichnung sah, riss er mir das Blatt aus der Hand und rannte zu seiner Mutter. Und dann wollte Selma, dass ich sie zeichne, was ich auch tat. Nur fügte ich zwei Engelsflügel hinzu und zeichnete sie so, dass sie aussah, als würde sie schweben. Damit habe ich gewonnen, glaube ich.

10. Oktober 1892, Strandvägen, Stockholm

Heute erst lernte ich Herrn Igmarsson kennen. Er kam zurück von einer langen Reise. Zunächst nahm er mich wahr, wie man einen neuen Domestiken wahrnimmt, höflich, aber eben so, dass kein Zweifel aufkommt, welchen Platz ich habe in diesem Herrschaftshaus, diesem Kleinstaat. Frau Igmarsson, und dafür möge der Himmel sie segnen, hat kein hartes Gemüt. Sie musste ihm später die Zeichnungen gezeigt haben, die ich von Selma und Bengt angefertigt habe. Er war auf einmal freundlicher und interessiert, sagte, ich sei geschickt und künstlerisch talentiert. Das freute mich so recht bis ins Innerste.

Frau Igmarsson nimmt mich seit der – vermutlich völlig ungewöhnlichen – Anerkennung durch ihren Gatten anders wahr, glaube ich. So, als sei ich mehr wert, als sie dachte, und sie ist, wie soll ich mich ausdrücken, vorsichtiger mit mir als mit den Stubenmädchen. Es soll mir recht sein, aber lieber wäre es mir, sie behandelten hier alle die kleine Annastina aus der Küche etwas freundlicher. Das Mädchen trägt den Ausdruck des erschreckten Kindes im Gesicht, ich habe sie einmal gezeichnet, als sie Geschirr wusch, spätabends, und ihr einen kleinen Kuchen gegeben. Sie ist dumm, die arme Kleine, sie versteht recht wenig, aber muss man sie deshalb als Fußabstreifer benutzen?

15. November 1892, Strandvägen, Stockholm

Mademoiselle Lelois hat sich gnädig bereit erklärt, mit mir französisch zu parlieren und mich zu korrigieren. Dafür möchte sie eine Porträtzeichnung. Das nenne ich einen guten Handel, denn ich bin begierig auf diese Sprache, auf ihren Wohlklang. Die Grundlagen, die ich habe, sind dürftig, aber ich will so gerne lernen! Ich werde Mademoiselle schöner zeichnen, als sie ist. Sie wird es gewiss nicht reklamieren. Frau Igmarsson hat mir heute Handschuhe aus grauer Seide geschenkt, die ihr um ein weniges zu eng sind. Was für eine Freude! Von Mutter kommen Briefe, an denen ich ablesen kann, wie sie mich vermisst. Ich möchte so gerne, dass sie einmal nach Stockholm kommt, sie war noch nie von Tällberg fort! Selma hat die Masern.

Weihnachten 1892, Strandvägen, Stockholm

Von Tällberg kam ein Paket, Mutter hat mir einen Schal gestrickt, der sehr hübsch zu dem blauen Tweed passt, den Frau Igmarsson mir schenkte. Ich hoffe, ich finde noch die Zeit, mir diese Jacke zu nähen, bevor der Frühling kommt. Ich friere meist, wenn ich Selma vom Chorgesang abholen muss. Es ist nicht einfach, vom Lohn auch noch so zu sparen, dass ich mir bessere Winterkleidung zulegen kann. Die Sachen aus Tällberg sind so verschlissen.
Ich habe Bengt und Selma dazu angehalten, ihren Eltern Gedichte vorzutragen. Die alte Frau Igmarsson ist schon seit einigen Tagen zu Besuch und lobt mich fortwährend, denn sie bemerkt wohl, dass die Kinder bei mir gut lernen. Mademoiselle Lelois blickt immer grämlich. Ich versuche es zu ignorieren und bemühe mich, weiterhin

Französisch bei ihr zu lernen. Als Honorar bekommt sie nun ein Porträt von Monsieur Voltaire, den sie sehr verehrt. Zweimal schon hat sie reklamiert, meine Zeichnung sähe ihm nicht ähnlich genug, ich porträtiere ihn nach der Gipsbüste, die Herr Igmarsson in seiner Bibliothek auf dem Kamin stehen hat, und ich finde die Ähnlichkeit gelungen. Aber ich weiß nur zu genau, was mir Mlle Lelois neidet. Die Kinder kommen viel lieber zu mir als zu ihr, und sie neidet mir jedes alte Kleidungsstück, das mir Frau Igmarsson schenkt. Lelois würde gar nicht hineinpassen, denn sie ist aus Bourg-en-Bresse, und da züchten sie dicke Maishühner, und da ist wohl zu viel an ihr hängengeblieben. Lovisa, du bist méchante.

15. März 1893, Strandvägen

Ich darf nun offiziell die Bibliothek benutzen, ohne jedes Mal zu fragen. Herr Igmarsson hat einige Bücher über Kunst, die vermutlich noch nie jemand geöffnet hat. Eine neue Welt!

Meist ist es sehr spät, wenn ich dazu Zeit finde, aber ich lese über die niederländischen Maler aus dem Barock. Man denke nur: Wenn ein Maler ein Glas oder eine brennende Kerze malte, dann war immer eine Botschaft dahinter. Ein Efeublatt steht für Treue, eine Laute für die Flüchtigkeit des Lebens, weil der Ton verklingt, wenn man auf ihr spielt. Und man soll überhaupt immer daran denken, dass alles vergänglich ist. Nichts hat man einfach so gemalt, zum Beispiel, weil es hübsch ist. Oh nein! Hinter allem steckt eine Idee, eine Warnung, ein Gedankenspiel. Ich wusste das alles noch nicht!

2. Mai 1893, Stockholm, Strandvägen

Sie werden im Sommer zum westlichen Mälarsee fahren, in ihr Sommerhaus. Selma und Bengt erzählen mir Geschichten von Trollen, die im Wald hinter dem Haus wohnen. Sie wollen mir ernsthaft Angst machen, die Stadtkinder. Sie glauben mir nicht, wenn ich von den unendlichen Weiten der Wälder Dalarnas erzähle und dass man dort wirklich verlorengehen kann. Ich habe ihnen versprochen, dass ich ihnen Spurenlesen zeige. Vor allem Bengt, der nicht genug von Trapper- und Indianergeschichten hören kann, wartet diesmal wohl besonders auf den Sommer.

21. Juni 1893, am Mälarsee im Sommerhaus
Mittsommer ist heute auch zu Hause am Siljansee! Wie sie dort singen werden! Ich musste schon beim Frühstück immer auf den Teller sehen, sonst hätte ich zu deutlich gezeigt, wie sehr ich an zu Hause denken muss und dass sie dort heute alle feiern, und ich bin zum ersten Mal nicht mit dabei. Ich habe heute Heimweh, Heimweh. Es muss am Land liegen und am Sommer. Ich muss hier mehr arbeiten als in Stockholm, sie haben viel Besuch, und ich muss überall mit anpacken. Ich komme kaum dazu, mit dir zu reden, liebes Tagebuch, in den wenigen freien Minuten muss ich zeichnen! Ich weiß, dass du es verstehst.

1. September 1893, zurück in Stockholm, Strandvägen
Frau Igmarsson erwartet im Herbst und im Winter auch hier viel Besuch, das erzählte sie mir heute. Ich werde wohl hier und dort zusätzlich einspringen müssen. Ach, wie wenig Zeit ich zum Lesen und Zeichnen haben werde. Ich möchte lieber nicht daran denken.

Februar 1894, Stockholm, Strandvägen
Unfassbar, liebes Tagebuch, seit Monaten habe ich nicht mit dir reden können. So vieles ist geschehen! Seit einiger Zeit kommt Herr Johansson ins Haus, er soll Bengt und Selma für das Arbeitszimmer ihres Vaters malen. Ich muss den Kindern dabei vorlesen, damit sie still sitzen, während Herr Johansson sie porträtiert.
Ich bin wie im Fieber. Ein echter Maler! Frau Igmarsson hat mir erzählt, wie berühmt und wie teuer er ist. Als ich Frau Igmarsson und Selma zu einer Modistin begleiten durfte, die die neue Früh-

jahrsausstattung für sie nähen soll, zeigte sie mir in einem Schaufenster ein Gemälde, das Herr Johansson gemalt hat. Es war das Porträt der berühmten Sängerin Edita Lund. Dass so etwas möglich ist! So kunstvoll, so ähnlich! Und der Pelz, den Edita trug auf dem Gemälde, er war ganz anders gemalt, als die Holländer es getan hätten, wie soll ich mich ausdrücken, ungenauer, aber so mutig. Wenn man mit den Augen dicht davorsteht, ist alles undeutlich, wenn man einen Schritt zurücktritt, fügt sich im Auge alles bis ins Feinste. Unglaublich! Wie er das macht! Ich werde einfach den Mut aufbringen, ich werde ihn fragen.

2. April 1894, Strandvägen

Wie ernst und konzentriert er malt! Natürlich habe ich noch nicht gewagt, ihm meine eigenen Skizzen zu zeigen. Wer würde das riskieren. Er ist sehr vornehm. Frau Igmarsson gibt morgen eine große Gesellschaft und hat mir gestattet, dass ich nach dem Diner zum Hauskonzert dazukommen kann. Von einer deutschen Gouvernante, die ich unlängst im Park traf, weiß ich, dass es durchaus üblich ist, Gouvernanten bei Gesellschaften dazuzubitten. Man tut dies sogar in England, man denke nur! Ganz so niedrig, wie ich dachte, ist meine Stellung also doch nicht. Herr Johansson ist auch eingeladen. Aber er sitzt natürlich in der ersten Reihe.

5. April 1894

Es ist kaum zu glauben, aber Herr Johansson hat mir heute das Kompliment gemacht, ich sähe mit meinen Zöpfen aus wie eine Gestalt von Raffael. Ich habe sofort in der Bibliothek nachgesehen, wer er war und wie seine Gestalten aussehen. Sie sind schön. Ich fühle mich so hochgehoben, oder wie soll ich es beschreiben?

12. April 1894

Heute nun habe ich gewagt, ihm einige der Zeichnungen zu zeigen, die ich im Sommerhaus der Igmarssons am Mälarsee von den Kindern gemacht habe, und die Aquarelle vom Rittersporn, der immer vor der Terrasse blüht. Ich habe auch einige Porträts des großen Malers Anders Zorn abgezeichnet, und ich fand sie eigentlich gut gelungen. Ich sah seine Gemälde bei einer Ausstellung vor einigen Monaten und war begeistert. Ich habe eine Neigung zu Anders Zorn, aber auch deshalb, weil er in Mora wohnt und sein Herz in Dalarna ist, so wie meines immer noch. Man denke nur, Herr Johansson kennt Anders Zorn persönlich!

Zu den abgezeichneten Porträts von Anders Zorn schwieg Herr Johansson aber, und ich wagte nicht zu fragen, aus Angst, dass er meine Skizzen verachtet. Doch zu den Zeichnungen vom Mälarsee und den Blumenskizzen lächelte er und lobte mich. Er meinte, das sei eine hübsche Beschäftigung für eine Frau, seine Mutter habe immer wunderbare Stickereien angefertigt, die in Värmland schon fast berühmt waren.

14. April 1894

Ich werde geneckt von Madame, dass die Porträtiererei der Kinder sich ungewöhnlich lange hinziehe. Das läge sicher nur daran, dass jemand an mir Gefallen gefunden habe. Das kann ich nicht glauben. Er ist berühmt und kennt ganz Stockholm. Da wird er nicht die Pfarrerstochter Lovisa Anna Frederiksen aus Dalarna wesentlich bemerkt haben.

18. Juni 1894, Mälarsee

Der zweite Sommer am Mälarsee. Er ist tatsächlich nachgereist und hat Herrn und Frau Igmarssons Einladung angenommen. Die Kinder laufen weg, wenn sie ihn sehen, das Sitzen langweilte sie so, und er konnte recht streng zu ihnen sein. Und er malt – mich! Mich,

Lovisa Frederiksen, wie ich im hölzernen Liegestuhl im Garten sitze und lese. Frau Igmarsson gestattet es und lässt die Kinder von der Köchin beaufsichtigen während dieser Sitzungen. Er wolle blaue Schatten auf weißem Kleid, sagte er, ob ich nichts Helles besäße? Oh, und da schenkte mir doch die gute Frau Igmarsson tatsächlich ein weißes Kleid, welches sie noch letztes Jahr hier im Sommer trug, es ist wie neu, und ich fühle mich darin wie eine Fee. Ich glaube, es gefiel ihm.

Gestern Abend brachte er mir einen Strauß weißer Päonien und wollte wissen, wo genau die Pfarrei meines Vaters sei. Warum ihn das wohl interessiert?

* * *

Es war halb zwei. Morgens.

»Das also ist die Geschichte meines Lieblingsgemäldes!«

Carlotta ließ das Buch für einen Moment sinken.

Gösta blickte auf, fast erschrocken, er war immer noch gebannt von Lovisa, die mit Carlottas Stimme gesprochen hatte, so dass er einen Moment brauchte, um zu realisieren, dass Carlottas Stimme wieder zu Carlotta gehörte.

Jetzt hatte er das Bild wieder vor Augen. »Natürlich! Das Gemälde über deinem Schreibtisch!«

Carlotta las weiter.

5. *September, zurück in Stockholm, Strandvägen*

Jasper Johansson kommt häufig zu Besuch. Er porträtiert nun Frau Igmarsson, und er möchte stets, dass ich auch zugegen bin und ihr vorlese. Das erzeuge einen besonderen Ausdruck in den Augen, sagte er. Das habe er bei den Kindern bemerkt.

Frau Igmarsson neckt mich schon wieder, denn sie bemerke auch einen besonderen Ausdruck in den Augen, sagte sie, nur sei dieser in den Augen des Malers, wenn er mich ansehe! Ich wurde rot bis zu den Füßen, glaube ich. Denn ich habe dies auch bemerkt, liebes Tagebuch, nur nie zu glauben gewagt.

14. Dezember 1894

Oh, wie wunderbar, wie verschlungen und wunderbar die Wege des Schicksals laufen! Liebes Tagebuch, ich kann es nicht glauben! Weil die Eltern hoch oben in Dalarna wohnen, hat er mit Herrn und Frau Igmarsson gesprochen, und man hat mich anschließend in den großen Salon gebeten. Dort ließen uns die Herrschaften allein, und Jasper Johansson fragte, ob ich ihn heiraten wolle, aber er würde natürlich auch noch die Eltern fragen, allerdings schriftlich und mit der Empfehlung der Herrschaft. Herr Igmarsson gratulierte mir dazu, jetzt eine Dame der Gesellschaft zu werden, er sagte es nicht herablassend, sondern neckend. Frau Igmarsson fragte mich, ob ich ihn denn liebe. Ich habe ja gesagt, aber wer bin ich, dass ich so etwas Großes wüsste?

Carlotta verstummte.

Gösta nahm seine Lesebrille von der Nase und betrachtete die Ecke, vor der Sture die Holzpaneele so sorgsam aufgestapelt hatte. »Wie oft habe ich wohl vor dieser Ecke meine Gummistiefel ausgezogen und die Angel an die Wand gelehnt, schon seit meiner Kindheit? Und hinter der Holzvertäfelung hat Lovisas Stimme gewispert, länger als ein Jahrhundert. Ungehört.«

Sie nickte. »Ich bin so gespannt auf die Briefe.«

»Aber die lesen wir heute Nacht nicht mehr, das wäre zu viel.«

»Kann man das begreifen?«, fragte Carlotta. »Da läuft sie im Stockholmer Winter mit verschlissener Kleidung herum, bis sie Zeit hat, sich eine Jacke zu nähen oder bis ihr die gnädige Frau vielleicht ein abgetragenes Jöppchen schenkt.«

»Ich vermute, dass es ihr vergleichsweise gut ging.« Gösta rieb sich die müden Augen. »Man behandelte sie menschlich, und sie schien zumindest ab und zu Zeit zu haben, etwas zu lesen. Ich glaube, der Arbeitstag einer normalen Dienstmagd lag bei vierzehn Stunden. Eine Gouvernante war etwas bessergestellt, doch das ist relativ.«

»Und dann dieser Heiratsantrag! Wie muss das für sie gewesen sein!«

Gösta nickte und schlug das zweite Tagebuch auf. »Wahrscheinlich war Lovisa völlig geblendet von ihrem gesellschaftlichen Aufstieg. Zu diesem Zeitpunkt war Jasper ja schon längst berühmt und verdiente sehr gut. Er hat sich gleich darauf das Haus in der Baldersgatan gekauft. Mein Elternhaus.«

Jasper und Lovisa heirateten im März 1895.

Gösta überblätterte seitenlange Eintragungen rund um die Hochzeit, Menüfolgen, Gästelisten. Lovisa erging sich ausführlich in Beschreibungen des Mobiliars im neuen Haus, der feinen Teetassen, der neuen Bekanntschaften, die sie jetzt machte oder machen musste.

Nun gehörte sie nicht mehr zum Personal, nun hatte sie selbst ein Dienstmädchen, eine Spülkraft und eine alte Gärtnerin, die nach Bedarf arbeitete.

Von Anfang an schien sie ein besonders gutes Verhältnis zu ihrer Hausangestellten Greta zu haben. Greta, Schuhmachertochter aus Nyköping, war zehn Jahre älter als Lovisa, einfach, gutwillig und wohl auch froh, dass mit Lovisa keine hochnäsige Stockholmer Bürgerstochter in die Baldersgatan eingezogen war. Auf dem Land waren die Stockholmer nicht sehr beliebt, wie Lovisa an einer Stelle vermerkte. Dann folgte eine Eintragung vom ersten Frühling im neuen Haus. Diesmal las Gösta vor.

Mai 1895, Stockholm, Baldersgatan

Dieser Garten! Er ist so schön, aber auch nach hier kommt der Tod. Ich habe gestern eine zerrissene Amsel gefunden, vielleicht war es die Katze. Der arme kleine Kopf hing zur Seite in einer Ergebenheit an den Tod, die mich zu Tränen rührte. Ich habe sie gezeichnet, dann beerdigt, und Jasper schalt mich wegen des umhäkelten Taschentuches, in das ich den Vogel hüllte. »Es ist sinnvoller, dass du deine Kochkenntnisse erweiterst, denn die lassen zu wünschen übrig. Das wäre mir wesentlich angenehmer als dein Engagement für verstorbene Vögel oder Ungeziefer.« Dies sagt er, weil ich Spinnen nicht mit dem Holzpantoffel erschlage, sondern sie vor die Tür setze. Wer bin ich, dass ich ein Leben auslöschen darf, auch ein kleines auf acht dünnen Beinchen?

Seit meine Eltern hier gewesen sind, durchzieht eine schmale Verachtung sein Gesicht, wann immer ich von Vater spreche. Gewiss, Vater ist, gemessen an einem Pfarrer aus Stockholm, grob und laut. Ein Landmensch, der mit seiner einfachen Sprache und seinem mangelnden Kunstverstand sowie seinen wenig eleganten Kleidern niemand ist, den Jasper auf die Gesellschaften mitnehmen würde, auf die er so häufig geladen wird. Gegen Mutter hat er weniger Vorbehalte. Aber Mutter ist Meisterin in der Kunst, unsichtbar zu sein. Sie befolgte Jaspers Regeln, ohne dass sie sie kannte.

Auch ich bekomme immer feste Regeln, nach denen ich mich zu kleiden und zu bewegen habe. Er ist natürlich viel klüger und unendlich viel gebildeter als ich, er ist berühmt, und ich spüre die Bewunderung, die man seinem Werk entgegenbringt. Natürlich ist er ein Genie und ich eine – was bin ich? Keine dumme Gans. Vielleicht eine Maus.

Aber das Zeichnen, das lasse ich mir von ihm nicht nehmen. Dahin zieht es mich, ich fühle mich so grenzenlos, wenn ich versuche, etwas wirklich zu sehen und aufs Papier zu bringen. Dann sind der Gegenstand und ich eins, dann bin ich nicht mehr klein wie eine Maus.

Ich kann mit ihm darüber nicht reden. Ich würde ihm so gerne auch damit gefallen, aber er scheint es nicht mehr gerne zu sehen. Ach, ich brauche das Zeichnen wie das Atmen, wie die Luft. Warum nur hat er etwas dagegen?

Daneben die Skizze eines Vogels, eingehüllt in ein Tuch mit Häkelspitze. Mit geöffnetem Schnabel, die kurzen Federn im Nacken gesträubt, hing der Vogelkopf seitlich aus der Stoffhülle wie aus einer Tüte. Ein kleines, gebrochenes Leben, mit sensiblem Strich gezeichnet.

Gösta hielt Carlotta die Zeichnung hin. Sie betrachtete die zarte Bleistiftskizze. Nicht nur das, was Lovisa gerade beschrieben hatte, war traurig. Auch die Zeichnungen zeigten es. Lovisa begann, unglücklich zu werden.

»Weißt du, dass ich mich von Jasper verraten fühle?« Carlotta richtete sich auf. »Jasper war für mich immer so wie seine Bilder: vielschichtig, differenziert und weltoffen. Er hat ja zu meinem Leben gehört, im Museum. Das, was Lovisa hier beschreibt, klingt ganz anders. Es tut weh.«

Gösta betrachtete noch einmal die Augen des kleinen Vogels. Das war nicht einfach ein kleines, totes Tier. Das war ein gebrochenes Wesen. Was für einen Blick Lovisa gehabt hatte!

»In unserer Familie wurde er immer nur als unerreichtes Genie gehandelt. Gut, das war er auch.«

Er las noch einmal den letzten Eintrag Lovisas, blickte auf, fuhr sich mit beiden Händen über das Gesicht, als wolle er seine Müdigkeit wegwischen. »Weißt du, Carlotta, mal ganz abgesehen von ihrer persönlichen Geschichte und Jaspers neuen Facetten – *wie* sie schreibt, das reizt mich.«

»Lass mich raten«, meinte Carlotta. »Im nächsten Vorlesungsverzeichnis der Universität Stockholm steht unter Johansson, Gösta: ›Lovisa Johansson, ein Leben in Tagebüchern‹.«

Gösta lachte. »Kann gut sein. Du hast gehofft, wir finden etwas für die Kunstgeschichte, ich bin der Meinung, wir finden hier ein Stück Literatur. Und schwedische Sozialgeschichte mit viel persönlichem Fingerabdruck. Weißt du was? Vielleicht schreibe ich einen Roman über Lovisa.«

Carlotta blickte überrascht auf. Dann dehnte und streckte sie die Arme, stellte sich hinter ihn und begann, seine Schultern zu massieren. »Fände ich großartig! Ich bin dann für die kunstwissenschaftlichen Passagen zuständig.«

Er schwieg, schloss die Augen, versuchte, seine Muskeln zu entspannen, und gab kleine Laute wohligen Schmerzes unter Carlottas energischer Massage von sich. »Oder wir schreiben ihn zusammen!«

»So etwas kann ich nicht, Gösta. Ich bin keine Romanautorin, ich könnte Fiktion und Realität nicht glaubhaft zusammenstricken.«

»Ach, das machen Frauen doch den ganzen Tag lang! Aua!«

»Professor Johansson, was sind denn das für neue Seiten an dir?«

»Ich darf auch mal was sagen, das so flach ist wie ein Bierdeckel.«

»Ja, das darfst du. Es ist mir ohnehin schon leicht gruselig, wie perfekt du bist.« Sie beugte sich über ihn, gab ihm einen Kuss aufs Haar, setzte sich wieder an den Tisch, nahm ihre Lesebrille und zog Lovisas Tagebuch heran.

»Ich bin gespannt auf ihre Briefe. Doch die lesen wir morgen.«

Gösta gähnte. »Das heißt, heute. Aber du musst sie mir vorlesen und übersetzen. Mein Französisch ist so flüssig wie Knäckebrot.«

»Wohl wahr«, entgegnete Carlotta abwesend, denn sie las schon längst wieder im Tagebuch.

12. Juli 1895, Björkholm
Es ist ein großes Glück, dass es dieses Sommerhaus auf Björkholm gibt. Ich werde mit Greta den Sommer hier verbringen, Jasper hat in der Stadt viele Aufträge, aber Professor Nystet besteht darauf, dass ich auf der Insel bleiben soll, die Luft sei besser für mich. Wie mich die Natur hier freut! Oh, die Sonne auf den Birkenstämmen! Dass der Sommer nie ein Ende nehme, bitte! Ich zeichne von morgens bis abends. Ich muss immer Nystets scheußliche Tinktur nehmen, aber sie soll helfen.
Nächstes Wochenende wird Jasper wieder einmal kommen, wir werden Mats Engström zum Angeln schicken vorher. Dorsch kann ich zubereiten.

»Nystets Tinktur«, sagte Gösta. »Der erste Hinweis auf eine Krankheit. Vielleicht.«

25. Juli, Björkholm
Ich kann mein Glück kaum fassen, Anders Zorn hat uns hier auf Björkholm besucht. Er kennt Jasper noch von der Pariser Zeit, und ich war sehr aufgeregt, einen so berühmten Gast hier zu haben. Ist es ein Höflichkeitsbesuch? Ich weiß, dass Jasper seine Porträts schätzt, nicht aber die anderen Motive, die vielen unbekleideten Damen, und ich spüre Jaspers Reserve. Ob sie früher einmal aneinandergeraten sind? Ob sie sich als Kollegen oder Rivalen betrachten? Das ist schwer zu sagen. Aber sie sind beide ganz freundlich, die Zorns. Anders Zorn ist generös und lebensvoll, Emma Zorn hat sehr viel Autorität, denke ich.
Ich habe mit Emma einen wunderbaren Spaziergang gemacht. Sie gestattete mir, sie zu zeichnen, und als wir von den Klippen zurückkamen und Greta uns unten an der Weißdornhecke den Kaffeetisch gedeckt hatte, zeigte Emma ihrem Mann meine Zeichnung. Er betrachtete sie lange. »Nein, hier, sehen Sie« – und er korrigierte mit

einigen wenigen Strichen an den Oberlidern, und da lag in drei, vier Strichen plötzlich diese Stärke, diese Willenskraft, die Emma Zorn hat! Ich will lernen, so zu zeichnen, so zu malen, so zu sehen. »Sie haben Talent, meine liebe Lovisa, großes Talent!«
Ich wagte nicht, Jasper anzusehen, denn ich weiß, was er heute Abend sagen wird. Er sagte es mir immer, wenn ich über mein Zeichnen sprechen wollte. Mittlerweile will ich es nicht mehr. Nicht mit ihm.
»Das ist nicht dein Platz, Lovisa. Diese dumme Selbstüberschätzung ist allen Frauen zu eigen, die sich mit der Kunst beschäftigen. Dafür seid ihr nicht geboren.«
Aber Anders Zorns wohlmeinende Korrektur hat mir die Augen geöffnet. Was für ein Geschenk, dass er sich für mich Zeit genommen hat. Jasper will meine Zeichnerei, wie er es nennt, durchaus nicht ernst nehmen. Aber jetzt, nach der Korrektur durch Anders Zorn, fühle ich mich so, als hätte sich ein Knoten gelöst. Ich habe ihm später heimlich noch andere Skizzen gezeigt, Anders Zorn – Gott segne ihn – hält mich wirklich für begabt. Hätte ich nur die Kraft seiner willensstarken Emma, ich würde …

Hier brach der Eintrag ab.
»Anders Zorn!« Carlotta ließ das Tagebuch sinken und war beeindruckt. »Das ist, auf deutsche Verhältnisse übertragen, Max Liebermann. Du wirst es kaum glauben, Gösta, aber dieser herausragend gute Anders Zorn ist in Deutschland weitgehend unbekannt. Früher war er hier mal sehr populär, er war übrigens mit Liebermann befreundet. Aber dann ist er in Deutschland in Vergessenheit geraten.«
»Anders Zorn kennt man bei euch nicht? Wirklich nicht? Das kann ich mir kaum vorstellen. Hier in Schweden kennt ihn jeder. Und sein Museum in Mora, in Dalarna.«
Carlotta starrte aus dem Fenster, in das Dunkel über dem Was-

ser. »Lovisa war technisch sehr gut, und endlich war da mal jemand, der sie anerkannte.«
Gösta nahm das Tagebuch auf und sein Blick fiel mitten in den Eintrag vom 1. August 1895. Er las laut vor.

Ich habe niemals das Gefühl, dass er mit mir zufrieden ist. »Du bist mein Geschöpf, vergiss das nie!«, das sagt er mir oft. Ich weiß, wie viel ich Jasper verdanke, aber ich bin Gottes Geschöpf.

»Du bist mein Geschöpf«, wiederholte Carlotta langsam. »Das ist ja wohl nicht wahr.«
»Miss das nicht mit den Kriterien von heute, Carlotta. Das war im neunzehnten Jahrhundert keine solche Unverschämtheit.«
»Ich weiß, aber ich finde es unerträglich.«

18. August 1895, Björkholm

Nach Emma und Anders Zorn hat sich nun noch ein Sommerbesuch auf Björkholm angekündigt. Schon wieder ein Gast, für den ich mir eine besondere Menüfolge ausdenken muss. In den letzten Wochen haben Greta und ich fast nur Milchreis mit Kirschen gegessen. Wir haben regelrecht verlernt, etwas anderes zu kochen. Jasper ist die ganze Zeit in Stockholm, er hat viele Aufträge. Es waren bis jetzt schöne Wochen hier, Greta ist meine einzige Gesellschaft, ich lese, zeichne, helfe ihr im Haus und bin ihr so nahe wie einer Freundin, was Jasper nicht gerne sieht. Er sagt immer: »Sie ist unsere Bedienstete, und du solltest mit ihr nicht so umgehen wie mit einer Dame deines Standes.« Welchen Standes? Was bin ich? Ich bin ein Schattenwesen namens Johansson.

Gösta machte eine kurze Pause. So spannend dieser Fund auch war, so deprimierend war es, den seelischen Abstieg einer jungen Frau mitzuerleben, einer begabten jungen Frau. Einträge

von solcher Deutlichkeit wie vom 18. August tauchten in Lovisas Tagebuch nur an wenigen Stellen auf.
»Ich bin ein Schattenwesen.« Lovisa hatte zu ihrer Zeit nicht die leiseste Chance gehabt, sich aus dieser Situation herauszuwinden. Tatsächlich, auch ihm wurde der Urgroßvater langsam sehr unangenehm.

21. August 1895, Björkholm

Ich bin so müde! Greta hat den ganzen Tag Pasteten und Kuchen gebacken, und mir blieb es, die Betten zu richten und die Kammer zum Strand hin für den deutschen Gast vorzubereiten. Gayette ist ein französischer Name, ich wüsste gern, was es damit auf sich hat. Er soll eine größere Manufaktur haben, in Deutschland, irgendwo in der Nähe des südlichen Rheintals.
Ich stellte noch ein paar von den blassen Rosen in die Kammer. Jasper mag es nicht, wenn ich Gräser in die Vasen stecke, es sähe so kümmerlich aus. Aber ich finde es hübsch – und der Garten gibt nicht mehr so viele repräsentable Blumen her. Wildblumen verbat sich Jasper, er findet das bäuerlich und ärmlich.
Das Meer liegt vor mir, still wie ein Spiegel, es hat gerade die Farbe von dunkler Jade. Der Weißdorn, der im Frühsommer so duftete, hat schon Früchte angesetzt. Ein bestimmter Hauch liegt auf allen Blättern, das Grün hat seine frische Pigmentierung verloren, ein Blauton liegt nun darüber. Ich will nicht, dass der Sommer sich neigt. Winter heißt Stockholm. Auch wenn wir dort mehr Comfort haben, ich würde lieber hierbleiben, mit all dem Eis und der Dunkelheit und den Petroleumlampen. Die Freiheit der Möwen über dem Wasser – ich beobachte sie jeden Morgen, ich fliege jeden Morgen mit ihnen hinaus. Morgen ist der Frieden vorbei.

23. August 1895, Björkholm

Mit August Gayette kann ich französisch reden, das habe ich seit meiner Zeit bei Frau Igmarsson nicht mehr getan. Ich kann es nicht mehr besonders gut. Er ist ein höflicher Mensch und wohlerzogen, und er ist sehr lustig, er lacht viel, scherzt mit Greta, die ihn anbetet, ich sehe es wohl. Das Essen war recht gut gelungen, aber die Milchsauce zum Fisch haben wir verdorben, ich habe dann einfach braune Butter dazu gereicht. So war es auch wohlschmeckend, doch Jasper bemängelte es. Natürlich.

Es ist unglaublich aufregend, welches Angebot August Gayette gemacht hat: Jasper soll nach Südamerika. Er wird eine Expedition begleiten, auf der versteinerte Knochen von Urwelttieren ausgegraben werden. Später dann sollen noch botanische Exkursionen folgen, in andere Gegenden dieses großen Kontinents. Herr Gayette hat sich in den Kopf gesetzt, dass Jasper dort skizzieren und malen soll, für sein Museum in Fichtelbach in Deutschland. Auf was für Ideen reiche Leute kommen!

Als Jasper und er noch lange beim Wein im Wintergarten saßen, habe ich August Gayette heimlich gezeichnet, ich saß in der Küche am Tisch und hatte die Tür einen Spalt offen gelassen. Er hat eine solche Lebenslust in den Augen. Er hat Jasper eingeladen, sich vor der Expedition das Museum seiner Stadt anzusehen. Es ist just jenes Museum, das einmal Jaspers Gemälde beherbergen soll. Von dort aus wird Jasper nach Berlin fahren, wo einige berühmte Forscher wohl schon alles vorbereiten. Und, man denke sich, Herr Gayette hat auch mich ganz ausdrücklich und allerfreundlichst eingeladen, ich solle sein Museum besuchen und eine besondere Steingrube besichtigen. Auch dort graben die Wissenschaftler nach Tieren, die vor Millionen Jahren gelebt haben, die aber jetzt zu Stein geworden sind. Ich werde also Jasper nach Deutschland begleiten. Glücklicherweise schien er damit einverstanden.

Carlotta hatte das Gesicht auf die Hände gestützt und blickte zum Wintergarten. August hatte im hellen Licht eines schwedischen Sommerabends an einem weißen Korbtisch gesessen, Rotwein getrunken und Jasper von all den schönen Dingen erzählt, die er sammelte, von der Kunst, der Wissenschaft, die er, der Filzhutmacher, so liebte.
Und hier, in der Wohnküche, hatte Lovisa gesessen und ihren lebenslustigen Besucher heimlich skizziert. Wortfetzen waren herübergeweht, sie war zwischendurch aufgestanden, um zu fragen, ob den Herren noch etwas fehle, hatte hier mit Greta das Essen für den nächsten Tag geplant und vielleicht noch einen kalten Zitronentee getrunken.
Carlotta erhob sich und holte das dritte dunkelrote Buch. Es war das Tagebuch, das auf dem Gemälde im großen Fossiliensaal in Fichtelbach abgebildet war. Genau das rote, kleine Buch, das sie in der Hand hielt, im Steinbruch, neben August Gayette, unter dem weißen Sonnenschirm.
Sie setzte sich neben Gösta, und sie lasen gemeinsam die Eintragung vom 26. September 1895.

Unfassbar! Lovisa Johansson wird nach Deutschland fahren. Morgen! Greta ist so aufgelöst, dass sie fast ständig weint, wenn ich nicht hinschaue. Sie hat Angst, weil sie allein im Haus sein soll. Heute Abend werde ich sie trösten können, denn dann erwarte ich die Antwort ihrer Mutter. Ich habe nämlich, ohne Jasper zu fragen, Gretas jüngste Schwester aus Nyköping für diese Zeit eingeladen. Jasper liebt dergleichen nicht, aber ich möchte nicht, dass Greta sich fürchtet. Oh, ich bin so aufgeregt. Schiff, Hotel, Eisenbahn, Hotel. Und dann werden wir in Fichtelbach Herrn Gayette und sein Museum sehen, ich kann es noch immer nicht fassen. Ich bin froh, dass mein Reisemantel gestern fertig geworden ist. Die Knöpfe sehen aus wie die einer Admiralsuniform. In Berlin sind die Vorbereitungen für die

Expedition wohl fast beendet. Warum bin ich nicht als Mann auf die Welt gekommen? Ich beneide ihn so um dieses Abenteuer. Immerhin – wenigstens zurück nach Stockholm werde ich alleine reisen! Jasper wird von Deutschland aus nach Brasilien aufbrechen.

29. September 1895, Fichtelbach,
Hotel zum Goldenen Schwanen

»Der *Goldene Schwan!*« Gösta zog Carlotta an sich. »Auch da waren sie! Aber weniger leidenschaftlich, vermute ich.«

Dies ist meine erste Auslandsreise. Wir waren gestern und heute den ganzen Tag auf der Eisenbahn, sie verbindet alles in diesem Land. Deutschland ist ganz anders als Schweden. Wie dicht hier die Orte aufeinander folgen! Es scheint viel mehr Menschen zu geben als in Schweden. Ich habe so viele Bilder in meinem Kopf, so unendlich viel habe ich gestern und heute entdeckt. In Braunschweig haben wir übernachtet, unter den dicksten Federbetten, die ich je gesehen habe. Ich bin fast erstickt. Braunschweig ist recht hübsch und sauber, und wir sahen von der Droschke aus beeindruckende gotische Gebäude. Es ist schade, ich würde hier gerne noch einige Tage bleiben, denn ich bemerke, wie sehr mich das Reisen freut.
Auch hier gibt es Pracht und Armut nebeneinander, doch mir will scheinen, dass es in Schweden, zumindest auf dem Land, weitaus größere Armut gibt. Jasper bestritt dies aber.
Ich redete während der Fahrt mit einem sehr gebildeten deutschen Herrn in unserem Compartiment, er sprach etwas Französisch. Jasper war geschmeichelt, denn dieser Herr hatte bereits in Paris auf einer Akademieausstellung einige Bilder von Jasper gesehen und fand begeisterte Worte dafür. Jaspers Laune stieg beträchtlich, denn das Frühstück im Hotel hatte ihn in eine schlechte Stimmung versetzt, der Tee war nicht gut.

Der fremde Herr zeigte uns eine deutsche Zeitung mit einer Notiz über die Auswanderung der Schweden nach Amerika. Es sollen allein in diesem Monat schon mehrere tausend Schweden von Göteborg aus in die neue Welt gefahren sein.
Ich dachte an Greta, ihr ältester Bruder ist in Amerika, sie hat schon seit einem Jahr nichts mehr von ihm gehört. Immer, wenn sie von ihm spricht, hat sie traurige Augen.
Ich bin sehr müde, Jasper ist noch heute Abend zu einem Antrittsbesuch zu Herrn August Gayette, der uns seinen Wagen schickte, aber ich bleibe lieber im Hotel. Wir nahmen kurz nach unserer Ankunft einen kleinen Imbiss. Das Essen ist merkwürdig, recht gesalzen, das Brot ist dunkel. Sehr starkes Bier gibt es, ich merkte, dass ich davon nicht viel vertragen konnte, und ließ es lieber stehen. Die heiße Schokolade hier im Restaurant war aber in der Tat bemerkenswert.
Als ich versuchte, dies dem freundlichen Wirt zu sagen, mit Händen und Füßen, merkte ich, dass es Jasper peinlich war, er unterbrach mich und sagte etwas auf Deutsch zum Wirt, was den armen Mann aber noch ratloser aussehen ließ.
Ich wünschte, ich könnte Jaspers Ansprüchen mehr genügen. Ich will mich nicht beklagen. Aber es gibt Stunden, in denen mein Herz schwer ist und dunkel. Greta vermisse ich sehr, ich will ihr etwas recht Hübsches mitbringen.

»Ach.« Carlotta Stimme war leise. »Es springt einem aus jedem dritten Satz entgegen, wie sehr sie Anerkennung sucht und geliebt werden will.«

1. Oktober 1895, Fichtelbach, Deutschland,
Hotel zum Goldenen Schwanen

Es ist sehr vornehm bei Herrn Gayette, und es treibt mir die Schamesröte ins Gesicht, wenn ich daran denke, wie einfach er auf Björkholm bei uns logierte. Ich sagte es ihm heute Morgen beim zweiten

Frühstück, als Jasper für einen Moment nicht mit am Tisch saß. August Gayette legte mir die Hand auf den Arm und verbat sich solche Sottisen, wie er lächelnd sagte. Björkholm hätte ihn entzückt, genauso wie meine Anwesenheit jetzt. Er bedauere nur, dass wir nicht bei ihm wohnen könnten im Moment, aber wenn ich nächstes Jahr hoffentlich wiederkäme, sei alles fertig und aufs Beste bestellt. Er lässt gerade einiges umbauen in seiner Villa, der rechte Teil des Hauses ist in der Tat eine Baustelle.

Wir fuhren in seinem Landauer zu einer Steingrube, und, man denke nur, in diesem wüsten Steinbruch nahe Fichtelbach finden gelehrte Professoren allerlei Tiere und Pflanzen, die vor so langer Zeit gelebt haben, dass mich die Zahlen schwindeln machen. Ich sah einen Frosch, der Millionen Jahre alt ist! Durch die braune Farbe von eisenhaltigem Wasser wurde er wohl in den Stein gebannt, halb Zeichnung, halb Versteinerung. Ich weiß nicht, wie solch ein Abdruck entstehen kann. Man hat es uns erklärt, aber Jasper hat es zu kurz übersetzt, so dass ich nicht weiß, was da geschehen ist.

2. Oktober

Noch nie sah ich ein solches Museum! August Gayette hat es seiner Stadt geschenkt! Ein einziger Mann schenkt seiner Stadt ein ganzes Museum, das auch noch so schön ist wie ein Palast! Allein das bunte Glas der Kuppel! Ich muss wohl mit offenem Mund in der Halle gestanden haben, Jasper ermahnte mich mit einem Stoß in die Seite. Ich erschrak nicht schlecht, als in einem Raum plötzlich ein junger Mann in der Kleidung des Rokoko an einem Chlavicord saß und uns mit einer kleinen Melodie begrüßte.

August Gayette besitzt doch tatsächlich ein Bild von Frans Calvers, den ich so sehr liebe, einen Nautiluspokal, den Calvers im Jahre 1658 gemalt hat, man stelle sich nur vor! Ich habe den Calvers sehr bewundert. Diese Wassertropfen, diese Kirschen! Ich werde nie aufhören, die Niederländer für ihre Kunst anzubeten, das sagte ich auch

Herrn Gayette, der sich sichtlich freute, dass ich mich so für seine Sammlung begeisterte.

3. Oktober

Wir hatten ein reizendes Abendessen mit August Gayette. Wir sprachen französisch, ich machte viele Fehler, und Jasper korrigierte mich, forderte auch August auf, mich zu verbessern. So lernst du dazu, sagt er. August Gayette lacht und findet meine Fehler »charmant«. Jasper hat mir eindringlich aufgetragen, die Köchin zu fragen, wie sie diese Sauce à la Saint Marsan zubereitet hat, sie war, das stimmt, köstlich. So gut wolle er auch einmal zu Hause essen, sagt Jasper. Viele Kräuter verwenden sie hier, die ich teilweise nicht kenne. Das Haus ist so vornehm eingerichtet. August Gayette ist von großer Güte und Freundlichkeit. Oft bemerke ich den Schalk in seinen Augenwinkeln. Im Park seiner Villa befindet sich ein Brunnen, der allerlei seltsam groteske Figuren tanzen lässt, nicht sehr sittlich anzusehen. Jasper missfielen diese nackten Trollweiblein und Männlein, die sich unter den Fontänen jagen und wohl auch einmal den Zuschauer nass spritzen. Oh, die Gegenwart Augusts und seiner Trolle atmet etwas von einer Lebensfreude, wie ich sie nur als Kind empfunden habe.

»Jasper verbessert Lovisas Fehler, und August findet ihre Fehler charmant. Ein kürzeres Psychogramm dieser Ehe kann es kaum geben!« Carlotta lehnte sich an Göstas Schulter. »Ich sehe es direkt vor mir, wie er Lovisa beauftragt, sich Rezepte zu notieren, wie er August erzählt, dass sie immer noch nicht kochen kann, und wie er sie verbessert: Das heißt *le chocolat* und nicht *la chocolade,* Lovisa! Hoffentlich hat August dafür gesorgt, dass Jasper am Brunnen von einem Keramikfaun von oben bis unten vollgepisst wurde. Oh, Gösta, ich kann Jasper nicht mehr ausstehen.«

»Ach ja«, entgegnete Gösta. »Du stammst ja von Augusts Sippe ab! Diesen libertinösen Blödsinn hast du vielleicht auch geerbt!«

»Ganz bestimmt! Es wird Susan freuen, dass Lovisa hier von dem Faun-Brunnen spricht, den Brief müssen wir ihr unbedingt zeigen! Sie hat den Brunnen so mühevoll rekonstruiert.«

Gösta überflog die folgenden Einträge, in denen Lovisa die letzten beiden Tage ihres Besuchs festhielt, so ausführlich, als wollte sie kein einziges Detail vergessen. August hatte seinen schwedischen Gästen zu Ehren ein großes Fest in seinem Park gegeben, das …

… dem schwedischen Landmädchen aus Dalarna wohl erschien wie ein Hoffest der Katharina von Medici, so prachtvoll war alles. Und, man denke, als das Serviermädchen mit der Desserttorte erschien, öffnete sich die Flügeltür zum kleinen Rauchersalon, und dort stand sein gesamtes Personal mit weißen Schürzen und Mützen und sang ein schwedisches Volkslied. »Vem kan segla förutan vind!« Mir zu Ehren. Auf Schwedisch! Und August dirigierte! Ich denke, ich habe ihm gezeigt, wie sehr es mich rührte.

»Kennst du das Lied, Gösta?«

»Natürlich! *Vem kan segla förutan vind, vem kan ro utan åror …*«

Carlotta schüttelte den Kopf. »Frage einen Schweden, ob er ein Volkslied kennt, und er fragt dich: Zu welchem Thema? Frage einen Deutschen, und er kratzt sich am Hinterkopf, und wenn du Glück hast, summt er *Yesterday* von Paul McCartney …«

Gösta lachte. »Stelle drei Schweden zusammen auf einen Bürgersteig, und sie gründen einen Chor! Wir lieben unsere Musik einfach.«

»Ich kenne aber auch kaum etwas Lyrischeres als schwedische Volkslieder, Gösta. Worum geht es in diesem Lied, das Augusts Leute für Lovisa gesungen haben?«

Gösta überlegte kurz. »Also … wer kann ohne Wind segeln, wer kann ohne Ruder rudern, wer kann ohne Tränen von seinem lieben Freund scheiden … Ich kann ohne Wind segeln, ich kann ohne Ruder rudern, aber ich kann nicht ohne Tränen von dir gehen …«
»Oha.« Und Carlotta las:

Ich sah wohl den Argwohn in Jaspers Augen, als August beim Abschied meine Hand zu seinem Mund hob und mich dabei anblickte. Das Schicksal möge mir ein Wiedersehen mit diesem Freunde bescheren!

»Diesen Mann hat sie leider zu spät kennengelernt.« Carlotta seufzte.
Gösta blickte auf. »Du bist dir im Klaren darüber, Carlotta, dass ich möglicherweise einige Ekel-Gene von Jasper in mir trage?«
»Aber doch auch ein paar liebe, nette von Lovisa, oder?«
»Nein, Frau Goldkorn. Ich stamme auf Umwegen von Jaspers zweiter Gattin ab.«
»Stimmt ja! Ich vergesse das immer. Wie war eigentlich die Zweite? Hieß sie nicht …«
»Eva Matilda.«
Gösta wies auf einen gerahmten Kunstdruck, der neben dem Küchenschrank hing. »Das Original ist nach ihrem Tod in ihrer Familie gelandet und hängt heute in Los Angeles.«
Carlotta blickte auf ein jaspertypisches Porträt einer blonden Frau. Eva Matilda hatte ein herbes Gesicht, durchaus attraktiv, trug die Haare zu einem kunstvollen Turm aufgesteckt und posierte selbstbewusst in ihrem dunklen Pelzumhang.
»Sie war ziemlich mondän. Es gibt vier oder fünf Porträts, die Jasper von ihr gemalt hat. Ich glaube, sie hat ihn geschickt vermarktet.«

»Ach, vermutlich hat Jasper deshalb für die späteren Expeditionsbilder erheblich mehr Geld verlangt! Das geht nämlich aus unseren Archivunterlagen hervor. Tsss, sieh an.«
Gösta nickte. »Gut möglich. Sie war eine clevere Geschäftsfrau, und sie war ihm in jeder Hinsicht überlegen. Jedenfalls war sie ganz, ganz anders als Lovisa.«

15. Oktober 1895, Baldersgatan, Stockholm

Jasper ist noch in Berlin, die letzten Vorbereitungen für Südamerika sind in vollem Gange. Heute kam ein kurzer Brief von ihm. Bald werden sie aufbrechen.
Oh, wie ich atme! Und arbeite! Gestern war es Mitternacht. Greta schilt mich und bringt mir Kaffee und Zimtwecken und die scheußliche Tinktur von Professor Nystet.
Bis Jasper zurückkommt, habe ich noch lange Zeit, und auch, wenn ich die Kosten für das Lampenpetroleum im Gärtnerhaus jetzt schon unverantwortlich nach oben getrieben habe, ich werde arbeiten, bis ich umfalle. Ich versuche, mein eigener Lehrer zu sein. Ich gehe einfach in die Schule meiner wachen Augen.

Gösta unterbrach die Lektüre und legte seine Hand auf die Tagebuchseite. Er blickte ein paar Sekunden lang geradeaus, in die blaue Sommernachtsdämmerung, dann wandte er Carlotta sein Gesicht zu. »Das ist ein sehr schöner Titel für einen Roman«, sagte er plötzlich. *»Die Schule meiner wachen Augen«.*
Carlotta lächelte, schob seine Hand von der Tagebuchseite und las weiter.

Ich kann so gut atmen auf einmal! Ich habe die Gärtnersfrau auf dem zerschlissenen Sessel Platz nehmen lassen, und sie hat etwas Königliches, trotz ihres Alters und des abgearbeiteten Gesichts. Nein, nicht trotz. Wegen.

Ich lege das Licht so an, dass eine flirrende Aureole hinter ihrem Kopf erscheint, sie leuchtet um ihr hellbraunes Haar, das an vielen Stellen von Weiß durchzogen ist. Meine hellblaue Schürze, die sie beim Sitzen immer trägt, weil sie sich so glücklich ergänzt mit dem Weinrot ihres alten Kleides, werde ich ihr schenken. Greta stellt uns immer die große Lampe auf den Tisch unter dem Fenster. Es ist so kalt im Gartenhaus, dass wir unsere dicksten Jacken tragen und heißen Punsch trinken.

»Ach, sieh an!«, sagte Gösta. »Sie hat also im kleinen, kalten Gartenhaus gearbeitet. Du wirst es kennenlernen, Carlotta, es steht immer noch. Sie hat tatsächlich nicht gewagt, in Jaspers Atelier zu malen.«
»Nicht gewagt oder nicht gewollt, ich glaube eher Letzteres, Gösta. Im Atelier war für sie wahrscheinlich zu viel von Jaspers Genius in den Wänden. Wo hatte er überhaupt sein Atelier?«
»Das gibt es nicht mehr. Mein Großvater hat es abreißen lassen. Eine Papa-Gedenkstätte, ich glaube, die wollte er nicht. Mein Großvater hat nie über seinen Vater Jasper gesprochen.«
»Was wiederum für sich spricht …«
Gösta nickte, strich das Tagebuch glatt und las weiter:

Wir sind oft zu dritt, wenn Greta kommt und ihre Hausarbeit unterbricht, oder wenn sie uns einen Imbiss bringt. Die Gärtnersfrau Sofie arbeitet auch noch für zwei andere Familien hier im Viertel. Wenn sie und Greta so dasitzen und erzählen, ist es ganz so, als wäre ich wieder zu Hause in Tällberg am Siljansee und hätte vertraute Freundinnen um mich herum.
Sofie erzählt von ihren Pflanzen, ihrem Mann und ihrem arbeitsreichen Leben. Sie ist so einfach und so klar. Wir reden die ganze Zeit, ich male dabei, ich bin glücklich.

»Diesen Satz wird sie nicht so oft in ihrem Leben gesagt haben, die arme Seele.« Gösta wollte weiterlesen, als sie ein Geräusch hörten, das aus dem Schuppen hinter dem Haus zu kommen schien. Ein dumpfes Geräusch, wie eine zuschlagende Tür oder eine zu Boden fallende Kiste. Gösta sprang auf, eilte zur Hintertür, drehte den Schlüssel herum, um sie zu öffnen, stellte fest, dass sie offen gewesen war, stürzte hinaus und war verschwunden.

Carlotta folgte ihm.

Der Himmel war bewölkt, der Wind hatte kräftig aufgefrischt, und die Birken rauschten, ein alter Plastikeimer rollte vor die Schuppentür. Gösta hob ihn auf und stellte ihn an die andere Schuppenseite, in den Windschatten.

»Das wird's gewesen sein«, meinte Carlotta. Sie hob den Kopf. Die Sterne waren blass, denn die Sommernacht war nicht wirklich dunkel. Kleinere Wolken zogen von Osten heran. Carlotta fröstelte, die frische Luft roch nach Blättern und Meer, nach Leben und Sommer.

Sie standen eine Weile stumm, wärmten sich aneinander und beobachteten, wie die Wolken unaufhörlich die Sterne verdeckten und wieder freigaben. »Kann sein, dass das Wetter umschlägt. Sag mal, sollten wir nicht schlafen gehen?« Gösta schaute auf seine Armbanduhr, ohne den Arm von Carlotta zu lösen.

»Nein, Gösta. Ich kann mich noch nicht von Lovisa verabschieden. Ich will wissen, wie es weitergeht.«

Er nickte. »Geht mir auch so. Seltsam, nicht? Wie ein Mensch, von dem man nur liest, auf einmal anwesend sein kann. Komm, die letzten Tagebuchseiten warten. Und dann muss ich ins Bett.«

Gösta zog sie in den warmen Raum, setzte sich wieder an den Tisch und rückte die Lampe in die Mitte. Sie beugten sich gleichzeitig über das letzte Tagebuch, von dem sie sich noch einige Antworten auf die vielen Fragen erhofften.

20. Oktober, Baldersgatan, Stockholm

Die Gärtnersfrau ist fertig. Oh, ist das eine Freude! Ich bin nachts um drei aufgestanden, ging ins Gartenhaus und blieb wohl fast eine Stunde in der Kälte vor ihr stehen, ich habe mein Bild bewundert und freue mich an ihm. Ich bin ein wenig stolz auf mich.

24. Oktober

Greta in meinem rotseidenen Morgenrock. Ich habe den Ton nun gefunden, es war noch ein Hauch Krapplack, der fehlte. Drei Tage lang habe ich nach dem Ton gesucht. Nun ist er da. Mein Auge wird sicherer. Das Glück kann ich nicht beschreiben, als ich merkte, dass es das ist. Es ist wie die Hand eines Engels, die sich auf meine Schulter legt, wenn ich merke, das ist es. Das ist es! Der feine Glanz des Mittagslichts, das im Moment so müde ist, weil der Himmel seit Tagen dieses leichte Grau zeigt, diesen feinen Glanz trägt Gretas Haar nun für alle Ewigkeit. Sie steht auf, wenn sie mir Modell gesessen hat, die gute Seele, so geduldig gesessen, dann betrachtet sie ihr Bild mit Andacht. Ich merke wohl, seit einiger Zeit ist ein neuer Ausdruck in ihrem Gesicht, wenn sie mit mir spricht. Ich denke, sie allein begreift, was es für mich ist, das mit den Farben. Oh, und von Frau Igmarsson kam ein Schal zu meinem Geburtstag, die beste Frau, ich werde zu ihr gehen müssen, ihr zu danken. Der Schal ist in einem Safrangelb, das einen göttlichen Kontrast zu dem Rotseidenen bildet, ich könnte auf die Knie fallen und die Farben anbeten. Greta behauptet, meine Augen seien ständig gerötet vor Anstrengung, und sie schimpft mit mir.

Warum muss der Mensch schlafen? Greta schläft bei den Sitzungen regelmäßig ein, die Arme, ich sagte ihr aber schon vorgestern, dass sie nicht auch noch nachts vorkochen muss. Ich esse Brot und Zimtwecken, das reicht vollauf. Keine Zeit, warme Mahlzeiten einzunehmen. Ich muss malen.

30. Oktober, Baldersgatan, Stockholm

Man denke nur, Frau Igmarsson war hier, mit Selma. Ach, als ich beide sah, brach ich beinahe in Tränen aus. Ich glaube, ich war damals sehr glücklich bei ihr. Beim Tee zwei Skizzen von Selma angefertigt, eine grobe, die ich behalte, eine etwas ausführlichere, die ich ihnen schenkte, was sichtlich Freude und auch Bewunderung auslöste. Die grobe Skizze von Selma werde ich noch heute Nacht beginnen umzusetzen, ich hoffe, ich werde mich richtig an das Licht erinnern, das durch das große Fenster auf ihr Gesicht fiel. Es waren solch schöne Übergänge vom hellblauen Kleid zum dunkelblauen Samt der Stühle.

10. Dezember 1895, Baldersgatan

Ein Brief von Jasper.

Drei Seiten über Fossilienfunde. Sie scheinen eine Menge Dinge zu sehen, die noch nie ein Europäer gesehen hat, er beschreibt es zumindest so. Ich muss einmal nachlesen, was dieser Alexander von Humboldt dort alles entdeckt hat, Jasper erwähnte ihn in seinem Brief. Er fragt, ob ich mir die Zeit sinnvoll vertreibe. Ich werde ihm antworten müssen. Wieder Zeitverlust durch Briefeschreiben. Ob er überhaupt meinen Brief erhält, dort, in diesem wilden Land?

Was ich mit meinen anderen Arbeiten machen werde, wenn er zurück ist, das weiß ich noch nicht. Die Zeichnungen, die lassen sich gut in meinem Zimmer unterbringen. Aber der Rest? Ich spare, wo ich kann, damit ich all das Material bezahlen kann. Aus Jaspers Atelier will ich nichts nehmen, das wäre nicht recht, und er könnte es merken.

»Was meint sie wohl mit ›die anderen Arbeiten‹?«, fragte Gösta.

»Na, ihre Gemälde.« Carlotta lächelte. »Sie hatte lange Monate Zeit, daran zu arbeiten. Es müssen also irgendwo Bilder von ihr sein, Gretas Porträt, die Gärtnerin, das Spülmädchen Annastina und wer weiß, was noch alles. Wenn man im Schaffensrausch ist, dann können in ein paar Monaten schon reichlich viele Bilder zusammenkommen. Und es gab bei euch wirklich kein einziges Ölbild im Nachlass?«

»Nein«, entgegnete Gösta. »Es gibt kaum eine Spur von Lovisa.«

»Das sieht nach absichtsvoller Beseitigung aus, findest du nicht?«

»Gut möglich.« Gösta überflog die nächsten Zeilen, setzte sich plötzlich gerade. »Nein! Das ist ja ein Ding!« Und er las laut:

Weihnachten 1895, Baldersgatan, Stockholm

Es ist ganz und gar unfassbar! Dieser liebenswürdige August Gayette schickte mir doch wirklich und wahrhaftig eine unglaublich originalgetreue Kopie des Nautiluspokals von Calvers, den ich so bewundert habe. Dazu den reizendsten Brief, den ich je in meinem Leben erhalten habe. Oh, ich kann mich nicht sattsehen an diesem Bild. Ich bin außer mir vor Freude.

Greta hat mir Socken gestrickt, damit mir im Gartenhaus vor der Staffelei nicht so kalt wird, die gute Seele! Von mir bekam sie eine goldene Kette mit blauem Emaillemedaillon, diejenige, die mir Tante Märta zum zehnten Geburtstag geschenkt hatte. Ich trenne mich schwer davon, aber ich wollte Greta durchaus etwas Schönes schenken. Das Taschengeld, das mir zubemessen ist, reicht für so etwas nicht aus, weil ich es in die Malerei stecke. Greta murrt nicht, dass unser Speiseplan den Farben zuliebe immer schlichter wird.

Unser Weihnachtsessen bestand aus Kartoffelbrei und gebratenen Zwiebeln darüber, danach gab es Pfefferkuchen von Mutter und guten Kaffee, oh, und Pralinen von Frau Igmarsson. Es ist das schönste Weihnachten, das ich je gefeiert habe, mit Greta und mit diesem Bild, das ich nicht aufhören kann zu bewundern. Ach, man denke nur: Lovisa Johansson wird täglich auf den Nautilus von Frans Calvers schauen! Wie kann ich August nur danken? Ach, ich weiß es, ich weiß es! Aber – ist etwas von meiner Hand nicht ein zu armseliges

Dankeschön für ein solches Wunder der Malkunst wie mein Nautilus?
August – oh, wie schön, diesen Namen zu schreiben – August, August, August bekommt von mir eine Überraschung!

»Oh, là là, der Unterton wird lauter.« Carlotta blätterte die Seite wie gebannt um und entdeckte einen gefalteten, kleinen Brief. Er war von August Gayette, lag zwischen den Seiten des Tagebuches, wirkte abgegriffen, vermutlich hundertfach gelesen.

Fichtelbach, den 15. Dezember 1895

Verehrte, liebe Lovisa Johansson,
diese Kopie des Nautilus, den ich auch sehr liebe, ließ ich vor einigen Jahren vom Münchner Maler Franz Hofstetter anfertigen, sie schmückte mein Bureau in der Fabrik. Da ich Ihre und Ihres Gatten Freude an diesem Bilde noch gut in Erinnerung habe, erlaube ich mir, Ihnen dieses kleine Geschenk zukommen zu lassen. Es möge Sie auch ein wenig über die Abwesenheit Ihres verehrten Herrn Gatten hinwegtrösten, eine Abwesenheit, für die ich mich in nicht geringem Umfang verantwortlich zeichne. Ich hoffe, nach der glücklichen Heimkehr Ihres Gatten Ihren baldigen Besuch in Fichtelbach avisieren zu können.
Es grüßt Sie mit vorzüglicher Hochachtung
Ihr ergebener August Gayette

»Immerhin weiß ich jetzt genau, was es mit meinem Nautilusgemälde auf sich hat. Sieh an.«
»Oh, Gösta, diesen Brief bekomme ich aber für die Ausstellung?«
»Natürlich. Aber er muss neben dem Original von Calvers hängen!«
»Wo sonst?«, fragte Carlotta.

Stockholm, Baldersgatan, 27. Februar 1896
Nun befindet sich etwas von meiner Hand in Fichtelbach. Es ist mir gelungen, das weiß ich. Und er hat sich gefreut, der liebe Mensch, das las ich aus seinem Brief.

»Was sie ihm wohl geschickt hat? Wahrscheinlich ein Bild. Wir haben keinen Dankesbrief von August übersehen, Gösta?«
»Nein, ich denke nicht. Er ist wahrscheinlich verlorengegangen. Dass sein Nautilus-Brief erhalten ist, ist ja schon ein unglaublicher Glücksfall.«

15. April 1896, Stockholm, Baldersgatan
Ich hoffe sehr, Greta wird nicht revoltieren. Ich bin wie im Rausch. Ich muss wieder nach Björkholm, ich merke es. Ich muss den Himmel malen, die Wolken riechen und das Wasser. Es ist wie ein Ruf. Professor Nystet hat mir Björkholm verboten, es sei jetzt zu früh, um auf einer Schäre mit kalten Füßen herumzulaufen, und er meinte, ich solle nach Nizza. Doch das ist ganz und gar unmöglich, ich habe die Mittel nicht. Selbst wenn ich sie hätte: Wie soll ich in Nizza malen?

»Nystet, schon wieder«, sagte Gösta, tippte den Namen in seinen Laptop ein und las einige Sekunden später: »Carl Nystet, 1845–1937, Mediziner, forschte auf dem Gebiet der Lungenheilkunde, bekannt auch durch sein Sanatorium, das bis 1925 bestand.«

25. April 1896, Björkholm
Greta schimpft, sie wäre viel lieber in der Stadt. Es ist kalt hier, und wir heizen nur die Küche. Aber ich nutze jede Minute Licht, jede Sekunde! Und wir haben natürlich niemals Besuch. Mats Engström fährt manchmal nach Norrtälje, und immer bekommt er den Auftrag,

Farben mitzubringen. Er ist misstrauisch, das merke ich, und er hat schon des Öfteren gefragt, ob Jasper mit all diesen großen Veränderungen einverstanden sei. Es ist viel Arbeit für Mats. Bis er fertig ist mit seiner Arbeit und ich beginnen kann, skizziere ich alles im Detail. Greta macht sich Sorgen um mich, weil ich ab und zu dieses dumme Fieber habe, aber meine Kraft reicht für das, was ich mache. Das Fieber soll mich nicht davon abhalten, zu tun, was meine Seele mir befiehlt!
Ich will, will weiterarbeiten. Mir ist, als würde ich wieder beginnen zu leben, so wie ich in Dalarna gelebt habe, damals, mit diesem Glück, am Siljansee wohnen zu dürfen, als ich noch Lovisa Anna Frederiksen war.

»All diese großen Veränderungen … und Mats Engström hat viel Arbeit. Ich ahne etwas, Gösta.« Carlotta las weiter.

1. Mai 1896, Björkholm
Er wird gegen Ende des Sommers zurück sein. So ist es eben. Mit den Wildgänsen werde ich nicht wegfliegen können. Ich bin immer, bis zum letzten Lichtschein, in unserem Zauberwald. Wie prächtig dort alles blüht! Ach, wie gerne hätte ich Greta mit in den verwunschenen Paradiesgarten mitgenommen, aber da sollten wir doch besser allein sein, Du und ich.

»Ich ahne auch etwas«, sagte Gösta. »Und sie nähert sich einer Art Delirium.«
»Delirium ist vielleicht ein zu starkes Wort.« Carlotta stand auf, ging hin und her, um die Müdigkeit zu bekämpfen. »Überleg mal, was hier auf Björkholm alles für sie zusammenkommt! Lovisa ist einsam, extrem sensibel, gleichzeitig im Schaffensrausch. Die Kunst bringt sie auf ihren Höhenflügen ganz nach oben, der Gedanke an Jasper lässt sie zuverlässig abstürzen. Sehr an-

strengend auf Dauer. Und vielleicht hat sie eine ernstzunehmende Lungenkrankheit. Sie steigert sich in die Sache mit August hinein. Hat außer Greta niemanden, mit dem sie reden, sich erden, sich austauschen kann. Und mit einer exaltierten jungen Künstlerin ist ein liebes, aber einfaches Dienstmädchen bestimmt überfordert.«

Björkholm, 1. Juni

Die Schlange zu unseren Füßen ist die Hüterin der Weisheit, die Göttin der ständigen Selbsterneuerung des Lebens. Sie wird wachen, die weise Schlange. Ach, und all das Efeu, das ich Dir pflanze! Das immergrüne Blattwerk ist unsterblich. Unsterblich wie meine Liebe.

»Gösta, jetzt wird sie deutlich …«
»Warte noch einen Moment, Jasper muss jeden Moment auftauchen, dann haben wir endgültig Klarheit.«

20. August, Björkholm

Sofie schickt immer Jaspers Briefe nach. Er wird am 30. oder 31. August wieder in Stockholm sein. Ich kann hier nicht weg, es fehlt noch ein Teil vom Himmel. Ich muss, ich muss malen. Greta sieht besorgt aus, ich sehe es wohl, ich kann es nicht ändern. Ich habe Angst, aber das Malen ist stärker.

»Oje. Vermutlich hatte er erwartet, seine Frau würde ihn im Stockholmer Haus erwarten, mit Fahnen, Trompeten, Wein und Buffet.« Carlotta seufzte. »Stattdessen fand er ein verstaubtes Stadthaus vor, einen Haufen unerledigter Post und musste sich trotz dreckiger Reisewäsche nach Björkholm aufmachen. Schlechte Karten für Lovisa.«
Carlotta überflog noch einmal den vorletzten Tagebucheintrag. Er war datiert auf den ersten September 1896, Björkholm.

»Schau dir an, Gösta, was hier mit ihrer Schrift passiert ist!« Lovisas zuvor so ordentliche, gleichmäßige Handschrift war aus den Fugen geraten. Die sonst so ordentlichen Buchstaben waren mal langgezogen, mal krakelig, setzten ab und fanden nicht den richtigen Anschluss an die vorangehenden Lettern. Die Schrift hatte ihren ruhigen Rhythmus verloren, vermutlich wie die Schreiberin selbst. Sie musste hastig geschrieben haben, überstürzt, um ihre Aufregung, ihre Angst mitzuteilen, sie irgendwie zu bewältigen.

Er ist so wütend. Er hat geschrien. Wie ein Rasender hat er mit dem Messingkandelaber auf die Stelle mit der Signatur eingeschlagen. Er hätte am liebsten selbst alles sofort übermalt.

Carlotta ließ das Tagebuch sinken. »Da haben wir es schriftlich. Es ist nicht Jaspers Wandbild. Und Jasper … du meine Güte.«

Er hat Mats Engström beauftragt, diesen geschmacklosen Blödsinn, wie er das Bild bezeichnete, sofort zu überstreichen. Mats soll den unteren Teil neu vertäfeln. Es ist so, als würde ihm die weiße Farbe nicht genügen, um das Bild zum Verschwinden zu bringen. Vor einer Stunde ist er wieder nach Stockholm aufgebrochen, ich bleibe noch hier, ich bin zu schwach. Greta ist bei mir geblieben, weil ich nicht aufstehen kann.
Er hat mich keines Blickes mehr gewürdigt. Mats kommt also morgen und überpinselt und vertäfelt das Bild, auf J.s Befehl. Ich werde Mats überreden, den unteren Teil nicht auch noch zusätzlich zu überstreichen, damit wir unter der Verkleidung weiteratmen können. Ja, ich werde Mats dazu überreden, uns nicht zu ersticken. Ich möchte sterben. Wenn ich die Malerei nicht mehr habe, habe ich nichts mehr.

»Sie ist drei Jahre später gestorben, Gösta. Weiß man, woran?«
Gösta schüttelte den Kopf. »Wir wissen nur, dass Jasper zum Zeitpunkt ihres Todes nicht in Stockholm war, sondern in Paris.«
Er schaltete die große Stehlampe vor dem Wandgemälde an. Die beiden Gestalten, Lovisa und der Mann an ihrer rechten Seite, standen vor ihnen wie auf einer bunten Bühne. Es war eine andere Lovisa als die, die Susan in Fichtelbach gerade auf Göstas Leihgemälde mit einem Vergrößerungsglas untersuchte, nicht blass, sondern von gesunder Farbe. Hier war Lovisas Gesicht glücklich. Sie lächelte wie eine junge Braut.
Da standen sie sich gegenüber, Gösta, der seinen Arm um Carlottas Taille gelegt hatte, und Lovisa, deren rechte Hand die linke des Mannes hielt, den man nicht erkennen konnte, weil er sein Gesicht in einen Strauß weißer Lilien gesenkt hielt.
Nun aber, nach stundenlanger Lektüre der Tagebücher, wussten Gösta und Carlotta, warum man ihn nicht erkennen sollte. Es war nicht Jasper Johansson.
Dargestellt war der einzige Mann, den Lovisa jemals geliebt hatte, August Gayette. Und sie war es, die dieses große Bild gemalt hatte.
Carlotta betrachtete aufmerksam die angegriffene Stelle mit fragmentarischen Buchstaben, die ihnen schon gestern Abend aufgefallen war.
Vor einem blühenden Rosenstock hatte sich eine Schlange zusammengeringelt und züngelte den Betrachter an, rechts davon war das Wandbild wie mit Hammerschlägen eingedellt, zersplittert. Zu erkennen war noch ein kleines »…a«, dem einige andere, bis zur Unkenntlichkeit zerkratzte Buchstaben vorangegangen waren. Darunter, nahe am Schlangenkopf, dasselbe Bild: die Buchstaben »…cit«, davor ein ebenfalls fast ausgelöschter Wortteil.

»Das kleine a wie der letzte Buchstabe von Lovisa, klar. Aber was bedeutet wohl …cit?«, fragte Gösta.
»Sicherlich der Rest von *›fecit‹*. Die Maler setzten das früher oft unter ihre Bilder. *Pinxit* oder *fecit,* also Lovisa malte oder machte dies. Im neunzehnten Jahrhundert war das allerdings an und für sich nicht mehr üblich. Möglicherweise hat sie mal in einem Buch bei den Igmarssons ein Gemälde mit dieser Signatur gesehen, vielleicht auf einem Bild aus dem sechzehnten Jahrhundert, und es hat sie beeindruckt. Vielleicht wollte sie ihre Arbeit damit aufwerten, indem sie wie ein alter Meister signierte.«
»Ob Jasper deshalb auf ihren Namen eingedroschen hat?«
Carlotta zögerte mit der Antwort. »Ich denke, es gibt zwei Gründe. Der eine war: Jasper wusste, dass da eine ernstzunehmende Künstlerin heranwuchs. Lovisa hat in kurzer Zeit unglaubliche Fortschritte gemacht. Sie war keine Hobbymalerin. Er wollte in dieser Ehe seinen Status als alleiniges Genie nicht verlieren. Der andere Grund war möglicherweise, dass er spürte, dass er nicht gemeint war auf dem Bild.«
Carlotta beugte sich vor und versuchte, das Gesicht des Mannes zu identifizieren, dann schüttelte sie den Kopf. »Man kann absolut nicht erkennen, welches Gesicht der Mann auf dem Wandbild hat, aber so dumm kann Jasper nicht gewesen sein. Also wurde er sozusagen zweimal vom Thron geschubst, als Starkünstler und als Ehemann. Vergiss nicht, dass er sie für ›sein Geschöpf‹ hielt. Zum Schluss schreibt Lovisa noch nicht einmal seinen Namen aus, so als würde sie sich vor ihm ekeln.«
»Ob er ahnte, dass seine Konkurrenz August hieß? Ob August sich vielleicht doch in Lovisa verliebt hatte?«
»Ich weiß es nicht, Gösta.«
»Und der Nautilus?«
»Das war ein Geschenk an beide. Augusts Brief an sie war freundlich, aber distanziert.«

Gösta nahm Lovisas Tagebuch zur Hand und las den letzten Eintrag laut vor.

3. September 1896, Björkholm

Es hat wohl seine Symbolik, dass Du, liebes Tagebuch, einziger Freund in diesen Tagen, nun vollgeschrieben bist. Du wirst mein letztes Tagebuch sein, denn mein Leben ist so geraten, dass ich es nicht mehr aufschreiben will. Vielleicht werde ich eines Tages doch noch einmal eines beginnen, aber das weiß ich nicht. Nichts wissen wir, wir Menschen.

J. hat mir verboten, noch jemals etwas zu malen. Er hat es mir verboten. Darf er das? Was soll ich machen? Wie kann ich leben, ohne zu malen? Ich will sterben.

Leb wohl, liebes Tagebuch, Du wirst an Deinem dunklen Platz ruhen, bis Dich vielleicht eines Tages jemand entdecken wird. Jemand, der, wie ich inständig hoffe, mich nicht nach dem Augenschein verurteilen wird, sondern der mit dem Herzen sieht. Ich will dieses Zeugnis hier verstecken, mag die Zeit damit machen, was sie will, so wie sie es mit uns Menschen macht.

»Wie verloren sie gewesen sein muss.« Carlotta starrte in das Licht der Tischlampe, dann stand sie auf, öffnete die Tür, die vom Wintergarten nach draußen führte, und setzte sich auf die Schwelle.

Der Himmel war von einer seltsamen, unwirklichen Dämmerung, keine Nacht, kein Tag. Es roch nach Frühsommer.

Gösta setzte sich neben Carlotta. Sie stützte ihr Kinn mit beiden Händen und blickte hinauf zu den Sternen, die nur schwach zu sehen waren. »Ach, wie dumm die Menschen doch sein können. Jasper war erfolgreich. Er hätte ihr die Freude an ihrer eigenen Malerei gönnen können.«

»Bei aller Antipathie, die ich teile, Carlotta: Was sich zwischen zwei Menschen abspielt, das weiß man nie, wenn man von außen zuschaut.«

»Mag sein. Gösta, wir hatten uns das ja schon einmal gefragt: Briefe findet man normalerweise beim Empfänger. Warum sind ihre Briefe an ihn hier, was glaubst du?«

»Ich denke, es sind Entwürfe«, meinte Gösta. »Es sind öfter Wörter durchgestrichen und Ergänzungen dazwischengekritzelt. In der Briefkultur des neunzehnten Jahrhunderts hätte man so etwas nicht abgeschickt. Sie hat sie mit Sicherheit sauber abgeschrieben, bevor sie nach Deutschland geschickt wurden.«

»Es ist mehr so ein Gefühl, aber …«, Carlotta kroch enger an ihn heran, denn sie fror, »… vielleicht hat Lovisa August zwar geliebt, es ihm aber nie gesagt. Vielleicht hat sie ihm oft Briefe geschrieben, sie aber nie abgeschickt. Außer natürlich diese Dankespost für den Nautiluspokal.«

»Glaubst du wirklich?«

Carlotta zuckte mit den Schultern. »Zu Lovisa als Schattenwesen passt, dass sie jemanden liebt, der von nichts weiß, dass sie ihm Briefe schreibt, die sie nie abschickt. Das wird ein Geheimnis bleiben, und das soll es auch.« Sie verstummte wieder.

Vielleicht hatte auch Lovisa abends hier gesessen, auf der Türschwelle, hatte auf das Wasser gestarrt, hatte versucht, sich mit dem Anblick der Sterne, dem Geruch der Gräser zu trösten.

Gösta ahnte, was Carlotta gerade dachte, und legte den Arm um sie.

Ein nächtliches Schiff zog weit entfernt in Richtung Norden. Die Nacht, die keine war, umgab sie nun vollkommen mit ihrem blaugrauen Licht. Horizont und Himmel bildeten keine Linie, sondern waren undefiniert, unwirklich.

»Liebe Lovisa Anna Johansson geborene Frederiksen«, sagte Carlotta leise. »Vielleicht siehst du uns ja gerade.« Sie hob ihr Gesicht. »Einen schönen Gruß jedenfalls.«

»Siehst du«, ergänzte Gösta, »und es gibt doch noch eine glückliche Liebe zwischen den Sippen Gayette und Johansson.«

* * *

»Es sind hier Ungereimtheiten aufgetaucht, Frau Gundrich, wir müssen die Presse vorläufig ganz heraushalten. Das Wandbild ist ziemlich sicher nicht von Jasper.«

Die Frequenz aus dem Telefonhörer klang unangenehm, das Gequake dauerte lange Minuten, und Carlotta verdrehte die Augen. Gösta bedachte Carlotta mit einem mitleidigen Blick.

»Ja. Nein. Das sollten Sie noch nicht tun, Frau Gundrich, dementieren müssen ist immer sehr blöd. Also dann.«

Carlotta legte den Hörer beiseite und atmete lange aus.

Sie saßen im Wohnraum am Esstisch, die Glastür zum Wintergarten war geschlossen. Es regnete, man konnte kaum bis zum Strand sehen, die dunklen Wolken ließen keinen Gedanken an einen Sommertag aufkommen. Das Wetter war umgeschlagen.

Sie hatten nur wenige Stunden geschlafen. Carlotta, ein dickes, altes Französischlexikon neben sich, saß seit dem Morgen über Lovisas Briefen und versuchte, sie zu übersetzen. Lovisa hatte zwölf Briefe an August geschrieben. Eigentlich waren sie ein einziger, langer Brief, denn die Naturbeschreibungen und zarten Anspielungen wurden wiederholt und variiert. Und in jedem Brief wurde der Besuch in Fichtelbach beschworen und immer wieder neu beschrieben und beatmet.

1. Januar 1896, Stockholm

Mon chèr Auguste,

von Herzen wünscht Ihnen Ihre Lovisa Johansson ein gutes neues Jahr. Ich habe gehört, dass es bei Ihnen im Winter nicht so lange dunkel ist wie bei uns.

Ich werde nicht müde, den Nautiluspokal zu betrachten. Kirschen können wie Äpfel verbotene Früchte bedeuten. Weshalb Sie mir wohl ausgerechnet dieses Bild schenkten? Lesen Sie bitte ein Lächeln in diesem Fragezeichen, teurer August. Unvergesslich das Fest, das Sie für mich gaben, der Gesang Ihrer Leute … Vem kan segla förutan vind … *Ach, Ihre Liebenswürdigkeit!*

3. Mai 1896, Björkholm

Mon chèr Auguste,
könnte ich Ihnen doch das Meer in diesem Brief schicken! Und das Rauschen der Blätter über der kleinen Wiese vor dem Haus! Es ist dieselbe Wiese, über die Sie gelaufen sind, und manches Mal versuche ich, die Stellen zu finden, wo Ihr Fuß vielleicht gewesen ist … In meinem Garten hier blühen dunkeläugige Rankenblumen, ich sehe sie an und schaue dabei hundertfach in Augen, die ich nicht vergessen habe.

Carlotta ging zum Fenster, blickte hinaus, auf die tropfenden Zweige der Birken, auf die nasse Wiese vor dem Haus, durch die ein Fasanenmännchen stolzierte. Die grauen Wolken hingen tief über der Ostsee, die heute ein so gänzlich anderes Gesicht zeigte als gestern Morgen. Der Morgen, an dem alles gestrahlt hatte.

Dass Lovisas Liebesbriefe Briefe ins Leere gewesen waren, dessen war sie sich auf einmal sicher. Vermutlich hatte August sie nie erhalten. Die zarte Lovisa wäre wahrscheinlich ins Wasser gesprungen, um Greta vor dem Ertrinken zu retten, aber sie hätte wohl kaum den Mut aufgebracht, August mit ihren Gefühlen zu konfrontieren.

Carlotta lehnte die Stirn an das kalte Fenster.

Was erzähle ich jetzt Donna Gundrich, kann mir das mal jemand verraten? Das Wandbild von Jasper ist gar nicht von Jasper.

Und die Sensation besteht darin, dass Lovisa sich in August Gayette verliebt hatte.
Natürlich wäre das ein schöner Farbtupfer für die Ausstellung, aber Lovisas Unglück, Lovisas schwärmerische Briefe, ihre unerfüllte Liebe den Augen der Öffentlichkeit preisgeben?
Nein.
Trotzdem – irgendetwas muss ich von ihr erzählen, nach diesem Fund, nach der Entdeckung des Wandbilds. Aber was?
Ach, wenn ich wenigstens Lovisa Johansson für die Kunstgeschichte als Neuentdeckung feiern könnte! Aber eine Handvoll Zeichnungen und ein Wandbild, das eine Mischung aus versuchtem Befreiungsschlag, Liebestraum und leicht sentimentaler Dekoration ist, reichen einfach nicht, Carlotta. Selbst, wenn das Großbild technisch überraschend gut ist.
Wenn man wüsste, wo ihre Gemälde sind!
Die alte Gärtnersfrau Sofie mit der hellblauen Schürze oder Greta im Rotseidenen, mit dem Schal, *»dessen gelbe Farbe man anbeten muss«*. Das wäre schon etwas anderes.
Sie legte die Arme um sich, als müsse sie sich an sich selbst festhalten.
Was ist los? Du heulst doch nicht wegen Lovisa? Doch?
Ach, Gösta. Irgendetwas schleppst du mit dir herum. Das merke ich doch, verdammt. Aber was? Warum sagst du es mir nicht?
Ach, Jule. Wie lange willst du noch schweigen und mich bestrafen für Dinge, die in dir vorgehen?
Wie leicht ich noch gestern Morgen war.
Alles kommt immer anders.
Und eigentlich ist es auch gut so.
Sie brauchte sich nicht umzudrehen, um Gösta zu sehen. Im Fenster spiegelte sich sein Bild. Er saß am Esstisch, vor sich das Notebook und die Tagebücher, tippte flüssig und konzentriert, tickeltackeltickeltackel. Er fasste die Eckdaten aus Lovisas Tage-

büchern zusammen, eine zeitraubende Arbeit, die ihr viel Zeit und Energie sparen würde.
Gösta. Danke.
War es das, auf das man ein Leben zum Schluss reduzieren konnte? Einige Seiten Tickeltackel. Ein zu kurzes, ungelebtes Leben. Dennoch, Lovisa hatte die Liebe ihres Lebens kennengelernt. Nicht August, nein.
Es war die Malerei gewesen. Eine zu kurze Liebe, zu kurz, um die Tiefe zu erreichen, die sie hätte erreichen können. Aber immerhin.
Trotzdem ist das kein Grund, jetzt so deprimiert zu sein, Carlotta. Lovisas zu kurzes Leben ist nur ein Nebenakkord, das weiß ich genau.

Zweimal habe ich ihr auf die Mailbox gesprochen, einen Anruf hat Jule einfach weggedrückt, und gekommen ist eine SMS, bestehend aus drei Wörtern.
»Alles ok. Ju.« Jules SMS war so trocken und karg wie eine beiseitegefegte Brotrinde. Neun Buchstaben von meinem Kind, mit dem ich bisher fast alles geteilt habe.
Vielleicht zu viel geteilt? Haben wir zu dicht aufeinandergehockt?

Jule kam öfter sonntagmorgens in ihr Bett gekrabbelt. Immer noch. Dann tranken sie Tee, krümelten das Bett mit Keksen voll, erzählten, lachten, führten alberne oder ernste Gespräche, meist beides, abwechselnd, wie das so ist, wenn man im Bett hockt, keine Lust hat aufzustehen, weil es draußen regnet und weil man die Füße aneinander wärmt.
Jetzt habe ich Jule zum Zaungast gemacht. Fürs Füßewärmen ist neuerdings jemand anders zuständig. Ist das nicht ein emotionaler Schlingerkurs, auf den ich Jule schicke?

Oh, Carlotta und das Schuldgefühl, wir sind ein phantastisch eingespieltes Team.

Plötzlich stand er hinter ihr, umfasste sie mit beiden Armen, legte den Kopf in die Kuhle zwischen Hals und Schulter. Eine Weile lang blieben sie so stehen und beobachteten, wie der Regen sich verdichtete und seine Richtung änderte. Die Birkenkronen sträubten sich im stärker werdenden Wind, der jetzt von Nordosten blies.

Carlotta versuchte vorsichtig, die Tränen fortzuwischen, aber er merkte es, fasste sie bei den Schultern, drehte sie zu sich, frontal.

»Carlotta! Warum weinst du?«

»Tu ich doch gar nicht.«

»Es ist wegen Jule, stimmt's? Carlotta, dein Kind wird sich in ein paar Jahren nach Paris oder Hamburg absetzen. Und du spielst dann nicht mehr die Rolle, die du bis jetzt gespielt hast. Das ist normal, das weißt du. Jetzt habt ihr die Gelegenheit, ein bisschen Distanz zu üben. Sie ist alt genug dazu.«

»Ich weiß. Du hast ja recht.« Carlotta seufzte. Nach einer Weile fügte sie hinzu: »Und es liegt mir im Magen, dass ich nicht die Kunstsensation mit nach Hause bringe, die ich mitbringen sollte.«

»Wir fragen einfach Lovisa, was wir machen sollen, Carlotta. Ich fasse weiter ihre Tagebücher zusammen, und du übersetzt ihre Briefe. Und wenn wir beide damit fertig sind, machen wir einen Rotwein auf, setzen Lovisa neben uns aufs Sofa und fragen sie. Und ich wette, dann wissen wir, was zu tun ist.«

Das Meer war grauschwarz, die Möwen flogen wie weiße Pfeile im Wind, der sie jäh nach oben trug und umeinander kreisen ließ, dann stürzten sie plötzlich hinunter, fingen sich knapp über den Wellenkämmen und schwangen sich wieder hoch in die Luft.

Carlotta verfolgte die kreischenden Vögel und ihren wilden Flug mit dem Blick. »Ach, Gösta, ich fühle mich im Moment genau so!« Sie zeigte auf die Möwen. »Manchmal bekomme ich keine Luft vor Glück, dann sehe ich plötzlich Jules Gesicht vor mir und bin in zwei Sekunden ganz unten.« Sie seufzte.

»Ich weiß, wie banal das ist, was ich jetzt sage«, fing Gösta vorsichtig an. »Aber an Jules dreiundzwanzigstem Geburtstag werden wir vermutlich über ihre momentanen Zicken lachen.«

Da war es wieder, das Glücksgefühl. Es war sein Mut, die Angelschnur so weit auszuwerfen, die Selbstverständlichkeit, eine gemeinsame Perspektive zu entwerfen. Es ging nicht darum, diesen Weitwurf einmal als Versprechen einzufordern. Es ging um die Freude, dass er es wagte, den Gedanken zu haben. Und auszusprechen.

Nach einer ganzen Weile sagte sie: »Weißt du, ich liebe meine Tochter. Aber sie verdirbt mir gerade einen Teil einer unfassbar schönen Zeit. Und ich bin so wütend auf sie.«

»Versteh ich. Und es geht mir ja so ähnlich wie dir. Aber, Carlotta, wir beide teilen jetzt schon richtig viel Leben. Und das gehört eben dazu«, sagte er. »Das alles.«

Sie schwiegen wieder und sahen den Möwen noch eine Weile zu.

Plötzlich gähnte er. »Wir hatten zu wenig Schlaf letzte Nacht. Und jetzt, mitten in all den Problemen, gehen wir nach oben und halten eine Runde Siesta. Das haben wir uns verdient.«

»Bist du wirklich müde?«

»Na ja, unter anderem.«

»Gut, dann komme ich mit.«

Zwei Stunden später wachte Carlotta plötzlich auf. Es dauerte ein paar Sekunden, bis sie in der Gegenwart angekommen war. Sie richtete sich auf.

Seltsam, hatte sie das Klirren geträumt?
Gösta schlief fest. Vorsichtig zog sie die Decke über seinen nackten Oberkörper, es war kühl hier oben.
Sie hielt inne.
Aus dem Erdgeschoss kam ein leises, schabendes Geräusch, undefinierbar. Dann war es wieder still. Sie blieb noch eine Weile sitzen, lauschte, es blieb ruhig. Das alte Haus war voller Geräusche. Die undichten Fenster und das viele Holz knackten, Luftzüge rauschten und raschelten, alles atmete, drinnen wie draußen.
Sie legte sich wieder hin, schloss die Augen, spürte den Empfindungen ihres Körpers nach, der Lust aneinander, der Freude, die sie eben geteilt hatten, lauschte Göstas ruhigem Atem, fühlte sich friedlich und geborgen und sank wieder in die zeitlose, warme Ruhe des Schlafes. Draußen öffnete sich der Himmel, und Regen rauschte auf das Dach, auf die Birkenblätter, trommelte auf die Scheiben des Wintergartens.
Mit einem Ruck saß sie wieder senkrecht. Ein mechanisches Schnappen, wie von einem Metallhebel. Ein leises Knacken. Es kam von unten, solche Geräusche machte das Haus nicht.
»Gösta! Wach auf! Irgendetwas stimmt hier nicht!«, raunte sie und rüttelte ihn vorsichtig an der Schulter. Er murmelte Schlaftrunkenes, schlug die Augen auf und begriff nicht. »Komm, da ist ein Geräusch in der Küche!«, flüsterte sie, stieg aus dem Bett, zog einen Bademantel über und schlang den Gürtel um die Taille, während sie auf nackten Füßen die Treppe hinunterschlich. Die Tür zur Wohnküche stand halb offen. Carlotta stieß sie vorsichtig an, schob den Kopf vor, prallte zurück und keuchte vor Schreck.

Jemand stand am Küchentresen.

Ein junger Mann, mit struppigem, blondem Haar, die Augen aufgerissen. Er war gerade dabei, sich ein halbes Paket Toast in den Anorakausschnitt zu stecken, ließ es fallen, drehte sich fluchtartig zur hinteren Küchentür. In derselben Sekunde, als der Einbrecher die Klinke anfasste und die Tür aufriss, war Gösta plötzlich da und schrie nur ein Wort:
»Nils!«

Nils

Wieso bekomme ich heute Morgen um acht Uhr von dir eine SMS aus Auckland?«

Gösta sprach leise, aber mit scharfer Stimme. Er nahm sein Handy vom Tisch und las laut: »Alles ok, sitze gerade am Wasser, Blick auf Captain Cook Wharf, und trinke Fosters. Gutes Bier! Gruß Nils.«

Nils schwieg. Er saß krumm auf einem Küchenstuhl, seine ineinander verkrampften Hände auf den Knien, und starrte schon seit etlichen Minuten auf den Fußboden, ohne den Blick ein einziges Mal zu heben.

»Wieso, Nils?« Gösta wurde lauter.

Carlotta verließ leise den Raum, schloss die Tür zum Flur hinter sich.

Der Schock, der Schrecken hatte sich über sie gestülpt wie eine Glasglocke. Leer und fremd war ihr Kopf, langsam kam das Begreifen zurück, das Gefühl, das Denken. Was lief hier falsch? Wieso erzählte dieser Junge, er befände sich auf der anderen Seite des Globus, um dann im Ferienhaus seines Vaters ein halbes Paket Toast mitgehen zu lassen?

Sie ging zur Haustür, öffnete sie, hielt das Gesicht in den Wind und empfand seine Heftigkeit als reinigend.

Die Wolkenbank wurde plötzlich vom Wind zerrissen und gab die Sonne frei. Jetzt strahlte das Wasser unwirklich grün, wie von unten beleuchtet, dann schoben sich die Regenwolken erneut vor die Sonne und das Leuchten erlosch.

Alles änderte sich ständig.

Noch vor zwei Stunden hatten sie ineinander verschlungen im Bett gelegen, erfüllt von der Liebe und Wärme des anderen, wortlose Freude, lustvolles Fallen. Und dann, nur einen Augenblick später und eine Treppe tiefer, der Auftakt zu einem möglichen Drama. Was brachte Göstas Sohn dazu, einen langen Überseeaufenthalt zu simulieren? Warum machte ein junger Mensch so etwas Bizarres?

Sie wanderte zum Wasser hinunter, beobachtete ein paar Minuten lang die Gischt, die heute kurz und scharf, wie mit nassen Krallen, auf den Stein schlug. Sie fror.

Es trieb sie wieder zum Haus. Leise stieß sie die Außentür des Wintergartens auf, fand eine Wolldecke, wickelte sich hinein und setzte sich in einen Korbsessel mit Blick auf das Meer.

Göstas Stimme drang in diesem Moment zu ihr. Sie wandte den Kopf zur Seite und bemerkte, dass sie genau in der Sichtachse zur Küche saß. Die Glastür zur Küche war geschlossen, so dass sie die auf- und abschwellende Lautstärke der Stimmen hörte, aber nichts Zusammenhängendes verstehen konnte.

Nils starrte ins Leere. Jetzt hatte er den Kopf etwas angehoben, sprach ein paar Worte, wie ein Automat.

Gösta trat hinter ihn, umfasste die Lehne seines Stuhls mit beiden Händen und schien Nils' Hinterkopf anzureden. Es war ein seltsamer Stummfilm.

Nils duckte sich unmerklich, biss sich auf die Lippen, streckte den Hals lang, als wolle er im Sitzen vor seinem Vater weglaufen. Offensichtlich wagte er nicht, aufzustehen.

Göstas Gesicht wirkte wie erfroren. Sein Mund, der eigentlich so sanfte Mund, war schmal und hart geworden, seine Augen waren aufgerissen, und Carlotta mochte ihn kaum ansehen. Ankläger, Angeklagter, Verteidiger, Richter. Wütend, schmerzlich. Er sprach ohne Pause.

Dann, auf einmal, machte er doch eine. Er hatte Carlotta ent-

deckt. Sie starrten sich an, aber er blickte durch sie hindurch, sah wieder auf Nils und schloss die Augen.
Genau in diesem Moment hörte Carlotta ein lautes Geräusch, das von der Hofseite kam. Jemand bremste auf dem Kiesweg hinter dem Haus, dort, wo sich die Küchentür befand.
Carlotta sprang auf, öffnete die Glastür, lief durch die Küche an Nils und Gösta vorbei und war schon durch die Küchentür, die ins Freie führte, verschwunden.
Jetzt war kein Moment für Besuch.

»Hej, Carlotta.«
Es war Sture mit seinem Lieferfahrrad. Er stieg ab, hielt einen kleinen Plastikeimer hoch. »Dorsche. Die könnt ihr haben, wenn ihr wollt. Hat Kerstin gesagt. So viele können wir heute Abend nicht essen. Ich hab sie aus der Bucht von Räkorskär.«
Er wollte in die Küche, aber Carlotta winkte heftig ab. »Nein, Sture, bitte nicht, Gösta ... Ich glaube, man sollte ihn jetzt nicht stören. Nils ist da drin, und die beiden müssen reden.«
Sture wandte sich um und sah sie erstaunt an. »Nils? Ich denke, der ist in Australien oder Neuseeland?« Er stellte den Eimer neben die Tür, richtete sich wieder auf, schob seine Basecap in den Nacken und betrachtete die Hintertür nachdenklich.
»Das dachten wir auch«, entgegnete Carlotta.
»Ach so«, meinte er nach einigen Sekunden. »Er war hier im Haus. Jetzt weiß ich auch, warum die Tür einmal offen war. Das war komisch, weißt du. Als ich hierherkam, um die Täfelung herauszureißen, da war die Tür nicht abgeschlossen. Und die Keksrollen waren weg, weißt du noch? Jetzt weiß ich ja, warum.«
»Danke für den Fisch, Sture, das ist nett, dass du den Dorsch gebracht hast.« Carlotta wünschte sich inständig, er möge sich wieder auf sein Fahrrad setzen, aber Sture durchsuchte um-

ständlich seine Jacke, zog ein Etui heraus und bot Carlotta ein Zigarillo an.

Sie lehnte dankend ab. *Bitte geh jetzt einfach. Geh bei Kerstin ein Bier trinken und lass uns allein. Geh doch, Sture! Bitte!*

Er zündete das Zigarillo an, paffte, bis sein Gesicht wie hinter Orakelrauch verschwand, und fragte: »Warum ist Nils denn hier und nicht in Neuseeland?«

»Gösta versucht gerade, das herauszubekommen, Sture.«

Sture nickte nachdenklich. »Als ich im Wintergarten gearbeitet habe, ist mir nichts aufgefallen, aber ich war ja auch nicht im Haus unterwegs. Irgendwie muss er in letzter Minute mitgekriegt haben, dass Gösta kommen wollte. Nils kann sich seit vorgestern nur in einem Bootshaus versteckt haben. Und dann hat er darauf gewartet, dass ihr wieder verschwindet. Aber warum bloß?«

Carlotta schwieg. Von drinnen wurde es plötzlich laut. Erst brüllte Gösta, dann kam eine laute, hellere Stimme. Sture schob seine Basecap wieder richtig auf den Kopf. »Nils – tja, die beiden haben es nicht einfach seit einem Jahr.« Er setzte sich auf sein Fahrrad, behielt das Zigarillo im Mundwinkel und nickte Carlotta aufmunternd zu. »Aber das hört von selbst auf, Carlotta. Wir waren auch mal so. Oder so ähnlich. Die ticken doch alle noch nicht richtig. Das liegt daran, dass ihr präfrontaler Cortex noch nicht ganz ausgebildet ist.« Er tippte sich illustrierend an die Stirn. »Das sitzt hier drin, das Bauteil. Das Ding ist bei jungen Leuten nicht so richtig entwickelt. Dann funktioniert die Risikoeinschätzung noch nicht so gut. Und ein paar andere Sachen vermutlich auch nicht.« Er tippte sich noch einmal an die Stirn. »Hör zu, wenn die beiden da drinnen genug gebrüllt haben, dann schickt Nils einfach zu uns. Er kann im Laden Regale nachfüllen. Das ist das beste Beruhigungsmittel.« Er winkte noch einmal und fuhr über den knirschenden Kies davon.

Carlotta schaute ihm hinterher, perplex. Dann setzte sie sich auf den großen Granitfindling neben der Einfahrt zum Grundstück und begann zu lachen.

Drinnen schrien sich Vater und Sohn an, weil der Sohn nicht in Auckland in der Sonne saß und ein Foster-Bier trank, sondern auf Björkholm heimlich in einem Sommerhaus wohnte, hinter dessen Wandtäfelung sie gerade das geheime Leben einer begabten, wenn auch überkandidelten Uroma entdeckt hatten, derweil der schreinernde Fischlieferant neuropsychologische Kurzvorträge über die Wachstumsphasen des jugendlichen Gehirns hielt. Carlotta konnte nicht mehr aufhören zu lachen, weil alles so absurd war.

Und dann liefen die Tränen.

Weil es so traurig war.

Traurig, sein Kind zu lieben und keine Sprache zu finden, die es verstand.

Die Küchentür flog auf.

»Ich kann nicht mehr atmen neben dir, verdammt!«, schrie Nils, stolperte den Kiesweg entlang auf Carlotta zu, die sich eben die Nase putzte. Sie starrten sich für einen Moment an, dann rannte Nils an ihr vorbei und verschwand in dem kleinen Gehölz hinter dem Haus.

Gösta erschien in der Tür, Carlotta sprang auf. »Willst du ihn nicht aufhalten?«

Gösta sah sie an, als sei sie eine Unbekannte, dann erst, nach einigen Sekunden, konnte er reagieren. »Er kommt sowieso nicht weit.« Er atmete heftig. »Heute geht keine Fähre mehr, und bei diesem Wetter fährt ihn niemand rüber.«

Er ging in die Küche, kam wieder zurück, fasste sich mit beiden Händen an den Kopf. »Carlotta, gib mir eine Viertelstunde, ich bin völlig außer mir – ich …«

»Ist schon in Ordnung. Brauch ich jetzt auch, diese Viertelstunde.«
Sie ging ins Haus, holte ihre Wetterjacke und verschwand durch die hintere Haustür in Richtung Meer.

* * *

Nicht nackt und nicht ganz so grazil wie die bronzene Meerjungfrau im Hafen von Kopenhagen hockte Nils auf einem von der Eiszeit rundgeschliffenen Granitbuckel und starrte in die aufgewühlten Wellen.
»Hallo Nils.«
Er fuhr herum.
»Willst du heute Abend gebratenen Dorsch mit uns essen?«
Er blickte sie irritiert an. »Gösta hätte mich eben am liebsten zusammengeschlagen, und dann schickt er dich hinterher, um mich zum Essen einzuladen. Bisschen absurd, nicht?«
»Er schickt mich nicht, nein. Die Einladung kommt von mir.«
»Wer bist du überhaupt?«
»Ich heiße Carlotta.«
Sie setzte sich in gebührendem Abstand neben ihn und betrachtete sein Profil.
Er sah Gösta nicht ähnlich, vermutlich eher seiner Mutter. Sein Profil hatte etwas Kindliches, aber wenn er den Kopf wandte, sah man in der ausgeprägten Stirnpartie die Hinweise auf den jungen, grüblerischen Erwachsenen, der er in zwei, drei Jahren sein würde. Er hatte große, graue Augen, lange Wimpern, einen breiten Mund, wirkte weich und verletzlich, gleichzeitig etwas ungelenk.
Carlotta entschloss sich plötzlich, keine pädagogischen Verrenkungen zu machen. Es war genug Verstecken gespielt worden.
»Ich wüsste gern, wieso du nicht in Auckland bist.«

»Das geht dich einen Scheiß an.«

»Das weiß ich, ich will's trotzdem wissen. Ich bin einfach neugierig.«

»Was machst du überhaupt auf Björkholm? Bist du Göstas Neue?«

»Ich bin hier, weil ich mir das Wandbild im Wintergarten ansehen muss.«

Jetzt war zum ersten Mal so etwas wie Interesse in seinem Blick. »Das Riesending, das Sture freigelegt hat?«

»Ja.«

»Und warum musst du dir das anschauen?«

»Weil ich für ein Museum arbeite, in dem Bilder von Jasper Johansson hängen.«

Er nickte widerwillig. »Fichtelbach in Deutschland. Aber das Bild ist nicht von ihm.«

Jetzt war sie überrascht. »Wieso meinst du?«

»Das ist nicht sein Stil.«

»Stimmt genau. Hast du Ahnung von Kunst?«

»Nein. Aber das sieht man doch sofort.«

Jetzt schwiegen beide. Nach einer Weile holte er Tabak aus seiner Jackentasche, drehte sich eine Zigarette und hatte Mühe, sie bei dem starken Wind anzuzünden. Er wandte sich ihr zu, achtete allerdings darauf, dass der Rauch ihr nicht ins Gesicht wehte. »Hast du was mit Gösta?«

Sie sah ihm direkt in die Augen. »Warum fragst du das?«

»Nur so.«

»Wenn du mir sagst, warum du nicht in Auckland bist, sag ich dir, ob ich was mit Gösta habe.«

Der Anflug eines Lächelns war auf seinem Gesicht. Dann verschwand es. »Es wäre mir auch egal.«

Carlotta holte Luft. »Gösta hat in den letzten Tagen ständig sein Handy kontrolliert, um zu sehen, ob du dich meldest. Und er sah dabei, verdammt noch mal, sehr besorgt aus. Hör zu, Nils, ich habe eine Tochter, die ist vierzehn. Und sie redet seit drei Tagen nicht mehr mit mir. Ja, ich habe Ängste um sie. Es ist beschissen, falls du wissen willst, wie das ist. Und du versteckst dich auf Björkholm, obwohl du Gösta vormachst, du wärst in Neuseeland. Das verstehe ich nicht. Und ich verstehe auch nicht, warum du das Handy in die Luft hältst, um deinen Vater Möwenschreie von der anderen Seite der Erdkugel hören zu lassen. Oder ihm neuseeländische Pelzrobben beschreibst, obwohl du vor schwedischen Quallen stehst. Ehrlich, ich würde mich an seiner Stelle vollkommen verarscht fühlen. Erklär es mir einfach. Ich geh damit nicht an die Presse. Ich will bloß was begreifen.«

Es war die farbige Illustration des Betrugs, die ihr missfiel. Das Spielen mit Emotionen. Nils warf den Zigarettenstummel zwischen die Felsen. Sein Atem veränderte sich, er stieß es fast heraus: »Pass mal auf! Es ist ganz simpel. Ich brauchte einfach Geld. Also hab ich das Theater mit der teuren Reise gespielt. Mir fiel nichts Besseres ein. Banküberfälle liegen mir nicht. Aber ich werde euch nie, hörst du, nie sagen, wofür ich das Geld haben musste.«

Pause.

»Ich *kann* es nicht sagen«, fuhr er fort. »Niemals. Das mit den Möwenschreien, ich weiß auch nicht. War vielleicht nicht so gut. Ich wollte ihn nicht verarschen.« Er sah sie nicht an, starrte wieder auf das Wasser. Dann räusperte er sich. »Das Geld kriegt Gösta zurück, sobald ich was verdiene.«

»Aber du musst vorher noch die Schule beenden und studieren, oder?«

»Ich suche mir einen Job nebenbei.«

Carlotta wollte nicht so schnell aufgeben. »Du bist offiziell schon seit … ich glaube, vier, fünf Wochen unterwegs. Hast du die ganze Zeit hier gewohnt? So gut kann man sich auf Björkholm doch nicht verstecken!«

Nils zog erneut das Tabakpäckchen aus der Jackentasche. Er formte sorgfältig das Papier mit den Zeigefingern und Daumen, füllte den Tabak hinein, rollte eine gleichmäßige Zigarette, senkte den Kopf, fuhr vorsichtig mit der Zunge am Klebstoff entlang und blickte sie dabei von unten nach oben an. »Ich …«, er klebte die Papierhülle exakt zusammen, »… ich hab bei allen möglichen Leuten in Stockholm gewohnt. Hier eine Woche, da drei Tage, aber jetzt, zum Schluss, kam ich einfach nirgendwo mehr unter. Finaler Engpass. Björkholm war ja nur noch für eine Woche. War stressig wegen Sture und Kerstin. Die sollten mich nicht sehen, ich will nichts erklären müssen.«

»Ach ja! Sture hat gesagt, du sollst heute noch bei ihm die Regale einräumen. Das würde dich beruhigen.«

Jetzt lächelte Nils. »Sture! Der ist in Ordnung. Aber ich wollte nicht, dass er mich sieht. Hätte nur Komplikationen gegeben.«

»Glaubst du wirklich, dein Vater hätte dir kein Geld gegeben, wenn du es so dringend brauchst?«

»Hör zu, gib dir keine Mühe. Unser Verhältnis ist nicht mehr so wunderbar, wie du glaubst. Außerdem ist Gösta nicht mein Vater.«

Es verschlug ihr den Atem. »Wie… wieso ist …?«

»Wieso? Da musst du meine Mutter fragen. Sie hatte die Güte, es uns erst vor einem Jahr zu erzählen. Bis dahin hatten wir beide geglaubt, Gösta sei mein Erzeuger. Das heißt, sie hat es nicht mir gesagt, sondern Gösta. Und ich stand zufällig etwas zu dicht an der Küchentür, als sie sich anbrüllten.«

»Und wer ist dein Vater?«

»Irgendein Künstler. Und Gösta, der edle Ritter, hat mich danach nicht vor die Tür gesetzt. Das war doch nett von ihm, oder? Sie sind überhaupt alle so nett zum kleinen Bastard.«

Nils lehnte sich zurück, stützte sich auf seine Arme, hob den Kopf und hielt das Gesicht in den Wind. Sein Kurzhaarschnitt war herausgewachsen, über den Ohren und im Nacken standen dunkelblonde Strähnen wie kleine Antennen vom Kopf ab. Offensichtlich wollte er sich die Haare wachsen lassen. Unwillkürlich suchte Carlotta wieder nach Ähnlichkeiten mit Gösta. Nils hatte nicht wie er ein scharfes Profil, sondern eine zierliche Nase, schmale, geschwungene Augenbrauen, die ihm einen leicht spöttischen und fragenden Ausdruck verliehen. Dieses Gesicht schien seine Konturen noch zu suchen. Nein, er sah Gösta nicht ähnlich.

»Sogar …«, er hielt die Augen geschlossen, »… sogar, als sie sich getrennt hatten. Und als meine Mutter meinte, ich sei doch bei Gösta besser aufgehoben als bei ihr. Sogar danach hat Gösta das Kuckucksei behalten.«

»Komisch, wenn er von dir spricht, heißt du bei ihm immer: mein Sohn.«

»Du gehörst auch zu den netten Menschen, die sich so viel Mühe geben mit mir, ich merke es schon.«

Carlotta richtete sich auf. Sie sah ihn von der Seite an.

Er tat so, als bemerke er es nicht, mit schlecht gespielter Coolness.

»Ja, natürlich bin ich ein netter Mensch.« Ihre Stimme war vollkommen ironiefrei. »Ich arbeite auch täglich dran, glaub mir. Und das ist ein verdammt schwieriger Job.« Sie sah auf ihre Uhr. »In drei Stunden gibt es was zu essen. Und Sture wartet auf dich. Wenn du nicht kommen willst, sag es mir bitte gleich, denn dann brauchen wir nicht zu warten. Wäre nämlich blöd bei warmem Essen. Also?«

Er schwieg. Sie wusste, dass in seiner Situation die Wörter »warmes Essen« wahrscheinlich magische Wirkung hatten. Sie wusste, dass er sich überrumpelt fühlte. Aber sie spürte auch,

dass sie keine Energie mehr hatte, pädagogische Warteschleifen zu fliegen.
Sie zog den Reißverschluss ihres Anoraks hoch, wandte sich zum Gehen, drehte sich noch einmal kurz um und winkte. »Bis dann! Um acht!«

* * *

Gösta saß auf dem Sofa in der Wohnküche, Lovisas Tagebuch auf den Knien, las aber nicht, sondern fixierte einen imaginären Punkt an der Wand.
Als Carlotta durch die hintere Küchentür eintrat, zuckte er zusammen. Sie blieb stehen. Wir wissen wirklich nichts voneinander. Und gleichzeitig alles.
Sie sah ihn an, ging zu ihm, streichelte wortlos seinen Kopf, ging zurück zum Küchentresen und füllte Wasser in den Kocher. »Auch einen Tee?«
Er nickte. »So viel zu unseren sonnendurchglänzten Tagen auf Björkholm, in Liebesrausch und Zweisamkeit.« Seine Stimme klang müde. »Hast du ihn getroffen?«
»Ja. Er hat mir gesagt, er sei nicht dein Sohn.«
»Natürlich hat er dir das gesagt. Das stilisiert er seit einem Jahr zu seinem zentralen Lebensproblem. Das sagst du nur, weil ich nicht dein Sohn bin. So unfreundlich bist du nur, weil ich nicht dein Sohn bin. Heute regnet's, weil ich nicht dein Sohn bin. Oh, mein Gott, Carlotta, es kotzt mich an, es kotzt mich so an, sage ich dir!«
Er ließ sich auf den Rücken fallen, legte den Kopf auf die eine, die Beine auf die andere Sofalehne und blickte zur Decke.
»Gösta – ist Nils dein Sohn oder nicht?«
Er las ihren Blick richtig. Er wusste, dass es albern gewesen wäre, mit »Ich kann da jetzt nicht drüber reden« zu reagieren.

Es war zu viel geschehen, um Carlotta immer noch herauszuhalten.
Sie missdeutete sein Schweigen.
»Falls du das noch nicht gemerkt hast, ich bin nicht aus hochempfindlichem Biskuitporzellan, und ich brauche auch keinen Schonwaschgang.« Sie beugte sich über ihn, nahm sein Gesicht zwischen beide Hände.
Er nahm sie in die Arme und wiegte sie stumm. Schließlich hob er den Kopf und sah sie an. »Gut. Aber zuerst brauche ich …«
»… einen Kaffee. Richtig?«
»Du bist umwerfend klarsichtig, Frau Goldkorn. Aber du hast nicht immer recht. Wenn ich dir jetzt schon alles erzähle, dann brauche ich Rotwein. Richtig guten und wahrscheinlich nicht wenig. Du auch?«
»Ist mir noch zu früh.«
Er stand auf, holte Wein, Öffner und Glas und setzte sich neben sie auf das blaue Sofa.
»Châteauneuf-du-Pape«, sagte er, schwenkte die dunkelrot schimmernde Flüssigkeit im Glas und hielt sie gegen das Licht. »Das war das Zeug, das verantwortlich war für einen Familieneklat, wie er nicht häufig vorkommt. Vor ungefähr einem Jahr.«
»Dann will ich doch einen Schluck davon.« Carlotta probierte, nickte anerkennend, trank noch einen Schluck und wartete.
Gösta nahm Anlauf. »Vor ungefähr einem Jahr stand Nils etwas zu dicht an der Küchentür, als Liza ihren Wein holen wollte. Liza und ich waren mitten im schönsten Streit. Unsere Beziehung war schon lange in einem sehr trüben Fahrwasser angelangt, nämlich in einer dumpfen Art Beliebigkeit.«
Er nahm einen tiefen Schluck Wein.
»Und natürlich hatte sie auch an diesem Abend zu viel getrunken, wie so oft. Ohne dass wir es wussten: Es war der Showdown unserer Beziehung. Wir spuckten uns unseren gegenseiti-

gen Überdruss und die Bitterkeit ins Gesicht. Ja, und dann schrie sie auf einmal: ›Gott sei Dank, Nils kann nicht so ein Arschloch werden wie du, denn du bist nicht sein Vater.‹ Eine Sekunde später kam Nils in die Küche, kreidebleich, und fegte mit einer einzigen Handbewegung alle Teller aus dem Schrank. Auf den Boden.«

»Jesus!«

»Er hob die Hand, so, als wolle er Liza ins Gesicht schlagen, tat es natürlich nicht. Dann sah er mich an, fassungslos, so wie man vielleicht an einer Unfallstelle auf sein zerquetschtes Auto starrt, rannte hinaus und warf die Haustür zu. Er blieb drei Tage lang verschwunden. Ich bin damals vor Sorge fast durchgedreht.«

»Ach du meine Güte. Gösta – gab es denn einen Anhaltspunkt dafür, dass sie die Wahrheit gesagt hat?«

»Ja. Ich ahnte, dass sie mich immer wieder mal betrogen hat. Wir waren ungefähr drei Jahre zusammen, als sie sich laufend mit ein paar Leuten in einem Atelier traf und malte. Und sie war ein bisschen häufig dort, bei dem Künstler, der das Ganze leitete. Es war eigentlich von Anfang an schwierig mit uns. Liza brauchte ununterbrochen eine bestimmte Sorte Bestätigung. Sie musste immer, wirklich immer, im Zentrum des Interesses stehen. Ich habe versucht, ihr zu geben, was sie offensichtlich brauchte, aber es war natürlich nicht genug, es konnte nie genug sein, und irgendwann habe ich mit Rückzug reagiert. Was natürlich idiotisch war.«

Er machte eine Pause. Dann, nach einer Weile, sagte er leise: »Ich habe sie mal geliebt, trotz und mit allem.«

Er leerte sein Glas und füllte nach. »Nach drei Jahren schwieriger Liebe kam Nils. Und es blieb schwierig.«

Er schwieg einen Moment lang, dann trommelte er mit den Fingerkuppen auf den Tisch, hielt inne, trank wieder einen großen Schluck Rotwein. »Es gibt Menschen, die sich jahrelang weigern, einen großen Irrtum einzusehen. Wir gehörten beide dazu. Liza hatte sich in mir genauso geirrt wie ich mich in ihr. Ich liebte ihre Energie, ihre Kreativität und ihr Durchsetzungsvermögen, und sie sah in mir den sicheren Hafen für all ihre Pläne. Keine ermüdenden Kurse mehr geben, sondern Malerin sein, strahlender Mittelpunkt eines großen Künstlerkreises – na gut, und dann war da auf einmal Nils. Sie hat wohl zu spät begriffen, dass ein Kind eigentlich nicht auf ihrem Lebensplan stand.«

»Auf deinem denn?«

»Gute Frage. Eigentlich auch nicht. Aber als Nils auf einmal da war und die Welt bestaunte, da wollte ich. Ich freute mich immer neu auf ihn. Auch wenn ich wirklich selten zu normalen Zeiten nach Hause kam. *Wenn* ich nach Hause kam, klebte mir Nils sofort an den Knien, und ich liebte es. Natürlich. Nils, das war Zuneigung, Liza, das war Vorwurf. Da wählt man nicht lange. Ich hätte die Sahneseite vom Kinderhaben und sie die Drecksarbeit, sagte sie. Sie gab mir die Schuld, dass sie ihre Künstlerseite nicht so frei leben konnte, wie sie wollte. Ich hatte wirklich nie Zeit, aber ich hatte immer ein Alibi, weißt du? Sieh mal da oben!« Er trank wieder einen Schluck Wein. Dann wies er mit dem Zeigefinger auf die Wand gegenüber. »Da oben, im Bücherregal links, da sind lange Jahre meines Lebens auf ein paar tausend Seiten. Der Einfluss der französischen auf die skandinavische Literatur in der zweiten Hälfte des neunzehnten Jahrhunderts, Strindberg und die Ästhetik der Neuromantik, Gösta Johansson als talentloser Ehemann und so weiter.«

Carlotta erhob sich und ging mit dem Zeigefinger an den Buchrücken entlang. Gösta Johansson als Autor und als Herausgeber. Eine Menge zu Buchstaben geronnene Lebenszeit.

»Und wenn ich dann mal Zeit hatte, ging ich zur Jazzprobe«, fügte er hinzu und leerte das Glas.
Sie drehte sich herum. »Ist das mit Liza so schiefgelaufen, weil du dich zu wenig um sie gekümmert hast, oder hast du dich zu wenig um sie gekümmert, weil es von Anfang an schieflief mit euch?«
»Beides.«
»Kann es trotzdem sein, dass du Nils' Vater bist?«
»Ja, natürlich.«
»Warum machst du dann keinen Vaterschaftstest?«
»Wozu? Ich will keinen Test machen, er ist mein Junge und ich liebe ihn.«
»Hast du Angst vor dem Ergebnis?«
Er nickte. »Ja, habe ich. Aber egal, was ein Test mir erzählen würde: Nils gehört zu mir. Trotzdem, wir haben an diesem Abend vor einem Jahr, als Liza mir das eröffnete, den Boden unter den Füßen verloren. Seit dieser Zeit ist Nils neben der Spur. Sagen wir, noch mehr neben der Spur.«
Carlotta setzte sich wieder neben ihn und nahm seine Hand. »Na klar. Ihm ist damals ein Stück Identität abhandengekommen.«
»Mir auch. Du starrst auf einmal diesen Jungen an und denkst: Vielleicht ist das ja gar nicht dein Kind! Aber das ist trotzdem Nils, das ist trotzdem dein Sohn, du hast ihn aufwachsen sehen. Du hast mit ihm Krabben gefischt. Du hast Luftballons für ihn aufgeblasen, und du bist es, zu dem er zum ersten Mal ›Papa‹ gesagt hat. Und dann die Musik: Klar, er ist begabt, natürlich, aber ich denke auch, ich hab's geschafft, ihn für die Musik zu begeistern, ich habe ihn zu Proben mitgeschleppt und mit ihm geübt. Wir haben so viel Freude gehabt miteinander, durch die Musik.«
Er trank einen großen Schluck Rotwein, drehte das Glas in seiner Hand und starrte auf den Boden.

»Moment mal – ich denke, du hättest dich nicht genug um ihn gekümmert? Das hört sich jetzt aber ganz anders an.«
»Es hätte in manchen Phasen mehr sein müssen. Er ist ein extrem sensibler Junge. Vor allen Dingen habe ich bei Nils nach der Trennung von Liza versagt. Ich hatte in dieser Zeit mal wieder viel zu tun. Wenn ich abends nach Hause kam, war ich einfach nur platt, erschöpft, todmüde. Wir hatten Nils gefragt, bei wem er bleiben wollte, und er dachte keine Sekunde lang nach, er wollte bei mir bleiben. Ich habe das Gewicht dieser Entscheidung unterschätzt. Natürlich, Nils und ich, wir haben geredet, aber ich denke, ich hätte in der schlimmsten Phase besser alles hingeschmissen, hätte mit ihm wegfahren sollen und ihm eine doppelte Portion Vater liefern müssen.«
»Vielleicht. Nachher ist man immer schlauer. Man kann nicht jede Anforderung immer richtig einschätzen, vor allen Dingen nicht bei den eigenen Kindern.«
»Ja. Trotzdem. Ich mache mir Vorwürfe. Wo war er in den letzten Wochen? Was hat er mit dem Geld gemacht, wofür braucht er es? Und warum redet er nicht mit mir darüber? Warum habe ich versäumt, mit ihm wirklich reden zu lernen?«
»Gösta, ich habe gelernt, mit meiner Tochter zu reden. Das nützt dir aber leider gar nichts, wenn dein Kind über Nacht eine neue Sprache spricht und dir kein Wörterbuch in die Hand drückt.«
Er stieß rhythmisch mit der Fußspitze gegen den Tisch, und Carlotta sah auf einmal wieder denselben gedrückten Gösta, den sie zum ersten Mal im Museumscafé wahrgenommen hatte, als die Rede auf seinen Sohn gekommen war. »Ich hab Angst um ihn. Er ist vollkommen aus dem Gleichgewicht – falls er jemals eins hatte.«
»Gösta, was passiert ist, das war schlimm für ihn. Aber du reichst ihm doch immer wieder die Hand.«

»Er sieht sie nicht.« Gösta richtete sich auf, leerte sein Weinglas und füllte es sofort wieder. »Ich hatte eben gesagt, dass Nils bei der Trennung nicht zu Liza wollte. Was sich übrigens günstig ergänzte, denn sie wollte Nils nicht mitnehmen, sozusagen.«

»Oje.« Carlotta atmete hörbar aus. »Auch wenn es gar nicht seinem Wunsch entsprach, aber: Mein Vater ist vielleicht gar nicht mein Vater, und meine Mutter will mich nicht. Das sitzt. Und warum wollte sie es nicht?«

»Ihr neuer Freund wollte das nicht. Und Nils wollte den neuen Freund nicht. Sie wollte Stockholm verlassen. Und das hätte für Nils Schulwechsel bedeutet. Er ist – er war ziemlich gut integriert, im Schulorchester, in der Theatergruppe. So was liegt ihm.«

»Wieso sagst du: war? Ist er das nicht mehr?«

»Ich weiß es nicht, Carlotta«, erwiderte Gösta bedrückt und verstummte. Er stützte das Kinn in die rechte Hand und sprach, ohne sie anzusehen. »Vor einem Jahr, kurz nachdem Liza ausgezogen war, kam ich aus der Uni, stieg aufs Fahrrad, fuhr aus irgendeinem Grund nach Södermalm, setzte mich vor ein Café und trank noch einen Espresso. Plötzlich sah ich, mir gegenüber, einen Mann sitzen, mit zerrupftem Haar und einem T-Shirt mit Schwitzflecken. Auf dem Nachbarstuhl lehnte eine Aktentasche. Der Mann zerrte gerade ziemlich ungeschickt an seiner Zuckertüte, um sie zu öffnen und in seinen Espresso zu schütten. Dieser Typ sah so hektisch und gleichzeitig leer aus. Es dauerte eine Weile, bis ich begriff, dass ich mich selbst im spiegelnden Glas des Cafés sah. Es war wie ein Schlag vor den Kopf. Tag, Gösta.

Ich glotzte mich an wie einen Fremden, und plötzlich wurde mir bewusst, dass ich das auch war. Ich *war* mir fremd. Ich merkte auf einmal, dass ich Jahre meines Lebens damit verbracht hatte,

entweder hinter irgendetwas herzulaufen oder vor irgendetwas davonzurennen.
Bloß sitzen bleiben und mich, wie jetzt gerade, einfach mal anzusehen und zu sehen, wer das ist, was der da macht – das hatte ich verlernt.
Bis hierhin bist du also gekommen, sagte der Mann im Caféfenster. Dein Name taucht auf in der wissenschaftlichen Literatur, deine Studenten respektieren dich, und du hast genug Geld, um dir mal ein neues Boot zu kaufen. Wunderbar. Damit kannst du dann deiner Angst davonsegeln. Einer Angst, die noch nicht einmal einen Namen hat, weil du dir noch nie eingestanden hast, dass es Angst ist. Die Angst vor dem Tod, die wir alle haben. Davor, nicht genug Leben zu bekommen oder es falsch zu leben.
Nichts im Leben ist sicher, und das Empfinden dieser Bodenlosigkeit hast du bis zu diesem Tag noch nie zugelassen. Du hast zwanzig Jahre lang eine vorwiegend beschissene Ehe vor sich hindümpeln lassen, hast das Wort ›Liebe‹ jahrelang nicht mehr in den Mund genommen, bist vor einer Entscheidung weggelaufen, und jetzt bist du wieder solo. Und zwar richtig solo, denn du glaubtest, deinen Sohn zu kennen, und jetzt merkst du, dass auch das nicht stimmt.
Herzlichen Glückwunsch. War es das?
Was willst du vom Leben, mein Junge? Was willst du dir sagen können, irgendwann einmal, wenn du so alt bist, dass du weißt, dass das Leben bald vorbei ist? Mal ganz abgesehen von meinen diversen zwischenmenschlichen Verknotungen; was meine sogenannte Karriere anbelangte, schien es mir auf einmal symbolisch, dass ich immer nur *über* Literatur schrieb, aber niemals wirklich etwas aus mir, etwas ursprünglich Kreatives. Es gab Zeiten, in denen fühlte ich mich nur echt, wenn ich Kontrabass spielte.«

Er nahm ihre Hand. »Weißt du, als ich mit dir zusammen Lovisas Geschichte entdeckte, habe ich zum ersten Mal in meinem Leben geahnt, dass ich vielleicht noch einmal etwas anderes, etwas Neues produzieren kann. Es war wie der Sprung vom Indirekten ins Direkte. Und du an meiner Seite. Ein grundsätzlicher Kurswechsel.«

Er trank einen Schluck Wein. »Ja, also, noch mal zurück zu dieser denkwürdigen Cafestunde in Södermalm. Was mich anbelangte, ich war ab diesem Zeitpunkt bereit, etwas zu ändern.«

Er hustete, hielt die Hand vor den Mund, hielt plötzlich inne. »Ich fasse jetzt einen ziemlich langen Prozess ganz kurz zusammen. Es dauerte nämlich noch geraume Zeit, bis ich wirklich wusste, was ich ändern wollte. Ich räumte auf. Ich trennte mich von Beziehungen, die eigentlich keine mehr waren, konzentrierte mich auf die wenigen Freunde, die mir etwas bedeuten, und versuchte, in jeder Hinsicht ehrlicher zu werden. Vor allem zu mir. In der Folgezeit fühlte ich mich manchmal – tja, wie soll ich das beschreiben? So, als hätte ich eine Art Wahrheitsdroge genommen, die andauernd fortwirkte.«

Er lachte. »Ich glaube, ich war anfangs ganz schön anstrengend für meine Mitarbeiter. Nach und nach wurde ich mir dann wieder ähnlicher. Aber ich versuche seitdem, bewusster mit mir und anderen umzugehen. Einfach wacher.«

»Und Nils?«

»Ich hatte zwar das gute Gefühl, es wäre ein Neubeginn. Aber das war es offenbar hauptsächlich für mich. Du kannst mit Nils sprechen, und du denkst: Was für ein aufgeschlossener Junge! Aber ab einem gewissen Punkt stehst du vor einer Wand, und du kommst keinen Millimeter weiter. Höflicher Granit. Oder er kriegt seine arrogante Tour, das kommt auch vor. Dann könnte ich ihm eine reinhauen. Oder zwei.«

»Erinnert mich an Jule«, sagte Carlotta dumpf.
Gösta beugte sich vor, trank sein Glas fast leer, goss sofort wieder nach. »Er verbirgt etwas vor mir.«
»Seit wann hast du diesen Eindruck?«
»Das ist ja das Schlimme: Ich weiß es nicht genau. Ich weiß nur noch, dass ich öfter dachte: ›Lass ihn einfach in Ruhe!‹ Ich hatte in dem Alter auch so Tendenzen, mich abzuschotten. Kurzum, ich habe es nicht ernst genommen. Und mache mir jetzt Vorwürfe, denn ich befürchte, Nils hat noch ein anderes Problem als das mit der Vaterschaft. Und wenn das stimmt, dann hat ihn Lizas wunderbares Geschenk noch zusätzlich getroffen.«
»Hast du mal mit einem seiner Freunde geredet?«
»Ich bekomme kaum noch ein bekanntes Gesicht zu sehen. Er ist mit einer netten Polin aus dem Schulorchester befreundet, ab und zu taucht sie bei uns auf – aber wir sehen uns einfach zu selten, Nils und ich. Diesmal liegt es nicht nur an mir. Er taucht ab.«
Er seufzte. »Irgendwann kam er dann mit dieser Idee, zu einem Naturschützerbund nach Neuseeland zu fahren. Er hat mir die Website gezeigt. Sie nehmen ältere, engagierte Schüler für ein paar Wochen auf, natürlich kostet das, und nicht wenig. Dafür dürfen die jungen Leute dann mit den Rangern zu den Seehunden oder den Walen, kriegen ein kleines naturwissenschaftliches Rahmenprogramm dazu, und anschließend folgt noch eine Woche Nordinsel.« Seine Stimme klang bitter. »Jedenfalls dachte ich, Neuseeland sei zwar teuer, aber eine gute Idee. Und ich fand es auch gut, dass er sich um alles allein kümmern wollte. Organisieren, buchen, Wanderklamotten, Literatur besorgen und so weiter. Er hat mir genau vorgelegt, was es kosten würde, und ich hab ihm deshalb einfach eine runde Summe überwiesen. Er hat seit zwei Jahren ein eigenes Konto.«

Er hob sein Glas wieder zum Mund, fing ihren Blick auf und lachte. »Bitte, Carlotta, keine Sorge. Ich trinke sonst nicht viel, das weißt du. Aber heute garantiere ich für nichts. Mir ist danach.«

»Na, dann besauf dich eben. Eigentlich wollten wir uns heute Abend mit Lovisa aufs Sofa setzen und sie fragen, was wir machen sollen, erinnerst du dich noch?«

»Ja, richtig.« Er goss sich ein neues Glas Wein ein. »Ach Gott, Lovisa. Wie weit weg sie auf einmal ist. Noch so eine Rätselexistenz.«

»Das sind wir doch alle, Gösta.«

Sie stand auf und begann den Küchentresen aufzuräumen. Gösta beobachtete sie. »Hat er dir angedeutet, wofür er das Geld brauchte, Carlotta? Mir hat er es nicht erzählt. Aber ich habe ihn auch nicht zu Wort kommen lassen, ich habe ja hauptsächlich geredet.«

»Sehr laut.«

»Richtig. Du hast ein paar neue Seiten an mir kennengelernt.«

»Ja, ich gebe zu, dein Anblick hat mich leicht erschreckt. Ich möchte nicht mit dir verfeindet sein.«

»Sieht nicht so aus, als stünde uns das bevor.«

»Nein, Nils hat mir nicht gesagt, wofür er das Geld braucht. Er hat mir allerdings sehr nachdrücklich versichert, das würden wir auch nie und nimmer von ihm erfahren.« Sie zögerte einen Moment, bevor sie weitersprach. »Glaubst du … er hat was mit Drogen zu tun?«

»Ich weiß es nicht, Carlotta. Ich bekomme von ihm keine Antworten, und was ich sehe, ist nicht eindeutig.«

Sie räumte eine Weile herum, wischte die Arbeitsplatte sauber, bereitete Gemüse und Salat für das Abendessen vor. »Ich habe Nils übrigens gesagt, dass wir um acht Uhr essen und dass er vorher bei Sture die Lebensmittelregale nachfüllen soll.«

Gösta legte den Kopf in den Nacken und lachte. Dann stand er vor ihr, beide Hände auf den Küchentresen gestützt, und sah sie an, wie man ein Bild betrachtet. Ein Bild, vor dem man stehen bleibt, weil man auf einmal sieht, dass es das Wichtigste enthält, was man vom Leben begreifen muss.

»Ach, Carlotta. Das ist es. Genau das. Füll die Lebensmittelregale, und um acht gibt's was Warmes.« Er machte eine Pause. »Ich liebe dich.«

Sie hielt inne, die nassen Salatblätter zwischen beiden Händen. Sah ihn an.

Antwortete wortlos.

Dann lächelte sie, öffnete den Kühlschrank und stellte ihm Stures Dorscheimer vor die Nase. »Hier, du Angler, bitte mach die mal bratfertig.«

»Okay.« Er zog den Fischeimer heran, ließ die Dorsche noch unberührt, leerte sein Weinglas, goss sofort nach. »Lovisa und deine Ausstellung – was machen wir jetzt damit?«

Sie hielt inne. »Seit Nils aufgetaucht ist, kommt es mir so vor, als hätten wir ihr Tagebuch vor gefühlten drei Wochen gefunden.«

»Es geht dir also auch so, dass sich bei manchen Ereignissen die Zeitdimensionen verzerren oder verschieben?«

»Oh ja. Ich habe zum Beispiel den Eindruck, dass ich Jule zum letzten Mal vor einem Jahr gesehen habe.«

Jule. Es war ein Magenschwinger, den sie sich gerade selbst verpasst hatte.

Sie trocknete ihre Finger und suchte nach dem Handy in der Hosentasche, ging in den Wintergarten, wartete, den Hörer am Ohr, schaute auf das Meer durch die verregneten Fensterscheiben, wartete. Ließ das Handy schließlich sinken. Gösta beobachtete sie, wie sie am Fenster stand. Er trank sein drittes – oder war es sein viertes? – Glas leer und stellte es hart ab. Carlotta blickte auf, kam langsam in die Küche zurück.

»Sie hat den Anruf mal wieder weggedrückt.«
Sie nahm ihren Platz hinter dem Küchentresen ein, räumte Teller aus dem Schrank, rührte eine Salatsauce an und sah nicht mehr hoch.
»Bitte, Carlotta, sieh mich mal an.«
Sie hob langsam den Kopf.
»Okay«, meinte er. »Mir reicht's jetzt. Gestattest du, dass ich Jule anrufe?«
»Sie wird nicht drangehen.«
»Warten wir's ab. Ich rufe sie vom Festnetz aus an. Sie wird eine fremde Nummer sehen und vielleicht neugierig sein. Erlaubst du es mir?«
Sie sah ihn an, zweifelnd, müde, nickte. Jules Nummer wählend ging Gösta ging langsam in den Wintergarten und stellte sich an die Tür, die zum Strand führte. Er wartete.

Es funktionierte.
»Ja?«
»Hallo Jule, hier ist Gösta.«
Sie brauchte wohl eine Weile, bis sie begriff, dann hörte er ein lautes Krachen im Hintergrund, wie von einem Möbelstück, das umgefallen war, dann kam ihr »Hallo« zurück.
»Wo bist du gerade?«
»Ich bin mit Leo bei Susan.«
»Hast du fünf Minuten Zeit?«
»Ja, ich hab … ich hab gerade Zeit.«
Das klang überrumpelt, gepresst, aber Gösta achtete nicht auf Nuancen. Ihm war nicht mehr nach Nuancen zumute.
»Das folgende Gespräch ist, liebe Jule, ein völlig unkorrektes Gespräch, pädagogisch unmöglich und direkt aus dem Bauch. Außerdem bin ich leicht besoffen. Mein Sohn macht mir gerade ein paar tolle Überraschungen, und ich bin geladen wie eine

Kanone. Ich will nur, dass du das vorher weißt. Also: Warum benimmst du dich so beschissen deiner Mutter gegenüber?«
Jule schwieg.
»Okay, du willst es mir also nicht sagen. Was willst du denn, dass sie machen soll, oder ich? Oder was wir *nicht* machen sollen?«
Wieder Stille. Dann antwortete Jule zögernd: »Keine Ahnung. Weiß ich nicht.«
»Keine Ahnung? Siehst du, ich auch nicht. Aber ich erzähl dir jetzt mal was, Jule, ich erzähl dir mal, was mir passiert ist. Ich bin vor einigen Tagen über tausend Kilometer Autobahn gefahren, weil ich im Kofferraum ein Bild hatte, das ich dem Gayette-Museum leihen wollte. Ich hab mich also eingestellt auf deutsche Autobahnraser, auf versteinerte Eidechsen und auf Kartoffelklöße. Und auf einmal denke ich, mich trifft der Schlag. Ich habe mit fast allem gerechnet, aber nicht damit. Wenn mir das irgendjemand einen Tag vorher erzählt hätte, ich hätte ihn für verrückt erklärt.
Weißt du, was passiert ist?
Ich stand Carlotta gegenüber und wusste nur, dass ich fünfzig verdammte Jahre alt werden musste, um sie zu finden. Ich habe ein paar Stunden gebraucht, um zu begreifen, dass es so was überhaupt gibt. Dass das keine Erfindung aus Romanen ist. Du stehst jemandem gegenüber, und du weißt: Das ist es. Ja, einfach so, das ist es.«
Gösta hatte begonnen, mit dem Telefon am Ohr im Wintergarten auf und ab zu wandern. Carlotta verstand jedes Wort, er sprach laut. Schließlich blieb er mit Blick auf das Wandbild, mit Blick auf Lovisa und August, die sich seit über hundert Jahren an den Händen hielten, stehen.
»Jule, wirklich, ich wünsche dir, dass dir das auch passiert. Es haut dich um. Es ist unfassbar. Und jetzt hör mir gut zu: Stell dir einfach nur mal vor, du bist im größtmöglichen Glück ange-

langt. Stell es dir bitte jetzt sofort vor, mach die Augen zu, und ich halte für zehn Sekunden meine Klappe.«

Er schwieg. Und sah tatsächlich so lange auf den Sekundenzeiger seiner Uhr.

»So. Und dann komme ich, Gösta, bei dir vorbei. Und dann versau ich deinem Liebsten die Stimmung, und damit auch dir. So richtig gründlich. *Wie* ich euch diese kostbare Zeit verderben würde, das weiß ich noch nicht, da fällt mir dann schon was ein. Aber du kannst schon mal überlegen, was du dann am liebsten mit mir machen würdest. Na?«

Jule schwieg.

»Ich sag's dir. Dann würdest du mir am liebsten einfach nur eine reinhauen. Mindestens. Ich will nur, dass du weißt, wie es mir geht. Wie es Carlotta geht, das kann sie dir später selbst sagen. Ich weiß nicht, warum du ihr vorwirfst, dass sie eine neue Liebe gefunden hat. Liebe Jule, warum tust du so, als wärst du ein Ziegelstein und nicht ein kluger Mensch? Ich war so froh, als ich dich kennenlernte. So ein verdammt intelligentes Mädchen, dachte ich, und da war noch ein Impuls, der war eigentlich idiotisch.«

Gösta holte Luft, trank einen großen Schluck Wein, und Jule sagte immer noch kein Wort.

»Ich bin nämlich stolz auf dich. Ich bin nicht dein Vater, und ich kenne dich kaum, und deshalb hab ich ja sozusagen kein Recht dazu, aber ich bin einfach nur stolz, dass du so schlau und hübsch und witzig bist. Wie du zum Beispiel mit Sprache umgehen kannst. Das ist für dein Alter höchst ungewöhnlich.«

Er trank noch einen Schluck Wein.

»Ach, verdammte Scheiße, ich erwarte nicht, dass du das verstehst, und ich benehme mich gerade unmöglich. Wie ein Vollidiot, weiß ich. Hab ich dir schon gesagt, dass ich nicht mehr nüchtern bin? Außerdem hab ich keine Erfahrung mit Töchtern. Es tut mir leid, wenn ich dich irgendwie verletzt habe, und … ach, zum Teufel, ich hoffe, es geht dir jetzt nicht schlecht.«

»Nee, is schon okay«, sagte Jule schließlich.

»Ich werde Carlotta jetzt von dir grüßen. Und ich sage ihr auch, dass du das ehrlich meinst. Kann ich das?«

»Ja, … meinetwegen, mach das«, entgegnete Jule.

»Bis bald, mach's gut.«

»Tschüs«, kam mit dünner Stimme.

Telefonate

Susan Gayette stand vor ihrer Staffelei im Obergeschoss ihrer Riesenvilla, direkt vor dem großen Atelierfenster mit Ausblick auf den Park. Das Abendlicht reichte gerade noch für die Vorskizze auf der Leinwand.

Susan hielt einen Moment inne, trat zurück, verglich die Skizze mit dem Original und nickte. Sie öffnete einen Fensterflügel und zündete sich eine Zigarette an. Einige Spaziergänger waren am Gittertor der Gayette-Villa stehen geblieben und bewunderten die säulengeschmückte und zinnenbewehrte Behausung des großbürgerlichen Erbauers.

Da sich der Architekt des späten neunzehnten Jahrhunderts darin gefallen hatte, Bauelemente aus zahlreichen und möglichst unterschiedlichen Epochen zusammenzukupfern, wirkte die Villa Gayette wie eine Mischung aus Wartburg, Akropolis und Villa Wahnfried mit einem Schuss Entenhausen. Vor allem die Touristen aus Japan oder den USA liebten dieses Haus.

Auch Susan hatte diese Villa begeistert, allerdings hatte sie genügend Kunstverstand, um Baukitsch zu erkennen. Aber sie mochte ihn.

Einen Moment lang dachte sie amüsiert, dass sie für die Touristen irgendwann einmal eine elegische Papp-Schöne ins Atelierfenster montieren müsse. Die erstaunten Besucher sahen ja meist nur dieses streng blickende Wesen im farbverschmierten Sweatshirt. Dass sie diesem Wesen den interessanten Terrassenpark zu Füßen der Villa verdankten – und vor allem den öffentlichen Zugang zu dem poetischen Park –, konnten sie ja nicht

wissen. Und wie man mit einem Trick durch ein rückwärtiges Gärtnertörchen direkt zum Haus kam, ohne klingeln zu müssen, wussten sie auch nicht.
Aber Jule wusste es.

»Verdammt noch mal, wer hat euch erlaubt, hier einfach reinzukommen?«
Susan fuhr herum, wütend wie eine Hornisse, als Jule und Leo plötzlich auf der Schwelle zu ihrem Atelier standen.
Jule schreckte zurück, Leo versteckte sich instinktiv hinter seiner großen Freundin.
»Was ist denn los, Susan? Warum bist du so sauer? Die Haustür war offen, und wir wollten dich einfach mal besuchen. Komm, Leo, wir gehen wieder. Irgendwie sind alle durchgeknallt im Moment.«
Susan riss sich augenblicklich zusammen. Sie packte ihre Staffelei mit beiden Händen und drehte sie eilig so herum, dass die beiden Kinder das Bild nicht mehr sehen konnten. Jule beobachtete sie verwundert und warf einen schnellen Blick auf die zweite Staffelei daneben.
Ein Bild lehnte darauf, mittelgroß, nicht besonders spannend, wie Jule fand. Irgendwelche Leute in altmodischen Kleidern in irgendeinem Garten. Das andere Bild, das Susan so hektisch mitsamt der Staffelei herumgedreht hatte, war nur eine Umrissskizze gewesen, und soweit Jule es erkannte, waren auch nur wieder Leute in altmodischen Sachen darauf. Nichts Unanständiges. Susan benahm sich allerdings so, als hätte man sie beim Malen eines Pornomotivs erwischt.
Susan lächelte gezwungen. »Sorry, Jule, ich hab einfach einen Riesenschreck gekriegt. Hallo Leo. Nein, nein, bleibt hier. Ich hatte die Haustür wegen Gershwin offen gelassen, er musste mal um die Ecke. Wieso hat dieser Scheißköter nicht gebellt?

Ich hab ein Superschokoladeneis da, mit Brownies und Karamell und was weiß ich. Los, hopp, in die Küche!«

Sie scheuchte die beiden Kinder hinaus, schloss die Tür zum Atelier, folgte ihnen und brüllte auf der Treppe: »Gershwin! Hierher, verdammt!«, so dass Jule und Leo zusammenzuckten und Gershwin von ferne bellend über den Rasen fegte, durch die offene Haustür rannte, um begeistert an Susan, Jule und Leo hochzuspringen.

In der großen Küche gab es nur unpraktische und vorsintflutliche Geräte und Möbel. Trotzdem saß es sich eigenartig herrschaftlich an dem alten Küchentisch mit der verkratzten Platte, der mindestens zwölf Menschen Platz bot. Man fühlte sich in der Weite und Höhe des Raumes verloren, aber es war keine unangenehme Verlorenheit.

Es war eher so, dass man auf acht bis zehn altmodisch gekleidete Dienstboten wartete, damit sie diese Herrschaftsküche mit ihrer Geschäftigkeit füllten. Leo mochte den schwarz-weißen Kachelfußboden, der ihn an ein riesiges Schachbrett erinnerte, auf dem man vielleicht alles Mögliche spielen konnte. Ja, auf dem Bauch liegen und sich ein Spiel ausdenken, bei dem man zum Beispiel Holzschildkröten hin- und herschieben konnte.

»Nachrichten von Carlotta?«

Susan hebelte mit einem großen amerikanischen Eisportionierer gefrorene Schokoladenhügel aus einem Plastikcontainer und drehte sich zu den Kindern um.

Jule hatte sich auf einen Küchenstuhl geworfen, streckte die langen Beine aus, zog mit beiden Zeigefingern ihre Unterlider herunter und ließ die Zunge heraushängen, so dass sie aussah wie eine Monstereule. Leo quietschte, Susan verzog keine Miene. »Und?«

Jule setzte sich gerade. »Sie ist mit Onkel Gösta in Taka-Tuka-Land.«

Susan stellte drei hochbeladene Steingutschalen auf den Tisch, legte Löffel dazu, setzte sich und begann schweigend, das Eis in sich hineinzuschaufeln.
Leo zog eine Eisportion zu sich heran und löffelte ebenfalls schweigend. Es schmeckte hervorragend. Diese Sorte Eis gab es nur bei Susan.
Schließlich machte Susan eine Pause, leckte an ihrem Löffel und deutete damit auf Jule. »Hat Carlotta angerufen und irgendetwas von dem Wandbild erzählt?«
»Nö.«
»Hat sie überhaupt was erzählt?«
»Nö.«
»Du willst mir sagen, dass sie dich gar nicht angerufen hat?«
»So ähnlich.«
»Was heißt das?«
Jule zuckte mit den Schultern, lutschte ihr Eis und starrte auf einen Punkt auf der Tischplatte.
Leo schaute von einem zum anderen und rutschte ungemütlich auf seinem Stuhl hin und her. Alles war so komisch geworden. Jule war so anders seit zwei Tagen. Das Frohe in ihrem Gesicht war weg. Sie hatte wackelige Laune. Und ihre Augen sahen auf einmal aus wie hinter Milchglas. Oder so ähnlich. Ihm fiel kein passenderer Vergleich ein.
Jules Handy klingelte. Jule blickte auf die Nummer, kniff die Augen zusammen und drückte den Anrufer weg.
Susan aß ihre Eisportion, stand auf, stellte das Geschirr in der Spüle ab, wandte sich um, ging zur Küchentür und blieb noch einmal stehen. »Weshalb bist du eigentlich hierhergekommen?«, fragte sie.
Jule schaute sie groß an, dann zuckte sie wieder mit den Schultern. Und schwieg.
»Wenn es dir wieder einfällt, kannst du ja noch mal kommen.

Ich muss jetzt arbeiten. Wenn ihr geht, macht die Haustür hinter euch zu, damit Gershwin nicht mehr rauskann.«
Sie wandte sich um, wollte die Treppe zu ihrem Atelier hinaufsteigen, als Jules Handy wieder klingelte.
Instinktiv blieb Susan stehen.
Jule zog das Handy, das vor ihrer Eisschale lag, zu sich heran, blickte verwundert auf eine ihr unbekannte, lange Nummer.
»Ja?«
Als sie begriff, wer am anderen Ende sprach, verriet ihr Gesicht plötzlich höchste Anspannung. Sie erhob sich ruckartig, warf dabei den Küchenstuhl um, kümmerte sich nicht darum, ging zum Fenster.
»Hallo.«
»Ich bin mit Leo bei Susan.«
»Ja, ich hab … ich hab gerade Zeit.« Sie klang gepresst und wirkte überrumpelt. Sie horchte angestrengt in den Hörer, schließlich wandte sie sich zum Küchenfenster, so dass Susan und Leo ihr Gesicht nicht mehr beobachten konnten. Sie hörte nur zu, atmete zwischendurch schwer, sprach kein Wort. Ab und zu stieß sie lange die Luft aus, dann wiederum machte sie kleine, angespannte Bewegungen, als wollte sie sich, wie eine verpuppte Larve, aus einem zu engen Kokon winden.
Man konnte nichts verstehen, zwischendurch kam die Frequenz einer männlichen Stimme aus dem Telefon. Der Anrufer sprach und sprach.
Leo blickte auf die große Küchenuhr, die an der Wand über der Tür zum Flur hing. Auch Susan stand immer noch auf derselben Stelle. Einmal schien er eine Pause zu machen, und Jule antwortete zögernd: »Keine Ahnung. Weiß ich nicht.«
Dann schien er plötzlich zu schweigen, und Jule schloss die Augen. Zehn Sekunden Totenstille.
Alles wirkte erstarrt unter dem Bann dieses seltsamen Dialogs.

Auf einmal sprach der kleine Apparat weiter, Jule öffnete wieder die Augen.
»Nee, is schon okay«, sagte Jule schließlich mit halb erstickter Stimme, und »Ja, ... meinetwegen, mach das«, dann kam noch ein dünnes »Tschüs«, und sie ließ das Handy sinken. Sie wandte sich wieder um. Sie war bleich.
Sie setzte sich an den Küchentisch, ihr Gesicht zuckte, sie versuchte »Komm, Leo, wir gehen!« zu sagen, aber es kam nur ein Krächzen. Sie legte die Arme auf den Tisch, ließ den Kopf darauf fallen und begann zu weinen. So, als würde sie nie wieder aufhören. Es waren lange, stöhnende Laute, es klang beängstigend, tierhaft, ungewohnt. Leo bekam Angst.
Susan zündete sich eine Zigarette an, musterte Jule, die von Schluchzern geschüttelt den alten Küchentisch flutete. Sie ließ sich ein paar Züge lang Zeit, beobachtete das Kind ihrer Cousine, sagte kein Wort, streichelte nicht, tröstete nicht, ließ Jule heulen.
Dann griff sie zum Telefon, das im Flur lag. »Hallo, Onkel Henri«, hörte Leo. »Jule ist hier bei mir, und wahrscheinlich bleibt sie auch hier. Wenn du willst, dass sie nach Hause kommt, hole sie bitte hier ab. Das wäre mir lieber.« Dann lauschte sie einen Moment. »Nervenkrise. Oder so etwas in der Richtung. Nein, ich weiß absolut nicht, warum, aber vielleicht weiß ich es in ein paar Minuten.« Sie legte auf.
»Susan?« Leo rutschte von seinem Stuhl. »Ich geh mal nach Hause.«
»Okay, Kleiner.«
»Susan?«
»Ja?«
Leo fingerte nach dem Haustürschlüssel, der um seinen Hals hing. »Ist Jule krank?«
»Nee. Ganz bestimmt nicht.«

»Was hat sie denn?«
Susan kannte sich nicht aus mit Kindern, aber sie sah Leos Angst. Mit Angst kannte sie sich aus, mit dem Gefühl der Ohnmacht auch. Beides hatte lange Zeit ihr Leben beherrscht. Sie überlegte kurz, dann lächelte sie. Und weil sie so selten lächelte, wirkte es sofort auf Leo.
»Wann hast du das letzte Mal geheult, Leo?«
»Vorgestern.«
»Und? Heulst du immer noch?«
»Nee«, antwortete er verwundert und blickte sie mit großen Augen an.
»Na, siehst du. Das hört wieder auf.«
Leo fand das einleuchtend und sehr beruhigend. Egal, warum Jule so heulte. Es hörte wieder auf.

* * *

Leo schlich auf leisen Sohlen die Treppe hinauf, steckte den Schlüssel millimeterweise ins Schloss und drehte ihn so vorsichtig um, dass wirklich fast nichts zu hören war. Er kam eine Viertelstunde zu spät. Wenn Mama das merkte, gab es Ärger. Wenn Friedrich es merkte, Terror. Manchmal klappte es, sich unbemerkt ins Zimmer zu schleichen. Wenn sie vor dem Fernseher saßen und schon eine halbe Flasche Wein getrunken hatten, konnte man sich schnell ins Bett legen und sich dann vorsichtig Stück für Stück unter der Decke ausziehen, und wenn Mama in einer Werbepause nachschaute, konnte man behaupten, man läge ja schon ganz lange da, und sie hätten sein Hallo gar nicht gehört, vor einer halben Stunde oder so, und na klar hätte man sich schon längst die Zähne geputzt.
Die Tür zum Wohnzimmer war einen Spaltbreit geöffnet, aber der Fernseher lief nicht. Leo wollte schnell in sein Zimmer

schleichen, aber plötzlich hielt er inne. Mamas Stimme klang sehr komisch. So blass. Wie graues Holz, das Stück für Stück wegbricht.

Er hielt den Atem an und lauschte. Mama sprach, wartete Antworten ab, aber niemand sonst redete. Sie war allein. Sie telefonierte.

»Nein, ich hab nicht mit ihm Schluss gemacht. Er hat mit mir Schluss gemacht.« Schlucken, Husten, dann war klar, sie weinte. »Ich hab ihm nur gesagt, dass Leo mit dem Fußball aufhören darf, wenn er das will.«

Leo wurde starr vor ungläubigem Erstaunen. Starr und ganz leer, wie eine weiße Wand.

»Nein, Carlotta, ich war heute bei Onkel Henri. Es gibt Sachen, die kann ich Leo einfach nicht wegnehmen, ich hab das heute erst verstanden. Und dann, als ich versucht hab, Friedrich das zu erklären, ist er …«

Jetzt schluchzte sie, fing sich wieder. »Entschuldigung. Ich muss mir mal die Nase putzen … Keine fünf Minuten hat das gedauert, am Telefon! Carlotta, stell dir das mal vor. Er wolle nicht dafür verantwortlich sein, dass ich mir einen undisziplinierten Faulpelz heranziehe, das würde er nicht mitmachen. Einen Bengel, der immer nur in die Wolken glotzt, hat er gesagt. Idiot. Einzige Alternative sei, Leo ins Internat zu stecken. Stell dir das mal vor! Davon abgesehen, dass ich mir das nicht leisten kann, ich will doch meinen Jungen bei mir haben! Ich müsste mich schon entscheiden, das sei eben seine Bedingung, sagte er mir, und dann hat er einfach aufgelegt. Ach ja, und ich sei ja so was von undankbar, und all das Geld, das er schon in Leo investiert habe! Die Fußballklamotten und das Training und was weiß ich. Da scheiß ich drauf, auf das Geld. Er kriegt von mir jeden Cent zurück, dieser Idiot. In Leo investiert! Investiert! Als sei das Kind eine Art Immobilie. Und er würde mir jetzt schon prophezeien, dass Leo in der Gosse landet, bei meiner laxen Erziehung … Was?«

»Ja, das stimmt, das fand ich auch total unverschämt.«

»Was soll ich denn machen? Mein Kind ist mir wichtiger, das ist einfach so.« Und dann schrie sie fast. »Leo ist so traurig gewesen, Carlotta, so traurig. Und wenn er mir den Jungen kaputt macht, dann kann er abhauen, hab ich ihm gesagt. Hau einfach ab. Einmal Klinik reicht mir. Alles psychosomatisch, hat die Ärztin gesagt. Alles Spinnerei, hat Friedrich gesagt. Ich wusste einfach nicht mehr, wo ich dran bin, weißt du. Heute bei Onkel Henri hab ich kapiert, dass es so nicht weitergeht.«

»Nein, Friedrich sieht gar nichts ein. Und so viel kann ich ihm nicht wert sein, sonst hätte er sich verdammt noch mal damit abgefunden, dass Leo meine Sache ist und nicht seine. Er hat überhaupt nicht um mich gekämpft, überhaupt nicht!« Ihre Stimme wurde laut. »Friedrich ist ein Drecksack.« Gleich darauf schluchzte sie wieder, fast so heftig wie Jule vorhin.

Friedrich ist ein Drecksack.

An der weißen Wand wuchs eine Sonne. Groß und hell und glänzend.

Leo schlich in sein Zimmer, zog sich schnell aus, streifte seinen Schlafanzug über, aus Versehen verkehrt herum, holte Schlafbär Joni aus seinem Versteck unter dem Bett, klemmte Joni fest unter den Arm.

»Der kann abhauen, der Drecksack«, flüsterte er Joni ins verfilzte Ohr. Joni schluckte diese wundervolle Nachricht, wie er zuvor Tausende kummervolle Worte geschluckt hatte. Joni war warm und weich und schmuddelig, und überhaupt, Joni konnte jetzt wieder *auf* dem Bett wohnen, nicht unter der zusammengefalteten Luftmatratze unter dem Bett. Jetzt durfte man Joni wieder sehen.

Alles in Leo fühlte sich nach Sonne an. Er würde wieder mit

Mama allein sein. Und da war der Schrank bei Onkel Henri. Und sein Werkzeug. Die Schildkröte, die noch in der Schublade lag. Das war das Allerwichtigste, dass die Schildkröte für Mama fertig wurde.

Am liebsten wäre er sofort zu Onkel Henri gefahren, jetzt sofort, und hätte die ganze Nacht lang im Licht der Neonröhre die Schildkröte fertig geschnitzt. Morgen, direkt nach der Schule, würde er zu Onkel Henri fahren.

Er schlich wieder zur geöffneten Wohnzimmertür.

Mama weinte jetzt leiser und sagte dem Telefon: »Ja, du hast recht. Ich bin froh, wenn du wieder zurück bist. Grüß deinen Schweden von mir. Was sagst du?«

Lange Pause.

»Ach du lieber Himmel. Ach du meine Güte. Was? Das darf doch nicht wahr sein. Na, die Probleme von Gösta sind ja auch nicht gerade ein Strandspaziergang. Und er hatte keine Ahnung? Und dann heule ich dir die Ohren voll! Also, ich glaub es nicht. Carlotta, warum ist das so? Warum kann man nicht mal das bisschen Glück, was man erlebt, genießen, ohne dass einem das Leben ständig ans Bein pinkelt, warum?«

Pause.

»Ja, stimmt auch wieder. Du hast recht. Grüß ihn von mir, haltet durch. Tschüs, mein Schatz. Und – danke.«

Leo schob sich durch die Tür, wortlos. Emily sah ihn aus verheulten Augen an, lächelte, klopfte mit der flachen Hand auf den Platz neben sich. Leo kroch auf das Sofa, lehnte sich an seine Mutter und blieb erst einmal still.

»Du kommst zu spät, Leo. Und du hast an der Tür gelauscht. Stimmt das?«

Etwas in ihrer Stimme signalisierte ihm, dass es nicht schlimm war, wenn er jetzt die Wahrheit sagte. Er nickte. Sie legte den rechten Arm um ihn.

»Na, dann weißt du ja Bescheid.«
Leo schwieg. Er blickte auf ihre Hand, die auf seinem Brustkorb lag. Der Glitzerring war weg.
»Es konnte ja so nicht weitergehen, Leo. Ich hab doch gesehen, wie traurig du bist. Und wenn Fußball eben nicht dein Ding ist – also, du brauchst nicht mehr zum Training.«
Leo fühlte sich leicht wie eine Feder. Allerdings weinte Mama immer noch, und das fühlte sich nicht gut an.
Er wollte ihr so gerne helfen, hatte aber keine Ahnung, wie er das anstellen sollte. Er drückte ihr Joni an die Wange. Emily nahm Joni, hielt ihn hoch, betrachtete ihn von allen Seiten und meinte: »Joni muss in die Waschmaschine, das darf doch nicht wahr sein. So was Dreckiges hab ich ja schon lange nicht mehr gesehen.«
»Schwarz wie ein Elefantenarschloch«, half Leo. Das hatte Jule mal erfunden, aber Friedrich hatte ihm verboten, das zu sagen.
»Schwarz wie zwei Elefantenarschlöcher«, bekräftigte Mama, die damals zu Friedrichs Verbot geschwiegen hatte. Es war ja auch gut gewesen, dass er auf eine gepflegte Sprache achtete, und schließlich hatte er Abitur und sie nicht, aber – er war ein verbohrter Idiot, und geliebt haben konnte er sie nicht, er hatte keine fünf Minuten um sie gekämpft, dieser Drecksack.
Es war jämmerlich und schwach, vor dem Kind zu heulen, aber die Flut war nicht aufzuhalten. Sie zog ihren Arm zurück, barg das Gesicht in beiden Händen, und der Deich brach wieder. Leo betrachtete sie bekümmert, hilflos.
»Mama, warum weinst du denn so?«
»Weil«, sie schneuzte in ein Papiertaschentuch, »weil es so schön war, einen Freund zu haben. Und weil ich so viele Hoffnungen hatte, wir würden 'ne richtige Familie, weißt du, so eine, wie ich das schon immer gewollt hab.«
»Aber wir sind doch 'ne richtige Familie, Mama. Du und ich,

das ist doch ’ne richtige Familie. So wie – wie Jule und Carlotta. Denen geht es ja auch gut.«
Wobei ihm einfiel, dass Carlotta jetzt auch einen Friedrich hatte. Einen schwedischen. Und Jule hatte eben sehr heftig geheult.
Seine Mutter widersprach. »Na, weißt du, so glücklich ist Carlotta im Moment nicht mit Jule. Sie benimmt sich ziemlich daneben, ich hab gerade mit Carlotta telefoniert. Und Carlottas neuer Freund hat wohl heftigen Stress mit seinem Sohn.«
»Heult der auch?«, fragte Leo vorsichtig.
»Wer?«
»Na, der neue Freund. Oder der Sohn.«
»Weiß ich nicht. Grund genug hätten sie.«
»Warum?«, wollte Leo wissen.
Emily wandte sich ihrem Sohn zu. »Sie haben alle viel Ärger miteinander. Das soll uns beiden im Moment egal sein.« Sie sah ihn mit verheulten Augen an, aber sie lächelte. »Weißt du, was ich so toll an dir finde, Leo? Und ich hab das erst heute verstanden. Also: Du weißt, was du gerne machst, und genau das machst du richtig gut. Das finde ich toll.«
Leo kroch näher an seine Mutter. Die riesige Klammer in seinem Bauch war weg. Nie mehr Friedrich. Nie mehr Fußball.
»Mama?«
»Ja?«
»Wie findest du Schildkröten?«
»Warum fragst du das?«
»Och, nur so.«
»Also … lass mich mal überlegen. Die haben einen dicken Panzer, machen alles mit Ruhe und werden mindestens hundert Jahre alt. Und blöde Leute können ihnen den Buckel runterrutschen. Ja, ich glaube, ich kann Schildkröten leiden.«
Leo nickte zufrieden. Er schloss die Augen. Links Mama, dazwi-

schen Joni, darüber eine Wolldecke. Und drei Kilometer weiter Onkel Henri. Und Jules Geheule hörte wieder auf.
Emily spürte sofort, dass sich Leos Körper anders anfühlte als in den letzten Monaten, während der Friedrich-Zeit. Die Spannung war aus ihm gewichen. Jetzt hatte Leo sich an sie gelehnt wie früher, biegsam, voll Vertrauen.
Seltsamerweise fühlte sie sich in der Trauer um die zerbrochene Beziehung auch leichter. Erleichtert. Friedrich hatte nicht nur gewusst, wie man Leo auf die einzig richtige Art erzog. Alles andere hatte er auch besser gewusst. Keinen Raum um sich gelassen, allen Raum eingenommen.
Sie blickte auf den Balkon, auf die ordentlichen Blumenkästen mit den rosa Zwergnelken und den australischen Gänseblümchen. Friedrich hatte sogar hier jeden kleinsten Halm eliminiert, der sich selbständig dort angesiedelt hatte. Ab heute durften wieder Gäste im Blumenkasten wachsen, Grasrispen, Löwenzahn und Klee, mitten zwischen den gekauften Blumen. Und Flugtiere aller Art waren willkommen. Und Leos Augen waren wieder die eines Zehnjährigen und nicht die eines alten Kindes ohne Hoffnung.
Carlotta kam übermorgen. Mit einem Sorgenkoffer, übervoll, wie es sich angehört hatte. Trotzdem, vielleicht war zwischendurch Zeit, mit ihr darüber zu reden, warum es immer die kleinen Besserwisser mit dem großen Ego und der engen Seele sein mussten. Das hatte Carlotta nämlich gerade am Telefon gesagt. Enge Seele. Genau das war es gewesen.
Jetzt kamen wieder die Tränen. Es hatte auch andere Seiten gegeben an Friedrich, natürlich. Genau deren Verlust schmerzte ja so, es tat weh, dass da jetzt keine Zärtlichkeit mehr war, keine Komplimente, keine Gespräche mit einem erwachsenen Gegenüber, keine Generalprobe für das Familiengefühl.
Es war trotzdem richtig so. Mit und ohne Leo. Und was hatte

Tante Betty heute gesagt, zum Abschied? Tante Betty, die niemals verriet, wie es wirklich in ihr aussah, von der niemand wusste, was sich in ihrem Lebensrucksack befand. Sie musste geahnt haben, was in ihr, Emily, vorging nach dem Atelierbesuch, nach dem stummen Dialog mit der Schildkröte und dem kurzen mit Onkel Henri. Sie hatte oft genug in den letzten Monaten Leo von der Seite gemustert. Sie hatte immer zu Friedrichs Weisheiten geschwiegen, wenn er, selten genug, Emily im Museum abgeholt hatte. Tante Betty konnte auf eine extreme Art schweigen, die lauter war als jeder Kommentar.

Aber Tante Betty hatte heute beim Abschied gesagt: »Danke fürs Mitnehmen, meine Liebe. Mach dir einen guten Abend und erhol dich mal. Und denk dran, Emily. Auch andere Väter haben schöne Söhne.«

Tante Bettys seltene Kommentare waren wie ein Regenschirm: Wenn's mal dicke kam, konnte man ihn aus der Tasche holen und aufspannen. Jetzt war Regenschirmzeit.

Jawohl, Emily. Auch andere Väter haben schöne Söhne.

Leos Augen fielen zu, er wurde schwerer, Emily spürte, wie er einschlief, und einige Minuten später schlief auch sie.

Die Reise nach Neuseeland

Nils kam fast pünktlich. Er stand plötzlich in der Tür, sog noch an seiner Zigarette, warf den Stummel in den Hof, sah Göstas Blick und hob beide Hände: »Jaja, okay, Pop, ich heb sie nachher auf.«

Eigenartig, wie ein Wort mit einer Silbe manchmal eine komplexe Situation entschärfen kann.

Nils hatte sein Kinderwort für Gösta immer beibehalten, nur benutzte er es seltener als früher.

Gösta ging auf seinen Sohn zu, umarmte ihn und sagte: »Setz dich, du Blödmann.«

Nils war irritiert, weil Gösta nach Alkohol roch, das kam eigentlich nie vor. »Selber Blödmann«, antwortete er und hielt Carlotta die Hand hin. »Guten Abend, Carlotta. Sämtliche fünf Blumenläden auf Björkholm waren schon geschlossen, beim nächsten Mal also.«

»Ich werde dich dran erinnern!« Sie lachte, wies ihn mit dem Kopf an, sich an das obere Ende des Tisches zu setzen, und trug das Essen auf.

Nils hatte seit mindestens einer Woche nichts Warmes gegessen. Jedenfalls war Carlotta froh, dass sie richtig vermutet hatte, denn sie hatte in weiser Voraussicht für vier bis fünf Personen kalkuliert. Etwa eine Viertelstunde lang konnte Nils nicht reden, weil er ohne Unterbrechung kaute, bis er endlich eine kurze Verschnaufpause einlegte. Carlotta wunderte sich zum hundertsten Mal, wie viel in einen Jugendlichen hineinpasst, wenn er hungrig ist oder einfach nur auf das, was vor ihm steht, Appetit hat.

»Gut, das.« Nils trank ein paar Schluck Wasser und lehnte sich zurück. Und beobachtete seinen Vater.
Gösta legte seine Gabel neben den Teller.
»Nils …« Gösta räusperte sich. »Es hat keinen Zweck, so zu tun, als hätten wir einen normalen Krach hinter uns und als wäre das die Ruhe nach dem Sturm. Jetzt ist zwar Ruhe nach dem Sturm, aber …«
»Aber es kann jederzeit wieder losgehen, was?« Nils trank einen Schluck Wein, wischte sich den Mund, rückte ein Stück vom Tisch ab und betrachtete Carlotta und Gösta wie einen Doppelgegner vor der nächsten Ringrunde.
»Nein, das meine ich nicht. Ehrlich gesagt, Nils, ich bin ziemlich fertig. Und auch nicht mehr ganz nüchtern. Ich hab vorhin schon was getrunken. Wie soll das denn alles weitergehen?«
»Soll ich euch allein lassen?«, fragte Carlotta. Sie hatte Gösta angeblickt, aber Nils antwortete. »Meinetwegen kannst du gerne bleiben. Ich schätze mal, Gösta wird dir sowieso alles erzählen.«
Gösta nickte und begann ohne Umschweife: »Hör zu, Nils. Dein Neuseelandtrip hat bis jetzt ungefähr vierzigtausend Kronen gekostet. Ich bin zwar kein Sozialfall, aber das ist auch für mich eine ganz nette Summe. Du hast das Geld für irgendetwas gebraucht. Irgendetwas, was dir wichtig war, offensichtlich.«
Nils nickte, sah plötzlich todunglücklich aus. Er nahm Anlauf. »Pop, ich habe noch die Hälfte von dem Geld. Ich überweise es sofort, wenn ich wieder in Stockholm bin, klar. Die andere Hälfte ist weg. Du bekommst das Geld zurück. Später.«
»Und du willst mir auf gar keinen Fall sagen, wofür?«
Nils nickte nachdrücklich.
»Daraus schließe ich, dass ich mit der Verwendung nicht einverstanden wäre.«
»Das denke ich, ja. Ich kann und ich will es nicht sagen. Niemals. Oder vielleicht irgendwann mal. Viel später.«

»Nils, bitte: Geht es um … um Drogen?«

Nils lachte. Es klang nicht besonders fröhlich. »Wenn es um Drogen ginge, würde ich das Geld andauernd brauchen. Und jetzt brauche ich keins mehr, das Ding ist vorbei. Heute ist sozusagen Rückflug von Auckland nach Stockholm. Es tut mir leid, ehrlich. Ich kann es nicht mehr ändern. Aber noch mal: Du kriegst das Geld zurück.«

»Wie willst du das denn machen?«

»Arbeiten, Job suchen. Musik machen. Du musst es mir eben stunden, bis ich es zusammenhabe.«

Gösta trank Wein und schwieg.

Nils spielte mit seiner Gabel und sprach ins Leere. »Und wir machen es schriftlich, dass du es nur weißt. Ich bin ja höchstwahrscheinlich nur auf dem Papier dein Sohn.«

»Hör zu, Nils, ich krieg gleich einen Schreianfall, wenn du das noch mal sagst. Mit Zuckungen und Schaum vor dem Mund und allem, was dazugehört. Was willst du hören? Dass du der ärmste Nils der Welt bist?«

Gösta trank das nächste Glas Wein fast mit einem Zug. Er artikulierte bereits ein wenig schwerfällig, wurde laut. »Pass mal auf, Kleiner! Scheißegal, ob mein oder irgendein Künstlersperma an dir schuld ist: Hör auf mit diesem Selbstmitleid, das ist einfach kaum zu ertragen. Wenn ich dich irgendwann mal satthaben sollte, dann liegt das nicht an mangelnder Blutsverwandtschaft, ja? Dann liegt das, das liegt dann an deinem blöden Benehmen.«

Gösta erhob sich. »Carlotta, es ist noch sehr früh, ich weiß. Ich bin todmüde und ich bin besoffen und ich geh jetzt ins Bett. Und noch was, Nils: Vielleicht bist du wirklich nicht mein leiblicher Sohn, und ich hab auch nicht immer kapiert, was in dir vorging, und ich hab nicht immer gewusst, was du gerade brauchtest. Das tut mir sehr leid, das kannst du mir glauben. Aber du bist … du bist seit etwa siebzehn Jahren mein bester und mein liebster Freund, du dummes Arschloch. Nacht zusammen!« Gösta nahm die Weinflasche vom Tisch, setzte sie sich noch beim Aufstehen an den Mund, klemmte sie dann unter den Arm und verließ die Wohnküche. Sie hörten, wie er schwerfällig die Treppe hinaufging.

Carlotta blickte ihm hinterher, sagte lange Zeit nichts.

»Soll ich gehen?«, fragte Nils irgendwann. Es klang unsicher.

»Wieso denn?« Carlotta erhob sich und öffnete eine neue Flasche Wein. »Du bist doch hier zu Hause.«

»Das hörte sich eben fast echt an.« Nils klang diesmal nicht spöttisch. Eher sehnsüchtig. »Dass ich Göstas bester Freund bin, das hat er mir noch nie gesagt.«

»Dann merk's dir«, entgegnete Carlotta. »Und er meint, was er sagt. So gut kenne ich ihn schon.«

Sie setzte sich wieder zu ihm und goss ihm Wein ein.

»Danke. Kann ich dazu was von eurem Tonic reinkippen?«

»Wenn's dir schmeckt.« Sie amüsierte sich über seine Geschmacksverirrung, als ihr plötzlich einfiel, dass sie selbst als Teenie gerne Cola in zu trockenen Rotwein gegossen hatte. Nils erhob sich, nahm eine Flasche aus dem Kühlschrank und öffnete sie ungeschickt, dabei tropfte Schaum auf den Fußboden, er fluchte, entschuldigte sich, wischte auf, setzte sich wieder, hob sein Glas, prostete ihr zu und wirkte in seiner Eilfertigkeit auf einmal so normal und auch kindlich, dass sie ohne nachzudenken ihre Hand auf seine legte und fragte: »Nils, und wenn du es mir erzählst? Und ich dir mein Ehrenwort gebe, dass ich es nicht weitersage?«

In derselben Sekunde hätte sie sich ohrfeigen können für ihre Distanzlosigkeit. Aber er reagierte anders, als sie befürchtet hatte.

Er kämpfte um seine Fassung, atmete ein paarmal langsam, wie jemand, der Angst davor hat, das Bewusstsein zu verlieren. Nach einer Weile sagte er zögernd: »Ich habe etwas erlebt, was ich nie mehr erleben will. Ich habe jemandem vertraut, der das nicht verdient hat, und mehr sage ich auch dir nicht. Ich war einfach blöd.«

Er verstummte, beobachtete die Kohlensäurebläschen in seinem Tonicwein und räusperte sich schließlich. »Ich weiß nicht, manchmal denke ich, ich gehöre nirgendwo hin. Manchmal weiß ich überhaupt nicht mehr, wer ich bin. Vielleicht bin ich ja ein Trollkind. Oder komme von einem anderen Planeten.« Er lachte kurz auf, es klang wie ein kleiner Schluchzer. »Weißt du, dass ich mit sechs Zehen geboren wurde? Heute werden diese Zehen ziemlich früh einfach abgeknipst, wie man vielleicht eine deformierte Hühnerkralle beschneidet. Hat man bei mir auch gemacht.«

Carlotta sah ihn verwundert an. »Hab ich noch nie von gehört!«

»Das ist eine Sache, die wird vererbt. Polydaktylie nennt man das. Kann auch schon mal eine Generation überspringen, oder zwei, so genau weiß ich das nicht. Aber Gösta hatte das nicht und sein Vater, also mein Opa, auch nicht.«

»Aber vielleicht die Seite deiner Mutter?«

Nils schüttelte den Kopf.

Er schwieg, dann setzte er wieder an, diesmal aber sprach er mit dem Blick ins Leere. Und sagte doch noch etwas zum Thema.

»Ich habe versucht rauszukriegen, wer mein Vater ist.«

Carlotta setzte sich gerade.

Nils sah sie immer noch nicht an. »Meine Mutter blockte zuerst. ›Mein Gott, das ist doch völlig egal, ob das jetzt dieser oder jener Mann ist‹, hat sie gesagt. ›Du heißt Johansson, du wirst Göstas Haus erben, er wird dein Studium finanzieren, und er akzeptiert dich als sein Kind, wo ist das Problem?‹ Sie hat einfach nicht begriffen, wo für mich das Problem ist. Oder sie will es nicht begreifen. Es hat was zu tun mit einem Gefühl, mit …

ja, verdammt, was ist das für ein unbekanntes Bauteil in mir? Wer ist das? Verstehst du?« Er beugte sich vor und sah sie eindringlich an. »Gösta sagt immer nur: ›Für mich bist du mein Sohn‹, und das ist ja auch sehr freundlich von ihm, aber …«
Er blickte hinaus in den graublauen Abend. Der Regen hatte sich endgültig verzogen, eine tief stehende Sonne warf spätes Licht auf die Weißdornbüsche.
»… bei mir war da auf einmal 'ne leere Seite. Da, wo vorher ›Gösta‹ draufstand. Verstehst du, dass ich wissen will, wer mein Vater ist?« Er sah sie an.
»Ja, klar«, antwortete Carlotta und wich seinem Blick nicht aus.
»Weißt du es denn jetzt?«
»Ich weiß, wer es sein könnte.«
»Hast du ihn kennengelernt?«
Er schwieg. Er hatte die Hände ineinander verschränkt und presste die Finger fest zusammen. Dann sah er an ihr vorbei und nickte, ganz kurz, widerwillig.
»Und?«
Er schüttelte den Kopf. »Darüber will ich jetzt nicht reden. Ist auch nicht so spannend.« Er zog das Glas zu sich heran und starrte in die Limo, aus der knisternd kleine Blasen stiegen. »Ich hab angefangen, meine Mutter zu hassen. Sie hat was kaputt gemacht, einfach so.«
»Das war nicht ihre Absicht, das weißt du. Deine Eltern hatten sich gestritten. Dass du das alles gehört hast, war ein Betriebsunfall.«
Nils reagierte nicht auf ihre Antwort, sondern trommelte mit den Fingern auf die Tischplatte. »Sie sagt einfach: Du bist aus dem Gröbsten raus, und du bist bei Gösta gut aufgehoben. Sie kapiert nicht, dass das für mich eben *nicht* egal ist, das mit der Vaterschaft. Sie ist einfach so. Wenn ich Schwierigkeiten hab, weiß sie immer, was richtig für mich ist, ohne dass sie begriffen

hat, was mein Problem ist. Und wenn *sie* ein Problem nicht kapiert, dann hat es auch keins zu sein, verstehst du? Sie hat eben ihr eigenes Weltbild, klar, hat jeder, aber wenn der Rest der Welt das nicht bedingungslos teilt, wird sie aggressiv. Manchmal denke ich, sie ist entweder nicht besonders intelligent oder ganz einfach nur egoistisch.«

»Wenn ich dich so höre und sehe – ein paar Sachen hat sie trotzdem gut gemacht.«

Nils starrte finster auf den Tisch.

»Das war gerade ein Kompliment!« Carlotta versuchte, seinen Blick zu erhaschen. Aber er sah nicht auf. »Und zwar an deine Adresse.«

Er spielte mit ein paar Brotkrümeln herum. »Ich hab kein Vertrauen mehr. In nichts und niemanden.«

Er stützte das Gesicht auf beide Hände und sah nach draußen, in den Lichtwechsel zwischen grauen Wolken und glänzender Abendsonne. »Ich bin einfach allein. Ich fühle mich total einsam.«

»Nils, du hast Gösta, der dir laufend signalisiert, dass er für dich da ist. Außerdem, Nils, ich sage dir jetzt etwas, was man einem Kind nicht sagt, wohl aber einem jungen Erwachsenen: Jeder ist tatsächlich allein. Wir kommen allein, und wir gehen allein. Wir sind immer allein, und zwar deshalb, weil jeder, wirklich jeder Mensch, seine eigene Wirklichkeit hat. So, wie du die Welt siehst, werde ich sie nie sehen. Und umgekehrt. Aber *einsam* brauchen wir deshalb nicht zu sein.« Sie machte eine kurze Pause. »Du fühlst dich einsam, weil du ein Problem hast, über das du nicht reden willst. Der einzige Mensch, der daran etwas ändern kann, das bist du. Übrigens musst du bei Gelegenheit mal dringend über den Unterschied von ›allein‹ und ›einsam‹ nachdenken, Nils.«

Er musterte sie. Die Augen dieser Frau verrieten nicht Neugierde, sondern Interesse. Es war ein feiner Unterschied, aber er sah ihn. Anders als Göstas letzte Freundin flirtete sie ihn nicht an, sondern signalisierte ganz klar, wie die Rollen verteilt waren. Und kein: »Ach, armer, kleiner Junge, komm unter meine Flügel«, sondern: »Wir sind allein«.

Und sie saß da und hörte zu und wollte wissen. Der Abstand, den sie einhielt, fühlte sich nicht kühl an.

Er griff nach einem Stück Weißbrot, das im Körbchen vor sich hin trocknete, nuckelte an der Rinde und fragte: »Wie ist Gösta eigentlich im Bett?«

Carlotta sah ihn scharf an. Diese Art Provokation kannte sie von Jule. Das konnte nur bedeuten, dass er jetzt etwas testen wollte. Und damit auch, dass er sie zu mögen begann.

»Weißt du noch, Nils, was du mir heute Nachmittag geantwortet hast, als ich dich draußen am Ufer fragte: ›Warum bist du nicht in Auckland?‹«

»Ja. Ich habe gesagt: ›Das geht dich einen Scheiß an.‹« Nils kaute auf einem Stück Brot.

»Voilà. Da hast du meine Antwort auf deine Frage.«

Nils legte das Brotstück an den Tellerrand, beugte sich leicht vor und beobachtete sie ebenfalls sehr genau. »Und weißt du auch noch, was du darauf geantwortet hast?«

Carlotta wusste es nicht mehr.

»Du hast gesagt …« Nils nahm das Brotstück wieder in den Mund. »… du hast gesagt: ›Das weiß ich, ich will's trotzdem wissen. Ich bin einfach neugierig.‹«

Carlotta lachte. Nils lachte mit. Er hatte tatsächlich die Wahrheit gesagt, er war neugierig. Auf diesem archaischen, männlichen Vergleichsfeld war er zwar sicher noch Neuling, aber alt genug. Und Carlotta dachte an Sture. Ob der präfrontale Cortex auch für noch nicht entwickeltes Taktgefühl zuständig war? Vermutlich.

»Also gut, Nils, dazu sage ich dir Folgendes: Gönne älteren Menschen ihr Vergnügen, und bescheide dich mit der Auskunft, dass uns auch diese Seite des Lebens noch ziemlich viel Freude bereitet.«

»Womit auch schon die Frage ›Hast du was mit Gösta?‹ beantwortet ist.« Nils klang zufrieden.

»Oh verdammt, ja.« Sie lachte wieder. »Was willst du eigentlich studieren?«

»Ich werde auf die Musikhochschule gehen. Ich bin Pianist. Ich komponiere. Und ich singe. Nächste Frage: Und was machst du später damit, mein Junge? Ich kann Stunden geben. Bühnenmusiker werden, arbeitslos oder Musiklehrer, weltberühmt oder in irgendwelchen Kneipen Musik machen, für fünfzig Euro und einen Teller Chili con Carne. Oder so ähnlich. Wir werden sehen.«

Er stand auf und griff nach seiner Jacke. »Ich geh dann mal.«

Nils grinste, als er ihr entgeistertes Gesicht sah. »Nein, mach dir keine Gedanken. Ich schlafe heute bei Sture und Kerstin. Sie haben es mir heute Nachmittag angeboten, als ich die Lebensmittelregale nachgefüllt habe. Sture will morgen früh um vier Uhr raus zum Fischen, und ich fahre mit ihm. Und dann will Kerstin morgen den Laden neu streichen, und ich soll ein paar Schilder malen und so was. Das kann ich ganz gut. Ich werd sogar ein paar Dollar verdienen, dann werde ich schon mal den Rückflug von Auckland anzahlen.« Er hob die Hand. »Ich komme morgen Abend wieder vorbei. Übrigens, das Essen war gut. Und das Reden auch. Danke.«

Bevor sie noch irgendetwas antworten konnte, war er verschwunden.

Das Telefon klingelte. Es war Emily.

* * *

Der nächste Tag fing gut an. Weiße Wolken türmten sich auf, wurden vom Wind zerzaust und bauten sich neu zusammen. Die frische Seebrise bog die kleinen Birken, die sich am Rand des Grundstücks, unterhalb der Weißdornbüsche, angesiedelt hatten, ließ ihre Blätter rascheln und flirren.
Es war ein klangvolles Orchestrion, die Blätter, die Möwen, das Meer und, wie eine Geräuschfahne herbeiflatternd, das heisere Tuten der Fähre, die gerade auf der anderen Inselseite anlegte.
Carlotta setzte sich auf die von der Sonne schon angewärmten Stufen vor dem Haus, hielt eine Teetasse zwischen den Händen, blickte auf das Wasser, schnupperte und nippte an dem goldroten Ceylon. Vielleicht war ja noch in diesem Jahr ein wirklicher Urlaub auf Björkholm möglich, es war ein so intensiver Ort. Oh ja, vielleicht sogar im August. Mit etwas Abstand zu allem, was geschehen war.
Wie viel war passiert in diesen wenigen Tagen!
Gösta schlief immer noch seinen Rausch aus. Sie musste grinsen, als sie an Göstas letzten Auftritt dachte. Alkohol war selten ein guter Gesprächspartner, aber gestern Abend hatte er aus dem höflichen, wohlerzogenen Gösta einen ungefiltert emotionalen Vater und einen wohltuend unvorsichtigen neuen Stiefvater gemacht.
Ein Handysignal ließ Carlotta zusammenzucken. Schwarze kleine Buchstaben auf hellgrauem Grund sprangen sie an. Jule. Sie öffnete die Nachricht. Ihr Herz klopfte.
»Sorry, Mama, aber ich komm gerade mit mir selber nicht klar, eine Jule.« Dahinter ein kleines, gelbes Smileygesicht mit schiefem Mund, asymmetrischen Augenbrauen, die eine ratlos hochgezogen, die andere tiefhängend.
Der Vertipper hatte hohen Symbolwert. Ja, es war *eine* Jule und nicht deine Jule, nicht *die* Jule, sie war sich selbst fremd, die Lebenslage schief wie die Augenbrauen. Ach, Kind. Ach, Julchen.

Carlottas Sehnsucht, jetzt sofort den Arm um ihre Tochter zu legen, wurde übermächtig.
Jule hatte geantwortet, sie hatte es über sich gebracht, sich zu entschuldigen, wenn auch nur in Kurzform – immerhin.
Oh, Gösta. Wie du ihr das alles gestern Abend gesagt hast, am Telefon – unsachlich, übergriffig und einfach wunderbar war das gewesen.
Carlotta schloss die Augen und hielt das Gesicht der Sonne entgegen. Heute war alles heller als gestern. Wenn nur jetzt Jule neben ihr säße.
Ihre Gedanken wanderten zu Nils. Ein merkwürdiger Junge. Sperrig und weich. Verschlossen und offen. Sie wusste, dass sie zu Nils einen Weg finden konnte, wenn sie nur genügend Zeit miteinander verbrachten. Aber wie sollte gerade das gehen?
Morgen musste sie zurück nach Fichtelbach. Nils' ungeplanter Besuch hatte die Bedeutung so vieler Dinge verschoben, aber im Wartezimmer saßen Gundrich und Sebastian, Lovisa und August und scharrten mit den Füßen. Jule sowieso. Warum konnte man nicht kurzfristig ein paar Tage beantragen, die achtundvierzig Stunden hatten oder beliebig dehnbare Stunden?
Die Ausstellung.
»Liebe Lovisa, was mach ich mit dir?«, fragte Carlotta leise und blickte in den Himmel.
Der Wind war stark heute, er sorgte dafür, dass der Regen sich nicht festsetzen konnte. Eine flache Bö fegte über die Wasseroberfläche, das Wasser bekam plötzlich eine Gänsehaut, dann funkelte wieder das Licht auf den Wellenkämmen.
»Lovisa, was dürfen wir preisgeben und was sollten wir zwischen den roten Buchdeckeln schlafen lassen? Ich will über deine Liebe eigentlich nichts erzählen.«
»Warum denn nicht?«, fragte Lovisa plötzlich.
Carlotta blinzelte in die Riesenwolke, die sich gerade vor die

Sonne geschoben hatte. Ja … was war eigentlich so schlimm daran, wenn die Welt erführe, dass Lovisa sich in August verliebt hatte? Dass Jasper nicht nur der wunderbare Künstler gewesen war, sondern auch ein cholerischer, unduldsamer Alleinherrscher? Dass man hinter Augusts Namen in diesem Melodram zumindest ein interessantes Fragezeichen setzen konnte?

»Bist du sicher?«, fragte Carlotta. Die lange Wolke hatte die Umrisse eines Libellenkörpers angenommen und eilte zügig Richtung Osten.

Carlotta blickte ihr hinterher. »Dass ich keinen Boulevardmist verzapfe, darauf kannst du dich verlassen.«

»Weiß ich doch«, sagte die Wolke und schien im Vorbeiziehen noch einmal den Kopf zu wenden.

Carlotta beschattete ihre Augen mit der Hand. »Aber was erzähle ich? Und wie viel?«

Aber Lovisa antwortete nicht mehr, und die Wolken zogen schweigend und freundlich über Carlotta hinweg. Schließlich stand sie auf und ging ins Haus, um sich an den Computer zu setzen. Frau Gundrich und Sebastian warteten auf den Stand der Dinge.

Und mit Lovisa konnte man sich auch von Fichtelbach aus unterhalten. Dem Himmel sind Staatsgrenzen egal.

Entdeckungen

Frau Professor Jelena Gundrich saß vor dem Computer und versuchte, den Fotoanhang der Mail aus Schweden zu öffnen. Irgendetwas funktionierte nicht. Ständig öffneten sich unverständliche Fenster und konfrontierten sie mit Anweisungen, bei denen sie schon nach dem dritten Wort kapitulierte. Sie hackte zehnmal auf dieselbe Taste ein, wobei die Verweigerung seitens dieser Maschine sie in eine Wut trieb, die umso schlimmer war, als dieser Zorn kein Ventil fand. Und es gab auch keinen Schuldigen. Doch, natürlich, Frau Goldkorn, aber genau die trieb sich ja immer noch auf der Insel herum und konnte somit nicht angeschrien werden.

Sie sprang auf, öffnete die Bürotür, kreischte: »Sebastian!«, erschreckte damit eine Kulturreisegruppe aus Koblenz, hastete zurück zum Schreibtisch, weil ihr einfiel, dass der tüchtige Volontär im Moment meist in Carlottas Büro zu finden war, und wählte Carlottas Apparat. Sebastian hob ab.

»Ja, bitte, Frau Professor Gundrich? Was kann ich denn sofort für Sie tun?«

»Kommen Sie, sofort! Dieser Computer, ich kann nicht …«

»Aber sicher doch. Einen Moment nur. Gerade eben hat da draußen jemand furchtbar herumgeschrien, ich muss mal nachsehen, ob da ein Tourist durchgedreht ist. Aber ich bin schon auf dem Wege, Frau Professor, ich fliege, ich eile.«

Sebastian erhob sich ohne jede Hektik von Carlottas Bürostuhl, zog sein Handy aus der Hosentasche, schickte seinem Freund noch eine längere Botschaft, die Gestaltung des Feierabends betreffend, und schlenderte dann zum Büro der Chefin, das zwanzig Meter weiter lag.

»Na endlich!« Jelena Gundrich sah nicht auf, als Sebastian eintrat. Er beugte sich über den Schreibtisch, fragte höflich: »Darf ich?«, klickte das Problem in drei Zügen aus der Welt und öffnete Carlottas Mailanhang. Dieselbe Mail, die er gerade in Carlottas Büro gelesen und betrachtet hatte.

Das Wandbild. Viele Detailaufnahmen. Dazu ein gründlicher Goldkorn-Bericht.

»Na, was hat sie denn, die Goldkorn! Da ist doch das Bild von Johansson! Wieso darf ich keine Presse einschalten, so ein Blödsinn!«

»Weil es kein Bild von Johansson ist«, erklärte Sebastian. »Haben Sie gelesen, was sie dazu schreibt? Sie hat mir dieselbe Mail geschickt.«

Beide betrachteten das oben abgeschnittene Urwaldbild, die seltsam unwirklichen Riesenfarne, die Phantasiepalmen, die Rosenstöcke und das Paar, das sich an den Händen hielt.

»Ja ja, ganz hübsch, ein bisschen Fototapete. Was sagt unsere Fachfrau denn jetzt endlich dazu?«

Sie klapperte nervös mit ihrem Kugelschreiber auf dem Schreibtisch herum.

»Lesen Sie einfach, was Carlotta dazu schreibt, Frau Gundrich. Präziser kann ich es auch nicht sagen.«

»Hören Sie, ich kann nicht lesen, wenn ich Hunger habe. Was hat Emily heute für ein Tagesgericht?«

»Hatte, Frau Gundrich, hatte. Es ist sechzehn Uhr, und es gibt keine Pfefferrouladen mehr. Nur noch Kuchen, Wiener Würstchen und Quiche.«

Sebastian musterte die beiden Fotos auf Jelenas Schreibtisch. Ein ziemlich geräumiger schwarzer Kater, dem man besser nicht begegnete, wenn man kleiner war als er, schickte ihm einen aufmerksamen Blick. Daneben das sichtlich ältere Foto einer weiteren Katze, pfeffer- und salzfarben meliert, die von einem kleinen Mädchen wie ein Wäschesack hochgehoben wurde. Das Mädchen trug ein Kleid mit Puffärmeln und Biesenstickerei, auch die gealterten Farben legten nahe, dass es sich um ein Foto aus den Sechzigern des letzten Jahrhunderts handelte. Jelena Bolschakowa, spätere Gundrich, als kleines Mädchen, mit Katze.

Frau Gundrich griff zum Telefon.

Sebastian sah sie von der Seite an. Er kannte natürlich das Büro, nahm aber die beiden Bilder in ihren blauen Lederrahmen zum ersten Mal bewusst wahr. Wenn eine Frau Ende fünfzig auf ihrem Schreibtisch das Foto ihrer aktuellen Katze und das des kleinen Mädchens, das sie einmal gewesen war, als Altar der Sentimentalitäten aufgebaut hatte, wenn niemand sonst dort auftauchte, dann war die Interpretation nicht wirklich kompliziert.

»Emily? Welcher Kuchen ist noch da? Schicken Sie mir …«, sie blickte auf, musterte Sebastian und sprach wieder in den Hörer, »… zwei Stück vom Marmor und zweimal schwarze Schokotorte. Setzen Sie sich, ach nein, machen Sie uns einen Kaffee, und dann setzen Sie sich!«, befahl sie, und Sebastian brauchte einen Moment, um zu begreifen, dass er gemeint war.

Er gehorchte und brachte nach einigen Minuten frisch gebrauten Kaffee aus der kleinen Teeküche nebenan.

Jelena Gundrich hatte Carlottas Mail nur sehr oberflächlich gelesen, nahm ihre Lesebrille ab und blickte ihn scharf an. »Also, das Wandbild ist angeblich von dieser Lovisa. Was machen wir jetzt mit dieser Botschaft?«

»Carlotta kommt übermorgen. Und ich wette, sie hat schon ein Konzept, wie Lovisa und das Wandbild noch in die Ausstellung eingebaut werden können.«

Sebastian wies auf das nächste Foto. »Und das ist das Tagebuch

von Lovisa, das der schwedische Professor dem Museum zur Verfügung stellen will!«
»Was für ein Tagebuch?«
»Lovisa Johansson hat ein Tagebuch hinterlassen, steht aber auch in der Mail, Frau Professor. Und, was ganz hübsch ist, es ist mit großer Wahrscheinlichkeit dasselbe oder zumindest so ein ähnliches wie das, das sie auf unserem Gemälde unten im Fossiliensaal in der Hand hält. Den kann man also sehr gut präsentieren bei der Ausstellung, diesen Fund!«
»Ah ja!« Frau Gundrich war zum ersten Mal etwas erfreut und betrachtete das Foto des roten Büchleins mit der Aufschrift »Carpe diem«, das Carlotta im schwedischen Sommerhaus hochkant auf ein Regalbrett gestellt hatte. Ein schnell gemachtes Foto, das auch das Umfeld des Regals preisgab, einen Türrahmen und den Durchblick in den nächsten Raum.
Es klopfte.
»Ah, der Kuchen, na endlich, das hat ja gedauert.« Frau Professor hielt es für selbstverständlich, dass man sie am Schreibtisch bediente, ganz gleich, was gerade in der Küche los war. Herein trat Leo, der vorsichtig ein Tablett jonglierte. »Ich soll sagen, meine Mutter hat gerade eine Gruppe im Café, und aus der Küche kann auch keiner. Deshalb übernehm ich das.«
Sebastian sprang auf, nahm dem Kind das Tablett aus der Hand und stellte es vorsichtig auf der großen Schreibtischplatte ab. »Danke, Leo.«
Leo blickte sich mit großen Augen um, in diesem Büro war er nur ein Mal gewesen, zusammen mit Carlotta, aber das war schon sehr lange her.
An den Wänden hingen ziemlich viele Kalkplatten mit versteinerten Fischen und Insekten, und eine dunkle Madonna vor leuchtend goldenem Hintergrund sah ihn an, mit Augen, starr wie Kiesel.

Jetzt betrachtete er Frau Professor Gundrich, bewunderte den riesigen flachen Stein, den sie an einer Goldkette um den Hals trug. Mamas Ketten waren auch nicht klein, aber dieser Schmuck sorgte dafür, dass man sofort hinsah und dann unwillkürlich nach weiter oben blickte, in grüne Eulenaugen unter kurzen blonden Haaren, die mit einem Spezialzement bearbeitet sein mussten, denn sie blieben immer in derselben Form stehen, egal, wie heftig der Kopf darunter sich bewegte. Ein knallroter Mund mit ganz neu aussehenden Zähnen lächelte ihn an. »Ah, der Herr Grobkümmel. Hast du heute keine Schule, was, junger Mann?«

»Doch«, entgegnete Leo, »aber nicht heute Nachmittag.« Er erinnerte sich noch daran, dass auf dem Schreibtisch das Foto einer Riesenkatze gestanden hatte. Einer Katze, die aussah wie ein dicker Ringkämpfer. Unwillkürlich suchte er danach, wollte sich noch nicht verabschieden. Es war interessant hier.

Und dann sah er das Foto des roten Tagebuchs auf dem Monitor. Er schaute noch einmal genauer hin, dann sagte er: »Das kenne ich!«, und der Stolz war nicht zu überhören.

»Ach nee!« Sebastian staunte. »Und woher?«

»Das ist unten im großen Saal auf dem Bild, wo der Steinbruch drauf ist, und die Frau im weißen Kleid hält das in der Hand. Und ›Carpe diem‹ ist Latein und heißt ›Pflücke den Tag‹, das hat Carlotta mal gesagt. Wieso eigentlich ›pflücke‹?«

Die Frage ging an beide.

Sebastian hob bedauernd die Schultern. »Das, junger Mann«, Frau Professor Gundrich stand auf und nahm sich ein Stück Schokoladentorte, weil der Duft sie nun so verführte, dass keine Beherrschung mehr möglich war, »das bedeutet so viel wie: Pflücke den Tag wie eine Blume, bewundere ihn, riech dran«, sie schnupperte am Kuchen, »genieße ihn, aber nutze ihn auch, so lange er dauert!« Und dann stach sie mit der Gabel zu.

Leo beobachtete sie interessiert, was sie missdeutete. Sie zeigte auf das zweite Stück. »Hast du Hunger?«
Leo schüttelte den Kopf und hing mit dem Blick wieder am Monitor.
»Sebastian, Sie?«
»Aber immer!«, antwortete er und nahm von Emilys Marmorkuchen.
»Und das hier, das kenne ich auch!«, sagte Leo plötzlich und wies auf den Hintergrund des Raumes, den Carlotta absichtslos zusammen mit Lovisas rotem Büchlein fotografiert hatte.
»Was meinst du?« Sebastian kaute begeistert auf Emilys Kunstwerk herum.
»Na, hier!« Leo zeigte rechts neben das Regal, in dem Carlotta das rote Buch positioniert hatte. »Hier, diese Wellen über der Tür.«
»Was für Wellen?«
Sebastian hörte auf zu kauen, stellte seinen Teller ab und beugte sich über den Monitor.
»Hier die!« Leo wies mit dem Zeigefinger auf den Hintergrund. »Ich kann dir das zeigen auf dem Bild.«
»Was für ein Bild?« Jetzt hörte auch Frau Gundrich auf zu kauen.
Frau Gundrich kannte sich nicht aus mit Kindern. Kinder gingen ihr vorwiegend auf die Nerven. Aber ihre Aufmerksamkeit war geweckt.
Dieses Kind Leo gehörte zu einer besonderen Spezies, das vermittelte sich beim Anblick seiner Augen, die ständig umherschweiften wie kleine Suchscheinwerfer. Und jetzt, die große Freiheit wieder unter den Flügeln, konnte Leo erneut umherschwirren und fliegen und sehen und überall dort stehen bleiben, wo es in dieser Welt etwas Besonderes zu sehen gab, und das war an jeder zweiten Ecke der Fall.

Leo öffnete die Bürotür, winkte, und Frau Jelena Gundrich folgte ihm tatsächlich. Sebastian warf noch einen verwunderten Blick auf Carlottas Foto mit dem Regal, dann folgte auch er dem Jungen.

In der Nähe von Carlottas Büro, dicht an der Vitrine mit den flämischen Klöppelspitzen, beleuchtet vom Tageslicht, das durch die Glaskuppel fiel, hing das Bild von August Gayette, auf dem er, entspannt Zigarre rauchend, in einem Korbsessel saß.

Genau hier hatte Gösta zum ersten Mal Carlottas Halskurve und anschließend den Schwung ihrer Oberlippe bewundert und deshalb nicht wirklich intensiv auf August geachtet. Jetzt aber standen drei Leute vor August und zollten ihm und seiner Umgebung höchste Aufmerksamkeit.

Der Maler hatte ihn durch eine geöffnete Tür hindurch porträtiert. Der Türsturz des Raumes, in dem der Maler sich befunden hatte, war mit einer ornamentierten Blende versehen. Dieses breite Zierelement war vermutlich aus Holz, weiß-grau gestrichen, schloss wellenförmig ab und war durchbrochen mit einfachen Blattornamenten.

Leo streckte den Arm aus. »Siehst du, da oben, diese Wellenleiste, über der Tür? Das ist dieselbe wie auf Carlottas Foto.«

Sebastian schluckte. Verdammt.

Er nickte, klopfte Leo auf die Schulter, lief wortlos ins Büro und druckte, so schnell er konnte, Carlottas Foto mit Tagebuch, Regal, Tür- und Fensterdurchblick aus. Dann hockte er sich vor das Gayette-Gemälde.

Leo legte eine Hand auf Sebastians Schulter, beide blickten vom Foto auf das Bild, vom Bild auf das Foto, und bei jedem Blick schien August Gayette breiter zu grinsen und zu fragen: »Na, habt ihr's endlich?«

»Leo, das ist ja derselbe Raum. Siehst du?«

»Aber das sag ich doch.«

»Ich glaub, ich spinne. Leo, das ist nicht wahr. Wahnsinn.«
»Wer hat das denn gemalt?«, fragte Leo betont sachlich, aber er war ganz rot im Gesicht.
»Das weiß man nicht. Auf dem Bild, da siehst du, rechts unten, da steht nur A Punkt F Punkt 1896. Wir kennen nur diese beiden Buchstaben, mehr nicht. So wie Anton Fuzzi. Oder Adalbert Flachmann. Oder Ansgar Fummler.«
Leo lachte begeistert.
»Aber jetzt weiß man zumindest ein bisschen mehr«, fuhr Sebastian fort. »Herr A.F. hat dieses Bild 1896 nämlich genau in demselben Haus gemalt, in dem sich jetzt gerade Carlotta befindet, und nun rufe ich sie sofort an. Leo, du kriegst 'n Orden, ich sag's dir.«
Er verschwand in Carlottas Büro und stand dreißig Sekunden später schon wieder in der Tür, den Hörer am Ohr, den Blick auf August gerichtet. »Ja, mache ich. Ich gehe sofort ins Depot. Wo hast du die kleine Kamera? … Ah ja. Okay. Ja, werde ich ausrichten. Tschüs, bis übermorgen.« Er steckte den Telefonhörer in die Jeanstasche, galoppierte winkend an Leo vorbei, rief: »Grüße, dickes Lob von Carlotta!«, schlängelte sich an einer Gruppe alter Damen vorbei und lief wieselflink die Treppen hinunter.
Frau Professor Jelena Gundrich hatte die ganze Zeit ungewohnt ruhig vor dem Gemälde gestanden, die Arme unter der Brust verschränkt, das Kinn erhoben, und in dieser Position musterte sie Herrn Gayette und sein Umfeld sehr genau. Jetzt standen sie und Leo nebeneinander. Ohne hinzusehen, streckte sie den rechten Arm in Richtung Leo aus, und Leo ergriff ihre Hand wie selbstverständlich.
»Junger Mann«, sagte die Museumsdirektorin, »beeil dich mit dem Großwerden, was? Wenn du später mal hier arbeiten willst, dann sorge ich dafür, dass das klappt.«

»Mach ich«, versprach Leo. Und wünschte sich in diesem Moment nur eines: dass Friedrich ihn sehen könnte. Jetzt.
Und dann marschierten sie Hand in Hand in Frau Professor Gundrichs Museumsdirektorinnenzimmer und aßen die beiden restlichen Stücke Kuchen auf.

Noch mehr Entdeckungen

Gösta, Gösta, wo ist der große Museumskatalog aus Fichtelbach?«

Er sah, wie aufgeregt sie war.

»Was ist denn los?«, fragte er verwundert. Er kam aus dem Garten und hielt frischen Schnittlauch in den Händen.

»Bitte, gib ihn mir, ich muss dir etwas zeigen, dann weißt du auch, warum ich gleich ganz laut kreische. Vor Freude, wenn stimmt, was mir immer klarer wird.«

»Carlotta, bitte etwas leiser.« Er legte die Kräuter auf den Küchentresen und hielt sich den Kopf. »Hast du noch irgendwo eine Aspirin?«

»Oh, du armer Liebling. Etwas wetterfühlig heute?« Sie grinste und fischte ein paar Tabletten aus ihrer Handtasche.

Er seufzte. »Gestützt durch so viel ehrliches Mitleid geht es mir doch gleich viel besser«, murmelte er und durchsuchte das Regal nach dem Katalog.

Carlotta drückte ihm die Tabletten in die eine, riss ihm das Buch aus der anderen Hand, überblätterte das Vorwort, suchte ungeduldig das Kapitel über den Museumsgründer und fand schließlich das ganzseitige Abbild von August Gayette, gemalt und signiert von A.F.

Sie fasste ihn bei der Schulter und schob ihn in die Mitte der großen Wohnküche. »So, jetzt stell dich mal genau hier hin. Und sieh mal von dieser Stelle aus in den Wintergarten.« Sie hielt ihm den Museumskatalog mit Augusts Porträt vor die Nase. »Na?«

Er fixierte den Blick in den Wintergarten, hielt das August-Gemälde hoch und war verblüfft. »Das ist ja hier entstanden.« Er trank den letzten Schluck seiner Doppelaspirin. »Tatsächlich.«

»Und stell dir vor, der kleine Sohn von Emily, Leo, hat das sofort gesehen! Ich habe eben mit Sebastian telefoniert. Ich hatte heute Vormittag zufällig mit dem Tagebuch ein Stück Raum fotografiert, Leo hat vor einer halben Stunde im Büro von Frau Gundrich die Mail mit dem Foto gesehen und sofort erkannt, dass das derselbe Hintergrund ist wie auf dem August-Porträt.«

»Kluges Kerlchen!« Er betrachtete das Gemälde, dann sah er auf, verglich und korrigierte noch einmal seinen Standort um ein paar Zentimeter. »Hier hat der Maler gesessen. Genau hier. Und genau hier, wo wir gerade stehen, Carlotta, da stand früher der große Esstisch, an dem immer alle saßen. Und tatsächlich, das ist die Schnitzerei über der Tür. Das Gemälde von August ist doch das erste, was du mir im Museum gezeigt hast, oder? Ist das nicht das Bild, dessen Maler unbekannt ist?«

»Jetzt nicht mehr.«

»Etwa Lovisa?«

»Ja, Gösta. Es kann nur von ihr sein. Ohne Leos Verdienst zu schmälern – schon die ganze Zeit lauerte eine Art Déjà-vu in meinem Kopf. Lovisas Pinselführung beim Wandbild, bestimmte Formen, die Liniensprache ihrer Zeichnungen, dann Augusts Porträt, an dem ich seit zehn Jahren fast täglich vorbeilaufe … das Porträt kann nur das Gegengeschenk sein, das sie ihm auf den Nautiluspokal hin geschickt hat.«

Sie griff nach einem der Tagebücher, das im Regal lag, blätterte und musste nicht lange suchen.

»Hier, hör noch mal – am 27. Februar 1896:

Nun befindet sich etwas von meiner Hand in Fichtelbach. Es ist mir gelungen, das weiß ich. Und er hat sich gefreut, der liebe Mensch, das las ich aus seinem Brief.

Und hier, in ihrem Eintrag über Augusts Besuch auf Björkholm:

Als Jasper und er noch lange beim Wein im Wintergarten saßen, habe ich August Gayette heimlich gezeichnet, ich saß in der Küche am Tisch und hatte die Tür einen Spalt offen gelassen. Er hat eine solche Lebenslust in den Augen.

Sie hat also die Skizze, die sie genau hier am Küchentisch von ihm angefertigt hat, später in ein Ölgemälde umgesetzt. Hier hat sie neben Greta gesessen, Kaffee getrunken, den deutschen Gast angehimmelt und skizziert und auf die Kommandos von Jasper gewartet. Aber«, Carlotta schluckte vor Aufregung, sie strahlte, »was dem Ganzen die Krone aufsetzt, Gösta: Wir haben noch dreizehn Ölgemälde von A.F. im Depot in Fichtelbach. Dreizehn! Ich warte auf Nachricht von Sebastian, er wollte die Bilder sofort fotografieren und uns schicken, damit du sie auch sehen kannst, vielleicht …« Sie beugte sich über den Computer. »Gösta, Sebastian hat schon gemailt, ich bin so aufgeregt, bitte mach mal auf, ich habe zittrige Finger.«
Gösta setzte sich, öffnete Sebastians schnell aufgenommene Fotos der Gemälde aus dem Depot.
Er kniff die Augen zusammen. »Du, das ist ja mein Haus in Stockholm! Ich meine, der Garten sieht jetzt anders aus, natürlich, aber das ist eindeutig die Baldersgatan, und das hier rechts muss Jaspers Atelieranbau sein, das Atelier, das nicht mehr existiert. Hier!«
Carlotta beugte sich über ihn. Sie kannte die Gemälde, natürlich, aber sie hatte sie fast vergessen, weil sie sie vor Jahren zum letzten

Mal im Depot betrachtet hatte. Und vor allen Dingen hatte sie nicht gewusst, wer sie gemalt hatte. Das Bild zeigte ein Stockholmer Bürgerhaus des neunzehnten Jahrhunderts, von jungen Kastanien umstanden, davor ein großer Rasen.

»Das ist also dein Haus? Schön!«

»Ja, die Rückseite, vom Gärtnerhaus aus gesehen. Dort hat Lovisa ja auch gemalt. Die Kastanien stehen allerdings nicht mehr dort, die letzte musste vor ein paar Jahren gefällt werden.«

Eine ältere Frau, Lichtschimmer im fast weißen Haar, blickte sie an, ihrem faltigen Gesicht war freundliche Gelassenheit abzulesen. »Das hier kann nur Sophie sein, die Gärtnerin im weinroten Kleid mit der blauen Schürze, die ihr Lovisa geschenkt hat! In der Tat, sie hat etwas Majestätisches. Was diese Hände erzählen!«

Daneben das Bild eines rosigen, pummeligen Mädchens, vielleicht zehn, elf Jahre alt, in bürgerlicher Feiertagskleidung, die Zöpfe um den leicht geneigten Kopf gewunden.

»Das ist bestimmt Selma Igmarsson, hellblaues Kleid auf dunkelblauem Samtsessel, und das hier, rechts daneben, das ist das Spülmädchen Annastina, mit dem Lovisa so viel Mitleid hatte!«

Carlotta betrachtete das Bild des kleinen Küchenmädchens. Holzpantinen, die lange, graue Schürze voller Flecken, der Blick eines erschreckten Nagetierchens. »Weißt du, ich kannte diese Bilder alle aus dem Depot, aber jetzt weiß ich, wer das ist. Ach, das ist ja unglaublich!«

Gösta zeigte auf das nächste Foto. »Und hier, sieh mal! Dieses Bild ist auf Björkholm entstanden.«

Carlotta beugte sich vor und betrachtete das poetische Gartenbild.

Der Garten des Schärenhauses war leicht zu identifizieren, zartgrüne Zweige verrieten, dass es gerade Frühling geworden war. Eine Frau in dunklem Kleid, darüber eine lange, gestreifte Schürze, schüttete Wasser aus einem Holzeimer, blickte dabei aber auf, als hätte sie etwas auf dem Meer entdeckt. Carlotta zeigte zum Fenster hinaus. »Da hinten hat sie gestanden!«

Gösta folgte ihrem Finger mit dem Blick, dann ging er mit dem Gesicht noch näher an den Monitor. »Die Frau sieht der Skizze von Greta mit dem Morgenrock ähnlich.«

Carlotta stand auf, holte die alte Zeichenmappe und verglich. »Das ist sie, eindeutig! Das ist Greta! Oh Gösta! Ich kann es immer noch nicht fassen, dass wir Lovisas Bilder im Depot haben! Das heißt, Moment … das Gemälde von Greta in diesem rotseidenen Morgenrock, das haben wir leider nicht. Aber immerhin dreizehn Bilder und zumindest diese Skizze von Greta.«

Carlotta nahm Gretas Bleistiftskizze aus der Zeichenmappe. Die kräftige Dienstmagd saß aufrecht in einem Lehnstuhl, um ihre Schultern war ein großes Tuch geschlungen. Bei den weiten Ärmeln und dem Faltenwurf ihres Gewands konnte es sich durchaus um Lovisas Morgenrock handeln, den sie in ihrem Tagebuch beschrieben hatte. Gretas Gesichtsausdruck war verlegen und stolz zugleich, sie schien zu sagen: »Aber Frau Johansson, ich muss Zwiebeln schälen und die Diele putzen, da kann ich doch nicht einfach hier sitzen!«

»Ach, schade! Ausgerechnet Gretas Ölporträt ist nicht dabei. Ob wir das je finden werden, das bezweifle ich. Und dabei war sie so ein wichtiger Mensch in Lovisas Leben. Aber wo sollten wir anfangen, danach zu suchen?«

»Darüber denken wir später nach.«

Gösta blickte wieder auf den Monitor. »Sieh mal hier, Carlotta, da hat Lovisa die Nordseite von Björkholm gemalt.«

Carlotta legte den Kopf schief. »Tatsächlich! Die Hafeneinfahrt und der Leuchtturm. Und das hier! Das ist – das ist Stures alte Scheune! Und hier, das ist die Bucht an der Nordspitze von Björkholm, mit Greta in flatternder Wolljacke. Schön ist das!

Lovisa muss das alles in den elf Monaten gemalt haben, als Jasper in Brasilien war.«

Die anderen Gemälde thematisierten in immer neuen Variationen das Thema Licht, Wasser und Schärenlandschaft.

»Was hältst du von den Bildern, Carlotta?«

»Ich lerne sie gerade neu kennen. Bis vor einer halben Stunde waren das für mich Bilder aus dem Depot, vom unbekannten A.F., zu dem ich keine Beziehung hatte. Also – sie sind gut gesehen, dicht und gekonnt komponiert und verraten großes Talent. Sie haben vereinzelt technische Schwächen. Aber man muss bedenken, dass sie Autodidaktin war. Sein musste! Sie war ja erst dabei, zu lernen, sich als Malerin zu suchen, das darf man nicht vergessen.«

»Du siehst keine Verwandtschaft zu Jasper, maltechnisch gesehen?«

»Nein, Gösta, sehe ich nicht. Sie suchte ihren eigenen Weg. Hier, schau mal, bei dem Bild von Greta auf der Wiese, der Pinselstrich auf dem dunklen Rock! Sieh dir das an, Körperform, Stoffoberfläche und Falten sind modelliert wie eine Landschaft. Das ist eindeutig der Einfluss von Anders Zorns großzügiger Handschrift. Und sie war eine gute Koloristin, sie hatte ein außerordentliches Gespür für Farben. Doch ich suche immer noch nach einer Erklärung für ihre Signatur A.F.«

»Lovisa Johansson«, sagte Gösta langsam. »Lovisa Anna …« Er schlug sich an den Kopf. »Natürlich! Da war doch was!«

Er holte das erste Tagebuch, schlug es auf, las den ersten Satz des ersten Eintrags.

1. Oktober 1892, Strandvägen, Stockholm. »Lovisa Anna Frederiksen, willkommen in unserem Hause!« Das waren die ersten Worte von Frau Igmarsson, das war so feierlich.

»A.F. gleich Anna Frederiksen. Anna Frederiksen, das ist es! Und dass sie ihren Mädchennamen für ihre Signatur wählt, spricht ja für sich. Natürlich! Es war immerhin ein symbolisches Mittel, sich von Jasper abzusetzen.«
Carlotta beugte sich wieder vor, um den Garten des Stockholmer Hauses zu betrachten, und sah sich noch einmal die Skizze der verlegenen Greta an. »Wissen wir eigentlich, wie Greta mit vollem Namen hieß?«
Gösta überlegte einen Moment, dann schüttelte er den Kopf. »Wir wissen nur, dass ihr Vater Schuhmacher in Nyköping war und dass ihr Bruder nach Amerika ausgewandert ist, zusammen mit Tausenden armer Schweden. Warum fragst du?«
»Ich überlege, was aus Greta geworden ist nach Lovisas Tod. Ob sie bei Jasper geblieben ist, ob Jaspers Neue, also deine Urgroßmutter Eva Matilda, anderes Personal mitbrachte, ob Greta nach Nyköping zurückkehrte … Vielleicht sollten wir mal nachforschen.«
»Das hatte ich sowieso vor.« Gösta betrachtete aufmerksam das Gesicht des Dienstmädchens. »Ich glaube, dass auf Gretas Spuren noch etwas zu finden ist. Ich kümmere mich darum, das ist von Stockholm aus ja leichter. Wie Lovisas dreizehn Gemälde nach Fichtelbach in Augusts Besitz gelangt sind, das weiß man nicht, oder?«
»Nein, da gibt es keinen Hinweis.«
»Weißt du denn schon, wie du Lovisa in die Ausstellung einbringen willst, Carlotta?«
»Tja …« Ihr Tonfall wurde süffisant. »Wir wollten uns doch mit einer Flasche Rotwein und mit Lovisa Johansson zusammen aufs Sofa setzen und sie fragen, was sie möchte, weißt du nicht mehr, Gösta?«
»Oh doch. Stattdessen lag ich gestern ohne Lovisa und ohne Carlotta, dafür mit einer Flasche Wein im Bett.«

»Warum müssen Männer beim Problemlösen immer saufen, kannst du mir das mal sagen?«

»Aber ich habe doch gar kein Problem gelöst, liebste Carlotta, das weißt du.«

»Stimmt ja. Du hast gefeiert, dass du nicht noch mehr Probleme hast, richtig?«

»Genau so. War aber auch ganz schön.«

»Ach ja, Gösta, du kannst übrigens sehr gut mit Töchtern umgehen, falls du das noch nicht wusstest.« Sie hielt ihm ihr Handy mit Jules Nachricht entgegen.

Er las, nickte, sah erleichtert aus.

»Danke dir so sehr.« Sie umarmte ihn, blieb eine Weile an ihn gelehnt stehen. »Übrigens … ich habe heute Morgen mit Lovisa gesprochen. Ich hab mich dazu allerdings nicht mit ihr aufs Sofa gesetzt, sondern da vorne auf die Treppe, mit Blick aufs Meer. So wie sie es vermutlich auch gemacht hat. Und, Gösta, sie hat mir die Erlaubnis gegeben. Wir dürfen von ihrer Liebe erzählen.«

»Ach! Und wie hat sie das gemacht?«

»Ich hab es in den Wolken gelesen.«

»Ja dann – dann ist es unbedingt richtig.«

»Und dann kam Leo und entdeckte ihre Bilder, sozusagen.«

Er nahm sie in den Arm. »Wer weiß, was sie uns noch alles schickt. Ich hab das verdammte Gefühl, da kommt noch was.«

»Jedenfalls kann die Ausstellung nicht mehr heißen: *August Gayette – ein Leben*. Dazu ist jetzt zu viel Lovisa drin.« Carlotta seufzte. »Wir brauchen einen neuen Titel, in dem auch Raum für sie ist.«

⋆ ⋆ ⋆

»Gibst du mir 'ne Zigarette?«
Onkel Henri schob seine Schutzbrille hoch. Er hatte Jule gestern bei Susan übernachten lassen, nachdem sie ihm am Telefon versichert hatte, dass das jetzt genau das Richtige sei. Und vermutlich war es genau das Richtige gewesen. Der dramatische Wellengang hatte aufgehört und glich jetzt einer gleichmäßigen Dünung. Allerdings einer traurigen.

»Hör zu, Jule«, hatte Susan nach Jules Weinkrampf gesagt. »Du kannst gerne hierbleiben, aber das Atelier und alles drum herum sind für dich verboten, ich hab gerade etwas sehr Sensibles, das ich restauriere, da darf noch nicht einmal ein unkontrollierter Luftzug dran, klar?«
Also deshalb das hektische Theater, als Leo und ich dich einfach so überrascht haben. Sag das doch gleich. Na klar, Susan. Kein Problem. Hauptsache, jetzt nicht nach Hause. Nicht reden müssen.
Es wäre zwar trotzdem schön gewesen, irgendjemandem um den Hals fallen zu können und blöde Fragen zu beantworten und gestreichelt zu werden und getröstet, aber dann lieber doch nicht. Susan stellte einem keine blöden Fragen. Susan war Spezialistin für das Lieberdochnicht.
Es machte einen ruhig, bei Susan. Die Distanz, die Sachlichkeit. Der schnuffelige Hund. Vielleicht sogar die Gerüche nach Farben und Terpentinöl. Susan mischte sich nicht ungefragt ein. Ungewöhnliche Fähigkeit für einen Erwachsenen. Man fühlte sich nicht belächelt oder kleiner, nein, eher gleichwertig. So, als müsse man selber sehen, wie man klarkommt. Keine Hilfe wie bei Carlotta. Allerdings war von Mama auch keine Hilfe zu erwarten, weil das an diesem Punkt eben nicht möglich war. Außerdem war sie auf ihrem neuen Planeten und hatte im Moment sowieso kein verstärktes Interesse an Töchtern.

War dann doch noch gut gewesen, gestern Abend.
Um zehn Uhr noch Spaghetti kochen! Und danach einen späten Krimi sehen. Kein einziges Mal kam die Aufforderung: »So, mein Kind, jetzt sag doch mal, was da los war.«
Mit Susans Fragen konnte man auch ziemlich gut umgehen. Die lauteten nämlich: »Willst du Kartoffelchips oder Salzstangen? Oder beides? Willst du einen Pyjama oder ein T-Shirt?«
Nur kurz vor dem späten Zubettgehen – schulorientierte Schlafenszeiten waren Susan auch egal – hatte Susan ihr die Wange getätschelt. »Gute Nacht, Jule. Wenn du noch was sagen willst, dann jetzt.«
Aber Jule hatte nur den Kopf geschüttelt. Und gelächelt. Wenn auch nur kurz.
Da gab es etwas, das nicht nach außen konnte. Auch nicht bei Susan.

Hier, bei Onkel Henri, war alles anders. Aber auf seine Art auch okay.
»Krieg ich jetzt 'ne Zigarette oder nicht?«
»Seit wann rauchst du?«
»Ach, immer mal eine. Aber nicht richtig.«
»So fängt's aber an, Jule. Lass es lieber.«
»Ach, Onkel Henri, ich kann mir an jeder Ecke 'ne Zigarette schnorren, ob du dabei bist oder nicht. Ich weiß, dass Rauchen scheiße ist, aber ich hätte jetzt gerne eine.«
Onkel Henri wies nur stumm mit dem Kopf auf das Bord, auf dem ein alter, mit Sägemehl bedeckter Wasserkocher stand. Daneben lag eine rote Schachtel.
Jule schnappte sich die Packung und steckte sich eine Zigarette in den Mund.
Er seufzte resigniert, gab ihr Feuer, schob die Brille hoch, setzte sich, zündete sich selbst eine an, nahm einen langen Zug, beob-

achtete die blauen Kräusel in der Luft und fragte schließlich: »Was war mit dir los gestern Abend?«
Jule blies Kringel, und ihre Geschicklichkeit verriet ihm, dass sie nicht erst seit heute rauchte. »Keine Ahnung.«
»Das kannst du deiner Oma erzählen, wenn sie noch leben würde. Ich will wissen, warum du bei Susan diesen Heulanfall hattest. Ich hab's schließlich durchs Telefon gehört, und das klang nicht nach ein bisschen Plärren, weil es Senf statt Ketchup zum Würstchen gab. Also?«
»Weil alles so scheiße ist im Moment.«
»Was genau, bitte?«
»Alles.«
»Hör zu, ich will, dass du dir Mühe gibst, Jule. Versuch rauszufinden, was es ist. Wo es sitzt. ›Alles‹ ist mir zu wenig.«
»Alles ist aber nun mal alles.«
»So, ich falle also auch darunter?«
»Nee«, entgegnete sie verlegen.
»Dann bitte, junge Frau. Ohne etwas Denkarbeit deinerseits geht das leider nicht.«
Sie beugte sich weiter vor, machte einen Buckel, stützte ihre Unterarme auf die Oberschenkel und ließ Kopf und Hände herunterhängen, als hätte sie zehn Stunden erschöpfender körperlicher Arbeit hinter sich.
Schließlich blickte sie auf, sah verzweifelt aus. »Ich benehme mich bescheuert, weiß ich«, sagte sie leise. »Wahrscheinlich bin ich einfach nur ein Riesenarschloch.«
Er wollte etwas sagen, aber sie schnitt ihm das Wort ab. »Ich muss noch Vokabeln lernen und dann geh ich gleich schlafen. Frühstück mach ich mir selber morgen, du brauchst das nicht. Ich hab eh keinen Hunger. Gute Nacht, Onkel Henri!« Sie erhob sich.
»Aber du musst was essen vor der Schule, hörst du?«

Sie nickte flüchtig und war schon verschwunden. Onkel Henri rauchte seine Zigarette zu Ende, starrte eine Weile in die Strahlen der Abendsonne, in denen Holzstaub tanzte, dann erhob er sich seufzend und fegte die gröbsten Späne zusammen.

Gegen zehn Uhr schaltete er das Licht im Atelier aus, ging durch den Garten zum Wohnhaus. Jules Fenster war weit geöffnet, das Zimmer schwach erhellt.

Die knarrenden Stufen vermeidend, stieg er die Treppe zu Carlottas Wohnung hinauf. Er klopfte leise bei Jule an, doch es kam keine Antwort. Er öffnete vorsichtig die Tür. Jule lag eingerollt auf dem Bett und schlief, sie war immer noch angezogen. Auf dem Bett, auf dem Fußboden lagen etliche zerknüllte Papiertaschentücher. Um die Schreibtischlampe flatterten nächtliche Falter und Mücken, einige lagen zuckend auf einem aufgeklappten Vokabelheft. Onkel Henri wollte gerade das Fenster schließen, als sein Blick auf ein Stück Papier fiel, halb unter Jules linker Hand verborgen. Er schaute genauer hin.

Es war kein Papier, es war ein Porträtfoto. Zerknickt, durchfeuchtet, gewellt. Onkel Henri konnte nicht erkennen, wer sich auf dem Foto befand. Vorsichtig wollte er das Stück Papier unter ihrer Hand hervorziehen, aber dann zögerte er.

Wenn sie es nicht von selbst erzählte, ging es ihn nichts an.

Das hier musste eine andere Sorte Verliebtheit sein als die wechselnden Schwärmereien der letzten Monate. Etwas schien schwerer geworden zu sein, schwer und undurchschaubar für einen Menschen, der noch nicht erwachsen und nicht mehr klein war.

Er schloss das Fenster, legte eine Wolldecke über Jule, knipste die Lampe aus und zog leise die Tür hinter sich zu.

Freundinnen, Freunde

Antonias Glory of Dawn blühte, als wären Nacht für Nacht ganze Schwadronen von Elfen damit beschäftigt, neue Knospen zu zaubern.

Natürlich war die Wahrheit wesentlich prosaischer.

Susan hatte vor Wochen Pferdeäpfel gebracht, weil ihre Nachbarin zwei Norwegerpferde hielt und behauptete, Rosen wären auf Pferdedünger in etwa so versessen wie Amerikaner auf fette Brownies. Nur, dass das Ergebnis im ersten Fall viel hübscher ausfiele.

Jetzt, am Tag nach ihrer Rückkehr, saß Carlotta im Garten und bewunderte die kaskadenartige Rosenpracht, die den Garten mit ihrem Duft erfüllte. Ein paar Windlichter flackerten, der Sommerabend war dämmerblau. Onkel Henri füllte zwei Gläser mit kaltem Fichtelbräu.

Sie packten in alter Vertrautheit alles aus, was sie in den letzten Tagen erlebt hatten. Die kleinen Geheimnisse, die jeder für sich behielt, saßen nicht trennend, sondern beinebaumelnd neben ihnen.

Onkel Henris kleines Geheimnis war, dass ihn Tante Betty ganz kurzfristig in einen neu gegründeten Lyrikzirkel eingeladen hatte. Als Onkel Henri am Telefon das Wort »Lyrikzirkel« hörte, stellte er sämtliche Stacheln auf. Das fehlte noch. Provinzstadt und Gereimtes war für ihn eine ganz, ganz schlimme Kombination. Aber Tante Betty erklärte ihm, dass kein Mensch in dieser Runde Selbstgedichtetes von sich geben dürfe – versprochen! – und dass der Schwerpunkt auf Humor und Satire liegen würde.

Dann deklamierte sie ihm einen Vierzeiler von Robert Gernhardt durchs Telefon. Es war ein Kurzgedicht über Berlin, ein genial hingerotztes, komisches Stück Wortkunst, über das er noch den ganzen Morgen lachen musste, immer mal wieder, wie bei einem Schluckauf.

Und tatsächlich, fünf ältere Fichtelbacher saßen dann im *Goldenen Schwan,* hatten viel Spaß, und Onkel Henri war spätabends fröhlich nach Hause gekommen, hatte Antonia ohne Tränen davon erzählen können und ihr Bild dabei angesehen.

Und Antonia hatte ihm befohlen, in vier Wochen wieder zu seinem neuen Stammtisch zu gehen und sich bis dahin gut vorzubereiten, denn dann war er an der Reihe mit dem Programm. Er dachte bereits darüber nach.

Nur – Carlotta würde er später davon erzählen. Warum?

Darum.

Carlottas kleines Geheimnis war, dass sie in zwei Wochen schon wieder nach Schweden fliegen würde. Das musste sie ihrem alten Onkel aber nicht sofort zur Begrüßung erzählen. Dafür fast alles andere. Und das hatte sie gerade getan.

Wie es mit Gösta stand, war überflüssig zu fragen. Das war zu sehen. Aber Björkholm, das Tagebuch, Lovisas Leben, die neue Perspektive auf Jasper Johansson, schließlich Göstas Sohn, der sich Toastbrot in den Anorak stopfte und zweitausend Euro in den Orkus geschickt hatte, die Frage nach der Vaterschaft – das alles war Stoff für fast drei Stunden gewesen.

»Seltsame Geschichte. Wofür braucht so ein Bengel zweitausend Euro, wenn Gösta weder ein gebrauchtes Motorrad noch leere Koksbeutel entdeckt hat? Tsss. Magst du noch ein Dunkles?« Onkel Henri öffnete eine neue Bierflasche.

»Ja, bitte. Und Leo ist der Held des Tages. Das hat mich ja umgehauen, was der kleine Kerl entdeckt hat. Er ist schon ein ungewöhnlicher Junge.«

Onkel Henri seufzte erleichtert. »Dass Emily Friedrich abgeschossen hat, war das Klügste, was sie seit langem gemacht hat. Leo sieht im Moment aus wie ein Kopfsalat, der einen ganzen Quadratmeter frisch gedüngte Gartenerde für sich allein hat. Und für sie ist es auch besser. Neues Spiel, neues Glück.«
»Und du hattest natürlich deine Finger mit im Spiel.«
»Ich? Wieso?«
»Tu nicht so unschuldig. Emily ruft mich immer an, wenn sie Kummer hat. Und sie hat mir erzählt, dass sie durch dich etwas begriffen hat. Hast du gut gemacht!«
Onkel Henri grinste zufrieden.
»Onkel Henri«, Carlotta setzte sich gerade, »ist das mit dem durchweichten Foto von Mr. Unbekannt wirklich alles, was du von Jule weißt, oder verschweigst du mir etwas?«
Er sah sie ernst an. »Carlotta, ich geb zu, dass ich durchaus mal die eine oder andere Jule-Illegalität verschweige. So was machen Omas und Großonkels doch, das weißt du. Aber Essenzielles nie, darauf kannst du dich verlassen.«
Carlotta lehnte sich zurück, blickte auf ihre Hände, ratlos. »Was soll ich machen? Notgruß, höflich, tausend Meilen weit weg am selben Frühstückstisch. ›Ach, nichts‹ oder, besonders beliebt, ›keine Ahnung‹. Oder: ›Nein, alles okay.‹ Und dabei sieht sie aus wie ein Gespenst. Heute, beim Abendessen, dieselbe Performance. Ach, wem erzähl ich das. Du warst ja dabei.«
»Ja, ich weiß. Aber Kind, das gibt sich.«
»Sag mal ehrlich, Onkel Henri, war ich auch so?«
Er grinste. »Manchmal schon. Aber Jule ist 'ne Spezialauster.«
»Gut, dass sie heute bei Lieselotte schläft. Es macht mich langsam wirklich kirre. Manchmal könnte ich sie schütteln und anschreien!«
»Wär zur Abwechslung vielleicht mal nicht schlecht.«
»Du kennst sie doch. Es gab wenige Ausraster in meinem Leben,

aber du weißt, dass Jule dann in drei Sekunden auf dem höchsten Baum von Fichtelbach sitzt und eine Woche lang nicht mehr runterkommt. Dann ist Totalverweigerung angesagt, das hatten wir doch auch schon alles. Aber das im Moment, das ist was Neues …«

Er legte seine Hand auf ihre. »Carlottchen – ich muss dir jetzt nicht drei Millionen Klischees vorbeten, die du selber kennst, oder?«

Carlotta schluckte. »Doch. Bitte.«

»Es gibt im Leben eines Menschen keine einzige Erfahrung, absolut keine, die du ihm abnehmen kannst. Antonia wusste von der ersten Sekunde an, dass das mit Alexander schiefgehen würde. Hättest du auf ihren hilfreichen Rat hin von ihm abgelassen? Na also! Willst du Jule ihre Unglücksamore ausreden? Lass es, Carlotta. Es nützt nichts! Vermutlich ist es jemand, der ihre Liebe nicht erwidert. Sonst könnte sie ja jetzt auf Wolke sieben sein. Und noch ein Klischee, mein Kind: Du musst anfangen, Jule laufen zu lassen, es wird höchste Zeit. Und wir können immer noch eingreifen, wenn es denn nötig werden sollte.«

»Ach, Onkel Henri.« Sie blickte ihn dankbar an, trank ihr Glas leer und stand auf. »Gute Nacht, schlaf gut, mein Oller.« Sie gab ihm einen Kuss auf die Wange und ging langsam zurück zum Haus, durch Tante Antonias Garten, in dem Rosen und Wicken mit ihrem Duft wetteiferten.

Sie blieb stehen. Plötzlich war da die Sehnsucht, so stark wie noch nie. Sie rannte ins Haus, die Treppe hoch, in ihr Schlafzimmer, griff zum Hörer und sah, dass er schon viermal versucht hatte, sie anzurufen.

* * *

Sechs Wochen später lag endgültig die Sommerhitze auf Fichtelbach. Vor dem italienischen Café mit dem originellen Namen *Capri* saßen Touristen und Fichtelbacher und leckten an vielfarbigen Eiskugeln.
Seit heute waren große Ferien. Jule und Lieselotte hockten auf den Stufen des Hedwigbrunnens und rauchten so unauffällig wie möglich an einer gemeinsamen geschnorrten Zigarette. Lieselotte machte sich einige Gedanken um ihre beste Freundin. Jule erzählte ihr normalerweise alles, aber da gab es in den letzten Wochen sehr seltsame Verhaltensweisen, die auch für Lieselotte neu waren. Sie hatte verschiedentlich versucht, herauszufinden, warum Jule so trübe aussah. So trübe wie ein seit langem ungeputztes Fenster. Eins, durch das man früher immer hatte klar sehen können. Aber Jule wich aus.
»Und Gösta kommt nächste Woche?« Lieselotte fragte vorsichtig, denn dass das ein heikler Punkt war, das wusste sie. Sie verstand es allerdings nicht so ganz. Sie hatte Gösta nämlich kennengelernt und fand ihn sehr nett. Wesentlich netter als ihren eigenen, strengen Vater.
Jule machte die Kippe aus, mit so festem Druck, als wollte sie den maisgelben Filter in die steinernen Stufen bohren. »Na ja, meine Mutter plant die blöde Ausstellung und ist fast nur noch im Museum, da kann sie nicht mehr nach Stockholm oder Björkholm oder wie diese ganzen Holms da alle heißen. Sie war ja eh schon dreihundertmal da, seitdem sie's mit ihm hat.«
»Zweimal, Jule.«
»Und nächste Woche kommt sein Sohn mit. Nils oder so.«
»Hey! Wie alt?«
Jule reagierte gereizt auf Lieselottes interessierten Ton. »Siebzehn! Aber gib dir keine Mühe, ich hab ihn mir mal angesehen im Internet, der sieht voll scheiße aus.«
»Huch! Bei dem Vater?«

»Ja, bei dem Vater. Häng dich doch nicht gleich an jeden Kerl, der nicht aus Fichtelbach kommt, mein Gott.«
»Du bist – du bist richtig gemein geworden, weißt du das? Ich muss sowieso nächste Woche mit meinen Eltern und mit meinem blöden kleinen Bruder in Ferien fahren, da werd ich ihn eh nicht kennenlernen.« Lieselotte wollte ihrer Freundin gerade noch etwas über den richtigen Umgang mit der besten Freundin erzählen, als sie innehielt. Über Jules blasse Wangen rollten Tränen, die sie hastig wegwischte.
Lieselotte rückte näher an Jule heran, legte den Arm um sie, lehnte ihren Kopf gegen Jules und streichelte ihre Wange. »Mensch, Juckel, jetzt sag schon. Ich sag dir doch auch immer alles, und wozu bin ich denn da?« Jule spürte den Körper, die Wärme ihrer Freundin fast wie einen elektrischen Schlag.
Jule hatte in den letzen Wochen fast niemanden angefasst und sich auch nicht anfassen lassen. Es hatte ein paar knappe Notumarmungen mit Carlotta gegeben, aber ansonsten flüchtete Jule vor jeglicher Berührung. Die ungewohnte Nähe zu Lieselotte, die im Übrigen den Abstand zu Jule in den letzten Wochen auch respektiert hatte, war wie ein sanfter Überfall. Die plötzliche Körperwärme und die vermisste, ersehnte Nähe zu einem vertrauten Menschen, aber auch die Angst davor, brachten Jule binnen Sekunden völlig aus der Fassung.
Sie begann zu weinen, dass es sie schüttelte, umarmte Lieselotte und klammerte sich an sie wie eine Ertrinkende. Sie vergrub ihr Gesicht in Lieselottes Haar und flutete das rote T-Shirt ihrer Freundin. »Ich bin ein Schweiiiin, Liese – lo – tt – ichbin – einfachein – eine – Drecks – Drecksau, ich ...« Jule krallte ihre Finger in den Arm ihrer Freundin, dass es weh tat, aber Lieselotte war zu erschrocken, um den Schmerz wirklich zu fühlen.
»Los, jetzt pack aus!« Lieselotte drückte sie so fest, dass es jetzt Jule schmerzte. Der verzweifelte Wunsch, den Kummer zu tei-

len, wurde übermächtig. Der Kummer würde gleich herausplatzen, platzen wie die überreife Frucht einer giftigen Pflanze.
»Es ist so ek-lig von mi– von mir.«
Sie schluckte, schluchzte noch ein paarmal stoßartig, putzte sich die Nase – und dann erzählte sie.
Sie erzählte von den Nächten, den Träumen, der Wut auf sich selbst, und, mit ganz leiser Stimme, von den Phantasien, aber sie nannte keinen Namen.
Lieselotte hörte nur zu. Zum einen, weil sie nichts zu sagen wusste, und zum anderen, weil sie, so unerfahren sie auch war, fühlte, dass Jules Kummer noch weitaus tiefere Ursachen hatte als nur unglückliches Verliebtsein.
Als ein paar englische Touristen vorbeiliefen, stand Lieselotte plötzlich auf – »Hey, sorry, can I … can I schnorr a cigarette please and for my friend also one, thank you welcome?« – und kam mit zwei Zigaretten zurück.
Sie verzogen sich in eine Ecke, die durch zwei städtische Blumenkübel zumindest etwas Sichtschutz bot. Lieselotte reichte ihrer Freundin die angezündete Zigarette, dann fragte sie: »Du hast die ganze Zeit immer nur gesagt: der Typ. Wer ist es denn? Kenn ich den?«
Jule kämpfte einen Moment mit sich, aber die schmerzliche Lust an der Offenbarung ihres Kummers, das Teilenwollen und all das, was sie Lieselotte gerade erzählt hatte, ließ ihren restlichen Widerstand zusammensinken. Sie erhob ihr Hinterteil ein wenig, fischte ein völlig zerfingertes Foto aus ihrer hinteren Jeanstasche und zeigte es Lieselotte. Lieselotte riss die Augen auf. Lieselotte schluckte.
Gösta.
Im Dreiviertelprofil und mit breitem Lächeln. Onkel Henri hatte das Foto an dem Abend gemacht, als Gösta zum ersten Mal in der Ahornallee aufgetaucht war, es war ein außerordent-

lich gelungenes Bild. Er sah verdammt gut aus. Trotz seines hohen Alters.
»Verstehst du mich, Lolli?«
Lieselotte nickte wieder. »Scheiße«, murmelte sie.
»Ich krieg keine Luft, wenn ich dran denke, dass der in zehn Tagen kommt und dann bei uns wohnt. Dass er mit Carlotta im Zimmer neben meinem schläft. Ich könnte nur noch kotzen.«
Jule senkte den Kopf. Lieselotte beobachtete die dunklen Punkte, die sich zwischen Jules Knien auf dem hellgrauen Granit der Brunnentreppe verdichteten.
Sie starrte eine Weile geradeaus, sagte nichts. Und tat dann etwas sehr Kluges. Sie zog ihr Handy aus der Jeanstasche. Der Angerufene ließ sich offensichtlich Zeit, ans Telefon zu gehen.
»Mama? Sag mal …«, Lieselotte wickelte eine Haarsträhne um ihren Zeigefinger, »… ist in dem dänischen Ferienhaus noch ein Schlafplatz für Jule frei?«
Jule schnappte nach Luft, wollte protestieren, aber Lieselotte legte ihr die Hand auf den Mund und redete weiter. »Wir haben uns nämlich überlegt, Mama, dass Jule mit mir in den Ferien Englisch machen könnte. Und ich könnte mit Jule Mathe machen.«
Jule stand in Englisch auf Eins, in Deutsch auch. Und in Mathematik auf fast Fünf. Bei Lieselotte war es exakt umgekehrt.
»Ja, dann frag ihn.« Sie hielt ihre Hand vor das Handy. »Sie muss Papa fragen.«
»Bist du bescheuert, Lieselo…«
»Ja, fein. Gut, das besprechen wir alles noch. Ja, ich komm um sieben. Tschö!« Sie steckte ihr Handy in die Hosentasche und sprach, noch bevor Jule den Mund wieder aufmachen konnte.
»Bevor du mich jetzt anscheißt, überleg doch mal, Juckel: Du bist erst mal weg von hier. Wir setzen uns in Dänemark an den Esstisch vom Ferienhaus. Mit allen Büchern vor uns. Und dann

winken wir Mama und Papa und Bruder hinterher. Haben die es gut, die dürfen in Kopenhagen ins Museum gehen, und wir müssen leider arbeiten!« Sie gluckste. »Und dann können wir uns zu dritt, nämlich mit dem blauen Englischbuch, an den Strand legen, und dann, wenn die liebe Familie wieder da ist, ist es mit allen zusammen viel zu laut im Haus. Wir können uns leider nicht konzentrieren, also müssen wir zum Hafen runter, uns eine stille Ecke suchen, damit ich dir in Ruhe Mathe erklären kann …« Sie stieß Jule mit dem Ellbogen in die Seite. »Na, ist doch genial, oder? Wir seilen uns einfach pausenlos ab, das dürfte ich allein nie, aber zusammen? Ey, wir erzählen immer was vom Lernen und machen einfach, was wir wollen, Juckel.«
Zum ersten Mal seit langen Wochen lächelte Jule wieder richtig.
Lieselotte kam in Fahrt. »Ich wette sogar, dass meine Eltern das gut finden, denn sie haben ja schon mitgekriegt, dass sie für mich nicht mehr das volle Unterhaltungsprogramm sind.« Sie lachte auf. »Gestern Abend hab ich gehört, wie Mama zu Papa gesagt hat: ›Hoffentlich geht das noch mal gut mit Lieselotte in Dänemark. Ich habe keine Lust auf drei Wochen langes Gesicht, weil wieder alles so blöd und langweilig ist wie letztes Jahr auf Langeoog.‹ Also, wenn du willst, Jule, rufe ich sofort Carlotta an.«
»Ja, okay. Aber sag ihr bloß nicht, dass ich neben dir sitze, sag ihr, das wär erst mal nur so 'ne Idee von dir.«
Carlotta war sofort am Apparat. »Carlotta? Nee, nee, keine Panik, is nix passiert.«
Jule schielte genervt himmelwärts, Lieselotte stand auf, wandte sich ab und führte das kurze Gespräch außerhalb von Jules Hörweite. Nach zwei Minuten kam sie zurück. Sah nachdenklich aus, so dass Jule, plötzlich unruhig, »Und?« fragte.
Lieselotte nickte. »Sie findet das sehr okay und hat sich gefreut.«

Das Gespräch, so kurz es auch gewesen war, war ihr unter die Haut gegangen. Es hatte sie erschreckt und mitleidig gemacht. »Oh, Lolli«, hatte Carlotta gesagt, mit einer Stimme, die sich angehört hatte, als käme sie aus einem Brunnen, »das ist eine wunderbare Idee von dir, ich glaube, das wird Jule guttun. Ja, das ist im Moment vielleicht das Beste. Lieselottchen, danke dir, vielen Dank.« Und dann hatte Lieselotte gehört, dass Carlotta heulte, obwohl sie es unterdrückte.

Jule hob den Kopf und sah an ihrer Freundin vorbei. »Also, die hatte nichts dagegen, was? Klar. Der ist das sowieso egal. Dann bin ich aus dem Weg. Weißt du was? Ich …«, sie holte sichtbar Anlauf, »… ich hasse Carlotta.«

Seit dem ersten Schultag, seit der ersten gemeinsamen Stunde in derselben Schulbank, war Lieselotte Jule-Partei. Und Jule war Lieselotte-Partei. Uneingeschränkt. Tausendprozentig. Bis in den Tod. Auf immer und ewig, wie das so ist mit besten Freundinnen.

Von Jule war man starke Worte gewöhnt. Das Eintauchen in scharfkantige Gefühle heftiger Art, vor allem Müttern oder Vätern gegenüber, war Lieselotte aus eigener Erfahrung wohlbekannt. Das schockierte Lieselotte überhaupt nicht.

Jetzt aber widersprach sie. »Carlotta geht's ziemlich mies, und ihr ist überhaupt nichts egal. Wenn du das glaubst, haben sie dir ins Hirn geschissen. Du bleibst trotzdem meine beste Freundin, auch wenn du manchmal in die Klapse gehörst«, erklärte Lieselotte und juchzte plötzlich auf, denn sie hatte in der vorderen Tasche ihres Leinenbeutels eine krumme, aber noch rauchbare Zigarette entdeckt.

»Selber Klapse.« Jule krümmte die rechte Handfläche um das entflammte Streichholz, reichte Lieselotte Feuer und fühlte sich zum ersten Mal seit langen Wochen wieder etwas mehr zu Hause in ihrer Haut. »Hey, und an deinem Englisch machen wir auch was.« Sie putzte sich die Nase an einem wirklich sehr gebrauchten Papiertaschentuch und wischte sich die Augen am Ärmel ihres T-Shirts. »Can I schnorr a cigarette thank you welcome, das ist der Hit, Lolli. Das ist echt nicht zu toppen. I could laugh me kaputt, wenn's mir nicht so scheiße ging.«

* * *

Es gibt nichts, was der Klarheit und der Frische des frühen Morgens gleicht. Wenn man das Privileg hat, in einem Garten zu sitzen, der von Amseln bewohnt wird, wenn es nach allen Blüten des Sommers duftet, wenn die kleinen, pelzigen Hinterteile der Hummeln und Bienen im Rhythmus der Nektaraufnahme wackeln und wenn dann noch ein Pfauenauge herbeitorkelt, dann könnte man dem Glück schon sehr nahe sein. Theoretisch.

Es war halb sieben am Samstagmorgen, Carlotta war seit fast zwei Stunden auf und saß in der Laube im hinteren Gartenteil. Sie schlief schlecht.

Heute war ihr Geburtstag, sie musste nicht ins Büro, aber sie musste den ganzen Tag an Lovisa-Texten schreiben.

Immerhin, ein neuer Ausstellungstitel war gefunden. Ganz zufällig hatte Herr Heimchen vor ein paar Tagen in einem Stapel Korrespondenz an August geblättert und dabei eine Briefanrede gefunden, die sich in der schwungvollen Schrift irgendeiner verarmten, adeligen Bittstellerin um 1900 sehr ansprechend ausnahm, optisch und inhaltlich, nämlich: *»August, lieber Freund und Gönner!«* Unter diesen Schirm konnte man dann auch Lovisa nehmen, als neu entdecktes Talent und Sensationsfund im eigenen Depot. Sogar Gundrich gefiel der neue Titel. Allerhand.

Geburtstag. Einundvierzig. Gösta hatte ihr schon heute Nacht um eine Minute nach zwölf eine SMS geschickt, ob sie schon schliefe, nein, sie schlief noch nicht, und das anschließende Gespräch dauerte dann auch ziemlich lange, Streicheln durchs Telefon, geflüsterte Nähe. Er konnte nicht zum Geburtstag kommen, aber er kam mit Nils, in ein paar Tagen.

Sie würden nachfeiern, auch mit Onkel Henri hatte sie das gestern geklärt. Heute nur ein nettes Frühstück zu zweit, oder, wenn Jule wach war, ein weniger nettes zu dritt.

Das Handy gab ein kleines Signal. Eine SMS.

»Ich weiß nicht, ob du schon wach bist, Goldkorn. Alles Liebe zum Geburtstag, und komm doch heute kurz im Café vorbei. Dicker Kuss, E.«

Emily.

Emily ging es besser, seit es Leo wieder gut ging. Der Junge blühte auf. Manchmal reichen ein paar Wochen, um sichtbare Entwicklungssprünge zu machen, und Leo machte gerade einen. Sehr sichtbaren. Er hatte am letzten Schultag ein blaues Auge nach Hause getragen und nachmittags, in Onkel Henris Atelier, nachgestellt, wie er »… dem Maximilian voll eins in die Fresse!« gehauen hatte. Noch vor wenigen Wochen hatte er sich vor dem Klassenstar versteckt, war nur unter Jules Deckung an ihm vorbeigelaufen. Überhaupt, Leo und Jule.

Manchmal driften enge Freundschaften auseinander, weil sich einer entwickelt. Oder zwei. Und nur, wenn man Glück hat, findet man sich auf der übernächsten Welle wieder. Jetzt im Moment trieb die Strömung sie auseinander. Leo war, wie es schien, fast nur noch im Museum und entwickelte immer mehr Interesse an so ziemlich allem, was ihn dort hinter Vitrinenglas anschaute.

Leo hatte außerdem noch einen bezahlten Ferienjob bei seiner Mutter, er räumte das dreckige Geschirr von den Cafétischen.

»Trefft ihr euch denn gar nicht mehr?«, hatte Carlotta ihn gestern gefragt. Er hatte das Schwammtuch sinken lassen und sie angeschaut. »Jule hat ja nie Zeit«, meinte er, aber sein Gesicht wirkte eher ratlos als traurig.

Natürlich. Was konnte ein Zehnjähriger mit den Krisen eines Mädchens anfangen, das dabei war, alle Verwirrungen auszuloten, die eine erste und auch noch unglückliche Liebe mit sich brachte?

Leo vermisste Jules Schutz nicht mehr, und Jule – Carlotta machte eine unwillkürliche Bewegung, so, als wolle sie eine Fliege aus den Haaren scheuchen. Jetzt nicht. Die Energie, die noch da war, musste sehr bewusst dosiert werden. Vor ihr lag ein Ausstellungstext über Lovisas und Jaspers Beziehung. Er musste spätestens morgen Abend fertig sein, sonst kam der Zeitplan ins Wanken.

Und es fehlten noch so viele Informationen. Niemand wusste, wie Lovisa gestorben war. Nur ihr Todesdatum, der 25. Dezember 1899, war der Korrespondenz zwischen August und Jasper zu entnehmen. Jasper hatte August in dürren Worten ihren Tod mitgeteilt, August hatte mit einem förmlichen, aber vergleichsweise emotionalen Brief geantwortet, so, als wolle er den Freund an der Schulter rütteln und fragen: »Aber du trauerst doch, oder?«

Immer wieder: Was war Augusts Rolle gewesen? Waren vor vielen Jahrzehnten in irgendeinem Kamin Briefe und Träume verbrannt worden? Warum waren Lovisas Ölgemälde in Fichtelbach gelandet und nicht auf einem schwedischen Dachboden? Das Gayette-Archiv gab keinerlei Auskunft über die Herkunft der Bilder. Die noch erhaltenen schwedischen Dokumente über oder von Jasper ließen den Eindruck entstehen, eine Lovisa Johansson habe es nie gegeben.

Manchmal kam es Carlotta so vor, als säße sie über ein paar bunten Flicken, die einmal zu einem kompliziert gewebten

Teppich gehört hatten. Hier war eine Hand, dort eine Blume oder die Lanze eines Reiters zu erkennen, aber welches große Bild war ursprünglich mit tausend farbigen Fäden gewebt worden?

Wenn man sich nur besser konzentrieren könnte, verdammt!

Carlotta lehnte sich zurück und blickte nach oben, in die summende Krone der Linde, die schon seit über hundert Jahren hier stand.

In ein paar Tagen kam er.

Sie telefonierten täglich. Morgens, mittags und abends. Oder auch zwischendurch. Sie sprachen über ihre Arbeit, über Notizen zum Roman, den er bald oder vielleicht nie schreiben würde, über seine Ideen zum nächsten Semester, über die Ausstellung.

Und sie sprachen über die Kinder.

Carlotta wischte sich mit dem Handrücken die Tränen fort, die momentan extrem schnell kamen. Morgen würde Jule nach Dänemark fahren. In so einer Stimmung hatten sie sich noch nie voneinander getrennt. Es war ein graues, schmerzendes Gefühl.

Gestern Abend hatten sie zum ersten Mal seit Wochen mehr als drei zusammenhängende Sätze miteinander gesprochen. Jule schien ein klein wenig aufgetauter, seit Dänemark am Horizont winkte.

Aber dann, kurz vor dem Schlafengehen, hatte Carlotta Jules Hand zwischen ihre beiden Hände genommen und fast einen Stromschlag des Widerwillens verspürt.

»Jule, lass uns reden!«

»Worüber?«

»Über dieses Schweigen!«

»Ich schweige doch nicht. Jetzt gerade habe ich gesprochen.«

»Über diese Kälte zwischen uns.«

»Dazu fällt mir nichts ein. Echt nicht. Keine Ahnung. Gute Nacht.«

Carlotta zuckte vor Schreck zusammen, als Jule plötzlich mit einem Becher Tee neben ihr stand. Sie hatte sie nicht kommen hören. Jule steckte noch im Schlafanzug, war barfuß und sah verstört aus. Sie stellte plötzlich den Becher ab, so dass der Tee überschwappte, warf sich neben Carlotta auf die Bank, schlang ihre Arme um Carlottas Hals und begann, wie ein kleines Tier leise fiepend, zu weinen. »Mama, ich hab, ich hab … was ganz Furchtbares geträumt, oh, und dann warst du eben nicht in deinem Bett, aber da bist du ja, da bist du ja.«

Aus ihr sprach die große Erleichterung, eine lebensnotwendige Konstante genau da wiederzufinden, wo sie sein musste. Es war nicht so schwer zu erraten, was Jule geträumt haben mochte. Was nicht nur Kinder träumen, wenn sie Verlustängste haben.

Sie hielten einander fest. Jule roch Carlottas besonderen Geruch nach grünem Gras, fühlte ihre Wärme, ihre Arme, den sanften, gleichzeitig festen Griff ihrer Hände.

Jules Haare rochen staubig und nach kleinem Kind. Carlotta fühlte die knochigen Schultern unter dem dünnen Schlafanzug, fühlte die erst warmen, dann kühlen Tränen auf ihrer Haut, hielt ihre Tochter fest. Da war es.

Da war dieses Eine, Große, das auch temporären Hass, Zorn und Verbitterung aushält, einfach, weil es nicht nur eine Verbindung ist, sondern eines der stärksten Gefühle, das Menschen kennen. Stumm blieben beide so sitzen, lange, bis Carlotta fragte: »Willst du mir erzählen, was du geträumt hast?«

Jule schüttelte den Kopf. »Nein«, flüsterte sie, »es ist ja nicht wahr …«, klammerte sich weiter an ihre Mutter.

Sie hielt Carlotta fest, bis das lautlose, zuckende Weinen schließlich verebbte. Langsam löste sie sich von Carlotta, wischte sich

Augen und Nase am Schlafanzugärmel ab und trank von ihrem lauwarmen Tee.
Jetzt saßen sie still nebeneinander, bewegten sich kaum, vorsichtig, die Brücke zwischen ihnen war schmal und fragil. Es war Jule, die ihre Hand auf Carlottas Knie legte, geradeaus blickte und sagte: »Mama, ich bin ein schlechter Mensch.«
»Nein, das bist du nicht. Das ist einfach eine schwierige Zeit. Für dich und für mich auch, na klar. Und manchmal war ich ziemlich wütend auf dich, aber …« Carlotta brach ab. *Nein. Halt den Mund. Darum geht es jetzt nicht.*
»Jule, du kennst doch diese digitalen Textbänder, die im Bahnhof immer über den Gleisen laufen? Auf dem über meinem Kopf steht: Ich bin da ich bin da ich bin da.«
»Auf meinem stehen lauter Fragezeichen«, sagte Jule leise, zog die Knie hoch und trank aus ihrem Teebecher.
Wieder saßen sie still nebeneinander. Jule drückte Carlottas Hand. Carlotta spürte dieser stummen Botschaft hinterher.
Plötzlich schlug Jule sich die Hand vor den Mund. »Oh Gott, Mama, heute ist doch …«
»Was ist heute?«, fragte Carlotta ein bisschen zu beiläufig.
»Oh Scheiße, wie konnte ich das vergessen – du hast doch heute Geburtstag! Oh Gott, so spät ist mir das noch nie eingefallen. Mama, ich bin so ein Versager, ich …«
»Jule, nicht schon wieder! Ich kann mich im Moment sowieso um keine Feier und um nichts kümmern, weil mich die Ausstellung frisst und ich gar keine Zeit habe. Wir holen das nach. Aber …« Carlotta hielt inne, hob beide Hände wie eine Dirigentin, klatschte sie dann zusammen, als hätte sie eine wunderbare Eingebung gehabt.
Und das war auch tatsächlich der Fall.
»Weißt du was?« Sie schichtete die losen Blätter ihrer Textnotizen zu einem Stoß. »Ich hab zwar heute überhaupt keine Zeit

zu gar nichts, aber wir setzen uns gleich ins Auto, fahren zum Löwenberg, dann mit der Bergbahn hoch und halten die Nase in den Wind. Wir schauen oben durchs Fernrohr bis nach Rom, wir essen am Panoramakiosk unser erstes Eis, dann laufen wir über Stock und Stein runter, üben jodeln, wenn uns niemand sieht, und suchen wie immer Heidelbeeren und finden keine. Und unten ist da unser See, und …«

»… an der Bahnstation sind wir so müde, dass wir unbedingt noch ein Eis brauchen.« Jule hatte die Beine hochgezogen und blinzelte in die Sonnenstrahlen, die jetzt schräg durch die Lindenzweige fielen.

»Und dann laufen wir zum Badesee und gehen beim Löwenwirt essen. Aber vorher noch eine Runde schwimmen. Und dann suchen wir die runden, dunklen Kiesel, die aussehen, als wären sie von dünnen, weißen Fäden umwickelt, und dabei ist das nur …«

»… Elfennähgarn, das zu Stein wird, wenn man draufkuckt, und dann …«

»… kriegen wir einen Tisch ganz nah am Wasser, wenn wir Glück haben, und dann essen wir was sehr Gesundes, nämlich …«

»… Würstchen mit Kartoffelsalat und noch eine Extraportion Pommes dazu, einfach so, mit viel Salz und Mayo und Ketchup.«

»Und Onkel Henri?«

»Der bleibt hier und bekommt von mir eine Tiefkühlportion Emilyirgendwasgutes. Ich trinke heute Abend ein Glas mit ihm.«

»Und was schenke ich dir zum Geburtstag? Jetzt sag nicht, dass ich immer lieb und artig bleiben soll, dann …«

»Ach, Jule, wie langweilig. Nein, du fährst doch morgen mit Lieselotte nach Dänemark. Und da suchst du am Strand nach

Hühnergöttern. Die liegen da nämlich einfach nur so rum. Ich will eine ganze Schnur davon für die Laube hier! Und wehe, du machst das nicht.«

»Was ist das denn?«

Carlotta erklärte es ihr. »Los, zieh dich an, ich muss spätestens um fünf zurück sein und noch mal kurz ins Museum. Sebastian wollte mir unbedingt was zeigen. Wir frühstücken jetzt mit Onkel Henri, und dann …«

Geschenk

Heute, am Samstag in der Hochsaison, hatte das Museum bis um zwanzig Uhr geöffnet. Tante Betty vertrat ausnahmsweise Herrn Purrmann an der Kasse und breitete die Arme aus, als Carlotta kurz nach siebzehn Uhr durch den Haupteingang kam. Sie trug noch ihre Wanderschuhe, Bermudashorts mit Dreckschlieren, und aus dem oberen Knopfloch ihres Polohemds hing kopfüber eine blaue Wiesenblume.

Man sah, dass sie den ganzen Tag an der Sonne, an der frischen Luft gewesen war. Man sah auch, dass die Anspannung der letzten Wochen nicht mehr auf ihren Schultern saß.

»Meinen Allerherzlichsten, Carlotta! Warst du wandern?«

»Ja, Jule und ich waren auf dem Löwenberg, dann am See.«

»Ah ja, Jule und du!« Es war wieder unvergleichlich, wie viel Tante Betty in die Worte packte, die sie *nicht* formulierte. Sie zog ein verschnürtes Päckchen unter dem Tresen hervor und drückte es Carlotta in die Hand. »Deine Lieblingsschokolade. Im KaDeWe gekauft. Hat meine alte Freundin Brigitte für mich erledigt.«

»Oh, Tante Betty, du hast die Schokolade extra aus Berlin schicken lassen? Danke dir! Ist das lieb! Danke! Die fress ich jetzt sofort.«

»Nein, geh erst mal in dein Büro. Ich glaube, du wirst erwartet. Von einer Dame.«

»Dame? Ich dachte, Sebastian wollte noch was?«

»Der ist auch oben. Nu hüpf, Lotti! Nein, nicht den Aufzug nehmen! Der ist wieder kaputt. Du musst leider laufen.«

Carlotta bekam nicht mit, dass Tante Betty hastig zum Telefon griff und »Sie kommt!« flüsterte.
Außer Atem und leicht nervös stand Carlotta dreieinhalb Minuten später vor ihrer Bürotür. Wer mochte das sein? Sie strich sich die Haare hinter die Ohren, zog das Polohemd glatt und betrachtete bekümmert die dunkle Dreckschliere auf der Hose, die von der Bergbahntür stammte. Sie räusperte sich und klinkte die Tür auf.
Sie erschrak, denn der Raum war verdunkelt. Jemand hatte die Jalousien herabgelassen, auf dem Schreibtisch brannten zwei Kerzen, und vom Stuhl gegenüber blickten sie zwei ernste, blaugraue Augen an. Die kräftige Frau saß aufrecht, ihre abgearbeiteten Hände lagen übereinander auf dem Schoß.
Sie trug ein dunkelrotes Gewand mit weiten, langen Ärmeln. Die Falten des seidig schimmernden Stoffes schienen das Licht der kleinen Kerzen zu reflektieren. Um ihre Schultern war ein großes, safrangelbes Tuch geschlungen, die dunkelblonden Haare waren zu einer Zopfkrone geflochten.
Der Gesichtsausdruck der Frau war verlegen und stolz zugleich, sie schien zu sagen: »Aber Frau Doktor Goldkorn, ich muss noch Zwiebeln schälen und die Diele putzen, da kann ich doch nicht einfach hier sitzen bleiben!«
Als Carlotta begriff, wer da vor ihr saß, großformatig, in Öl gemalt, wurde ihr schwindelig, sie musste sich festhalten. Sie tastete nach ihrem Schreibtischstuhl, setzte sich, blieb stumm vor diesem Wunder sitzen.
Greta.
Greta aus Nyköping in Lovisas rotseidenem Morgenrock, gemalt von Lovisa Johansson, im Oktober des Jahres 1895. Ein Meter hoch, siebzig Zentimeter breit, stand ihr Bild auf dem Besuchersessel. Das Porträt nach genau der Skizze, die sie hinter der Wandtäfelung gefunden hatten. Das Gemälde, für das Greta

so geduldig gesessen hatte, im herbstlich kalten Gärtnerhaus in Stockholm.

Carlotta beugte sich vor, entzifferte mit zusammengekniffenen Augen die Signatur »A.F. 1895«. Dann setzte sie sich wieder gerade.

»Ist nicht wahr«, flüsterte sie, blieb stumm sitzen, die gefalteten Hände zum Mund erhoben, und starrte Greta an.

Jetzt erst registrierte sie Sebastian, der in exakt derselben Sekunde in einen nicht wirklich schönen, aber gut gemeinten Gesang ausbrach. Als das letzte »... to yoouu« verklungen war, stand sie auf.

Umarmung und Wangenküsse, dann breitete Sebastian die Arme aus und erklärte pathetisch: »Ich singe hier auf telefonischen Befehl von Gösta. An meinem freien Samstag. Leider kann er dir das Bild nicht schenken, weil es ihm nicht gehört. Aber es ist als Leihgabe für die Ausstellung sein Geburtstagsgeschenk.«

Greta im Rotseidenen. Gösta hatte Greta gefunden. Sie legte wieder die Hände vor den Mund, und als Sebastian ihren Blick auffing, wandte er sich zur Tür. »Ich lass dich besser mal allein. Ich geh runter zu Emily, sie hat dir eine Megatorte gebacken. Wir warten da auf deinen Geburtstagssekt! Da liegt übrigens noch ein Brief. Von Gösta.«

Carlotta konnte ihren Namenszug auf dem großen Umschlag noch mit klarem Blick lesen, den Rest nicht mehr.

Erst nach einer ganzen Weile steckte sie das Taschentuch wieder zurück und öffnete den Umschlag. Verwundert betrachtete sie eine Ansichtskarte mit der Schlossruine von Nyköping, drehte sie herum. Es war die Schrift eines alten Menschen, groß, etwas krakelig: »Liebe Carlotta, Greta Svensson war meine Tante. Alles Gute zum Geburtstag, Johanna.«

Carlotta zog die Reproduktionen einiger alter Fotografien aus dem Umschlag. Greta und Lovisa auf einer Bank vor einem großen, weißen Gebäude. Carlotta drehte das Foto herum und sah Göstas Handschrift. »Im Sanatorium, Juni 1899.«
Dann Greta, ernst und würdig, in einem dunklen Kleid mit weißem Krageneinsatz, neben einem älteren Herrn in weißem Kittel. Auf der Rückseite: »Greta mit Professor Nystet im Oktober 1899.«
Ein größeres, sepiabraunes Foto von Lovisa. Sie saß aufrecht auf einem Stuhl, in hellem, hochgeschlossenem Kleid. Sie sah geradewegs in die Kamera, mit erhobenem Kopf. Ihre Hände lagen im Schoß, zusammengefaltet, aber der Ausdruck ihrer Augen signalisierte keine Ergebenheit, sondern eine Kraft, die im Widerspruch zu ihrem noch schmaleren Gesicht und den eingefallenen Wangen stand.
Das war eine Lovisa, die sich innerlich längst von Jasper getrennt hatte, die wusste, dass sie malen konnte, und auch wusste, dass sie bald sterben würde.
Wieder Göstas Handschrift auf der Rückseite: »Aus Gretas Nachlass – Lovisa im November 1899, im Sanatorium.«
Im Dezember 1899 war Lovisa gestorben. Carlotta betrachtete die Details auf dem Foto gründlicher. Neben Lovisa war ein Bett mit weißem Metallgestänge zu erkennen, hinter ihr, halb verdeckt, eine kleine, hell gestrichene Kommode, darauf eine gerahmte Zeichnung. Carlotta zog ein Vergrößerungsglas aus der Schublade.
Kein Zweifel, das war August. Die Vorskizze zu Augusts Porträt mit Rotweinglas und Zigarre. Gezeichnet im Wintergarten auf Björkholm, in glücklicheren Zeiten. Da Lovisa diese Vorskizze nicht hinter der Täfelung hatte verschwinden lassen, musste Augusts Bild sie begleitet haben. Bis zu ihrer letzten Station.

Göstas Brief lag in demselben Umschlag. Carlotta faltete das Blatt auseinander, las und zog das Taschentuch wieder hervor. Erst nach ein paar Minuten konnte sie zum Telefon greifen.

»Gösta? … Oh, Liebster, das ist das unglaublichste Geschenk, das ich je bekommen habe. Ich weiß gar nicht, was ich sagen soll … Wer ist Johanna? … Du fährst morgen wieder nach Nyköping? Dann grüße sie ganz, ganz herzlich und sag ihr danke von mir. Was bitte? Noch ein Nachtrag? Kleine Überraschung? Was ist es denn?« Sie lachte.

»Ja, doofe Frage, weiß ich. Dann warte ich halt bis übermorgen. Ich vermisse dich so. Was sagst du? Nein, bitte nicht wiederholen, sonst krieche ich durchs Telefon. Ist das wirklich wahr, was mir gerade passiert ist? Greta im Rotseidenen vor mir. Und die Fotos. Unfassbar.«

Ein Brief und andere Offenbarungen

Mit der Tagespost unter dem Arm kam Tante Betty durch die Halle, wollte zum Sekretariat und bemerkte, dass Herr Purrmann die Kasse mal wieder verwaist zurückgelassen hatte. Vermutlich, um sich im Café mit Marmorkuchen to go einzudecken.

»Junger Mann, die Tasche müssen Sie aber an der Garderobe abgeben, und ein Ticket brauchen Sie auch!«

Tante Betty rief energisch hinter dem blonden Jungen her, der mit einer großen Segeltuchtasche unter dem Arm den Lichthof betreten wollte. Der Junge drehte sich um, sah die alte Dame irritiert an, zog die Schultern hoch und hob die Hände. *»Sorry, I don't understand.«*

»Ticket!« Tante Betty wedelte mit der freien Hand herum und zeigte auf seine Tasche. *»And the pocket,* nee, *the bag, you must …«*

In diesem Moment kam ein Mann aus dem Museumsshop, den Tante Betty sofort erkannte. Er begrüßte sie lächelnd. »Entschuldigen Sie, das ist mein Sohn Nils, und in der Tasche sind Unterlagen für Carlotta.«

Tante Betty bekam rote Bäckchen. »Oh, Professor Johansson, das ist aber nett, dass Sie mal wieder da sind!« Sie nickte eifrig, legte ihre Post auf den Kassentresen und eskortierte die beiden Herren zur Lichthoftür, als wären gerade der Bundespräsident und sein Lieblingsneffe erschienen.

»Sie können aber auch den Aufzug nehmen, Professor Johansson!«

»Nein danke, wir laufen. Dann sieht Nils gleich, wo er gelandet ist!«
Tante Betty sah beiden entzückt hinterher, als Herr Purrmann mit seinem Kuchenpaket zurückkam. »Professor Johansson ist wieder da«, erklärte sie.
»Na und?« Ihr Kollege schien nicht zu begreifen.
»Ach, hoffentlich hat Tucholsky nicht recht.«
Das begriff Herr Purrmann noch weniger.
Und Tante Betty sah mit Freuden, dass der Sohn offensichtlich beeindruckt war vom Riesenskelett des Allosaurus, sich aber noch mehr freute über das Rokokopärchen, das zu Füßen des Sauriers stand. Der in blaue Seide gekleidete Herr aus dem achtzehnten Jahrhundert bestaunte den Kopf des Sauriers durch ein Lorgnon. Die Dame an seiner Seite trug einen fliederfarbenen Reifrock, war aufwendig frisiert und versuchte, sich in zierlich erstarrter Pose mit einem Seidenfächer Kühlung zu verschaffen.
Nils blickte sich um und erfasste mit einem Blick die Schönheit der Jugendstilkuppel und die skurrilen Kombinationen der Ausstellungsobjekte. Ganz oben, am Geländer des oberen Stockwerks, entdeckte er Carlotta und winkte.
Gösta sah ihn erstaunt von der Seite an. Schon seit gestern Abend, als Nils kurz nach ihrer Ankunft mit Onkel Henri im Atelier verschwunden war, wirkte sein Sohn entspannter und kommunikativer als im gesamten letzten Jahr.
»Pop, nimm die Tasche und geh schon mal zu Carlotta, ich komme in ein paar Minuten nach. Das ist ja ein schräger Laden hier!« Er beobachtete zwei Mädchen, die hinter einer Projektionswand standen. Nur ihre Köpfe waren zu sehen, und dort, wo man ihre Körper vermutete, wurden alle paar Sekunden neue Verkleidungen projiziert. In einem großen Spiegel gegenüber der Projektionswand konnten sich die Mädchen bewun-

dern. Gerade standen eine Neandertalerin und eine spanische Hofdame nebeneinander, was bei einer jungen Dame wildes Gekicher auslöste, denn ihre roten Kopfborsten wollten nicht wirklich zum strengen Faltenkragen passen. Oder doch? Gerade wegen der großen Unterschiede wurden plötzlich die Gemeinsamkeiten deutlich – nämlich das Versteckspiel hinter Auffälligem, ganz gleich, ob Punk oder Prunk.
Nils ging langsam die Treppe hinauf, atmete tief die Luft ein und spürte, dass etwas in ihm ruhiger wurde. Seltsam. Hier war etwas in den Wänden, das ihm erlaubte, frei zu atmen. Das hier war ein guter Ort.
Das Staunen hatte hier seinen Tempel gefunden. Die Neugierde des Entdeckens war hier zu Hause. Alles, was August interessiert hatte, durfte hier nebeneinander wohnen. Und war ungewöhnlich gut inszeniert. Ohne irgendeine Messlatte, auf der »wertvoll« oder »weniger wertvoll« stand.
Hier durfte alles so sein, wie es war. Nebeneinander, miteinander. Nils fühlte es fast körperlich. Er blieb stehen.
Durch eine breite Flügeltür sah ihn Jasper Johansson an. Natürlich, Nils kannte diese Bilder seines Ururgroßvaters, wenn auch nur aus Fotobänden, aus Museumskatalogen.
Und plötzlich war da wieder das Fremdheitsgefühl, das ihn im vergangenen Jahr begleitet hatte wie ein Schatten. Höchstwahrscheinlich gehörte er, Nils, ja gar nicht zu dieser Sippe. Zur Kaste der Richtigen. Nils ging noch näher und betrachtete diesen selbstsicheren Mann, der vermutlich gar nicht sein Ururopa war, fast mit Abscheu.
Dann entdeckte er, mit widerwilligem Staunen, am rechten Rand des Gemäldes einen großen, leuchtend blauen Schmetterling, der aussah wie ein exotisches Schmuckstück. So fein und kunstvoll gemalt, als würde er in der nächsten Sekunde leicht zitternd mit einem einzigen Flügelschlag abheben.

Neben dem Gemälde stand ein Monitor. Mit einem Cursor konnte man das ganze Gemälde auf dem Bildschirm abfahren, alles über Vanillezucker und Lianen lernen und – tatsächlich, auch der leuchtende Schmetterling barg eine Information. Nils klickte die blauen Flügel an und sah gebannt, wie der Schmetterling, diesmal ein echt gefilmter, sich im Zeitraffer aus seinem Kokon ans Licht drängte. Die Flügel, eben noch zusammengelegt wie knittrige Fächer, vibrierten. Dann falteten sie sich auseinander, spannten sich, wurden zu zarten Segeln.
Und dann flog er. Er flog einfach davon.
Nils klickte den Schmetterling auf dem Monitor erneut an und besah sich dieses Wunder noch einmal. Und noch einmal. Plötzlich, bei der dritten Wiederholung, gleichzeitig mit dem Abheben der Flügel, flogen ihm zwei, drei Takte einer Melodie durch den Kopf. Leise summte er die Takte, wieder und wieder, sehnte sich plötzlich nach einem Klavier. *Butterflybirthday*, ja, so würde es heißen. *»Butterfly – birth – day – finding – a – new – way ...«*, sang er leise und bog an irgendeiner Ecke ab.
Jetzt betrat er den Museumsraum 13, in dem die Konzertharfen unter den Augen der grimmigen Herren von Fichtelbach seit weit über hundert Jahren wie exotische Riesentiere im Mittagslicht dösten.
An einer Harfe durfte man herumzupfen. Nils ließ die Finger über die Saiten gleiten und lauschte den Tönen nach. Es waren runde Töne, die wie große Seifenblasen durch den Raum schwebten, aber nicht platzten, sondern leise verschwanden, Richtung Fenster.
Am Fenster stand ein Konzertflügel auf einem Podest. Ein Notenheft war aufgeklappt, rechts neben dem Hocker lag eine Jeansjacke auf dem Boden, dahinter stand eine Thermoskanne. Hatte hier jemand geübt, war gerade mal um die Ecke verschwunden, oder gehörte das wieder einmal zur Inszenierung

des Flügels, als Arbeitsplatz und nicht als Ausstellungsobjekt? Er sah sich um. Die Aufsicht war nicht zu sehen.

Nils nickte den Ahnengemälden von Hubertus dem Halslosen und Guntram dem Starken zu, setzte sich auf den Klavierhocker, und ein paar Sekunden später lauschte er seinen eigenen Klängen nach, den ersten Takten von *»Butterflybirthday«*.

Nils wechselte zu der jazzigen Improvisation eines anderen, eines klassischen Stücks. Er hatte es noch vor ein paar Tagen am Stockholmer Altstadtufer zum ersten Mal vor Publikum gespielt. Zwei alte Damen in feiner Leinenkleidung blieben stehen und hörten aufmerksam zu. Ein eiliger Herr, der eigentlich zum Museumscafé strebte, hielt inne, stutzte, lauschte, lehnte sich gegen die Fensterbank, verschränkte die Arme und nickte anerkennend. Nach und nach kamen noch japanische Touristen, ein Fichtelbacher Kulturrentner und eine Aufsichtskraft hinzu, die aber dachte, das sei der Pianist, der für das Sommerkonzert am nächsten Samstag probte, und deshalb nur freundlich zuhörte.

Nils spielte und spielte, schloss die Augen und war auf einmal, zum ersten Mal seit langen Monaten, ganz leicht, vergaß die Zuhörer und war mit sich allein.

Als er nach zehn Minuten aufhörte, klatschten die Leute, Nils erschrak und blickte auf, wie jemand, dessen Badezimmer auf einmal eine Wand fehlt. Er wurde rot. Aber nach einer Sekunde hatte er sich gefasst, war dann doch zu auftrittsgewohnt, um noch länger verlegen zu sein: Er stand auf und verbeugte sich.

»Gut war das!« Ein junger Mann mit schwarzem Zopf stand plötzlich vor ihm und nickte anerkennend. »Wer bist du denn?«

Nils blickte in ein freundliches Gesicht, das seine Neigung zur Spöttelei auch nicht durch ein Lächeln verbergen konnte. Vielleicht war es genau das, was ihn erneut verlegen machte, er schaute auf den Boden, dann wieder auf, blickte dem jungen

Mann aber nicht in die Augen. Er zuckte mit den Schultern. *»Sorry, I'm Swedish, I don't understand you.«*
»Swedish?« Nils nickte. Sebastian musterte den verlegenen Jungen, der ihn jetzt ansah wie jemand, der gleichzeitig eine Entschuldigung und eine Kampfansage formulieren will.
»*That was really good.* Das war was ganz Altes, von den Beatles, oder?«
Jetzt grinste Nils. »Du bist nahe dran. Das war ein Walzer von Johannes Brahms in As-Dur.«
Sebastian grinste zurück. »Ist mir auch recht. Hast du Lust, heute Abend zu mir nach Hause zu kommen? Da gibt's auch ein Klavier. Und gutes Bier. Ich schreib dir mal auf, wo ich wohne, komm mit nach oben, ins Büro.«
Jetzt war Nils überrascht. »Arbeitest du hier? Kennst du ... Carlotta?«
Sebastian begriff plötzlich. »Ach, du bist Göstas Sohn?«
»Maybe«, antwortete Nils.

* * *

»Da sind wir wieder, genau da, wo wir uns zum ersten Mal gesehen haben«, sagte Gösta leise. Er hatte Carlotta mit beiden Armen umfasst, hatte seine Nase in ihrem Haar versenkt. Sie schauten zusammen aus dem Fenster des Museumsbüros auf die kleine Stadt, auf den Park der benachbarten Gayette-Villa.
Carlotta lehnte sich an ihn, spürte seine Wärme. Gestern Abend war er gekommen, und sie hatte ihn beim Aussteigen aus dem Taxi beobachtet, war nicht die Treppe hinuntergelaufen, wollte von oben sehen, wie er sich bewegte, wie er lachte, wie er sich zu seinem Sohn herumdrehte, dann ihr Haus ansah, mit diesem Blick, der so viel umfassen konnte.
Und da stand auf einmal Nils. Hier in der Ahornallee. Seltsam.

Nils' Bild war mit Björkholm verbunden, mit Regenwolken, windzerzaustem Haar, aufgewühltem Wasser und bewegtem Gemüt. Dieser Nils wirkte ruhiger und älter, auch wenn nur wenige Wochen zwischen ihrem letzten flüchtigen Wiedersehen lagen. Wie unglaublich schnell Jugendliche sich verändern konnten!
Dann der lange Abend im Garten, Onkel Henri, der mit Nils im Atelier verschwand, das Gelächter, das sie wenig später hörten. Die Erleichterung, mit der sie sich endlich wieder anblickten, die Hand, die sie endlich wieder halten konnten. Und dann die Nacht, in der sie sich wieder fanden, die so lange vermissten Berührungen, die aufgestaute Lust, die entspannte Leere danach, die eigentlich Fülle war.
Stumm verfolgten beide mit ihrem Blick eine kleine Wolke, die mitten am Augusthimmel immer dünner und kleiner wurde und schließlich vollkommen in der Bläue aufging.

Carlotta wandte sich zu ihm um. »Gösta, ich werde es dir wahrscheinlich noch zehntausendmal sagen müssen – ich kann es immer noch nicht fassen, das mit Greta.«
Gösta lächelte und zog einen Umschlag aus seiner Dokumentenmappe. »Ich hatte dir doch einen Nachtrag angekündigt, Carlotta. Hier ist er. Das ist ein Brief von August an Greta, Johanna hatte ihn nicht sofort gefunden, aber als ich vor zwei Tagen noch mal in Nyköping war, hat sie ihn mir mitgegeben. Und weißt du was? Sie schenkt euch den Brief für das Gayette-Archiv.«
»Von August an Greta? Das ist ja großartig!«
Gösta nickte. »Der Brief gehörte zu den Habseligkeiten, die Greta ihrer Nichte vererbt hat.«
Carlotta faltete vorsichtig einen zweiseitigen Brief auseinander. Er war datiert auf den 10. März 1900. Die erste Seite war in Augusts großer, energischer Schrift verfasst, auf Deutsch.

Verehrtes Fräulein Greta Svensson!

Ich schreibe, um Ihnen mitzuteilen, dass die Gemälde unserer lieben Lovisa Johansson heute in mein Kontor geliefert wurden, ebenso die Photographie und jene Korrespondenz, um die ich Sie gebeten hatte, ich danke für Ihre Sorgfalt. Die Transportkosten lasse ich Ihnen umgehend zukommen, und betrachten Sie die Aufrundung der Summe bitte als Ausgleich für Ihre geschätzten Bemühungen. Seien Sie meiner Discretion bezüglich Lovisens letzten Willens versichert. Niemand wird erfahren, was er nicht erfahren soll. Lovisens Wunsch, einige ihrer Kunstwerke hier im Museum ausgestellt zu sehen, werde ich hoffentlich zu gegebener Zeit entsprechen können. Ihnen, verehrtes Fräulein Svensson, gilt mein Dank und die Versicherung meiner aufrichtigen Anteilnahme am Hinscheiden unserer teuren Lovisa. Es ist schmerzlich zu wissen, dass Herr Johansson zu diesem Zeitpunkte in Paris weilte, aber es ist tröstlich zu wissen, dass Sie, geschätztes Fräulein Svensson, an ihrer Seite waren in ihrer letzten Stunde.
Sollten Sie in irgendeiner Weise jemals meiner Hilfe bedürfen, jetzt oder später, dann lassen Sie es mich bitte wissen.
Mit vorzüglicher Hochachtung

Ihr ergebener August Gayette

Postscriptum: Ich lasse diesen Brief von einem sprachkundigen Freunde ins Schwedische übersetzen, es ist derselbe, der mir Ihren Brief vom letzten Monat ins Deutsche übertrug.

Carlotta nahm das zweite Blatt. Die Handschrift war anders, der Text derselbe, aber diesmal in Schwedisch.
»Was August wohl mit *›jene Korrespondenz‹* gemeint hat?«, fragte Gösta.
»Eigentlich können es nur Briefe von August an Lovisa sein, das

finde ich ziemlich eindeutig. Oh, Mist, verdammter, das macht mich jetzt noch neugieriger.«

»Sie haben einander also doch geschrieben – und Greta war auf dem Laufenden. Und hier: *Es ist derselbe, der mir auch Ihren Brief vom letzten Monat* … und so weiter. Also haben sich auch Greta und August ausgetauscht. Vermutlich«, Gösta kratzte sich an der Stirn, »vermutlich hat Greta ihn informiert, als es mit ihr zu Ende ging.«

Carlotta studierte noch einmal die geöffnete Doppelseite der Tageszeitung, die Gösta vorhin auf ihren Schreibtisch gelegt hatte, es war die *Nyköping Nyheter,* etwa einen Monat alt.

Auf der linken Seite war eine postkartengroße Bleistiftzeichnung abgedruckt. Dazu die Überschrift: *»Känner någon denna person?«* – »Kennt jemand diese Person?« Es war die Bleistiftstudie zu *Greta im Rotseidenen,* die Lovisa im Spätherbst 1895 angefertigt hatte, am Beginn ihrer produktiven Zeit. Ein kleiner Artikel – Verfasser war Gösta Johansson von der Universität Stockholm – erklärte, dass Greta aus Nyköping stamme, dass man sonst nichts über sie wisse, dass sie im Zusammenhang mit Jasper Johansson stünde und ein deutsches Museum sich über Informationen freuen würde. »Gösta, wie bist du bloß auf diese Idee gekommen? Einfach einen Zeitungsartikel zu schreiben?«

»Na ja, ich fand die Idee, direkt in Nyköping nachzuforschen, ziemlich naheliegend. Und das mit dem Artikel gefiel mir besser, als in einem Archiv alte Einwohnerlisten abzuarbeiten. Und die Zeitungsredaktion freute sich, so etwas ist ja immer eine nette Story im Sommerloch.«

Gösta nippte an seinem Kaffee, setzte die Tasse wieder ab und verschluckte sich fast bei der Erinnerung an das Telefonat mit der alten Johanna, der Nichte von Greta Svensson. »Sie hatte die Zeitung während des Frühstücks gelesen und rief mich sofort an. Und ich bin sofort nach Nyköping gefahren. Zuerst musste

ich hundertdreißig Sandwiches und Mandelkuchen und Kekse essen. Das Anstrengendste war also nicht, ihr zuzuhören – das war das reine Vergnügen. Sie ist so was von lebendig!«
»Wie lange liegt Johannas Kindheit zurück?«
»Ziemlich lange. Sie ist jetzt über achtzig und ist nicht mehr gut zu Fuß. Aber im Kopf ist sie hellwach. Johanna erzählte mir, wie sie mit ihrer Tante Greta als Kind gespielt und gesungen hat. Greta starb, als Johanna etwa zwanzig war. Und Tante Greta hatte Johanna dieses Gemälde und noch ein paar Kleinigkeiten hinterlassen. Ach ja, erinnerst du dich, dass Lovisa an irgendeiner Stelle im Tagebuch von einem Medaillon sprach, das sie Greta zu Weihnachten schenken wollte?«
Carlotta wusste es ganz genau. »Natürlich. Das war das Weihnachtsfest, als es Kartoffelbrei und gebratene Zwiebeln gab, weil es für mehr nicht reichte. Wegen der teuren Farben. Und das blaue Emaillemedaillon hatte Lovisa von ihrer Tante Märta aus Dalarna bekommen.«
Gösta lächelte. »Genau dieses Medaillon zog Johanna aus einer Schublade. Johanna hat es 1940, zu ihrem zehnten Geburtstag, von Greta bekommen. Und sie würde dir den Schmuck auch für die Ausstellung leihen, wenn du willst.«
»Den könnte ich zusammen mit Lovisas Tagebucheintrag zeigen, mit einer vergrößerten Kopie der Textstelle – ach, schön, Gösta! Aber erzähl mir jetzt bitte genau, wie hast du Johanna dazu gebracht, dass sie ihr Bild so lange verleiht? Und dazu auch noch an ein Museum in Deutschland?«
Gösta dachte an die weißhaarige, kleine Johanna, die mit ihren Büchern und Bildern lebte, sich nur mühsam zwischen Sofa und Schrankwand bewegen konnte und deren Leben jetzt vorwiegend aus Erinnerungen bestand.
»Ich sagte ihr, dass wir beide mit Jasper und August verwandt sind. Und sie wollte alles über die mögliche Liebesgeschichte

von Lovisa und August wissen. Na ja, und dann erzählte ich Johanna von dir und von deiner Ausstellung, von deinem Geburtstag, und dass deine Mutter aus Umeå stammt, ich erzählte von Onkel Henri, von Antonia … und ich erzählte ihr die Geschichte unserer Liebe. Sie hörte mit großen Augen zu.«

Er schwieg einen Moment. »Ich hoffe, es war dir recht. Aber manchmal ist die Situation einfach so. Manchmal trifft man einen Menschen, in dessen Gegenwart man mehr erzählt, als man eigentlich will. Wahrscheinlich, weil man spürt, dass es am richtigen Platz ist.«

»Ich weiß, was du meinst.«

»Und dann, auf einmal, sagte sie: ›Ich leihe euch das Bild, weißt du. Wenn du willst, ab sofort. Damit das mit ihrem Geburtstag klappt. Dann kann sie es bis zur Ausstellung ja in ihr Büro hängen. Grüß deine Carlotta von mir. Und schickt mir einen Ausstellungskatalog!‹«

Carlotta blickte ihn lange an. »Wenn sie es gesundheitlich schafft, lade ich sie zur Ausstellung ein.«

»Sie kann kaum noch laufen, ich denke, sie wird nicht kommen. Aber wir schicken ihr den Katalog und Fotos. Vielleicht mache ich noch einen kleinen Film über die Ausstellung.«

»Und … ach, da fällt mir schon noch was ein. Das ist so dermaßen nett von ihr.« Sie putzte sich die Nase.

Er lächelte. »Ach ja – Johanna meinte, sie hätte irgendwo noch Briefe von Gretas Mutter an Greta, aus der Stockholmer Zeit. In den Briefen stünde allerdings nichts, was sich auf August oder Lovisa bezieht, soweit sie sich erinnert. Johanna will ihrem Sohn Bescheid sagen, dass er auf dem Dachboden danach suchen soll, dann schickt sie uns die alten Briefe mit der Post. Aber das kann noch dauern, bis er kommt, meinte sie.«

Carlotta setzte sich auf ihren Schreibtischstuhl, stützte das Kinn in ihre Hände und betrachtete noch einmal Greta im Rotseide-

nen. Dann hob sie den Blick und sah auf das große, von Jasper gemalte Bild, das immer schon hier in ihrem Büro gehangen hatte. Lovisa lag seit über hundertzwanzig Jahren in ihrem Liegestuhl im Garten und las in ihrem roten Tagebuch.
Hier, im Fichtelbacher Büro, waren also die beiden Freundinnen nach so langer Zeit wieder zusammen.
Gösta folgte ihrem Blick, plötzlich stutzte er. »Ich glaube, ich habe dich das noch nie gefragt: Wieso hängt *Lovisa im Gartenstuhl* eigentlich hier in Fichtelbach? Wie kam das Bild hierher?«
»Das habe ich dir noch nie erzählt? Echt nicht? Also: Nach Jaspers Tod – übrigens relativ kurz vor seinem eigenen – hat sich August mit deiner Urgroßmutter Eva Matilda in Verbindung gesetzt und wollte dieses Bild kaufen, das er wohl bei einem seiner frühen Besuche in Schweden gesehen haben muss. Und Eva Matilda hat es ihm sofort verkauft, für eine sehr hohe Summe. Das ist im Archiv dokumentiert.«
Carlotta lehnte sich zurück, kniff ein wenig die Augen zusammen und meinte: »Wetten, wenn wir jetzt den Raum verlassen, steht Lovisa auf, geht ins Haus, und Greta verlässt ihren Sessel und kocht erst mal Kaffee für alle!«
Gösta lachte. »Es würde mich sowieso nicht wundern, wenn dieses Museum jede Nacht zum Leben erwacht. Clothilde von der Schmuckvitrine spielt Harfe, der Allosaurus probiert Filzhüte auf, und das Bronzezeitmädchen Gunilla fummelt in Gundrichs Büro am Computer.«
Carlotta ergänzte: »Und die Riesenlibellen fliegen herum und setzen sich auf Augusts Kopf. Und er schaut von seinem Bild herab auf das ganze Gehüpfe, und seine Zigarre qualmt.« Dann wurde sie wieder sachlich. »Greta ist also, wenn ich das recht verstanden habe, um 1900, nach Lovisas Tod, in ihre Heimatstadt zurückgekehrt und dort geblieben?«
Gösta nickte. »Ihr jüngerer Bruder hatte in Nyköping eine Bä-

ckerei. Und Greta hat dort mitgearbeitet und sich um seine Kinder gekümmert, Johanna war eines von ihnen.«

»Hast du noch irgendetwas über Gretas restliche Zeit mit Lovisa erfahren? Wusste Johanna etwas?«

Er nickte. »Sie hat sich nicht mehr an alles erinnert, was Greta ihr erzählt hat. Sie wusste nur, dass Lovisa ihr letztes Lebensjahr im Sanatorium von Professor Nystet verbracht hat, und dort ist sie auch gestorben. Aber Lovisas Diagnose oder ihre Todesursache, darüber wusste Johanna nichts. Und Greta hatte ihrer kleinen Nichte Johanna auch erzählt, dass sie diese ganze Zeit mit Lovisa dort verbracht hat. Bis zu ihrem Ende. Und dass Lovisa gemalt und gezeichnet hat, bis es nicht mehr ging. Und dass Jasper seine Frau nur ein einziges Mal besucht hatte. Für eine Stunde.«

»Damit ist auch die Frage beantwortet, wie die Beziehung zu Jasper in den letzten Jahren ausgesehen hat.« Carlotta nahm noch einmal Augusts Brief in die Hand und las laut: *»Seien Sie meiner Discretion bezüglich Lovisens letzten Willens versichert. Niemand wird erfahren, was er nicht erfahren soll.«*

Sie sah auf. »Was meinst du, was das bedeutet? Dieses ›niemand‹, das kann sich ja eigentlich nur auf Jasper beziehen? Und: *›… was er nicht erfahren soll‹* – aber was? Dass sie August ihre Bilder vererbt hat? Dass er sie vielleicht doch geliebt hat?«

»Vielleicht ist irgendwann mal ein dicker Packen Briefe mit rosa Seidenband in seinem Kamin in Flammen aufgegangen. Werden wir wohl nie erfahren. Aber ich weiß nicht«, Gösta klang skeptisch, »August war nicht der schwärmerische Typ, jedenfalls lese ich das nicht aus seiner sonstigen Korrespondenz. Er war ein Exzentriker, irgendwie Typus britischer *fool.* Eine heimliche Romanze passt nicht wirklich zu ihm, finde ich.«

»Vielleicht«, entgegnete Carlotta. »Und vermutlich hat er, wie Anders Zorn, mit Kennerblick Lovisas Talent erkannt. Und sie tat ihm einfach leid.«

»Noch ein August-Rätsel: Warum hat August Lovisas Bilder nie hier im Museum ausgestellt, Carlotta?«

»Tja … August hat vielleicht auf eine Gelegenheit gewartet, sie auszustellen und Lovisas Wunsch zu erfüllen. Das Problem war nur, dass er und Jasper in Verbindung blieben. Jasper war ja noch ein paarmal hier, er hatte noch Aufträge. Wie hätte August ihm das erklären sollen? Sorry, aber diese Gemälde hab ich von deiner Seligen geerbt? Was für Schlüsse hätte Jasper daraus gezogen?«

Regen bringt Segen

Lieselottes Vater hatte die Lautstärke seiner Stimme nicht immer im Griff, weil er langsam schwerhörig wurde. Außerdem war er erkältet, lag im zu kurzen Ferienhausbett und hatte fürchterliche Laune.

Trotzdem war ihm aufgefallen, dass die so verschlossene und ungewöhnlich schweigsame Jule, mit der sie von Fichtelbach in den dänischen Norden gefahren waren, sich in den letzten drei Tagen verändert hatte. Genauso lange lagen nämlich Lieselotte, ihr kleiner Bruder und seit gestern auch der Vater im Bett, husteten, rotzten, krächzten und verlangten mit rauher Stimme und fieberrotem Kopf wahlweise Hustenbonbons, Bücher, Ruhe, Abwechslung, Tee, Trost, Zeitung, Schokolade oder Wadenwickel. Lieselottes Mutter hielt sich vorläufig noch stundenweise senkrecht, legte sich aber nach jedem Husten die Hand auf die Brust, weil es weh tat.

Jule dagegen hatte nicht den leisesten Anflug einer Erkältung. Jetzt gerade klemmte sie sich den Einkaufszettel zwischen die Zähne und zog die viel zu große Regenjacke von Lieselottes Vater über.

»Das Kind Jule«, dröhnte der Vater aus dem elterlichen Schlafverschlag, »das Kind Jule ist ja richtig brauchbar!«

Offensichtlich dachte er, Jule sei schon unterwegs zum Einkaufen.

»Erst hab ich gedacht, was für eine Pest, noch so ein egoistisches Gör mit Hängelippe, aber ohne Jule sähen wir im Moment ziemlich alt aus, Susanne.«

Lieselottes Mutter hustete, erwiderte heiser: »Wo du recht hast, hast du recht!«, zwinkerte Jule zu, die schon die Tür geöffnet hatte, und winkte nur noch zum Abschied, weil sie vor Husten nicht mehr sprechen konnte.
Jule machte sich mit dem rostigen Klapprad aus der Ferienhausgarage auf zum drei Kilometer entfernten Supermarkt, der in der Nähe des kleinen Sporthafens lag.
Es war heute nicht wärmer als elf Grad, der Regen fiel nieselnd auf den Kiesstrand, den Kiefernwald, die Ferienhaussiedlung. Und auf die Erwartungen der vielen Urlauber, die jetzt mit Fernsehen, *Mensch ärgere Dich nicht,* Romanen oder Computerspielen ihre Zeit füllten. Einige wenige Väter nutzten zwar die Gelegenheit, um ihre Kinder mal richtig kennenzulernen, und ein paar Liebhaber der Stille sah man rotwangig, fröhlich und tropfnass an der Ostsee entlangwandern, die meisten Urlauber aber blickten mit finsterer Laune auf das atlantische Tief, das sich behäbig über Norddänemark ausruhte.
Das Rad quietschte bei jeder Umdrehung. Hinter dem nächsten Waldstück stieg Jule ab, lehnte das Fahrrad an eine Kiefer und fingerte eine Zigarette aus ihrem Brustbeutel.

Das also war der Urlaub. Das also war die große Freiheit mit langen Tagen am Strand, ohne Eltern, mit Ablenkung und Sonne und verheißungsvoll undefinierten Nachmittagen am Hafen. Mit Lieselotte, mit Zigaretten, mit interessanten Jungs auf ihren Segelbooten, die möglicherweise genau da anlegen würden, wo zwei interessante Mädchen auf der Kaimauer saßen. Und vielleicht würde irgendwann der scharfe Biss des Kummers nachlassen, der sie immer noch nicht richtig schlafen ließ, der ihr Träume schickte und Schuldgefühle.
Lieselottes Eltern hatten in den ersten drei Tagen, als das Wetter noch schön gewesen war, kein einziges Mal den Wunsch ver-

spürt, mit dem kleinen Bruder nach Kopenhagen ins Museum zu fahren. Stattdessen beäugte der Vater tagtäglich die beiden Mädchen, die am Gartentisch saßen und sich mit ihren Schulbüchern beschäftigten. Zeigten sie nach einer Stunde leichte Symptome von Überdruss, ließ er garantiert seine Zeitung sinken und meinte: »Wenn ich meinen Betrieb so führen würde, wie ihr lernt, säßen wir alle am Straßenrand und hielten den Hut auf.«

Woraufhin Lieselotte genervt weiter Englischvokabeln lernte und Jule das Mathematikbuch hastig richtig herum drehte, denn sie war mit den Gedanken ganz woanders. Sie waren am Strand auf und ab gelaufen, hatten Dutzende Hühnergötter gefunden, aber keinen einzigen Jugendlichen in ihrem Alter. Dafür flächendeckend Familien mit Kleinkindern, Niveadosen, Rentner mit lustigen Sonnenhütchen, kleine Mädchen mit albernen Plastikpuppen in rosa Bikinis. Auch der kurze Ausflug zum Hafen war eher enttäuschend gewesen: schon wieder rotnasige Pensionäre, diesmal auf teuren Booten, ein Softeisstand, von kleinen Kindern umlagert, weit und breit kein interessantes Gesicht unter zwanzig.

Jule lauschte in sich hinein und wartete auf die übliche, zähe Trauer, die sich stets sofort auf sie legte, wenn sie in den letzten langen Wochen allein gewesen war. Aber etwas war anders seit ein paar Tagen.

Seltsamerweise war der neue Job als Krankenschwester ganz in Ordnung. Sie wurde gelobt, sie fühlte sich wichtig und verantwortlich, wenn sie zwischen den drei kleinen Zimmern hin und her rannte und Henkelbecher mit Tee herumtrug. Das dankbare Gesicht von Lieselottes Mutter war ständiger Treibstoff.

»Jule wird gebraucht« – das war ein neues Gefühl. Es gefiel ihr. Die Rolle der unausgeglichenen Nörgeltante hatte momentan

Lieselotte übernommen, und genau dieser Rollenwechsel brachte Jule dazu, die Freundin zu trösten, zu umsorgen oder sie auch schon mal anzuschnauzen, sich in jeden Fall stärker zu fühlen als noch vor einer Woche.

Sie zündete die Zigarette an, lehnte sich mit dem Rücken an den Baum und schützte die kostbare Selbstgedrehte mit der Hand vor dem Regen. Rauchen durften sie natürlich auch nicht, schon der Gedanke an Nikotin brachte Lieselottes Eltern in Rage.

Nach fast einer Woche Abstinenz fuhr ihr der Rauch scharf und unangenehm in die Lunge, sie hustete, japste und warf die Zigarette aus einer plötzlichen Regung auf die Schotterstraße, ärgerte sich sofort und wollte nach der Tabakpackung greifen, als es neben ihr raschelte.

Eine Schlange glitt aus dem nicht sehr tiefen, regenfeuchten Graben neben der Zufahrtsstraße der Ferienhaussiedlung. Jule hielt den Atem an. Das braune Reptil, gut achtzig Zentimeter lang, schlängelte sich zwischen ein paar Grasbüscheln hindurch und glitt auf die nassglänzende Straße. Jule folgte ihm vorsichtig, um es genauer betrachten zu können.

Die bunten Räder sah Jule gerade noch, die vor der Schlange bremsten, die roten Regenstiefel, die dem dünnen Tier den Fluchtweg versperrten. Ein vielleicht sieben-, achtjähriger Junge stieg von seinem Fahrrad, in derselben Sekunde ringelte sich die Schlange zusammen und hob den Kopf.

»Hey, pass auf!«, rief Jule, denn instinktiv wusste sie, dass das keine harmlose Schlange war. Ringelnattern gab es am Fichtelbacher Waldsee, die kannte sie. Das hier war etwas anderes, nicht einzuschätzen.

Der kleine Junge blickte sie an. Dann erst fiel Jule ein, dass er sie vielleicht nicht verstehen konnte.

»Ist das eine Python?«, fragte er.

Also kein Däne.
»Nee, das hier könnte ’ne Kreuzotter sein, die hat so ein Zickzackmuster auf dem Rücken. Die sind giftig. Geh bloß nicht näher ran.«
»Bestimmt keine Python?«, beharrte er.
»Pythons sind irre lang und dick und beißen nicht, die erwürgen dich. Und hier gibt’s gar keine. Ich glaub, Pythons leben in Südamerika oder so. Jedenfalls weit weg«, antwortete Jule.
Er hatte sich vorgebeugt, die Augen weit aufgerissen, das Kinn auf den Lenker gestützt, und beobachtete das starr drohende Schlangentier neugierig. »Echt giftig? Stirbt man dann?«
»Kann sein. Weiß ich nicht genau. Es gibt bestimmt ein Gegengift, wenn die dich gebissen hat. Man muss dann aber schnell in die Klinik.«
Die Schlange, die begriffen hatte, dass ihr Fluchtweg jetzt frei war, löste sich aus ihrer Drohhaltung und glitt davon. Er blickte auf und sah Jule groß an. »Boah! Ich hab ’ne Kreuzotter gesehen. ’ne giftige Schlange!«
Jule stieg auf ihr rostiges Klapprad. »Tschö!«, rief sie, winkte und fuhr davon. Der Kleine winkte zurück. Nach ein paar Metern drehte Jule sich noch einmal nach ihm um und sah, dass er begeistert Schlangenlinien fuhr. Jule lächelte, als sie auf die wenig befahrene Landstraße zum Supermarkt abbog. Was der für Augen gehabt hatte! Fast wie Leo.
Leo.
Um Leo hatte sie sich seit Wochen überhaupt keine Gedanken mehr gemacht. Es war gerade so, als hätte es ihn nie gegeben, in dem Nebel ihres Liebeskummers hatte sie keine Sicht mehr gehabt. Auf niemanden.
Aber plötzlich kam Leos Bild mit Macht zurückgesegelt, sie sah sich selbst, wie sie durch ihn hindurchgeblickt hatte, seine verwunderten Augen, sein ratloses Erstaunen darüber, dass ihre

Freundschaft auf einmal so dünn, so zum Wegpusten krümelig geworden war.
Plötzlich verspürte sie einen Kloß im Hals, plötzlich saß die Trauer auf dem Lenkrad und breitete die grauen Arme aus. Nach einem weiteren Kilometer stieg Jule ab, legte das Rad kurzerhand in den Straßengraben, zog ihr Handy aus der Tasche und hatte nach ein paar Sekunden Leos Stimmchen am Ohr.
»Ja? Jule?«
»Ich, ich hab gerade ’ne richtige Kreuzotter gesehen, Leo.«
»Echt? Wo denn?«
»Na hier, in Dänemark. Ich bin doch mit Lolli in Dänemark, aber alle sind krank.«
»Ach so. Ja. Wir haben in der Schule so ’ne ausgestopfte Kreuzotter gesehen. Kreuzottern sind giftig. Das Gift kommt aus den Zähnen. Das sind richtige Vipern, die Kreuzottern, da musst du aufpassen.«
»Ja, hab ich.« Dann gab sie sich einen Ruck. »Leo, ich wollt dir nur sagen, ich hab mich gar nicht mehr um dich gekümmert, und das war doof. Also doof von mir.«
»Ach, ganich. Is schon okay.«
»Nächste Woche, also Ende nächster Woche komme ich wieder.«
»Ja. Gut. Nächste Woche? Gut.«
»Was soll ich dir mitbringen, Leo?«
Natürlich war das eine Frage, auf die jeder andere Mensch reagiert hätte mit: »Ach, gar nichts, ist doch nicht nötig!«
Nicht so Leo.
»Au ja, Hühnergötter, das wär toll. Carlotta hat mir davon erzählt. Oder auch Donnerkeile. Und wenn du vielleicht so Sandlaufkäfer findest, dann könntest du doch einen in eine Dose packen, aber mit Luftlöchern drin …«
»Okay, Hühnergötter und Lakritz, der ist klasse hier. Mit Käfern kenn ich mich nicht aus, das geht schief.«

Leo schien zufrieden. »In einer Woche bist du wieder da, ja?«
»Ja. Tschö, Leo.«
»Tschö, Juckel.«

Den Rest der regennassen Strecke pfiff und sang Jule unbestimmte Melodien. Das Leben fühlte sich besser an. Es roch nach Kiefern, nach Meer, nach Dingen, die noch vor ihr lagen. Was Lieselottes Vater vorhin gesagt hatte, war nicht in der Absicht ausgesprochen worden, sie zu erfreuen, tat es aber gerade deshalb. Das ruppige Kompliment flatterte wie ein geflügeltes Glühbirnchen herum und warf Licht. Und das Gespräch mit Leo war gut gewesen.
Für andere da sein und einen Fehler zugeben können war zur Abwechslung tatsächlich mal nicht schlecht. Jule wischte sich das Wasser aus dem Gesicht, hielt plötzlich inne. Wasser aus dem Gesicht wischen – das waren in den letzten Wochen immer Tränen gewesen. Jetzt strich sie noch einmal langsam und ganz aufmerksam das Regenwasser von den Wangen.
Nur Regenwasser.
Sie fuhr jetzt fast im Schritttempo und sah Carlotta, als sie an dem denkwürdigen Geburtstag den Löwenberg hinuntergelaufen waren, den Wind in den Haaren.
Ach, Mama.
Ich hab mir vorgestellt, wie das wohl wäre, mit Gösta. Fing schon in der Nacht an, als du mit ihm ins Hotel gegangen bist. Ich hab gesehen, wie ihr euch angeblickt habt. Ich hab fast nicht geschlafen, mein ganzer Körper fühlte sich an wie etwas, das explodieren will. Ich hab ununterbrochen dran gedacht, wie das wäre, wenn ich Gösta einfach mal verführen könnte, irgendwie. Klar ist das Schwachsinn, weiß ich doch.
Ich hab seine Telefonstimme noch im Ohr. Das war wie ein Sandsack in den Magen. Volle Pulle. »Du stehst jemandem ge-

genüber, und du weißt: Das ist es. Ja, einfach so, das ist es. Jule, wirklich, ich wünsche dir, dass dir das auch passiert. Es haut dich um. Es ist unfassbar.« Und dann hat er mich am Telefon zusammengeschissen. Ich hasse ihn dafür. Irgendwie darf ich nicht dran denken, dass ich Gösta wiedersehen werde. Ach du Scheiße. Ich bin verliebt in den Freund meiner Mutter. Und der ist fünfzig. Erzähl das mal wem. Ich kann es keinem sagen, was ich mir manchmal vorstelle. Bin ich überhaupt noch verliebt? Das Gefühl ist immer noch riesig, aber irgendwie ist die Person daraus verschwunden. Oder? Ach, keine Ahnung.

Jule sah die großen Neonbuchstaben über dem flachen Supermarktgebäude. Noch hundert Meter. Sie schloss kurz die Augen, spürte wieder, wie der Regen über ihr Gesicht rann, kühler Regen.

Jule trat in die verrosteten Pedale, zog die Füße hoch und rollte zur Einfahrt. In zwei Wochen habe ich Geburtstag, und wenn ich fünfzehn bin, dann kann ich sagen: Mein nächster Geburtstag ist der sechzehnte. Ab in zwei Wochen gehe ich auf die Sechzehn zu. Jawohl. Mit sechzehn werde ich dann wohl wissen, wie das alles ist, Sex und so. Scheiße noch mal. Und mit achtzehn?

Jule sah sich plötzlich am Bahnhof. Den Rucksack auf dem Rücken. Sich selbst, mit wehenden, langen Haaren und einem Blick, der auf etwas gerichtet war, das es nur ganz woanders gab. Nicht in Fichtelbach. Wieso eigentlich lange Haare?

Keine Ahnung.

Alles einfach anders. Das Zuhausegefühl zu Hause auf dem Küchentisch vergessen. Die Flügel ausbreiten, von der Klippe springen und nicht fallen, sondern fliegen.

Der Regen wurde noch heftiger. Ihre Turnschuhe waren mittlerweile völlig durchweicht. Egal.

»Auckland or New York«, sagte sie langsam. »Canberra!« Genießerisch sprach sie das englische R besonders nachdrücklich aus. Ein Auto fuhr hupend an ihr vorbei, sie fuhr zu weit auf die Fahrbahn. »Canberra!«, schrie sie in den Regen und rollte die letzten Meter der Einfahrt hinunter.

Der Parkplatz war voll. Vermutlich wollten sich sämtliche Urlauber im Radius von zehn Kilometern mit Chips, Spaghetti und Süßigkeiten darüber hinwegtrösten, dass auch die Sonne Urlaub machte und der Regen sich stündlich verdichtete.

Jule band das Fahrrad mit einer Kordel an einen Laternenpfahl, wie einen Hund. Aber mit einem Seemannsknoten, den sie von Lieselottes Vater am ersten Ferientag gelernt hatte. Es war kein Fahrradschloss in der Garage gewesen. Sie betrachtete ihr Werk. Es sah idiotisch aus, aber irgendwie auch rührend, fand sie. Klau mich nicht, ich bin ein altes Haustier.

»Meinst du, das nützt was?«, fragte ein älterer Mann in teurer, englischer Wetterjacke, der gerade aus einem Landrover mit dem Kennzeichen HH stieg.

Jule nickte. »Na klar. Das ist ein magischer Knoten. Wer den anpackt, wird gebissen.«

»Von dir?«

»Von einer Kreuzotter.« Jule grinste. »Oder vom Leben.«

Der Mann lachte und verschwand mit seinen leeren Einkauftaschen. In diesem Moment machte ihr Handy ein kleines Geräusch.

»Bei kreuzotter biss gans wichtig ruhe bewaren todes felle selten blos nicht losrennen nicht saugen dran hohl krankenwagen sagt mamas arzt in china is schlange wahrzeichen für schlau dein leo«

Also hatte Leo in der letzten Viertelstunde beim Arzt angerufen, ein Lexikon gewälzt und mühsam diese für ihn kilometerlange SMS getippt.

Jule lehnte sich an den Hamburger Landrover. Verzog plötzlich das Gesicht. Heulte Rotz und Wasser, putzte sich die Nase an einer alten Serviette, die sie in der rechten Tasche der Regenjacke fand, und wischte sich Regen und Tränen aus dem Gesicht.
Fünf Minuten später betrat sie den Supermarkt.
Draußen, auf dem Parkplatz, auf dem nassen Asphalt, vor dem rechten Vorderreifen des Hamburger Autos, lagen fünfundzwanzig Schnipsel eines kleinen Fotos im feuchten Schmutz.

Wer ist das, ich?

Gösta wachte auf. Carlotta hatte sich in ihr Kissen gewühlt, mehr als ein blaues T-Shirt und dunkles Haargestrubbel waren von ihr nicht zu sehen. Sie atmete tief und ruhig. Heute war Samstag, aber sie musste selbstverständlich auch heute ins Museum. Der Ausstellungswecker tickte.

Trotzdem, Zeit für ein langes Frühstück hatten sie, und danach wollte er mit Nils zu den Fichtelbacher Steinbrüchen, um versteinerte Muscheln zu suchen.

Er legte seine Hand vorsichtig auf ihre Decke und beobachtete, wie sie sich mit ihrem Atem hob und senkte. Noch nie in seinem Leben hatte er mit einer Frau diese Mischung von Aufregung und Gleichmaß erlebt, eigentlich von Anfang an.

Er musste an ihr erstes Wochenende in Stockholm denken. An ihrem ersten Morgen in seinem Haus war er plötzlich aufgewacht, das Bett neben ihm war leer. Auf Zehenspitzen schlich er die Treppe hinunter und sah, wie Carlotta fröstelnd auf der Terrasse stand, den Stockholmer Amseln lauschte und mit glänzenden Augen seinen Garten betrachtete. Und plötzlich hatte er Lovisa dort stehen sehen, wie auch sie an einem solchen Sommermorgen den Tau beobachtet haben mochte, das glitzernde Moos zwischen den Fugen der Steinplatten. Alles war noch Verheißung gewesen, noch.

Wie musste das gewesen sein für diese junge Frau, die im Moment des Auffliegens merkte, dass ihre Flügel beschnitten waren?

Und dann hatte Carlotta sich zu ihm herumgedreht, ihn angelächelt und gefragt: »Du hast auch gerade an sie gedacht, stimmt's?«

Manchmal war es ihm unheimlich, ihr Maß an Übereinstimmung, an Gedankenparallelen, an gegenseitiger Rücksichtnahme, und beide warteten, wie es schien, auf den ersten großen Krach, das erste Zerwürfnis.
Aber nichts zog sich am Horizont zusammen. Noch nicht?
Der Himmel war wieder blau heute Morgen. Heute Nacht hatte es geregnet, es roch nach Garten, eine Amsel sang, diesmal auf Deutsch. Er betrachtete die Bilder an den Wänden. Direkt gegenüber hing ein japanischer Farbholzschnitt, ein hundertmal gesehener, aber niemals langweiliger Anblick: die Riesenwoge von Hokusai, dahinter, klein und undramatisch, Japans heiliger Vulkan.
Die Riesenwelle auf ihrem höchsten Punkt. Seit zweihundert Jahren hielt sie die Männer in den kleinen Fischerbooten unter ihrem Schaumkamm in Atem, ob sie ihren Überschlag überleben würden oder nicht. Unglaublich dramatisch und dennoch ruhig.
Drama im Stillstand.
Plötzlich fiel ihm ein, dass Nils gestern Abend zu Sebastian gegangen war, dass sie zu irgendeiner Musikkneipe fahren wollten. Nils war in den letzten Wochen zugänglicher geworden, aber immer noch war da das Gefühl von Trennwand, von Schutzschild. Seltsamerweise war diese Reserve bei Nils nicht zu beobachten, wenn er mit Carlotta sprach, auch wenn er ihr sicherlich nicht mehr erzählte als ihm. Gösta kämpfte mit Eifersucht, wenn er Nils und Carlotta lachen hörte. In ihrer Gegenwart wirkte Nils gelöster.
Fast halb neun. Es war Zeit für das gemeinsame Frühstück. Gösta stand leise auf.
Im Wohnzimmer gähnte er noch einmal, räkelte und streckte sich, öffnete das Fenster zum Garten und hörte Geräusche aus Onkel Henris Werkstatt.

Vorsichtig öffnete er die Tür zu Jules Zimmer, in dem Nils sein Gästelager hatte, solange Jule noch in Dänemark war.
Das Bett war unberührt.
Verdammt.
Er ging in die Küche, drückte an ein paar Knöpfen der Kaffeemaschine herum, brachte sie schließlich zum Laufen, produzierte einen zu dünnen Espresso, stellte sich an das Fenster, das zur Ahornallee hinausging, und schlürfte den Kaffee mit wachsender Nervosität.
Nils war schon öfter nachts weggeblieben. Er war selbständig genug. Klar, er machte Musik, es wurde auch schon mal später, er hatte Freunde, irgendwo lag immer eine Luftmatratze herum. Gösta wurde selten nervös, wenn Nils herumschwirrte. Aber hier war tiefe deutsche Provinz, hier lagen keine freundlichen Luftmatratzen herum, und außer Sebastian kannte Nils niemanden.
Nils hatte sein Handy ausgeschaltet.
Carlotta suchte nach dem Telefon, zog sich den Bademantel über und griff gleichzeitig nach dem Wasserkocher, weil sie ohne Morgentee nicht richtig denken konnte.
»Mach dir keine Sorgen, Gösta, ich kenne Sebastian gut. Bei ihm braucht man sich wirklich keine … Sebastian? Scheiße, die Mailbox. Moment, ich rufe sein Festnetz an … Das dauert ja wieder … Anrufbeantworter. Klar, der schläft noch. Nils ist sicher bei ihm geblieben, Gösta. Mach dir bitte keine Sorgen. Sebastian ist so zuverlässig, er hat Nils bestimmt nicht irgendwo alleine in einem Nachbardorf in einer Kneipe zurückgelassen.«
»Ja, du hast ja recht. Nur irgendwie …«
Gösta durchsuchte den Kühlschrank nach Käse und Butter, versuchte, sich in Carlottas Schränken zurechtzufinden.
Das Telefon schrillte.
»Ja, Sepp! Entschuldige die Störung mitten in der Nacht, ja, ich

weiß, unmöglich von mir, aber Nils ist doch noch bei euch, oder? Bitte?«

Carlotta lauschte mit gekrauster Stirn. »Und wann? Du bist ganz sicher? Er ist nämlich nicht in seinem Bett. Ja, danke. Ich sag dir Bescheid, natürlich.«

Sie legte auf. »Sebastian und sein Freund haben ihn gegen fünf heute Morgen hier vor der Tür abgesetzt. Mit dem Auto.«

Gösta ließ die Packung mit der Butter sinken. Carlotta war mit einem Schritt bei ihm und nahm sein Gesicht zwischen beide Hände. »Keine unnötigen Sorgen, ja? Vielleicht wollte er einfach noch herumlaufen, durch die nächtliche Kleinstadt. Philosophieren oder den Alkoholpegel senken. Denk mal an dich und daran, was dir vielleicht in diesem Alter morgens um fünf eingefallen wäre.«

»Vier Stunden lang herumlaufen?«

»Vielleicht liegt er irgendwo auf einer Parkbank und schläft. Jedenfalls brauchen wir uns bei diesen Außentemperaturen schon mal keine Sorgen zu machen.«

»Wer macht sich denn jetzt schon wieder Sorgen hier?« Onkel Henri war unbemerkt die Treppe zu Carlottas Wohnung hochgestiegen und hatte an die Küchentür geklopft. Gösta grüßte ihn und sagte stirnrunzelnd: »Nils ist nicht in seinem Bett.«

Onkel Henri nickte. »Das glaube ich gern. Er sitzt nämlich seit kurz nach fünf hinten in der Laube, wie ein Buddha unter Knöterich. Ich hab ihn von meinem Bad aus gesehen. Und als ich um halb sieben in die Werkstatt gegangen bin, saß er immer noch da. Ich habe ihn nicht gestört, weil er vielleicht etwas Wichtiges mit sich ausmachen muss, aber ich glaube, mit Brötchen und Kaffee kriegt man ihn da rausgelockt.«

Man hörte den Stein, der von Göstas Seele fiel.

Schon zehn Meter vor seinem Ziel rief Gösta: »Nils? Wir wollen frühstücken! Kommst du?«
Unter der dicht berankten Knöterich-Clematis-Pergola, unter der sich Jule vor einer Woche ihren Alptraum von der Seele geweint hatte, saß Nils auf der Bank. Er drehte sich bei den Worten seines Vaters nicht um. Er reagierte überhaupt nicht. Der Wind fuhr ihm in die länger gewordenen Haare, sie wirbelten um seinen Kopf, standen senkrecht hoch, wehten ihm vor die Augen und ließen seinen Körper gerade durch ihre Bewegtheit noch starrer erscheinen.
»Nils!« Gösta stand jetzt direkt vor ihm.
Nils hielt die Augen geschlossen. Gösta legte ihm eine Hand auf die Schulter und rüttelte ihn sanft. »Hallo, Gipsfigur! Schläfst du im Sitzen?«
Nach ein paar Sekunden sagte Nils: »Ich komme nicht zum Frühstück.« Er hielt die Augen immer noch geschlossen. Gösta wartete. Und dann blickte er seinen Vater an. »Lass sie allein frühstücken.«
Gösta sah, dass seine Augen rot waren, dass in ihnen stumme Aufforderung stand. Er wusste plötzlich, dass der Moment gekommen war, auf den er so lange gewartet hatte.
Er setzte sich. Und hatte Angst.
In diesem Moment rief Carlotta von der Terrasse zum Frühstück. Gösta signalisierte ihr durch Gesten, dass er nicht kommen würde, sah, dass sie verstand; sie schickte ihm eine Kusshand.
Nils straffte den Oberkörper und räusperte sich. Er atmete tief ein, wie ein Gewichtheber, der gleich etwas hochstemmen muss, was fast so schwer ist wie er selbst.
Und dann fasste Nils das, was ihn in den letzten zwei Jahren zeitweilig an den Rand seines Lebenswillens gebracht hatte, in einen einzigen Satz.

»Hör zu, Gösta Johansson: Nils Johansson ist schwul.«
Und behielt seinen Vater dabei im Blick.
Göstas Augen wurden leer, sein Gesichtsausdruck war nicht definierbar. Er sah aus wie ein Mensch, dem man eine Botschaft in Keilschrift vorlegt oder den man mit völlig sinnentleerten Piktogrammen konfrontiert. Gösta begriff einfach nicht, was sein Sohn da gerade gesagt hatte.
Nils wusste, dass seine Botschaft einen längeren Weg brauchte als andere schwierige Botschaften. Er beobachtete eine Wolke. Sie zog langsam über die große Birke links zum Ahorn nach rechts. Als sein Vater immer noch kein Wort sagte, begann Nils einfach zu reden.
»Ich habe schon vor gut zwei Jahren gemerkt, dass bei mir was anders lief als zum Beispiel bei Filip und Victor aus meiner Klasse, du kennst sie ja noch. Irgendwelche Details erzähle ich dir jetzt nicht, das wäre mir zu peinlich. So mit Sex entdecken, also ...« Er geriet ins Stocken, sah an seinem Vater vorbei und sprach langsam weiter. »Also, du brauchst ja nur an deine eigene Jugend zu denken. All die Phantasien und die blöden Sprüche und so.« Er suchte seine Jacke nach Tabak ab, fand ihn und begann, aus den letzten Krümeln eine sehr dünne Zigarette zu drehen.
Seine Hände zitterten leicht. »Vor allen Dingen: und so. Ich hatte wahnsinnige Angst manchmal. Ich bin mit Filip und Victor abends rumgezogen, und wir haben Mädchen angemacht, aber ich merkte, dass da bei mir etwas völlig anders lief als bei den beiden. Ich wusste nur nicht, was es war. Ich dachte, ich bin dabei, durchzudrehen. Ich hatte keine Ahnung, was da vorging.« Er zog ein Feuerzeug aus seiner Tasche und versuchte, die Zigarette anzuzünden. Es klappte nicht, die Flamme erlosch sofort. Mühsam stellte er das kleine Regulierrad höher, zündete die dünne Zigarette an und sog an ihr, als sei sie etwas ganz Kostbares.

Es war zu sehen, dass er sich wirklich daran festhielt. Er blickte an Gösta vorbei, als er weitersprach. »Diese ewigen Witzchen in der Schule, über geile Weiber und so – ich hab mitgemacht, aber ich hätte kotzen können.«

Er hustete, sein Feuerzeug fiel zu Boden, er zuckte bei dem Aufschlag zusammen, hob es auf, zitterte jetzt am ganzen Körper.

»Die besten Zeiten habe ich immer mit Agnieszka, du kennst sie auch. Die Polin, die im Schulorchester Saxophon spielt. Wenn wir zusammen sind, dann ist das wirklich stressfrei. Ich kann so sein, wie ich will, sie signalisiert mir einfach, dass wir Freunde sind. Wir lachen über dieselben Sachen, wir proben, wir trinken Bier und – tja, das ist es. Sie wartet nicht auf Anmache, sie ist mein bester Kumpel.«

Nils suchte Göstas Blick. Gösta sah ihn an, aber immer noch so desorientiert, als befände er sich auf einer Landkarte ohne Beschriftung.

»Pop, bitte sag was.«

»Mir fällt nichts ein, Nils. Ehrlich.« Gösta schüttelte den Kopf, kniff die Augen zu, öffnete sie wieder und schien Kreislaufprobleme zu haben.

»Alles okay, Pop?«

»Ja. Nein, natürlich nicht. Ich weiß nicht, was ich …« Er hob die Hände und ließ sie gleich darauf wieder auf seine Oberschenkel fallen.

Nils zog an seiner Zigarette und blies den Rauch senkrecht in die Luft. »Das Einzige, was mich ruhiger machte, war die Musik. Ist immer noch so. Ich spielte manchmal, bis ich vom Hocker fiel. Als Liza noch bei uns wohnte, fand sie mich einmal morgens vor dem Klavier. Du warst mal wieder auf einem Kongress. Daran erinnere ich mich noch. Denn Liza kam auch erst gegen fünf nach Hause, zusammen mit drei seltsam angemalten Frau-

en, und dann tranken sie noch Whisky und Kaffee und wollten, dass ich was für sie spiele. Hab ich auch gemacht.«
Er drückte die Zigarette auf der Wiese aus und lachte kurz in der Erinnerung an die Szene. »Liza sah sogar aus, als sei sie stolz auf mich.«
Gösta blickte auf. »Sie ist es immer noch. Ich hab letzte Woche mit ihr telefoniert, und sie hat ziemlich intensiv nach dir gefragt. Und sie hat sich beklagt, dass du dich nie meldest.«
»Das ist jetzt nicht unser Thema, Pop. Doch, dazu sag ich dir auch noch was, aber erst, wenn du alles weißt.«
Plötzlich brach er in Tränen aus. »Scheiße, verdammte! Ich hab genau in den Spiegel gesehen. Ich gleiche Liza und nicht dir. Ich hasse es!«
Gösta setze sich neben ihn auf die Bank und legte ihm den Arm um die Schultern. »Hej, Nils, ruhig. Deine Mutter sieht doch gut aus.«
Nils schüttelte abwehrend den Kopf. Er putzte sich die Nase, dann sagte er leise: »Pop, ich wollte immer so sein wie du, das weißt du. Als ich klein war. Und als ich älter wurde, auch. Ich weiß, das ist relativ untypisch, die meisten, die ich kenne, wollen genau *nicht* so sein wie ihre Eltern. Und ausgerechnet ich wollte so sein wie du, aber ich merkte, das ging ganz einfach nicht. Und irgendwann mal habe ich kapiert, dass ich so sein sollte, wie *ich* bin. Aber wer ist das, ich?«
Gösta nahm seinen Arm wieder von Nils' Schultern. »Hör mal, bisexuelle Phasen sind nicht so ungewöhnlich. Die hat eigentlich fast jeder Mensch mal. Es ist doch noch gar nicht gesagt, dass du …«
»Gib dir keine Mühe, das habe ich durch, Gösta.« Nils klopfte seine Taschen nach Tabak ab, aber da war keiner mehr. Die Sucht war zu stark und die Nerven zu schwach, um das in dieser Situation zu ertragen. Nils stand auf. »Ich bin gleich zurück.«

Er ging zum Atelier. Er vermutete, bei Onkel Henri schnorren zu können, ohne einen Kommentar zu seinen verheulten Augen befürchten zu müssen oder eine neugierige Frage. An der offenen Tür zum Atelier, aus dem Hammerschläge drangen, lehnte er sich für ein paar Sekunden mit dem Rücken an den Türrahmen und hielt das Gesicht in die Morgensonne. Nein, er hatte noch längst nicht alles gesagt, aber inmitten all der Tränen und Gewichte bemerkte er eine tief von unten aufsteigende Erleichterung.

Gösta hatte immer noch nicht ganz begriffen, was Nils ihm gerade erzählt hatte.
Gut, dann ist er eben schwul, mein Gott. Wir schreiben ja nicht das Jahr 1910, damals wäre das wirklich ein Drama gewesen. Und beruflich dürfte es nichts ausmachen, bei Musikern spielt das eh keine Rolle. Mein Sohn ist schwul, liebe Kollegen, liebe Freunde. Na und? Carlotta wird es sowieso vollkommen annehmen, wo ist das Problem, Gösta? Jetzt stell dich nicht an wie irgendein alter Sack, der traditionelle Vorstellungen von Enkeln und …
ICH WILL DAS NICHT!
Jetzt fiel Gösta plötzlich ein, wie manieriert Sebastian gestern am Schreibtisch in Carlottas Büro gesessen und einen Bleistift gespitzt hatte. Unmerklich zierlichere Handdrehungen als bei einem normalen Mann.
Normal, jawohl.
Kenne ich doch. Alle Schwulen reden normalen Jungs ein, sie wären auch schwul. Das Anderssein wird eben dadurch kompensiert, dass sie es in ihrem permanenten Rechtfertigungsdrang jedem einreden. Na klar, Sebastian ist hilfsbereit gewesen, als es um die Leihgabe von Johanna aus Nyköping gegangen war, er hatte freundlich und bereitwillig alles getan, um diese

Geburtstagsüberraschung für Carlotta zu inszenieren. Nett von ihm. Aber verdammt, dieser zierliche Volontär mit seinen beschissenen pinkfarbenen Turnschuhen und seinen gepflegten Jäckchen hatte Nils' Schwankungen natürlich in seinem Sinne interpretiert und ihn noch weiter verunsichert.

Und noch ein Gedanke schoss ihm heiß und zornig in den Sinn. Carlotta. Sie musste es doch gewusst haben. Hatte ihn nicht gewarnt vor diesem rosafüßigen Verführer, verdammt. Wie absolut gedankenlos von ihr, wie nachlässig.

Nils kam aus dem Atelier zurück und ging langsam auf seinen Vater zu. ›Jetzt kontrolliert er meinen Gang, ob ich mich tuntig bewege‹, dachte er.

›Jetzt denkt er, ich kontrolliere seinen Gang, ob er sich bewegt wie eine Schwuchtel‹, dachte Gösta und wandte seinen Blick nicht ab.

Nils stolperte über eine Beeteinfassung, fing sich aber noch. Er setzte sich wieder neben Gösta, zündete eine geschnorrte Zigarette an und wollte eben etwas sagen, als Gösta ihn mit veränderter Stimme fragte: »Dieser Mensch, mit dem du gestern Abend unterwegs warst, was hat er dir erzählt?« Und seine Aggression vibrierte unüberhörbar mit.

Nils war vorbereitet auf diesen Moment, er hatte wochenlang versucht, sich gut vorzubereiten. »Wir waren gar nicht unterwegs, wir sind bei Sebastian und Claude – das ist sein französischer Freund – geblieben und haben geredet. Erst zusammen gekocht und dann gegessen und dann geredet.«

»Bei Sebastian und Claude. So. Habt ihr auch noch was anderes gemacht als essen und reden?«

Nils' Stimme blieb ruhig. »Du meinst, einen flotten Dreier, Pop? Hör mir zu, ich weiß, was jetzt kommt. Bitte verbohr dich nicht in die Nummer ›Kleiner unschuldiger Junge wird von bösen Schwulen verführt‹. Nein, wir haben wirklich nur geredet, unter anderem über das Gespräch mit dir heute. Sebastian hat mir angeboten, dabei zu sein. Aber das wäre wohl keine gute Idee gewesen. Bitte, Gösta! Hör mir zu!«

Er stand auf, setzte sich auf einen Holzstuhl gegenüber der Bank, so dass er Gösta geradewegs ins Gesicht sehen konnte. Plötzlich liefen ihm die Tränen über das Gesicht.

»Ich weiß nicht, ob du dir vorstellen kannst, wie das ist. Wenn man so sein will wie die anderen. Aber man ist einfach anders als die anderen. Man will, und es geht nicht! Es ist furchtbar. Du gehörst nicht dazu. Du kannst es keinem sagen.«

Seine Stimme versagte. Nach ein paar Sekunden hatte er sich wieder gefangen, wischte sich über die Augen, hustete, sprach langsam weiter.

»Eines Tages war ich wieder mit Filip und Victor unterwegs, und wir haben in einem Club Mädchen angemacht. Das heißt, ich hab es gespielt, weil ich dachte, irgendwann macht es Klick, und es läuft bei mir wie bei denen. Tat es aber nicht. Es machte an dem Abend Klick. Aber das war der Moment, als Filip in einer dunklen Ecke des Clubs anfing, mit einer französischen Austauschschülerin herumzuknutschen. Ich bin fast ausgerastet, so eifersüchtig war ich auf einmal. Aber nicht auf Filip. Auf das Mädchen! Ich hab mir das nicht eingestanden, doch es muss so gewesen sein, dass die Erkenntnis in mir wach wurde. Ich … ich wollte Filip, also, ich …« Nils konnte nicht aussprechen, was er empfunden hatte, als er den Freund der Kindertage plötzlich mit neuen Augen zu sehen begann. Mit neuen, anderen, starken und beängstigenden Gefühlen. Er hatte es vorsichtig in einer Stockholmer Gruppe formulieren können, von Angesicht zu Angesicht mit anderen Jugendlichen, die gerade ähnliche Ängste, ähnliche Kräfte erlebten. Aber seinem Vater gegenüber versagte die Sprache. Nils schämte sich. Deutlicher werden, das ging nicht.

»Filip war auf einmal nicht mehr derselbe wie vorher, ich habe etwas gefühlt, was mich … verstehst du?«

Nein, Gösta verstand nicht. Das, was Nils ansprechen wollte und noch nicht konnte, das hatte er selbst sich nie, kein einziges Mal bei einem männlichen Gegenüber vorgestellt oder gewünscht. Gösta sah den schmalen, großäugigen Filip vor sich, den er seit vielen Jahren als Nils' besten Schulfreund kannte, Filip, Sohn einer Musiklehrerin und eines braven Stockholmer Behördenleiters, schüchtern, ein bisschen begriffsstutzig, von grundsätzlicher Freundlichkeit. Erotisch?

Gösta schüttelte den Kopf und sah auf. »Nein, Nils, ich verstehe es nicht, ich kenne das nicht.«

Nils sah an ihm vorbei. »Ich wollte so sein wie du, Gösta, ich wollte nicht schwul sein. Aber ich bin es. Dagegen komme ich genauso wenig an, wie wenn man sich seine Nase wegwünscht. Ich will mich nicht laufend dafür rechtfertigen müssen, dass ich so bin, wie ich bin. Das musst du doch auch nicht.«

Gösta wollte etwas sagen, aber Nils wehrte ab. »Also damals, mit Filip in der Kneipe – ich bin sofort abgehauen. Ich bin, glaube ich, fünf, sechs Stunden lang durch die Stadt gelaufen. Ab diesem Tag war ich auf der Flucht. Vor mir selbst. Egal wohin, bloß weg von mir. Ich habe Filip links liegenlassen, weil ich Angst vor meinen Gefühlen hatte. Und hatte auf einmal keinen besten Freund mehr. Das war dann die Zeit, in der ich ziemlich viel gesoffen habe. Und seitdem hatte das angefangen mit dem Einsamfühlen, weißt du, Pop. Aber später habe ich zum Glück eine Gruppe gefunden. Von der Stockholmer Jugendarbeit.«

Gösta starrte geradeaus auf die Tischplatte. Dann hob er den Blick, der fremd und ratlos war. »Mein Gott, Nils, warum bist du nicht zu mir gekommen?«

»Weil ich nicht konnte. Ganz einfach.«

Gösta legte die Hand auf Nils' Hand. »Hast du damals Drogen genommen?«

Nils nickte. »Ein paar Sachen habe ich ausprobiert. Aber mir war meistens so kotzübel, dass ich es seingelassen habe. Und, na ja, das Zeug ist ja auch wahnsinnig teuer. Und irgendwie hat sich mein Verstand eingeschaltet, mein Überlebenswillen, was weiß ich. Das Rauchen, ja, das hat damals richtig angefangen.« Er hob die Zigarette, grinste und wischte sich mit dem Handrücken die Wange trocken. »Damit höre ich auf. Sobald die Seele etwas stressfreier ist.«

»Versprochen?« In Göstas Augen standen jetzt auch Tränen.

»Versprochen, alter Mann. Und mittendrin erfuhr ich dann von Liza, dass du vielleicht gar nicht mein Vater bist. Rate mal, was da alles in mir abgegangen ist.«

Gösta pustete die Luft aus und ließ sich mit dem Rücken gegen die Banklehne fallen. »Nils, verdammt noch mal, spätestens da hättest du mit mir Klartext reden müssen.«

Nils nickte. Dann sah er auf. »Es ging nicht. Es ging einfach nicht. Ich wollte wissen, wer der Vielleicht-Vater war. Dieses Stück unbekannte Identität, wie sah das aus?«

»Du bist also doppelt ins Trudeln gekommen durch diese Scheiße mit Lizas Geständnis.«

Nils nickte. »Ja. Doppelte Identitätskrise, sozusagen. Dieser Punkt ließ mir keine Ruhe, und dann bin ich zu Liza. Und ich habe den Fehler gemacht, sie zu fragen, wer denn mein Vater sein könnte.«

Gösta starrte ihn an. Es stimmte. Nils war in den letzten Monaten ab und zu in Göteborg gewesen und immer sehr wortkarg zurückgekehrt.

Nils sah ihn an. »Aber das hat Carlotta dir doch bestimmt schon erzählt?«

»Was bitte?«

»Sie hat dir das also nicht weitererzählt? Cool.«

»Ja, was denn? Verdammt!«

Nils nickte anerkennend. »Sie kann den Mund halten. Find ich gut.«

Carlotta. Na warte.

»Also, was hast du Carlotta erzählt?«

»Nur, dass ich versucht habe herauszukriegen, wer vielleicht mein Vater ist.«

»Und – hast du es herausbekommen?«

Nils nickte.

»Und wer ist es?« Göstas Frage war lauter gewesen, als er beabsichtigt hatte.

Nils zuckte zusammen, blickte ihn an, hustete, brauchte einen Augenblick, um wieder anzukommen.

»Er lebt mittlerweile auch in Göteborg. Auf einem alten Fabrikgelände. Ich würd mal sagen, das absolute Gegenprogramm zu dir, Pop. Er ist Maler, aber ein schlechter, wie ich finde. Er sah mich sehr seltsam an, als ich ihm sagte, warum ich ihn kennenlernen wollte.«

»Und was hat er gesagt?«

Nils lachte, aber es klang nicht belustigt. »Er sagte: ›Okay, vielleicht bist du mein Sohn. Kann sein, dass du nicht der einzige bist. Wenn du kein Geld von mir willst, ist das schon okay.‹ Das war alles, was er dazu sagte. Und er hätte nur noch selten Kontakt zu Liza. Wir haben dann viel über seine Malerei gelabert. Und viel getrunken. Und dauernd kamen irgendwelche Leute in seinen Hinterhof. Er stellte mich überall als seinen neuen Sohn vor. Es war aber eher so wie: Hey, seht mal, was ich auf dem Flohmarkt gefunden habe! Mann, was für Typen der kannte.«

Nils stützte das Gesicht in die Hände und starrte auf den Holztisch. »Eigentlich fand ich es ganz lustig mit ihm, geb ich zu. Aber bei dem Gedanken, vielleicht sein Sohn zu sein – ich kann

das Gefühl kaum beschreiben. Es war so etwas in der Mitte von Anziehung und Abstoßung. Und irgendwann mal, spät in der Nacht, habe ich ihm leider erzählt, dass ich Angst hätte, schwul zu sein. Ich war nicht mehr nüchtern. Vorsichtig ausgedrückt.«
Gösta spürte zum zweiten Mal an diesem Morgen den jetzt sehr heftigen Impuls von Schmerz und Eifersucht. »Und – was sagte er dazu?«
Nils legte die Hände auf die Tischplatte, betrachtete sie und sah dann auf. »Pop, ich hätte es ihm niemals gesagt, wenn ich nicht so viel gesoffen hätte. Seitdem trinke ich übrigens ziemlich wenig. Ich find's scheiße, mein Bewusstsein zu vernebeln. Das kann ich gerade überhaupt nicht brauchen.«
»Gut, Nils. Was ist das denn für ein Mensch, der Maler? Wie siehst du ihn?«
Ohne besondere Verabredung hatten sie sich auf den anonymen »Maler« geeinigt, so, als wollte Nils diesen Mann fernhalten, und so, als wollte Gösta dieser Möglichkeit, dass Nils nicht sein leibliches Kind war, einfach keinen männlichen Vornamen geben.
»Auf Dauer-Egotrip. Wie Liza. Er redete nur von sich. Und zeigte mir stundenlang irgendwelche Zeichnungen, die er extra nachts im Dunkeln macht, wenn er fast nichts sieht, und erklärte mir dazu irgendeine Theorie.«
Er machte eine kleine Pause, sah Gösta von der Seite an und fügte hinzu: »Ich finde übrigens, dass ich ihm überhaupt nicht ähnlich sehe.«
Gösta ging nicht darauf ein. »Was hat er zu deinem Problem gesagt, Nils?«
»Na ja, er meinte, das wär ja wohl nicht schlimm. Ob hetero oder schwul, so was wär doch heute völlig egal. Und dann erzählte er mir drei Stunden lang über sein super Sexleben mit wöchentlich mehreren Weibern. Aber wenn mich mein Problem nerven würde, dann soll ich mal zu so einem Typ gehen,

den er kennt, und dann gab er mir eine Adresse. So ein … tja, ich weiß nicht, wie man die nennt, Naturheiler oder so ähnlich. Der auch so eine Art Schamane oder spiritueller Heiler ist und so … Psychologe und Heilpraktiker.«

»Alles gleichzeitig? Ach du Scheiße«, sagte Gösta.

»Ich hab den Maler dann beknetet, dass er Liza nichts erzählen sollte. Ich wollte nicht, dass sie das weiß. Aber schon am nächsten Tag hat er sie angerufen und alles brühwarm erzählt. Und weißt du, was sie gesagt hat?«

Jetzt musste Gösta verdauen, dass Liza ihn nicht informiert hatte. Dass sie vor ihm erfahren hatte, was seinen Sohn so belastete. Er verspürte plötzlich den Wunsch, den Rest des Tages schweigend im Garten zu verbringen.

»Na?«

Nils schüttelte den Kopf. »Sie fand das – jetzt halt dich fest – niedlich!« Er sah angeekelt aus.

Gösta strich sich mit beiden Händen langsam über das Gesicht.

»Da war es mal wieder, was ich an ihr so hasse, Gösta. Sie soll verdammt noch mal ernst nehmen, dass ich ein Problem habe. Auch wenn ich lernen möchte, es nicht mehr als Problem zu sehen.« Nils verzog verächtlich den Mundwinkel und imitierte übertrieben: »Hach, ich hab so viele schwule Freunde hier in Göteborg, vielleicht gefällt dir ja einer. Ist doch okay, Kleiner.« Nils warf den schon längst kalten Stummel auf den Boden und zerrieb ihn mit der Sohle seiner Turnschuhe. »Sie hat mal wieder nicht begriffen, dass ich das gar nicht schick fand, weißt du? Aber weil *sie* das schick oder niedlich fand, war das Problem gelöst. Und dann hat sie's überall rumerzählt, so als hätte sie sich einen neuen Hamster zugelegt, der zufällig rot-blau kariert ist. Ich hab ihr gesagt, dass sie dich nicht anrufen soll. Ich wollte es dir selbst sagen.«

»Immerhin, daran hat sie sich gehalten.«

»Ehm, ja, ich hab's ihr auch sehr ... sagen wir, heftig gesagt. Weißt du, ein Coming-out ist ein verdammt schwieriges Zweistufenprogramm. Bis du dir selber eingestehst, was los ist, das ist das erste Riesenproblem. Die Nummer mit ›Wie sag ich das Mama und Papa‹, das ist dann noch mal was anderes. Ich habe Liza schwören lassen, dass sie dir nichts sagt. Das ist, verdammt noch mal, einfach nicht ihr Job. Sie mischt sich ja immer ungefragt in alles ein. Nur in das, worauf sie Lust hat, natürlich.«
Er verstummte. Nach einer Weile hob er wieder den Kopf. »Also, ich hab dann da angerufen, bei diesem Naturheiler, und schnell einen Termin bekommen. Das war die Zeit, als ich öfter mal nach Göteborg bin. Dieser Typ behauptete, er hätte vor kurzem einen Studenten in Behandlung gehabt, der dasselbe Problem gehabt hätte. Und jetzt sei er vollkommen auf Frauen gepolt und ein richtiger Macho geworden, und ich habe ihm das geglaubt, er hat das so gut rübergebracht. Echt. Ich hab ihm das voll geglaubt, Pop.«
Er schwieg einen Moment. »Ich weiß jetzt, dass man das glaubt, was man glauben will.«
»Das ist normal«, sagte Gösta, »und oft auch gut. Aber es hängt sehr davon ab, um welchen Wunsch es sich handelt. Unseren Bezug zur Realität dürfen wir dadurch nicht verlieren.«
»Das war aber eine Zeitlang so, Pop. Ich wollte eine Lösung, weißt du. So etwas, das man in einen Koffer packen und nach Hause tragen kann. Und genau so was hat mir der Superheiler angeboten. Also, er behauptete, meine Hormone könne man mit bestimmten Informationen so aktivieren, dass ich einfach richtig männlich würde. Er hat dann allerhand Zirkus mit mir veranstaltet, alle möglichen Tests gemacht. Fragebögen, Bluttest, Pisseprobe und all so was. Mit Vorkasse, natürlich. Ich hab mir für die Anzahlung überall Geld geliehen.«
Nils zündete sich eine zweite Onkel-Henri-Zigarette an, blies

den Rauch lange aus und starrte in den Sommerhimmel. »Und zwei Tage später gab er mir dann dreißig kleine Glasdinger mit Wasser, in dem diese Informationen an meine Hormone angeblich enthalten waren. Er hätte diese Ampullen in einem extrem aufwendigen Verfahren herstellen lassen, sagte er. Und ich müsse Geduld haben und die Tropfen jeden Tag nehmen. Und zwar einen Monat lang, jeden Tag so eine kleine Ampulle. Und er wollte für das alles zwanzigtausend Kronen. Und dann müsste das Ganze noch einmal wiederholt werden. Also vierzigtausend. Weißt du, ich habe überhaupt nicht darüber nachgedacht, wie ich an das Geld kommen sollte. Ich hab einfach nur geglaubt, dass das meine einzige Chance ist, wie alle anderen zu werden. Und weil ich – vielleicht – der Sohn von seinem Malerkumpel bin, war der Psychoheiler ausnahmsweise mit einer Anzahlung zufrieden. Also hab ich weiter überall Geld geliehen, bloß das reichte nicht sehr weit. Und dann machte er Terror, weil ich mit dem Geld nicht schnell genug rüberkam. Er rief den Maler an, der Maler rief Liza an. Liza hat ein Riesentheater veranstaltet und mir gesagt, ich solle gefälligst zu dir gehen und mit dir reden. Obwohl ich den Heilertypen da wirklich beknetet habe, hat er gesagt, wenn ich nicht schnellstens zahle, dann ruft er dich an. Also hab ich die Sache mit Neuseeland …«

Nils stockte und schluckte.

»Ach, Kind«, sagte Gösta matt, legte beide Hände auf die Augen und schüttelte den Kopf. »Was für eine Geschichte.« Er ließ die Hände sinken. »Ich begreife trotzdem nicht, warum du nicht zu mir gekommen bist mit alldem. Wovor hattest du denn Angst, Nils? Was glaubst du denn, was ich mit dir gemacht hätte?«

Nils strich seine Haare hinter die Ohren und sah Gösta so offen an wie ganz, ganz früher. »Ich glaube …«, begann er stockend, »… ich glaube, ich wollte dir das nicht sagen, weil ich dachte, wenn ich mit dir darüber nicht rede, kann ich das alles irgendwie aufhalten. Dann wird es irgendwie nicht wirklich. Ich kann's dir nicht richtig erklären, Pop. Vielleicht war es auch die Angst, weißt du, ich bin schwul und dann noch, ich bin ja vielleicht nicht dein Sohn, also, ich dachte, du kegelst mich aus deinem Leben.«

Gösta traten die Tränen in die Augen. Nils sah es, fragte nicht mehr, beide schwiegen. Nach einer ganzen Weile holte Gösta Luft und fragte: »Und was haben die Ampullen bewirkt?«

»Dass dein Konto leerer wurde. Nach drei Wochen Ampullen habe ich Filip wiedergetroffen. Und alles ging von vorne los. Ich habe ihn nur angesehen, da wurde mir plötzlich ganz anders. Nasse Hände, Herzklopfen. Und wir haben endlich geredet. Ich hab ihm gesagt, was los ist. Und er hat richtig gut reagiert. Er ist und bleibt mein Freund, hat er gesagt. Er ist nicht schwul, aber er hat fast alles verstanden, er hat …«

Gösta schweifte für ein paar Sekunden ab. Er hatte sich das erste Liebesgeständnis seines Sohnes anders vorgestellt. Hatte öfter darüber nachgedacht, wie das wohl wäre, wenn eines Morgens ein Mädchen in der Küche säße, verschlafen, vor einem Kaffee, mit ungekämmtem Haar, wie sie sich gegenseitig mustern würden, dabei versuchten, ihre Verlegenheit zu meistern. Die Spekulationen darüber, ob man dieses Mädchen jetzt noch einmal oder noch fünfzehnmal sehen würde, wer sie war. Unwillkürliche Gedanken übers Altwerden, über Enkel.

»… und als ich mit Agnieszka geredet hab, hat sie genauso okay reagiert wie Filip, bloß hat sie mir dann auch noch wirklich geholfen. Ich bin durch Agnieszka auf die Gruppe gekommen. Sie hatte zufällig davon gehört. So eine Art Selbsthilfegruppe ist das. Ich glaube, das hat mir das Leben gerettet.«

Gösta zuckte zusammen. »So weit warst du schon?«

»Ja. Und ich wäre nicht der Erste gewesen. Unser Therapeut hat da wohl schon eine Menge gesehen. Na ja, es war eine Scheißzeit, insgesamt. Pop, ich verstehe das Leben nicht, ich verstehe es einfach nicht.«

»Ich auch nicht, Nils. Aber darum geht es nicht.«

»Sondern?«

»Worum es im Leben geht? Darum, nicht abzuhauen vor dem, was es uns bringt. Zum Beispiel jetzt.«

Gösta lehnte sich zurück und schloss die Augen. Sie schwiegen eine ganze Weile. Nach einiger Zeit erhob sich Gösta, rieb sich die Augen. »Nils, ich denke mal, die Suche nach versteinerten Tierchen lassen wir sein heute, oder? Ich brauche jetzt viel Kaffee und ein paar Stunden, in denen ich verdauen kann, worüber wir gerade geredet haben.«

»Pop, aber …?« Nils' Stimme war kaum hörbar.

Gösta sah auf Nils' wirres Haar, auf seine Hände, mit denen er seine Knie umklammerte.

»Was, Nils?«

Nils wusste plötzlich nicht mehr, was er fragen wollte. Aber Gösta wusste die Antwort. Er glaubte, sie längst gegeben zu haben, aber er begriff, dass Nils sie noch einmal hören wollte. Hören musste.

»Nils, du bist mein Sohn. Selbst wenn du mir morgen früh erzählst, du wärest eigentlich ein Orang-Utan. Ich liebe dich ganz einfach. Und jetzt komm frühstücken.«

Nils sah zu Boden. Nach ein paar Sekunden wischte er sich mit dem Handrücken über die Augen. Dann stand er auf, langsam und etwas schwerfällig, denn er hatte fast vier Stunden lang gesessen.

Er legte Gösta die Hand auf die Schulter, sie gingen in Richtung Terrasse. Carlotta saß in einem Korbsessel in der Nähe des Frühstückstisches und las in einem Manuskript. Sie hatte ihre sommerbraunen Beine ausgestreckt, hielt den Kopf zur Seite geneigt und strich die Haare beiseite, die der Wind in ihr Ge-

sicht wirbelte. Als sie die beiden kommen hörte, wollte sie aufstehen, dabei fielen ihr ein paar Seiten zu Boden. Sie beugte sich seufzend vor und gab dabei unbeabsichtigt einen ungewohnt tiefen Einblick in den Ausschnitt ihrer Sommerbluse frei. Nils raunte seinem Vater ins Ohr: »Ich hab zehn Ampullen übrig, falls deine Hormone noch ein paar Informationen brauchen, alter Mann.«
Ihr Gelächter ließ Carlotta erleichtert aufblicken.

Nils ließ sich auf der Terrasse nieder, Gösta folgte Carlotta in Onkel Henris Küche, wo die wespengefährdeten Marmeladengläser, die Teller mit Käse und Schinken standen und auf die schwedischen Gäste gewartet hatten.
Carlotta setzte neuen Kaffee auf und sah ihn fragend an.
Aber Gösta schwieg. Eine ungewohnte Energie ging von ihm aus, eine ungewohnte Welle erreichte Carlotta. Sie belud schweigend das Frühstückstablett. Schließlich wandte sie sich um und fragte: »Willst du lieber nicht über euer Gespräch reden?«
Gösta stand da, beide Hände in den Hosentaschen, starrte zur Decke und sagte zur Küchenlampe: »Nils ist schwul.«
Carlotta ließ ein Marmeladenglas sinken. »Ach, DAS war es also.« Sie schien nicht schockiert zu sein, sie sah ihn abwartend an.
»Wie, das war es also? Jetzt fehlt nur noch: Wusst ich's doch, aber dann haue ich dir eine rein, Goldkorn, dass du's nur weißt.«
»Hej, Vorsicht, Johansson, ich habe den schwarzen Gürtel im Zurückhauen.« Sie lachte, aber dann sah sie, dass er wütend war.
»Nein, ich hab's nicht gewusst. Aber manchmal dran gedacht, Gösta.«
»Durchblickprofi, was?«
»Okay, okay.« Sie verschränkte beide Arme. »Also sag schon: Wofür soll ich mich entschuldigen?«
Er griff nach dem nächstbesten Fetzen, der in seiner Verwirrung

lesbar war. »Nils hat dir erzählt, dass er nach seinem möglichen Vater gesucht hat. Und du hast mir nichts davon gesagt. Wieso nicht?«
»Natürlich nicht, Gösta. Soll Nils mir vertrauen können oder nicht?«
»Natürlich soll er das. Aber …«
»Wenn Jule dir was Vertrauliches erzählt, was machst du damit? Tratschst du das sofort weiter an mich?« Sie löste die Arme aus der Verschränkung und änderte ihren Tonfall. »Wie geht es Nils jetzt? Wie geht es euch beiden?«
»Nils geht's besser, uns geht's okay, und mir geht's beschissen, damit hast du das Ergebnis unseres Gesprächs.«
»Immerhin habt ihr eben zusammen gelacht.«
»Mir ist aber überhaupt nicht nach Lachen. Ich bin ungefähr so aufgeräumt, als hätte man das gesamte Inventar meines Verstands in eine Zentrifuge geschmissen. Und bitte, halte mir jetzt keine Vorträge über Toleranz oder Akzeptanz, sonst raste ich aus.«
»Was hast du heute noch vor?« Sie griff nach einem Henkelbecher, füllte ihn halb mit Kaffee und reichte ihn Gösta. Er trank einen Schluck.
»Steinbruch und Fossiliensuchen jedenfalls nicht. Kriegt man eine anständige Zeitung in dieser Stadt?«
»Oben in meinem Wohnzimmer liegt eine anständige neue Wochenzeitung, und nach drei Minuten Fußmarsch findest du einen Kiosk mit zumindest einer anständigen Tageszeitung. Wenn du willst, kannst du dich in den Garten legen. Ich werde Nils fragen, ob er mit ins Museum kommt.«
»Okay. Gute Idee, schön, dass ihr euch so gut versteht.«
Carlotta fasste Gösta an der Schulter und drehte ihn zu sich. »Sieh mich an, Gösta. Was war das gerade für ein Ton?«
»Was für ein Ton? Ich habe gesagt, schön, dass ihr euch gut versteht.« Gösta klang betont neutral. »War das falsch, oder wie?«

»Du hattest vorhin einen völlig anderen Tonfall. Das weißt du ganz genau. Du bist verdammt aggressiv gegen mich. Warum? Was ist los?«
»Muss ich jetzt einzelne Satzhälften auf ihre unterschiedliche Intonation hin kontrollieren, oder was willst du?«
»Ich geb dir einen Tipp, Gösta. Lauf den Löwenberg rauf und wieder runter. Allein.«
»Danke, Miss Perfect. Hast du vielleicht noch einen Yogaschritt, den ich dabei einhalten soll?«
Carlotta ließ abrupt das Besteck fallen, das sie gerade auf das Frühstückstablett legen wollte. Sie warf die Besteckschublade mit einem Knall zu und drehte sich zu ihm um. »Scheiße!«, sagte sie laut und heftig. »Das reicht jetzt. Ich hab keine Lust auf Zynismus! Du kannst alleine frühstücken.«
Dann eilte sie im Laufschritt auf die Terrasse. »Nils, kommst du mit ins Museum? Wir frühstücken auf der Caféterrasse, danach kannst du ja noch ein bisschen im Museum herumlaufen oder in der Stadt, wie du willst. Hast du Lust?«
Sie sammelte ihre Manuskriptseiten auf und lief nach oben, um den Autoschlüssel zu holen.
»Ich komme.« Nils erhob sich von seinem Gartenstuhl, schlenderte, die Hände in den Hosentaschen, in Richtung Küche und blieb in der Tür stehen. »Hey, Pop, ich hab zwar kein Wort verstanden, aber … sie kriegt jetzt nicht die Prügel, die du mir eigentlich geben willst?«
Gösta, der in hastigen Schlucken noch mehr Kaffee aus dem Henkelbecher trank, stellte die Tasse heftig ab. Er sah seinen Sohn nicht an, winkte nur ab. »Oh Mann. Lasst mich einfach nur in Ruhe.«

* * *

Nils stellte das Tablett auf einen Fenstertisch des Museumscafés, ließ seinen Blick schweifen, setzte sich und fragte: »Was muss ich tun, um hier einen Job zu kriegen?«
»Mach eine Kochlehre und pachte das Café, wenn Emily aufhört.« Carlotta bemühte sich, heiter und aufgeräumt zu wirken. Es gelang ihr nicht.
Er sah es. »Hör zu, Carlotta, spätestens in einer halben Stunde klingelt dein Handy, und er entschuldigt sich. Ich habe euren Dialog nicht verstanden, aber ich kenne das. Wenn er mit etwas konfrontiert wird, das er nicht sehen will, dann ist er so.«
»Du meinst, er will nicht sehen, dass du schwul bist?«
Nils lächelte. »Nee, ich glaube, das hat er begriffen. Er ist eifersüchtig.«
»Du meinst – auf mich?« Carlotta ließ sich auf ihren Stuhl zurückfallen und starrte Nils an. »Aber wieso denn?«
Nils zog mit der Spitze seines Kaffeelöffels eine Spirale in Emilys perfekten Milchschaum. »Weißt du, Liza war nie eine Konkurrenz für ihn. Ich meine, so im Ranking: Wer ist netter, Mama oder Papa? Jetzt kriegt er mit, dass wir uns ganz gut verstehen. Weißt du noch, als du vor ein paar Tagen bei uns angerufen hast und ich drangegangen bin? Und dann haben wir beide bestimmt 'ne halbe Stunde lang gequatscht, über Miles Davis, schwedische Volkslieder, Greenpeace und Waffelteig. Gösta war direkt danach ganz schön komisch drauf.«
Richtig. Carlotta hatte sich über das spontane Gespräch gefreut, gefreut über die immer stabilere Gewissheit, dass sie sich einfach etwas zu sagen hatten. Sie sah ihn überrascht an.
In dieser Sekunde klingelte das Handy. Carlotta hielt das Display hoch, so dass Nils lesen konnte: Gösta.
Nils grinste.
Sie erhob sich, ging ein paar Schritte und blieb einige Meter entfernt stehen.

»Carlotta? Was machst du gerade?«

Sie ließ sich ein paar Sekunden Zeit und sagte schließlich: »Yoga.«

»Du bist noch sauer?«

»Natürlich bin ich das. Aber dein Sohn hat mich gerade darüber aufgeklärt, dass du eifersüchtig auf mich bist, und damit kann ich ganz gut leben.«

»Carlotta, ich hab mich blöd benommen, entschuldige.«

»Ja, das hast du.«

Es entstand eine kleine Pause.

»Wo bist du gerade?«, fragte sie.

»Auf dem Weg zum Bahnhof.«

»Wohin willst du?«, fragte sie unruhig.

»Ach, ich dachte, ich fahre zurück nach Stockholm, weil ich ja doch nur störe.«

»Gösta!?«

»Aber ich bin heute Abend wieder zurück.« Er lachte. »Nein, Carlotta, ich fahre tatsächlich zum Löwenberg und laufe rauf und runter. Onkel Henri hatte mir eben auch dazu geraten. Er nannte den Löwenberg ›Mount Katharsis‹. Passender Name, wie's aussieht.«

Sie atmete aus. »Ich liebe dich, du eifersüchtiger Vollidiot.«

Seine Antwort ging verloren, die Zugbremsen im Hintergrund waren zu laut.

Sie steckte ihr Handy zurück in die Hosentasche und ließ sich wieder am Tisch nieder.

»Und?«

»Du hattest recht, *wise young man*.«

Nils grinste. Dann leckte er seinen Kaffeelöffel ab, fixierte sie und fragte nach einer kleinen Pause: »Carlotta? Was würdest du sagen, wenn Jule sich als Lesbe outen würde?«

»Tja, Nils – die Versuchung ist jetzt groß, zu behaupten, dass ich sie umarme und dass ich sage: ›Na und, mein Kind?‹ Aber höchstwahrscheinlich würde ich fluchen und mich unter Tränen und wütendem Geschrei vom Bild eines netten Schwiegersohns verabschieden. Und wahrscheinlich den Löwenberg runterlaufen wie Gösta.«

»Und dann?«

»Würde ich versuchen, Jule an der Zentralkasse umzutauschen. Ach, das geht ja gar nicht mehr, fällt mir da ein. Eure Reklamationsfrist ist ja leider abgelaufen. Mist. Na ja, dann müssen wir euch eben weiterlieben, wie es aussieht.«

Kleines Tier, grosse Folgen

Ein gutes halbes Jahr später.

Alles drängte ans Licht. Der Winter war ungewöhnlich lang und kalt gewesen, war jetzt erst, Ende April, endgültig verschwunden, der Regen wusch mit täglichen Duschen die letzte Trübsal von den alten Dächern und den schmalen Bürgersteigen. Das Eiscafé *Capri* am Hedwigsbrunnen hatte sich einen neuen Innenanstrich geleistet und gewagt türkisfarbene Stühle.
Wenn ab und zu das Licht durch die Wolkenberge brach, hielten Carlotta oder Tante Betty ihr Gesicht in die Sonne, schlossen die Augen und freuten sich über die vorsichtige Wärme. Die Zeichen standen auf baldige Eröffnung, draußen wie drinnen.

Vom Lichthof drang lauter Krach durch das Museum. Die Ausstellung wurde aufgebaut.
Jetzt gerade schrillte eine Kakophonie nicht zu definierender Geräusche zum Museumscafé, und es war nicht ganz klar auszumachen, ob sie von einer Stichsäge stammte oder ob sich Frau Gundrich mit dem Ausstellungsgestalter zankte. Frau Professor Gundrich zankte sich in diesen Tagen nämlich mit jedem. Ihre Nerven lagen blank.
Das Museumscafé war in diesen Tagen noch mehr Oase als sonst. Hier tickten die Uhren einfach – nein, nicht langsamer – anders eben.

»Wisst ihr«, Herr Heimchen löste seinen Blick von einer jungen Dame, die mit einem rothaarigen Jungen an einem Tisch nahe der Kasse saß, nahm seine Portion Tagliatelle mit Zitronensahne entgegen und betrachtete Emilys neue Mittagskreation argwöhnisch, denn er fand geröstete Pinienkerne auf Nudeln überflüssig, »wenn man einen sechshundert Jahre alten, gut hundert Meter hohen Küstenmammutbaum, eine Sequoia sempervirens, im August betrachtet und dann noch mal, sagen wir, im April des folgenden Jahres, fällt einem in Bezug auf sein Wachstum vermutlich so gut wie nichts auf.«

»Aha«, sagte Emily zögerlich, denn sie hatte keine Ahnung, was Herr Heimchen ihr damit sagen wollte, und sah Tante Betty, die hinter Herrn Heimchen an der Kasse stand, ratlos an.

»Aber seht doch mal!« Er wies mit dem Kinn auf den Tisch nahe der großen Theke, an dem die junge Dame saß, die er vorhin schon fixiert hatte. »Das ist bei Vierzehnjährigen wirklich ganz, ganz anders als bei Mammutbäumen. Erstaunlich, nicht?«

»Enorm erstaunlich, Herr Heimchen. Aber wie du bei Jules Anblick an einen Küstenmammutbaum denken kannst, ist mir ein Rätsel.« Tante Betty lachte, und Emily begriff endlich.

Am Tisch saßen Jule und Leo. Jule diktierte Leo – natürlich frei – einen Aufsatz in die Feder oder eher in den quietschenden Tintenroller, hatte das Kinn auf beide Hände gestützt und blickte auf Leos roten Strubbelkopf, der nasentief über dem Schulheft hing. Unter dem Tisch sah man Leos Beine nervös zappeln.

»Außerdem ist sie jetzt fünfzehn, Herr Heimchen«, korrigierte Tante Betty. »Ist mir schon um Weihnachten rum aufgefallen, Jule hat auf einmal was Erwachsenes.«

Emily nickte zustimmend. »Das geht bei Jugendlichen manchmal über Nacht.« Sie füllte Tante Bettys Lieblingstee in ein Metallsieb und blickte auf, während sie den Wasserkocher vom

Untersatz hob. Jule hatte jetzt fast halblange Haare, die sie bereits hinter die Ohren streichen konnte, es machte ihr Gesicht weicher.
»Wie lang sollen deine Haare denn werden?«, hatte Emily sie gefragt.
»Von hier bis Canberra!«, hatte Jule geantwortet.

›Jetzt reden sie wieder über mich‹, dachte Jule und bezwang sich, der Kleingruppe an der Kasse nicht die Zunge herauszustrecken, so unglaublich erwachsen war sie eben doch noch nicht. »Nicht nur die Tulpen blühen«, diktierte sie Leo, während sie über die drei an der Kasse nachdachte, »auch die Menschen haben wieder bessere Laune … nicht nur – die – Tulpen – blü – hen …«
»Jule?« Leo hob den Kopf und tippte sich mit dem angekauten Ende des Tintenstifts nervös an die Nase. »Ist das nicht ein guter Schlusssatz? Äh – ich find, das ist jetzt genug, also zwei Seiten für Frühlingsanfang, das reicht.«
»Mann, bist du wibbelig heute, Leo. Was ist denn los?«
»Ich muss dringend was nachkucken, Jule, also …« Leo zappelte jetzt wie ein Fisch auf dem Trockenen.
»Was denn? Wieder einen flügellosen Dickpopo-Käfer mit Mumbapunkten im Depot entdeckt? Was du da bloß immer findest!«
»Gibt's die? Nee, oder?«
Jule drückte Leo ihren Daumen auf die Nasenspitze und quietschte.
Leo lachte, ließ den Tintenroller fallen und sprang auf wie ein Kastenmännchen. »Danke, Juckel, bis morgen in der Pause, tschö, ich muss echt ganz dringend …« Die letzten Worte verhallten schon im Gang zum großen Fossiliensaal, Leo war verschwunden.

Jule packte ihre Tasche unter den Arm, erhob sich und ging zum Tresen, an dem Emily jetzt wieder allein war. Emily zog einen Schein aus der Kasse und schob ihn Jule zusammen mit einem Muffin über die Theke.
Seit Weihnachten hatten sie sich auf offizielle Nachhilfe, Honorar und den Unterrichtsort, nämlich das Museumscafé, geeinigt, und diese Transparenz bekam allen gut. Vor allen Dingen war Emily nicht mehr eifersüchtig auf Jule. Was aber auch daran lag, dass Leo jetzt täglich ins Museum kam und Jule ein paar Stacheln verloren hatte, fand Emily.
»Alles okay?«
Jule nickte. »Zwei Seiten zum Thema ›Draußen wird Frühling‹. Sollte reichen. Ach ja, bevor ich's vergesse: Onkel Henri lässt nachfragen, ob Leo überhaupt noch mal zum Schnitzen kommen will. Er ist ja nur noch hier!«
Emily hob die Schultern. »An mir liegt's nicht, Jule, du weißt ja, wie Leo seit ein paar Monaten drauf ist. Das hört erst auf, wenn er hier jeden versteinerten Flossenfisch duzt.«
»Onkel Henri vermisst ihn, weißt du.«
Emily nickte. »Glaub ich ihm, aber so ist das mit Kindern, Jule.«
Jule schulterte ihren Rucksack. »Ach so, Mama sagt, ich soll noch was Tiefgekühltes mitnehmen. Du wüsstest Bescheid. Heute Abend kommen Nils und Gösta.«
Emily rief etwas in die Küche, wandte sich wieder zu Jule. »Dann habt ihr ja die Bude voll, Jule!«
»Ja!« Jule seufzte. »Sieht so aus.«
Ein neues Küchenmädchen überreichte Jule eine weiße Tüte und verschwand wieder.
»Danke! Also tschüs, Emily!« Jule entfernte sich winkend. Emily sah ihr hinterher und rätselte wie alle anderen, was zum Teufel Carlottas große Tochter gegen diesen umgänglichen und netten Gösta haben mochte.

Eule tauchte auf. Vor drei Tagen hatte Emily ihn gebeten, doch bitte mal darüber nachzudenken, ob er im Gewölbe unter dem Café möglicherweise ein neues Lagerregal bauen könne. Mit Spezialeinsätzen für den guten Wein, aber trotzdem so preiswert wie möglich und ganz schlicht. »Kleinigkeit«, hatte Eule verlegen gesagt, »aber später. Wenn der größte Stress hier vorbei ist.« Jetzt stand Eule an der Kasse und beobachtete Emily, wie sie Nudeln vom großen Kessel in den Warmhaltecontainer umfüllte, einen Teller mit Tagliatelle belud, die Zitronensahne mit einem hauchfeinen Abrieb frischer Zitronenschale versah und Pinienkerne über das Ganze streute. Schon verdammt geschickt und schnell, wie sie sich bewegte.

»Vielleicht kann ich dir heute oder morgen schon mal zeigen, wo das Regal stehen soll. Dauert ja nur drei Minuten, Eule.« Sie schob ihm den Teller mit strahlendem Lächeln über den Tresen. Eule erstarrte zu Massivholz, brachte nur noch »Mal sehen« heraus und balancierte seinen Teller zum verwaisten Personaltisch. Er setzte sich intuitiv so, dass er die Kasse im Visier hatte, und beobachtete fasziniert Emilys wieselflinke Choreographie. Heute fiel ihm zum ersten Mal auf, dass Emily, wenn man sie im Dreiviertelprofil sah, ihrem Sohn sehr ähnlich sah. Jetzt gerade schob sie dem Berliner Ausstellungsaufbauer einen Teller über den Tresen und strahlte genauso wie vorhin. Mit Augenaufschlag.

Eule wandte sich ab und drehte die Nudeln um seine Gabel.

»Heiße Nummer, eure Kantinen-Emmy«, sagte Olli, der Berliner, schob einen Stuhl zurück und setzte sich Eule gegenüber.

»Hmpf«, machte Eule, denn er hatte den Mund voll, keine Lust, über Emily zu reden, und dachte an Leo.

Sie hatten sich sehr angefreundet, Leo und Eule. Leo interessierte sich sogar für die Brandschutztechnik des Museums, und mittlerweile wusste er auch, was ein Hygrostat war, auch wenn er nicht wusste, wie man das Wort schrieb.

»Du wirst hier bestimmt mal Chef«, hatte Eule ihm prophezeit, als Leo mit Notizbuch und Stift mal wieder vor einer Vitrine hockte.

Leo hatte ihn sehr ernsthaft angesehen und gemeint: »Nee, Eule. Ich will hier Hausmeister werden wie du, weil du nicht so viel am Schreibtisch sitzen musst, das will ich nämlich auch nicht. Ich geh nach der Schule bei dir in die Lehre.«

»Aber deine Mutter will doch bestimmt, dass du studierst!«

»Kann ja sein, Eule, aber ich will das nicht.«

Und Eule hatte ihn angeschaut und zum hundertsten Mal gedacht, was Emily außer ihren ordensverdächtigen Nudelkreationen noch so alles zustande gebracht hatte, nämlich so ein bemerkenswertes Kind.

Es stimmte, was Emily zu Jule gesagt hatte: Leo war eigentlich nur noch im Museum. Zwar kam Leo immer noch zu Onkel Henri, aber wesentlich seltener. Doch in der Art, wie er vom Museum erzählte, erkannte Onkel Henri, dass Leo etwas gefunden hatte, was seiner grenzenlosen Neugierde entsprach, seiner Freude am Kleinsten, am Großen, an allem.

Außer Fußball.

Vor ein paar Wochen hatte Leo auch das Depot entdeckt und durchforstete es mit allerhöchster Erlaubnis von Frau Professor Doktor Museumsdirektorin. Und was kaum ein Erwachsener glauben konnte: Auch das machte ihm Freude. Immer mehr. Und zwar von Ammonit bis Zimbel. Mit Schwerpunkt Käfer.

Herr Heimchen und die beiden Museologen lebten im Moment unruhig.

»Nein, das ist kein Blaberus giganteus, sondern ein Blaberus colosseus, das sieht man doch. Da steht ’n falscher Name drauf, echt, ich weiß es. Kuck einfach ins Lexikon, Herr Heimchen.

Das Etikett ist falsch«, beharrte Leo. Herr Heimchen hatte die präparierte exotische Riesenschabe leicht angeekelt betrachtet, aber pflichtschuldig nachprüfen lassen, und Kind Leo hatte recht behalten.
»Ich bin zwar leider auch offiziell für dieses mumifizierte Ungeziefer zuständig, aber ich bin spezialisiert auf Harfe und Dudelsack und ein bisschen Botanik, nicht auf Kakerlaken, Leo. Immerhin, Kompliment. Aber wenn du da unten fertig bist, zeige ich dir mal, was Hümmelchen mit Bordunen sind, mein Junge. Damit kann man sogar Krach machen!« Zufrieden war Herr Heimchen in seine Musikgefilde entschwebt. Leo wusste schon längst, was Hümmelchen mit Bordunen waren. Und er wusste, dass er sich auch dafür interessierte. Aber erst die Käfer. Und dann der Reihe nach.

Jetzt rannte Leo zum großen Fossiliensaal. Er hatte es so eilig gehabt, weil wegen der Ausstellung jeden Tag eine neue Ecke, in der aufgebaut werden musste, gesperrt wurde.
Jetzt jedenfalls stand Leo wieder einmal vor Jasper. Genauer gesagt, vor dem großen Brasilienbild, das er so gut kannte, auf dem er jedes Detail definieren konnte.
Er war so aufgeregt, dass er schlucken musste.
Heute Mittag hatte er es entdeckt.
Er überlegte, wem er die Beobachtung mitteilen konnte, ohne dass man ihn für verrückt erklärte. Natürlich seiner Mutter. Sie würde ihn niemals für verrückt erklären, aber sie würde auch nicht verstehen, worum es ging.
Sie würde ihm zunicken, würde sagen: »Interessant. Aber Leo, jetzt geht die Phantasie mit dir durch!«
Sogar Onkel Henri kam nicht in Frage. Er war zu selten hier, war mit all den Dingen nicht so vertraut.
Jule hatte er seine Entdeckung instinktiv verschwiegen, obwohl

sie wieder richtig gute Freunde waren. Jule kannte die Sachen hier einfach nicht so gut wie er und war seit ein paar Monaten sowieso ziemlich anders geworden. Sie war jetzt mehr wie ein Mädchen, er konnte es nicht genau definieren.
Er beugte sich noch einmal vor und kniff die Augen zusammen, um seine Entdeckung auf dem großen Brasilienbild noch einmal zu untersuchen.
Ja. Er hatte richtig gesehen.
Eindeutig.
Verdammt noch mal, zu wem konnte man gehen mit dieser Sache?
Frau Gundrich?
Er schüttelte den Kopf, als hätte ihn das jemand anders gefragt. Sie war immer freundlich zu ihm, nannte ihn »kleines Professorchen«, aber er wusste, sie war viel zu ungeduldig, um ihn auch nur ausreden zu lassen. Sie hatte nicht den Blick, den man haben musste.
Leo tippte sich in schneller Folge mit dem Zeigefinger an die Oberlippe, überlegte und stieg unter dem knöchernen Grinsen des Allosaurus die Lichthoftreppe hinauf.
Eule. Eule würde ihm vielleicht glauben, aber was würde dann geschehen? Eule kannte sich aus mit allen Dingen rund ums Bilderaufbewahren, aber die Bilder selbst … Eule würde zu Carlotta gehen.
Carlotta hatte ihn, den Blick. Sie hatte nur so wenig Zeit im Moment. Egal. Dieses Rätsel, für das es keine Erklärung gab, so oft er auch darüber nachdachte, das musste er ganz einfach mit jemandem teilen.
Jetzt blieb Leo kurz stehen und warf einen Blick auf das Chaos im Lichthof. Dort dirigierte ein sehr ruhiger Mann mit langem grauem Pferdeschwanz zwei Arbeiter, die für die Schwerpunktinsel »Expedition im neunzehnten Jahrhundert« gerade eine Art

Urwaldlabor auspackten, das ein Wissenschaftler um 1890 unter Zeltplanen am Amazonasdelta benutzt hatte, Leihgaben aus Berlin. Der langhaarige Mann hieß Olli Pasulke und war ein alter Freund von Carlotta, noch aus Berliner Zeiten. Olli war auch schon ein neuer Freund von Leo, aber Leo wusste genau, wann er Fragen stellen durfte und wann nicht. Jetzt zum Beispiel besser nicht. Er stieg die letzten Stufen zur Verwaltungsetage hoch.

Carlotta hatte dunkle Ringe unter den Augen. Ihr Büro sah aus wie eine Landschaft nach massiver Wettereinwirkung, Erdbeben, Hagel, Tornado. Wobei es nur unkundigen Besuchern so erschien, denn das Chaos war geordnet, zumindest für Carlotta.
»Wie es mir geht?«, fragte Carlotta ins Telefon. »Oh, Gösta, diesen Zustand kann ich mit genau drei Worten beschreiben.«
»Du liebst mich?«, fragte Gösta hoffnungsvoll.
»Ich werde wahnsinnig«, korrigierte Carlotta.
»Oh.«
»Entschuldige, mein Liebling, natürlich in sieben Worten: Ich liebe dich und ich werde wahnsinnig.«
»Okay, mit dieser Kombination kann ich leben.«
»Greta und deine Leihgabe hängen schon, es sieht toll aus, Gösta! Und ab heute Abend sehen sich August und Lovisa endlich wieder, nach weit über hundert Jahren. Wir werden sie einander gegenüber plazieren. Ach, du siehst es ja bald, du wirst staunen.«
»Machen wir. Wir müssen los, Carlotta, zum Flughafen. Bis heute Abend, Kuss.«
Es klopfte.
»Gösta, ich werde euch am Bahnhof nicht abholen können, nehmt ein Taxi. Jule wird Spaghetti kochen, ich hoffe, dass ich um acht zu Hause bin. Grüß Nils von mir, und bis bald. Ist das schön, dass du in ein paar Stunden vor mir stehst!« Sie legte auf.

»Herein!«, rief sie, ohne den Kopf vom Bildschirm zu wenden, und schrieb schnell noch ein paar Worte. Dann wandte sie sich um, schob ihre Brille auf den Kopf und meinte überrascht: »Ach, du bist das. Leo, mein Schatz, viel Zeit habe ich nicht, was ist denn los?«

»Du musst mal mit mir zum Brasilienbild kommen!«

»Leo, ich hab wirklich überhaupt keine Zeit, das hier ist die Rede, die ich bei der Ausstellungseröff…«

»Du musst aber! Ich hab was entdeckt. Ich muss dir das zeigen, Carlotta.«

Carlotta seufzte. Leo hatte nicht ansatzweise Jules dramatisches Talent, aber wenn er so sprach wie jetzt, so eindringlich, dann war klar, er würde nicht lockerlassen. So gut kannte sie ihn. Seit seiner sensationellen Entdeckung rund um Augusts Porträt hatte er an Selbstbewusstsein zugelegt. Dazu passte, dass in wenigen Tagen, zur Ausstellungseröffnung, ein spannender Artikel über Leopold Grobkümmel im *Fichtelbacher Tageblatt* stehen würde. Auch für den Ausstellungskatalog hatte Carlotta unter dem Titel »Die Schule seiner wachen Augen …« eine bildhübsche kleine Geschichte rund um Leos Verdienste und die Entdeckung der alten Bilder einer neuen Malerin geschrieben. Emily war mit allem einverstanden gewesen, aber Carlotta hatte ihr klargemacht, dass es in ein paar Tagen etwas rummelig um Leo werden könne. Emily war zu stolz auf ihn, um darauf zu verzichten.

Jetzt hatte er also wieder etwas entdeckt. Dass Leo diese Rolle noch einmal haben wollte, verstand Carlotta. Kinder lieben Wiederholungen, wenn ihnen etwas gefällt.

Nun gut. Mal sehen, was es jetzt war. Er fand ja ständig kleine Mängel, wie falsche Beschriftungen. Carlotta stand auf, dehnte den Rücken, rieb sich die Augen und spürte mit einem Mal die Anspannung und Müdigkeit der letzten Wochen.

»Okay, Leo, aber nur zehn Minuten. Wir können dann auch gleich mal nachsehen, ob Susan schon fertig ist mit Lovisa.«
Leo nickte aufgeregt, aber Susan oder Lovisa waren ihm im Moment ziemlich gleichgültig. Er hüpfte die Treppe hinunter, Carlotta folgte ihm. Etwas langsamer, denn sie blieb ab und zu stehen, kontrollierte von oben die verschiedenen Baustellen im Lichthof. Von unten blickte Susan hoch und winkte kurz. Sie hockte vor einer Figur, die in feiner Silhouettenarbeit aus einer speziellen Kunststoffplatte herausgeschnitten war, und malte Lovisa.
Lovisa, heimliches Hauptthema der Ausstellung »August, lieber Freund und Gönner!«, sollte die Besucher als Shape-out-Figur in zierlicher Lebensgröße am Eingang empfangen. Als Vorlage diente Susan das Sanatoriumsfoto, das Bild, das ein paar Monate vor Lovisas Tod aufgenommen wurde.
Susan hatte diese Lovisa allerdings von ihrem Krankenzimmerstuhl aufstehen, ihren Kopf höher erheben und den Blick auf die Eintretenden richten lassen. Susan hatte natürlich längst das Björkholmer Tagebuch gelesen und war mit Lovisas Geschichte bis ins Detail vertraut, aber es schien, als könne diese Lovisa noch ganz andere Dinge erzählen als das, was zwischen den roten Deckeln ihrer Tagebücher stand.
»Genial, Susan. Einfach umwerfend. Wie machst du das?«
Carlotta hatte gestern Abend für einen Moment die Luft angehalten, als sie dieser Lovisa zum ersten Mal direkt in die Augen geblickt hatte. Lovisa sah aus wie von Lovisa gemalt. Susan hatte ihren Duktus, ihren schwingenden Pinselstrich genau getroffen. Sie wirkte wesentlich profilierter, reifer, konturierter als auf dem von Jasper gemalten Bild im Fichtelbacher Steinbruch. Und was den Blick ihrer Augen betraf, war das keinesfalls eine Jasper-Lovisa. Diese Susan-Lovisa war nicht schüchtern oder devot. Klar und deutlich schien sie zu sagen: »Gut, ihr habt mich

und meine Kunst entdeckt. Hier steh ich nun. Ja, ich bin Malerin. Nein, ich bin nicht das Anhängsel von einem Herrn Jasper Johansson. Mein Weg ist nicht mehr besonders lang, aber jetzt ist es meiner ganz allein. Noch Fragen?«
Susan hatte bei Carlottas verblüfftem Lob nur mit den Schultern gezuckt, und Carlotta hatte sich gewundert.
Susan war in letzter Zeit schweigsamer als sonst. Offensichtlich war sie mit etwas beschäftigt, über das sie wieder mal nicht reden wollte. Oder konnte. Das war schon öfter vorgekommen, immer hatte es sich nach einigen Wochen gegeben, aber diesmal strahlte Susan eine Zurückhaltung aus, die ungewöhnlich war.

»Carlotta!«
Carlotta zuckte zusammen, blickte sich um und entdeckte Leo am Eingang zu den Fossilien und Jaspers Großgemälden. Er rief und winkte.
Jetzt folgte sie ihm eilig. Leo ging zielstrebig in den großen Saal und blieb schließlich vor dem Brasilienbild von Jasper Johansson stehen. Carlotta schaute verstohlen auf ihre Armbanduhr, hob wieder den Kopf und sah Jasper in die kühlen Augen. Sie hatte jetzt einen anderen Blick auf ihn, sie konnte es nicht vermeiden, sie mochte ihn nicht mehr.
Klar, das war ein unprofessionelles, unsachliches Urteil. Aber das, was sie über ihn wusste, war nicht mehr auszuschalten.
»So, jetzt kuck mal hier, Carlotta, das wollte ich dir zeigen.« Leo wies mit dem Zeigefinger auf ein grünes Blatt am linken Bildrand.
Carlotta betrachtete das jaspertypisch gemalte, halb exakte, halb verwischte Lianenblatt. Genau am Übergang vom Blatt zum Stengel, am Übergang der beiden Maltechnikzonen, krabbelte ein kleiner, glänzender schwarzer Käfer.

Leo holte Luft. Er sah aus wie jemand, der das bisher schwerwiegendste Geständnis seines Lebens machen will. So eines von der Art wie: »Mutter, Vater, ich gehe ins Kloster. Und kein Weg führt zurück.«
Aber Leo sagte etwas ganz anderes.
Nämlich: »Carlotta, dieser Käfer war vor einer Woche noch nicht hier drauf.«
Er trat unwillkürlich zurück, blickte zu ihr hoch, um das Gewicht seiner Aussage zu betonen, behielt den Zeigefinger aber am Objekt.

Carlotta beugte sich vor und betrachtete das unspektakuläre Insekt mit dem dreizackigen Rückenpanzer. Es war das, was sie sich schon gedacht hatte. Leo wollte seine Rolle als Entdecker noch einmal spielen. Wie dämmte man jetzt eine mögliche Serie von »Entdeckungen« ein, ohne ihn zu kränken?
Sie legte den Arm um Leos Schultern. »Leo, ich weiß, dass du ganz sagenhaft gut beobachten kannst. Aber wie soll so was denn möglich sein?«
Es war auch das, was Leo befürchtet hatte. Er hörte es. Sie glaubte ihm nicht.
»Carlotta, der war noch nicht drauf vorher, ich schwör's dir!«
Leo wand sich, schüttelte ihren Arm ab, drehte sich mit dem Gesicht so, dass sie ihm geradewegs in die Augen sehen musste. »Carlotta, WIRKLICH! Hast du ein Buch, wo das Bild drin ist, als Foto? Hast du so was?«
Es war einen Augenblick still. Für ein paar Sekunden machten, ganz zufällig, alle Lärmgeräte im Lichthof eine kurze Pause. Leos Augen, die Dringlichkeit seines Blicks, hatten etwas Unausweichliches. Carlotta spürte, dass die Kraft, die in diesem Moment von Leo ausging, nicht von Eitelkeit oder Rechthabenwollen genährt war.

»Carlotta, und noch was: Diesen Käfer da gibt's nicht in Brasilien!«
Carlotta verschränkte die Arme und trat einen Schritt zurück, löste aber ihren Blick nicht vom Bild.
Es war die Sprache dieser Geste, die Leo sofort richtig verstand und die ihn wieder Mut fassen ließ. Es war die stumme Frage: »Moment mal, *was* hast du da gesagt?«
Carlotta beugte sich vor, sah sich den Käfer noch einmal genau an, prägte sich seinen Rückenpanzer, seine Größe, seine Kopfform ein.
»Okay, Leo, du sagst also erstens, der Käfer ist neu auf dem Bild, und zweitens, den gibt's gar nicht in Brasilien!«
Leo nickte nachdrücklich.
Sie ging einen Schritt beiseite und besah sich den Käfer aus einem anderen Winkel, unter anderem Lichteinfall. Der Käfer hatte einen schwachen Schimmer, wie das ganze Gemälde. Aber sein sanfter Glanz war anders als der des Bildes.
»Komm!« Sie hatte sich schon umgewandt und hielt ihm die Hand hin. »Das werden wir uns jetzt mal genau ansehen.«
Auf dem Weg zum Büro nahmen sie den Aufzug, Carlotta starrte stumm in den Spiegel der kleinen Kabine, sie sprachen beide nicht.
Wieder im Büro, zog Carlotta ein großes Buch aus dem Regal. »Systematische Erfassung der überseeischen Natur in den Gemälden Jasper Johanssons im August-Gayette-Museum zu Fichtelbach« lautete der etwas schwergängige Titel, Verfasser war ein Herr Ortlieb Köbel, damals städtischer Angestellter des Grundbuchamts Fichtelbach, Vorsitzender des Heimatvereins Fichtelbach.
Manchmal ist es gut, wenn es Menschen gibt, die sich für Dinge begeistern, die für andere Menschen schwer nachvollziehbar sind. So hatte sich Herr Köbel vor gut fünfzig Jahren darange-

macht, jedes von Jaspers berühmten Überseegemälden genau auf Flora und Fauna hin zu untersuchen.
Mit dieser Fleißarbeit des Hobbybiologen Köbel setzte sich Carlotta jetzt neben den vor Aufregung bibbernden Jungen. Sie suchte im Inhaltsverzeichnis unter B wie Brasilien und schlug das Buch auf Seite neununddreißig auf. Das Brasiliengemälde war auf einer Übersichtsseite in sechsundneunzig Planquadrate gerastert. Dahinter kamen die doppelseitigen Detailfotos mit Text. Leo fuhr den Übersichtsplan mit dem Zeigefinger ab.
»A B sechs und sieben, A B sechs und sieben, Seite vierzig und einundvierzig«, murmelte er und hätte beim Umblättern fast eine Seite angerissen, so sehr zitterten seine Finger. Da war das Detailfoto. Carlotta hielt den Atem an.

Leo hatte recht.
Es krabbelte *kein* Käfer am Stengel des Lianenblatts.

Leo war schon wieder an der Tür und hatte die Klinke in der Hand.
»Wo willst du hin, Leo?«
»Zu Susan. Sie ist doch Restauratorin, ich will sie fragen, denn …«
»Nein, Leo, setz dich!«, befahl Carlotta ungewohnt streng. »Und bitte lass mich kurz nachdenken.«
Leo setzte sich gehorsam und wartete. Nach ein paar Sekunden zog er das Buch wieder zu sich heran und betrachtete den käferlosen Bildausschnitt mit dem Lianenblatt wie andere Kinder einen atemberaubend spannenden Horrorcomic.
Carlottas Gedanken überschlugen sich.
Der Schlüssel muss bei Susan liegen, klar. Vielleicht war der Käfer ursprünglich doch auf dem Gemälde gewesen und … Nein, Unsinn. Der Fotoband auf Leos Knien zeigt Jaspers Brasilienbild, wie es immer schon, nämlich vor fünfzig Jahren und damit

Jahrzehnte vor Susans Ankunft in Fichtelbach, ausgesehen hat. Susan hat das Bild vor ein paar Jahren restauriert. Aber der Käfer ist offensichtlich erst vor ein paar Tagen gemalt worden. Leos unglaublicher Wahrnehmung kann man vertrauen. Verdammt. Was ist das denn? Warum malt sie etwas auf ein Bild, das nicht dahingehört? Vielleicht ist das alles nur ein Jux? Und wenn ja, was für eine Sorte Scherz ist das? Hat sie das bei anderen Bildern auch gemacht?

Ganz gegen ihre Gewohnheit goss sich Carlotta einen Besuchercognac ein, kippte ihn hinunter und blieb mit dem geleerten Glas in der Hand mitten im Raum stehen. »Leo?«

Er schaute vom Buch auf, blickte sie gespannt an.

»Was für ein Käfer ist das?«

»Der gehört zu den Mistkäfern, das ist ein Dreihorn-Stierkäfer, und zwar das Männchen, die Weibchen sehen anders aus. Ich glaub, der heißt …« Leo buchstabierte langsam, aber richtig: »Ty – pha – eus ty – pho – eus, ich hab's im Archiv im Lexikon nachgesehen. Und da stand, den gibt's nur in Europa.«

»Und du sagst, vor einer Woche war der noch nicht da?«

Er nickte. »So ungefähr, vielleicht auch zwei Wochen, aber vorher wirklich nicht, auf keinen Fall. Auf dem Bild, da kenn ich echt jeden Käfer drauf, weil wir doch die Käfer vom Bild alle in den Vitrinen haben. Oder im Depot. Und das sind alles nur welche aus Brasilien. Wir haben keinen Dreihornkäfer hier im Depot. Echt, Carlotta, wirklich.«

»Leo, sind dir noch mehr Sachen aufgefallen?«

Ihr Tonfall war unterdrückt aufgeregt. Leo hörte es sofort, denn er reagierte auf Klangfarben von Stimmen viel eher als auf den Inhalt der Worte. Und er hörte, dass er ihre Aufregung nicht hören sollte.

Er schüttelte den Kopf.

Carlotta setzte sich vor ihn auf einen Stuhl, sah ihm geradewegs

ins Gesicht. »Hör zu, Leo«, begann sie, »ich habe keine Ahnung, was da los ist. Aber solange wir nicht wissen, warum da ein Käfer ist, der da nicht hingehört, müssen wir beide schweigen.«
Leo sah sie gebannt an und spürte plötzlich, dass etwas Großes in der Luft lag. Es fühlte sich an wie … vielleicht wie das Grummeln vor einem Vulkanausbruch. Das hatte er zwar noch nie erlebt, aber er stellte es sich so vor.
Carlotta sah ihn ernst an. »Ich werde der Sache auf den Grund gehen. Und zwar heute noch. Leo, du bist ein großartiger Mitarbeiter. Und jetzt musst du mir dein Ehrenwort geben: Du sagst vorläufig absolut niemandem etwas. Auch nicht deiner Mama, hörst du? Nicht Jule, nicht Susan, nicht Onkel Henri, niemandem. Ehrenwort mit Handschlag, Leopold Grobkümmel, unter Museumskollegen!«
Sie hielt ihm die rechte Hand hin. »Ehrenwort?«
Leo gab ihr die rechte Hand. Sie war feucht vor Aufregung. Er nickte. »Ehrenwort. Unter Museumskollegen!«
Carlotta stand auf, fuhr den Computer herunter, legte stumm einige Unterlagen zusammen. Schließlich setzte sie sich wieder ihm gegenüber.
»Hör zu, Leo. Heute Abend kommt Gösta. Ich werde ihm – und nur ihm! – sagen, was du entdeckt hast, und dann überlegen wir, was zu tun ist. Vielleicht ist alles nur ein kleiner Spaß, das kann ja sein. Oder … ich weiß es nicht, aber ich werde es herausfinden. Vielleicht weiß ich es morgen früh schon.«
»Sagst du mir dann Bescheid?«
»Natürlich, Leo. Ich sage dir sofort Bescheid, wenn ich etwas herausgefunden habe.«

* * *

»Wenn du mal die Nase aus deiner Lektüre nimmst, siehst du die schöne Landschaft.«
Nils hob den Kopf und blickte hinaus in die Dämmerung, sah die dunklen Konturen des Mittelgebirges, die Wälder, die sanften Hänge mit den Wiesen. Eben noch lag das letzte Sonnenlicht auf den bewaldeten Kuppen. Aber Nils hatte im Moment keinen Blick für die Landschaft.
»Das ist spannend«, sagte er und hielt den Schnellhefter hoch, Göstas gesammelte Unterlagen über August Gayette. »Irgendwie gut, was der mit seinem Geld gemacht hat. Und Lovisa! Ich wusste gar nichts über sie. Arme Socke.« Er vertiefte sich wieder in seine Lektüre.
Gösta blickte eine Weile in die Abenddämmerung über der Flusslandschaft, die draußen vorbeieilte, schloss die Augen, sah Carlottas Gesicht und lächelte.
Die Sehnsucht wurde mit jedem Kilometer stärker, immer noch und immer noch mehr.
Wie war es möglich, dass er mit einem Menschen diese Nähe hatte finden können? Die Frage, was für ihn »Glück« bedeutete, hätte Gösta zusammenfassend mit einem Vornamen beantworten können. Natürlich war Glück mehr als eine gute Beziehung, und in den Zeiten des Alleinseins hatte er erfüllte, ruhige Momente der Gegenwärtigkeit erlebt, die in ihrer Intensität mit dem Wort »Glück« durchaus richtig beschrieben waren. Aber Carlotta, das war das Geschenk, mit dem er nicht mehr gerechnet hatte.
Trotz aller Nähe und Vertrautheit fremdelten beide nach jeder längeren Phase der räumlichen Trennung. Es war eben etwas anderes, ob nur die Stimme des anderen anwesend war oder seine physische Präsenz. Weil sich ihre Vertrautheit am Telefon aber sofort einstellte, hatten sie sich angewöhnt, in dieser ersten Stunde des Wiedersehens entweder in Carlottas Wohnung oder

in Göstas Haus kurze Gespräche über das Telefon zu führen, von Raum zu Raum, um sich dann auf einer Türschwelle zu treffen, die Hörer sinken zu lassen, zu lachen, und das Fremdeln war vorbei.
»Und jedes Mal funktioniert dieser Trick, Gösta. Sind wir eigentlich noch normal?«

Seine Gedanken wanderten zu Jule. Warum Jule ihn immer noch mied, wusste er nicht. Es war ihm ein Rätsel, was sich seit dem allerersten Abend, an dem sie so fröhlich und offen gewesen war, zwischen sie geschoben hatte.
Flog Carlotta nach Stockholm, kam sie allein. Kam er nach Fichtelbach, hatte Jule immer etwas vor, war so gut wie nie zu Hause, übernachtete bei Lieselotte oder bei einer anderen Freundin. In den wenigen Minuten, in denen sie sich über den Weg liefen, tauschten sie Höflichkeiten aus, vorausgesetzt, es kam überhaupt zu einem Dialog. Jule wich ihm aus oder übersah ihn.
Natürlich sprach er mit Carlotta darüber. Es belastete ihn, zumal Carlottas Verhältnis zu Nils so vertrauensvoll war.
»Gösta, ich weiß es nicht. Zwischen Jule und mir ist wieder alles in Ordnung, und seit dem Dänemarkurlaub hat sie einen Riesenschritt in Richtung Selbständigkeit gemacht. Aber über dich spricht sie nicht, ich kann sie fragen, was ich will. Wir können es nur so stehen lassen und hoffen, dass es sich von allein gibt.«
Jule und Nils kannten sich immer noch nicht. Es hatte sich einfach nicht ergeben, da waren immer irgendwelche wichtigen, anderen Sachen gewesen und offensichtlich auch keine allzu große Neugierde auf den anderen. Heute würden sie sich also zum ersten Mal gegenüberstehen, Jule würde sogar Nudeln kochen und »wegen Nils« dann mal zu Hause bleiben, hatte Carlotta gesagt.

Der Regionalzug verlangsamte seine Fahrt. Der Lautsprecher im Zug schnarrte, und niemand hörte zu. Die Laternen tauchten den kleinen Bahnhof in gelbes Licht, Gösta las den Schriftzug »Fichtelbach« und griff nach seiner Reisetasche.

»Hey, Nils, steh auf. Wir sind da!«

Nils schob den Schnellhefter in seinen Rucksack, erkannte den Bahnhof der kleinen Stadt, mit der er bis jetzt eigentlich Gutes verband, und spürte eine leichte Aufregung. Auf Carlotta freute er sich, er hatte sich ein paar Gedanken gemacht zur Ausstellungseröffnung, auf der er ein kleines musikalisches Programm liefern sollte.

Gösta stand schon an der Tür. Ein paar Sekunden bevor der Zug bremste und endgültig zum Stehen kam, entdeckte er Carlotta auf dem Bahnsteig. Sie hatte die Hände tief in den Taschen ihres Trenchcoats vergraben, ihr Gesichtsausdruck war starr und aufgewühlt zugleich.

Der Zug bremste, hielt, er sah, wie sie sich der Bahnsteigkante näherte, wie ihr Blick die Zugfenster absuchte, und er sah noch deutlicher, wie nervös sie war. Er wurde unruhig. Sie hatte doch angekündigt, ihn nicht am Zug abzuholen, er wusste, wie ihr Arbeitstag im Moment aussah. War etwas passiert?

* * *

Onkel Henri stand schon draußen auf dem Bürgersteig der Ahornallee, als Carlottas Auto hielt. Durch das geöffnete Fenster der Beifahrertür schüttelte er Göstas Hand und beugte sich vor. »Gut, dass du jetzt Unterstützung hast, Carlotta. Wir lassen euch ein paar Spaghetti übrig. Hoffentlich, jedenfalls!«

Nils war ausgestiegen, warf seinen Rucksack über die Schulter und winkte Carlotta noch einmal zu. »*Fingers crossed,* Carlotta! Hallo, Onkel Henri.«

Onkel Henri nickte Carlotta noch einmal aufmunternd zu, bevor er sich Nils zuwandte. »Hallo, alter Junge. Geh schon mal nach oben, du kennst ja den Weg. Jule ist in der Küche. Ich komme gleich nach.«

Was Gösta nicht wusste und Carlotta auch nicht: Onkel Henri hatte gestern ein Machtwort gesprochen.
»Morgen Abend kommt Nils. Und wenn du schon wieder zu Lieselotte verschwindest, dann bin ich stinksauer auf dich, Jule. Gösta packt das weg, dass du vor ihm abhaust, warum auch immer. Zu Nils solltest du aber nicht so unhöflich sein wie zu Gösta, verdammt noch mal. *Ich* erwarte das von dir. Außerdem ist er ein netter Kerl.«
Onkel Henris Forderungen kamen fast genauso selten wie seine Verbote oder Ermahnungen. Aber *wenn* sie kamen, wusste Jule, dass Widerstand jetzt nicht ratsam war. Okay, man konnte ja der Form halber einen Teller Nudeln essen, ein höfliches Gesicht machen und danach zur *Fichteltanke* verschwinden, dem einzigen Szenelokal von Fichtelbach. Wenn dieser Junge nicht allzu sehr nervte, konnte man ihn mitnehmen und dann irgendwo in der Tanke abstellen. Der größte Mist war, dass Lieselotte nicht da war. Sie befand sich jetzt gerade irgendwo auf der Autobahn nach Wilhelmshaven.
Lieselotte hatte getobt, denn im Gegensatz zu Jule war sie sehr neugierig auf Nils.
»Ausgerechnet jetzt muss mein blöder Onkel seinen Fünfzigsten feiern. Und wenn ihr heute Abend in der *Fichteltanke* seid, hänge ich mit meinem blöden Bruder hinten in dem blöden Auto und muss blöde Spiele mit ihm spielen, damit er nicht schon wieder die Sitze vollkotzt. Wahrscheinlich werde ich Nils erst kennenlernen, wenn ich in Rente gehe, so ein Scheiß!«, fluchte Lieselotte.

»Ach Quatsch, Lolli«, versuchte Jule zu trösten, »Nils kommt bestimmt noch öfter, jedenfalls bestimmt öfter, als ich das gut finde, denn Mama versteht sich gut mit ihm und, na ja …«
In diesem »Na ja« lag natürlich neue Eifersucht, aber auch das Unbehagen über Göstas unausweichliche Präsenz. Alleine würde Nils wohl kaum kommen, vielleicht hätte es das einfacher gemacht.

Jetzt rührte Jule nervös in Emilys Bolognesesauce, dachte an Lieselotte und hätte gerne – nur für heute Abend – mit ihr getauscht.
»Hi! I'm Nils.« Er stand auf einmal mitten in der Küche, das kleine Küchenradio sang laut, und Jule fuhr herum. Sie hatte das Türenschlagen nicht gehört, nicht Carlottas Auto, nicht das Telefon, weshalb sie von der Programmänderung auch noch nichts wusste.
Gerade der Umstand, dass sie vor Gösta flüchtete, hatte sein Bild nicht entmachtet, hatte es zur wirkungsvollen Ikone des Unerreichbaren und Verbotenen werden lassen.
»Nein, ich glaub, ich bin nicht mehr verliebt, Lolli«, hatte sie ihrer Freundin erklärt, »aber ich kann's nicht aushalten, wenn wir in demselben Raum sind, schwer zu beschreiben. Aufgeladen bin ich dann. Irgendwie aufgeladen.«

Erleichtert, aber auch mit einer Prise Enttäuschung registrierte sie, dass dieser Junge Gösta überhaupt nicht ähnlich sah, nicht einmal ansatzweise. Nils trug die blonden Haare glatt nach hinten gekämmt, seine Augen wurden überschattet von einem Mützenschirm, seine Augenbrauen waren etwas hochgezogen, wie bei jemandem, der kritisch ist, unsicher, neugierig.
Sein Gesicht war gleichermaßen kantig und weich, sehr eigenartig, fand Jule.

Nils nahm die alte Tweedkappe ab. Er wusste von Gösta, dass es mit Jule schwierig war, aber er fühlte sich seinem Leben besser gewachsen als noch vor einem halben Jahr. Und wenn Gösta mit Jule Probleme hatte oder umgekehrt, musste das ja noch lange nicht heißen, dass ihn das auch betraf. Und wenn doch, konnte er in Onkel Henris Atelier verschwinden, im Museum abtauchen, und in drei Tagen ging es sowieso wieder nach Stockholm. *So what?*

Jule trocknete ihre Hände an einem Küchentuch und reichte ihm die rechte. *»I'm Jule.«*

»Hi, July.« Er sprach ihren Namen aus wie den deutschen Monat Juli.

»No, Jul-e.«

Es entstand eine Verlegensheitspause. Jule rechnete jede Sekunde damit, dass Gösta die Küche betreten würde, und war entsprechend angespannt. Nils fand dieses Mädchen vor ihm ungewöhnlich – ihre Augenbrauen waren hochgezogen wie bei jemandem, der kritisch ist, unsicher, neugierig.

Und ihr Gesicht war gleichermaßen kantig und weich, sehr eigenartig, fand Nils. Er hockte sich vor seinen Rucksack, zog ein verknittertes Päckchen heraus, richtete sich wieder auf, strich seine Haare aus dem Gesicht und reichte es ihr. *»That's for you. From Stockholm.«*

Jule wickelte das Geschenk aus dem Papier. Es war ein geräumiger Schulterbeutel aus Stoffresten, auf der Vorderseite prangte ein rotgeblümter Elch, der sie mit glitzernden Perlenaugen anschielte.

Sie freute sich, er sah es. *»Cool! Thank you! Cool!«*

In diesem Moment kam Onkel Henri zur Tür herein. »Du weißt, dass deine Mutter und Gösta nicht zum Essen kommen, Jule?«

»Nee, woher denn?«

»Carlotta hat versucht, dich anzurufen, aber du bist nicht ans Telefon …«
»Wir essen also alleine? Du und ich und Nils?« Es klang fast euphorisch.
Nils sah sie fragend an, denn er verstand genauso wenig Deutsch wie Jule Schwedisch. Onkel Henri sah es, seufzte und sagte dann mit teutonischem Bilderbuchakzent: »Okay, se offischl länguwitsch is inglisch, yes?«
»Yes, Sir!«
Jule und Nils blickten sich perplex an, dann brachen sie in Gelächter aus, denn sie hatten es punktgenau gleichzeitig gesagt. Und beide fanden sich kantig und weich. Und waren es wohl auch. Das fing nicht schlecht an.

Ziemlich viel von allem

Im Museum herrschte nach wie vor Chaos.
Carlottas Bürouhr zeigte einundzwanzig Uhr. Auf dem Schreibtisch standen leere Tassen mit eingetrockneten Kaffeespuren. Gösta hatte die Arme hinter dem Kopf verschränkt, starrte an die Decke, Carlotta saß vorgebeugt, hatte die Hand vor den Mund gelegt und schien konzentriert nachzudenken.
»Sieht komisch aus, wenn man an ihren Anblick so gewöhnt ist!« Gösta deutete mit dem Zeigefinger auf die kahle Wand hinter Carlotta.
Lovisa, die hier in ihrem weißen Kleid im Liegestuhl gelegen hatte und seit über hundert Jahren in ihre Lektüre vertieft gewesen war, hatte es sich jetzt unten, im Erdgeschoss, bequem gemacht, in der Ausstellung.
»Hm?« Carlotta schreckte auf. »Was bitte? Ach so, ja. Susan hat sie heute Mittag hier abgehängt, bevor Leo kam.«
»Warum fragst du Susan nicht ganz einfach, was dieser kleine Käfer soll?«
»Weil … ach, Gösta, ich glaube einfach, hinter dem Käfer steckt mehr als nur ein Käfer. Es passt so gar nicht zu Susan. Das macht es ja so rätselhaft!«
»Kann es jemand anders gewesen sein?«
»Nein. Ausgeschlossen. Wie und wann hätte das jemand malen können? Man kann das Bild nicht berühren, ohne sofort Alarm auszulösen.«
»Na ja, der Hausmeister?«
Carlotta lachte. »Ach, liebster Gösta, Eule rennt nachts durch

das Haus und malt Käfer wie ein alter Meister! Nein, Gösta, die Frage, *wer* das war, ist für mich beantwortet. Ich will wissen, *warum* sie …«
Sie hielt plötzlich inne und sah Susan vor sich.

Susan war heute Mittag in ihr Büro geplatzt, ohne anzuklopfen, und war bei Carlottas Anblick sichtlich unangenehm überrascht gewesen. »Ach, wieso bist du hier? Sebastian hat gesagt, du wärst im Depot! Ich muss Lovisa abhängen, geh vom Schreibtisch weg, Carlo. Mach mal Platz. Oh nein, Carlo, du hast keine Schutzhandschuhe an. Ich kriege das Bild allein abgenommen. Geh da weg!«
Dabei hatte sie mit ihrem breiten Hinterteil eine seltsame Choreographie veranstaltet, die verhindern sollte, dass Carlotta sich dem Bild auch nur näherte. »Mann, Carlo, weg da, du nervst!«
Na gut, an Susans Gepampe war man gewöhnt, vor allem, wenn sie, wie im Moment, unter Stress stand. Also hatte sich Carlotta auf ihr Besuchersofa verzogen, um dort Formulare zu unterschreiben, zwischendurch riskierte sie aus den Augenwinkeln einen Blick auf Susan. Ihre Verrenkungen zwischen Tür und Transportwagen, alle mit merkwürdig unnatürlichen Seitwärtsbewegungen, hatten absurd ausgesehen.
»Gösta!« Sie schlug mit der Hand auf den Tisch, so dass Gösta zusammenzuckte. Carlotta sprang auf. »Komm, wir müssen sofort runter. Ich muss mir Lovisa ansehen, komm!«
Sie zog ihn an der Hand hinaus. »Susan und ich haben gestern Abend alle Bilder aus dem Depot geholt und gemeinsam gehängt. Nur das Liegestuhlbild und das August-Porträt waren noch hier oben. Und die wollte Susan heute unbedingt alleine hängen.«
Carlotta beugte sich über das Geländer zum Lichthof. Im Moment waren nur Handwerkergeräusche aus dem großen Fossi-

liensaal zu hören, in dem die Expeditionsgemälde hingen. Der Lichthof war menschenleer, der Allosaurus in grinsende Schlafstarre verfallen.
Aus der halb geöffneten Bürotür von Frau Gundrich drang die genervte Stimme von Herrn Heimchen: »Ich weiß, dafür bin ich nicht zuständig, aber wollen Sie ernsthaft mit mir über Zuständigkeiten in dieser Anstalt hier diskutieren?«
Sie betraten den Aufzug. »Weißt du«, Carlotta klang aufgeregt, »Susan hat versucht, mich von dem Bild fernzuhalten. Ich sollte auf gar keinen Fall die Rückseite sehen. Das ist mir eben erst bewusst geworden.«
Die Aufzugtür öffnete sich im Parterre. Licht drang aus dem Johanssonsaal, die Schatten von Olli und seinen Leuten huschten hin und her, laute Rufe, sonst war niemand zu sehen.
Im Sonderausstellungssaal war Eule damit beschäftigt, einen Kurzschluss an der Vitrine zu beheben, in der ab morgen Lovisas Tagebücher liegen sollten. Eules Großejungengesicht blickte auf, als er Carlotta und Gösta hörte.
»Eule, weißt du, wo Susan steckt?«
»Keine Ahnung, aber ich denke, sie ist nach Hause. Sie hat vorhin mit Olli noch mal die Lichtregie hier durchgecheckt, und dann ist sie, glaube ich, gegangen.«
»Okay … Ich müsste noch mal was nachsehen, Eule.«
»Braucht ihr Hilfe?«
»Nein danke, Eule, ist nur 'ne Kleinigkeit.«
Sie zog Gösta in die hinterste Saalecke, wo das Lovisa-Bild nahe der breiten Eingangstür hing. »Gösta, hilf mir bitte mal, das Bild von Lovisa abzuhängen. Moment, ich hab's noch nicht richtig, okay, Vorsicht! Und jetzt halte es bitte oben so fest, dass ich die Rückseite sehen kann.«
Carlotta ging in die Knie und untersuchte die Rückseite des Gemäldes.

»Gösta, ich fasse es nicht.« Der Laut, den sie von sich gab, ließ Eule kurz aufblicken. Carlotta dämpfte ihren Ton, winkte Gösta ganz nah zu sich und flüsterte aufgeregt: »Das Bild ist nicht echt.«
»Wie bitte?« Gösta hielt das Bild oben am Rahmen fest, ging ebenfalls in die Knie, betrachtete aber die Vorderseite. »Wie kommst du darauf? Ich sehe dasselbe Bild wie immer!«
Carlotta schluckte vor Aufregung, stand auf und untersuchte jetzt ebenfalls die Vorderseite. Das stille Lovisa-Gesicht, die meisterhaften Lichtreflexe auf ihrem Haar sahen tatsächlich aus wie immer. Und doch war es nicht dieselbe Lovisa, die Carlotta vom ersten Tag an begeistert hatte.
»Das ist unglaublich. Das ist – eine Kopie. Sie sieht wirklich aus wie das Original.«
»Bitte, Carlotta, jetzt klär mich auf!«
»Ganz einfach: Wenn du dir die Rückseite ansiehst, siehst du sofort, dass es sich um eine neue Leinwand und um einen neuen Holzleistenrahmen handelt.«
Gösta wechselte die Bildseite. »Ich hab ja keine Ahnung, aber kommt es nicht öfter mal vor, dass man alte Bilder neu aufspannen muss?«
»Ganz bestimmt. Aber bei diesem Bild habe ich mir vor drei Jahren zum letzten Mal die Rückseite angeschaut, als wir mein Büro renoviert haben. Die alten Holzleisten waren noch vollkommen intakt, die Leinwand auch. Und die Rückseite der Original-Leinwand ist um einiges dunkler als diese hier. Diese Leinwand hier ist neu. Und beim Original klebte ein vergilbter Zettel mit Titel und Entstehungsjahr in der linken unteren Ecke. Diese Aufkleber befinden sich auf fast allen Jasper-Originalen, mit verblasster Tintenaufschrift von Jaspers Hand.«
»Stimmt!« Gösta erinnerte sich, dass so ein Zettel auf der Rückseite seiner Leihgabe, seines Stockholmer Wohnzimmerbilds haftete.

Carlotta betrachtete die stille Lovisa und schüttelte den Kopf. »Gösta – was ich ganz und gar nicht fassen kann, ist, dass diese Kopie so perfekt ist … Was soll ich sagen?«
Eule blickte schon wieder auf, und Carlotta zwang sich, noch leiser zu sprechen. Sie ging mit der Nase an das Bild, untersuchte den jaspertypischen Pinselstrich, der so spielerisch zwischen feinster Detaildarstellung und impressionistischem Schwung wechselte. »Gösta, es ist unmöglich, Jasper zu kopieren«, flüsterte sie. »Aber es muss eine Kopie sein, verdammt, ich habe die Rückseite des Originals wirklich noch in guter Erinnerung.«
Plötzlich richtete sie sich auf und fixierte alle anderen Gemälde in diesem großen Sonderausstellungsraum. Göstas Leihgabe, Greta im Rotseidenen, sämtliche A.F.-Bilder, die Lovisa auf Björkholm oder im Stockholmer Gartenhaus gemalt hatte. Bei allen hatte sie die Rückseite gesehen, gestern noch, als sie die Bilder zusammen mit Susan gehängt hatte. Und ihr war nichts aufgefallen, es mussten die Originale sein.
Oder?
Nur die beiden Bilder aus der oberen Etage hatte Susan allein gehängt, das Liegestuhlbild, von Jasper gemalt, und das August-Porträt, von Lovisa gemalt und mit A.F signiert.
Mit zwei Schritten stand Carlotta vor August. »Komm, pack mal an, Gösta!« Sie hoben das Bild und drehten es vorsichtig.
»Gösta, ich fass es nicht. Dasselbe Spiel. August ist auch nur eine Kopie. Das ist auch eine neue Leinwand, dafür verwette ich meinen Kopf. Was ist denn das für ein Schwachsinn? Wenn ich ein Gemälde kopiere, um vorzutäuschen, dass es das Original ist, wenn ich es also fälsche, dann kümmere ich mich doch darum, dass die Rückseite ebenfalls so perfekt wie möglich ist. Ich nehme eine alte Leinwand, ich täusche sämtliche Alterungsspuren vor, die man vortäuschen kann, und ich sorge dafür, dass die Holzleisten aus altem Holz sind.«

Carlotta betrachtete wieder die Vorderseite. »Diesmal wurde Lovisas Pinselstrich kopiert. Unfassbar, Gösta. Perfekt.«
»Bist du sicher, Carlotta?«
»Ja, absolut. Das ist nicht das Original. Das ist definitiv keine alte Leinwand, und unser spezieller Depotaufkleber fehlt. Den trägt jedes Gemälde hier.«
»Aber die Risse? Auf dem Lovisa-Bild sind auch jede Menge.«
»Die kann man dem Bild künstlich verpassen. Mit Hitze. Oder mit Leim zum Beispiel. Wenn du die rohe Leinwand viel intensiver vorleimst als üblich und diese Leimschicht dann schnelltrocknest, wird jede Schicht, die du darüber aufträgst, also auch deine Malerei, leicht reißen. Wenn du dann denkst, es sind genug Risse, kannst du die Rückseite mit einer dünnen Schicht Wachs oder Harz behandeln, und dann hört das Reißen auf. Das weiß ich von einem alten Fälscher aus Berlin. Ich sehe hier allerdings keine Harzschicht auf der Rückseite, also denke ich, die Risse sind mit einer Hitzequelle produziert worden. Das geht natürlich auch.«
Gösta rieb sich die Augen. »Okay, du bist die Fachfrau. Man müsste vielleicht die Originale direkt danebenhalten, um es wirklich ganz und gar zu glauben. Aber was soll das Ganze? Und wenn es Kopien sind, wo sind dann die Originale?«
Sie gab keine Antwort auf die Frage, sondern stand schon vor seiner Leihgabe. »Komm, ich muss zur Sicherheit noch einmal deine Leihgabe von der Rückseite sehen.«
Sie hoben auch dieses Bild herunter, Jasper, Lovisa und August, gemalt 1895 im Garten des Björkholmer Sommerhauses.
Gösta untersuchte die Rückseite. Es schien immer noch sein Bild aus seinem Stockholmer Wohnzimmer zu sein, die Leinwand war sichtlich älter als die der beiden anderen Bilder. »Sieh mal, hier sind die Spuren von Susans Reparatur, mein Bild hatte doch ein kleines Loch und einen Riss. Und hier ist der ver-

gilbte Zettel, das ist Jaspers Handschrift: ›Im Garten, Gayettes Besuch auf Björkholm, 1895‹.«

»Das hier ist eindeutig das Original.« Sie beugte sich noch einmal über Jaspers handschriftlichen Zettel. »Ich beginne, weiße Mäuse zu sehen, aber der Zettel ist echt. Und wenn sich Susan ansonsten mit den Rückseiten ihrer Fälschungen keinerlei Mühe gab, warum sollte sie das hier auf einmal getan haben?«

Carlotta hielt inne. Plötzlich wurde ihr bewusst, was sie gerade gesagt hatte. Susans Fälschungen. Sie blickte Gösta an. »Ich glaub, mir wird schlecht, Gösta. Was soll das alles? Was machen wir jetzt? Was mache ich jetzt?«

Carlotta war blass geworden. Die Erschöpfung der letzten Wochen hatte deutliche Spuren hinterlassen, die dunklen Ringe unter ihren Augen waren noch verschatteter geworden.

»Ich muss aufpassen, dass ich nicht anfange, Gespenster zu sehen, Gösta. Wir gehen jetzt in die erste Etage, dann muss ich zum Elfenstein, ich will einen Blick auf die Libellen von Willem van den Molen werfen. Ich sehe mir unsere dänischen Impressionisten an und die Franzosen, und den Nautiluspokal von Calvers werde ich auch …«

»Lass das, Liebling«, unterbrach Gösta. »Du kannst heute Abend nicht mehr das ganze Museum daraufhin untersuchen, was echt ist und was nicht. Ich denke, wir besuchen Susan.«

* * *

Der Fußweg zur Villa Gayette dauerte eine Minute, denn Augusts altes Domizil lag nur hundert Meter entfernt. Der Burgberg fiel hier nicht so steil ab, sondern hatte August erlaubt, den terrassierten Park in sanftem Gefälle über seiner Heimatstadt schweben zu lassen.

Fichtelbach zwinkerte von unten mit seinen Lichtern, der Früh-

ling war da, die Nachtluft roch nach feuchter Erde und Wachstum. Im Nachbarort gab es ein Fest, Musikfetzen wehten zu ihnen herüber.
Hand in Hand gingen sie stumm auf die alte Villa zu, in deren Obergeschoss ein schmales, hohes Fenster aus Milchglas leuchtete. Susans Badezimmer.
Gösta kannte Susan mittlerweile besser, zumindest, soweit sie es zuließ. Irgendwann im Winter hatte sie ihn zusammen mit Carlotta, Tante Betty, Sebastian und Onkel Henri zu einem langen Spiele- und Käsefondueabend eingeladen. Es war feuchtfröhlich zugegangen in der herrschaftlichen Küche, und Susan hatte ihre Gäste erst um drei Uhr nachts entlassen. Dennoch, und er fühlte es bei jedem Treffen: Susan hielt grundsätzlich Distanz, auch wenn ihr Blick nicht mehr misstrauisch war.

Carlotta klingelte. Oben im Bad ging das Licht aus, im Treppenhaus wurde das Licht angeknipst, dann waren Schritte zu hören, ein Hund bellte, Holz knarrte, jemand öffnete die Tür.
Susan blickte ihre beiden Besucher ohne das leiseste Zeichen der Überraschung an. Es war eine Art stummer Bestätigung in ihrem Blick. Etwas sehr Ernstes, Gefasstes. So als hätte sie den ganzen Tag auf Carlotta und Gösta gewartet.
Die drei Menschen standen einander gegenüber, sprachen nicht, bewegten sich nicht, nur Gershwin drängte sich an Susan vorbei, winselte erfreut, als er Carlotta identifizierte, schnüffelte dann an Gösta herum und ließ sich von ihm den Kopf streicheln.
Immer noch schwiegen sie. Die Wortlosigkeit der Szene war sprechender als jede Frage nach Dringlichkeit, Motiv oder Uhrzeit des Besuchs.
Schließlich brach Susan diesen seltsamen Bann. »Kommt rein.«
Sie wandte sich um, ging vor zur Küche, wies Gösta und Car-

lotta mit einer Geste einen Platz an dem alten Tisch an. Susan stellte Gläser auf den Tisch, drückte Gösta einen Korkenzieher und eine Flasche Wein in die Hand, nahm stumm Platz, stützte das Kinn in beide Hände und blickte ihren ungebetenen, aber offensichtlich erwarteten Besuch an.

»Stierkäfer«, sagte Carlotta.

Das Wort hing in der stillen Küche wie ein Glockenschlag. Susan sah zu Boden. Nach ein paar Sekunden hob sie den Kopf, seufzte tief und nickte.

»Hast *du* ihn entdeckt?«

»Nein. Leo.«

Gösta hatte die geöffnete Flasche schweigend auf den Tisch gestellt, Susan goss die drei Gläser mit Rotwein voll.

»Darauf trinken wir einen, Carlo. Prost, Gösta. Prost, Carlo.«

Sie stießen miteinander an, tranken, und beide, Carlotta und Gösta, hatten das Gefühl, in einem merkwürdigen Theaterstück zu sitzen. In einem, in dem der Zuschauer gegen seinen Willen zum Akteur gemacht werden soll.

Carlotta musste Luft holen. »*Ich* habe etwas anderes entdeckt, Susan. Nämlich dass *Lovisa im Gartenstuhl* und Augusts Porträt nicht echt sind. Aber genial kopiert wurden. Warum, Susan? Und wo sind die Originale? Hast du noch mehr … kopiert?«

»Danke für das Kompliment, Cousine.« Sie erhob sich. »Kommt mit.«

Sie folgten ihr und gingen die Treppe hoch zum Atelier.

Carlotta war selten hier oben gewesen, denn es schien, dass Susan Besucher in ihrem Atelier nur ungern sah. Danach gefragt, hatte Susan einmal gesagt: »Weißt du, das hat was mit Energie zu tun. Ich … äh, ich ertrage da oben nur meine eigene Energie. In den Wänden und überhaupt, weißt du, es stört meine Schwingungen.«

Carlotta hatte damals verwundert die Stirn gerunzelt, denn im Normalfall dachte Susan beim Wort »Energie« an Sparlampen und bei »Schwingungen« eher an eine alte Gymnastiklehrerin mit Holzkeulen.

Susan öffnete eine große Flügeltür.
Gösta blickte sich um. Das Atelier mit Blick auf den Park war riesig. Auf mehreren Staffeleien standen Bilder in unterschiedlichen Stadien, einige zeigten nur die Rückseite, als dürfe niemand sie sehen. Susan ging quer durch das Atelier, zu einer schmalen Tür ganz hinten in der rechten Ecke des Riesenzimmers. Sie führte zu einem Abstellraum, soweit Carlotta sich dunkel erinnern konnte. Susan öffnete die Tür, blieb, die Klinke in der Hand, mit dem Rücken zum Türblatt stehen und bedeutete Gösta und Carlotta mit einer Kopfbewegung, einzutreten. Das Erste, was Carlotta sah, war Augusts Porträt von der Hand Lovisas. August hing in Augenhöhe, schien ihnen zuzuprosten, mit seinem Pokal in der rechten Hand, der Zigarre in der linken, und sie zu fragen: »Na, damit hättest du nicht gerechnet, was, Frau Goldkorn?« August, der Echte. Rechts daneben, an seiner Seite, *Lovisa im Gartenstuhl.*
»Voilà, Carlo, da sind deine beiden Originale.«
Carlotta atmete auf.
Dann erst sah sie sich um. Sie befanden sich in einem vergleichsweise schmalen Raum, von dem nur die vordere Hälfte beleuchtet war. Der hintere Teil lag im Halbdunkel. Der ganze Raum wurde beherrscht von einer langen, von zwei Seiten zugänglichen hohen Gitterwand, die den Raum der Länge nach halbierte. An diesem Gitter hingen Bilder.
Neben-, über-, untereinander. Viele. Bekannte und unbekannte.
»Da ist ja mein Bild!« Gösta zeigte auf seine Leihgabe, August und die Johanssons im Garten des Schärenhauses. Er wollte

seinen Augen nicht trauen, denn es war wirklich, in aller Perfektion, sein Bild.
»Nein.« Susan schüttelte den Kopf. »Das hier ist die Kopie.«
Neben der Kopie von Göstas Bild hing – *Greta im Rotseidenen.* Mit safrangelbem Schal, seidenschimmerndem rotem Morgenrock, gemalt mit Lovisas fein schwingendem Pinselstrich. Unfassbar.
»Susan, ist es jetzt die echte oder die falsche Greta? Welche hängt drüben? Ich brauche gleich einen Riesencognac. Susan, bitte – erklär mir das alles.«
»Das hier ist die Kopie, Carlo. Drüben in der Sonderausstellung hängt die echte Greta.«
Susan ging zur anderen Seite des großen Standgitters und winkte ihre Cousine und Gösta zu sich.
Als Erstes erblickte Carlotta den blauen Morphofalter.
Das konnte nicht sein. Nicht das.
Carlotta schüttelte den Kopf. »Das ist nicht wahr«, flüsterte sie und wollte ihren Augen kaum trauen. Vor ihr hing, auf annähernd sechs Quadratmetern, das Brasilienbild. Jasper Johanssons nicht kopierbares Expeditionsbild, das jetzt gerade, hundert Meter entfernt, im großen Johanssonsaal einige Beleuchtungsexperimente über sich ergehen lassen musste.
Susan räusperte sich. »Was meinst du, Carlo, ohne die Rückseite zu sehen, ist es das echte?«
Carlotta erhob sich. Susan drückte ihr eine Stablampe in die Hand.
Carlotta untersuchte Jaspers Gesicht. Wieder und wieder. Sie sprach kein Wort, der Lichtstrahl der Lampe wanderte weiter zu wissenschaftlich genau gemalten Insekten, dann wieder zu impressionistisch verwischten Pflanzenteilen. Das Lianenblatt, auf dem Leo den kleinen Dreihornkäfer entdeckt hatte, war hier käferlos.

Bei einem der auf dem Boden kauernden Indianer schließlich zögerte Carlotta, untersuchte sein Gesicht und seinen nackten Oberkörper genau, ging ganz nahe ans Bild, trat wieder zurück, prüfte noch ein paar andere Details und ließ schließlich die Lampe sinken. »Also, Susan, du siehst mich fassungslos. Das ist unglaublich. Aber trotzdem: Das hier ist die Kopie. Sie ist allerdings im Normalfall für einen Fachmenschen auch nicht auf den zweiten Blick als Kopie zu identifizieren, abgesehen von der Rückseite, natürlich. Ich kann das Bild nur aufgrund eines winzigen Details und eines idiotischen Zufalls als Kopie erkennen. Das ist so genial, ich bin wirklich … ich weiß nicht, was ich sagen soll.«

»Wieso hast du dieses Bild als Kopie identifiziert?«, fragte Susan, und die Frustration war ihrem Gesicht abzulesen.

»Als ich im Museum anfing, habe ich die Jasper-Bilder wieder und wieder studiert, jedes Detail. Und hier, der rechte Indianer«, Carlotta wies mit dem Zeigefinger auf einen bestimmten Bereich, »hat auf dem Original ungewöhnliche Risse, die sich über seinen Oberkörper ziehen. Ein bisschen wie ein Spinnennetz mit Zentrum auf der rechten Schulter. So etwas ist Zufall. Warum ich mir das gemerkt habe, kann ich dir beim besten Willen nicht sagen. Aber hier sind die Risse anders.«

»Fuck«, sagte Susan und verdrehte die Augen zur Decke. »Muster aus Rissen kann ich nicht steuern. Noch nicht. Vielleicht kommt das noch.«

Susan schaltete das Licht ein, die zweite Hälfte des schlauchartigen Raumes war plötzlich hell.

Jetzt erst sah Carlotta, dass neben dem Brasilienbild noch ein guter alter Bekannter hing. Nämlich der Nautiluspokal. Und daneben die *Libellen auf Pfirsichen* von Willem van den Molen, die eigentlich drüben in der Burg gegenüber dem Elfenstein wohnten.

Carlotta untersuchte den Nautiluspokal und ließ die Stablampe sinken. »Das ist unfassbar, Susan.« Sie sah Gösta an. »Diese Tiefenwirkung kriegt man nur hin, wenn man Dutzende von Untermalungsschichten auf die Leinwand bringt. Das Bild sieht tatsächlich aus wie ein alter Meister von 1658. Perfekte Lasurmalerei, bei der man keine Pinselspur sieht. Nicht zu fassen. Und das ist nicht das Original?«

»Ja, was glaubst du denn, Carlo? Emily kann kochen. Ich kann kopieren. Diese beiden Bildchen haben mich schon ein paar Jahre gekostet. Und es *sind* die Kopien, keine Sorge, Carlotta. Du brauchst nur die Rückseiten zu sehen, dann weißt du es sofort. Mit den Rückseiten gebe ich mir keine Mühe.«

»Warum eigentlich nicht?«, fragte Gösta.

Susan verschränkte die Arme. »Ich will niemanden betrügen. Ich will nichts verkaufen. Ich habe ein Spiel gespielt, es hieß: Merkst du nichts? Ich wollte kopieren. Sonst nichts.«

Carlotta sah ihre Cousine an, müde, erschöpft. »Susan, bitte sag mir, was soll das alles? Warum hast du das gemacht?«

Das Rätsel wurde immer größer.

Susan hatte die Türklinke wieder in der Hand. »Okay. Gehen wir runter in die Küche. Trinken wir was.«

Susan goss die drei Gläser noch einmal voll und setzte sich. Sie trank einen Schluck, holte Anlauf, sah dabei niemanden an.

»Carlo, du kennst meine Malerei, und du kennst mein Problem, das weiß ich. Wir haben allerdings noch nie richtig darüber gesprochen.«

Sie verstummte. Nur, wer sie sehr gut kannte, merkte, dass sie jetzt den Mund hielt, um nicht mit zitternder Stimme reden zu müssen.

Carlotta spürte es, blickte beiseite, trank einen kleinen Schluck und wartete.

Schließlich hatte Susan sich so weit gefasst, dass sie weitersprechen konnte.

»Vor vierzehn Jahren, in New York, hingen meine Sachen in einer teuren Galerie. Es war eine große Ausstellung. Meine Gemüsebilder, dazu riesige Porträts von Hühnerköpfen und dramatische Riesenbilder von Orchideenblüten. Es war ein ziemlicher Erfolg. Bei der Vernissage laberte mein Galerist etwas von kosmischer Kühle und dem Hauch der Ewigkeit. Von der Erhebung alltäglicher Objekte wie Salatköpfe in den Status einer Ikone, von der Biomorphologie meiner geheimnisvollen Orchideenverfremdungen und was nicht alles. Jeder lief mit einem Sektglas herum und bewunderte. Jeder redete von sagenhaften Farbwirkungen und exzellenter Technik und was weiß ich.«

Susan trank einen Schluck Wein und schien ihrem längst verhallten Ruhm noch einmal nachzulauschen.

»Und ich hab gut verkauft. An geliftete Gesellschaftsschnecken mit Brillanten in den Ohren. Sie wollten meine Sachen für ihre Küchen haben oder für die Eingangshallen ihrer Angebervillen auf Long Island. Ich werd nie vergessen, was dann, am späten Abend, ein älterer Schriftsteller zu mir sagte. Ich hab ihn dafür gehasst. Es brauchte ein paar Jahre, bis ich kapierte, dass er recht hatte. Er sagte: ›Sorry, aber ich rutsche immer ab, wenn ich mir Ihre Sachen ansehe. Sie haben eine wahnsinnig gute Technik, aber ich bleibe immer oben. Mit den Augen und mit der Seele.‹«

Sie sah ihre Cousine plötzlich an, mit einem Schmerz, den Carlotta noch nie an ihr gesehen hatte.

Susan wandte den Blick wieder ab und fügte mit leiserer Stimme hinzu: »Mit anderen Worten: Ich zelebriere die Oberfläche, verdammt noch mal, die Dimension *unter* der Oberfläche fehlt. Ich hätte so weitermachen können, und ich wäre reich damit

geworden. Aber ich wollte das nicht. Ich wollte dieses andere. Jede verdammte, krumme und grobe Figur von Onkel Henri hat es. Jeder Quadratzentimeter von Lovisa hat es. Das andere.«
Sie leerte ihr Glas mit einem Zug, goss nach und starrte auf die Tischplatte, auf ihre Hände, ihre schmutzigen Fingernägel, die voller Farbreste waren.

Gösta erinnerte sich an Susans Gemüsegemälde, die über Emilys Cafétresen hingen. Sie gefielen ihm. Er mochte die Klarheit und Kühle ihrer Arbeiten, hatte überhaupt nicht den Anspruch, in der aufgeräumt dekorativen Welt von Susans Bildthemen tiefere Dimensionen entdecken zu wollen. Jetzt war allerdings nicht der Moment, sein ehrlich gemeintes Kompliment anzubringen, es würde dünn und billig klingen, und es wäre nichts darin enthalten, was Susan erreichen konnte, es würde sie wahrscheinlich sogar verletzen. Aber es drängte ihn, etwas zu sagen. Er räusperte sich und setzte sich gerade.

»Okay, wir wollen im Leben manches sein, was wir nicht sind. Oder bekommen, was wir nicht haben. Die Oberfläche kann etwas sehr Ästhetisches sein. Was zum Teufel ist so schlimm daran, die Oberfläche zu zelebrieren? Das machen doch Tausende von Malern. Manche sind damit ziemlich berühmt geworden. Woran leidest du, Susan?«

Susan hob den Kopf. »Ich wollte nie Kunstgewerbe machen, sondern Kunst. Ich leide an meinem eigenen Anspruch, Gösta Johansson, du Urenkel eines Genies.«

»Dann ändere deinen Anspruch an dich, Susan Gayette, du Großnichte eines anderen, sehr ungewöhnlichen Menschen. Du bist immerhin eine technische Altmeisterin.«

Sie verzog den Mund zu einem halben Lächeln. »Genau auf diesem Weg bin ich, Gösta, ich bin dabei, meinen Anspruch zu überprüfen. Er war lang, dieser Weg. Ich hab vor dreizehn Jahren die USA verlassen, weil ich dachte, diesen ultimativen

Musenkuss, den kannst du dir nur in Europa abholen. Auf diesem verdammten Kontinent hat die Wiege der Malerei gestanden, und ich dachte, ich krieg ihn hier, den Kick. Ich habe in München noch mal ein ganzes Jahr auf der Kunstakademie verbracht, hab gemalt, hab gesucht, hab mich ausgetauscht, hab versucht, das zu lernen, was man nicht lernen kann, denn man muss es mitbringen oder finden. ›Ich suche nicht, ich finde.‹ Das hat Picasso mal gesagt. Bloß, die kleine Susan hat nichts gefunden. Ich musste es also lassen. Und ich habe es gelassen.«

Sie schwenkte den letzten Schluck in ihrem Weinglas, beobachtete die schlingernde rote Flüssigkeit.

»Und dann war da natürlich noch diese Bruchbude hier, der mystische europäische Familiensitz. Ich habe dieses Haus gesehen, den kaputten Brunnen, die verlausten Badezimmer, die versifften Prachtzimmer von August, den verfilzten Park und, verdammt, *I fell in love.* Wirklich. Fichtelbach hat mich nicht mehr losgelassen.«

Sie ließ den Blick in der alten Herrschaftsküche schweifen, in der sie vor langen Jahren Dutzende bemalter Wandkacheln mühevoll restauriert hatte.

»Dann kam der Job hier. Und als ich die Bilder von Jasper zum ersten Mal im Original sah, wusste ich, dass ich diese Technik knacken wollte. *Das* wollte ich schaffen. Ich hatte auf einmal ein neues Ziel. Auch wenn es wieder nur die Technik war. Aber was für eine! Vor acht Jahren musste Jaspers Brasilienbild restauriert werden. Zu derselben Zeit habe ich mit der Kopie begonnen. Carlo, ich habe herausgefunden, wie Jasper diesen phänomenalen Übergang vom Fotorealistischen zum Impressionistischen schafft, ohne dass Brüche entstehen. Ich habe experimentiert wie eine Blöde, monatelang, nächtelang. Diese verwischten Zonen zum Beispiel, weißt du, die dann mit unglaublichem Übergang auf einmal klar wie Kristall werden. So als würdest du mit einer scharfen Linse einen Gegenstand aus dem Nebel holen. Ich hab manchmal millimeterweise gemalt. Ich kann es jetzt. So wie er. Genau das ist die Herausforderung, der ich gewachsen bin. Der anderen eben nicht. Na ja, wie es weiterging, das wisst ihr ja.«

Sie lachte kurz, aber es klang mehr wie ein ersticktes Husten.

»Und jetzt kommt der Stierkäfer auf den Plan. Ich konnte es nicht fassen, dass du, Carlo, dass du nicht gemerkt hast, dass die Lovisa in deinem Büro nicht echt ist. Oder das August-Porträt, an dem Gundrich und du, an dem ihr jeden Tag vorbeilauft. Dabei kenn ich dein Argusauge, Carlo, ich weiß, dass du eine verdammt kompetente Fachfrau bist. Ich habe eigentlich täglich damit gerechnet, dass du es endlich merkst.«

»Ja, wie denn? Du weißt doch selbst, wie unglaublich deine Arbeit ist.« Carlotta schüttelte den Kopf. »Wie lange hingen die beiden Kopien denn schon anstelle der Originale dort?«

»Seit etwa zwei Jahren. Ich hab die Originale vor drei Jahren restauriert, das weißt du doch. Bei dieser Gelegenheit habe ich sie gleich auch kopiert. Ich habe ein Jahr lang gewartet, wegen des Farbgeruchs und der Trocknung. Dann hab ich den Austausch riskiert.«

»Hast du noch mehr Gemälde ausgetauscht?«

»Alles, was ich kopiert habe!« Es klang fast freudig, auch belustigt.

»Wie, alle? Ich denke, es hängen jetzt nur zwei Kopien drüben?«

»Ja, das ist auch so. Im Moment sind wirklich alle Originale drüben an ihrem Platz. Bis auf die beiden hier. Aber ich habe im Laufe der Jahre immer mal wieder ein Original abgehängt und meine Kopien aufgehängt – ich kenne mich ja aus mit der Sicherheitstechnik, das war kein Problem. Und dann habe ich darauf gewartet, ob jemand etwas merkt. Das passierte aber nie.«

»Dass dich nie jemand dabei gesehen hat, das verstehe ich nicht.« Carlotta schüttelte den Kopf.
Susan ging nicht darauf ein. »Es war ein wunderbares Spiel. Und eigentlich habe ich nur kopiert, um mir zu beweisen, dass ich das kann. Es war großartig. Eine ganze Zeit lang. Aber ab einem gewissen Punkt reichte mir das Spiel nicht mehr.«
Sie verstummte. Gösta sah sie lange an, beobachtete ihr rundes Gesicht, die bereits deutlichen Falten um die Augen.
»Du wolltest Öffentlichkeit, obwohl genau das ja nicht ging.«
Susan nickte.
Carlotta beugte sich vor. »Den Käfer, den hast du also gemalt, damit dich endlich irgendjemand erwischt? Hab ich das richtig verstanden?«
Susan hob die Schultern. »Ich weiß es nicht genau, Carlo. Es fühlte sich eher an wie ein Seiltanz. Es war halb Absicht, halb nicht. Ein Schriftsteller arbeitet ja auch nicht für die Schublade. Man braucht irgendwann ein Feedback. Ich wollte endlich gesehen werden mit meiner Arbeit. So richtig bewusst war mir das aber nicht, als ich den Käfer gemalt hab. Aber es war so, als würde mir August Gayette über die Schulter sehen und mich bei meinem Spiel anfeuern.«
»Und warum musste es ausgerechnet ein Original von Jasper sein, auf das du gemalt hast?«
Susan hob die Schultern. »Ich …«, begann sie zögernd, »… ich weiß es nicht. Aber Jasper war der beste Lehrmeister, den ich je hatte. Er hat in meiner Handschrift die breiteste Spur hinterlassen. Vielleicht wollte ich auf einem seiner Werke auch eine Spur hinterlassen. Vielleicht. Ich habe dabei nicht nachgedacht. Außerdem weißt du ja, dass ich den Käfer wieder entfernen kann, ohne dass etwas davon zurückbleibt, Carlo.«
Sie zündete sich eine Zigarette an und sah den Rauchkräuseln nach, die zur Decke stiegen. »Jule hätte mich fast mal erwischt,

als sie mich mit Leo besucht hat. Ich war gerade dabei, deine Leihgabe zu kopieren, Gösta. Ich bin fast ausgeflippt, als die beiden Gören plötzlich hier in der Ateliertür standen. Ich hatte einfach Göstas Gemälde mit nach Hause genommen. Das ist natürlich super, wenn man das Original daneben hat. Ja, ja, Carlo, jetzt erspar dir deine Predigt, ich weiß, das durfte ich nicht. Ich hab eine Menge Sachen gemacht, die man nicht darf.«

»Zum Beispiel deine *Lovisa im Gartenstuhl* mit Jaspers Namen signiert, Susan. Eine Kopie ist kein Problem, so für sich betrachtet. Setzt du unter diese Kopie aber den Namen des Malers und hängst sie in einem Museum so auf, dass jeder denkt, das ist das echte Bild, dann wird es schwierig. Die beiden Kopien, die im Museum hängen, müssen schleunigst gegen die Originale ausgetauscht werden, Susan.«

»Nein, mach ich aber nicht, Carlo.«

Carlotta glaubte, sich verhört zu haben. »Wie bitte? Susan, in zwei Tagen soll die Ausstellung eröffnet werden.«

»Ja, eben!« Susan grinste.

»Susan, ich hab keine Ahnung von der Rechtslage, aber wenn das jemand erfährt, kann es massiven Ärger geben, und vor allen Dingen: Du hast jetzt zwei Mitwisser. Gut, du willst keinen Käufer hereinlegen, Profitgier kann man dir nicht unterstellen, aber wir haben zahlende Besucher, die davon ausgehen, dass sie die echten Bilder zu sehen bekommen. Vielleicht fällt das Ganze als Täuschungsversuch unter Vertragsbruch, was weiß ich. Da müsste man einen Juristen fragen. Möglicherweise ist es nicht strafbar, doch darum geht es nicht. Es ist einfach nicht in Ordnung, Susan.«

Carlottas Stimme war ungewohnt eindringlich. »Eigentlich müsste ich sofort Gundrich verständigen, ich komm sowieso in Teufels Küche, weil ich die Kopien nicht schon vorher identifiziert habe. Und für Leo und seinen Käfer muss ich mir eine verdammt gute Geschichte ausdenken. Lass uns lieber überlegen, wie wir das managen, die Originale wieder ins Museum zu transportieren und sie auszutauschen, ohne dass Olli, Gundrich oder Eule das merken. Ach Gott, das muss ja bis übermorgen passiert sein, wie sollen wir das bloß …« Carlotta massierte sich das Gesicht. Sie ließ die Hände sinken und starrte die gemaserte Tischplatte an, als suche sie dort die Antwort auf das nahezu unlösbare Problem.

Susan schlug mit den flachen Händen auf den Tisch, beugte sich zu Carlotta vor. »Ich will die Kopien da hängen lassen, Carlo. Ich weiß auch, dass du Gundrich Bescheid sagen musst …«

»Ich habe gesagt, ich *müsste* ihr eigentlich Bescheid sagen«, unterbrach Carlotta.

Susan sprach weiter, als hätte sie nichts gehört: »Aber mach das erst *nach* der Ausstellungseröffnung. Also erst in zwei Tagen. Bitte, Carlo.«

Gösta beobachtete Susan. Sie sah aus wie jemand, der genau weiß, dass eine Atlantiküberquerung mit einem kleinen Schlauchboot nicht funktionieren kann, der aber trotzdem unverdrossen das Boot mit Trinkwasser und Proviant vollpackt. Susans Augen glänzten jetzt wie im Fieber oder als stünde sie unter Drogen. Die ganze Susan leuchtete, doch es war künstliches Licht, war so ungewohnt, dass sich Gösta einen Moment lang fragte, ob sie nicht tatsächlich irgendein Rauschmittel genommen hatte.

»Susan, das ist Wahnsinn.« Carlotta sah ihre Cousine fassungslos an. »Du weißt doch genau, was dann passiert. Du kennst Gundrich. Sie handelt zuerst, und dann denkt sie nach. Das wäre ein Riesenskandal, du würdest mit Sicherheit rausfliegen, mal abgesehen von dem Presserummel und was weiß ich.«

»Ja, eben«, entgegnete Susan vergnügt. »Ihr seht ja, ich will kein Auktionshaus bescheißen und keine alten Kunstprofessoren lächerlich machen. Und es geht mir auch nicht um Geld. Aber ich hab es dem Schicksal überlassen, noch mal in die Schlagzeilen zu kommen. Ich habe das Käferspiel gespielt, das war wie Würfeln. Oder wie Blackjack. Und das Spiel hat entschieden! Man hat mich erwischt! Ich werde noch mal berühmt! Jedenfalls ein bisschen. Yippeeeeh!« Sie klatschte die Hände über dem Kopf zusammen und lachte ihr heiseres Susan-Lachen. »Soll ich mich dem Schicksal entgegenstellen?«

»Susan«, sagte Gösta eindringlich, »komm wieder runter! Du kannst von Carlotta nicht verlangen, mit diesem Wissen eine Ausstellung zu eröffnen, das ist nicht fair. Und apropos Lächerlichkeit: Denk mal daran, dass sie in die Gefahr geraten wird, dass man sie für wenig kompetent hält! Sie hat deine Fälschungen nicht erkannt. Dein Skandal wird Niederlage und Triumph in einem sein, wobei die Niederlage sich nur auf Carlottas Seite abspielt.«

Carlottas Augen waren dunkel vor Erschöpfung. »Na klar, die Presse freut sich über gelungene Kunstfälschungen. Schadenfreude ist immer ein toller Auflagendünger. Besonders, wenn es dabei um Fachleute geht, die man getäuscht hat. Susan, deine Meisterschaft gehört ans Tageslicht, ganz sicher. Aber es wäre gut, wenn das nicht auf meine Kosten ginge.«

Susan hörte auf zu feixen, als hätte ihr jemand kaltes Wasser über den Kopf gegossen. »Scheiße«, murmelte sie. »An dich habe ich überhaupt nicht gedacht.«

Sie ließ die Hand sinken und bewegte sich ein paar Sekunden lang überhaupt nicht, schien kaum zu atmen, statuenhafter Schrecken. Dann holte sie Luft.

»Ich glaube … ich habe überhaupt sehr wenig nachgedacht.« Sie verstummte.

Göstas Stimme blieb eindringlich. »Außerdem handelst du dir Probleme ein, von denen du noch gar nicht abschätzen kannst, wohin sie führen. Lass das, Susan. Ich begreife ja langsam, worum es dir geht. Die Anerkennung, die du endlich haben willst, die bekommst du auch mit anderen Mitteln. Ich muss nur noch darüber nachdenken.«

Susan blieb stumm. Der Glanz war aus ihrem Gesicht gewichen. Es erschien Carlotta ganz unmöglich, dass Susan an keinerlei Konsequenz gedacht haben wollte, aber instinktiv wusste sie, dass ihre Cousine nicht log.

Sie schwiegen.

Durch ein geöffnetes Oberlicht drangen Musikfetzen aus dem Tal, die Feier im Nachbardorf schien auf ihrem Höhepunkt. Nach einer Weile räusperte sich Susan. »Wisst ihr, beim Roulette denkt man nicht.« Plötzlich gab sie sich einen Ruck, es war deutlich zu sehen. Sie stand da wie jemand, der sagen will: »Und jetzt sage ich alles.«

Und genau das tat sie.

»Ich muss euch was zeigen.« Susan fixierte ihre Cousine. »Carlo, es kommt gleich noch dicker, aber dafür wirst du ein paar Rätsel lösen, die schon sehr lange über dem Museum schweben. Kommt mit.«

* * *

Emily sah seufzend auf ihre Uhr. Es war schon fast halb zehn. Aber ab und zu mussten diese Spätschichten sein, damit der Tiefkühler wieder mit »Emilys Daube de bœuf à la provençale« oder »Fichtelbacher Gulasch mit Braunbier« gefüllt war. Sie wischte den Tresen blank und klemmte sich den Telefonhörer ans Ohr.

»Leo, du liegst ja hoffentlich im Bett, oder? War es schön bei Oma Bürgel? Wie bitte? Ach, fein. Find ich ja toll, dass Oma Bürgel so viele alte Western hat. Ja, den hab ich auch schon mal gesehen. Hör mal, ich muss jetzt mit Eule in den Keller, wegen dem neuen Regal. Ich bin ungefähr in einer Stunde zu Hause, aber dann sollst du schon längst schlafen, hörst du?«

Emily lauschte noch einmal in den Hörer, dann nickte sie lächelnd. »Gut, Leo, sag ich ihm. Tschüs! Pattpatt!«

Küsse, auch telefonische, hatte Leo sich seit Weihnachten streng verbeten, weil »ab jetzt bin ich kein kleines Kind mehr und Museumsmitarbeiter«. Aber er hatte sich mit Mama auf »pattpatt« geeinigt, und das bedeutete so viel wie »einmal feste drücken und dass du mein wichtigster Mensch auf der Welt bist und überhaupt«.

»Ich soll dich von Leo grüßen«, Emily legte den Hörer beiseite und hielt ein Bierglas unter den Zapfhahn, »und dir ausrichten, dass er morgen kommen kann wegen dem grünen Präparateschrank. Was auch immer er damit meint.«

»Ich weiß schon. Danke, sag ihm, dass mir das eine große Hilfe ist.«

Eule stand am Tresen, stützte die Ellbogen auf und musterte die kleine, beleuchtete Vitrine, die hinter dem Tresen hing. Beleuchtet und staubgeschützt zwinkerte ihm Leos Schildkröte zu. Er hatte den kleinen Glaskasten vor drei, vier Monaten gebaut, auf Emilys Wunsch. Mindestens ein Mal am Tag fragten Touristen, ob man diese Schildkröte kaufen könne. Mindestens ein Mal am Tag hatte Emily die Gelegenheit, nachsichtig lächelnd und mit nie versiegender Freude zu sagen: »Oh, leider nein. Die hat mein Sohn geschnitzt, wissen Sie, er ist gerade elf geworden und sehr begabt.«

Jetzt betrachtete Eule seine breiten, stark geäderten Handrücken. »Also, Emily, wenn du jetzt mal 'n Augenblick Zeit hast, könnten wir runtergehen und uns die Sache mit dem Weinregal anschauen. Ich könnte dann schon mal sehen, was ich an Material brauche.«

»Fünf Minuten für ein Pausenbier sind aber drin, oder?« Emily stellte ihm ein Fichtelbacher Dunkles mit perfekter Schaumkrone vor die Nase. »Geht aufs Haus.«

»Danke.«

Emily nahm ein Geschirrtuch und polierte Gläser nach. »Hast du das Schild an der Tür auf ›Geschlossen‹ gedreht, Eule? Sonst hängen die Berliner Jungs nachher wieder hier am Tresen, und ich krieg sie nicht los, denen kannst du nicht erzählen, dass schon längst Feierabend ist. Dann singen sie immer im Chor ›Kreuzberger Nächte sind lang‹ und raffen nicht, dass wir hier 'ne andere Postleitzahl haben.«

Eule nickte stumm.

»Mensch, bin ich froh, dass Oma Bürgel jetzt da ist!« Emily prüfte ein paar Weinpokale gegen das Licht.

Eule reagierte nicht. Also erklärte sie ungefragt: »Die ist bei uns im Haus vor vier Wochen eingezogen und hat Leo schon zweimal zum Fernsehen eingeladen, mit Kartoffelsalat und Würstchen. Wenn es bei mir mal spät wird. So wie heute. Leo kann gut mit alten Leuten.«

»Ja, ja, weiß ich.« Eule trank vorsichtig von dem Bier und wischte sich den Schaum von der Nasenspitze. »Ich komm ja auch gut mit ihm klar.«

Emily lachte. »Eule, das soll jetzt *fishing for compliments* sein, oder was? Wie alt bist du denn?«

»Ähm … ich bin was knapp mit der Zeit. Kommst du?« Eule leerte sein Glas mit einem Zug, stellte es auf dem Tresen ab und schaute auf seine Uhr.

Emily räumte das Glas ab und überlegte, woran es liegen mochte, dass dieser freundliche und eigentlich gesprächige Riese in ihrer Gegenwart immer so verschlossen war. Sie spürte, dass er ihr auswich, aber sie wusste nicht, warum. Emily war so daran gewöhnt, im Museum von jedem gemocht zu werden, dass

Eules spürbare Reserviertheit immer ein kleiner Stich war. Sie band ihre Schürze ab, zog eine Wolljacke über, denn im Keller war es konstant kühl, und folgte Eule.

Das Museumscafé hatte man als Panoramaglaskasten vor einigen Jahrzehnten an die Burg gebaut, zu Füßen des noch gut erhaltenen Wehrturms. Es lehnte sich mit dem Rücken an drei Meter dicke Mauern.

Eule öffnete die graue Brandschutztür neben dem Kühlraum. Sie stiegen die Kellertreppe hinab, öffneten eine weitere Tür und traten aus der Architektur des zwanzigsten Jahrhunderts direkt in das gemauerte Gewölbe aus dem vierzehnten Jahrhundert.

Modrig roch es, aber nicht unangenehm. Emily hatte von Kindheit an keine Angst vor Kellern, weil sie sich dort oft versteckt hatte, um ihrer Familie zu entkommen. Sogar den Geruch mochte sie, das merkte sie jedes Mal, wenn sie Schritt für Schritt die Treppen hinunterstieg.

Eule musste sich ducken, um nicht mit dem Kopf an die niedrigen Bögen zu stoßen. Emily schaltete das Licht an. Einfache Lagerregale standen hier in einer Reihe, gefüllt mit Vorratskartons, Saftflaschen, Konserven und Gläsern, ordentlich und übersichtlich.

»Die Temperatur ist optimal und konstant, und ich hätte das Weinregal am liebsten genau da, weil es mich dort nicht stört.« Sie wies auf ein uraltes Holzgestell, das an der hinteren Stirnwand des Gewölbes im Abseits stand. Einige Regalböden fehlten, es war mit Spinnweben überzogen.

»Hmh«, machte Eule, rüttelte an zwei, drei Brettern und prüfte das Holz. »Eigentlich zu schade zum Herausreißen, das ist stabile Eiche, ein bisschen wurmstichig allerdings. Vielleicht kann man das umbauen!« Er fingerte nach seiner Taschenlampe, packte das Regal an einem der festsitzenden Bretter und rüttel-

te heftig an der ganzen Konstruktion. Wenn Eule an etwas rüttelte, dann war es besser, das Etwas saß oder stand fest auf seinem Boden. Das Regal schwankte allerdings kaum.
»Meine Herren, das Ding hat eine Rückwand wie ein Burgtor.«
»Was meinst du, wie alt das Regal ist, Eule? Ist das vielleicht sogar aus dem Mittelalter?«
Eule kratzte sich den Nacken. »Ich war in Geschichte immer ganz schlecht. Also – Mittelalter, das war ziemlich lange vor Napoleon, glaube ich. Nee, also, ich schätze mal, das Holzregal ist ungefähr hundert Jahre alt. Wahrscheinlich aus den Zeiten von August Gayette.«
Er nahm einen Zollstock aus der Kitteltasche und begann zu vermessen. »So, jetzt aber mal avanti. Ich muss noch tausend Sachen erledigen. Vor Mitternacht bin ich heute nicht zu Hause.« Und er schrieb eifrig Zahlen auf einen kleinen Block, machte ein paar schnelle Skizzenstriche, maß und notierte schweigend.
Nach einer kurzen Pause fragte Emily: »Sag mal, wenn es so spät wird … vermisst dich jemand heute Abend?«
Er reagierte nicht sofort, räusperte sich, dann kam vorsichtig: »Nicht unbedingt.«
Emily schwieg abwartend. Nach einer Weile fügte er hinzu: »Ich hab ein Aquarium zu Hause. Tropenfische. Die kriegen erst morgen wieder Futter. Und gestreichelt werden brauchen die auch nicht.«
Er verstummte wieder und prüfte die Dicke der Bretter. Dann, nach einer halben Schweigeminute, gab er sich spürbar einen Ruck und sprach langsam weiter, wie jemand, der nicht genau weiß, ob es richtig ist, dass er jetzt redet. »Letzte Woche hätte ich mir fast einen Hund zugelegt. Hab ich dann doch nicht gemacht. Wegen Etagenwohnung und so, fand ich dann doch nicht so gut. Der säße jetzt heulend unterm Küchentisch.« Eule klappte

den Zollstock zusammen und sprach weiter, den Rücken zu Emily gewandt. »Aber sollte ich mal irgendwo leben, wo ein Garten dabei ist, schaff ich mir sofort einen Hund an. Wollte ich immer haben, schon als Kind. Bekam ich aber nicht.«

»Ich auch nicht. Ich wollte auch immer einen Hund. So einen karierten Mischling, weißt du, aus dem Tierheim. Ich durfte auch nie.« Emily klang atemlos, so sehr freute sie sich darüber, dass er mit ihr sprach.

»Will Leo denn einen?«

»Du, ich hab ihn noch nie gefragt«, entgegnete sie erstaunt. »Stimmt. Aber er hat auch nie davon gesprochen. Hat er dir mal so was gesagt?«

»Nein. Ich glaube, Leo vermisst nichts. Ihm geht's wohl gut zu Hause.« Eule nahm noch einmal Anlauf. »Muss an seiner Mama liegen.« Er klappte den Zollstock wieder auseinander, maß den oberen Rand des Regals, sein Gesicht war von ihr abgewandt, aber sie hörte, dass er lächelte. Vielleicht war es doch keine Ablehnung, die er ausstrahlte. Vielleicht war er einfach viel schüchterner, als seine Körpergröße signalisierte. Eules Ego war jedenfalls kleiner als das von Friedrich, das hatte sie in den vergangenen Monaten, in denen sie ihn immer öfter beobachtet hatte, gemerkt. Eule ließ andere Menschen ausreden, und Eule stellte Fragen. Friedrich hatte immer nur Antworten gegeben. Und wenn Leo Eule mochte, dann musste das Wichtigste an Eule sowieso stimmen.

Emily wusste plötzlich, dass Eule einfach nicht die richtige Adresse für die Lächel- und Schäkerebene war, auf der sie fast allen Männern oben am Museumstresen begegnete. Bei Eule musste man nicht ständig leuchten und alles richtig machen, er wirkte ehrlich und auf kluge Weise einfach.

»Das, das war nicht immer so, Eule. Also, dass es ihm zu Hause gut ging, mein ich. Mein letzter Freund, weißt du, der hat …«

»Ja, ich weiß«, sagte Eule. »Tante Betty hat mir von Friedrich erzählt. War wohl nicht so leicht für dich, was?«
Eule wunderte sich über sich selbst, dass er diese Frage wagte. Es lag sicher am Halbdunkel hier im hinteren Teil des Gewölbes, daran, dass er Emily nicht ansehen musste beim Ausmessen.
»Ach, Tante Betty redet über mein Privatleben?«
»Nee. Eigentlich nicht.« Er nahm schon wieder Anlauf. »Ich hab sie gefragt.«
Jetzt lächelte Emily, aber Eule konnte es nicht sehen.
»Ich war ganz schön doof Leo gegenüber. Ich hab lange nicht begriffen, wie sehr er unter Friedrich gelitten hat.«

Da standen sie nun im Dämmerlicht des Gewölbes und konnten auf einmal miteinander reden. Friedrich stand plötzlich im Raum, zog beide Augenbrauen hoch und wusste mal wieder alles besser, zu ihm gesellte sich nach einigen Minuten der brüllende, stiernackige Jugendtrainer, dann kam Onkel Henri als Mahner, auch Emilys höhnische Mutter, der saufende Vater tauchten als Schatten auf.
Von seinen Eltern erzählte Eule nichts, aber nach einer Weile bekamen Emilys Schattenfiguren Gesellschaft von Eules Mopedgang. Mit diesen Kumpels hatte Eule Automaten geknackt, kleinere Diebstähle begangen und Garagentore besprüht, aber da war auch der Jugendrichter, der ihn zu vielen Sozialstunden im Kreiskrankenhaus verdonnerte. Und der ältere Pfleger, der in ihm etwas Wichtiges geweckt hatte: die Sehnsucht nach der Ferne.
Auf einmal zogen sich Tausende Kilometer Bahngleise vor Emilys Augen. Durch alle Länder Europas, bis nach Asien, jahrelange Rucksackreisen, da standen verfallene irische Fischerhäuser am Meer und alte südfranzösische Hirtenhütten inmitten von Lavendel, Emily staunte über den ornamentalen Glanz der

Alhambra und darüber, wie gut Eule auf einmal erzählen konnte, wenn er sie nicht dabei ansehen musste.

Das Regal war längst vermessen, jetzt stand Eule mit dem Rücken an das Regal gelehnt, rauchte ein Zigarillo, sah Emily immer noch nicht an, streifte sie aber manchmal, fast erschrocken, mit Blicken.

Erschrocken über die Tatsache, dass sie schon seit einer Stunde hier im Keller standen und dass es wirklich und wahrhaftig Emily war, mit der er redete.

»Aber irgendwann bin ich zurückgekommen, hab diese Tischlerlehre gemacht, als Geselle irgendwo gearbeitet, und dann bin ich hier gelandet. Hausmeister wollte ich eigentlich nie werden, sondern Tischlermeister, aber das alles hier gefällt mir so.«

»Ja, verstehe ich«, entgegnete Emily. »Mir auch.«

Davon ermutigt, fügte er nach einer kurzen Pause hinzu: »Weißt du, dass ich mich an freien Tagen immer auf den nächsten Arbeitstag freue? Weil ich dann im Museumscafé essen kann. Du kochst so gut.«

»Eule, wenn du das Regal fertig hast, dann koche ich dir ein richtig tolles Essen, du darfst dir wünschen, was du willst.«

»Echt? Dann bitte Nudeln!«

»Das ist nicht dein Ernst, oder?«

»Doch, die mit den Pinienkernen und dieser hellen Soße.«

»Zitronensahne. Gut. Aber die kriegst du als Vorspeise. Und was willst du als Hauptgang?«

»Hähnchen.«

»Mit Rosmarin oder mit baskischer Sauce oder original Wiener Backhendl?«

»Egal«, sagte Eule mit matter Stimme. »Mann, hab ich einen Hunger.« *Ich hab immer Hunger, wenn ich aufgeregt bin,* wollte er sagen, verschluckte es aber gerade noch. »Red einfach weiter,

Emily. Erzähl mir, was man noch so alles mit Hähnchen anstellen kann!«
»Weißt du was, Eule? Du kommst nächsten Montagabend einfach zu uns, zu Leo und mir, und dann koche ich Überraschung. Und danach kannst du mit Leo was spielen, wenn du willst, oder wir sehen zusammen irgendwas mit Walen und Delphinen oder Käfern, davon kann Leo nicht genug kriegen.«
Ich auch nicht, wollte Eule sagen, konnte aber auf einmal nicht mehr sprechen. Er konnte nur noch überwältigt nicken.

⋆ ⋆ ⋆

Susan ging voran. Der Keller der Villa Gayette war labyrinthisch. August Gayette hatte einen großbürgerlichen, gastfreundlichen Haushalt geführt, mit Vorratskeller, Weinkeller, Kohlenkeller, Holzlagerplatz und einer großen Waschküche. Später hatte man eine Zentralheizung eingebaut, alte Möbel und Geräte eingelagert und Reste von Baumaterial.
Susan hatte es irgendwann aufgegeben, hier wirklich Übersicht schaffen zu wollen.
Nachdem sie an zahlreichen Türen vorbeigekommen waren und einmal scharf im rechten Winkel abbiegen mussten, standen sie vor einem Holzgitter.
Susan schob den Riegel beiseite und schaltete das Licht ein. An der hinteren Wand, die mit dunklen, groben Brettern verschalt war, standen zwei große, leere Kartoffelkisten. Rechts und links davon alte Vorratsregale, die spinnwebenverhangene Einmachgläser bargen, manche mit verwitterten Etiketten und graubraunem Inhalt, die meisten leer. Susan leuchtete mit einer Taschenlampe an die Decke. »Fällt euch was auf?«
Gösta blickte nach oben und verstand nicht sofort. Aber Carlotta. »Wir sind nicht mehr unter der Villa, kann das sein, Susan?«

Susan nickte. Über ihnen war Fichtelbacher Kalksandstein, grob behauen. Susan zog eine Kartoffelkiste beiseite, ging in die Hocke und fingerte unten an der Bretterwand. Scharf, kurz war der Knall, dann ein dumpfer Schlag, wie von Metall auf Holz.
Carlotta zuckte zusammen, Gösta straffte den Rücken, es rumpelte und scharrte, die Holzverkleidung in der Mitte der Wand bewegte sich. Noch ein dumpfer, kurzer Schlag, und vor ihnen gähnte eine schmale Öffnung. Mannshoch, tiefschwarz. Ein kühler Hauch kam ihnen entgegen.
»Kommt, aber passt auf eure Füße auf.«
Der Gang war schmal, sie mussten hintereinander gehen. Ein Kabel zog sich an der Decke in die Tiefe des Felsens, Bauleuchten sorgten in regelmäßigen Abständen für ausreichende Helligkeit. Die Luft war feucht, modrig und kühl. Carlotta ging unmittelbar hinter Susan her und bemühte sich, gegen die aufsteigende Beklemmung zu kämpfen, war dankbar, dass Gösta ab und zu seine warme Hand auf ihre Schulter legte.
Einige Male mussten sie einem seitlichen Felsbuckel ausweichen, dann wieder die Köpfe einziehen, auf ihre Schritte achten, denn auch der Boden war uneben. Er schimmerte feucht, an riskanten Stellen waren Trittleisten oder Kunststoffmatten angebracht, der Gang hatte eine deutliche Steigung.
»Insgesamt siebenundneunzig Komma drei Meter«, hörten sie Susan sagen. »Dann sind wir da.«
An zwei Stellen befand sich eine größere Aushöhlung rechts und links der Passage, wie eine Art Haltebucht. Dort schien die Decke stark geschwärzt, in der Wand steckten ringförmige Eisenhalterungen.
Immer wieder gab es Abschnitte, in denen die Decke von dicken Balken oder einem Gerüst gestützt wurde, dann war wieder felsiges Gewölbe über ihren Köpfen.
Schließlich erreichten sie ein Baugerüst aus Metall, vor ihnen

versperrten dunkle Holzbretter die Passage. Wieder ging Susan in die Hocke, fingerte irgendwo herum. Wieder kam ein scharfes, dann ein dumpfes Knallgeräusch, die Holzwand rumpelte beiseite, die Akustik verriet einen breiteren Raum.
»Wartet einen Moment.« Susan durchquerte das Dunkel, schaltete Licht an, und Gösta und Carlotta blickten auf Getränkekisten mit Fichtelbacher Apfelsaft, auf Konserven und Gläser.
»Ich glaub's nicht«, wisperte Carlotta.
Ein leichter Hauch von Zigarillo hing in der Luft.
Carlotta blickte sich in diesem Vorratsraum um, als gäbe es hier noch etwas Unvermutetes zu entdecken. Es gab tatsächlich etwas, aber niemand konnte es sehen.
Eules Lächeln schwebte noch im Raum.

* * *

Sie saßen wieder in Susans Küche. Diese Nacht war nicht zum Schlafen gedacht.
»Könnt ihr euch das vorstellen?« Susan zündete sich eine Zigarette an. »Ich konnte nachts Bilder austauschen, wie ich wollte. Dazu kommt natürlich, dass ich die Sicherheitstechnik in- und auswendig kenne.« Sie legte den Kopf in den Nacken, blies den Rauch senkrecht nach oben und gluckste. »Ich kann auf Augusts Spuren durch das Museum geistern, wir kichern oft zusammen. Einmal, vor über einem Jahr, hab ich den Nautiluspokal von Frans Calvers ausgetauscht. Und zwar nur für einen Tag, als dieser österreichische Experte hier war, dieser Spezialist für niederländische Kunst des siebzehnten Jahrhunderts. Einen Tag lang hing da der falsche Pokal von Susan Gayette. Extra für den Wiener.«
»Nein!« Carlotta wusste nicht, ob sie lachen oder weinen sollte. »Professor Schönrieder?«

»So ist es«, bestätigte Susan. »Und ihr habt nichts gemerkt, weder das Genie aus Wien noch Carlotta Goldkorn. Aber der Professor hat uns eine Stunde lang zugetextet vor dem original niederländischen Nautiluspokal, der ein paar Jahre zuvor hier oben geboren wurde. Er hat uns anhand von Susans Technik erklärt, was Frans Calvers so alles konnte! Ha! Ich bin vor Stolz fast geplatzt, Carlo. August Gayette, Mijnheer Frans Calvers und die kleine Susan haben dann nachts hier in der Küche eine Flasche allerbesten Champagner geknackt, ich glaube sogar Veuve Cliquot, und sich halb krankgelacht. Da waren wir dem Glück ganz nahe, was, Gershwin?«
Susans Hund stand auf, wedelte mit dem Schwanz und wusste genau, wovon die Rede war.
Carlotta starrte ihre Cousine an. »Unfassbar, Susan. Und ich bin dir auch auf den Leim gegangen, immer. Doch, mein Selbstbewusstsein hat einen Knacks bekommen.« Carlotta wollte ironisch klingen, aber Gösta sah, dass es keine leicht hingeworfene Bemerkung war.
»Wie hast du den Gang entdeckt, Susan? Und wann?«
»Zufall. Keine besonders spannende Story. Und *ich* hab den Gang auch nicht entdeckt, das war Gershwin. Vor ungefähr fünf, sechs Jahren.«
Gershwin blieb diesmal liegen, klopfte aber mit dem Schwanz auf den Boden.
»Eines Tages wollte ich diverses Material zwischenlagern, in einem Raum, den ich nie nutze, nämlich in diesem Kartoffelkeller. Gershwin schnüffelte hinter mir her und fand eine Million aufregender Riechspuren. Als ich den Raum verlassen wollte, lief er vor der Holzwand hin und her, jaulte, kratzte, also es war klar, da war was. Und nach längerem Suchen fand ich es heraus. Ganz einfach.«
Gösta fühlte sich an Kindertage und Ritterromane erinnert.

»Solche Geschichten erzählt man sich über fast jede Burg. Und oft stimmen sie auch. Aber, Susan, ist das jetzt ein Gang aus dem späten Mittelalter oder aus dem neunzehnten Jahrhundert? Hat ein Fichtelbacher Ritter oder hat August Gayette den Gang graben lassen?«

»Vermutlich der Ritter *und* August, nur nacheinander.« Susan zuckte mit den Achseln. »Die Burg wurde ziemlich oft belagert. Irgendeine von diesen dicken Nasen aus der Ahnengalerie kam auf die Idee, sich den Gang bauen zu lassen, als Flucht-Versorgungs-Informationskanal. Das müsste ein Fachmensch untersuchen. Es gibt da unten ein paar handgeschmiedete Eisenhalterungen, man könnte Werkzeugspuren analysieren und was weiß ich. Oder der Gang entstand im Dreißigjährigen Krieg, als die Schweden Fichtelbach belagert haben.«

»Die Schweden, aha.«

»Seht mich nicht so an, ich war nicht dabei«, wehrte sich Gösta.

»Es gab Gerüchte über einen unterirdischen Gang«, erinnerte sich Carlotta, »einen verschütteten Gang, der von der Burg in einen kleinen Wald unterhalb des Wehrturms führte.«

»Carlo, ich habe jeden Fetzen Dokument über die Burg und die Villa gelesen. Alles. Es war so spannend!« Susans Augen glänzten, als sie an die glorreichen Zeiten ihrer großen Entdeckung dachte. »Bis Mitte des neunzehnten Jahrhunderts stand hier noch ein kleiner Eichen- und Buchenwald. Ziemlich genau da, wo wir gerade sitzen. Dieser Wald gehörte Augusts Vater. August muss die Gerüchte vom Geheimgang schon als Kind gekannt haben, er war Hobbyarchitekt, Hobbypaläontologe und Hobbyarchäologe. Die ideale Kombi also. Er entdeckte wahrscheinlich den Gang und baute sich später eine Villa drum herum. Oder eher ein paar Meter daneben.«

»Das passt zu ihm«, meinte Gösta. »Was mich aber wundert, ist: Wenn Fichtelbacher Handwerker hier einen Geheimzugang zur Burg freigelegt und in sein neues Haus integriert haben, dann wäre das doch niemals geheim geblieben, das konnte er doch nicht alleine graben und bauen?«

»Das habe ich mich auch gefragt«, entgegnete Susan. »Dazu gibt es was Interessantes im Archiv vom *Fichtelbacher Tagesanzeiger.* Die Villa wurde von Fichtelbacher Handwerkern gebaut. Und August war wohl extrem aktiv an der Planung beteiligt. Aber von einem Geheimgang war nirgendwo die Rede. Also, die Villa ist fertig, August bezieht sie, und dann, ein Jahr später, bringt August von einer Geschäftsreise drei portugiesische und zwei griechische Seeleute aus Hamburg mit, die kein Wort Deutsch können. Er erzählt seinem Personal irgendeine Geschichte. Sie sind seine Kapriolen gewohnt. Und dann schickt er sein gesamtes Personal für einige Wochen fort. Auch die Köchin. ›Wissenschaftliche Sprachexperimente ohne Kontaktmöglichkeit zu Deutschen‹ oder so ähnlich, das hat er seinen Leuten erzählt.« Susan klang befriedigt. »Aber mir war sofort klar, warum er das gemacht hat. Die Jungs haben hier in der Villa gewohnt, mit Sicherheit gegen gutes Schweigegeld den Zugang freigelegt, und anschließend sind sie wieder abgereist. Klar, da bleiben immer noch jede Menge Fragen offen.«

»Wir werden nicht alles enträtseln. Ach, August. Immer noch mehr Geheimnisse!«

»Aber ein paar Rätsel sind gelöst, Carlo!« Susan hob den Zeigefinger. »Als ich den Gang entdeckte, wusste ich plötzlich, warum zu Augusts Zeiten nachts auf dem Turm manchmal diese hüpfenden Lichter gebrannt hatten. Und ich wusste auch, wie August damals diese Aktion mit den Eicheln und Kastanien veranstaltet hat.«

Gösta blickte Carlotta fragend an.

»Die Geschichte, die Herr Heimchen bei jeder Führung erzählt, Gösta, weißt du noch? An deinem ersten Tag im Museum. Kastanienketten statt Juwelen in den Vitrinen und Kuchen über Nacht, auf den kostbaren Fayencen. Und Fichtelbach stand kopf, weil das gesamte Personal von August schwören konnte, dass er das Haus nicht verlassen hatte. Zumindest nicht durch die Haustür.«

»Ach ja, richtig. Ich frage mich nur, wie er einen Geheimgang hatte geheim halten können mit so viel Personal. Und dass nach seinem Tod den Gang niemand entdeckt hat – das Haus war doch immer bewohnt und hat eine sehr bewegte Geschichte, oder?« Gösta blickte skeptisch.

Susan zuckte mit den Schultern. »Ich denke, der Zugangsraum war zu Augusts Zeiten gut gesichert. Man kann sehen, dass dieser Keller einmal eine andere, viel schwerere Tür hatte. Nach dem Zweiten Weltkrieg wohnten hier im Haus Flüchtlingsfamilien, dann der komische Jagdverein. Und: Es gibt so viele Kellerräume, dieser Raum liegt weitab, ist klein und wurde wahrscheinlich kaum genutzt.«

»Wisst ihr, welches Rätsel auch gelöst ist?« Carlotta schlug mit der flachen Hand auf den Tisch.

Susan nickte. »Brendelmann!«

Gösta blickte sie fragend an.

»So hieß der Museumsdirektor während der Nazizeit«, erklärte Carlotta. »August hatte Brendelmann 1925 auf den Direktorsposten gehoben. Ein paar Monate nach der Machtergreifung starb August. Brendelmann trat sofort in die NSDAP ein, zog in die Villa, angeblich gemäß einer Abmachung mit August Gayette, und bürstete posthum alle bunten Fussel von Augusts Biografie.«

»Muss eine große Bürste gewesen sein«, warf Gösta ein.

»Dass August kein besonders politischer Mensch gewesen war, vereinfachte die Sache. Immerhin gelang es Brendelmann, fast alles zusammenzuhalten. Bis auf ein paar wunderbare frühe Expressionisten, die als ›entartete Kunst‹ verschwanden, hatte das Museum keine fundamentalen Verluste zu beklagen. Und dann geschah etwas Seltsames: Kurz bevor die Amerikaner hier einmarschierten, waren der Elfenstein, die komplette niederländische Gemäldesammlung, unsere französischen Impressionisten, die historischen Instrumente und sämtliche Bilder von Jasper Johansson auf mysteriöse Weise verschwunden.«

»Das Museum war halb leer, als die Amerikaner hier erschienen!«, ergänzte Susan. »Aber als dann später das Museum reorganisiert wurde, tauchte alles wieder auf, über Nacht.«

»Hatte dieser Herr Brendelmann das alles gerettet?« Gösta stützte sein Kinn auf die Hände.

»Na ja, es kann nur Brendelmann gewesen sein. Es war seine Stadt, es war eine Sammlung, die er schätzte. Vielleicht wirkte auch nach, dass August ihm die Steigbügel für diesen Posten gehalten hatte. Ich weiß es nicht.« Carlotta hob die Schultern. »Ich will hier nicht das Märchen vom halbguten Nazi erzählen, das wäre eine gefährliche und dumme Perspektive«, fuhr sie fort. »Die Sammlung war aber ohne politischen Sprengstoff, sie war sozusagen außerhalb des ideologischen Rasters der Faschisten. Jedenfalls hat sich unser Fichtelbacher Kulturapostel damit nach dem Krieg wieder wunderbar rehabilitiert, wobei das nicht das richtige Wort ist. Er hatte es nicht schwer.«

»Er hatte also den ganzen Krempel im Gang versteckt!« Gösta schüttelte den Kopf. »Ich hab mich immer schon gefragt, wie so eine riesige Sammlung den Zweiten Weltkrieg unbeschadet überstehen konnte.«

»Nach dem Krieg hat Brendelmann der Familie Gayette – auch im Rahmen seiner Entnazifizierung – die Villa Gayette zurückgegeben«, ergänzte Carlotta. »Oder die Amerikaner haben dafür gesorgt, so genau wissen wir das nicht.«

Sie schwiegen eine Weile, bis Susan ihr Weinglas hob. »Übrigens war der Gang nicht so einfach frei und begehbar, nachdem ich ihn entdeckt hatte. Die Geheimtür zum Vorratskeller unter der Burg war vermauert. Muss Brendelmann gewesen sein. Vielleicht war das noch Augusts letzter Wille, kann sein. Jedenfalls lagen auch noch ein paar fette Kubikmeter Steine und Erdreich im Gang. Das war eine verdammte Arbeit. Jede Scheißschubkarre hundert Meter zur Villa und dann eimerweise hochschleppen, die Stützgerüste montieren – Halleluja.« Susan prostete sich selbst zu, in Erinnerung an monatelange Rückenschmerzen.

»Susan, wir müssen überlegen, wie es weitergehen soll.« Carlotta fuhr sich mit der Hand über die Stirn. »Ich habe einen Vorschlag.« Sie blickte von Susan zu Gösta.

»Also – ich finde, wir sollten die Sache mit dem Geheimgang für uns behalten. Bis auf weiteres. Und Susan entscheidet später, was sie damit machen will. Schließlich ist das ihre Entdeckung. Die Regale und Kartoffelkisten bleiben, wo sie sind, wir tauschen die beiden Kopien gegen die Originale, in einer stillen Stunde verschwindet auch der Käfer und gut ist. Was meint ihr?«

Es entstand eine Pause.

Gösta nickte. »Ein Geheimgang, der geheim bleibt, das gefällt mir.«

»Einverstanden, Carlo.« Susan klang erleichtert. »Es hätte sowieso in den nächsten Wochen sein Ende gefunden, das mit dem Gang. Emily will nämlich ein neues Weinregal bauen lassen, und zwar genau dorthin, wo sich die Geheimtür im alten Regal befindet. Sie hat mir das zufällig erzählt, und ich hab mir schon den Kopf darüber zerbrochen, was passiert, wenn Eule das alte Regal umbauen will. Aber darüber denke ich heute Abend nicht nach.«

»Okay. Wir halten also den Mund. Es gibt keinen Gang. Keinen Rummel und keine Touristen in deinem Keller, Susan.« Carlotta stand auf. »Aber wir müssen jetzt sofort überlegen, wie und wann wir die zwei Originale wieder in die Ausstellung bekommen.«

»Okay.« Susan hob ihr Glas. »Ich trinke auf August und auf die ruhmlose Susan. Meinetwegen bringen wir *August den Echten* und *Lovisa im Gartenstuhl* jetzt sofort rüber«, entgegnete sie, »dann hätten wir das hinter uns.«

»Gut«, sagte Gösta und erhob sich. »Hoffentlich erwischt uns keiner. Sind die Ausstellungsleute denn fertig für heute?«

»Ich sehe nach, nur um sicherzugehen. Und ich check mal, ob Eule schon nach Hause ist. Ich laufe kurz rüber.« Susan trank ihr Glas leer. »Ich meine, oberirdisch. Und dann schleichen wir noch mal in den Kartoffelkeller.«

In diesem Moment hämmerte es wütend an die Tür. Dumpfe Schläge, dann schrillte die Klingel. Dazwischen schrie eine wohlbekannte, jetzt vollkommen hysterische Stimme: »Machen Sie sofort auf, Susan Gayette, Carlotta Goldkorn, sofort! Machen Sie auf! Machen Sie die Tür auf!« Zwei dunklere Stimmen versuchten, beruhigend dazwischenzusprechen, aber was sie sagten, konnte man nicht verstehen.

»Halleluja«, sagte Gösta.

»Oh nein«, stöhnte Carlotta.

»Scheiße«, fluchte Susan. »Gundrich.«

* * *

Nils und Jule hatten nach dem Abendessen mit Onkel Henri den Bus verpasst und liefen zu Fuß in Richtung *Fichteltanke.* Sie hatten keine größeren Verständigungsprobleme. Wenn ihnen ein englisches Wort fehlte, nahm Jule das deutsche und Nils das schwedische. Wenn auch das nicht reichte, Hände und Füße. Sie waren binnen weniger Minuten in ihr Gespräch vertieft, lachten viel und merkten überhaupt nicht, dass sie an der Bushaltestelle einfach vorbeischlenderten und der Bus sie wenig später überholte.

Am Marktplatz schließlich warf Nils einen Blick auf das Eiscafé *Capri.* Im Licht der alten Laternen lockten die neuen Türkisstühle und die zitronengelben Lampions so frühlingshaft, dass sie plötzlich Lust bekamen, noch draußen zu sitzen und etwas zu trinken, auch wenn es reichlich kühl war.

Es war Jule sehr recht, denn in der *Fichteltanke* war es immer laut. Zu laut zum Reden, und das, was Nils gerade erzählte, war spannend und bunt. So bunt wie Stockholm im Sommer.

»Und wenn wir da abends an der Hafenmauer spielen, bleiben die Leute stehen und hören uns zu, und manchmal kommt es vor, dass irgendein Typ mit Saxophon oder Klarinette einfach bei uns einsteigt. Und auf einmal kriegst du eine Adresse in Kalifornien oder Marseille. Das ist ein Supergefühl. Wahrscheinlich sieht man den Kerl nie wieder, aber trotzdem.«

Jule pustete in ihren Strohhalm und ließ den Eiskaffee brodeln. Sie seufzte und musterte durch die offene Tür die stämmige Bedienung, die hinter dem Tresen gedankenverloren Gläser polierte.

Ihr Blick wanderte zu Nils, der mit seinen langen Haaren, seiner etwa dreißig Jahre alten Tweedkappe und dem Secondhand-Trenchcoat so gar nicht dem aktuellen Fichtelbacher In-Codex entsprach und genau deshalb so ungemein weltläufig wirkte. Sie seufzte gleich noch einmal.

»Saxophon. Fand ich immer cool. Ist das schwer?«

Nils legte den Kopf schief. »Wenn du das lernen *willst,* ist es nicht schwer.«

»Vielleicht später. Ich will nach der Schule nach Neuseeland. Oder nach Australien. Ich will einmal im Leben nach Canberra.«

Nils blickte schnell auf, aber in Jules Blick lag nichts Zweideutiges. Vielleicht wusste sie nichts von seinem Täuschungsmanöver? Carlotta tratschte nicht, das wusste er.
»Warum Canberra?«
»Weiß ich auch nicht so genau. Der Name gefällt mir. Und es ist weit weg. Und es ist größer als Fichtelbach.« Sie grinste verlegen.
»Na gut, vielleicht ist Canberra größer als Fichtelbach«, meinte er und fischte nach der Vanillekugel in seinem Eiskaffee, »aber euer Museum ist toll. Wirklich. Total ungewöhnlich.«
»Hör mal«, Jule beugte sich vor, »wie ist das eigentlich in Schweden, wenn es im Sommer so lange hell ist?«
Nils lehnte sich zurück. »Das kann ich kaum beschreiben. Das Licht ist ganz unwirklich. Vor allem hoch im Norden. *Not real. Another universe.* Ist wirklich schwer zu beschreiben. Du musst es einfach sehen. Du kannst doch diesen Sommer nach Björkholm kommen. Es ist schön. Ja, komm doch einfach im Sommer!«
Sie spielte mit dem Eislöffel. »Später vielleicht mal. Ich hab nicht so große Lust auf Familienferien, und dann abends immer alle um den Tisch rum und …«
Jules Gesicht verschloss sich.
Merkwürdig.

»Sie weicht mir aus, Nils«, hatte ihm sein Vater schon vor Monaten erzählt, »ich hab keine Ahnung, warum. Vermutlich ist sie eifersüchtig, ich nehme ihr ein Stück Carlotta weg, aber was soll ich da machen?«
»Sie wird sich schon an dich gewöhnen, Pop. Hab ich ja auch geschafft.«

Nils hätte nicht sagen können, warum, aber etwas in ihm hatte sich dazu entschlossen, dieses weißblonde Wesen, das gerade an seinem Strohhalm nuckelte, zu mögen. Ein dreißig Jahre älterer Mensch, der sich mit Jugendlichen auskannte, hätte nach einem Seitenblick ziemlich zügig diagnostiziert: »Na klar doch. Seelenverwandtschaft.«

Nils drehte sich eine Zigarette und nach wortlos fragender Geste noch eine zweite für Jule.

»Ich habe seit einem halben Jahr ein Agreement mit Gösta. Wenn ich Leute einlade, bleibt er in Stockholm. Und Filip und Agnieszka wollen diesen Sommer für ein, zwei Wochen nach Björkholm kommen. Das sind meine beiden besten Freunde. Filip hat mit Saxophon angefangen. Zu Hause in Stockholm kann er nicht so viel Krach machen. Und Agnieszka spielt ziemlich gut Sax. Wir könnten Gösta und Carlotta im Sommer vielleicht nach Frankreich schicken. Gösta liebt die Provence. Und dann kommst du nach Björkholm. Okay, *July?*«

Jule strahlte.

Eine halbe Stunde später landeten sie doch noch in der *Fichteltanke.*

Es war einfach ultracool, einen älteren Stiefbruder zu haben, mit dem man sich auf Englisch verständigen musste, der in Stockholm zu Hause war, der aussah wie eine Mischung aus Rapper und Mozart und der von allen, wirklich allen heimlich oder ganz unverhohlen gemustert wurde.

Jule bemühte sich, die Beiläufigkeit in Person zu sein.

Und dann hatte die dicke Lilli, die Kneipenbetreiberin, aus den Augenwinkeln gesehen, dass Nils versuchte, den Tastendeckel des alten Klaviers zu lüften, das in einer Ecke stand. Beim nächsten Bier, das Nils am Tresen abholte, fragte sie ihn, ob er Klavier spielen könne.

»Sorry, I don't speak German!«
Noch besser. Lilli witterte eine kleine Abwechslung in ihrem Leben als Bierzapferin und in der *Fichteltanke* gestrandete Sozialpädagogin. *»Do you play piano?«*
»A bit, yes.«
Wer so reagierte, konnte es. Und schon hielt er den Schlüssel in der Hand. Die Tresenfrau drehte die Musik ab. Es dauerte nur wenige Sekunden, bis alle begriffen, dass da jemand mit diesem verstimmten Instrument, das so viele Geschichten von umgekippten Biergläsern und Lillis ehemaliger Freiburger WG erzählen konnte, einen sehr gekonnten Dialog begonnen hatte.
Nach ein paar Probeakkorden war es still.
Nils nickte Jule kurz zu, dann begann er mit einem Klassiker, den niemand von den Fichtelbacher Schülern je gehört hatte. Nils liebte Jazzklassiker, die er eigentlich nur als Grundlage für seine eigenen Improvisationen benutzte. Und so lauschten denn gut hundert Ohren dem Song *The man I love,* den 1924 ein Mann komponiert hatte, der so hieß wie Susans Hund. Nämlich Gershwin.
Jule stand betont unbeteiligt in der Nähe des Pianos, damit auch nur ja niemand übersah, zu wem diese schwedische Sensation gehörte, die hier gerade mit etwas heiserem Timbre sang: *»… Some day he'll come along / The man I love / And he'll be big and strong / The man I love«,* zwischendurch ein jazziges Intermezzo spielte, in dem nur Lilli ein paar Zitate aus Mozarts Zauberflöte identifizierte und lächelte.
»Zu-ga-be, Zu-ga-be!«, brüllte das Publikum. Und Nils spielte die Zugabe, sang diesmal auf Schwedisch, ein altes Weihnachtswichtellied, nämlich *Hej Tomtegubbar,* das natürlich auch niemand kannte. Bei der dritten Wiederholung des Refrains klopfte die ganze *Fichteltanke* mit den Füßen auf den Boden, gegen den Tresen oder die alten Kabeltrommeln, die als Tische dien-

ten. Beim letzten Akkord johlten und klatschten alle und brüllten erneut: »Zu-ga-be, Zu-ga-be!«
Aber Nils schloss unter großem Protest der Fichtelbacher Jugend das Klavier, rief beschwichtigend: *»Tomorrow!«,* und gesellte sich wieder zu Jule, die vor lauter Coolness kaum noch senkrecht stehen konnte. Lilli drehte mit anerkennendem Nicken zu Nils die Musik wieder auf; das bekannte Gewummer legte sich erneut über die jugendlichen Ohren.

* * *

Die sechs Menschen in der Küche hingen ermattet auf ihren Stühlen, starrten auf die schwarz-weißen Bodenkacheln, auf die vielen Rotwein- und Wassergläser und schwiegen erschöpft.
Sogar Jelena Gundrich hielt jetzt den Mund. Sie hatte eine halbe Stunde lang getobt, geschrien und gedroht.
Olli aus Berlin saß vorgebeugt, fühlte sich schuldig an dem Desaster, weil er kurz vor Arbeitsschluss, entgegen allen Absprachen und testhalber, noch eine andere Inszenierung von *Lovisa im Gartenstuhl* ausprobiert hatte und dabei zufällig entdecken musste, dass die Rückseite des Gemäldes keine zehn Jahre alt sein konnte.
Dummerweise und ebenso zufällig waren Herr Heimchen und Jelena Gundrich in der Nähe gewesen, dummerweise hatte Olli seine alarmierende Entdeckung nicht für sich behalten, er war einfach zu überrascht gewesen.
Jelena Gundrich hatte im Museum Teil eins des Aufstands inszeniert. Jelena Gundrich zwang die beiden Herren, sie *sofort, sofort!* zu begleiten, bevor die betrügerischen Cousinen die zwei wertvollen Originale einem mafiösen Kunsthändler in den Kofferraum packen konnten. Oder so ähnlich. Dass ihr Verdacht

jeglicher Logik entbehrte, hatten die beiden Herren ihr zu erklären versucht, vergeblich.
Herr Heimchen saß senkrecht auf seinem Stuhl, machte runde Augen und nippte vorsichtig an seinem Glas, als erwarte er, dass auch der Wein nicht echt sei.
Susan hatte ihnen allen ohne große Erklärungen ihr eigenwilliges Gemäldedepot gezeigt, von Johansson bis Calvers, und Herr Heimchen hatte immer wieder die Hand vor den Mund gehalten.
Jelena Gundrich war während dieser Viertelstunde erstaunlich zurückhaltend gewesen, hatte aber beim Gang durch die Fälschungsgalerie bereits die Kanonenkugeln sortiert. Jetzt saß sie auf der Kante eines Küchenstuhls, bereitete den Zünder vor und legte die größte Kugel zurecht, mit der sie Susan gleich abschießen würde.
Susan hatte auf das »Warum?« nur die Achseln gezuckt. »Ich hab eben gespielt.«
Gösta wirkte vergleichsweise ruhig, er hielt Carlottas Hand unter dem Tisch, drückte sie ab und zu tröstend, denn Jelena Gundrich hatte tatsächlich den Verdacht geäußert – hinausgekreischt –, dass Carlotta an dem Täuschungsmanöver mit dem falschen August und der falschen Gartenstuhl-Lovisa beteiligt gewesen sei. Warum und wieso Carlotta so etwas hätte machen sollen, diese Erklärung war Jelena ihr schuldig geblieben.
Carlotta hatte es geschafft, äußerlich ruhig zu bleiben, aber sie hatte Gundrichs Ausfällen immerhin einen wichtigen Satz hinterhergeschickt, nämlich: »Wenn wir das hier alles geklärt haben, Frau Gundrich, dann erwarte ich Ihre Entschuldigung, sonst haben Sie meine Kündigung auf dem Tisch.«
Das war, gemessen an Carlottas sonstiger Zurückhaltung, starker Tobak, der sogar Gundrich erreichte.

Jetzt richtete Jelena Gundrich sich auf. Sofort lagen alle Blicke auf ihr. Sie fuhr sich mit beiden Hände durch ihre ohnehin schon hochstehenden Haarzipfel, ließ die Hände sinken, stützte die zehn Finger auf dem Tisch ab, so dass sie aussahen wie bleiche, dickliche Spinnenbeine mit roten Füßchen, blickte sich im Kreise ihrer Lieben um und sagte: »So, und jetzt rufe ich die Polizei.«

* * *

Nils und Jule wanderten durch die kühle Frühlingsnacht nach Hause. Plötzlich knallten in der Ferne ein paar Böller, dann sah man die erste glitzernde Garbe eines Feuerwerks hinten über der Flussschleife.

»Cool! Komm, wir laufen eben ein paar Meter hoch, von oben sehen wir das besser, Nils!« Jule sprintete den Fichtelbacher Ring Richtung Burg hinauf, blieb nach zwanzig, dreißig Metern stehen und zeigte mit dem Finger auf die jetzt erkennbare Silhouette der Kirche des kleinen Nachbarorts. »In Kröverndorf ist irgendeine Party, keine Ahnung. Ich seh so gerne Feuerwerk!«

Nils lächelte mit der Nachsichtigkeit des Großstädters und folgte ihr. Schön sahen sie aus, die Funkenblumen, die sich über dem nächtlichen Flusstal auflösten und im Wasser spiegelten, die Dörfer und Hänge, die hohen, alten Wälder und, etwas entfernt, die Weinberge. Die dumpfen Explosionen wurden von den Bergen längs des Flusses wie Echospielbälle hin- und hergeworfen, bis sie schließlich leiser wurden und nur noch grollend nachhallten.

Sie blieben stehen, bis eine riesige, gelb-blaue Garbe und begleitende Stakkatoböller das Finale des Feuerwerks verrieten, die Rauchschwaden zogen schnell fort, dann war der Himmel wieder dunkel.

»Weiß eigentlich jemand von deinen Freunden, dass ich schwul bin?«, fragte Nils plötzlich.
»Ja. Meine beste Freundin Lieselotte.«
»Und sonst?«
Jule zuckte mit den Schultern. »Von mir nicht. Carlotta hatte gesagt, ich soll es erst mal für mich behalten.«
»Warum?«
»Mama ist vorsichtig. Das hier ist eine Provinzstadt. Hier gibt es Leute, die sind einfach eng im Kopf. *Narrow-minded.* Na ja, und das ist alles neu für sie. Für mich ja auch.«
Nils hob den Kopf und betrachtete das weite, nächtliche Tal mit den vielen kleinen Lichtern. Es war fast Vollmond, die Sterne waren gut zu sehen.
»Die Geschichte der Rechtfertigungen hat schon vor einiger Zeit begonnen«, sagte Nils. »Und ich werde wohl immer wieder damit zu tun haben. Carlotta will mich vielleicht davor schützen. Aber das hat keinen Sinn. Es können alle wissen, dass ich schwul bin.«
»Warum musst du dich rechtfertigen, nur weil du so bist, wie du bist?«
Nils zuckte die Schultern. »Frag die, die mich deshalb angreifen, July. Bis jetzt waren es noch nicht so viele, zum Glück.«
Sie blickten auf den Burgberg, der sie mit seinem drachenzahnartigen, halb abgebrochenen Wehrturm grüßte, ein Stück links daneben, etwas tiefer gelegen, blinzelten einige hell erleuchtete Fenster der Gayette-Villa zu ihnen herüber.
Jule wandte sich zu Nils. »Hey, sieh mal, da ist noch jede Menge Licht bei Susan! Ach, Nils, was ich dich fragen wollte … was kostet eigentlich ein Saxophon?«

* * *

Nach einer kurzen Kollektivlähmung hob Gösta die Stimme. Er klang ungewohnt autoritär. »Das ist – entschuldigen Sie – totaler Unsinn, Frau Gundrich. Was soll die Polizei denn hier?« Gösta fixierte Jelena Gundrich, versuchte, sie zu erreichen. Das war nicht einfach, denn wann immer Jelena Gundrich die Möglichkeit bekam, eine Rolle in einem Drama zu spielen, wollte sie sie auch spielen. Herr Heimchen beugte sich vor. Seine hohe Stimme war eindringlich. »Herr Johansson hat recht. Das ist kein Fall für die Polizei, wir sollten lieber die Gemälde austauschen und überlegen …«

»Das ist ein Fall für Polizei und Staatsanwaltschaft, was denken Sie?«, fauchte Jelena. »Susan Gayette hat Bilder gefälscht, da gibt es gar keinen Zweifel!«

»Kopiert!«, korrigierte Carlotta. »Das ist nicht strafbar!«

»Ach, Frau Goldkorn, Sie wissen genau, dass eine Kopie mit Signatur eine Fälschung ist.«

»Aber nur dann, wenn man sie als Original verkaufen will. Susan hat nicht versucht, die Bilder zu verkaufen.«

»NOCH nicht, sage ich, noch nicht!«

»Bullshit.« Susan stellte ihr Weinglas hart ab. »Sie haben doch auch die Rückseiten gesehen. Da bekäme jeder Fachmensch einen Lachkrampf.«

»Aber trotzdem!« Logik war, wie gesagt, nicht Frau Gundrichs Sache.

Herr Heimchen hatte eine rote Nase von seinem Glas Wein. Seine Augen funkelten plötzlich. »Sag mal, Susan, du hast immerzu Gemälde einfach ausgetauscht? Das ist ja … toll. Wie hast du das denn gemacht? Du musstest doch sicher höllisch aufpassen, dass dich keiner sieht?«

»Ja, das musste ich«, entgegnete Susan vorsichtig.

»Wenn eine Restauratorin mit einem Bild durch die Gegend rennt, schöpft niemand Verdacht«, ergänzte Carlotta schnell.

Es klingelte.

Susan zuckte zusammen. Carlotta sah, dass ihre Cousine von einer Art Schrecklähmung befallen schien, und erhob sich. Im dunklen Flur konnte sie hinter den Schnitzereien der halbverglasten alten Haustür die Silhouetten zweier Personen erkennen.

Dann sah sie, wer vor der Tür stand, und öffnete, aber man kam ihr mit der Begrüßung zuvor.

»Das darf ja wohl nicht wahr sein! Was treibst du denn mitten in der Nacht hier, Mama?«

»Ach, Julekind, darf ich dich mal dasselbe fragen?«

Und Susan hörte ein tröstliches Geräusch, das vorbei an ihrer Spannung wie eine bunte Feder in den Raum flog: Carlo und Jule lachten.

»Wir dachten, wenn Susan noch wach ist«, Jule steckte schon den Kopf zur Küchentür hinein, »hallo Susan, also bei Susan kriegt man ja das beste Caramel-Brownie-Eis der Welt, wir hatten eben noch Licht gesehen nach dem Feuerwerk und – hey, ist das hier eine Dienstbesprechung?«

Nils schob sich hinter Jule in die Küche und grüßte höflich. In der Villa Gayette war er noch nie gewesen, und Susan kannte er bislang nur von einer flüchtigen Begegnung. Was für ein herrschaftlicher Raum! Und so herrlich abgelatzt! Er bewunderte den alten Kamin und die geschnitzten Küchenregale, Frau Gundrichs Megatürkisgehänge und nickte seinem erstaunten Vater zu.

»Sauferei, was?« Jule musterte die vielen Gläser auf dem Küchentisch, die leeren Flaschen. An Gösta sah sie vorbei, grüßte haarscharf neben ihm ins Leere.

»Nein, Jule.« Carlotta hob beide Hände. »Pass mal auf, wir können gerade nicht noch mehr Trubel gebrauchen. Ihr geht jetzt bitte sofort nach Hause.«

»Okay, Mama, aber ich will trotzdem wissen, was passiert ist. Bitte!«
Noch bevor Carlotta energisch werden konnte, schaltete sich Susan ein. »Hier«, sie wies mit dem Zeigefinger auf Jule, »steht übrigens die einzige Zeugin, die mich jemals live beim Bilderfälschen gesehen hat.«
Jule blickte sie erstaunt an.
»An dem Abend mit Leo und deinem *nervous breakdown*«, erklärte ihr Susan. Dann wandte sie sich an die anderen. »Letztes Jahr im Juni. Carlotta und Gösta hatten gerade das Tagebuch und das Wandbild auf Björkholm entdeckt, und ich war dabei, die Leihgabe von Gösta zu kopieren.«
»Stimmt«, sagte Jule langsam. »Du bist fast ausgerastet, als wir an der Tür zum Atelier standen, und als Erstes hast du ganz, ganz schnell das Bild umgedreht, an dem du gearbeitet hast. Moment mal – du hast Bilder kopiert?«
»Bitte, Jule, Abmarsch nach Hause!«, insistierte Carlotta.
»Nee, Mama, das könnt ihr jetzt nicht machen – ich will wissen, was hier abgeht!«
Nils hatte die Dialoge interessiert verfolgt, auch wenn er nichts verstand, aber hier war dicke Luft, das hatte sich ihm sofort vermittelt.
»Carlo oder Gösta«, sagte Susan matt, »bitte nimm jemand die Gören mit nach oben und erklär ihnen alles. Sie werden es sowieso erfahren, also …«
Olli aus Berlin erhob sich.
»Na, denn kommt mal mit«, sagte er. »Kost aber Eintritt.«
»Do you speak English?«, hörten sie Nils fragen.
»Na logo, *young man*«, hörten sie noch.

Zwanzig Minuten später kamen sie leise redend die Treppe hinunter, Nils und Jule sahen aus, als wären sie gerade im Kino

gewesen, klemmten sich an die hinterste Tischecke, steckten die Köpfe zusammen und wisperten ununterbrochen.
In der Zwischenzeit hatten alle außer Susan versucht, Frau Gundrich weiter zu bearbeiten, die Angelegenheit friedlich zu regeln. Aber Jelena Gundrich konnte oder wollte nicht begreifen, dass Susans Kapriole nicht mit dem Begriff »Straftat« zu belegen war.
»Das ist kriminell«, wiederholte Gundrich.
»Das ist Unsinn«, stöhnte Gösta.
»Allein schon die jahrelangen Täuschungen der Besucher, die auf ihr Konto gehen. Das kann ich nicht akzeptieren!« Gundrich kniff die Augen zusammen und musterte strafend die beiden flüsternden Jugendlichen.
Auf einmal hob Nils den Kopf, setzte sich in Positur, blickte in die Runde und sagte ziemlich laut: *»We want to say something!«*, begann er. *»July, tell them.«* Er blickte Jule auffordernd an.
»Ja«, sagte Jule in die Stille der Überraschung, »also«, Jule blickte Jelena Gundrich ohne jede Spur von Befangenheit in die Augen, »irgendwie kam uns das so vor, als hätte sich August Gayette das Ganze hier ausgedacht.«
Jelena Gundrich starrte Jule grimmig an.
»Also die Kopien, die Susan immer mal gegen ein Original getauscht hat; wir glauben, August hätte das super gefunden«, wiederholte Jule. »Wir verstehen nicht, warum Sie sich so aufregen, Frau Gundrich. Irgendwie haben Sie selber doch auch immer so Ideen.«
Nils lauschte konzentriert und nickte, obwohl er nur einzelne Vokabeln erriet. Jule lehnte sich wieder zurück und sah zufrieden aus.
»Als ich zum ersten Mal im Museum war«, begann Gösta vorsichtig, »bin ich nach fünf Minuten in Mademoiselle Clothilde vor der Schmuckvitrine hineingerannt. Und danach habe ich

mir – ich glaube, zum ersten Mal in meinem Leben – wirklich aufmerksam Schmuck angesehen. Und Carlotta sagte mir damals, Sie hätten die Ideen von August geradezu verinnerlicht, Frau Gundrich.« Gösta schaffte es tatsächlich, seine gezielte Schmeichelei so trocken anzubringen, dass sie Frau Gundrich in dieser schwierigen Stimmung erreichte. Jedenfalls schien sie die Ohren hochzustellen.

»Kastanien statt Juwelen«, begann Herr Heimchen, »Lovisa, eine heimliche Liebe oder vielleicht doch keine. Und jetzt: ein echtes Bild oder ein falsches – was ist was? Was ist echt? Was nicht? Wer merkt was? Wer nicht?« Herrn Heimchens Wangen färbten sich rosa. »Sind wir da nicht mitten in einem fröhlichen Gayette-Spiel?«

Jelena Gundrich hatte wieder die Finger auf den Tisch aufgestützt, wieder sahen diese Finger aus wie die Beine einer hellen Monsterspinne, die sich gleich auf ihr Opfer stürzen würde. Jetzt hielt sie den Kopf gesenkt, musterte den weißblonden Teenager, dann den großen Jungen mit den langen Haaren wie eine gereizte Hyäne.

Plötzlich änderte sich ihr Gesichtsausdruck.

Sie hob den Kopf, zog die rechte Augenbraue hoch. Dann die linke. Dann die Mundwinkel und – lächelte.

Gösta beobachtete sie verdutzt. Im Gegensatz zu Carlotta, Herrn Heimchen und Susan, die diese plötzlich wechselnden Wetterfronten seit Jahren gut kannten, irritierten ihn diese dramatischen Schwankungen.

Carlotta begriff sofort, dass Jelena Gundrich einen ihrer kreativen Geistesblitze hatte.

»Ja, Kinder, vielleicht ist eure Idee gar nicht so … jaja, August … Ich denke …«, Frau Gundrich blickte in die Runde, die gesträubten Haare und die perfekten Zahnreihen ließen sie jetzt aussehen wie eine grinsende Hyäne, »… ich denke, ja. Gefälschte Signatur, das ist vielleicht nicht so … Aber August Gayette, Susan Gayette, da lässt sich was … ja. In Ordnung. Meine Verantwortung. So, passen Sie alle gut auf. Es darf bis zur Ausstellungseröffnung absolut niemand etwas von den Kopien erfahren, was? Niemand! Die jungen Leute da hinten, also Mund halten, was? Ich habe da eine Idee …«

Abgesang

Wwmbitte?« Onkel Henri vergaß, das angebissene Brötchen aus dem Mund zu nehmen, und starrte eine übernächtigte Carlotta ungläubig an.
»Ja, Onkel Henri. Sogar das Brasilienbild. Und in einer Qualität, die unvorstellbar ist.«
Gösta nickte bestätigend und trank schweigend seinen Kaffee. Auch er sah müde aus. Und war erkältet, er putzte sich ständig die Nase.
Jule erschien in der Tür, hinter ihr Nils, beide wirkten sehr verschlafen. Jule setzte sich auf den Stuhl, der am weitesten von Gösta entfernt war, Nils nahm neben seinem Vater Platz.
»Und was will Lady Gundrich machen?«, fragte Onkel Henri.
Carlotta zuckte mit den Achseln. »Das weiß ich noch nicht. Das will sie uns morgen mitteilen. Bei der Ausstellungseröffnung.«
»Guter Zeitpunkt«, lobte Onkel Henri.
»Leo darf ich auch noch nicht aufklären über seine Käferentdeckung. Und dir dürfen wir auch noch nichts sagen, Onkel Henri. Was wir hiermit ausdrücklich auch nicht getan haben. Gundrich brütet mal wieder eine Idee aus, aber das ist in diesem Fall positiv. Hauptsache, Susan kriegt keinen Ärger.« Carlotta zeigte mit dem Marmeladenlöffel auf ihre Tochter und Göstas Sohn. »Und das verdankt sie Nils und Jule.«
Nils hatte seinen Namen und das Wort »Gundrich« gehört und blickte auf. Er wuschelte mit übertriebener Geste seine Haare in die Höhe, zog mit beiden kleinen Fingern die Mundwinkel

auseinander, verdrehte seinen Oberkörper und schielte. »*Yeah, she's a funny dragon!*«
Jule bekam einen Hustenanfall, weil Nils in diesem Moment Frau Gundrich tatsächlich ähnlich sah, und verschluckte sich vor Lachen an ihrem Tee. Nils nahm die Finger wieder aus dem Mund, goss sich einen Kaffee ein und prostete Jule zu.
Plötzlich ließ Jule ihren Teebecher sinken. Nils und Gösta.
In einem schnellen Blickwechsel zwischen ihnen sah sie, dass Nils, auch wenn er saß, jetzt schon größer war als sein Vater. Göstas Haare schienen heute Morgen grauer als sonst, seine Augen trübe, seine Falten tiefer, er hustete, hielt sich die Hand vor den Mund, dann vor die Brust, als hätte er Schmerzen, und sah entschuldigend zu Carlotta hinüber, die ihn besorgt beobachtete.
In diesem Moment richtete Nils sich auf, strich sich die Haare aus dem Gesicht, blickte konzentriert in den Garten, in die Baumkrone der alten Linde und hielt inne, als hätte er etwas Besonderes bemerkt, etwas vorher nie Gesehenes, das er am liebsten sofort untersucht hätte, bevor es wegflog.
Und Jule sah etwas in seinem Gesicht, das sie gut kannte.
Canberra.
In seinem Gesicht war Canberra. Die Verheißung, all das Große, das da draußen auf sie wartete, größer als Fichtelbach, größer als jeder Liebeskummer, dieses Versprechen auf das Leben spiegelte sich in Nils' Gesicht. In derselben Sekunde zog Gösta ein Taschentuch hervor, putzte sich die Nase, sah übermüdet und abgearbeitet aus. Und uralt.
Und das war er auch. Wenn man fünfzehn ist, *ist* ein Fünfzigjähriger uralt. Plötzlich flog ein Stein gegen diese Überfigur, gegen diese unerreichbare erotische Gottheit. Wie in Zeitlupe zerfiel das Monument in handliche Scherben.
Es erschien Jule auf einmal absurd, als große Verirrung, lächer-

lich, dass sie für Gösta jemals Gefühle gehegt hatte, die ihren Körper in die bisher größte aller denkbaren Unruhen versetzt hatten. Dieser alte Mann in seinem verbeulten irischen Sakko liebte ihre Mutter.

Okay.

Sie verschlang ihr halbes Brötchen mit zwei Bissen, stand auf und zog die Wetterjacke über.

»We must go«, sagte sie in Nils' Richtung. Nils erhob sich. Gösta und Carlotta blickten fragend auf.

»Ich gehe mit ihr in die Schule, wird vielleicht ganz lustig. Bis heute Nachmittag, ich komme dann ins Museum und probe noch mal. *See you, old man!*«

Nils winkte Carlotta und Onkel Henri zu, Jule schulterte ihren Rucksack. »Tschüs, Mama, tschüs, Onkel Henri.« Dann blickte sie Gösta in die Augen, zog einen Mundwinkel hoch, hob die Hand und sagte langsam: *»See you, old man!«*

Der Allosaurus grinst

Leo wusste nicht, ob er schon jemals so viele Menschen auf einem Haufen gesehen hatte. Das Museum summte. Überall standen Leute mit Krawatten oder Perlenketten, und alle rochen wie Mamas Badezimmerschrank. Presseleute mit Kameras hatten sich aufgebaut. Sie erinnerten Leo an die aufmerksamen Pyrenäengeier, die er letzte Woche in einer spannenden Natursendung gesehen hatte.

Alle hörten zu, denn ganz vorne stand Carlotta. Am Rednerpult.

Der riesige Allosaurus, der auf das Ganze draufkucken konnte, hörte wohl auch zu, denn er sah aus, als hätte er den Kopf ein bisschen weiter geneigt als sonst. Irgendwie glichen sein Hals und sein Kopf heute Morgen einem knochigen Tulpenstengel, und sein Grinsen war breiter.

Jetzt gerade lachten die Leute gedämpft, denn Carlotta hatte was Lustiges erzählt, aber Leo konnte nicht richtig zuhören. Er war so aufgeregt. Frau Gundrich würde ihn nämlich gleich nach vorne holen und allen vorstellen, das hatte sie ihm gesagt. Eben, kurz vor der Ausstellungseröffnung, hatte sie ihm auch die Sache mit dem Käfer erklärt. Ein Glück. Er wäre sonst geplatzt. Vor Neugierde. Aber da war ja das große Ehrenwort unter Museumskollegen gewesen. Vor lauter Sorge, sich zu verplappern, hatte er sogar mit Mama ganz wenig geredet, beim Frühstück heute Morgen fast überhaupt nicht. Vor einer Viertelstunde hatte Frau Gundrich ihm verraten: »Leo, pass auf, Professorchen. Das mit dem Käfer, das war ein Test, was? Susan hat das

Tier da hingemalt, weil wir die Aufmerksamkeit der Leute testen wollten. Das war ein Geheimnis zwischen Susan Gayette und mir, was? Wusste keiner sonst davon. Auch nicht die Frau Goldkorn. Und wir haben gedacht, wer das zuerst merkt, der darf sich etwas Besonderes wünschen. Und du hast gewonnen. Dieser Käfertest, der hat etwas mit der nächsten Ausstellung zu tun, aber das gehört in die Dienstbesprechung. Also, Leo, dann überlege schon mal, junger Mann, was du dir wünschst, was? Vielleicht einen Fußball?«

»Also, Fußball eher nicht. Aber ich würde gern bei der Dienstbesprechung dabei sein«, entgegnete Leo. »Tante Betty stellt jedem sein Wasserglas an den Platz, und Papier und Bleistift, und dann wird abgestimmt über wichtige Sachen und so. Das fänd ich gut.«

Frau Gundrich sah ihn mit großen Augen an, dann lachte sie. »Erstaunlich, das. Also gut, Leo, ich lade dich offiziell zur nächsten großen Dienstbesprechung ein, was? In unserem kleinen Sitzungssaal. Die Sitzung dauert immer zwei Stunden, und in der letzten Stunde darfst du dazukommen, was? Übermorgen Nachmittag, junger Mann.«

Oh Mann. Der Wahnsinn.

Leo, Museumskollege.

Jetzt auch noch mit Sitzplatz im Konferenzraum und Wasserglas daneben.

Überhaupt, alles war heute ungewohnt.

Auch Carlotta sah nicht so aus wie sonst. Sie hatte ein schwarzes Kostüm an, eine weiße Bluse, und wenn sie den Kopf bewegte, glitzerte es an ihren Ohren. Und sie hatte die Haare ordentlich gekämmt, und gerade las sie traurige Sachen aus Lovisas Tagebuch vor, und alle lauschten, als hätte es gedonnert. Und sie konnte wirklich so lesen, als würde da jemand anders reden.

Und Gösta stand rechts vorne und sah Carlotta an, wie man etwas … ja, vielleicht etwas Goldklumpiges ansieht.
Und Susan. Sie stand neben Gösta, hatte runde Augen wie ein Uhu und wirkte irgendwie wackelig, nicht wie sonst. Sie trug eine ordentliche, hellblaue Bluse mit nur ganz wenigen Knitterfalten über der alten Jeans und hatte fast saubere Finger. Leo legte den Kopf ein wenig schief. Tatsächlich, Susan sah aus, als hätte sie Angst. Wovor bloß?
Und Nils hatte vorhin Klavier gespielt. Dass man so viele Tasten so schnell und gleichzeitig treffen konnte und dass sich das auch noch so gut anhörte! Und gesungen hatte Nils, auf Englisch, aber Leo hatte nur den Titel *»Butterflybirthday«* in Carlottas Ankündigung verstanden. Und dass der Titel etwas zu tun hätte mit dem Morphofalter, dem blauen *Morpho peleides* auf dem Brasilienbild.
Und die Musik von Nils war schön gewesen, richtig schön. Freie, wilde Musik mit Flügeln. Die Leute hatten geklatscht wie verrückt, und Carlotta hatte Nils vorher angekündigt mit: »Wir begrüßen den Ururenkel von Jasper Johansson, meine Damen und Herren – Nils Johansson aus Stockholm!«, und das hatte sich großartig angehört.
Wie Frau Gundrich ihn wohl gleich ankündigen würde? Leopold Grobkümmel aus Fichtelbach, der Enkel von … wie hatte Opa noch mal geheißen? Leo konnte sich nicht mehr an ihn erinnern, er war zu klein gewesen, als Opa starb. Norbert? Klang das auch gut? Nee, dann doch lieber: Leo Grobkümmel aus Fichtelbach, der Sohn von Emily und der Freund von Florian Euler und Onkel Henri, ja, das klang besser.
Er blickte Mama von der Seite an. Mama trug ein leuchtend blaues Dirndl und sah sehr, sehr aufgeregt aus. Sie hatte ihm heute früh gesagt, dass er vielleicht ein Interview geben müsse. Und er solle sich schon mal überlegen, was er da erzählen könnte.

Aber wie sollte man sich was überlegen, wenn man gar nicht wusste, was die einen fragen würden?
Und neben Mama stand Eule, ein Pflaster am Kinn, weil er sich besonders gut rasiert hatte, und zwinkerte ihm zu, so wie Tante Betty, die neben Onkel Henri stand. Ab und zu flüsterten sie was hinter vorgehaltener Hand und griemelten.
Leos Hände wurden plötzlich feucht vor Aufregung, denn jetzt klatschten alle.
Carlotta dankte, trat beiseite und ließ die Chefin ans Pult.

Jelena Gundrich war heute eine einzige Sinfonie aus wogender korallenroter Seide, dramatischen Blondstacheln und pfundschwerem Schmuck aus polierter Lava. Sie hob beide Hände, und hätte sie jetzt angefangen zu singen, hätte niemand es als Stilbruch empfunden. Aber zum Glück redete sie nur.
»Sehr geehrte Gäste! Ich danke Frau Doktor Goldkorn, unserer Kuratorin, für ihre Ausführungen zu August Gayette und zu unserer sensationellen Entdeckung Lovisa Johansson. Den wie immer klugen Worten meiner Vorrednerin ist nichts hinzuzufügen. Bis auf eine wichtige Sache. Die Entdeckung der Identität von Lovisa Johansson als Malerin verdanken wir einem begabten jungen Mann. Ich bitte ihn, jetzt zum Rednerpult zu kommen, machen Sie mal Platz da vorne.«
Kurze Kunstpause.
»LEOPOLD GROBKÜMMEL!«
Emily schob ihren Sohn nach vorne. Eine kleine Gasse entstand im Lichthof, über zweihundert Gesichter wandten sich ihm zu. Blitzlichter, neugierige Blicke, eine stolze Emily im Hintergrund. Leo drehte sich suchend nach ihr um, aber sie scheuchte ihn mit beiden Händen fort. Wie ein aufgezogenes Blechmännchen wackelte er durch die Menschengasse nach vorne.
»Leo, erzähl doch mal unseren Zuschauern, wie du das erkannt

hast!« Und Leo hatte auf einmal eine dicke, blaue Gummiwurst vor der Nase, in die er hineinsprechen sollte. Eine voreilige junge Reporterin des Regionalfernsehens nickte ihm aufmunternd zu.
»Moment!« Frau Gundrich wurde laut. »Moment! Leo, komm mal hierher zu mir, lassen Sie das Kind durch, was? Ich bitte die Presse, sich zu gedulden. So, stell dich hier links neben mich, Leo. So, ja.« Sie zog ihn zu sich, neben das Rednerpult, rothaariges Küken neben Adlerhyänenglucke, und es war ganz klar, der nächste aufdringliche Reporter würde einen scharfen Schnabel im Nacken haben. Leo rückte dichter an ihren linken Flügel.
»Diesem jungen Mann hier«, und sie hielt den Zeigefinger senkrecht nach unten, auf Leos Kopf, »verdankt das August-Gayette-Museum in Fichtelbach eine der wertvollsten Entdeckungen seit Bestehen des Museums. Er hat in Sekunden erkannt, dass …«
Leo war aufgeregt, lauschte jedem Wort von Frau Gundrich, aber er verstand immer noch nicht, was daran so besonders war, wenn man bemerkte, dass auf einem Computerfoto und auf einem Gemälde dieselbe geschnitzte Holzleiste auftauchte. So was war doch normal.
Frau Gundrich kam zum Ende ihrer kurzen, dramatischen und gestenreichen Rede: »… und ich bitte Sie um einen Sonderapplaus für Leo.«
Der Applaus für den kleinen Jungen, dessen Name schon im Vorfeld durch die Presse gegeistert war, fiel frenetisch aus.
Frau Gundrich stellte sich wieder in Positur. »Leo Grobkümmel ist bereits jetzt ein Spitzenmitarbeiter des Museums, und wir sind alle sehr stolz auf ihn. Meine Damen und Herren von der Presse, wenn Sie an Herrn Grobkümmel Fragen haben, dann gedulden Sie sich bitte noch ein, zwei Minuten, was? Herr

Grobkümmel und ich werden Ihre Fragen dann gemeinsam beantworten. Und jetzt muss ich Ihnen noch etwas Wichtiges mitteilen, liebe Gäste. Sie, verehrtes Publikum, sollen unter Beweis stellen, wie aufmerksam Sie sind. Das war immer Augusts größter Wunsch, uns alle zur Aufmerksamkeit – ich will nicht sagen, zu erziehen, lieber: anzuregen, was?«

Jelena Gundrich hob das Kinn und breitete die Arme aus.

»Also, verehrte Damen und Herren, die Sache ist ganz einfach: In Absprache mit August Gayette hängen hier in dieser Ausstellung zwei Bilder, die …« – kleine Pause – »… nicht echt sind.«

Das Publikum murmelte.

»Gefälscht. Oder sagen wir: kopiert.«

Das Publikum murmelte noch lauter.

»Wenn Sie herausfinden, um welche Werke es sich handelt, dann könnten Sie theoretisch etwas sehr Hübsches gewinnen. Besonders Sie, geneigte Fachkollegen«, sie fixierte eine Gruppe Kunsthistoriker von gleich drei Universitäten, »machen sich doch bitte auf die Suche!«

»Was gibt's denn zu gewinnen?«, rief in diesem Moment jemand von der Presse.

Frau Gundrich bleckte amüsiert die Zähne. »Wissen Sie, ich könnte Ihnen jetzt sagen: Ich werde ein Jahr lang Ihre Hemden bügeln, was? Oder Sie bekommen die Berliner Nofretete für Ihren Wohnzimmerschrank. Beides Dinge von hohem Unwahrscheinlichkeitscharakter. Aber ich sage Ihnen, warum wir die Nofretete als Preis aussetzen könnten oder Professor Gundrich am Bügelbrett: Sie werden die Kopien nicht identifizieren. Es sei denn, Sie raten einfach. Und das gilt leider nicht.«

Jetzt wurde es laut im Lichthof. Ein Kunsthistoriker verzog ironisch den Mund. Seine anderen Kollegen lachten überlegen. Einige begannen zu diskutieren, manche Gäste wurden so zappelig, dass man merkte, sie wollten sich sofort auf die Suche machen.

»Sie ist die größte Nervensäge unter Gottes Sonne«, flüsterte Carlotta in Göstas Ohr, »aber verstehst du jetzt, warum sie so gut hierher passt?«

»Bitte noch einen Moment Ruhe, verehrte Gäste, ich bitte jetzt noch jemanden nach vorne – wo ist sie?«

Frau Gundrich reckte den Hals und suchte die Menge ab. Schließlich hatte sie ihr Objekt entdeckt.

»Susan, SUSAN GAYETTE, kommen Sie bitte nach vorne, was?«

Susan wurde blass, als sie ihren Namen in Mikrophonlautstärke hörte. Sie stand neben Gösta und Carlotta. Hinter ihr Jule und Nils. »Ach du Scheiße«, murmelte Jule besorgt.

»Los«, raunte Carlotta. »Geh schon, Susan. Ich weiß nicht, was sie vorhat, aber sie wird dich nicht fressen.«

Susan schob sich langsam nach vorne.

»Susan Gayette«, fuhr Frau Jelena Gundrich fort, »meine lieben Gäste, kennen viele von Ihnen; sie ist seit langen Jahren unsere Restauratorin und darüber hinaus Urgroßnichte von August Gayette. Sie hat diese Gemälde kopiert. Im Auftrag ihres Urgroßonkels August Gayette. Posthumer Auftrag, sozusagen. Und damit haben Sie auch schon einen kleinen Hinweis auf unsere nächste große Ausstellung, von der ich aber noch nichts verraten will. Ich kann Ihnen nur so viel sagen: Das Wort ›genial‹ kann man nicht steigern. Aber Susan Gayette ist trotzdem die genialste Kopistin der Welt, und das ist ausnahmsweise nicht übertrieben.«

Carlotta, Gösta, Nils und Jule, Onkel Henri, Tante Betty, Herr Heimchen und Olli Pasulke, kurzum, alle, die wussten, wovon Jelena sprach, applaudierten spontan. Alle anderen fielen mit ein. Der Applaus rauschte wie eine Woge in die schmiedeeiserne Hallenkonstruktion des Fin de Siècle, trug Susan am beifällig

grinsenden Allosaurus bis hoch unter das bunte Glas der Kuppel und setzte sie nach einer ganzen Weile wieder sanft neben Leo und Frau Gundrich ab.
Die Presse fotografierte, turnte um die drei Personen am Rednerpult herum, Frau Gundrich legte ihre Notizzettel zusammen und blickte triumphierend in Richtung ihres Personals.
Leo zupfte sie aufgeregt am Ärmel, sie beugte sich zu ihm, lauschte, nickte, richtete sich wieder auf und sprach noch einmal in das Mikrophon: »Und, meine Damen und Herren, in der ständigen Gemäldesammlung ist neuerdings ein Käfer versteckt. Er ist sichtbar und unsichtbar zugleich. Mehr sage ich dazu nicht. Danke für den Hinweis, Herr Grobkümmel. August Gayette schickt Sie also auf die Suche nach zwei falschen Bildern und einem Käfer. Viel Vergnügen!«
Susan wusste kaum, wie ihr geschah. Sie sah benommen aus, aber als sie in die Kameras blickte, dann in Carlottas Gesicht, wusste sie, dass der kleine, schwarzglänzende Typhaeus typhoeus ihr doch noch Glück gebracht hatte.

Ja, Bilder können sprechen

Hiermit revidiere ich meine Vorurteile gegenüber pensionierten Lehrern. Sie sind nicht alle unerträglich. Was Frau Oberstudienrätin Kulow heute Abend so alles über Ringelnatz ausgepackt hat – sagenhaft.« Onkel Henri stellte sechs schmutzige Rotweingläser in die Spüle. »Selten so gelacht. Und da dachte ich, ich hätte viel über ihn gewusst!«

»Und Doktor Rosenbaum, also, das hatte schon Bühnenqualität. Wunderbar! Ja, das war mal wieder ein schöner Lyrikabend.« Tante Betty räumte die benutzten Teller zusammen und wischte Krümel beiseite.

Onkel Henri dachte amüsiert an den alten Mathematiklehrer, der die Ringelnatz-Lyrik ungeahnt temperamentvoll und originell rezitiert hatte.

»Aber ich finde seine Gedichte auch ergreifend«, meinte Tante Betty. »Ringelnatz ist alles andere als ein Witzbold. Bei all seinem anarchischen Blödsinn kannte er auch die Stille und die große Ergebenheit, in einer Welt leben zu müssen, für die er nicht so richtig geboren war.« Ihre Stimme wurde leiser. »Er spricht oft wie ein trauriges Kind. Und man merkt, dass er seine Verlorenheit einfach weggesoffen hat. Ich glaube, Ringelnatz war der Spezialist für Verlorenheit.«

›Und deshalb magst du ihn auch so‹, dachte Onkel Henri. Er räumte schweigend Brotkorb, Käsereste und Salzstangen beiseite, sah dann sinnend zur Zimmerdecke. »Wie war das noch mal? Wie ging das dritte Kindergebetchen von Ringelnatz?«

»Moment, das hab ich gleich.« Tante Betty klappte eine sehr ordentliche Mappe auf, hielt sie in den Lichtschein der Küchentischlampe und las mit ihrer brüchigen Stimme:

»Lieber Gott mit Christussohn,
Ach schenk mir doch ein Grammophon.
Ich bin ein ungezognes Kind,
Weil meine Eltern Säufer sind.
Verzeih mir, dass ich gähne.
Beschütze mich in aller Not,
Mach meine Eltern noch nicht tot
Und schenk der Oma Zähne.«

Sie lachten. Blickten, wie auf einen unhörbaren Ruf hin, in derselben Sekunde zu Antonias Foto. Und Antonias ruhiger Blick sagte: »Ja, lacht. Ihr dürft es. Ihr sollt es.«

Tante Betty klappte die Mappe zu. »In diesem Sinne. Oma muss morgen früh raus, zum Zahnarzt.« Sie zog ihre Jacke über. »Und danke für die Einladung. Im *Goldenen Schwanen* ist es zwar auch sehr nett, aber bei Ihnen ist es gemütlicher.«

»Soll ich Sie nicht besser begleiten?« Onkel Henri sah auf die Küchenuhr. »Es ist schon spät. Ich lass eine Dame nicht gern allein nach Hause latschen, auch wenn ich Berliner bin.«

»Nein, danke, wirklich nicht. Ist ja auch nicht weit. Also, bis zum nächsten Treffen, dann bin ich dran! Gute Nacht, Freund Henri!«

Er blieb in der Tür stehen, bis sie an der Ecke der Ahornallee abbog und noch einmal winkte. Er winkte zurück.

Onkel Henri setzte die Spülmaschine in Gang, nahm ein neues Glas aus dem Küchenschrank, goss sich den Rest aus der Rotweinflasche ein und setzte sich an den Küchentisch, mit Blick auf das silbergerahmte Foto.

Sie sah ihn an.
»Du freust dich immer, wenn sie kommt?«
»Ja, Antonia.«
»Das ist schön. Sie hat eine große Seele. Siehst du, alles geht, aber es kommt auch wieder. Nur anders.«
»Ganz anders. Und alles geht nicht, nein, meine Antonia. Die Liebe eines Lebens bleibt. Sie kann nicht gehen.«

* * *

Es war dunkel. Die Zikaden zirpten, laut und vielstimmig. Über den Feldern lag der Duft des frisch geernteten Lavendels.
Aus der Küche des Bauernhofs drang das Klappern von Geschirr. Etwas fiel klirrend zu Boden. Kreischen, ein Hund bellte, jemand brüllte Unfeines.
Carlotta und Gösta saßen vor dem kleinen, weißen Anbau des provenzalischen Bauernhauses. Carlotta gähnte. »Warum bin ich hier bloß immer so müde, Gösta?«
Gösta stellte sein Glas Rosé ab und wandte sich ihr zu. »Ganz einfach. Wir sind den ganzen Tag durch Lavendelfelder gewandert, haben in Saint Sévérin sagenhaft gegessen, du musst dich nicht über Gundrich ärgern, und niemand schreit Hilfe aus dem Depot. Jule und Nils sind weit oben im Norden und können uns nicht nerven. Das macht eben müde.«
»Und die Vorbereitungen für die nächste Ausstellung haben Susan und Gundrich erst mal komplett in die Hand genommen, wie finde ich das?« Carlotta schüttelte den Kopf.
Gösta nickte anerkennend. »Gundrichs Idee ist aber auch gut. Sämtliche Kopien von Susan neben die Originale. *Who is who?* Nächsten Januar wird's bei euch in Fichtelbach kein einziges freies Hotelzimmer mehr geben.«
Carlotta sah hoch, in diesen unglaublichen, funkelnden Sternen-

himmel, mit dem die Provence jeden Sommer für nachhaltige Erinnerungen bei Nordlichtern sorgt.
»Kennst du dich aus mit Sternenbildern, Gösta? Ich leider überhaupt nicht. Sieh mal, das da mit den drei ganz hellen Sternen auf einer Achse, das ist bestimmt eins!«
»Aber sicher! Das ist der zirkumpolare Perseus, der Venus nachjagt, und morgen hat er sie eingeholt, dann werden sie für ein, zwei Stunden verschwinden, wohin, das können wir uns ja denken, aber danach wird weitergeleuchtet und …«
»Okay, okay.« Carlotta lachte. »Nett, dass du unser Tagesprogramm schon in den Sternen lesen kannst.« Ein kleines Geräusch unterbrach sie.
»Sieh mal, Gösta, das hat mir Jule gerade geschickt!« Carlotta gab ihm ihr Handy.
Es war ein Foto, das Jule vor ein paar Minuten aufgenommen hatte. Natürlich, auf Björkholm war es noch hell. Aus etwas Distanz aufgenommen, standen zwei junge Leute einander gegenüber, beide mit nach hinten gebogenem Rücken, beide das erhobene Saxophon am Mund, im Hintergrund die Horizontlinie der Ostsee. Gösta kniff die Augen zusammen. »Das ist Filip. Und das Mädchen, das ist Agnieszka. Darf ich den Text lesen?«
»Du *sollst* den Text lesen!«
Und Gösta entzifferte: »Ich kann schon die tonleiter pusten, mama! Agni hat's mir gezeigt. Das auf dem foto ist sie mit filip. Nils und ich kochen grade. Gut hier. Grüß den om. Kussi, jule.«
Gösta lehnte sich seufzend zurück. »Da bin ich also gelandet. Reduziert auf zwei Buchstaben. Om.«
»Om hört sich aber netter an als *old man,* oder?«, versuchte Carlotta zu trösten.
»Na klar. Viel netter. Geradezu persönlich. Ich bin ja froh, dass Mademoiselle überhaupt das Wort an mich richtet.« Er gab ihr

das Handy zurück und grinste. »Nein, ernsthaft, Carlotta, ich bin erleichtert, dass es mich wieder gibt auf Jules Personalliste, egal, wie ich da heiße.«

Carlotta betrachtete noch einmal das Foto. Hörte das Möwengeschrei, das Rauschen der Birken, die Brandung der Ostsee bei Sturm. Und verspürte plötzlich große Sehnsucht nach dem Sommer des Nordens. »Weißt du was, Gösta? Wenn ich das hier so sehe …«

»Sprich nicht weiter, ich weiß, was du sagen willst.« Er ließ seinen Blick schweifen, über die Steineichen, die duftenden Hügel bis zum fernen Mont Ventoux. »Ich liebe Frankreich. Aber den nächsten Sommer verbringen wir auf Björkholm und schicken die Kinder in die Wüste. Ach übrigens, da fällt mir was ein. Das hatte ich ja völlig vergessen, na so was, also …«

Er richtete sich in seinem Liegestuhl auf und sah sie an, mit einem Blick, wie man ihn hat, wenn man noch etwas Dringendes erledigen muss.

Carlotta runzelte die Stirn. »Was?«

»Ich liebe dich.«

Sie warf ein Kissen nach ihm. »Und das sagst du mir jetzt erst?«

* * *

Die Fichtelbacher Sommernacht war dunkel und warm, der Wind trieb schwere Wolken von Westen über das Flusstal. Alles schien erschöpft von der Sommerhitze, in der Ferne wetterleuchtete der Himmel, ein Gewitter zog heran.

Das Museum schlief fest.

Im großen Sonderausstellungssaal leuchteten ein paar kleine, rote Kontrolllampen. Es war ganz still, das Geraune, Geflüster und Getrappel der täglichen Zuschauer war verschwunden, verhallt, verschluckt von den Mauern.

Durch die Blätter der Birke fällt immer noch das Sonnenlicht, es flirrt auf Lovisas braunem Haar. Sie trägt ihr weißes Kleid, das Geschenk von Frau Igmarsson. Die Schatten in der Tiefe der Falten sind fast blau. Lovisa hält ein Buch in der Hand, sie blickt uns nicht an, liest konzentriert, scheint in ihren Tagebucheintrag versunken.

Aber nur noch für ein paar Sekunden. Auf einmal hört man Birkenblätter rauschen, Gelächter kommt aus einem offen stehenden Küchenfenster.

Lovisa lässt das Buch sinken und hebt mit wissendem Lächeln den Kopf. »Da sind wir wieder«, sagt sie und blickt den Herrn vis-à-vis an.

Der weiße Korbsessel knistert, August führt die Zigarre zum Mund, eine blaue Rauchfahne kräuselt sich tänzelnd zu kleinen Fragezeichen. »Es ist mir täglich eine große Freude, dass man Ihre Kunst nun endlich gebührend würdigt!«

»Oh, lieber August, nennen Sie es Eitelkeit, aber mich freut es auch.« Lovisas Stimme klingt bewegt.

Die blonde Frau mit dem Zopfkranz, direkt neben August, zupft an dem safrangelben Seidenschal, der um ihre Schultern liegt. Sie wartet, ob die Herrschaften noch irgendetwas zu sagen haben, dann fragt sie: »Lassen wir sie nun die Briefe meiner Mutter finden? Sie liegen noch in Nyköping, auf Johannas Dachboden, in einer blauen Pappschachtel.« Sie blickt hinüber zu Lovisa, dann zu August, der von seinen blauen Rauchschlangen umwoben scheint.

Lovisa wiegt den Kopf. »Du meinst vor allem den Brief, in dem deine Mutter dich vor Jasper warnt, weil er ein Trollkind ist und sechs Zehen hat?«

Greta macht runde Augen. »Oh, das war eine Furcht, als ich den gnädigen Herrn mit diesem Zeh zum ersten Mal sah! Ich hatte es sofort an Mutter geschrieben. Sie wusste immer viel über solcherlei Dinge. Und sie hat mir in diesem Brief einen Zauber dagegen verraten, ja.«

Lovisa lächelt und wendet sich an August. »Was meinen Sie, lieber Freund?«

»Unnötig, ganz unnötig, meine geschätzten Damen.« August nimmt mit spitzen Fingern einen Fussel von seiner Manschette. »Unser Gösta weiß natürlich um diese Spielerei der Natur, weil sein Sohn Nils damit geboren wurde. Er weiß auch, dass diese Spielerei erblich ist, dass sie auch mal zwei Generationen überspringen kann. Er weiß allerdings nicht, dass er selbst diese Spielerei weitergegeben hat, und er weiß auch nicht, dass sein Urgroßvater mit diesem Phänomen geboren wurde. Jasper muss sich dieser Anomalie geschämt haben und hat mit seinen Nachkommen nicht darüber gesprochen. Seiner zweiten Gattin Eva Matilda wird er untersagt haben, davon zu erzählen.«

»Es wird auch ihr peinlich gewesen sein, denn Eva Matilda ließ sich keine Vorschriften machen, lieber Freund!« Lovisa seufzt. »Anders als gewisse Pfarrerstöchter aus Dalarna.«

»Dafür schreiben gewisse Pfarrerstöchter aus Dalarna gerade ein kleines, aber sehr hübsches neues Kapitel ins große Buch der Kunstgeschichte, liebe Lovisa.« August nickt beifällig zu ihr hinüber und fügt hinzu: »Im Übrigen, was in Nyköping ›Trollkind‹ genannt wurde, nennt die Wissenschaft in diesem Fall: autosomal-dominante Vererbung von Polydaktylie mit reduzierter Penetranz.«

Greta sieht August ehrfürchtig an.

»Und damit hätten Gösta und Nils eine Frage mehr in ihrem Leben beantwortet«, sagt Lovisa. »Wenn sie diesen Brief denn zu Gesicht bekämen!«

»Ich fände es so hübsch!« Greta hält die Hände in Papierblattbreite auseinander. »Sie könnten den Brief gerahmt über das Klavier hängen!«

»Ach weißt du, Greta, echte Liebe braucht keine wissenschaftlichen Beweise.« Lovisa nimmt ein Birkenblatt von ihrem Kleid und pustet es in die Luft.

»Aber dann hätten sie es schwarz auf weiß, dass Gösta wirklich der Vater …« Greta verstummt, sieht unzufrieden aus.

Lovisa merkt es. »Sie werden den Brief entdecken, Greta. Vielleicht etwas später.«

Dann richtet sie sich wieder an August.

»Lassen wir sie die anderen Briefe finden?«

»Welche?«

»Oh, das wissen Sie doch, lieber Freund.«

August zieht an seiner Zigarre, lächelt, schweigt. Nach einer Weile sagt er bedächtig: »Ich glaube, besser nicht.«

Lovisa hebt ihr Gesicht zu den Birkenkronen empor und schließt die Augen. »Vermutlich haben Sie recht, wie immer«, antwortet sie.

August betrachtet sie lange, dann blickt er den blauen Rauchkringeln nach, die ohne Unterlass nach oben steigen.

»Wissen Sie, Lovisa, das Leben ist ohnehin voller Fragezeichen. Lassen auch wir ein paar stehen.«

Lovisa hält die Augen geschlossen. In ihrem Gesicht liegt die freundliche Stille eines Sommernachmittags. Die Birkenblätter wispern; sobald der Wind etwas zunimmt, rauschen sie. Ab und zu segelt ein schon gelbes Blättchen hinunter, auf die Wiese, auf die Holzliege oder auf Lovisas weißes Kleid. Aus dem geöffneten Fenster des Hauses riecht es plötzlich nach Kaffee. Lovisa schnuppert, öffnet die Augen, blickt hinüber zu Greta, aber auf Gretas blauem Lehnsessel liegt nur noch der gelbe Seidenschal.

»Gehen wir?«, fragt August.

Eine Sekunde später ist auch der weiße Korbsessel leer, knistert noch ein wenig. Lovisa erhebt sich, legt das Buch auf den Liege-

stuhl, streicht ihr weißes Kleid glatt und ist verschwunden. Die Birkenblätter flirren in der Sonne, und aus dem Sommerhaus hört man Lachen.
Die Buchstaben auf ihrem dunkelroten Buch, das sie auf dem Holzstuhl liegen gelassen hat, kennen wir schon. Jetzt können wir sie noch einmal lesen:

Carpe diem.

Danke!

Berlin hat eine gigantische Museumslandschaft. Es gibt hier natürlich unzählige Kunstmuseen, aber auch eins für Zucker, Buchstaben und Schweine sowie für Mandolinen, Hanf und Currywurst. Irgendwann einmal war ich in dem hochinteressanten, schönen alten Museum für Naturkunde. Dort steht im Lichthof das riesige Skelett eines Brachiosaurus brancai, das ist das größte Skelett der Welt. Der Saurier reckt seinen Kopf bis knapp unter die Glaskuppel und sieht aus, als bräuchte er dringend einen guten Zahnarzt.

Wie sahen noch mal alte Zahnarztstühle aus? Hatten die ein Tretrad, ähnlich wie die Nähmaschinen, mit denen ich auf der Klosterschule Knopflöcher nähen gelernt hatte?

Und auf einmal hatte ich die Idee zu einem Museum, das nicht auf ein Thema spezialisiert ist, sondern unter dessen Dach man so ziemlich alles findet, was ein Sammelfreak im Laufe seines bewegten Lebens so sammeln kann: Gemälde, Korsetts, Haifischzähne, Klöppelspitze, von Wikingern vergessene Bratpfannen und, und …

»Ja, gute Frau Vogeley, das finden Sie aber doch alles in unserem Heimatmuseum«, höre ich da überlegene Stimmen von Heimatmuseumsdirektoren sagen.

»Aber, Herr Heimatmuseumsdirektor«, sag ich dann, »haben Sie auch die berühmte Sammlung eines der interessantesten Maler der Welt? Und wunderschöne Niederländer des 17. Jahrhunderts von unschätzbarem Wert? Und Bonbonarmbänder neben etruskischem Goldschmuck? Und die ultimativ schönsten versteinerten Libellen, die je gefunden wurden? Und eine geheimnisvolle, erstklassige Restauratorin in Festanstellung? Und ein Panoramacafé mit einer Meisterköchin, deren kleiner Sohn Holzschildkröten schnitzen kann, dass einem die Tränen kommen? Nee, oder?«

Das ist ja das Schöne am Schreiben: Man kann behaupten und erfinden, bis sich die Balken biegen.

Aber alles Erfinden sollte so sein, dass es Hand und Fuß hat, denn ich will mich ja nicht über die Gesetze der Physik, Genetik, Botanik, Klöppelspitzenwissenschaft oder der Kunstfälschung stellen. Man muss also recherchieren.

Zum Bücherschreiben braucht man deshalb die Hilfe von Fachleuten (Wie werden Leihgaben transportiert? Welche Käfer gibt es nur in Europa? Wie ist das, wenn man sechs Zehen vererbt bekommt?) und von lieben Menschen (Wie krieg ich dieses blöde Notebook wieder an? Wie finde ich einen Buchtitel?) und so fort.

Deshalb hier also mein großes Dankeschön:

Dank an Peter Lohmann (my very best agent) und an meine Glücksfall-Lektorin Carolin Graehl und ihre liebenswürdige Kollegin Regine Weisbrod.

Für ihr freundliches Entgegenkommen und Auskünfte rund um das Museumswesen danke ich herzlich den Fachleuten Karla Collmar, Kerstin Laute, Prof. Dr. Lindemann, Dr. Peter Lummel und Thilo Martini.

Die folgende Dankadresse fasse ich zusammen unter »Museum Domäne Dahlem« in Berlin, denn eine Namensliste würde hier viiiel zu lang. Nein, ihr musealen Lieben alle, wir kennen uns zwar schon lange Jahre, und natürlich ist mir in den ungezählten Stunden, die ich auf der Domäne verbracht habe, die ein oder andere Inspiration auf die Schulter gehüpft, aber: Das hier ist KEIN Schlüsselroman, und sucht bitte nicht nach versteckten Anspielungen, es gibt sie nicht. Aber ich danke Euch allen für so viel Zeit miteinander, gefüllt mit Gesprächen, Arbeit, Gelächter, Freud und Leid und eben Inspirationen.

Für Auskünfte rund um Botanik, Genetik und Naturwissenschaftliches Dank an meine liebe Yvonne Liczner, Universität Antwerpen, und an Prof. Dr. Nöthen von der Universität Bonn.

In Schwedenfragen halfen mir aufs Netteste die überaus fleißige Kim Kasebo aus Malmö, Jenny Holmström aus Stockholm und Marita Hoier von den Nordischen Botschaften Berlin.

Großen Dank für die Hilfe rund ums Internet und die Technik und das Autorendasein und überhaupt an die allerliebste Imke Tramnitz, die allerbeste Nadja Telebak und das unübertreffliche Team von indexx-Webdesign aus Mainz: Penny Kulow und Andrea Rosenbaum.

Ach, und meine unschätzbar wertvollen, lieben Freunde, die mal wieder ihre Arbeitsmützchen aufgezogen haben, Testleser waren und mir im Titelsuchsteinbruch geholfen haben: Rainer Bielfeldt, Silvia Fuhs, Gudula Geuther, Irmtraud Graf, Peter Heske, Pascal Illi, Edith Jeske, Tobias Reitz, ma petite Carole Sambale-Tannert, mein Hamburger Leuchtturm Andrea Wagener (dem ich noch viel mehr verdanke!) und – noch einmal! – Kerstin Laute.

Ein besonderer Dank geht an: Martina Dombrowski-Lütcke, Arian Ebrahimchel, Karin Freimuth, Elmar Gieseke, Regina Lutterbeck, Mechtild Thuma und Brigitta Wilke.

Und noch ein herzlicher Dank für Zuspruch und vielfältige Unterstützung an: Gundula Avenarius, Raphaela Böhm, die Grafikerin Gisela Bongardt, Rosi Klehm, Annemarie Oster, Gisela Schwarz, Katrin Zansinger, meine liebe Autorenkollegin

Susanne Fülscher und an meine inspirierende Lieblingsnachbarin Sebastian, die auch noch immer Blumen gegossen hat, wenn ich mal unterwegs war.
Und – wie soll ich dir danken, mein Georg? Dafür reichen alle Worte der Welt nicht.